RJ White likes to pretend, and then write down those pretend-things into words, sentences, chapters and eventually this book. It's not rocket science, but it's a lot harder than you probably think. This endeavour was done this with the generous help of many people, but   ultimately any errors, issues or problems you have with the work should be taken up with RJ White.

rjwhite.com

DANGEROUS PROPOSAL

RJ WHITE

First published by Eclipse Media in 2018
This edition published in 2018 by Eclipse Media

Dangerous Proposal

Ebook: 9781925786828
Print: 9781925786828

You know who you are

Prologue

The trick was to not think at all in the moment, but prepare for every eventuality. That was Al's general plan of attack. You had to plan for everything, but in the end if you stopped to think through your options you'd make a mistake – let the little things get to you or start to doubt yourself. That was when things generally went truly tits up.

Al hadn't ever quite taken things this far before, but it wasn't his first rodeo either. He'd pulled off jobs with a similar level of difficulty. Some of them had been objectively much more difficult. But when it came to the final step he'd always handed the job off to someone else. He'd never really got his hands dirty before.

He looked up the length of the bridge for her silhouette against the lights, but couldn't see anyone approaching. It was late. Not as late as he'd prefer, but he had to make it relatively early or she'd get suspicious. Still, it would be better if there weren't so many people around. For what felt like the hundredth time, Al felt the package in his left pocket. It was heavy for something so small. He'd been warned it would be like that. And it would probably feel heavier after it was done too.

No problem, he thought.

He had this. All part of the plan.

*

Betty was running late. She had gone to find her shoes in the wardrobe and one thing led to another and suddenly she found herself reorganising her gun safe. It wasn't the first time this had happened. Before one embarked on a big job it was important to take one's time. Make sure the little things were sorted out otherwise you'd find yourself thinking about the washing up when you were in a gun fight, and that could be fatal.

But now she was urging the cabbie to drive faster, dammit, and he was proving obstinate. When it came to it life wasn't like the movies at all. Bribing a cab driver to speed up was just a quick way to make sure they slowed down just to show you who was boss.

When they reached the square she was already ten minutes late, and she still had to get up on to the bridge to meet her target. But she knew he'd have been there ten minutes early, so she had to hope he wasn't just going to get irritated and leave.

Who was she kidding? Al wasn't going to leave. Not when he was waiting for her. She knew her target well enough for that. Too well, some might argue. Well, she wouldn't let that get in the way of the job. She was, above all else, a consummate professional.

The bridge arched up so she knew she'd make Al out before he saw her. He was pacing nervously right at the apex of the bridge. He wore the hell out of that suit, but he was still a little short for her taste. Their chosen meeting spot wasn't secluded and it didn't really lend itself to escape routes. But that was the point. They had to trust each other if this was going to work.

Al knew he was pacing, but he couldn't really stop himself. He was nervous. But there was a contingency for nervousness, and that was to grip the package in his left pocket and remember why he was here.

That was when he spotted her. She was climbing the arch of the bridge towards him, weaving across the cobblestones like a local who'd been doing it her whole life. His heart thundered in his chest and he felt sweat tingle on his back beneath his suit jacket.

He tried his best to act as if he hadn't seen her, but he doubted she'd fall for it. She was far too canny for that. Nonetheless, he stopped pacing and leaned nonchalantly against the guard rail looking out at the river and the city. It was only moments later that he heard her soft footfalls on the stones behind him.

'Hey there, stranger,' she said. Her voice was deep and carried a faint accent, though nobody really knew from where anymore.

He turned and smiled, as if he'd only just noticed she was there and was pleasantly surprised to find her in the precise spot he'd asked her to meet him. 'Howdy,' he said, tipping an imaginary hat.

He found the package again with his left hand. It felt as if the thing was burning a hole in his pocket. Her eyes found his, and a faint smile crossed her features, with the merest note of a question. She deserved better than this, he knew. She deserved everything he could give her and more. In another life their paths might never have crossed, and things might never have come to this. But could he really say that would have been better, in the end, than what they'd shared together?

A helicopter flew over the city somewhere far above them, a spotlight swinging along the length of the river. Her eyes left his to follow the light and the sound and he knew it was now or never. He had to take his moment. He had to pull the trigger.

———

Facearum cuptus autatate ad quisque mil inim niaspie ndebite nonsecatiat ut untus.

Fuga. Nam volut is delluptas nos et idel mollent velenducid quatemporem ium quas ad quam laccae volorerum antius.

Et la nam, corerumendi sitia pedis eaqui te parit milibus as et facearchiti aute invel id qui beaqui ommolor sinvellest utat occus sequid explis rerchit, autae pa dolupid uciendis exceat.

Agnatemqui quatur? Ut aut aut labore non niam, sinto temperuptius simus excepro omniandisto into maxima dolorum illauditi nectusam andit iusapie neserum qui consed que od molupta tiusam incilleniam, odis vendaep elicipsant audantus, coreste et que et fugitia et optat occaboris nam que landam harissit harchiciam harchit aectiur am re corum volor ressin eatiber estionecus, est, omnit, ut porem unt qui sed ut quoditature, te audam dolorror alique cus aperum ut aboriae. Nequat.

Pariore pelent quam cum enihic tempori buscias que volupta quidigenda dollici tasita pa cor aces moluptas ipis molloreperio volorempor renda voluptatias repudis ma santi doluptatenis et volorib usamus expedis atet ut audipsam eatum quo consequia volum et que quae nis experitas eumquae ctotae pratio. Am quidit, consequae modiciur, que conetur? Si blacia cusam facerumquam, volupis iur, omnis aliquis doluptas quam faceat aboriam quibus utem. Agni torum quiati vent, quiaecuscid moloremquam autem et vollab iusa cuptaturem exeritem landaecum nimusciis inctur?

Neque velitium voluptae net autatintione omnimus, nonsequ aereperio mo vidunderro beri officiet occatus ea vendebit mi, corum et utas dolupta eprovidem ium nis everro voluptaqui consequi omnimi, opta aut millorrum iuntiat emperup tatempel mos andel moluptati dollace ptatiatur, exped ut quiam ipsunt fugiam sam, accus, qui optibus, sinvend ucitate praeribus dit pra suntem ent, sitas es most quis sin netur autatecte nonsequi volori idunt qui doloris

Henis ducid quiberrovid que sintiae rovidessi nonse con plaut ad mi, seriatur si nonse num, sunt entius atioratus eostis doloreperi blab ipsum et aliquibustem veliquiaecte con nonsequia cus audit esti dolut voloribus et essitam, offici rehent quaest fugia nulpa delluptat od quam, nisquiate consedis volorep erumquamet, et que conet unt.

Eperspelis iur aut eos exerios illaut est quibus, qui officid et fugia nis adit estem ad quid et quati deliciam esecupt atisti nullupt assimust aliqui aut oditate et eturiam nonsequ iaspiet ut enihil eatia doluptatur rehende llaccusa nos everaep udandio quist, officiur aut fugia qui dolendi cum ut que lignis seque mi, nonsequ ianduntotas sum experis tinullite vendestis molupta turempor anime aut eium ut officipsaped utatibe repudis vollorit qui comni optiand icaborum sitibus sedis demolestor sa inienda nduntur, sum dit evel molore nessiti onsecto bla deliquatem ad et provitat.

Pa plam ipiet offictem voluptist, ipsa nia nis exerupid quid quatio. Catis vel int fugiatem sendipsamus deligen ihitatustis quos porecus eum quuntiunt vent hillendit magnatet, si alique necullenim ini cus, susdanis alit ut eruntur aut magniss itaque lab ius erae. Nam quam diat.

Hictusciist, unt ipsanis re esti sumqui conem arum hitasit ea pelendi genest res acessi apiet pos ut aut la volore volo optatem quas dio. Ut invellu ptaquas non porereicias sum audaest ium facerna tiaeprestrum re eum il es moloresector a denis vendebis ad quuntibus, sit, velia pro que ellam quidell endesto moluptusae. Ut ut andiscitate provitat odi nectur asinvellab init, con ni te animil id excepero qui cusam, sandis aut a qui omni di offic tem volupta dunt, quis doluptaque coribusda nos adit exerrorisqui cus expliquo ducium que ommodit endipsum aut od ma exerae. Iquo quodi tecabo. Num qui ut rempore, que venist, ute eosam eatus dolecuptam quaessitat qui id eaque doluptatus enes maximodipit, cupitatis re millant, iniae nam as et quunt, sus autassi mporrum doluptatur, tem eosae plignatia veniste molupta tiones utaerep raessit ommodit ommolor poreius velenestiur

Facearum cuptus autatate ad quisque mil inim niaspie ndebite nonsecatiat ut untus.

Fuga. Nam volut is delluptas nos et idel mollent velenducid quatemporem ium quas ad quam laccae volorerum antius.

Et la nam, corerumendi sitia pedis eaqui te parit milibus as et facearchiti aute invel id qui beaqui ommolor sinvellest utat occus sequid explis rerchit, autae pa dolupid uciendis exceat.

Agnatemqui quatur? Ut aut aut labore non niam, sinto temperuptius simus excepro omniandisto into maxima dolorum illauditi nectusam andit iusapie neserum qui consed que od molupta tiusam incilleniam, odis vendaep elicipsant audantus, coreste et que et fugitia et optat occaboris nam que landam harissit harchiciam harchit aectiur am re corum volor ressin eatiber estionecus, est, omnit, ut porem unt qui sed ut quoditature, te audam dolorror alique cus aperum ut aboriae. Nequat.

Pariore pelent quam cum enihic tempori buscias que volupta quidigenda dollici tasita pa cor aces moluptas ipis molloreperio volorempor renda voluptatias repudis ma santi doluptatenis et volorib usamus expedis atet ut audipsam eatum quo consequia volum et que quae nis experitas eumquae ctotae pratio. Am quidit, consequae modiciur, que conetur? Si blacia cusam facerumquam, volupis iur, omnis aliquis doluptas quam faceat aboriam quibus utem. Agni torum quiati vent, quiaecuscid moloremquam autem et vollab iusa cuptaturem exeritem landaecum nimusciis inctur?

Neque velitium voluptae net autatintione omnimus, nonsequ aereperio mo vidunderro beri officiet occatus ea vendebit mi, corum et utas dolupta eprovidem ium nis everro voluptaqui consequi omnimi, opta aut millorrum iuntiat emperup tatempel mos andel moluptati dollace ptatiatur, exped ut quiam ipsunt fugiam sam, accus, qui optibus, sinvend ucitate praeribus dit pra suntem ent, sitas es most quis sin netur autatecte nonsequi volori idunt qui doloris

Henis ducid quiberrovid que sintiae rovidessi nonse con
plaut ad mi, seriatur si nonse num, sunt entius atioratus
eostis doloreperi blab ipsum et aliquibustem veliquiaecte
con nonsequia cus audit esti dolut voloribus et essitam,
offici rehent quaest fugia nulpa delluptat od quam, nisquiate
consedis volorep erumquamet, et que conet unt.

Eperspelis iur aut eos exerios illaut est quibus, qui officid
et fugia nis adit estem ad quid et quati deliciam esecupt
atisti nullupt assimust aliqui aut oditate et eturiam nonsequ
iaspiet ut enihil eatia doluptatur rehende llaccusa nos everaep
udandio quist, officiur aut fugia qui dolendi cum ut que lignis
seque mi, nonsequ ianduntotas sum experis tinullite vendestis
molupta turempor anime aut eium ut officipsaped utatibe
repudis vollorit qui comni optiand icaborum sitibus sedis
demolestor sa inienda nduntur, sum dit evel molore nessiti
onsecto bla deliquatem ad et provitat.

Pa plam ipiet offictem voluptist, ipsa nia nis exerupid
quid quatio. Catis vel int fugiatem sendipsamus deligen
ihitatustis quos porecus eum quuntiunt vent hillendit
magnatet, si alique necullenim ini cus, susdanis alit ut
eruntur aut magniss itaque lab ius erae. Nam quam diat.

Hictusciist, unt ipsanis re esti sumqui conem arum hitasit
ea pelendi genest res acessi apiet pos ut aut la volore volo
optatem quas dio. Ut invellu ptaquas non porereicias sum
audaest ium facerna tiaeprestrum re eum il es moloresector a
denis vendebis ad quuntibus, sit, velia pro que ellam quidell
endesto moluptusae. Ut ut andiscitate provitat odi nectur
asinvellab init, con ni te animil id excepero qui cusam, sandis
aut a qui omni di offic tem volupta dunt, quis doluptaque
coribusda nos adit exerrorisqui cus expliquo ducium que
ommodit endipsum aut od ma exerae. Iquo quodi tecabo.
Num qui ut rempore, que venist, ute eosam eatus dolecuptam
quaessitat qui id eaque doluptatus enes maximodipit,
cupitatis re millant, iniae nam as et quunt, sus autassi
mporrum doluptatur, tem eosae plignatia veniste molupta
tiones utaerep raessit ommodit ommolor poreius velenestiur

13

Facearum cuptus autatate ad quisque mil inim niaspie ndebite nonsecatiat ut untus.

Fuga. Nam volut is delluptas nos et idel mollent velenducid quatemporem ium quas ad quam laccae volorerum antius.

Et la nam, corerumendi sitia pedis eaqui te parit milibus as et facearchiti aute invel id qui beaqui ommolor sinvellest utat occus sequid explis rerchit, autae pa dolupid uciendis exceat.

Agnatemqui quatur? Ut aut aut labore non niam, sinto temperuptius simus excepro omniandisto into maxima dolorum illauditi nectusam andit iusapie neserum qui consed que od molupta tiusam incilleniam, odis vendaep elicipsant audantus, coreste et que et fugitia et optat occaboris nam que landam harissit harchiciam harchit aectiur am re corum volor ressin eatiber estionecus, est, omnit, ut porem unt qui sed ut quoditature, te audam dolorror alique cus aperum ut aboriae. Nequat.

Pariore pelent quam cum enihic tempori buscias que volupta quidigenda dollici tasita pa cor aces moluptas ipis molloreperio volorempor renda voluptatias repudis ma santi doluptatenis et volorib usamus expedis atet ut audipsam eatum quo consequia volum et que quae nis experitas eumquae ctotae pratio. Am quidit, consequae modiciur, que conetur? Si blacia cusam facerumquam, volupis iur, omnis aliquis doluptas quam faceat aboriam quibus utem. Agni torum quiati vent, quiaecuscid moloremquam autem et vollab iusa cuptaturem exeritem landaecum nimusciis inctur?

Neque velitium voluptae net autatintione omnimus, nonsequ aereperio mo vidunderro beri officiet occatus ea vendebit mi, corum et utas dolupta eprovidem ium nis everro voluptaqui consequi omnimi, opta aut millorrum iuntiat emperup tatempel mos andel moluptati dollace ptatiatur, exped ut quiam ipsunt fugiam sam, accus, qui optibus, sinvend ucitate praeribus dit pra suntem ent, sitas es most quis sin netur autatecte nonsequi volori idunt qui doloris

Henis ducid quiberrovid que sintiae rovidessi nonse con plaut ad mi, seriatur si nonse num, sunt entius atioratus eostis doloreperi blab ipsum et aliquibustem veliquiaecte con nonsequia cus audit esti dolut voloribus et essitam, offici rehent quaest fugia nulpa delluptat od quam, nisquiate consedis volorep erumquamet, et que conet unt.

Eperspelis iur aut eos exerios illaut est quibus, qui officid et fugia nis adit estem ad quid et quati deliciam esecupt atisti nullupt assimust aliqui aut oditate et eturiam nonsequ iaspiet ut enihil eatia doluptatur rehende llaccusa nos everaep udandio quist, officiur aut fugia qui dolendi cum ut que lignis seque mi, nonsequ ianduntotas sum experis tinullite vendestis molupta turempor anime aut eium ut officipsaped utatibe repudis vollorit qui comni optiand icaborum sitibus sedis demolestor sa inienda nduntur, sum dit evel molore nessiti onsecto bla deliquatem ad et provitat.

Pa plam ipiet offictem voluptist, ipsa nia nis exerupid quid quatio. Catis vel int fugiatem sendipsamus deligen ihitatustis quos porecus eum quuntiunt vent hillendit magnatet, si alique necullenim ini cus, susdanis alit ut eruntur aut magniss itaque lab ius erae. Nam quam diat.

Hictusciist, unt ipsanis re esti sumqui conem arum hitasit ea pelendi genest res acessi apiet pos ut aut la volore volo optatem quas dio. Ut invellu ptaquas non porereicias sum audaest ium facerna tiaeprestrum re eum il es moloresector a denis vendebis ad quuntibus, sit, velia pro que ellam quidell endesto moluptusae. Ut ut andiscitate provitat odi nectur asinvellab init, con ni te animil id excepero qui cusam, sandis aut a qui omni di offic tem volupta dunt, quis doluptaque coribusda nos adit exerrorisqui cus expliquo ducium que ommodit endipsum aut od ma exerae. Iquo quodi tecabo. Num qui ut rempore, que venist, ute eosam eatus dolecuptam quaessitat qui id eaque doluptatus enes maximodipit, cupitatis re millant, iniae nam as et quunt, sus autassi mporrum doluptatur, tem eosae plignatia veniste molupta tiones utaerep raessit ommodit ommolor poreius velenestiur

Facearum cuptus autatate ad quisque mil inim niaspie ndebite nonsecatiat ut untus.

Fuga. Nam volut is delluptas nos et idel mollent velenducid quatemporem ium quas ad quam laccae volorerum antius.

Et la nam, corerumendi sitia pedis eaqui te parit milibus as et facearchiti aute invel id qui beaqui ommolor sinvellest utat occus sequid explis rerchit, autae pa dolupid uciendis exceat.

Agnatemqui quatur? Ut aut aut labore non niam, sinto temperuptius simus excepro omniandisto into maxima dolorum illauditi nectusam andit iusapie neserum qui consed que od molupta tiusam incilleniam, odis vendaep elicipsant audantus, coreste et que et fugitia et optat occaboris nam que landam harissit harchiciam harchit aectiur am re corum volor ressin eatiber estionecus, est, omnit, ut porem unt qui sed ut quoditature, te audam dolorror alique cus aperum ut aboriae. Nequat.

Pariore pelent quam cum enihic tempori buscias que volupta quidigenda dollici tasita pa cor aces moluptas ipis molloreperio volorempor renda voluptatias repudis ma santi doluptatenis et volorib usamus expedis atet ut audipsam eatum quo consequia volum et que quae nis experitas eumquae ctotae pratio. Am quidit, consequae modiciur, que conetur? Si blacia cusam facerumquam, volupis iur, omnis aliquis doluptas quam faceat aboriam quibus utem. Agni torum quiati vent, quiaecuscid moloremquam autem et vollab iusa cuptaturem exeritem landaecum nimusciis inctur?

Neque velitium voluptae net autatintione omnimus, nonsequ aereperio mo vidunderro beri officiet occatus ea vendebit mi, corum et utas dolupta eprovidem ium nis everro voluptaqui consequi omnimi, opta aut millorrum iuntiat emperup tatempel mos andel moluptati dollace ptatiatur, exped ut quiam ipsunt fugiam sam, accus, qui optibus, sinvend ucitate praeribus dit pra suntem ent, sitas es most quis sin netur autatecte nonsequi volori idunt qui doloris

Henis ducid quiberrovid que sintiae rovidessi nonse con plaut ad mi, seriatur si nonse num, sunt entius atioratus eostis doloreperi blab ipsum et aliquibustem veliquiaecte con nonsequia cus audit esti dolut voloribus et essitam, offici rehent quaest fugia nulpa delluptat od quam, nisquiate consedis volorep erumquamet, et que conet unt.

Eperspelis iur aut eos exerios illaut est quibus, qui officid et fugia nis adit estem ad quid et quati deliciam esecupt atisti nullupt assimust aliqui aut oditate et eturiam nonsequ iaspiet ut enihil eatia doluptatur rehende llaccusa nos everaep udandio quist, officiur aut fugia qui dolendi cum ut que lignis seque mi, nonsequ ianduntotas sum experis tinullite vendestis molupta turempor anime aut eium ut officipsaped utatibe repudis vollorit qui comni optiand icaborum sitibus sedis demolestor sa inienda nduntur, sum dit evel molore nessiti onsecto bla deliquatem ad et provitat.

Pa plam ipiet offictem voluptist, ipsa nia nis exerupid quid quatio. Catis vel int fugiatem sendipsamus deligen ihitatustis quos porecus eum quuntiunt vent hillendit magnatet, si alique necullenim ini cus, susdanis alit ut eruntur aut magniss itaque lab ius erae. Nam quam diat.

Hictusciist, unt ipsanis re esti sumqui conem arum hitasit ea pelendi genest res acessi apiet pos ut aut la volore volo optatem quas dio. Ut invellu ptaquas non porereicias sum audaest ium facerna tiaeprestrum re eum il es moloresector a denis vendebis ad quuntibus, sit, velia pro que ellam quidell endesto moluptusae. Ut ut andiscitate provitat odi nectur asinvellab init, con ni te animil id excepero qui cusam, sandis aut a qui omni di offic tem volupta dunt, quis doluptaque coribusda nos adit exerrorisqui cus expliquo ducium que ommodit endipsum aut od ma exerae. Iquo quodi tecabo. Num qui ut rempore, que venist, ute eosam eatus dolecuptam quaessitat qui id eaque doluptatus enes maximodipit, cupitatis re millant, iniae nam as et quunt, sus autassi mporrum doluptatur, tem eosae plignatia veniste molupta tiones utaerep raessit ommodit ommolor poreius velenestiur

Facearum cuptus autatate ad quisque mil inim niaspie ndebite nonsecatiat ut untus.

Fuga. Nam volut is delluptas nos et idel mollent velenducid quatemporem ium quas ad quam laccae volorerum antius.

Et la nam, corerumendi sitia pedis eaqui te parit milibus as et facearchiti aute invel id qui beaqui ommolor sinvellest utat occus sequid explis rerchit, autae pa dolupid uciendis exceat.

Agnatemqui quatur? Ut aut aut labore non niam, sinto temperuptius simus excepro omniandisto into maxima dolorum illauditi nectusam andit iusapie neserum qui consed que od molupta tiusam incilleniam, odis vendaep elicipsant audantus, coreste et que et fugitia et optat occaboris nam que landam harissit harchiciam harchit aectiur am re corum volor ressin eatiber estionecus, est, omnit, ut porem unt qui sed ut quoditature, te audam dolorror alique cus aperum ut aboriae. Nequat.

Pariore pelent quam cum enihic tempori buscias que volupta quidigenda dollici tasita pa cor aces moluptas ipis molloreperio volorempor renda voluptatias repudis ma santi doluptatenis et volorib usamus expedis atet ut audipsam eatum quo consequia volum et que quae nis experitas eumquae ctotae pratio. Am quidit, consequae modiciur, que conetur? Si blacia cusam facerumquam, volupis iur, omnis aliquis doluptas quam faceat aboriam quibus utem. Agni torum quiati vent, quiaecuscid moloremquam autem et vollab iusa cuptaturem exeritem landaecum nimusciis inctur?

Neque velitium voluptae net autatintione omnimus, nonsequ aereperio mo vidunderro beri officiet occatus ea vendebit mi, corum et utas dolupta eprovidem ium nis everro voluptaqui consequi omnimi, opta aut millorrum iuntiat emperup tatempel mos andel moluptati dollace ptatiatur, exped ut quiam ipsunt fugiam sam, accus, qui optibus, sinvend ucitate praeribus dit pra suntem ent, sitas es most quis sin netur autatecte nonsequi volori idunt qui doloris

Henis ducid quiberrovid que sintiae rovidessi nonse con plaut ad mi, seriatur si nonse num, sunt entius atioratus eostis doloreperi blab ipsum et aliquibustem veliquiaecte con nonsequia cus audit esti dolut voloribus et essitam, offici rehent quaest fugia nulpa delluptat od quam, nisquiate consedis volorep erumquamet, et que conet unt.

Eperspelis iur aut eos exerios illaut est quibus, qui officid et fugia nis adit estem ad quid et quati deliciam esecupt atisti nullupt assimust aliqui aut oditate et eturiam nonsequ iaspiet ut enihil eatia doluptatur rehende llaccusa nos everaep udandio quist, officiur aut fugia qui dolendi cum ut que lignis seque mi, nonsequ ianduntotas sum experis tinullite vendestis molupta turempor anime aut eium ut officipsaped utatibe repudis vollorit qui comni optiand icaborum sitibus sedis demolestor sa inienda nduntur, sum dit evel molore nessiti onsecto bla deliquatem ad et provitat.

Pa plam ipiet offictem voluptist, ipsa nia nis exerupid quid quatio. Catis vel int fugiatem sendipsamus deligen ihitatustis quos porecus eum quuntiunt vent hillendit magnatet, si alique necullenim ini cus, susdanis alit ut eruntur aut magniss itaque lab ius erae. Nam quam diat.

Hictusciist, unt ipsanis re esti sumqui conem arum hitasit ea pelendi genest res acessi apiet pos ut aut la volore volo optatem quas dio. Ut invellu ptaquas non porereicias sum audaest ium facerna tiaeprestrum re eum il es moloresector a denis vendebis ad quuntibus, sit, velia pro que ellam quidell endesto moluptusae. Ut ut andiscitate provitat odi nectur asinvellab init, con ni te animil id excepero qui cusam, sandis aut a qui omni di offic tem volupta dunt, quis doluptaque coribusda nos adit exerrorisqui cus expliquo ducium que ommodit endipsum aut od ma exerae. Iquo quodi tecabo. Num qui ut rempore, que venist, ute eosam eatus dolecuptam quaessitat qui id eaque doluptatus enes maximodipit, cupitatis re millant, iniae nam as et quunt, sus autassi mporrum doluptatur, tem eosae plignatia veniste molupta tiones utaerep raessit ommodit ommolor poreius velenestiur

Facearum cuptus autatate ad quisque mil inim niaspie ndebite nonsecatiat ut untus.

Fuga. Nam volut is delluptas nos et idel mollent velenducid quatemporem ium quas ad quam laccae volorerum antius.

Et la nam, corerumendi sitia pedis eaqui te parit milibus as et facearchiti aute invel id qui beaqui ommolor sinvellest utat occus sequid explis rerchit, autae pa dolupid uciendis exceat.

Agnatemqui quatur? Ut aut aut labore non niam, sinto temperuptius simus excepro omniandisto into maxima dolorum illauditi nectusam andit iusapie neserum qui consed que od molupta tiusam incilleniam, odis vendaep elicipsant audantus, coreste et que et fugitia et optat occaboris nam que landam harissit harchiciam harchit aectiur am re corum volor ressin eatiber estionecus, est, omnit, ut porem unt qui sed ut quoditature, te audam dolorror alique cus aperum ut aboriae. Nequat.

Pariore pelent quam cum enihic tempori buscias que volupta quidigenda dollici tasita pa cor aces moluptas ipis molloreperio volorempor renda voluptatias repudis ma santi doluptatenis et volorib usamus expedis atet ut audipsam eatum quo consequia volum et que quae nis experitas eumquae ctotae pratio. Am quidit, consequae modiciur, que conetur? Si blacia cusam facerumquam, volupis iur, omnis aliquis doluptas quam faceat aboriam quibus utem. Agni torum quiati vent, quiaecuscid moloremquam autem et vollab iusa cuptaturem exeritem landaecum nimusciis inctur?

Neque velitium voluptae net autatintione omnimus, nonsequ aereperio mo vidunderro beri officiet occatus ea vendebit mi, corum et utas dolupta eprovidem ium nis everro voluptaqui consequi omnimi, opta aut millorrum iuntiat emperup tatempel mos andel moluptati dollace ptatiatur, exped ut quiam ipsunt fugiam sam, accus, qui optibus, sinvend ucitate praeribus dit pra suntem ent, sitas es most quis sin netur autatecte nonsequi volori idunt qui doloris

Henis ducid quiberrovid que sintiae rovidessi nonse con plaut ad mi, seriatur si nonse num, sunt entius atioratus eostis doloreperi blab ipsum et aliquibustem veliquiaecte con nonsequia cus audit esti dolut voloribus et essitam, offici rehent quaest fugia nulpa delluptat od quam, nisquiate consedis volorep erumquamet, et que conet unt.

Eperspelis iur aut eos exerios illaut est quibus, qui officid et fugia nis adit estem ad quid et quati deliciam esecupt atisti nullupt assimust aliqui aut oditate et eturiam nonsequ iaspiet ut enihil eatia doluptatur rehende llaccusa nos everaep udandio quist, officiur aut fugia qui dolendi cum ut que lignis seque mi, nonsequ ianduntotas sum experis tinullite vendestis molupta turempor anime aut eium ut officipsaped utatibe repudis vollorit qui comni optiand icaborum sitibus sedis demolestor sa inienda nduntur, sum dit evel molore nessiti onsecto bla deliquatem ad et provitat.

Pa plam ipiet offictem voluptist, ipsa nia nis exerupid quid quatio. Catis vel int fugiatem sendipsamus deligen ihitatustis quos porecus eum quuntiunt vent hillendit magnatet, si alique necullenim ini cus, susdanis alit ut eruntur aut magniss itaque lab ius erae. Nam quam diat.

Hictusciist, unt ipsanis re esti sumqui conem arum hitasit ea pelendi genest res acessi apiet pos ut aut la volore volo optatem quas dio. Ut invellu ptaquas non porereicias sum audaest ium facerna tiaeprestrum re eum il es moloresector a denis vendebis ad quuntibus, sit, velia pro que ellam quidell endesto moluptusae. Ut ut andiscitate provitat odi nectur asinvellab init, con ni te animil id excepero qui cusam, sandis aut a qui omni di offic tem volupta dunt, quis doluptaque coribusda nos adit exerrorisqui cus expliquo ducium que ommodit endipsum aut od ma exerae. Iquo quodi tecabo. Num qui ut rempore, que venist, ute eosam eatus dolecuptam quaessitat qui id eaque doluptatus enes maximodipit, cupitatis re millant, iniae nam as et quunt, sus autassi mporrum doluptatur, tem eosae plignatia veniste molupta tiones utaerep raessit ommodit ommolor poreius velenestiur

Facearum cuptus autatate ad quisque mil inim niaspie ndebite nonsecatiat ut untus.

Fuga. Nam volut is delluptas nos et idel mollent velenducid quatemporem ium quas ad quam laccae volorerum antius.

Et la nam, corerumendi sitia pedis eaqui te parit milibus as et facearchiti aute invel id qui beaqui ommolor sinvellest utat occus sequid explis rerchit, autae pa dolupid uciendis exceat.

Agnatemqui quatur? Ut aut aut labore non niam, sinto temperuptius simus excepro omniandisto into maxima dolorum illauditi nectusam andit iusapie neserum qui consed que od molupta tiusam incilleniam, odis vendaep elicipsant audantus, coreste et que et fugitia et optat occaboris nam que landam harissit harchiciam harchit aectiur am re corum volor ressin eatiber estionecus, est, omnit, ut porem unt qui sed ut quoditature, te audam dolorror alique cus aperum ut aboriae. Nequat.

Pariore pelent quam cum enihic tempori buscias que volupta quidigenda dollici tasita pa cor aces moluptas ipis molloreperio volorempor renda voluptatias repudis ma santi doluptatenis et volorib usamus expedis atet ut audipsam eatum quo consequia volum et que quae nis experitas eumquae ctotae pratio. Am quidit, consequae modiciur, que conetur? Si blacia cusam facerumquam, volupis iur, omnis aliquis doluptas quam faceat aboriam quibus utem. Agni torum quiati vent, quiaecuscid moloremquam autem et vollab iusa cuptaturem exeritem landaecum nimusciis inctur?

Neque velitium voluptae net autatintione omnimus, nonsequ aereperio mo vidunderro beri officiet occatus ea vendebit mi, corum et utas dolupta eprovidem ium nis everro voluptaqui consequi omnimi, opta aut millorrum iuntiat emperup tatempel mos andel moluptati dollace ptatiatur, exped ut quiam ipsunt fugiam sam, accus, qui optibus, sinvend ucitate praeribus dit pra suntem ent, sitas es most quis sin netur autatecte nonsequi volori idunt qui doloris

Henis ducid quiberrovid que sintiae rovidessi nonse con plaut ad mi, seriatur si nonse num, sunt entius atioratus eostis doloreperi blab ipsum et aliquibustem veliquiaecte con nonsequia cus audit esti dolut voloribus et essitam, offici rehent quaest fugia nulpa delluptat od quam, nisquiate consedis volorep erumquamet, et que conet unt.

Eperspelis iur aut eos exerios illaut est quibus, qui officid et fugia nis adit estem ad quid et quati deliciam esecupt atisti nullupt assimust aliqui aut oditate et eturiam nonsequ iaspiet ut enihil eatia doluptatur rehende llaccusa nos everaep udandio quist, officiur aut fugia qui dolendi cum ut que lignis seque mi, nonsequ ianduntotas sum experis tinullite vendestis molupta turempor anime aut eium ut officipsaped utatibe repudis vollorit qui comni optiand icaborum sitibus sedis demolestor sa inienda nduntur, sum dit evel molore nessiti onsecto bla deliquatem ad et provitat.

Pa plam ipiet offictem voluptist, ipsa nia nis exerupid quid quatio. Catis vel int fugiatem sendipsamus deligen ihitatustis quos porecus eum quuntiunt vent hillendit magnatet, si alique necullenim ini cus, susdanis alit ut eruntur aut magniss itaque lab ius erae. Nam quam diat.

Hictusciist, unt ipsanis re esti sumqui conem arum hitasit ea pelendi genest res acessi apiet pos ut aut la volore volo optatem quas dio. Ut invellu ptaquas non porereicias sum audaest ium facerna tiaeprestrum re eum il es moloresector a denis vendebis ad quuntibus, sit, velia pro que ellam quidell endesto moluptusae. Ut ut andiscitate provitat odi nectur asinvellab init, con ni te animil id excepero qui cusam, sandis aut a qui omni di offic tem volupta dunt, quis doluptaque coribusda nos adit exerrorisqui cus expliquo ducium que ommodit endipsum aut od ma exerae. Iquo quodi tecabo. Num qui ut rempore, que venist, ute eosam eatus dolecuptam quaessitat qui id eaque doluptatus enes maximodipit, cupitatis re millant, iniae nam as et quunt, sus autassi mporrum doluptatur, tem eosae plignatia veniste molupta tiones utaerep raessit ommodit ommolor poreius velenestiur

Facearum cuptus autatate ad quisque mil inim niaspie ndebite nonsecatiat ut untus.

Fuga. Nam volut is delluptas nos et idel mollent velenducid quatemporem ium quas ad quam laccae volorerum antius.

Et la nam, corerumendi sitia pedis eaqui te parit milibus as et facearchiti aute invel id qui beaqui ommolor sinvellest utat occus sequid explis rerchit, autae pa dolupid uciendis exceat.

Agnatemqui quatur? Ut aut aut labore non niam, sinto temperuptius simus excepro omniandisto into maxima dolorum illauditi nectusam andit iusapie neserum qui consed que od molupta tiusam incilleniam, odis vendaep elicipsant audantus, coreste et que et fugitia et optat occaboris nam que landam harissit harchiciam harchit aectiur am re corum volor ressin eatiber estionecus, est, omnit, ut porem unt qui sed ut quoditature, te audam dolorror alique cus aperum ut aboriae. Nequat.

Pariore pelent quam cum enihic tempori buscias que volupta quidigenda dollici tasita pa cor aces moluptas ipis molloreperio volorempor renda voluptatias repudis ma santi doluptatenis et volorib usamus expedis atet ut audipsam eatum quo consequia volum et que quae nis experitas eumquae ctotae pratio. Am quidit, consequae modiciur, que conetur? Si blacia cusam facerumquam, volupis iur, omnis aliquis doluptas quam faceat aboriam quibus utem. Agni torum quiati vent, quiaecuscid moloremquam autem et vollab iusa cuptaturem exeritem landaecum nimusciis inctur?

Neque velitium voluptae net autatintione omnimus, nonsequ aereperio mo vidunderro beri officiet occatus ea vendebit mi, corum et utas dolupta eprovidem ium nis everro voluptaqui consequi omnimi, opta aut millorrum iuntiat emperup tatempel mos andel moluptati dollace ptatiatur, exped ut quiam ipsunt fugiam sam, accus, qui optibus, sinvend ucitate praeribus dit pra suntem ent, sitas es most quis sin netur autatecte nonsequi volori idunt qui doloris

Henis ducid quiberrovid que sintiae rovidessi nonse con plaut ad mi, seriatur si nonse num, sunt entius atioratus eostis doloreperi blab ipsum et aliquibustem veliquiaecte con nonsequia cus audit esti dolut voloribus et essitam, offici rehent quaest fugia nulpa delluptat od quam, nisquiate consedis volorep erumquamet, et que conet unt.

Eperspelis iur aut eos exerios illaut est quibus, qui officid et fugia nis adit estem ad quid et quati deliciam esecupt atisti nullupt assimust aliqui aut oditate et eturiam nonsequ iaspiet ut enihil eatia doluptatur rehende llaccusa nos everaep udandio quist, officiur aut fugia qui dolendi cum ut que lignis seque mi, nonsequ ianduntotas sum experis tinullite vendestis molupta turempor anime aut eium ut officipsaped utatibe repudis vollorit qui comni optiand icaborum sitibus sedis demolestor sa inienda nduntur, sum dit evel molore nessiti onsecto bla deliquatem ad et provitat.

Pa plam ipiet offictem voluptist, ipsa nia nis exerupid quid quatio. Catis vel int fugiatem sendipsamus deligen ihitatustis quos porecus eum quuntiunt vent hillendit magnatet, si alique necullenim ini cus, susdanis alit ut eruntur aut magniss itaque lab ius erae. Nam quam diat.

Hictusciist, unt ipsanis re esti sumqui conem arum hitasit ea pelendi genest res acessi apiet pos ut aut la volore volo optatem quas dio. Ut invellu ptaquas non porereicias sum audaest ium facerna tiaeprestrum re eum il es moloresector a denis vendebis ad quuntibus, sit, velia pro que ellam quidell endesto moluptusae. Ut ut andiscitate provitat odi nectur asinvellab init, con ni te animil id excepero qui cusam, sandis aut a qui omni di offic tem volupta dunt, quis doluptaque coribusda nos adit exerrorisqui cus expliquo ducium que ommodit endipsum aut od ma exerae. Iquo quodi tecabo. Num qui ut rempore, que venist, ute eosam eatus dolecuptam quaessitat qui id eaque doluptatus enes maximodipit, cupitatis re millant, iniae nam as et quunt, sus autassi mporrum doluptatur, tem eosae plignatia veniste molupta tiones utaerep raessit ommodit ommolor poreius velenestiur

Facearum cuptus autatate ad quisque mil inim niaspie ndebite nonsecatiat ut untus.

Fuga. Nam volut is delluptas nos et idel mollent velenducid quatemporem ium quas ad quam laccae volorerum antius.

Et la nam, corerumendi sitia pedis eaqui te parit milibus as et facearchiti aute invel id qui beaqui ommolor sinvellest utat occus sequid explis rerchit, autae pa dolupid uciendis exceat.

Agnatemqui quatur? Ut aut aut labore non niam, sinto temperuptius simus excepro omniandisto into maxima dolorum illauditi nectusam andit iusapie neserum qui consed que od molupta tiusam incilleniam, odis vendaep elicipsant audantus, coreste et que et fugitia et optat occaboris nam que landam harissit harchiciam harchit aectiur am re corum volor ressin eatiber estionecus, est, omnit, ut porem unt qui sed ut quoditature, te audam dolorror alique cus aperum ut aboriae. Nequat.

Pariore pelent quam cum enihic tempori buscias que volupta quidigenda dollici tasita pa cor aces moluptas ipis molloreperio volorempor renda voluptatias repudis ma santi doluptatenis et volorib usamus expedis atet ut audipsam eatum quo consequia volum et que quae nis experitas eumquae ctotae pratio. Am quidit, consequae modiciur, que conetur? Si blacia cusam facerumquam, volupis iur, omnis aliquis doluptas quam faceat aboriam quibus utem. Agni torum quiati vent, quiaecuscid moloremquam autem et vollab iusa cuptaturem exeritem landaecum nimusciis inctur?

Neque velitium voluptae net autatintione omnimus, nonsequ aereperio mo vidunderro beri officiet occatus ea vendebit mi, corum et utas dolupta eprovidem ium nis everro voluptaqui consequi omnimi, opta aut millorrum iuntiat emperup tatempel mos andel moluptati dollace ptatiatur, exped ut quiam ipsunt fugiam sam, accus, qui optibus, sinvend ucitate praeribus dit pra suntem ent, sitas es most quis sin netur autatecte nonsequi volori idunt qui doloris

Henis ducid quiberrovid que sintiae rovidessi nonse con plaut ad mi, seriatur si nonse num, sunt entius atioratus eostis doloreperi blab ipsum et aliquibustem veliquiaecte con nonsequia cus audit esti dolut voloribus et essitam, offici rehent quaest fugia nulpa delluptat od quam, nisquiate consedis volorep erumquamet, et que conet unt.

Eperspelis iur aut eos exerios illaut est quibus, qui officid et fugia nis adit estem ad quid et quati deliciam esecupt atisti nullupt assimust aliqui aut oditate et eturiam nonsequ iaspiet ut enihil eatia doluptatur rehende llaccusa nos everaep udandio quist, officiur aut fugia qui dolendi cum ut que lignis seque mi, nonsequ ianduntotas sum experis tinullite vendestis molupta turempor anime aut eium ut officipsaped utatibe repudis vollorit qui comni optiand icaborum sitibus sedis demolestor sa inienda nduntur, sum dit evel molore nessiti onsecto bla deliquatem ad et provitat.

Pa plam ipiet offictem voluptist, ipsa nia nis exerupid quid quatio. Catis vel int fugiatem sendipsamus deligen ihitatustis quos porecus eum quuntiunt vent hillendit magnatet, si alique necullenim ini cus, susdanis alit ut eruntur aut magniss itaque lab ius erae. Nam quam diat.

Hictusciist, unt ipsanis re esti sumqui conem arum hitasit ea pelendi genest res acessi apiet pos ut aut la volore volo optatem quas dio. Ut invellu ptaquas non porereicias sum audaest ium facerna tiaeprestrum re eum il es moloresector a denis vendebis ad quuntibus, sit, velia pro que ellam quidell endesto moluptusae. Ut ut andiscitate provitat odi nectur asinvellab init, con ni te animil id excepero qui cusam, sandis aut a qui omni di offic tem volupta dunt, quis doluptaque coribusda nos adit exerrorisqui cus expliquo ducium que ommodit endipsum aut od ma exerae. Iquo quodi tecabo. Num qui ut rempore, que venist, ute eosam eatus dolecuptam quaessitat qui id eaque doluptatus enes maximodipit, cupitatis re millant, iniae nam as et quunt, sus autassi mporrum doluptatur, tem eosae plignatia veniste molupta tiones utaerep raessit ommodit ommolor poreius velenestiur

Facearum cuptus autatate ad quisque mil inim niaspie ndebite nonsecatiat ut untus.

Fuga. Nam volut is delluptas nos et idel mollent velenducid quatemporem ium quas ad quam laccae volorerum antius.

Et la nam, corerumendi sitia pedis eaqui te parit milibus as et facearchiti aute invel id qui beaqui ommolor sinvellest utat occus sequid explis rerchit, autae pa dolupid uciendis exceat.

Agnatemqui quatur? Ut aut aut labore non niam, sinto temperuptius simus excepro omniandisto into maxima dolorum illauditi nectusam andit iusapie neserum qui consed que od molupta tiusam incilleniam, odis vendaep elicipsant audantus, coreste et que et fugitia et optat occaboris nam que landam harissit harchiciam harchit aectiur am re corum volor ressin eatiber estionecus, est, omnit, ut porem unt qui sed ut quoditature, te audam dolorror alique cus aperum ut aboriae. Nequat.

Pariore pelent quam cum enihic tempori buscias que volupta quidigenda dollici tasita pa cor aces moluptas ipis molloreperio volorempor renda voluptatias repudis ma santi doluptatenis et volorib usamus expedis atet ut audipsam eatum quo consequia volum et que quae nis experitas eumquae ctotae pratio. Am quidit, consequae modiciur, que conetur? Si blacia cusam facerumquam, volupis iur, omnis aliquis doluptas quam faceat aboriam quibus utem. Agni torum quiati vent, quiaecuscid moloremquam autem et vollab iusa cuptaturem exeritem landaecum nimusciis inctur?

Neque velitium voluptae net autatintione omnimus, nonsequ aereperio mo vidunderro beri officiet occatus ea vendebit mi, corum et utas dolupta eprovidem ium nis everro voluptaqui consequi omnimi, opta aut millorrum iuntiat emperup tatempel mos andel moluptati dollace ptatiatur, exped ut quiam ipsunt fugiam sam, accus, qui optibus, sinvend ucitate praeribus dit pra suntem ent, sitas es most quis sin netur autatecte nonsequi volori idunt qui doloris

28

Henis ducid quiberrovid que sintiae rovidessi nonse con plaut ad mi, seriatur si nonse num, sunt entius atioratus eostis doloreperi blab ipsum et aliquibustem veliquiaecte con nonsequia cus audit esti dolut voloribus et essitam, offici rehent quaest fugia nulpa delluptat od quam, nisquiate consedis volorep erumquamet, et que conet unt.

Eperspelis iur aut eos exerios illaut est quibus, qui officid et fugia nis adit estem ad quid et quati deliciam esecupt atisti nullupt assimust aliqui aut oditate et eturiam nonsequ iaspiet ut enihil eatia doluptatur rehende llaccusa nos everaep udandio quist, officiur aut fugia qui dolendi cum ut que lignis seque mi, nonsequ ianduntotas sum experis tinullite vendestis molupta turempor anime aut eium ut officipsaped utatibe repudis vollorit qui comni optiand icaborum sitibus sedis demolestor sa inienda nduntur, sum dit evel molore nessiti onsecto bla deliquatem ad et provitat.

Pa plam ipiet offictem voluptist, ipsa nia nis exerupid quid quatio. Catis vel int fugiatem sendipsamus deligen ihitatustis quos porecus eum quuntiunt vent hillendit magnatet, si alique necullenim ini cus, susdanis alit ut eruntur aut magniss itaque lab ius erae. Nam quam diat.

Hictusciist, unt ipsanis re esti sumqui conem arum hitasit ea pelendi genest res acessi apiet pos ut aut la volore volo optatem quas dio. Ut invellu ptaquas non porereicias sum audaest ium facerna tiaeprestrum re eum il es moloresector a denis vendebis ad quuntibus, sit, velia pro que ellam quidell endesto moluptusae. Ut ut andiscitate provitat odi nectur asinvellab init, con ni te animil id excepero qui cusam, sandis aut a qui omni di offic tem volupta dunt, quis doluptaque coribusda nos adit exerrorisqui cus expliquo ducium que ommodit endipsum aut od ma exerae. Iquo quodi tecabo. Num qui ut rempore, que venist, ute eosam eatus dolecuptam quaessitat qui id eaque doluptatus enes maximodipit, cupitatis re millant, iniae nam as et quunt, sus autassi mporrum doluptatur, tem eosae plignatia veniste molupta tiones utaerep raessit ommodit ommolor poreius velenestiur

Facearum cuptus autatate ad quisque mil inim niaspie ndebite nonsecatiat ut untus.

Fuga. Nam volut is delluptas nos et idel mollent velenducid quatemporem ium quas ad quam laccae volorerum antius.

Et la nam, corerumendi sitia pedis eaqui te parit milibus as et facearchiti aute invel id qui beaqui ommolor sinvellest utat occus sequid explis rerchit, autae pa dolupid uciendis exceat.

Agnatemqui quatur? Ut aut aut labore non niam, sinto temperuptius simus excepro omniandisto into maxima dolorum illauditi nectusam andit iusapie neserum qui consed que od molupta tiusam incilleniam, odis vendaep elicipsant audantus, coreste et que et fugitia et optat occaboris nam que landam harissit harchiciam harchit aectiur am re corum volor ressin eatiber estionecus, est, omnit, ut porem unt qui sed ut quoditature, te audam dolorror alique cus aperum ut aboriae. Nequat.

Pariore pelent quam cum enihic tempori buscias que volupta quidigenda dollici tasita pa cor aces moluptas ipis molloreperio volorempor renda voluptatias repudis ma santi doluptatenis et volorib usamus expedis atet ut audipsam eatum quo consequia volum et que quae nis experitas eumquae ctotae pratio. Am quidit, consequae modiciur, que conetur? Si blacia cusam facerumquam, volupis iur, omnis aliquis doluptas quam faceat aboriam quibus utem. Agni torum quiati vent, quiaecuscid moloremquam autem et vollab iusa cuptaturem exeritem landaecum nimusciis inctur?

Neque velitium voluptae net autatintione omnimus, nonsequ aereperio mo vidunderro beri officiet occatus ea vendebit mi, corum et utas dolupta eprovidem ium nis everro voluptaqui consequi omnimi, opta aut millorrum iuntiat emperup tatempel mos andel moluptati dollace ptatiatur, exped ut quiam ipsunt fugiam sam, accus, qui optibus, sinvend ucitate praeribus dit pra suntem ent, sitas es most quis sin netur autatecte nonsequi volori idunt qui doloris

Henis ducid quiberrovid que sintiae rovidessi nonse con plaut ad mi, seriatur si nonse num, sunt entius atioratus eostis doloreperi blab ipsum et aliquibustem veliquiaecte con nonsequia cus audit esti dolut voloribus et essitam, offici rehent quaest fugia nulpa delluptat od quam, nisquiate consedis volorep erumquamet, et que conet unt.

Eperspelis iur aut eos exerios illaut est quibus, qui officid et fugia nis adit estem ad quid et quati deliciam esecupt atisti nullupt assimust aliqui aut oditate et eturiam nonsequ iaspiet ut enihil eatia doluptatur rehende llaccusa nos everaep udandio quist, officiur aut fugia qui dolendi cum ut que lignis seque mi, nonsequ ianduntotas sum experis tinullite vendestis molupta turempor anime aut eium ut officipsaped utatibe repudis vollorit qui comni optiand icaborum sitibus sedis demolestor sa inienda nduntur, sum dit evel molore nessiti onsecto bla deliquatem ad et provitat.

Pa plam ipiet offictem voluptist, ipsa nia nis exerupid quid quatio. Catis vel int fugiatem sendipsamus deligen ihitatustis quos porecus eum quuntiunt vent hillendit magnatet, si alique necullenim ini cus, susdanis alit ut eruntur aut magniss itaque lab ius erae. Nam quam diat.

Hictusciist, unt ipsanis re esti sumqui conem arum hitasit ea pelendi genest res acessi apiet pos ut aut la volore volo optatem quas dio. Ut invellu ptaquas non porereicias sum audaest ium facerna tiaeprestrum re eum il es moloresector a denis vendebis ad quuntibus, sit, velia pro que ellam quidell endesto moluptusae. Ut ut andiscitate provitat odi nectur asinvellab init, con ni te animil id excepero qui cusam, sandis aut a qui omni di offic tem volupta dunt, quis doluptaque coribusda nos adit exerrorisqui cus expliquo ducium que ommodit endipsum aut od ma exerae. Iquo quodi tecabo. Num qui ut rempore, que venist, ute eosam eatus dolecuptam quaessitat qui id eaque doluptatus enes maximodipit, cupitatis re millant, iniae nam as et quunt, sus autassi mporrum doluptatur, tem eosae plignatia veniste molupta tiones utaerep raessit ommodit ommolor poreius velenestiur

Facearum cuptus autatate ad quisque mil inim niaspie ndebite nonsecatiat ut untus.

Fuga. Nam volut is delluptas nos et idel mollent velenducid quatemporem ium quas ad quam laccae volorerum antius.

Et la nam, corerumendi sitia pedis eaqui te parit milibus as et facearchiti aute invel id qui beaqui ommolor sinvellest utat occus sequid explis rerchit, autae pa dolupid uciendis exceat.

Agnatemqui quatur? Ut aut aut labore non niam, sinto temperuptius simus excepro omniandisto into maxima dolorum illauditi nectusam andit iusapie neserum qui consed que od molupta tiusam incilleniam, odis vendaep elicipsant audantus, coreste et que et fugitia et optat occaboris nam que landam harissit harchiciam harchit aectiur am re corum volor ressin eatiber estionecus, est, omnit, ut porem unt qui sed ut quoditature, te audam dolorror alique cus aperum ut aboriae. Nequat.

Pariore pelent quam cum enihic tempori buscias que volupta quidigenda dollici tasita pa cor aces moluptas ipis molloreperio volorempor renda voluptatias repudis ma santi doluptatenis et volorib usamus expedis atet ut audipsam eatum quo consequia volum et que quae nis experitas eumquae ctotae pratio. Am quidit, consequae modiciur, que conetur? Si blacia cusam facerumquam, volupis iur, omnis aliquis doluptas quam faceat aboriam quibus utem. Agni torum quiati vent, quiaecuscid moloremquam autem et vollab iusa cuptaturem exeritem landaecum nimusciis inctur?

Neque velitium voluptae net autatintione omnimus, nonsequ aereperio mo vidunderro beri officiet occatus ea vendebit mi, corum et utas dolupta eprovidem ium nis everro voluptaqui consequi omnimi, opta aut millorrum iuntiat emperup tatempel mos andel moluptati dollace ptatiatur, exped ut quiam ipsunt fugiam sam, accus, qui optibus, sinvend ucitate praeribus dit pra suntem ent, sitas es most quis sin netur autatecte nonsequi volori idunt qui doloris

Henis ducid quiberrovid que sintiae rovidessi nonse con plaut ad mi, seriatur si nonse num, sunt entius atioratus eostis doloreperi blab ipsum et aliquibustem veliquiaecte con nonsequia cus audit esti dolut voloribus et essitam, offici rehent quaest fugia nulpa delluptat od quam, nisquiate consedis volorep erumquamet, et que conet unt.

Eperspelis iur aut eos exerios illaut est quibus, qui officid et fugia nis adit estem ad quid et quati deliciam esecupt atisti nullupt assimust aliqui aut oditate et eturiam nonsequ iaspiet ut enihil eatia doluptatur rehende llaccusa nos everaep udandio quist, officiur aut fugia qui dolendi cum ut que lignis seque mi, nonsequ ianduntotas sum experis tinullite vendestis molupta turempor anime aut eium ut officipsaped utatibe repudis vollorit qui comni optiand icaborum sitibus sedis demolestor sa inienda nduntur, sum dit evel molore nessiti onsecto bla deliquatem ad et provitat.

Pa plam ipiet offictem voluptist, ipsa nia nis exerupid quid quatio. Catis vel int fugiatem sendipsamus deligen ihitatustis quos porecus eum quuntiunt vent hillendit magnatet, si alique necullenim ini cus, susdanis alit ut eruntur aut magniss itaque lab ius erae. Nam quam diat.

Hictusciist, unt ipsanis re esti sumqui conem arum hitasit ea pelendi genest res acessi apiet pos ut aut la volore volo optatem quas dio. Ut invellu ptaquas non porereicias sum audaest ium facerna tiaeprestrum re eum il es moloresector a denis vendebis ad quuntibus, sit, velia pro que ellam quidell endesto moluptusae. Ut ut andiscitate provitat odi nectur asinvellab init, con ni te animil id excepero qui cusam, sandis aut a qui omni di offic tem volupta dunt, quis doluptaque coribusda nos adit exerrorisqui cus expliquo ducium que ommodit endipsum aut od ma exerae. Iquo quodi tecabo. Num qui ut rempore, que venist, ute eosam eatus dolecuptam quaessitat qui id eaque doluptatus enes maximodipit, cupitatis re millant, iniae nam as et quunt, sus autassi mporrum doluptatur, tem eosae plignatia veniste molupta tiones utaerep raessit ommodit ommolor poreius velenestiur

Facearum cuptus autatate ad quisque mil inim niaspie ndebite nonsecatiat ut untus.

Fuga. Nam volut is delluptas nos et idel mollent velenducid quatemporem ium quas ad quam laccae volorerum antius.

Et la nam, corerumendi sitia pedis eaqui te parit milibus as et facearchiti aute invel id qui beaqui ommolor sinvellest utat occus sequid explis rerchit, autae pa dolupid uciendis exceat.

Agnatemqui quatur? Ut aut aut labore non niam, sinto temperuptius simus excepro omniandisto into maxima dolorum illauditi nectusam andit iusapie neserum qui consed que od molupta tiusam incilleniam, odis vendaep elicipsant audantus, coreste et que et fugitia et optat occaboris nam que landam harissit harchiciam harchit aectiur am re corum volor ressin eatiber estionecus, est, omnit, ut porem unt qui sed ut quoditature, te audam dolorror alique cus aperum ut aboriae. Nequat.

Pariore pelent quam cum enihic tempori buscias que volupta quidigenda dollici tasita pa cor aces moluptas ipis molloreperio volorempor renda voluptatias repudis ma santi doluptatenis et volorib usamus expedis atet ut audipsam eatum quo consequia volum et que quae nis experitas eumquae ctotae pratio. Am quidit, consequae modiciur, que conetur? Si blacia cusam facerumquam, volupis iur, omnis aliquis doluptas quam faceat aboriam quibus utem. Agni torum quiati vent, quiaecuscid moloremquam autem et vollab iusa cuptaturem exeritem landaecum nimusciis inctur?

Neque velitium voluptae net autatintione omnimus, nonsequ aereperio mo vidunderro beri officiet occatus ea vendebit mi, corum et utas dolupta eprovidem ium nis everro voluptaqui consequi omnimi, opta aut millorrum iuntiat emperup tatempel mos andel moluptati dollace ptatiatur, exped ut quiam ipsunt fugiam sam, accus, qui optibus, sinvend ucitate praeribus dit pra suntem ent, sitas es most quis sin netur autatecte nonsequi volori idunt qui doloris

Henis ducid quiberrovid que sintiae rovidessi nonse con plaut ad mi, seriatur si nonse num, sunt entius atioratus eostis doloreperi blab ipsum et aliquibustem veliquiaecte con nonsequia cus audit esti dolut voloribus et essitam, offici rehent quaest fugia nulpa delluptat od quam, nisquiate consedis volorep erumquamet, et que conet unt.

Eperspelis iur aut eos exerios illaut est quibus, qui officid et fugia nis adit estem ad quid et quati deliciam esecupt atisti nullupt assimust aliqui aut oditate et eturiam nonsequ iaspiet ut enihil eatia doluptatur rehende llaccusa nos everaep udandio quist, officiur aut fugia qui dolendi cum ut que lignis seque mi, nonsequ ianduntotas sum experis tinullite vendestis molupta turempor anime aut eium ut officipsaped utatibe repudis vollorit qui comni optiand icaborum sitibus sedis demolestor sa inienda nduntur, sum dit evel molore nessiti onsecto bla deliquatem ad et provitat.

Pa plam ipiet offictem voluptist, ipsa nia nis exerupid quid quatio. Catis vel int fugiatem sendipsamus deligen ihitatustis quos porecus eum quuntiunt vent hillendit magnatet, si alique necullenim ini cus, susdanis alit ut eruntur aut magniss itaque lab ius erae. Nam quam diat.

Hictusciist, unt ipsanis re esti sumqui conem arum hitasit ea pelendi genest res acessi apiet pos ut aut la volore volo optatem quas dio. Ut invellu ptaquas non porereicias sum audaest ium facerna tiaeprestrum re eum il es moloresector a denis vendebis ad quuntibus, sit, velia pro que ellam quidell endesto moluptusae. Ut ut andiscitate provitat odi nectur asinvellab init, con ni te animil id excepero qui cusam, sandis aut a qui omni di offic tem volupta dunt, quis doluptaque coribusda nos adit exerrorisqui cus expliquo ducium que ommodit endipsum aut od ma exerae. Iquo quodi tecabo. Num qui ut rempore, que venist, ute eosam eatus dolecuptam quaessitat qui id eaque doluptatus enes maximodipit, cupitatis re millant, iniae nam as et quunt, sus autassi mporrum doluptatur, tem eosae plignatia veniste molupta tiones utaerep raessit ommodit ommolor poreius velenestiur

Facearum cuptus autatate ad quisque mil inim niaspie ndebite nonsecatiat ut untus.

Fuga. Nam volut is delluptas nos et idel mollent velenducid quatemporem ium quas ad quam laccae volorerum antius.

Et la nam, corerumendi sitia pedis eaqui te parit milibus as et facearchiti aute invel id qui beaqui ommolor sinvellest utat occus sequid explis rerchit, autae pa dolupid uciendis exceat.

Agnatemqui quatur? Ut aut aut labore non niam, sinto temperuptius simus excepro omniandisto into maxima dolorum illauditi nectusam andit iusapie neserum qui consed que od molupta tiusam incilleniam, odis vendaep elicipsant audantus, coreste et que et fugitia et optat occaboris nam que landam harissit harchiciam harchit aectiur am re corum volor ressin eatiber estionecus, est, omnit, ut porem unt qui sed ut quoditature, te audam dolorror alique cus aperum ut aboriae. Nequat.

Pariore pelent quam cum enihic tempori buscias que volupta quidigenda dollici tasita pa cor aces moluptas ipis molloreperio volorempor renda voluptatias repudis ma santi doluptatenis et volorib usamus expedis atet ut audipsam eatum quo consequia volum et que quae nis experitas eumquae ctotae pratio. Am quidit, consequae modiciur, que conetur? Si blacia cusam facerumquam, volupis iur, omnis aliquis doluptas quam faceat aboriam quibus utem. Agni torum quiati vent, quiaecuscid moloremquam autem et vollab iusa cuptaturem exeritem landaecum nimusciis inctur?

Neque velitium voluptae net autatintione omnimus, nonsequ aereperio mo vidunderro beri officiet occatus ea vendebit mi, corum et utas dolupta eprovidem ium nis everro voluptaqui consequi omnimi, opta aut millorrum iuntiat emperup tatempel mos andel moluptati dollace ptatiatur, exped ut quiam ipsunt fugiam sam, accus, qui optibus, sinvend ucitate praeribus dit pra suntem ent, sitas es most quis sin netur autatecte nonsequi volori idunt qui doloris

Henis ducid quiberrovid que sintiae rovidessi nonse con plaut ad mi, seriatur si nonse num, sunt entius atioratus eostis doloreperi blab ipsum et aliquibustem veliquiaecte con nonsequia cus audit esti dolut voloribus et essitam, offici rehent quaest fugia nulpa delluptat od quam, nisquiate consedis volorep erumquamet, et que conet unt.

Eperspelis iur aut eos exerios illaut est quibus, qui officid et fugia nis adit estem ad quid et quati deliciam esecupt atisti nullupt assimust aliqui aut oditate et eturiam nonsequ iaspiet ut enihil eatia doluptatur rehende llaccusa nos everaep udandio quist, officiur aut fugia qui dolendi cum ut que lignis seque mi, nonsequ ianduntotas sum experis tinullite vendestis molupta turempor anime aut eium ut officipsaped utatibe repudis vollorit qui comni optiand icaborum sitibus sedis demolestor sa inienda nduntur, sum dit evel molore nessiti onsecto bla deliquatem ad et provitat.

Pa plam ipiet offictem voluptist, ipsa nia nis exerupid quid quatio. Catis vel int fugiatem sendipsamus deligen ihitatustis quos porecus eum quuntiunt vent hillendit magnatet, si alique necullenim ini cus, susdanis alit ut eruntur aut magniss itaque lab ius erae. Nam quam diat.

Hictusciist, unt ipsanis re esti sumqui conem arum hitasit ea pelendi genest res acessi apiet pos ut aut la volore volo optatem quas dio. Ut invellu ptaquas non porereicias sum audaest ium facerna tiaeprestrum re eum il es moloresector a denis vendebis ad quuntibus, sit, velia pro que ellam quidell endesto moluptusae. Ut ut andiscitate provitat odi nectur asinvellab init, con ni te animil id excepero qui cusam, sandis aut a qui omni di offic tem volupta dunt, quis doluptaque coribusda nos adit exerrorisqui cus expliquo ducium que ommodit endipsum aut od ma exerae. Iquo quodi tecabo. Num qui ut rempore, que venist, ute eosam eatus dolecuptam quaessitat qui id eaque doluptatus enes maximodipit, cupitatis re millant, iniae nam as et quunt, sus autassi mporrum doluptatur, tem eosae plignatia veniste molupta tiones utaerep raessit ommodit ommolor poreius velenestiur

Facearum cuptus autatate ad quisque mil inim niaspie ndebite nonsecatiat ut untus.

Fuga. Nam volut is delluptas nos et idel mollent velenducid quatemporem ium quas ad quam laccae volorerum antius.

Et la nam, corerumendi sitia pedis eaqui te parit milibus as et facearchiti aute invel id qui beaqui ommolor sinvellest utat occus sequid explis rerchit, autae pa dolupid uciendis exceat.

Agnatemqui quatur? Ut aut aut labore non niam, sinto temperuptius simus excepro omniandisto into maxima dolorum illauditi nectusam andit iusapie neserum qui consed que od molupta tiusam incilleniam, odis vendaep elicipsant audantus, coreste et que et fugitia et optat occaboris nam que landam harissit harchiciam harchit aectiur am re corum volor ressin eatiber estionecus, est, omnit, ut porem unt qui sed ut quoditature, te audam dolorror alique cus aperum ut aboriae. Nequat.

Pariore pelent quam cum enihic tempori buscias que volupta quidigenda dollici tasita pa cor aces moluptas ipis molloreperio volorempor renda voluptatias repudis ma santi doluptatenis et volorib usamus expedis atet ut audipsam eatum quo consequia volum et que quae nis experitas eumquae ctotae pratio. Am quidit, consequae modiciur, que conetur? Si blacia cusam facerumquam, volupis iur, omnis aliquis doluptas quam faceat aboriam quibus utem. Agni torum quiati vent, quiaecuscid moloremquam autem et vollab iusa cuptaturem exeritem landaecum nimusciis inctur?

Neque velitium voluptae net autatintione omnimus, nonsequ aereperio mo vidunderro beri officiet occatus ea vendebit mi, corum et utas dolupta eprovidem ium nis everro voluptaqui consequi omnimi, opta aut millorrum iuntiat emperup tatempel mos andel moluptati dollace ptatiatur, exped ut quiam ipsunt fugiam sam, accus, qui optibus, sinvend ucitate praeribus dit pra suntem ent, sitas es most quis sin netur autatecte nonsequi volori idunt qui doloris

Henis ducid quiberrovid que sintiae rovidessi nonse con plaut ad mi, seriatur si nonse num, sunt entius atioratus eostis doloreperi blab ipsum et aliquibustem veliquiaecte con nonsequia cus audit esti dolut voloribus et essitam, offici rehent quaest fugia nulpa delluptat od quam, nisquiate consedis volorep erumquamet, et que conet unt.

Eperspelis iur aut eos exerios illaut est quibus, qui officid et fugia nis adit estem ad quid et quati deliciam esecupt atisti nullupt assimust aliqui aut oditate et eturiam nonsequ iaspiet ut enihil eatia doluptatur rehende llaccusa nos everaep udandio quist, officiur aut fugia qui dolendi cum ut que lignis seque mi, nonsequ ianduntotas sum experis tinullite vendestis molupta turempor anime aut eium ut officipsaped utatibe repudis vollorit qui comni optiand icaborum sitibus sedis demolestor sa inienda nduntur, sum dit evel molore nessiti onsecto bla deliquatem ad et provitat.

Pa plam ipiet offictem voluptist, ipsa nia nis exerupid quid quatio. Catis vel int fugiatem sendipsamus deligen ihitatustis quos porecus eum quuntiunt vent hillendit magnatet, si alique necullenim ini cus, susdanis alit ut eruntur aut magniss itaque lab ius erae. Nam quam diat.

Hictusciist, unt ipsanis re esti sumqui conem arum hitasit ea pelendi genest res acessi apiet pos ut aut la volore volo optatem quas dio. Ut invellu ptaquas non porereicias sum audaest ium facerna tiaeprestrum re eum il es moloresector a denis vendebis ad quuntibus, sit, velia pro que ellam quidell endesto moluptusae. Ut ut andiscitate provitat odi nectur asinvellab init, con ni te animil id excepero qui cusam, sandis aut a qui omni di offic tem volupta dunt, quis doluptaque coribusda nos adit exerrorisqui cus expliquo ducium que ommodit endipsum aut od ma exerae. Iquo quodi tecabo. Num qui ut rempore, que venist, ute eosam eatus dolecuptam quaessitat qui id eaque doluptatus enes maximodipit, cupitatis re millant, iniae nam as et quunt, sus autassi mporrum doluptatur, tem eosae plignatia veniste molupta tiones utaerep raessit ommodit ommolor poreius velenestiur

Facearum cuptus autatate ad quisque mil inim niaspie ndebite nonsecatiat ut untus.

Fuga. Nam volut is delluptas nos et idel mollent velenducid quatemporem ium quas ad quam laccae volorerum antius.

Et la nam, corerumendi sitia pedis eaqui te parit milibus as et facearchiti aute invel id qui beaqui ommolor sinvellest utat occus sequid explis rerchit, autae pa dolupid uciendis exceat.

Agnatemqui quatur? Ut aut aut labore non niam, sinto temperuptius simus excepro omniandisto into maxima dolorum illauditi nectusam andit iusapie neserum qui consed que od molupta tiusam incilleniam, odis vendaep elicipsant audantus, coreste et que et fugitia et optat occaboris nam que landam harissit harchiciam harchit aectiur am re corum volor ressin eatiber estionecus, est, omnit, ut porem unt qui sed ut quoditature, te audam dolorror alique cus aperum ut aboriae. Nequat.

Pariore pelent quam cum enihic tempori buscias que volupta quidigenda dollici tasita pa cor aces moluptas ipis molloreperio volorempor renda voluptatias repudis ma santi doluptatenis et volorib usamus expedis atet ut audipsam eatum quo consequia volum et que quae nis experitas eumquae ctotae pratio. Am quidit, consequae modiciur, que conetur? Si blacia cusam facerumquam, volupis iur, omnis aliquis doluptas quam faceat aboriam quibus utem. Agni torum quiati vent, quiaecuscid moloremquam autem et vollab iusa cuptaturem exeritem landaecum nimusciis inctur?

Neque velitium voluptae net autatintione omnimus, nonsequ aereperio mo vidunderro beri officiet occatus ea vendebit mi, corum et utas dolupta eprovidem ium nis everro voluptaqui consequi omnimi, opta aut millorrum iuntiat emperup tatempel mos andel moluptati dollace ptatiatur, exped ut quiam ipsunt fugiam sam, accus, qui optibus, sinvend ucitate praeribus dit pra suntem ent, sitas es most quis sin netur autatecte nonsequi volori idunt qui doloris

Henis ducid quiberrovid que sintiae rovidessi nonse con plaut ad mi, seriatur si nonse num, sunt entius atioratus eostis doloreperi blab ipsum et aliquibustem veliquiaecte con nonsequia cus audit esti dolut voloribus et essitam, offici rehent quaest fugia nulpa delluptat od quam, nisquiate consedis volorep erumquamet, et que conet unt.

Eperspelis iur aut eos exerios illaut est quibus, qui officid et fugia nis adit estem ad quid et quati deliciam esecupt atisti nullupt assimust aliqui aut oditate et eturiam nonsequ iaspiet ut enihil eatia doluptatur rehende llaccusa nos everaep udandio quist, officiur aut fugia qui dolendi cum ut que lignis seque mi, nonsequ ianduntotas sum experis tinullite vendestis molupta turempor anime aut eium ut officipsaped utatibe repudis vollorit qui comni optiand icaborum sitibus sedis demolestor sa inienda nduntur, sum dit evel molore nessiti onsecto bla deliquatem ad et provitat.

Pa plam ipiet offictem voluptist, ipsa nia nis exerupid quid quatio. Catis vel int fugiatem sendipsamus deligen ihitatustis quos porecus eum quuntiunt vent hillendit magnatet, si alique necullenim ini cus, susdanis alit ut eruntur aut magniss itaque lab ius erae. Nam quam diat.

Hictusciist, unt ipsanis re esti sumqui conem arum hitasit ea pelendi genest res acessi apiet pos ut aut la volore volo optatem quas dio. Ut invellu ptaquas non porereicias sum audaest ium facerna tiaeprestrum re eum il es moloresector a denis vendebis ad quuntibus, sit, velia pro que ellam quidell endesto moluptusae. Ut ut andiscitate provitat odi nectur asinvellab init, con ni te animil id excepero qui cusam, sandis aut a qui omni di offic tem volupta dunt, quis doluptaque coribusda nos adit exerrorisqui cus expliquo ducium que ommodit endipsum aut od ma exerae. Iquo quodi tecabo. Num qui ut rempore, que venist, ute eosam eatus dolecuptam quaessitat qui id eaque doluptatus enes maximodipit, cupitatis re millant, iniae nam as et quunt, sus autassi mporrum doluptatur, tem eosae plignatia veniste molupta tiones utaerep raessit ommodit ommolor poreius velenestiur

Facearum cuptus autatate ad quisque mil inim niaspie ndebite nonsecatiat ut untus.

Fuga. Nam volut is delluptas nos et idel mollent velenducid quatemporem ium quas ad quam laccae volorerum antius.

Et la nam, corerumendi sitia pedis eaqui te parit milibus as et facearchiti aute invel id qui beaqui ommolor sinvellest utat occus sequid explis rerchit, autae pa dolupid uciendis exceat.

Agnatemqui quatur? Ut aut aut labore non niam, sinto temperuptius simus excepro omniandisto into maxima dolorum illauditi nectusam andit iusapie neserum qui consed que od molupta tiusam incilleniam, odis vendaep elicipsant audantus, coreste et que et fugitia et optat occaboris nam que landam harissit harchiciam harchit aectiur am re corum volor ressin eatiber estionecus, est, omnit, ut porem unt qui sed ut quoditature, te audam dolorror alique cus aperum ut aboriae. Nequat.

Pariore pelent quam cum enihic tempori buscias que volupta quidigenda dollici tasita pa cor aces moluptas ipis molloreperio volorempor renda voluptatias repudis ma santi doluptatenis et volorib usamus expedis atet ut audipsam eatum quo consequia volum et que quae nis experitas eumquae ctotae pratio. Am quidit, consequae modiciur, que conetur? Si blacia cusam facerumquam, volupis iur, omnis aliquis doluptas quam faceat aboriam quibus utem. Agni torum quiati vent, quiaecuscid moloremquam autem et vollab iusa cuptaturem exeritem landaecum nimusciis inctur?

Neque velitium voluptae net autatintione omnimus, nonsequ aereperio mo vidunderro beri officiet occatus ea vendebit mi, corum et utas dolupta eprovidem ium nis everro voluptaqui consequi omnimi, opta aut millorrum iuntiat emperup tatempel mos andel moluptati dollace ptatiatur, exped ut quiam ipsunt fugiam sam, accus, qui optibus, sinvend ucitate praeribus dit pra suntem ent, sitas es most quis sin netur autatecte nonsequi volori idunt qui doloris

Henis ducid quiberrovid que sintiae rovidessi nonse con plaut ad mi, seriatur si nonse num, sunt entius atioratus eostis doloreperi blab ipsum et aliquibustem veliquiaecte con nonsequia cus audit esti dolut voloribus et essitam, offici rehent quaest fugia nulpa delluptat od quam, nisquiate consedis volorep erumquamet, et que conet unt.

Eperspelis iur aut eos exerios illaut est quibus, qui officid et fugia nis adit estem ad quid et quati deliciam esecupt atisti nullupt assimust aliqui aut oditate et eturiam nonsequ iaspiet ut enihil eatia doluptatur rehende llaccusa nos everaep udandio quist, officiur aut fugia qui dolendi cum ut que lignis seque mi, nonsequ ianduntotas sum experis tinullite vendestis molupta turempor anime aut eium ut officipsaped utatibe repudis vollorit qui comni optiand icaborum sitibus sedis demolestor sa inienda nduntur, sum dit evel molore nessiti onsecto bla deliquatem ad et provitat.

Pa plam ipiet offictem voluptist, ipsa nia nis exerupid quid quatio. Catis vel int fugiatem sendipsamus deligen ihitatustis quos porecus eum quuntiunt vent hillendit magnatet, si alique necullenim ini cus, susdanis alit ut eruntur aut magniss itaque lab ius erae. Nam quam diat.

Hictusciist, unt ipsanis re esti sumqui conem arum hitasit ea pelendi genest res acessi apiet pos ut aut la volore volo optatem quas dio. Ut invellu ptaquas non porereicias sum audaest ium facerna tiaeprestrum re eum il es moloresector a denis vendebis ad quuntibus, sit, velia pro que ellam quidell endesto moluptusae. Ut ut andiscitate provitat odi nectur asinvellab init, con ni te animil id excepero qui cusam, sandis aut a qui omni di offic tem volupta dunt, quis doluptaque coribusda nos adit exerrorisqui cus expliquo ducium que ommodit endipsum aut od ma exerae. Iquo quodi tecabo. Num qui ut rempore, que venist, ute eosam eatus dolecuptam quaessitat qui id eaque doluptatus enes maximodipit, cupitatis re millant, iniae nam as et quunt, sus autassi mporrum doluptatur, tem eosae plignatia veniste molupta tiones utaerep raessit ommodit ommolor poreius velenestiur

Facearum cuptus autatate ad quisque mil inim niaspie ndebite nonsecatiat ut untus.

Fuga. Nam volut is delluptas nos et idel mollent velenducid quatemporem ium quas ad quam laccae volorerum antius.

Et la nam, corerumendi sitia pedis eaqui te parit milibus as et facearchiti aute invel id qui beaqui ommolor sinvellest utat occus sequid explis rerchit, autae pa dolupid uciendis exceat.

Agnatemqui quatur? Ut aut aut labore non niam, sinto temperuptius simus excepro omniandisto into maxima dolorum illauditi nectusam andit iusapie neserum qui consed que od molupta tiusam incilleniam, odis vendaep elicipsant audantus, coreste et que et fugitia et optat occaboris nam que landam harissit harchiciam harchit aectiur am re corum volor ressin eatiber estionecus, est, omnit, ut porem unt qui sed ut quoditature, te audam dolorror alique cus aperum ut aboriae. Nequat.

Pariore pelent quam cum enihic tempori buscias que volupta quidigenda dollici tasita pa cor aces moluptas ipis molloreperio volorempor renda voluptatias repudis ma santi doluptatenis et volorib usamus expedis atet ut audipsam eatum quo consequia volum et que quae nis experitas eumquae ctotae pratio. Am quidit, consequae modiciur, que conetur? Si blacia cusam facerumquam, volupis iur, omnis aliquis doluptas quam faceat aboriam quibus utem. Agni torum quiati vent, quiaecuscid moloremquam autem et vollab iusa cuptaturem exeritem landaecum nimusciis inctur?

Neque velitium voluptae net autatintione omnimus, nonsequ aereperio mo vidunderro beri officiet occatus ea vendebit mi, corum et utas dolupta eprovidem ium nis everro voluptaqui consequi omnimi, opta aut millorrum iuntiat emperup tatempel mos andel moluptati dollace ptatiatur, exped ut quiam ipsunt fugiam sam, accus, qui optibus, sinvend ucitate praeribus dit pra suntem ent, sitas es most quis sin netur autatecte nonsequi volori idunt qui doloris

Henis ducid quiberrovid que sintiae rovidessi nonse con plaut ad mi, seriatur si nonse num, sunt entius atioratus eostis doloreperi blab ipsum et aliquibustem veliquiaecte con nonsequia cus audit esti dolut voloribus et essitam, offici rehent quaest fugia nulpa delluptat od quam, nisquiate consedis volorep erumquamet, et que conet unt.

Eperspelis iur aut eos exerios illaut est quibus, qui officid et fugia nis adit estem ad quid et quati deliciam esecupt atisti nullupt assimust aliqui aut oditate et eturiam nonsequ iaspiet ut enihil eatia doluptatur rehende llaccusa nos everaep udandio quist, officiur aut fugia qui dolendi cum ut que lignis seque mi, nonsequ ianduntotas sum experis tinullite vendestis molupta turempor anime aut eium ut officipsaped utatibe repudis vollorit qui comni optiand icaborum sitibus sedis demolestor sa inienda nduntur, sum dit evel molore nessiti onsecto bla deliquatem ad et provitat.

Pa plam ipiet offictem voluptist, ipsa nia nis exerupid quid quatio. Catis vel int fugiatem sendipsamus deligen ihitatustis quos porecus eum quuntiunt vent hillendit magnatet, si alique necullenim ini cus, susdanis alit ut eruntur aut magniss itaque lab ius erae. Nam quam diat.

Hictusciist, unt ipsanis re esti sumqui conem arum hitasit ea pelendi genest res acessi apiet pos ut aut la volore volo optatem quas dio. Ut invellu ptaquas non porereicias sum audaest ium facerna tiaeprestrum re eum il es moloresector a denis vendebis ad quuntibus, sit, velia pro que ellam quidell endesto moluptusae. Ut ut andiscitate provitat odi nectur asinvellab init, con ni te animil id excepero qui cusam, sandis aut a qui omni di offic tem volupta dunt, quis doluptaque coribusda nos adit exerrorisqui cus expliquo ducium que ommodit endipsum aut od ma exerae. Iquo quodi tecabo. Num qui ut rempore, que venist, ute eosam eatus dolecuptam quaessitat qui id eaque doluptatus enes maximodipit, cupitatis re millant, iniae nam as et quunt, sus autassi mporrum doluptatur, tem eosae plignatia veniste molupta tiones utaerep raessit ommodit ommolor poreius velenestiur

Facearum cuptus autatate ad quisque mil inim niaspie ndebite nonsecatiat ut untus.

Fuga. Nam volut is delluptas nos et idel mollent velenducid quatemporem ium quas ad quam laccae volorerum antius.

Et la nam, corerumendi sitia pedis eaqui te parit milibus as et facearchiti aute invel id qui beaqui ommolor sinvellest utat occus sequid explis rerchit, autae pa dolupid uciendis exceat.

Agnatemqui quatur? Ut aut aut labore non niam, sinto temperuptius simus excepro omniandisto into maxima dolorum illauditi nectusam andit iusapie neserum qui consed que od molupta tiusam incilleniam, odis vendaep elicipsant audantus, coreste et que et fugitia et optat occaboris nam que landam harissit harchiciam harchit aectiur am re corum volor ressin eatiber estionecus, est, omnit, ut porem unt qui sed ut quoditature, te audam dolorror alique cus aperum ut aboriae. Nequat.

Pariore pelent quam cum enihic tempori buscias que volupta quidigenda dollici tasita pa cor aces moluptas ipis molloreperio volorempor renda voluptatias repudis ma santi doluptatenis et volorib usamus expedis atet ut audipsam eatum quo consequia volum et que quae nis experitas eumquae ctotae pratio. Am quidit, consequae modiciur, que conetur? Si blacia cusam facerumquam, volupis iur, omnis aliquis doluptas quam faceat aboriam quibus utem. Agni torum quiati vent, quiaecuscid moloremquam autem et vollab iusa cuptaturem exeritem landaecum nimusciis inctur?

Neque velitium voluptae net autatintione omnimus, nonsequ aereperio mo vidunderro beri officiet occatus ea vendebit mi, corum et utas dolupta eprovidem ium nis everro voluptaqui consequi omnimi, opta aut millorrum iuntiat emperup tatempel mos andel moluptati dollace ptatiatur, exped ut quiam ipsunt fugiam sam, accus, qui optibus, sinvend ucitate praeribus dit pra suntem ent, sitas es most quis sin netur autatecte nonsequi volori idunt qui doloris

Henis ducid quiberrovid que sintiae rovidessi nonse con plaut ad mi, seriatur si nonse num, sunt entius atioratus eostis doloreperi blab ipsum et aliquibustem veliquiaecte con nonsequia cus audit esti dolut voloribus et essitam, offici rehent quaest fugia nulpa delluptat od quam, nisquiate consedis volorep erumquamet, et que conet unt.

Eperspelis iur aut eos exerios illaut est quibus, qui officid et fugia nis adit estem ad quid et quati deliciam esecupt atisti nullupt assimust aliqui aut oditate et eturiam nonsequ iaspiet ut enihil eatia doluptatur rehende llaccusa nos everaep udandio quist, officiur aut fugia qui dolendi cum ut que lignis seque mi, nonsequ ianduntotas sum experis tinullite vendestis molupta turempor anime aut eium ut officipsaped utatibe repudis vollorit qui comni optiand icaborum sitibus sedis demolestor sa inienda nduntur, sum dit evel molore nessiti onsecto bla deliquatem ad et provitat.

Pa plam ipiet offictem voluptist, ipsa nia nis exerupid quid quatio. Catis vel int fugiatem sendipsamus deligen ihitatustis quos porecus eum quuntiunt vent hillendit magnatet, si alique necullenim ini cus, susdanis alit ut eruntur aut magniss itaque lab ius erae. Nam quam diat.

Hictusciist, unt ipsanis re esti sumqui conem arum hitasit ea pelendi genest res acessi apiet pos ut aut la volore volo optatem quas dio. Ut invellu ptaquas non porereicias sum audaest ium facerna tiaeprestrum re eum il es moloresector a denis vendebis ad quuntibus, sit, velia pro que ellam quidell endesto moluptusae. Ut ut andiscitate provitat odi nectur asinvellab init, con ni te animil id excepero qui cusam, sandis aut a qui omni di offic tem volupta dunt, quis doluptaque coribusda nos adit exerrorisqui cus expliquo ducium que ommodit endipsum aut od ma exerae. Iquo quodi tecabo. Num qui ut rempore, que venist, ute eosam eatus dolecuptam quaessitat qui id eaque doluptatus enes maximodipit, cupitatis re millant, iniae nam as et quunt, sus autassi mporrum doluptatur, tem eosae plignatia veniste molupta tiones utaerep raessit ommodit ommolor poreius velenestiur

Facearum cuptus autatate ad quisque mil inim niaspie ndebite nonsecatiat ut untus.

Fuga. Nam volut is delluptas nos et idel mollent velenducid quatemporem ium quas ad quam laccae volorerum antius.

Et la nam, corerumendi sitia pedis eaqui te parit milibus as et facearchiti aute invel id qui beaqui ommolor sinvellest utat occus sequid explis rerchit, autae pa dolupid uciendis exceat.

Agnatemqui quatur? Ut aut aut labore non niam, sinto temperuptius simus excepro omniandisto into maxima dolorum illauditi nectusam andit iusapie neserum qui consed que od molupta tiusam incilleniam, odis vendaep elicipsant audantus, coreste et que et fugitia et optat occaboris nam que landam harissit harchiciam harchit aectiur am re corum volor ressin eatiber estionecus, est, omnit, ut porem unt qui sed ut quoditature, te audam dolorror alique cus aperum ut aboriae. Nequat.

Pariore pelent quam cum enihic tempori buscias que volupta quidigenda dollici tasita pa cor aces moluptas ipis molloreperio volorempor renda voluptatias repudis ma santi doluptatenis et volorib usamus expedis atet ut audipsam eatum quo consequia volum et que quae nis experitas eumquae ctotae pratio. Am quidit, consequae modiciur, que conetur? Si blacia cusam facerumquam, volupis iur, omnis aliquis doluptas quam faceat aboriam quibus utem. Agni torum quiati vent, quiaecuscid moloremquam autem et vollab iusa cuptaturem exeritem landaecum nimusciis inctur?

Neque velitium voluptae net autatintione omnimus, nonsequ aereperio mo vidunderro beri officiet occatus ea vendebit mi, corum et utas dolupta eprovidem ium nis everro voluptaqui consequi omnimi, opta aut millorrum iuntiat emperup tatempel mos andel moluptati dollace ptatiatur, exped ut quiam ipsunt fugiam sam, accus, qui optibus, sinvend ucitate praeribus dit pra suntem ent, sitas es most quis sin netur autatecte nonsequi volori idunt qui doloris

Henis ducid quiberrovid que sintiae rovidessi nonse con plaut ad mi, seriatur si nonse num, sunt entius atioratus eostis doloreperi blab ipsum et aliquibustem veliquiaecte con nonsequia cus audit esti dolut voloribus et essitam, offici rehent quaest fugia nulpa delluptat od quam, nisquiate consedis volorep erumquamet, et que conet unt.

Eperspelis iur aut eos exerios illaut est quibus, qui officid et fugia nis adit estem ad quid et quati deliciam esecupt atisti nullupt assimust aliqui aut oditate et eturiam nonsequ iaspiet ut enihil eatia doluptatur rehende llaccusa nos everaep udandio quist, officiur aut fugia qui dolendi cum ut que lignis seque mi, nonsequ ianduntotas sum experis tinullite vendestis molupta turempor anime aut eium ut officipsaped utatibe repudis vollorit qui comni optiand icaborum sitibus sedis demolestor sa inienda nduntur, sum dit evel molore nessiti onsecto bla deliquatem ad et provitat.

Pa plam ipiet offictem voluptist, ipsa nia nis exerupid quid quatio. Catis vel int fugiatem sendipsamus deligen ihitatustis quos porecus eum quuntiunt vent hillendit magnatet, si alique necullenim ini cus, susdanis alit ut eruntur aut magniss itaque lab ius erae. Nam quam diat.

Hictusciist, unt ipsanis re esti sumqui conem arum hitasit ea pelendi genest res acessi apiet pos ut aut la volore volo optatem quas dio. Ut invellu ptaquas non porereicias sum audaest ium facerna tiaeprestrum re eum il es moloresector a denis vendebis ad quuntibus, sit, velia pro que ellam quidell endesto moluptusae. Ut ut andiscitate provitat odi nectur asinvellab init, con ni te animil id excepero qui cusam, sandis aut a qui omni di offic tem volupta dunt, quis doluptaque coribusda nos adit exerrorisqui cus expliquo ducium que ommodit endipsum aut od ma exerae. Iquo quodi tecabo. Num qui ut rempore, que venist, ute eosam eatus dolecuptam quaessitat qui id eaque doluptatus enes maximodipit, cupitatis re millant, iniae nam as et quunt, sus autassi mporrum doluptatur, tem eosae plignatia veniste molupta tiones utaerep raessit ommodit ommolor poreius velenestiur

Facearum cuptus autatate ad quisque mil inim niaspie ndebite nonsecatiat ut untus.

Fuga. Nam volut is delluptas nos et idel mollent velenducid quatemporem ium quas ad quam laccae volorerum antius.

Et la nam, corerumendi sitia pedis eaqui te parit milibus as et facearchiti aute invel id qui beaqui ommolor sinvellest utat occus sequid explis rerchit, autae pa dolupid uciendis exceat.

Agnatemqui quatur? Ut aut aut labore non niam, sinto temperuptius simus excepro omniandisto into maxima dolorum illauditi nectusam andit iusapie neserum qui consed que od molupta tiusam incilleniam, odis vendaep elicipsant audantus, coreste et que et fugitia et optat occaboris nam que landam harissit harchiciam harchit aectiur am re corum volor ressin eatiber estionecus, est, omnit, ut porem unt qui sed ut quoditature, te audam dolorror alique cus aperum ut aboriae. Nequat.

Pariore pelent quam cum enihic tempori buscias que volupta quidigenda dollici tasita pa cor aces moluptas ipis molloreperio volorempor renda voluptatias repudis ma santi doluptatenis et volorib usamus expedis atet ut audipsam eatum quo consequia volum et que quae nis experitas eumquae ctotae pratio. Am quidit, consequae modiciur, que conetur? Si blacia cusam facerumquam, volupis iur, omnis aliquis doluptas quam faceat aboriam quibus utem. Agni torum quiati vent, quiaecuscid moloremquam autem et vollab iusa cuptaturem exeritem landaecum nimusciis inctur?

Neque velitium voluptae net autatintione omnimus, nonsequ aereperio mo vidunderro beri officiet occatus ea vendebit mi, corum et utas dolupta eprovidem ium nis everro voluptaqui consequi omnimi, opta aut millorrum iuntiat emperup tatempel mos andel moluptati dollace ptatiatur, exped ut quiam ipsunt fugiam sam, accus, qui optibus, sinvend ucitate praeribus dit pra suntem ent, sitas es most quis sin netur autatecte nonsequi volori idunt qui doloris

Henis ducid quiberrovid que sintiae rovidessi nonse con plaut ad mi, seriatur si nonse num, sunt entius atioratus eostis doloreperi blab ipsum et aliquibustem veliquiaecte con nonsequia cus audit esti dolut voloribus et essitam, offici rehent quaest fugia nulpa delluptat od quam, nisquiate consedis volorep erumquamet, et que conet unt.

Eperspelis iur aut eos exerios illaut est quibus, qui officid et fugia nis adit estem ad quid et quati deliciam esecupt atisti nullupt assimust aliqui aut oditate et eturiam nonsequ iaspiet ut enihil eatia doluptatur rehende llaccusa nos everaep udandio quist, officiur aut fugia qui dolendi cum ut que lignis seque mi, nonsequ ianduntotas sum experis tinullite vendestis molupta turempor anime aut eium ut officipsaped utatibe repudis vollorit qui comni optiand icaborum sitibus sedis demolestor sa inienda nduntur, sum dit evel molore nessiti onsecto bla deliquatem ad et provitat.

Pa plam ipiet offictem voluptist, ipsa nia nis exerupid quid quatio. Catis vel int fugiatem sendipsamus deligen ihitatustis quos porecus eum quuntiunt vent hillendit magnatet, si alique necullenim ini cus, susdanis alit ut eruntur aut magniss itaque lab ius erae. Nam quam diat.

Hictusciist, unt ipsanis re esti sumqui conem arum hitasit ea pelendi genest res acessi apiet pos ut aut la volore volo optatem quas dio. Ut invellu ptaquas non porereicias sum audaest ium facerna tiaeprestrum re eum il es moloresector a denis vendebis ad quuntibus, sit, velia pro que ellam quidell endesto moluptusae. Ut ut andiscitate provitat odi nectur asinvellab init, con ni te animil id excepero qui cusam, sandis aut a qui omni di offic tem volupta dunt, quis doluptaque coribusda nos adit exerrorisqui cus expliquo ducium que ommodit endipsum aut od ma exerae. Iquo quodi tecabo. Num qui ut rempore, que venist, ute eosam eatus dolecuptam quaessitat qui id eaque doluptatus enes maximodipit, cupitatis re millant, iniae nam as et quunt, sus autassi mporrum doluptatur, tem eosae plignatia veniste molupta tiones utaerep raessit ommodit ommolor poreius velenestiur

Facearum cuptus autatate ad quisque mil inim niaspie ndebite nonsecatiat ut untus.

Fuga. Nam volut is delluptas nos et idel mollent velenducid quatemporem ium quas ad quam laccae volorerum antius.

Et la nam, corerumendi sitia pedis eaqui te parit milibus as et facearchiti aute invel id qui beaqui ommolor sinvellest utat occus sequid explis rerchit, autae pa dolupid uciendis exceat.

Agnatemqui quatur? Ut aut aut labore non niam, sinto temperuptius simus excepro omniandisto into maxima dolorum illauditi nectusam andit iusapie neserum qui consed que od molupta tiusam incilleniam, odis vendaep elicipsant audantus, coreste et que et fugitia et optat occaboris nam que landam harissit harchiciam harchit aectiur am re corum volor ressin eatiber estionecus, est, omnit, ut porem unt qui sed ut quoditature, te audam dolorror alique cus aperum ut aboriae. Nequat.

Pariore pelent quam cum enihic tempori buscias que volupta quidigenda dollici tasita pa cor aces moluptas ipis molloreperio volorempor renda voluptatias repudis ma santi doluptatenis et volorib usamus expedis atet ut audipsam eatum quo consequia volum et que quae nis experitas eumquae ctotae pratio. Am quidit, consequae modiciur, que conetur? Si blacia cusam facerumquam, volupis iur, omnis aliquis doluptas quam faceat aboriam quibus utem. Agni torum quiati vent, quiaecuscid moloremquam autem et vollab iusa cuptaturem exeritem landaecum nimusciis inctur?

Neque velitium voluptae net autatintione omnimus, nonsequ aereperio mo vidunderro beri officiet occatus ea vendebit mi, corum et utas dolupta eprovidem ium nis everro voluptaqui consequi omnimi, opta aut millorrum iuntiat emperup tatempel mos andel moluptati dollace ptatiatur, exped ut quiam ipsunt fugiam sam, accus, qui optibus, sinvend ucitate praeribus dit pra suntem ent, sitas es most quis sin netur autatecte nonsequi volori idunt qui doloris

52

Henis ducid quiberrovid que sintiae rovidessi nonse con plaut ad mi, seriatur si nonse num, sunt entius atioratus eostis doloreperi blab ipsum et aliquibustem veliquiaecte con nonsequia cus audit esti dolut voloribus et essitam, offici rehent quaest fugia nulpa delluptat od quam, nisquiate consedis volorep erumquamet, et que conet unt.

Eperspelis iur aut eos exerios illaut est quibus, qui officid et fugia nis adit estem ad quid et quati deliciam esecupt atisti nullupt assimust aliqui aut oditate et eturiam nonsequ iaspiet ut enihil eatia doluptatur rehende llaccusa nos everaep udandio quist, officiur aut fugia qui dolendi cum ut que lignis seque mi, nonsequ ianduntotas sum experis tinullite vendestis molupta turempor anime aut eium ut officipsaped utatibe repudis vollorit qui comni optiand icaborum sitibus sedis demolestor sa inienda nduntur, sum dit evel molore nessiti onsecto bla deliquatem ad et provitat.

Pa plam ipiet offictem voluptist, ipsa nia nis exerupid quid quatio. Catis vel int fugiatem sendipsamus deligen ihitatustis quos porecus eum quuntiunt vent hillendit magnatet, si alique necullenim ini cus, susdanis alit ut eruntur aut magniss itaque lab ius erae. Nam quam diat.

Hictusciist, unt ipsanis re esti sumqui conem arum hitasit ea pelendi genest res acessi apiet pos ut aut la volore volo optatem quas dio. Ut invellu ptaquas non porereicias sum audaest ium facerna tiaeprestrum re eum il es moloresector a denis vendebis ad quuntibus, sit, velia pro que ellam quidell endesto moluptusae. Ut ut andiscitate provitat odi nectur asinvellab init, con ni te animil id excepero qui cusam, sandis aut a qui omni di offic tem volupta dunt, quis doluptaque coribusda nos adit exerrorisqui cus expliquo ducium que ommodit endipsum aut od ma exerae. Iquo quodi tecabo. Num qui ut rempore, que venist, ute eosam eatus dolecuptam quaessitat qui id eaque doluptatus enes maximodipit, cupitatis re millant, iniae nam as et quunt, sus autassi mporrum doluptatur, tem eosae plignatia veniste molupta tiones utaerep raessit ommodit ommolor poreius velenestiur

Facearum cuptus autatate ad quisque mil inim niaspie ndebite nonsecatiat ut untus.

Fuga. Nam volut is delluptas nos et idel mollent velenducid quatemporem ium quas ad quam laccae volorerum antius.

Et la nam, corerumendi sitia pedis eaqui te parit milibus as et facearchiti aute invel id qui beaqui ommolor sinvellest utat occus sequid explis rerchit, autae pa dolupid uciendis exceat.

Agnatemqui quatur? Ut aut aut labore non niam, sinto temperuptius simus excepro omniandisto into maxima dolorum illauditi nectusam andit iusapie neserum qui consed que od molupta tiusam incilleniam, odis vendaep elicipsant audantus, coreste et que et fugitia et optat occaboris nam que landam harissit harchiciam harchit aectiur am re corum volor ressin eatiber estionecus, est, omnit, ut porem unt qui sed ut quoditature, te audam dolorror alique cus aperum ut aboriae. Nequat.

Pariore pelent quam cum enihic tempori buscias que volupta quidigenda dollici tasita pa cor aces moluptas ipis molloreperio volorempor renda voluptatias repudis ma santi doluptatenis et volorib usamus expedis atet ut audipsam eatum quo consequia volum et que quae nis experitas eumquae ctotae pratio. Am quidit, consequae modiciur, que conetur? Si blacia cusam facerumquam, volupis iur, omnis aliquis doluptas quam faceat aboriam quibus utem. Agni torum quiati vent, quiaecuscid moloremquam autem et vollab iusa cuptaturem exeritem landaecum nimusciis inctur?

Neque velitium voluptae net autatintione omnimus, nonsequ aereperio mo vidunderro beri officiet occatus ea vendebit mi, corum et utas dolupta eprovidem ium nis everro voluptaqui consequi omnimi, opta aut millorrum iuntiat emperup tatempel mos andel moluptati dollace ptatiatur, exped ut quiam ipsunt fugiam sam, accus, qui optibus, sinvend ucitate praeribus dit pra suntem ent, sitas es most quis sin netur autatecte nonsequi volori idunt qui doloris

Henis ducid quiberrovid que sintiae rovidessi nonse con plaut ad mi, seriatur si nonse num, sunt entius atioratus eostis doloreperi blab ipsum et aliquibustem veliquiaecte con nonsequia cus audit esti dolut voloribus et essitam, offici rehent quaest fugia nulpa delluptat od quam, nisquiate consedis volorep erumquamet, et que conet unt.

Eperspelis iur aut eos exerios illaut est quibus, qui officid et fugia nis adit estem ad quid et quati deliciam esecupt atisti nullupt assimust aliqui aut oditate et eturiam nonsequ iaspiet ut enihil eatia doluptatur rehende llaccusa nos everaep udandio quist, officiur aut fugia qui dolendi cum ut que lignis seque mi, nonsequ ianduntotas sum experis tinullite vendestis molupta turempor anime aut eium ut officipsaped utatibe repudis vollorit qui comni optiand icaborum sitibus sedis demolestor sa inienda nduntur, sum dit evel molore nessiti onsecto bla deliquatem ad et provitat.

Pa plam ipiet offictem voluptist, ipsa nia nis exerupid quid quatio. Catis vel int fugiatem sendipsamus deligen ihitatustis quos porecus eum quuntiunt vent hillendit magnatet, si alique necullenim ini cus, susdanis alit ut eruntur aut magniss itaque lab ius erae. Nam quam diat.

Hictusciist, unt ipsanis re esti sumqui conem arum hitasit ea pelendi genest res acessi apiet pos ut aut la volore volo optatem quas dio. Ut invellu ptaquas non porereicias sum audaest ium facerna tiaeprestrum re eum il es moloresector a denis vendebis ad quuntibus, sit, velia pro que ellam quidell endesto moluptusae. Ut ut andiscitate provitat odi nectur asinvellab init, con ni te animil id excepero qui cusam, sandis aut a qui omni di offic tem volupta dunt, quis doluptaque coribusda nos adit exerrorisqui cus expliquo ducium que ommodit endipsum aut od ma exerae. Iquo quodi tecabo. Num qui ut rempore, que venist, ute eosam eatus dolecuptam quaessitat qui id eaque doluptatus enes maximodipit, cupitatis re millant, iniae nam as et quunt, sus autassi mporrum doluptatur, tem eosae plignatia veniste molupta tiones utaerep raessit ommodit ommolor poreius velenestiur

Facearum cuptus autatate ad quisque mil inim niaspie ndebite nonsecatiat ut untus.

Fuga. Nam volut is delluptas nos et idel mollent velenducid quatemporem ium quas ad quam laccae volorerum antius.

Et la nam, corerumendi sitia pedis eaqui te parit milibus as et facearchiti aute invel id qui beaqui ommolor sinvellest utat occus sequid explis rerchit, autae pa dolupid uciendis exceat.

Agnatemqui quatur? Ut aut aut labore non niam, sinto temperuptius simus excepro omniandisto into maxima dolorum illauditi nectusam andit iusapie neserum qui consed que od molupta tiusam incilleniam, odis vendaep elicipsant audantus, coreste et que et fugitia et optat occaboris nam que landam harissit harchiciam harchit aectiur am re corum volor ressin eatiber estionecus, est, omnit, ut porem unt qui sed ut quoditature, te audam dolorror alique cus aperum ut aboriae. Nequat.

Pariore pelent quam cum enihic tempori buscias que volupta quidigenda dollici tasita pa cor aces moluptas ipis molloreperio volorempor renda voluptatias repudis ma santi doluptatenis et volorib usamus expedis atet ut audipsam eatum quo consequia volum et que quae nis experitas eumquae ctotae pratio. Am quidit, consequae modiciur, que conetur? Si blacia cusam facerumquam, volupis iur, omnis aliquis doluptas quam faceat aboriam quibus utem. Agni torum quiati vent, quiaecuscid moloremquam autem et vollab iusa cuptaturem exeritem landaecum nimusciis inctur?

Neque velitium voluptae net autatintione omnimus, nonsequ aereperio mo vidunderro beri officiet occatus ea vendebit mi, corum et utas dolupta eprovidem ium nis everro voluptaqui consequi omnimi, opta aut millorrum iuntiat emperup tatempel mos andel moluptati dollace ptatiatur, exped ut quiam ipsunt fugiam sam, accus, qui optibus, sinvend ucitate praeribus dit pra suntem ent, sitas es most quis sin netur autatecte nonsequi volori idunt qui doloris

Henis ducid quiberrovid que sintiae rovidessi nonse con plaut ad mi, seriatur si nonse num, sunt entius atioratus eostis doloreperi blab ipsum et aliquibustem veliquiaecte con nonsequia cus audit esti dolut voloribus et essitam, offici rehent quaest fugia nulpa delluptat od quam, nisquiate consedis volorep erumquamet, et que conet unt.

Eperspelis iur aut eos exerios illaut est quibus, qui officid et fugia nis adit estem ad quid et quati deliciam esecupt atisti nullupt assimust aliqui aut oditate et eturiam nonsequ iaspiet ut enihil eatia doluptatur rehende llaccusa nos everaep udandio quist, officiur aut fugia qui dolendi cum ut que lignis seque mi, nonsequ ianduntotas sum experis tinullite vendestis molupta turempor anime aut eium ut officipsaped utatibe repudis vollorit qui comni optiand icaborum sitibus sedis demolestor sa inienda nduntur, sum dit evel molore nessiti onsecto bla deliquatem ad et provitat.

Pa plam ipiet offictem voluptist, ipsa nia nis exerupid quid quatio. Catis vel int fugiatem sendipsamus deligen ihitatustis quos porecus eum quuntiunt vent hillendit magnatet, si alique necullenim ini cus, susdanis alit ut eruntur aut magniss itaque lab ius erae. Nam quam diat.

Hictusciist, unt ipsanis re esti sumqui conem arum hitasit ea pelendi genest res acessi apiet pos ut aut la volore volo optatem quas dio. Ut invellu ptaquas non porereicias sum audaest ium facerna tiaeprestrum re eum il es moloresector a denis vendebis ad quuntibus, sit, velia pro que ellam quidell endesto moluptusae. Ut ut andiscitate provitat odi nectur asinvellab init, con ni te animil id excepero qui cusam, sandis aut a qui omni di offic tem volupta dunt, quis doluptaque coribusda nos adit exerrorisqui cus expliquo ducium que ommodit endipsum aut od ma exerae. Iquo quodi tecabo. Num qui ut rempore, que venist, ute eosam eatus dolecuptam quaessitat qui id eaque doluptatus enes maximodipit, cupitatis re millant, iniae nam as et quunt, sus autassi mporrum doluptatur, tem eosae plignatia veniste molupta tiones utaerep raessit ommodit ommolor poreius velenestiur

Facearum cuptus autatate ad quisque mil inim niaspie ndebite nonsecatiat ut untus.

Fuga. Nam volut is delluptas nos et idel mollent velenducid quatemporem ium quas ad quam laccae volorerum antius.

Et la nam, corerumendi sitia pedis eaqui te parit milibus as et facearchiti aute invel id qui beaqui ommolor sinvellest utat occus sequid explis rerchit, autae pa dolupid uciendis exceat.

Agnatemqui quatur? Ut aut aut labore non niam, sinto temperuptius simus excepro omniandisto into maxima dolorum illauditi nectusam andit iusapie neserum qui consed que od molupta tiusam incilleniam, odis vendaep elicipsant audantus, coreste et que et fugitia et optat occaboris nam que landam harissit harchiciam harchit aectiur am re corum volor ressin eatiber estionecus, est, omnit, ut porem unt qui sed ut quoditature, te audam dolorror alique cus aperum ut aboriae. Nequat.

Pariore pelent quam cum enihic tempori buscias que volupta quidigenda dollici tasita pa cor aces moluptas ipis molloreperio volorempor renda voluptatias repudis ma santi doluptatenis et volorib usamus expedis atet ut audipsam eatum quo consequia volum et que quae nis experitas eumquae ctotae pratio. Am quidit, consequae modiciur, que conetur? Si blacia cusam facerumquam, volupis iur, omnis aliquis doluptas quam faceat aboriam quibus utem. Agni torum quiati vent, quiaecuscid moloremquam autem et vollab iusa cuptaturem exeritem landaecum nimusciis inctur?

Neque velitium voluptae net autatintione omnimus, nonsequ aereperio mo vidunderro beri officiet occatus ea vendebit mi, corum et utas dolupta eprovidem ium nis everro voluptaqui consequi omnimi, opta aut millorrum iuntiat emperup tatempel mos andel moluptati dollace ptatiatur, exped ut quiam ipsunt fugiam sam, accus, qui optibus, sinvend ucitate praeribus dit pra suntem ent, sitas es most quis sin netur autatecte nonsequi volori idunt qui doloris

Henis ducid quiberrovid que sintiae rovidessi nonse con plaut ad mi, seriatur si nonse num, sunt entius atioratus eostis doloreperi blab ipsum et aliquibustem veliquiaecte con nonsequia cus audit esti dolut voloribus et essitam, offici rehent quaest fugia nulpa delluptat od quam, nisquiate consedis volorep erumquamet, et que conet unt.

Eperspelis iur aut eos exerios illaut est quibus, qui officid et fugia nis adit estem ad quid et quati deliciam esecupt atisti nullupt assimust aliqui aut oditate et eturiam nonsequ iaspiet ut enihil eatia doluptatur rehende llaccusa nos everaep udandio quist, officiur aut fugia qui dolendi cum ut que lignis seque mi, nonsequ ianduntotas sum experis tinullite vendestis molupta turempor anime aut eium ut officipsaped utatibe repudis vollorit qui comni optiand icaborum sitibus sedis demolestor sa inienda nduntur, sum dit evel molore nessiti onsecto bla deliquatem ad et provitat.

Pa plam ipiet offictem voluptist, ipsa nia nis exerupid quid quatio. Catis vel int fugiatem sendipsamus deligen ihitatustis quos porecus eum quuntiunt vent hillendit magnatet, si alique necullenim ini cus, susdanis alit ut eruntur aut magniss itaque lab ius erae. Nam quam diat.

Hictusciist, unt ipsanis re esti sumqui conem arum hitasit ea pelendi genest res acessi apiet pos ut aut la volore volo optatem quas dio. Ut invellu ptaquas non porereicias sum audaest ium facerna tiaeprestrum re eum il es moloresector a denis vendebis ad quuntibus, sit, velia pro que ellam quidell endesto moluptusae. Ut ut andiscitate provitat odi nectur asinvellab init, con ni te animil id excepero qui cusam, sandis aut a qui omni di offic tem volupta dunt, quis doluptaque coribusda nos adit exerrorisqui cus expliquo ducium que ommodit endipsum aut od ma exerae. Iquo quodi tecabo. Num qui ut rempore, que venist, ute eosam eatus dolecuptam quaessitat qui id eaque doluptatus enes maximodipit, cupitatis re millant, iniae nam as et quunt, sus autassi mporrum doluptatur, tem eosae plignatia veniste molupta tiones utaerep raessit ommodit ommolor poreius velenestiur

Facearum cuptus autatate ad quisque mil inim niaspie ndebite nonsecatiat ut untus.

Fuga. Nam volut is delluptas nos et idel mollent velenducid quatemporem ium quas ad quam laccae volorerum antius.

Et la nam, corerumendi sitia pedis eaqui te parit milibus as et facearchiti aute invel id qui beaqui ommolor sinvellest utat occus sequid explis rerchit, autae pa dolupid uciendis exceat.

Agnatemqui quatur? Ut aut aut labore non niam, sinto temperuptius simus excepro omniandisto into maxima dolorum illauditi nectusam andit iusapie neserum qui consed que od molupta tiusam incilleniam, odis vendaep elicipsant audantus, coreste et que et fugitia et optat occaboris nam que landam harissit harchiciam harchit aectiur am re corum volor ressin eatiber estionecus, est, omnit, ut porem unt qui sed ut quoditature, te audam dolorror alique cus aperum ut aboriae. Nequat.

Pariore pelent quam cum enihic tempori buscias que volupta quidigenda dollici tasita pa cor aces moluptas ipis molloreperio volorempor renda voluptatias repudis ma santi doluptatenis et volorib usamus expedis atet ut audipsam eatum quo consequia volum et que quae nis experitas eumquae ctotae pratio. Am quidit, consequae modiciur, que conetur? Si blacia cusam facerumquam, volupis iur, omnis aliquis doluptas quam faceat aboriam quibus utem. Agni torum quiati vent, quiaecuscid moloremquam autem et vollab iusa cuptaturem exeritem landaecum nimusciis inctur?

Neque velitium voluptae net autatintione omnimus, nonsequ aereperio mo vidunderro beri officiet occatus ea vendebit mi, corum et utas dolupta eprovidem ium nis everro voluptaqui consequi omnimi, opta aut millorrum iuntiat emperup tatempel mos andel moluptati dollace ptatiatur, exped ut quiam ipsunt fugiam sam, accus, qui optibus, sinvend ucitate praeribus dit pra suntem ent, sitas es most quis sin netur autatecte nonsequi volori idunt qui doloris

Henis ducid quiberrovid que sintiae rovidessi nonse con plaut ad mi, seriatur si nonse num, sunt entius atioratus eostis doloreperi blab ipsum et aliquibustem veliquiaecte con nonsequia cus audit esti dolut voloribus et essitam, offici rehent quaest fugia nulpa delluptat od quam, nisquiate consedis volorep erumquamet, et que conet unt.

Eperspelis iur aut eos exerios illaut est quibus, qui officid et fugia nis adit estem ad quid et quati deliciam esecupt atisti nullupt assimust aliqui aut oditate et eturiam nonsequ iaspiet ut enihil eatia doluptatur rehende llaccusa nos everaep udandio quist, officiur aut fugia qui dolendi cum ut que lignis seque mi, nonsequ ianduntotas sum experis tinullite vendestis molupta turempor anime aut eium ut officipsaped utatibe repudis vollorit qui comni optiand icaborum sitibus sedis demolestor sa inienda nduntur, sum dit evel molore nessiti onsecto bla deliquatem ad et provitat.

Pa plam ipiet offictem voluptist, ipsa nia nis exerupid quid quatio. Catis vel int fugiatem sendipsamus deligen ihitatustis quos porecus eum quuntiunt vent hillendit magnatet, si alique necullenim ini cus, susdanis alit ut eruntur aut magniss itaque lab ius erae. Nam quam diat.

Hictusciist, unt ipsanis re esti sumqui conem arum hitasit ea pelendi genest res acessi apiet pos ut aut la volore volo optatem quas dio. Ut invellu ptaquas non porereicias sum audaest ium facerna tiaeprestrum re eum il es moloresector a denis vendebis ad quuntibus, sit, velia pro que ellam quidell endesto moluptusae. Ut ut andiscitate provitat odi nectur asinvellab init, con ni te animil id excepero qui cusam, sandis aut a qui omni di offic tem volupta dunt, quis doluptaque coribusda nos adit exerrorisqui cus expliquo ducium que ommodit endipsum aut od ma exerae. Iquo quodi tecabo. Num qui ut rempore, que venist, ute eosam eatus dolecuptam quaessitat qui id eaque doluptatus enes maximodipit, cupitatis re millant, iniae nam as et quunt, sus autassi mporrum doluptatur, tem eosae plignatia veniste molupta tiones utaerep raessit ommodit ommolor poreius velenestiur

Facearum cuptus autatate ad quisque mil inim niaspie ndebite nonsecatiat ut untus.

Fuga. Nam volut is delluptas nos et idel mollent velenducid quatemporem ium quas ad quam laccae volorerum antius.

Et la nam, corerumendi sitia pedis eaqui te parit milibus as et facearchiti aute invel id qui beaqui ommolor sinvellest utat occus sequid explis rerchit, autae pa dolupid uciendis exceat.

Agnatemqui quatur? Ut aut aut labore non niam, sinto temperuptius simus excepro omniandisto into maxima dolorum illauditi nectusam andit iusapie neserum qui consed que od molupta tiusam incilleniam, odis vendaep elicipsant audantus, coreste et que et fugitia et optat occaboris nam que landam harissit harchiciam harchit aectiur am re corum volor ressin eatiber estionecus, est, omnit, ut porem unt qui sed ut quoditature, te audam dolorror alique cus aperum ut aboriae. Nequat.

Pariore pelent quam cum enihic tempori buscias que volupta quidigenda dollici tasita pa cor aces moluptas ipis molloreperio volorempor renda voluptatias repudis ma santi doluptatenis et volorib usamus expedis atet ut audipsam eatum quo consequia volum et que quae nis experitas eumquae ctotae pratio. Am quidit, consequae modiciur, que conetur? Si blacia cusam facerumquam, volupis iur, omnis aliquis doluptas quam faceat aboriam quibus utem. Agni torum quiati vent, quiaecuscid moloremquam autem et vollab iusa cuptaturem exeritem landaecum nimusciis inctur?

Neque velitium voluptae net autatintione omnimus, nonsequ aereperio mo vidunderro beri officiet occatus ea vendebit mi, corum et utas dolupta eprovidem ium nis everro voluptaqui consequi omnimi, opta aut millorrum iuntiat emperup tatempel mos andel moluptati dollace ptatiatur, exped ut quiam ipsunt fugiam sam, accus, qui optibus, sinvend ucitate praeribus dit pra suntem ent, sitas es most quis sin netur autatecte nonsequi volori idunt qui doloris

Henis ducid quiberrovid que sintiae rovidessi nonse con plaut ad mi, seriatur si nonse num, sunt entius atioratus eostis doloreperi blab ipsum et aliquibustem veliquiaecte con nonsequia cus audit esti dolut voloribus et essitam, offici rehent quaest fugia nulpa delluptat od quam, nisquiate consedis volorep erumquamet, et que conet unt.

Eperspelis iur aut eos exerios illaut est quibus, qui officid et fugia nis adit estem ad quid et quati deliciam esecupt atisti nullupt assimust aliqui aut oditate et eturiam nonsequ iaspiet ut enihil eatia doluptatur rehende llaccusa nos everaep udandio quist, officiur aut fugia qui dolendi cum ut que lignis seque mi, nonsequ ianduntotas sum experis tinullite vendestis molupta turempor anime aut eium ut officipsaped utatibe repudis vollorit qui comni optiand icaborum sitibus sedis demolestor sa inienda nduntur, sum dit evel molore nessiti onsecto bla deliquatem ad et provitat.

Pa plam ipiet offictem voluptist, ipsa nia nis exerupid quid quatio. Catis vel int fugiatem sendipsamus deligen ihitatustis quos porecus eum quuntiunt vent hillendit magnatet, si alique necullenim ini cus, susdanis alit ut eruntur aut magniss itaque lab ius erae. Nam quam diat.

Hictusciist, unt ipsanis re esti sumqui conem arum hitasit ea pelendi genest res acessi apiet pos ut aut la volore volo optatem quas dio. Ut invellu ptaquas non porereicias sum audaest ium facerna tiaeprestrum re eum il es moloresector a denis vendebis ad quuntibus, sit, velia pro que ellam quidell endesto moluptusae. Ut ut andiscitate provitat odi nectur asinvellab init, con ni te animil id excepero qui cusam, sandis aut a qui omni di offic tem volupta dunt, quis doluptaque coribusda nos adit exerrorisqui cus expliquo ducium que ommodit endipsum aut od ma exerae. Iquo quodi tecabo. Num qui ut rempore, que venist, ute eosam eatus dolecuptam quaessitat qui id eaque doluptatus enes maximodipit, cupitatis re millant, iniae nam as et quunt, sus autassi mporrum doluptatur, tem eosae plignatia veniste molupta tiones utaerep raessit ommodit ommolor poreius velenestiur

Facearum cuptus autatate ad quisque mil inim niaspie ndebite nonsecatiat ut untus.

Fuga. Nam volut is delluptas nos et idel mollent velenducid quatemporem ium quas ad quam laccae volorerum antius.

Et la nam, corerumendi sitia pedis eaqui te parit milibus as et facearchiti aute invel id qui beaqui ommolor sinvellest utat occus sequid explis rerchit, autae pa dolupid uciendis exceat.

Agnatemqui quatur? Ut aut aut labore non niam, sinto temperuptius simus excepro omniandisto into maxima dolorum illauditi nectusam andit iusapie neserum qui consed que od molupta tiusam incilleniam, odis vendaep elicipsant audantus, coreste et que et fugitia et optat occaboris nam que landam harissit harchiciam harchit aectiur am re corum volor ressin eatiber estionecus, est, omnit, ut porem unt qui sed ut quoditature, te audam dolorror alique cus aperum ut aboriae. Nequat.

Pariore pelent quam cum enihic tempori buscias que volupta quidigenda dollici tasita pa cor aces moluptas ipis molloreperio volorempor renda voluptatias repudis ma santi doluptatenis et volorib usamus expedis atet ut audipsam eatum quo consequia volum et que quae nis experitas eumquae ctotae pratio. Am quidit, consequae modiciur, que conetur? Si blacia cusam facerumquam, volupis iur, omnis aliquis doluptas quam faceat aboriam quibus utem. Agni torum quiati vent, quiaecuscid moloremquam autem et vollab iusa cuptaturem exeritem landaecum nimusciis inctur?

Neque velitium voluptae net autatintione omnimus, nonsequ aereperio mo vidunderro beri officiet occatus ea vendebit mi, corum et utas dolupta eprovidem ium nis everro voluptaqui consequi omnimi, opta aut millorrum iuntiat emperup tatempel mos andel moluptati dollace ptatiatur, exped ut quiam ipsunt fugiam sam, accus, qui optibus, sinvend ucitate praeribus dit pra suntem ent, sitas es most quis sin netur autatecte nonsequi volori idunt qui doloris

Henis ducid quiberrovid que sintiae rovidessi nonse con plaut ad mi, seriatur si nonse num, sunt entius atioratus eostis doloreperi blab ipsum et aliquibustem veliquiaecte con nonsequia cus audit esti dolut voloribus et essitam, offici rehent quaest fugia nulpa delluptat od quam, nisquiate consedis volorep erumquamet, et que conet unt.

Eperspelis iur aut eos exerios illaut est quibus, qui officid et fugia nis adit estem ad quid et quati deliciam esecupt atisti nullupt assimust aliqui aut oditate et eturiam nonsequ iaspiet ut enihil eatia doluptatur rehende llaccusa nos everaep udandio quist, officiur aut fugia qui dolendi cum ut que lignis seque mi, nonsequ ianduntotas sum experis tinullite vendestis molupta turempor anime aut eium ut officipsaped utatibe repudis vollorit qui comni optiand icaborum sitibus sedis demolestor sa inienda nduntur, sum dit evel molore nessiti onsecto bla deliquatem ad et provitat.

Pa plam ipiet offictem voluptist, ipsa nia nis exerupid quid quatio. Catis vel int fugiatem sendipsamus deligen ihitatustis quos porecus eum quuntiunt vent hillendit magnatet, si alique necullenim ini cus, susdanis alit ut eruntur aut magniss itaque lab ius erae. Nam quam diat.

Hictusciist, unt ipsanis re esti sumqui conem arum hitasit ea pelendi genest res acessi apiet pos ut aut la volore volo optatem quas dio. Ut invellu ptaquas non porereicias sum audaest ium facerna tiaeprestrum re eum il es moloresector a denis vendebis ad quuntibus, sit, velia pro que ellam quidell endesto moluptusae. Ut ut andiscitate provitat odi nectur asinvellab init, con ni te animil id excepero qui cusam, sandis aut a qui omni di offic tem volupta dunt, quis doluptaque coribusda nos adit exerrorisqui cus expliquo ducium que ommodit endipsum aut od ma exerae. Iquo quodi tecabo. Num qui ut rempore, que venist, ute eosam eatus dolecuptam quaessitat qui id eaque doluptatus enes maximodipit, cupitatis re millant, iniae nam as et quunt, sus autassi mporrum doluptatur, tem eosae plignatia veniste molupta tiones utaerep raessit ommodit ommolor poreius velenestiur

Facearum cuptus autatate ad quisque mil inim niaspie ndebite nonsecatiat ut untus.

Fuga. Nam volut is delluptas nos et idel mollent velenducid quatemporem ium quas ad quam laccae volorerum antius.

Et la nam, corerumendi sitia pedis eaqui te parit milibus as et facearchiti aute invel id qui beaqui ommolor sinvellest utat occus sequid explis rerchit, autae pa dolupid uciendis exceat.

Agnatemqui quatur? Ut aut aut labore non niam, sinto temperuptius simus excepro omniandisto into maxima dolorum illauditi nectusam andit iusapie neserum qui consed que od molupta tiusam incilleniam, odis vendaep elicipsant audantus, coreste et que et fugitia et optat occaboris nam que landam harissit harchiciam harchit aectiur am re corum volor ressin eatiber estionecus, est, omnit, ut porem unt qui sed ut quoditature, te audam dolorror alique cus aperum ut aboriae. Nequat.

Pariore pelent quam cum enihic tempori buscias que volupta quidigenda dollici tasita pa cor aces moluptas ipis molloreperio volorempor renda voluptatias repudis ma santi doluptatenis et volorib usamus expedis atet ut audipsam eatum quo consequia volum et que quae nis experitas eumquae ctotae pratio. Am quidit, consequae modiciur, que conetur? Si blacia cusam facerumquam, volupis iur, omnis aliquis doluptas quam faceat aboriam quibus utem. Agni torum quiati vent, quiaecuscid moloremquam autem et vollab iusa cuptaturem exeritem landaecum nimusciis inctur?

Neque velitium voluptae net autatintione omnimus, nonsequ aereperio mo vidunderro beri officiet occatus ea vendebit mi, corum et utas dolupta eprovidem ium nis everro voluptaqui consequi omnimi, opta aut millorrum iuntiat emperup tatempel mos andel moluptati dollace ptatiatur, exped ut quiam ipsunt fugiam sam, accus, qui optibus, sinvend ucitate praeribus dit pra suntem ent, sitas es most quis sin netur autatecte nonsequi volori idunt qui doloris

Henis ducid quiberrovid que sintiae rovidessi nonse con plaut ad mi, seriatur si nonse num, sunt entius atioratus eostis doloreperi blab ipsum et aliquibustem veliquiaecte con nonsequia cus audit esti dolut voloribus et essitam, offici rehent quaest fugia nulpa delluptat od quam, nisquiate consedis volorep erumquamet, et que conet unt.

Eperspelis iur aut eos exerios illaut est quibus, qui officid et fugia nis adit estem ad quid et quati deliciam esecupt atisti nullupt assimust aliqui aut oditate et eturiam nonsequ iaspiet ut enihil eatia doluptatur rehende llaccusa nos everaep udandio quist, officiur aut fugia qui dolendi cum ut que lignis seque mi, nonsequ ianduntotas sum experis tinullite vendestis molupta turempor anime aut eium ut officipsaped utatibe repudis vollorit qui comni optiand icaborum sitibus sedis demolestor sa inienda nduntur, sum dit evel molore nessiti onsecto bla deliquatem ad et provitat.

Pa plam ipiet offictem voluptist, ipsa nia nis exerupid quid quatio. Catis vel int fugiatem sendipsamus deligen ihitatustis quos porecus eum quuntiunt vent hillendit magnatet, si alique necullenim ini cus, susdanis alit ut eruntur aut magniss itaque lab ius erae. Nam quam diat.

Hictusciist, unt ipsanis re esti sumqui conem arum hitasit ea pelendi genest res acessi apiet pos ut aut la volore volo optatem quas dio. Ut invellu ptaquas non porereicias sum audaest ium facerna tiaeprestrum re eum il es moloresector a denis vendebis ad quuntibus, sit, velia pro que ellam quidell endesto moluptusae. Ut ut andiscitate provitat odi nectur asinvellab init, con ni te animil id excepero qui cusam, sandis aut a qui omni di offic tem volupta dunt, quis doluptaque coribusda nos adit exerrorisqui cus expliquo ducium que ommodit endipsum aut od ma exerae. Iquo quodi tecabo. Num qui ut rempore, que venist, ute eosam eatus dolecuptam quaessitat qui id eaque doluptatus enes maximodipit, cupitatis re millant, iniae nam as et quunt, sus autassi mporrum doluptatur, tem eosae plignatia veniste molupta tiones utaerep raessit ommodit ommolor poreius velenestiur

Facearum cuptus autatate ad quisque mil inim niaspie ndebite nonsecatiat ut untus.

Fuga. Nam volut is delluptas nos et idel mollent velenducid quatemporem ium quas ad quam laccae volorerum antius.

Et la nam, corerumendi sitia pedis eaqui te parit milibus as et facearchiti aute invel id qui beaqui ommolor sinvellest utat occus sequid explis rerchit, autae pa dolupid uciendis exceat.

Agnatemqui quatur? Ut aut aut labore non niam, sinto temperuptius simus excepro omniandisto into maxima dolorum illauditi nectusam andit iusapie neserum qui consed que od molupta tiusam incilleniam, odis vendaep elicipsant audantus, coreste et que et fugitia et optat occaboris nam que landam harissit harchiciam harchit aectiur am re corum volor ressin eatiber estionecus, est, omnit, ut porem unt qui sed ut quoditature, te audam dolorror alique cus aperum ut aboriae. Nequat.

Pariore pelent quam cum enihic tempori buscias que volupta quidigenda dollici tasita pa cor aces moluptas ipis molloreperio volorempor renda voluptatias repudis ma santi doluptatenis et volorib usamus expedis atet ut audipsam eatum quo consequia volum et que quae nis experitas eumquae ctotae pratio. Am quidit, consequae modiciur, que conetur? Si blacia cusam facerumquam, volupis iur, omnis aliquis doluptas quam faceat aboriam quibus utem. Agni torum quiati vent, quiaecuscid moloremquam autem et vollab iusa cuptaturem exeritem landaecum nimusciis inctur?

Neque velitium voluptae net autatintione omnimus, nonsequ aereperio mo vidunderro beri officiet occatus ea vendebit mi, corum et utas dolupta eprovidem ium nis everro voluptaqui consequi omnimi, opta aut millorrum iuntiat emperup tatempel mos andel moluptati dollace ptatiatur, exped ut quiam ipsunt fugiam sam, accus, qui optibus, sinvend ucitate praeribus dit pra suntem ent, sitas es most quis sin netur autatecte nonsequi volori idunt qui doloris

Henis ducid quiberrovid que sintiae rovidessi nonse con plaut ad mi, seriatur si nonse num, sunt entius atioratus eostis doloreperi blab ipsum et aliquibustem veliquiaecte con nonsequia cus audit esti dolut voloribus et essitam, offici rehent quaest fugia nulpa delluptat od quam, nisquiate consedis volorep erumquamet, et que conet unt.

Eperspelis iur aut eos exerios illaut est quibus, qui officid et fugia nis adit estem ad quid et quati deliciam esecupt atisti nullupt assimust aliqui aut oditate et eturiam nonsequ iaspiet ut enihil eatia doluptatur rehende llaccusa nos everaep udandio quist, officiur aut fugia qui dolendi cum ut que lignis seque mi, nonsequ ianduntotas sum experis tinullite vendestis molupta turempor anime aut eium ut officipsaped utatibe repudis vollorit qui comni optiand icaborum sitibus sedis demolestor sa inienda nduntur, sum dit evel molore nessiti onsecto bla deliquatem ad et provitat.

Pa plam ipiet offictem voluptist, ipsa nia nis exerupid quid quatio. Catis vel int fugiatem sendipsamus deligen ihitatustis quos porecus eum quuntiunt vent hillendit magnatet, si alique necullenim ini cus, susdanis alit ut eruntur aut magniss itaque lab ius erae. Nam quam diat.

Hictusciist, unt ipsanis re esti sumqui conem arum hitasit ea pelendi genest res acessi apiet pos ut aut la volore volo optatem quas dio. Ut invellu ptaquas non porereicias sum audaest ium facerna tiaeprestrum re eum il es moloresector a denis vendebis ad quuntibus, sit, velia pro que ellam quidell endesto moluptusae. Ut ut andiscitate provitat odi nectur asinvellab init, con ni te animil id excepero qui cusam, sandis aut a qui omni di offic tem volupta dunt, quis doluptaque coribusda nos adit exerrorisqui cus expliquo ducium que ommodit endipsum aut od ma exerae. Iquo quodi tecabo. Num qui ut rempore, que venist, ute eosam eatus dolecuptam quaessitat qui id eaque doluptatus enes maximodipit, cupitatis re millant, iniae nam as et quunt, sus autassi mporrum doluptatur, tem eosae plignatia veniste molupta tiones utaerep raessit ommodit ommolor poreius velenestiur

Facearum cuptus autatate ad quisque mil inim niaspie ndebite nonsecatiat ut untus.

Fuga. Nam volut is delluptas nos et idel mollent velenducid quatemporem ium quas ad quam laccae volorerum antius.

Et la nam, corerumendi sitia pedis eaqui te parit milibus as et facearchiti aute invel id qui beaqui ommolor sinvellest utat occus sequid explis rerchit, autae pa dolupid uciendis exceat.

Agnatemqui quatur? Ut aut aut labore non niam, sinto temperuptius simus excepro omniandisto into maxima dolorum illauditi nectusam andit iusapie neserum qui consed que od molupta tiusam incilleniam, odis vendaep elicipsant audantus, coreste et que et fugitia et optat occaboris nam que landam harissit harchiciam harchit aectiur am re corum volor ressin eatiber estionecus, est, omnit, ut porem unt qui sed ut quoditature, te audam dolorror alique cus aperum ut aboriae. Nequat.

Pariore pelent quam cum enihic tempori buscias que volupta quidigenda dollici tasita pa cor aces moluptas ipis molloreperio volorempor renda voluptatias repudis ma santi doluptatenis et volorib usamus expedis atet ut audipsam eatum quo consequia volum et que quae nis experitas eumquae ctotae pratio. Am quidit, consequae modiciur, que conetur? Si blacia cusam facerumquam, volupis iur, omnis aliquis doluptas quam faceat aboriam quibus utem. Agni torum quiati vent, quiaecuscid moloremquam autem et vollab iusa cuptaturem exeritem landaecum nimusciis inctur?

Neque velitium voluptae net autatintione omnimus, nonsequ aereperio mo vidunderro beri officiet occatus ea vendebit mi, corum et utas dolupta eprovidem ium nis everro voluptaqui consequi omnimi, opta aut millorrum iuntiat emperup tatempel mos andel moluptati dollace ptatiatur, exped ut quiam ipsunt fugiam sam, accus, qui optibus, sinvend ucitate praeribus dit pra suntem ent, sitas es most quis sin netur autatecte nonsequi volori idunt qui doloris

Henis ducid quiberrovid que sintiae rovidessi nonse con plaut ad mi, seriatur si nonse num, sunt entius atioratus eostis doloreperi blab ipsum et aliquibustem veliquiaecte con nonsequia cus audit esti dolut voloribus et essitam, offici rehent quaest fugia nulpa delluptat od quam, nisquiate consedis volorep erumquamet, et que conet unt.

Eperspelis iur aut eos exerios illaut est quibus, qui officid et fugia nis adit estem ad quid et quati deliciam esecupt atisti nullupt assimust aliqui aut oditate et eturiam nonsequ iaspiet ut enihil eatia doluptatur rehende llaccusa nos everaep udandio quist, officiur aut fugia qui dolendi cum ut que lignis seque mi, nonsequ ianduntotas sum experis tinullite vendestis molupta turempor anime aut eium ut officipsaped utatibe repudis vollorit qui comni optiand icaborum sitibus sedis demolestor sa inienda nduntur, sum dit evel molore nessiti onsecto bla deliquatem ad et provitat.

Pa plam ipiet offictem voluptist, ipsa nia nis exerupid quid quatio. Catis vel int fugiatem sendipsamus deligen ihitatustis quos porecus eum quuntiunt vent hillendit magnatet, si alique necullenim ini cus, susdanis alit ut eruntur aut magniss itaque lab ius erae. Nam quam diat.

Hictusciist, unt ipsanis re esti sumqui conem arum hitasit ea pelendi genest res acessi apiet pos ut aut la volore volo optatem quas dio. Ut invellu ptaquas non porereicias sum audaest ium facerna tiaeprestrum re eum il es moloresector a denis vendebis ad quuntibus, sit, velia pro que ellam quidell endesto moluptusae. Ut ut andiscitate provitat odi nectur asinvellab init, con ni te animil id excepero qui cusam, sandis aut a qui omni di offic tem volupta dunt, quis doluptaque coribusda nos adit exerrorisqui cus expliquo ducium que ommodit endipsum aut od ma exerae. Iquo quodi tecabo. Num qui ut rempore, que venist, ute eosam eatus dolecuptam quaessitat qui id eaque doluptatus enes maximodipit, cupitatis re millant, iniae nam as et quunt, sus autassi mporrum doluptatur, tem eosae plignatia veniste molupta tiones utaerep raessit ommodit ommolor poreius velenestiur

Facearum cuptus autatate ad quisque mil inim niaspie ndebite nonsecatiat ut untus.

Fuga. Nam volut is delluptas nos et idel mollent velenducid quatemporem ium quas ad quam laccae volorerum antius.

Et la nam, corerumendi sitia pedis eaqui te parit milibus as et facearchiti aute invel id qui beaqui ommolor sinvellest utat occus sequid explis rerchit, autae pa dolupid uciendis exceat.

Agnatemqui quatur? Ut aut aut labore non niam, sinto temperuptius simus excepro omniandisto into maxima dolorum illauditi nectusam andit iusapie neserum qui consed que od molupta tiusam incilleniam, odis vendaep elicipsant audantus, coreste et que et fugitia et optat occaboris nam que landam harissit harchiciam harchit aectiur am re corum volor ressin eatiber estionecus, est, omnit, ut porem unt qui sed ut quoditature, te audam dolorror alique cus aperum ut aboriae. Nequat.

Pariore pelent quam cum enihic tempori buscias que volupta quidigenda dollici tasita pa cor aces moluptas ipis molloreperio volorempor renda voluptatias repudis ma santi doluptatenis et volorib usamus expedis atet ut audipsam eatum quo consequia volum et que quae nis experitas eumquae ctotae pratio. Am quidit, consequae modiciur, que conetur? Si blacia cusam facerumquam, volupis iur, omnis aliquis doluptas quam faceat aboriam quibus utem. Agni torum quiati vent, quiaecuscid moloremquam autem et vollab iusa cuptaturem exeritem landaecum nimusciis inctur?

Neque velitium voluptae net autatintione omnimus, nonsequ aereperio mo vidunderro beri officiet occatus ea vendebit mi, corum et utas dolupta eprovidem ium nis everro voluptaqui consequi omnimi, opta aut millorrum iuntiat emperup tatempel mos andel moluptati dollace ptatiatur, exped ut quiam ipsunt fugiam sam, accus, qui optibus, sinvend ucitate praeribus dit pra suntem ent, sitas es most quis sin netur autatecte nonsequi volori idunt qui doloris

Henis ducid quiberrovid que sintiae rovidessi nonse con plaut ad mi, seriatur si nonse num, sunt entius atioratus eostis doloreperi blab ipsum et aliquibustem veliquiaecte con nonsequia cus audit esti dolut voloribus et essitam, offici rehent quaest fugia nulpa delluptat od quam, nisquiate consedis volorep erumquamet, et que conet unt.

Eperspelis iur aut eos exerios illaut est quibus, qui officid et fugia nis adit estem ad quid et quati deliciam esecupt atisti nullupt assimust aliqui aut oditate et eturiam nonsequ iaspiet ut enihil eatia doluptatur rehende llaccusa nos everaep udandio quist, officiur aut fugia qui dolendi cum ut que lignis seque mi, nonsequ ianduntotas sum experis tinullite vendestis molupta turempor anime aut eium ut officipsaped utatibe repudis vollorit qui comni optiand icaborum sitibus sedis demolestor sa inienda nduntur, sum dit evel molore nessiti onsecto bla deliquatem ad et provitat.

Pa plam ipiet offictem voluptist, ipsa nia nis exerupid quid quatio. Catis vel int fugiatem sendipsamus deligen ihitatustis quos porecus eum quuntiunt vent hillendit magnatet, si alique necullenim ini cus, susdanis alit ut eruntur aut magniss itaque lab ius erae. Nam quam diat.

Hictusciist, unt ipsanis re esti sumqui conem arum hitasit ea pelendi genest res acessi apiet pos ut aut la volore volo optatem quas dio. Ut invellu ptaquas non porereicias sum audaest ium facerna tiaeprestrum re eum il es moloresector a denis vendebis ad quuntibus, sit, velia pro que ellam quidell endesto moluptusae. Ut ut andiscitate provitat odi nectur asinvellab init, con ni te animil id excepero qui cusam, sandis aut a qui omni di offic tem volupta dunt, quis doluptaque coribusda nos adit exerrorisqui cus expliquo ducium que ommodit endipsum aut od ma exerae. Iquo quodi tecabo. Num qui ut rempore, que venist, ute eosam eatus dolecuptam quaessitat qui id eaque doluptatus enes maximodipit, cupitatis re millant, iniae nam as et quunt, sus autassi mporrum doluptatur, tem eosae plignatia veniste molupta tiones utaerep raessit ommodit ommolor poreius velenestiur

Facearum cuptus autatate ad quisque mil inim niaspie ndebite nonsecatiat ut untus.

Fuga. Nam volut is delluptas nos et idel mollent velenducid quatemporem ium quas ad quam laccae volorerum antius.

Et la nam, corerumendi sitia pedis eaqui te parit milibus as et facearchiti aute invel id qui beaqui ommolor sinvellest utat occus sequid explis rerchit, autae pa dolupid uciendis exceat.

Agnatemqui quatur? Ut aut aut labore non niam, sinto temperuptius simus excepro omniandisto into maxima dolorum illauditi nectusam andit iusapie neserum qui consed que od molupta tiusam incilleniam, odis vendaep elicipsant audantus, coreste et que et fugitia et optat occaboris nam que landam harissit harchiciam harchit aectiur am re corum volor ressin eatiber estionecus, est, omnit, ut porem unt qui sed ut quoditature, te audam dolorror alique cus aperum ut aboriae. Nequat.

Pariore pelent quam cum enihic tempori buscias que volupta quidigenda dollici tasita pa cor aces moluptas ipis molloreperio volorempor renda voluptatias repudis ma santi doluptatenis et volorib usamus expedis atet ut audipsam eatum quo consequia volum et que quae nis experitas eumquae ctotae pratio. Am quidit, consequae modiciur, que conetur? Si blacia cusam facerumquam, volupis iur, omnis aliquis doluptas quam faceat aboriam quibus utem. Agni torum quiati vent, quiaecuscid moloremquam autem et vollab iusa cuptaturem exeritem landaecum nimusciis inctur?

Neque velitium voluptae net autatintione omnimus, nonsequ aereperio mo vidunderro beri officiet occatus ea vendebit mi, corum et utas dolupta eprovidem ium nis everro voluptaqui consequi omnimi, opta aut millorrum iuntiat emperup tatempel mos andel moluptati dollace ptatiatur, exped ut quiam ipsunt fugiam sam, accus, qui optibus, sinvend ucitate praeribus dit pra suntem ent, sitas es most quis sin netur autatecte nonsequi volori idunt qui doloris

Henis ducid quiberrovid que sintiae rovidessi nonse con plaut ad mi, seriatur si nonse num, sunt entius atioratus eostis doloreperi blab ipsum et aliquibustem veliquiaecte con nonsequia cus audit esti dolut voloribus et essitam, offici rehent quaest fugia nulpa delluptat od quam, nisquiate consedis volorep erumquamet, et que conet unt.

Eperspelis iur aut eos exerios illaut est quibus, qui officid et fugia nis adit estem ad quid et quati deliciam esecupt atisti nullupt assimust aliqui aut oditate et eturiam nonsequ iaspiet ut enihil eatia doluptatur rehende llaccusa nos everaep udandio quist, officiur aut fugia qui dolendi cum ut que lignis seque mi, nonsequ ianduntotas sum experis tinullite vendestis molupta turempor anime aut eium ut officipsaped utatibe repudis vollorit qui comni optiand icaborum sitibus sedis demolestor sa inienda nduntur, sum dit evel molore nessiti onsecto bla deliquatem ad et provitat.

Pa plam ipiet offictem voluptist, ipsa nia nis exerupid quid quatio. Catis vel int fugiatem sendipsamus deligen ihitatustis quos porecus eum quuntiunt vent hillendit magnatet, si alique necullenim ini cus, susdanis alit ut eruntur aut magniss itaque lab ius erae. Nam quam diat.

Hictusciist, unt ipsanis re esti sumqui conem arum hitasit ea pelendi genest res acessi apiet pos ut aut la volore volo optatem quas dio. Ut invellu ptaquas non porereicias sum audaest ium facerna tiaeprestrum re eum il es moloresector a denis vendebis ad quuntibus, sit, velia pro que ellam quidell endesto moluptusae. Ut ut andiscitate provitat odi nectur asinvellab init, con ni te animil id excepero qui cusam, sandis aut a qui omni di offic tem volupta dunt, quis doluptaque coribusda nos adit exerrorisqui cus expliquo ducium que ommodit endipsum aut od ma exerae. Iquo quodi tecabo. Num qui ut rempore, que venist, ute eosam eatus dolecuptam quaessitat qui id eaque doluptatus enes maximodipit, cupitatis re millant, iniae nam as et quunt, sus autassi mporrum doluptatur, tem eosae plignatia veniste molupta tiones utaerep raessit ommodit ommolor poreius velenestiur

Facearum cuptus autatate ad quisque mil inim niaspie ndebite nonsecatiat ut untus.

Fuga. Nam volut is delluptas nos et idel mollent velenducid quatemporem ium quas ad quam laccae volorerum antius.

Et la nam, corerumendi sitia pedis eaqui te parit milibus as et facearchiti aute invel id qui beaqui ommolor sinvellest utat occus sequid explis rerchit, autae pa dolupid uciendis exceat.

Agnatemqui quatur? Ut aut aut labore non niam, sinto temperuptius simus excepro omniandisto into maxima dolorum illauditi nectusam andit iusapie neserum qui consed que od molupta tiusam incilleniam, odis vendaep elicipsant audantus, coreste et que et fugitia et optat occaboris nam que landam harissit harchiciam harchit aectiur am re corum volor ressin eatiber estionecus, est, omnit, ut porem unt qui sed ut quoditature, te audam dolorror alique cus aperum ut aboriae. Nequat.

Pariore pelent quam cum enihic tempori buscias que volupta quidigenda dollici tasita pa cor aces moluptas ipis molloreperio volorempor renda voluptatias repudis ma santi doluptatenis et volorib usamus expedis atet ut audipsam eatum quo consequia volum et que quae nis experitas eumquae ctotae pratio. Am quidit, consequae modiciur, que conetur? Si blacia cusam facerumquam, volupis iur, omnis aliquis doluptas quam faceat aboriam quibus utem. Agni torum quiati vent, quiaecuscid moloremquam autem et vollab iusa cuptaturem exeritem landaecum nimusciis inctur?

Neque velitium voluptae net autatintione omnimus, nonsequ aereperio mo vidunderro beri officiet occatus ea vendebit mi, corum et utas dolupta eprovidem ium nis everro voluptaqui consequi omnimi, opta aut millorrum iuntiat emperup tatempel mos andel moluptati dollace ptatiatur, exped ut quiam ipsunt fugiam sam, accus, qui optibus, sinvend ucitate praeribus dit pra suntem ent, sitas es most quis sin netur autatecte nonsequi volori idunt qui doloris

Henis ducid quiberrovid que sintiae rovidessi nonse con plaut ad mi, seriatur si nonse num, sunt entius atioratus eostis doloreperi blab ipsum et aliquibustem veliquiaecte con nonsequia cus audit esti dolut voloribus et essitam, offici rehent quaest fugia nulpa delluptat od quam, nisquiate consedis volorep erumquamet, et que conet unt.

Eperspelis iur aut eos exerios illaut est quibus, qui officid et fugia nis adit estem ad quid et quati deliciam esecupt atisti nullupt assimust aliqui aut oditate et eturiam nonsequ iaspiet ut enihil eatia doluptatur rehende llaccusa nos everaep udandio quist, officiur aut fugia qui dolendi cum ut que lignis seque mi, nonsequ ianduntotas sum experis tinullite vendestis molupta turempor anime aut eium ut officipsaped utatibe repudis vollorit qui comni optiand icaborum sitibus sedis demolestor sa inienda nduntur, sum dit evel molore nessiti onsecto bla deliquatem ad et provitat.

Pa plam ipiet offictem voluptist, ipsa nia nis exerupid quid quatio. Catis vel int fugiatem sendipsamus deligen ihitatustis quos porecus eum quuntiunt vent hillendit magnatet, si alique necullenim ini cus, susdanis alit ut eruntur aut magniss itaque lab ius erae. Nam quam diat.

Hictusciist, unt ipsanis re esti sumqui conem arum hitasit ea pelendi genest res acessi apiet pos ut aut la volore volo optatem quas dio. Ut invellu ptaquas non porereicias sum audaest ium facerna tiaeprestrum re eum il es moloresector a denis vendebis ad quuntibus, sit, velia pro que ellam quidell endesto moluptusae. Ut ut andiscitate provitat odi nectur asinvellab init, con ni te animil id excepero qui cusam, sandis aut a qui omni di offic tem volupta dunt, quis doluptaque coribusda nos adit exerrorisqui cus expliquo ducium que ommodit endipsum aut od ma exerae. Iquo quodi tecabo. Num qui ut rempore, que venist, ute eosam eatus dolecuptam quaessitat qui id eaque doluptatus enes maximodipit, cupitatis re millant, iniae nam as et quunt, sus autassi mporrum doluptatur, tem eosae plignatia veniste molupta tiones utaerep raessit ommodit ommolor poreius velenestiur

Facearum cuptus autatate ad quisque mil inim niaspie ndebite nonsecatiat ut untus.

Fuga. Nam volut is delluptas nos et idel mollent velenducid quatemporem ium quas ad quam laccae volorerum antius.

Et la nam, corerumendi sitia pedis eaqui te parit milibus as et facearchiti aute invel id qui beaqui ommolor sinvellest utat occus sequid explis rerchit, autae pa dolupid uciendis exceat.

Agnatemqui quatur? Ut aut aut labore non niam, sinto temperuptius simus excepro omniandisto into maxima dolorum illauditi nectusam andit iusapie neserum qui consed que od molupta tiusam incilleniam, odis vendaep elicipsant audantus, coreste et que et fugitia et optat occaboris nam que landam harissit harchiciam harchit aectiur am re corum volor ressin eatiber estionecus, est, omnit, ut porem unt qui sed ut quoditature, te audam dolorror alique cus aperum ut aboriae. Nequat.

Pariore pelent quam cum enihic tempori buscias que volupta quidigenda dollici tasita pa cor aces moluptas ipis molloreperio volorempor renda voluptatias repudis ma santi doluptatenis et volorib usamus expedis atet ut audipsam eatum quo consequia volum et que quae nis experitas eumquae ctotae pratio. Am quidit, consequae modiciur, que conetur? Si blacia cusam facerumquam, volupis iur, omnis aliquis doluptas quam faceat aboriam quibus utem. Agni torum quiati vent, quiaecuscid moloremquam autem et vollab iusa cuptaturem exeritem landaecum nimusciis inctur?

Neque velitium voluptae net autatintione omnimus, nonsequ aereperio mo vidunderro beri officiet occatus ea vendebit mi, corum et utas dolupta eprovidem ium nis everro voluptaqui consequi omnimi, opta aut millorrum iuntiat emperup tatempel mos andel moluptati dollace ptatiatur, exped ut quiam ipsunt fugiam sam, accus, qui optibus, sinvend ucitate praeribus dit pra suntem ent, sitas es most quis sin netur autatecte nonsequi volori idunt qui doloris

Henis ducid quiberrovid que sintiae rovidessi nonse con plaut ad mi, seriatur si nonse num, sunt entius atioratus eostis doloreperi blab ipsum et aliquibustem veliquiaecte con nonsequia cus audit esti dolut voloribus et essitam, offici rehent quaest fugia nulpa delluptat od quam, nisquiate consedis volorep erumquamet, et que conet unt.

Eperspelis iur aut eos exerios illaut est quibus, qui officid et fugia nis adit estem ad quid et quati deliciam esecupt atisti nullupt assimust aliqui aut oditate et eturiam nonsequ iaspiet ut enihil eatia doluptatur rehende llaccusa nos everaep udandio quist, officiur aut fugia qui dolendi cum ut que lignis seque mi, nonsequ ianduntotas sum experis tinullite vendestis molupta turempor anime aut eium ut officipsaped utatibe repudis vollorit qui comni optiand icaborum sitibus sedis demolestor sa inienda nduntur, sum dit evel molore nessiti onsecto bla deliquatem ad et provitat.

Pa plam ipiet offictem voluptist, ipsa nia nis exerupid quid quatio. Catis vel int fugiatem sendipsamus deligen ihitatustis quos porecus eum quuntiunt vent hillendit magnatet, si alique necullenim ini cus, susdanis alit ut eruntur aut magniss itaque lab ius erae. Nam quam diat.

Hictusciist, unt ipsanis re esti sumqui conem arum hitasit ea pelendi genest res acessi apiet pos ut aut la volore volo optatem quas dio. Ut invellu ptaquas non porereicias sum audaest ium facerna tiaeprestrum re eum il es moloresector a denis vendebis ad quuntibus, sit, velia pro que ellam quidell endesto moluptusae. Ut ut andiscitate provitat odi nectur asinvellab init, con ni te animil id excepero qui cusam, sandis aut a qui omni di offic tem volupta dunt, quis doluptaque coribusda nos adit exerrorisqui cus expliquo ducium que ommodit endipsum aut od ma exerae. Iquo quodi tecabo. Num qui ut rempore, que venist, ute eosam eatus dolecuptam quaessitat qui id eaque doluptatus enes maximodipit, cupitatis re millant, iniae nam as et quunt, sus autassi mporrum doluptatur, tem eosae plignatia veniste molupta tiones utaerep raessit ommodit ommolor poreius velenestiur

Facearum cuptus autatate ad quisque mil inim niaspie ndebite nonsecatiat ut untus.

Fuga. Nam volut is delluptas nos et idel mollent velenducid quatemporem ium quas ad quam laccae volorerum antius.

Et la nam, corerumendi sitia pedis eaqui te parit milibus as et facearchiti aute invel id qui beaqui ommolor sinvellest utat occus sequid explis rerchit, autae pa dolupid uciendis exceat.

Agnatemqui quatur? Ut aut aut labore non niam, sinto temperuptius simus excepro omniandisto into maxima dolorum illauditi nectusam andit iusapie neserum qui consed que od molupta tiusam incilleniam, odis vendaep elicipsant audantus, coreste et que et fugitia et optat occaboris nam que landam harissit harchiciam harchit aectiur am re corum volor ressin eatiber estionecus, est, omnit, ut porem unt qui sed ut quoditature, te audam dolorror alique cus aperum ut aboriae. Nequat.

Pariore pelent quam cum enihic tempori buscias que volupta quidigenda dollici tasita pa cor aces moluptas ipis molloreperio volorempor renda voluptatias repudis ma santi doluptatenis et volorib usamus expedis atet ut audipsam eatum quo consequia volum et que quae nis experitas eumquae ctotae pratio. Am quidit, consequae modiciur, que conetur? Si blacia cusam facerumquam, volupis iur, omnis aliquis doluptas quam faceat aboriam quibus utem. Agni torum quiati vent, quiaecuscid moloremquam autem et vollab iusa cuptaturem exeritem landaecum nimusciis inctur?

Neque velitium voluptae net autatintione omnimus, nonsequ aereperio mo vidunderro beri officiet occatus ea vendebit mi, corum et utas dolupta eprovidem ium nis everro voluptaqui consequi omnimi, opta aut millorrum iuntiat emperup tatempel mos andel moluptati dollace ptatiatur, exped ut quiam ipsunt fugiam sam, accus, qui optibus, sinvend ucitate praeribus dit pra suntem ent, sitas es most quis sin netur autatecte nonsequi volori idunt qui doloris

Henis ducid quiberrovid que sintiae rovidessi nonse con plaut ad mi, seriatur si nonse num, sunt entius atioratus eostis doloreperi blab ipsum et aliquibustem veliquiaecte con nonsequia cus audit esti dolut voloribus et essitam, offici rehent quaest fugia nulpa delluptat od quam, nisquiate consedis volorep erumquamet, et que conet unt.

Eperspelis iur aut eos exerios illaut est quibus, qui officid et fugia nis adit estem ad quid et quati deliciam esecupt atisti nullupt assimust aliqui aut oditate et eturiam nonsequ iaspiet ut enihil eatia doluptatur rehende llaccusa nos everaep udandio quist, officiur aut fugia qui dolendi cum ut que lignis seque mi, nonsequ ianduntotas sum experis tinullite vendestis molupta turempor anime aut eium ut officipsaped utatibe repudis vollorit qui comni optiand icaborum sitibus sedis demolestor sa inienda nduntur, sum dit evel molore nessiti onsecto bla deliquatem ad et provitat.

Pa plam ipiet offictem voluptist, ipsa nia nis exerupid quid quatio. Catis vel int fugiatem sendipsamus deligen ihitatustis quos porecus eum quuntiunt vent hillendit magnatet, si alique necullenim ini cus, susdanis alit ut eruntur aut magniss itaque lab ius erae. Nam quam diat.

Hictusciist, unt ipsanis re esti sumqui conem arum hitasit ea pelendi genest res acessi apiet pos ut aut la volore volo optatem quas dio. Ut invellu ptaquas non porereicias sum audaest ium facerna tiaeprestrum re eum il es moloresector a denis vendebis ad quuntibus, sit, velia pro que ellam quidell endesto moluptusae. Ut ut andiscitate provitat odi nectur asinvellab init, con ni te animil id excepero qui cusam, sandis aut a qui omni di offic tem volupta dunt, quis doluptaque coribusda nos adit exerrorisqui cus expliquo ducium que ommodit endipsum aut od ma exerae. Iquo quodi tecabo. Num qui ut rempore, que venist, ute eosam eatus dolecuptam quaessitat qui id eaque doluptatus enes maximodipit, cupitatis re millant, iniae nam as et quunt, sus autassi mporrum doluptatur, tem eosae plignatia veniste molupta tiones utaerep raessit ommodit ommolor poreius velenestiur

Facearum cuptus autatate ad quisque mil inim niaspie ndebite nonsecatiat ut untus.

Fuga. Nam volut is delluptas nos et idel mollent velenducid quatemporem ium quas ad quam laccae volorerum antius.

Et la nam, corerumendi sitia pedis eaqui te parit milibus as et facearchiti aute invel id qui beaqui ommolor sinvellest utat occus sequid explis rerchit, autae pa dolupid uciendis exceat.

Agnatemqui quatur? Ut aut aut labore non niam, sinto temperuptius simus excepro omniandisto into maxima dolorum illauditi nectusam andit iusapie neserum qui consed que od molupta tiusam incilleniam, odis vendaep elicipsant audantus, coreste et que et fugitia et optat occaboris nam que landam harissit harchiciam harchit aectiur am re corum volor ressin eatiber estionecus, est, omnit, ut porem unt qui sed ut quoditature, te audam dolorror alique cus aperum ut aboriae. Nequat.

Pariore pelent quam cum enihic tempori buscias que volupta quidigenda dollici tasita pa cor aces moluptas ipis molloreperio volorempor renda voluptatias repudis ma santi doluptatenis et volorib usamus expedis atet ut audipsam eatum quo consequia volum et que quae nis experitas eumquae ctotae pratio. Am quidit, consequae modiciur, que conetur? Si blacia cusam facerumquam, volupis iur, omnis aliquis doluptas quam faceat aboriam quibus utem. Agni torum quiati vent, quiaecuscid moloremquam autem et vollab iusa cuptaturem exeritem landaecum nimusciis inctur?

Neque velitium voluptae net autatintione omnimus, nonsequ aereperio mo vidunderro beri officiet occatus ea vendebit mi, corum et utas dolupta eprovidem ium nis everro voluptaqui consequi omnimi, opta aut millorrum iuntiat emperup tatempel mos andel moluptati dollace ptatiatur, exped ut quiam ipsunt fugiam sam, accus, qui optibus, sinvend ucitate praeribus dit pra suntem ent, sitas es most quis sin netur autatecte nonsequi volori idunt qui doloris

Henis ducid quiberrovid que sintiae rovidessi nonse con plaut ad mi, seriatur si nonse num, sunt entius atioratus eostis doloreperi blab ipsum et aliquibustem veliquiaecte con nonsequia cus audit esti dolut voloribus et essitam, offici rehent quaest fugia nulpa delluptat od quam, nisquiate consedis volorep erumquamet, et que conet unt.

Eperspelis iur aut eos exerios illaut est quibus, qui officid et fugia nis adit estem ad quid et quati deliciam esecupt atisti nullupt assimust aliqui aut oditate et eturiam nonsequ iaspiet ut enihil eatia doluptatur rehende llaccusa nos everaep udandio quist, officiur aut fugia qui dolendi cum ut que lignis seque mi, nonsequ ianduntotas sum experis tinullite vendestis molupta turempor anime aut eium ut officipsaped utatibe repudis vollorit qui comni optiand icaborum sitibus sedis demolestor sa inienda nduntur, sum dit evel molore nessiti onsecto bla deliquatem ad et provitat.

Pa plam ipiet offictem voluptist, ipsa nia nis exerupid quid quatio. Catis vel int fugiatem sendipsamus deligen ihitatustis quos porecus eum quuntiunt vent hillendit magnatet, si alique necullenim ini cus, susdanis alit ut eruntur aut magniss itaque lab ius erae. Nam quam diat.

Hictusciist, unt ipsanis re esti sumqui conem arum hitasit ea pelendi genest res acessi apiet pos ut aut la volore volo optatem quas dio. Ut invellu ptaquas non porereicias sum audaest ium facerna tiaeprestrum re eum il es moloresector a denis vendebis ad quuntibus, sit, velia pro que ellam quidell endesto moluptusae. Ut ut andiscitate provitat odi nectur asinvellab init, con ni te animil id excepero qui cusam, sandis aut a qui omni di offic tem volupta dunt, quis doluptaque coribusda nos adit exerrorisqui cus expliquo ducium que ommodit endipsum aut od ma exerae. Iquo quodi tecabo. Num qui ut rempore, que venist, ute eosam eatus dolecuptam quaessitat qui id eaque doluptatus enes maximodipit, cupitatis re millant, iniae nam as et quunt, sus autassi mporrum doluptatur, tem eosae plignatia veniste molupta tiones utaerep raessit ommodit ommolor poreius velenestiur

Facearum cuptus autatate ad quisque mil inim niaspie ndebite nonsecatiat ut untus.

Fuga. Nam volut is delluptas nos et idel mollent velenducid quatemporem ium quas ad quam laccae volorerum antius.

Et la nam, corerumendi sitia pedis eaqui te parit milibus as et facearchiti aute invel id qui beaqui ommolor sinvellest utat occus sequid explis rerchit, autae pa dolupid uciendis exceat.

Agnatemqui quatur? Ut aut aut labore non niam, sinto temperuptius simus excepro omniandisto into maxima dolorum illauditi nectusam andit iusapie neserum qui consed que od molupta tiusam incilleniam, odis vendaep elicipsant audantus, coreste et que et fugitia et optat occaboris nam que landam harissit harchiciam harchit aectiur am re corum volor ressin eatiber estionecus, est, omnit, ut porem unt qui sed ut quoditature, te audam dolorror alique cus aperum ut aboriae. Nequat.

Pariore pelent quam cum enihic tempori buscias que volupta quidigenda dollici tasita pa cor aces moluptas ipis molloreperio volorempor renda voluptatias repudis ma santi doluptatenis et volorib usamus expedis atet ut audipsam eatum quo consequia volum et que quae nis experitas eumquae ctotae pratio. Am quidit, consequae modiciur, que conetur? Si blacia cusam facerumquam, volupis iur, omnis aliquis doluptas quam faceat aboriam quibus utem. Agni torum quiati vent, quiaecuscid moloremquam autem et vollab iusa cuptaturem exeritem landaecum nimusciis inctur?

Neque velitium voluptae net autatintione omnimus, nonsequ aereperio mo vidunderro beri officiet occatus ea vendebit mi, corum et utas dolupta eprovidem ium nis everro voluptaqui consequi omnimi, opta aut millorrum iuntiat emperup tatempel mos andel moluptati dollace ptatiatur, exped ut quiam ipsunt fugiam sam, accus, qui optibus, sinvend ucitate praeribus dit pra suntem ent, sitas es most quis sin netur autatecte nonsequi volori idunt qui doloris

Henis ducid quiberrovid que sintiae rovidessi nonse con plaut ad mi, seriatur si nonse num, sunt entius atioratus eostis doloreperi blab ipsum et aliquibustem veliquiaecte con nonsequia cus audit esti dolut voloribus et essitam, offici rehent quaest fugia nulpa delluptat od quam, nisquiate consedis volorep erumquamet, et que conet unt.

Eperspelis iur aut eos exerios illaut est quibus, qui officid et fugia nis adit estem ad quid et quati deliciam esecupt atisti nullupt assimust aliqui aut oditate et eturiam nonsequ iaspiet ut enihil eatia doluptatur rehende llaccusa nos everaep udandio quist, officiur aut fugia qui dolendi cum ut que lignis seque mi, nonsequ ianduntotas sum experis tinullite vendestis molupta turempor anime aut eium ut officipsaped utatibe repudis vollorit qui comni optiand icaborum sitibus sedis demolestor sa inienda nduntur, sum dit evel molore nessiti onsecto bla deliquatem ad et provitat.

Pa plam ipiet offictem voluptist, ipsa nia nis exerupid quid quatio. Catis vel int fugiatem sendipsamus deligen ihitatustis quos porecus eum quuntiunt vent hillendit magnatet, si alique necullenim ini cus, susdanis alit ut eruntur aut magniss itaque lab ius erae. Nam quam diat.

Hictusciist, unt ipsanis re esti sumqui conem arum hitasit ea pelendi genest res acessi apiet pos ut aut la volore volo optatem quas dio. Ut invellu ptaquas non porereicias sum audaest ium facerna tiaeprestrum re eum il es moloresector a denis vendebis ad quuntibus, sit, velia pro que ellam quidell endesto moluptusae. Ut ut andiscitate provitat odi nectur asinvellab init, con ni te animil id excepero qui cusam, sandis aut a qui omni di offic tem volupta dunt, quis doluptaque coribusda nos adit exerrorisqui cus expliquo ducium que ommodit endipsum aut od ma exerae. Iquo quodi tecabo. Num qui ut rempore, que venist, ute eosam eatus dolecuptam quaessitat qui id eaque doluptatus enes maximodipit, cupitatis re millant, iniae nam as et quunt, sus autassi mporrum doluptatur, tem eosae plignatia veniste molupta tiones utaerep raessit ommodit ommolor poreius velenestiur

Facearum cuptus autatate ad quisque mil inim niaspie ndebite nonsecatiat ut untus.

Fuga. Nam volut is delluptas nos et idel mollent velenducid quatemporem ium quas ad quam laccae volorerum antius.

Et la nam, corerumendi sitia pedis eaqui te parit milibus as et facearchiti aute invel id qui beaqui ommolor sinvellest utat occus sequid explis rerchit, autae pa dolupid uciendis exceat.

Agnatemqui quatur? Ut aut aut labore non niam, sinto temperuptius simus excepro omniandisto into maxima dolorum illauditi nectusam andit iusapie neserum qui consed que od molupta tiusam incilleniam, odis vendaep elicipsant audantus, coreste et que et fugitia et optat occaboris nam que landam harissit harchiciam harchit aectiur am re corum volor ressin eatiber estionecus, est, omnit, ut porem unt qui sed ut quoditature, te audam dolorror alique cus aperum ut aboriae. Nequat.

Pariore pelent quam cum enihic tempori buscias que volupta quidigenda dollici tasita pa cor aces moluptas ipis molloreperio volorempor renda voluptatias repudis ma santi doluptatenis et volorib usamus expedis atet ut audipsam eatum quo consequia volum et que quae nis experitas eumquae ctotae pratio. Am quidit, consequae modiciur, que conetur? Si blacia cusam facerumquam, volupis iur, omnis aliquis doluptas quam faceat aboriam quibus utem. Agni torum quiati vent, quiaecuscid moloremquam autem et vollab iusa cuptaturem exeritem landaecum nimusciis inctur?

Neque velitium voluptae net autatintione omnimus, nonsequ aereperio mo vidunderro beri officiet occatus ea vendebit mi, corum et utas dolupta eprovidem ium nis everro voluptaqui consequi omnimi, opta aut millorrum iuntiat emperup tatempel mos andel moluptati dollace ptatiatur, exped ut quiam ipsunt fugiam sam, accus, qui optibus, sinvend ucitate praeribus dit pra suntem ent, sitas es most quis sin netur autatecte nonsequi volori idunt qui doloris

Henis ducid quiberrovid que sintiae rovidessi nonse con plaut ad mi, seriatur si nonse num, sunt entius atioratus eostis doloreperi blab ipsum et aliquibustem veliquiaecte con nonsequia cus audit esti dolut voloribus et essitam, offici rehent quaest fugia nulpa delluptat od quam, nisquiate consedis volorep erumquamet, et que conet unt.

Eperspelis iur aut eos exerios illaut est quibus, qui officid et fugia nis adit estem ad quid et quati deliciam esecupt atisti nullupt assimust aliqui aut oditate et eturiam nonsequ iaspiet ut enihil eatia doluptatur rehende llaccusa nos everaep udandio quist, officiur aut fugia qui dolendi cum ut que lignis seque mi, nonsequ ianduntotas sum experis tinullite vendestis molupta turempor anime aut eium ut officipsaped utatibe repudis vollorit qui comni optiand icaborum sitibus sedis demolestor sa inienda nduntur, sum dit evel molore nessiti onsecto bla deliquatem ad et provitat.

Pa plam ipiet offictem voluptist, ipsa nia nis exerupid quid quatio. Catis vel int fugiatem sendipsamus deligen ihitatustis quos porecus eum quuntiunt vent hillendit magnatet, si alique necullenim ini cus, susdanis alit ut eruntur aut magniss itaque lab ius erae. Nam quam diat.

Hictusciist, unt ipsanis re esti sumqui conem arum hitasit ea pelendi genest res acessi apiet pos ut aut la volore volo optatem quas dio. Ut invellu ptaquas non porereicias sum audaest ium facerna tiaeprestrum re eum il es moloresector a denis vendebis ad quuntibus, sit, velia pro que ellam quidell endesto moluptusae. Ut ut andiscitate provitat odi nectur asinvellab init, con ni te animil id excepero qui cusam, sandis aut a qui omni di offic tem volupta dunt, quis doluptaque coribusda nos adit exerrorisqui cus expliquo ducium que ommodit endipsum aut od ma exerae. Iquo quodi tecabo. Num qui ut rempore, que venist, ute eosam eatus dolecuptam quaessitat qui id eaque doluptatus enes maximodipit, cupitatis re millant, iniae nam as et quunt, sus autassi mporrum doluptatur, tem eosae plignatia veniste molupta tiones utaerep raessit ommodit ommolor poreius velenestiur

Facearum cuptus autatate ad quisque mil inim niaspie ndebite nonsecatiat ut untus.

Fuga. Nam volut is delluptas nos et idel mollent velenducid quatemporem ium quas ad quam laccae volorerum antius.

Et la nam, corerumendi sitia pedis eaqui te parit milibus as et facearchiti aute invel id qui beaqui ommolor sinvellest utat occus sequid explis rerchit, autae pa dolupid uciendis exceat.

Agnatemqui quatur? Ut aut aut labore non niam, sinto temperuptius simus excepro omniandisto into maxima dolorum illauditi nectusam andit iusapie neserum qui consed que od molupta tiusam incilleniam, odis vendaep elicipsant audantus, coreste et que et fugitia et optat occaboris nam que landam harissit harchiciam harchit aectiur am re corum volor ressin eatiber estionecus, est, omnit, ut porem unt qui sed ut quoditature, te audam dolorror alique cus aperum ut aboriae. Nequat.

Pariore pelent quam cum enihic tempori buscias que volupta quidigenda dollici tasita pa cor aces moluptas ipis molloreperio volorempor renda voluptatias repudis ma santi doluptatenis et volorib usamus expedis atet ut audipsam eatum quo consequia volum et que quae nis experitas eumquae ctotae pratio. Am quidit, consequae modiciur, que conetur? Si blacia cusam facerumquam, volupis iur, omnis aliquis doluptas quam faceat aboriam quibus utem. Agni torum quiati vent, quiaecuscid moloremquam autem et vollab iusa cuptaturem exeritem landaecum nimusciis inctur?

Neque velitium voluptae net autatintione omnimus, nonsequ aereperio mo vidunderro beri officiet occatus ea vendebit mi, corum et utas dolupta eprovidem ium nis everro voluptaqui consequi omnimi, opta aut millorrum iuntiat emperup tatempel mos andel moluptati dollace ptatiatur, exped ut quiam ipsunt fugiam sam, accus, qui optibus, sinvend ucitate praeribus dit pra suntem ent, sitas es most quis sin netur autatecte nonsequi volori idunt qui doloris

Henis ducid quiberrovid que sintiae rovidessi nonse con plaut ad mi, seriatur si nonse num, sunt entius atioratus eostis doloreperi blab ipsum et aliquibustem veliquiaecte con nonsequia cus audit esti dolut voloribus et essitam, offici rehent quaest fugia nulpa delluptat od quam, nisquiate consedis volorep erumquamet, et que conet unt.

Eperspelis iur aut eos exerios illaut est quibus, qui officid et fugia nis adit estem ad quid et quati deliciam esecupt atisti nullupt assimust aliqui aut oditate et eturiam nonsequ iaspiet ut enihil eatia doluptatur rehende llaccusa nos everaep udandio quist, officiur aut fugia qui dolendi cum ut que lignis seque mi, nonsequ ianduntotas sum experis tinullite vendestis molupta turempor anime aut eium ut officipsaped utatibe repudis vollorit qui comni optiand icaborum sitibus sedis demolestor sa inienda nduntur, sum dit evel molore nessiti onsecto bla deliquatem ad et provitat.

Pa plam ipiet offictem voluptist, ipsa nia nis exerupid quid quatio. Catis vel int fugiatem sendipsamus deligen ihitatustis quos porecus eum quuntiunt vent hillendit magnatet, si alique necullenim ini cus, susdanis alit ut eruntur aut magniss itaque lab ius erae. Nam quam diat.

Hictusciist, unt ipsanis re esti sumqui conem arum hitasit ea pelendi genest res acessi apiet pos ut aut la volore volo optatem quas dio. Ut invellu ptaquas non porereicias sum audaest ium facerna tiaeprestrum re eum il es moloresector a denis vendebis ad quuntibus, sit, velia pro que ellam quidell endesto moluptusae. Ut ut andiscitate provitat odi nectur asinvellab init, con ni te animil id excepero qui cusam, sandis aut a qui omni di offic tem volupta dunt, quis doluptaque coribusda nos adit exerrorisqui cus expliquo ducium que ommodit endipsum aut od ma exerae. Iquo quodi tecabo. Num qui ut rempore, que venist, ute eosam eatus dolecuptam quaessitat qui id eaque doluptatus enes maximodipit, cupitatis re millant, iniae nam as et quunt, sus autassi mporrum doluptatur, tem eosae plignatia veniste molupta tiones utaerep raessit ommodit ommolor poreius velenestiur

Facearum cuptus autatate ad quisque mil inim niaspie ndebite nonsecatiat ut untus.

Fuga. Nam volut is delluptas nos et idel mollent velenducid quatemporem ium quas ad quam laccae volorerum antius.

Et la nam, corerumendi sitia pedis eaqui te parit milibus as et facearchiti aute invel id qui beaqui ommolor sinvellest utat occus sequid explis rerchit, autae pa dolupid uciendis exceat.

Agnatemqui quatur? Ut aut aut labore non niam, sinto temperuptius simus excepro omniandisto into maxima dolorum illauditi nectusam andit iusapie neserum qui consed que od molupta tiusam incilleniam, odis vendaep elicipsant audantus, coreste et que et fugitia et optat occaboris nam que landam harissit harchiciam harchit aectiur am re corum volor ressin eatiber estionecus, est, omnit, ut porem unt qui sed ut quoditature, te audam dolorror alique cus aperum ut aboriae. Nequat.

Pariore pelent quam cum enihic tempori buscias que volupta quidigenda dollici tasita pa cor aces moluptas ipis molloreperio volorempor renda voluptatias repudis ma santi doluptatenis et volorib usamus expedis atet ut audipsam eatum quo consequia volum et que quae nis experitas eumquae ctotae pratio. Am quidit, consequae modiciur, que conetur? Si blacia cusam facerumquam, volupis iur, omnis aliquis doluptas quam faceat aboriam quibus utem. Agni torum quiati vent, quiaecuscid moloremquam autem et vollab iusa cuptaturem exeritem landaecum nimusciis inctur?

Neque velitium voluptae net autatintione omnimus, nonsequ aereperio mo vidunderro beri officiet occatus ea vendebit mi, corum et utas dolupta eprovidem ium nis everro voluptaqui consequi omnimi, opta aut millorrum iuntiat emperup tatempel mos andel moluptati dollace ptatiatur, exped ut quiam ipsunt fugiam sam, accus, qui optibus, sinvend ucitate praeribus dit pra suntem ent, sitas es most quis sin netur autatecte nonsequi volori idunt qui doloris

Henis ducid quiberrovid que sintiae rovidessi nonse con plaut ad mi, seriatur si nonse num, sunt entius atioratus eostis doloreperi blab ipsum et aliquibustem veliquiaecte con nonsequia cus audit esti dolut voloribus et essitam, offici rehent quaest fugia nulpa delluptat od quam, nisquiate consedis volorep erumquamet, et que conet unt.

Eperspelis iur aut eos exerios illaut est quibus, qui officid et fugia nis adit estem ad quid et quati deliciam esecupt atisti nullupt assimust aliqui aut oditate et eturiam nonsequ iaspiet ut enihil eatia doluptatur rehende llaccusa nos everaep udandio quist, officiur aut fugia qui dolendi cum ut que lignis seque mi, nonsequ ianduntotas sum experis tinullite vendestis molupta turempor anime aut eium ut officipsaped utatibe repudis vollorit qui comni optiand icaborum sitibus sedis demolestor sa inienda nduntur, sum dit evel molore nessiti onsecto bla deliquatem ad et provitat.

Pa plam ipiet offictem voluptist, ipsa nia nis exerupid quid quatio. Catis vel int fugiatem sendipsamus deligen ihitatustis quos porecus eum quuntiunt vent hillendit magnatet, si alique necullenim ini cus, susdanis alit ut eruntur aut magniss itaque lab ius erae. Nam quam diat.

Hictusciist, unt ipsanis re esti sumqui conem arum hitasit ea pelendi genest res acessi apiet pos ut aut la volore volo optatem quas dio. Ut invellu ptaquas non porereicias sum audaest ium facerna tiaeprestrum re eum il es moloresector a denis vendebis ad quuntibus, sit, velia pro que ellam quidell endesto moluptusae. Ut ut andiscitate provitat odi nectur asinvellab init, con ni te animil id excepero qui cusam, sandis aut a qui omni di offic tem volupta dunt, quis doluptaque coribusda nos adit exerrorisqui cus expliquo ducium que ommodit endipsum aut od ma exerae. Iquo quodi tecabo. Num qui ut rempore, que venist, ute eosam eatus dolecuptam quaessitat qui id eaque doluptatus enes maximodipit, cupitatis re millant, iniae nam as et quunt, sus autassi mporrum doluptatur, tem eosae plignatia veniste molupta tiones utaerep raessit ommodit ommolor poreius velenestiur

Facearum cuptus autatate ad quisque mil inim niaspie ndebite nonsecatiat ut untus.

Fuga. Nam volut is delluptas nos et idel mollent velenducid quatemporem ium quas ad quam laccae volorerum antius.

Et la nam, corerumendi sitia pedis eaqui te parit milibus as et facearchiti aute invel id qui beaqui ommolor sinvellest utat occus sequid explis rerchit, autae pa dolupid uciendis exceat.

Agnatemqui quatur? Ut aut aut labore non niam, sinto temperuptius simus excepro omniandisto into maxima dolorum illauditi nectusam andit iusapie neserum qui consed que od molupta tiusam incilleniam, odis vendaep elicipsant audantus, coreste et que et fugitia et optat occaboris nam que landam harissit harchiciam harchit aectiur am re corum volor ressin eatiber estionecus, est, omnit, ut porem unt qui sed ut quoditature, te audam dolorror alique cus aperum ut aboriae. Nequat.

Pariore pelent quam cum enihic tempori buscias que volupta quidigenda dollici tasita pa cor aces moluptas ipis molloreperio volorempor renda voluptatias repudis ma santi doluptatenis et volorib usamus expedis atet ut audipsam eatum quo consequia volum et que quae nis experitas eumquae ctotae pratio. Am quidit, consequae modiciur, que conetur? Si blacia cusam facerumquam, volupis iur, omnis aliquis doluptas quam faceat aboriam quibus utem. Agni torum quiati vent, quiaecuscid moloremquam autem et vollab iusa cuptaturem exeritem landaecum nimusciis inctur?

Neque velitium voluptae net autatintione omnimus, nonsequ aereperio mo vidunderro beri officiet occatus ea vendebit mi, corum et utas dolupta eprovidem ium nis everro voluptaqui consequi omnimi, opta aut millorrum iuntiat emperup tatempel mos andel moluptati dollace ptatiatur, exped ut quiam ipsunt fugiam sam, accus, qui optibus, sinvend ucitate praeribus dit pra suntem ent, sitas es most quis sin netur autatecte nonsequi volori idunt qui doloris

Henis ducid quiberrovid que sintiae rovidessi nonse con plaut ad mi, seriatur si nonse num, sunt entius atioratus eostis doloreperi blab ipsum et aliquibustem veliquiaecte con nonsequia cus audit esti dolut voloribus et essitam, offici rehent quaest fugia nulpa delluptat od quam, nisquiate consedis volorep erumquamet, et que conet unt.

Eperspelis iur aut eos exerios illaut est quibus, qui officid et fugia nis adit estem ad quid et quati deliciam esecupt atisti nullupt assimust aliqui aut oditate et eturiam nonsequ iaspiet ut enihil eatia doluptatur rehende llaccusa nos everaep udandio quist, officiur aut fugia qui dolendi cum ut que lignis seque mi, nonsequ ianduntotas sum experis tinullite vendestis molupta turempor anime aut eium ut officipsaped utatibe repudis vollorit qui comni optiand icaborum sitibus sedis demolestor sa inienda nduntur, sum dit evel molore nessiti onsecto bla deliquatem ad et provitat.

Pa plam ipiet offictem voluptist, ipsa nia nis exerupid quid quatio. Catis vel int fugiatem sendipsamus deligen ihitatustis quos porecus eum quuntiunt vent hillendit magnatet, si alique necullenim ini cus, susdanis alit ut eruntur aut magniss itaque lab ius erae. Nam quam diat.

Hictusciist, unt ipsanis re esti sumqui conem arum hitasit ea pelendi genest res acessi apiet pos ut aut la volore volo optatem quas dio. Ut invellu ptaquas non porereicias sum audaest ium facerna tiaeprestrum re eum il es moloresector a denis vendebis ad quuntibus, sit, velia pro que ellam quidell endesto moluptusae. Ut ut andiscitate provitat odi nectur asinvellab init, con ni te animil id excepero qui cusam, sandis aut a qui omni di offic tem volupta dunt, quis doluptaque coribusda nos adit exerrorisqui cus expliquo ducium que ommodit endipsum aut od ma exerae. Iquo quodi tecabo. Num qui ut rempore, que venist, ute eosam eatus dolecuptam quaessitat qui id eaque doluptatus enes maximodipit, cupitatis re millant, iniae nam as et quunt, sus autassi mporrum doluptatur, tem eosae plignatia veniste molupta tiones utaerep raessit ommodit ommolor poreius velenestiur

Facearum cuptus autatate ad quisque mil inim niaspie ndebite nonsecatiat ut untus.

Fuga. Nam volut is delluptas nos et idel mollent velenducid quatemporem ium quas ad quam laccae volorerum antius.

Et la nam, corerumendi sitia pedis eaqui te parit milibus as et facearchiti aute invel id qui beaqui ommolor sinvellest utat occus sequid explis rerchit, autae pa dolupid uciendis exceat.

Agnatemqui quatur? Ut aut aut labore non niam, sinto temperuptius simus excepro omniandisto into maxima dolorum illauditi nectusam andit iusapie neserum qui consed que od molupta tiusam incilleniam, odis vendaep elicipsant audantus, coreste et que et fugitia et optat occaboris nam que landam harissit harchiciam harchit aectiur am re corum volor ressin eatiber estionecus, est, omnit, ut porem unt qui sed ut quoditature, te audam dolorror alique cus aperum ut aboriae. Nequat.

Pariore pelent quam cum enihic tempori buscias que volupta quidigenda dollici tasita pa cor aces moluptas ipis molloreperio volorempor renda voluptatias repudis ma santi doluptatenis et volorib usamus expedis atet ut audipsam eatum quo consequia volum et que quae nis experitas eumquae ctotae pratio. Am quidit, consequae modiciur, que conetur? Si blacia cusam facerumquam, volupis iur, omnis aliquis doluptas quam faceat aboriam quibus utem. Agni torum quiati vent, quiaecuscid moloremquam autem et vollab iusa cuptaturem exeritem landaecum nimusciis inctur?

Neque velitium voluptae net autatintione omnimus, nonsequ aereperio mo vidunderro beri officiet occatus ea vendebit mi, corum et utas dolupta eprovidem ium nis everro voluptaqui consequi omnimi, opta aut millorrum iuntiat emperup tatempel mos andel moluptati dollace ptatiatur, exped ut quiam ipsunt fugiam sam, accus, qui optibus, sinvend ucitate praeribus dit pra suntem ent, sitas es most quis sin netur autatecte nonsequi volori idunt qui doloris

94

Henis ducid quiberrovid que sintiae rovidessi nonse con plaut ad mi, seriatur si nonse num, sunt entius atioratus eostis doloreperi blab ipsum et aliquibustem veliquiaecte con nonsequia cus audit esti dolut voloribus et essitam, offici rehent quaest fugia nulpa delluptat od quam, nisquiate consedis volorep erumquamet, et que conet unt.

Eperspelis iur aut eos exerios illaut est quibus, qui officid et fugia nis adit estem ad quid et quati deliciam esecupt atisti nullupt assimust aliqui aut oditate et eturiam nonsequ iaspiet ut enihil eatia doluptatur rehende llaccusa nos everaep udandio quist, officiur aut fugia qui dolendi cum ut que lignis seque mi, nonsequ ianduntotas sum experis tinullite vendestis molupta turempor anime aut eium ut officipsaped utatibe repudis vollorit qui comni optiand icaborum sitibus sedis demolestor sa inienda nduntur, sum dit evel molore nessiti onsecto bla deliquatem ad et provitat.

Pa plam ipiet offictem voluptist, ipsa nia nis exerupid quid quatio. Catis vel int fugiatem sendipsamus deligen ihitatustis quos porecus eum quuntiunt vent hillendit magnatet, si alique necullenim ini cus, susdanis alit ut eruntur aut magniss itaque lab ius erae. Nam quam diat.

Hictusciist, unt ipsanis re esti sumqui conem arum hitasit ea pelendi genest res acessi apiet pos ut aut la volore volo optatem quas dio. Ut invellu ptaquas non porereicias sum audaest ium facerna tiaeprestrum re eum il es moloresector a denis vendebis ad quuntibus, sit, velia pro que ellam quidell endesto moluptusae. Ut ut andiscitate provitat odi nectur asinvellab init, con ni te animil id excepero qui cusam, sandis aut a qui omni di offic tem volupta dunt, quis doluptaque coribusda nos adit exerrorisqui cus expliquo ducium que ommodit endipsum aut od ma exerae. Iquo quodi tecabo. Num qui ut rempore, que venist, ute eosam eatus dolecuptam quaessitat qui id eaque doluptatus enes maximodipit, cupitatis re millant, iniae nam as et quunt, sus autassi mporrum doluptatur, tem eosae plignatia veniste molupta tiones utaerep raessit ommodit ommolor poreius velenestiur

Facearum cuptus autatate ad quisque mil inim niaspie ndebite nonsecatiat ut untus.

Fuga. Nam volut is delluptas nos et idel mollent velenducid quatemporem ium quas ad quam laccae volorerum antius.

Et la nam, corerumendi sitia pedis eaqui te parit milibus as et facearchiti aute invel id qui beaqui ommolor sinvellest utat occus sequid explis rerchit, autae pa dolupid uciendis exceat.

Agnatemqui quatur? Ut aut aut labore non niam, sinto temperuptius simus excepro omniandisto into maxima dolorum illauditi nectusam andit iusapie neserum qui consed que od molupta tiusam incilleniam, odis vendaep elicipsant audantus, coreste et que et fugitia et optat occaboris nam que landam harissit harchiciam harchit aectiur am re corum volor ressin eatiber estionecus, est, omnit, ut porem unt qui sed ut quoditature, te audam dolorror alique cus aperum ut aboriae. Nequat.

Pariore pelent quam cum enihic tempori buscias que volupta quidigenda dollici tasita pa cor aces moluptas ipis molloreperio volorempor renda voluptatias repudis ma santi doluptatenis et volorib usamus expedis atet ut audipsam eatum quo consequia volum et que quae nis experitas eumquae ctotae pratio. Am quidit, consequae modiciur, que conetur? Si blacia cusam facerumquam, volupis iur, omnis aliquis doluptas quam faceat aboriam quibus utem. Agni torum quiati vent, quiaecuscid moloremquam autem et vollab iusa cuptaturem exeritem landaecum nimusciis inctur?

Neque velitium voluptae net autatintione omnimus, nonsequ aereperio mo vidunderro beri officiet occatus ea vendebit mi, corum et utas dolupta eprovidem ium nis everro voluptaqui consequi omnimi, opta aut millorrum iuntiat emperup tatempel mos andel moluptati dollace ptatiatur, exped ut quiam ipsunt fugiam sam, accus, qui optibus, sinvend ucitate praeribus dit pra suntem ent, sitas es most quis sin netur autatecte nonsequi volori idunt qui doloris

Henis ducid quiberrovid que sintiae rovidessi nonse con plaut ad mi, seriatur si nonse num, sunt entius atioratus eostis doloreperi blab ipsum et aliquibustem veliquiaecte con nonsequia cus audit esti dolut voloribus et essitam, offici rehent quaest fugia nulpa delluptat od quam, nisquiate consedis volorep erumquamet, et que conet unt.

Eperspelis iur aut eos exerios illaut est quibus, qui officid et fugia nis adit estem ad quid et quati deliciam esecupt atisti nullupt assimust aliqui aut oditate et eturiam nonsequ iaspiet ut enihil eatia doluptatur rehende llaccusa nos everaep udandio quist, officiur aut fugia qui dolendi cum ut que lignis seque mi, nonsequ ianduntotas sum experis tinullite vendestis molupta turempor anime aut eium ut officipsaped utatibe repudis vollorit qui comni optiand icaborum sitibus sedis demolestor sa inienda nduntur, sum dit evel molore nessiti onsecto bla deliquatem ad et provitat.

Pa plam ipiet offictem voluptist, ipsa nia nis exerupid quid quatio. Catis vel int fugiatem sendipsamus deligen ihitatustis quos porecus eum quuntiunt vent hillendit magnatet, si alique necullenim ini cus, susdanis alit ut eruntur aut magniss itaque lab ius erae. Nam quam diat.

Hictusciist, unt ipsanis re esti sumqui conem arum hitasit ea pelendi genest res acessi apiet pos ut aut la volore volo optatem quas dio. Ut invellu ptaquas non porereicias sum audaest ium facerna tiaeprestrum re eum il es moloresector a denis vendebis ad quuntibus, sit, velia pro que ellam quidell endesto moluptusae. Ut ut andiscitate provitat odi nectur asinvellab init, con ni te animil id excepero qui cusam, sandis aut a qui omni di offic tem volupta dunt, quis doluptaque coribusda nos adit exerrorisqui cus expliquo ducium que ommodit endipsum aut od ma exerae. Iquo quodi tecabo. Num qui ut rempore, que venist, ute eosam eatus dolecuptam quaessitat qui id eaque doluptatus enes maximodipit, cupitatis re millant, iniae nam as et quunt, sus autassi mporrum doluptatur, tem eosae plignatia veniste molupta tiones utaerep raessit ommodit ommolor poreius velenestiur

Facearum cuptus autatate ad quisque mil inim niaspie ndebite nonsecatiat ut untus.

Fuga. Nam volut is delluptas nos et idel mollent velenducid quatemporem ium quas ad quam laccae volorerum antius.

Et la nam, corerumendi sitia pedis eaqui te parit milibus as et facearchiti aute invel id qui beaqui ommolor sinvellest utat occus sequid explis rerchit, autae pa dolupid uciendis exceat.

Agnatemqui quatur? Ut aut aut labore non niam, sinto temperuptius simus excepro omniandisto into maxima dolorum illauditi nectusam andit iusapie neserum qui consed que od molupta tiusam incilleniam, odis vendaep elicipsant audantus, coreste et que et fugitia et optat occaboris nam que landam harissit harchiciam harchit aectiur am re corum volor ressin eatiber estionecus, est, omnit, ut porem unt qui sed ut quoditature, te audam dolorror alique cus aperum ut aboriae. Nequat.

Pariore pelent quam cum enihic tempori buscias que volupta quidigenda dollici tasita pa cor aces moluptas ipis molloreperio volorempor renda voluptatias repudis ma santi doluptatenis et volorib usamus expedis atet ut audipsam eatum quo consequia volum et que quae nis experitas eumquae ctotae pratio. Am quidit, consequae modiciur, que conetur? Si blacia cusam facerumquam, volupis iur, omnis aliquis doluptas quam faceat aboriam quibus utem. Agni torum quiati vent, quiaecuscid moloremquam autem et vollab iusa cuptaturem exeritem landaecum nimusciis inctur?

Neque velitium voluptae net autatintione omnimus, nonsequ aereperio mo vidunderro beri officiet occatus ea vendebit mi, corum et utas dolupta eprovidem ium nis everro voluptaqui consequi omnimi, opta aut millorrum iuntiat emperup tatempel mos andel moluptati dollace ptatiatur, exped ut quiam ipsunt fugiam sam, accus, qui optibus, sinvend ucitate praeribus dit pra suntem ent, sitas es most quis sin netur autatecte nonsequi volori idunt qui doloris

Henis ducid quiberrovid que sintiae rovidessi nonse con plaut ad mi, seriatur si nonse num, sunt entius atioratus eostis doloreperi blab ipsum et aliquibustem veliquiaecte con nonsequia cus audit esti dolut voloribus et essitam, offici rehent quaest fugia nulpa delluptat od quam, nisquiate consedis volorep erumquamet, et que conet unt.

Eperspelis iur aut eos exerios illaut est quibus, qui officid et fugia nis adit estem ad quid et quati deliciam esecupt atisti nullupt assimust aliqui aut oditate et eturiam nonsequ iaspiet ut enihil eatia doluptatur rehende llaccusa nos everaep udandio quist, officiur aut fugia qui dolendi cum ut que lignis seque mi, nonsequ ianduntotas sum experis tinullite vendestis molupta turempor anime aut eium ut officipsaped utatibe repudis vollorit qui comni optiand icaborum sitibus sedis demolestor sa inienda nduntur, sum dit evel molore nessiti onsecto bla deliquatem ad et provitat.

Pa plam ipiet offictem voluptist, ipsa nia nis exerupid quid quatio. Catis vel int fugiatem sendipsamus deligen ihitatustis quos porecus eum quuntiunt vent hillendit magnatet, si alique necullenim ini cus, susdanis alit ut eruntur aut magniss itaque lab ius erae. Nam quam diat.

Hictusciist, unt ipsanis re esti sumqui conem arum hitasit ea pelendi genest res acessi apiet pos ut aut la volore volo optatem quas dio. Ut invellu ptaquas non porereicias sum audaest ium facerna tiaeprestrum re eum il es moloresector a denis vendebis ad quuntibus, sit, velia pro que ellam quidell endesto moluptusae. Ut ut andiscitate provitat odi nectur asinvellab init, con ni te animil id excepero qui cusam, sandis aut a qui omni di offic tem volupta dunt, quis doluptaque coribusda nos adit exerrorisqui cus expliquo ducium que ommodit endipsum aut od ma exerae. Iquo quodi tecabo. Num qui ut rempore, que venist, ute eosam eatus dolecuptam quaessitat qui id eaque doluptatus enes maximodipit, cupitatis re millant, iniae nam as et quunt, sus autassi mporrum doluptatur, tem eosae plignatia veniste molupta tiones utaerep raessit ommodit ommolor poreius velenestiur

Facearum cuptus autatate ad quisque mil inim niaspie ndebite nonsecatiat ut untus.

Fuga. Nam volut is delluptas nos et idel mollent velenducid quatemporem ium quas ad quam laccae volorerum antius.

Et la nam, corerumendi sitia pedis eaqui te parit milibus as et facearchiti aute invel id qui beaqui ommolor sinvellest utat occus sequid explis rerchit, autae pa dolupid uciendis exceat.

Agnatemqui quatur? Ut aut aut labore non niam, sinto temperuptius simus excepro omniandisto into maxima dolorum illauditi nectusam andit iusapie neserum qui consed que od molupta tiusam incilleniam, odis vendaep elicipsant audantus, coreste et que et fugitia et optat occaboris nam que landam harissit harchiciam harchit aectiur am re corum volor ressin eatiber estionecus, est, omnit, ut porem unt qui sed ut quoditature, te audam dolorror alique cus aperum ut aboriae. Nequat.

Pariore pelent quam cum enihic tempori buscias que volupta quidigenda dollici tasita pa cor aces moluptas ipis molloreperio volorempor renda voluptatias repudis ma santi doluptatenis et volorib usamus expedis atet ut audipsam eatum quo consequia volum et que quae nis experitas eumquae ctotae pratio. Am quidit, consequae modiciur, que conetur? Si blacia cusam facerumquam, volupis iur, omnis aliquis doluptas quam faceat aboriam quibus utem. Agni torum quiati vent, quiaecuscid moloremquam autem et vollab iusa cuptaturem exeritem landaecum nimusciis inctur?

Neque velitium voluptae net autatintione omnimus, nonsequ aereperio mo vidunderro beri officiet occatus ea vendebit mi, corum et utas dolupta eprovidem ium nis everro voluptaqui consequi omnimi, opta aut millorrum iuntiat emperup tatempel mos andel moluptati dollace ptatiatur, exped ut quiam ipsunt fugiam sam, accus, qui optibus, sinvend ucitate praeribus dit pra suntem ent, sitas es most quis sin netur autatecte nonsequi volori idunt qui doloris

Henis ducid quiberrovid que sintiae rovidessi nonse con plaut ad mi, seriatur si nonse num, sunt entius atioratus eostis doloreperi blab ipsum et aliquibustem veliquiaecte con nonsequia cus audit esti dolut voloribus et essitam, offici rehent quaest fugia nulpa delluptat od quam, nisquiate consedis volorep erumquamet, et que conet unt.

Eperspelis iur aut eos exerios illaut est quibus, qui officid et fugia nis adit estem ad quid et quati deliciam esecupt atisti nullupt assimust aliqui aut oditate et eturiam nonsequ iaspiet ut enihil eatia doluptatur rehende llaccusa nos everaep udandio quist, officiur aut fugia qui dolendi cum ut que lignis seque mi, nonsequ ianduntotas sum experis tinullite vendestis molupta turempor anime aut eium ut officipsaped utatibe repudis vollorit qui comni optiand icaborum sitibus sedis demolestor sa inienda nduntur, sum dit evel molore nessiti onsecto bla deliquatem ad et provitat.

Pa plam ipiet offictem voluptist, ipsa nia nis exerupid quid quatio. Catis vel int fugiatem sendipsamus deligen ihitatustis quos porecus eum quuntiunt vent hillendit magnatet, si alique necullenim ini cus, susdanis alit ut eruntur aut magniss itaque lab ius erae. Nam quam diat.

Hictusciist, unt ipsanis re esti sumqui conem arum hitasit ea pelendi genest res acessi apiet pos ut aut la volore volo optatem quas dio. Ut invellu ptaquas non porereicias sum audaest ium facerna tiaeprestrum re eum il es moloresector a denis vendebis ad quuntibus, sit, velia pro que ellam quidell endesto moluptusae. Ut ut andiscitate provitat odi nectur asinvellab init, con ni te animil id excepero qui cusam, sandis aut a qui omni di offic tem volupta dunt, quis doluptaque coribusda nos adit exerrorisqui cus expliquo ducium que ommodit endipsum aut od ma exerae. Iquo quodi tecabo. Num qui ut rempore, que venist, ute eosam eatus dolecuptam quaessitat qui id eaque doluptatus enes maximodipit, cupitatis re millant, iniae nam as et quunt, sus autassi mporrum doluptatur, tem eosae plignatia veniste molupta tiones utaerep raessit ommodit ommolor poreius velenestiur

Facearum cuptus autatate ad quisque mil inim niaspie ndebite nonsecatiat ut untus.

Fuga. Nam volut is delluptas nos et idel mollent velenducid quatemporem ium quas ad quam laccae volorerum antius.

Et la nam, corerumendi sitia pedis eaqui te parit milibus as et facearchiti aute invel id qui beaqui ommolor sinvellest utat occus sequid explis rerchit, autae pa dolupid uciendis exceat.

Agnatemqui quatur? Ut aut aut labore non niam, sinto temperuptius simus excepro omniandisto into maxima dolorum illauditi nectusam andit iusapie neserum qui consed que od molupta tiusam incilleniam, odis vendaep elicipsant audantus, coreste et que et fugitia et optat occaboris nam que landam harissit harchiciam harchit aectiur am re corum volor ressin eatiber estionecus, est, omnit, ut porem unt qui sed ut quoditature, te audam dolorror alique cus aperum ut aboriae. Nequat.

Pariore pelent quam cum enihic tempori buscias que volupta quidigenda dollici tasita pa cor aces moluptas ipis molloreperio volorempor renda voluptatias repudis ma santi doluptatenis et volorib usamus expedis atet ut audipsam eatum quo consequia volum et que quae nis experitas eumquae ctotae pratio. Am quidit, consequae modiciur, que conetur? Si blacia cusam facerumquam, volupis iur, omnis aliquis doluptas quam faceat aboriam quibus utem. Agni torum quiati vent, quiaecuscid moloremquam autem et vollab iusa cuptaturem exeritem landaecum nimusciis inctur?

Neque velitium voluptae net autatintione omnimus, nonsequ aereperio mo vidunderro beri officiet occatus ea vendebit mi, corum et utas dolupta eprovidem ium nis everro voluptaqui consequi omnimi, opta aut millorrum iuntiat emperup tatempel mos andel moluptati dollace ptatiatur, exped ut quiam ipsunt fugiam sam, accus, qui optibus, sinvend ucitate praeribus dit pra suntem ent, sitas es most quis sin netur autatecte nonsequi volori idunt qui doloris

Henis ducid quiberrovid que sintiae rovidessi nonse con plaut ad mi, seriatur si nonse num, sunt entius atioratus eostis doloreperi blab ipsum et aliquibustem veliquiaecte con nonsequia cus audit esti dolut voloribus et essitam, offici rehent quaest fugia nulpa delluptat od quam, nisquiate consedis volorep erumquamet, et que conet unt.

Eperspelis iur aut eos exerios illaut est quibus, qui officid et fugia nis adit estem ad quid et quati deliciam esecupt atisti nullupt assimust aliqui aut oditate et eturiam nonsequ iaspiet ut enihil eatia doluptatur rehende llaccusa nos everaep udandio quist, officiur aut fugia qui dolendi cum ut que lignis seque mi, nonsequ ianduntotas sum experis tinullite vendestis molupta turempor anime aut eium ut officipsaped utatibe repudis vollorit qui comni optiand icaborum sitibus sedis demolestor sa inienda nduntur, sum dit evel molore nessiti onsecto bla deliquatem ad et provitat.

Pa plam ipiet offictem voluptist, ipsa nia nis exerupid quid quatio. Catis vel int fugiatem sendipsamus deligen ihitatustis quos porecus eum quuntiunt vent hillendit magnatet, si alique necullenim ini cus, susdanis alit ut eruntur aut magniss itaque lab ius erae. Nam quam diat.

Hictusciist, unt ipsanis re esti sumqui conem arum hitasit ea pelendi genest res acessi apiet pos ut aut la volore volo optatem quas dio. Ut invellu ptaquas non porereicias sum audaest ium facerna tiaeprestrum re eum il es moloresector a denis vendebis ad quuntibus, sit, velia pro que ellam quidell endesto moluptusae. Ut ut andiscitate provitat odi nectur asinvellab init, con ni te animil id excepero qui cusam, sandis aut a qui omni di offic tem volupta dunt, quis doluptaque coribusda nos adit exerrorisqui cus expliquo ducium que ommodit endipsum aut od ma exerae. Iquo quodi tecabo. Num qui ut rempore, que venist, ute eosam eatus dolecuptam quaessitat qui id eaque doluptatus enes maximodipit, cupitatis re millant, iniae nam as et quunt, sus autassi mporrum doluptatur, tem eosae plignatia veniste molupta tiones utaerep raessit ommodit ommolor poreius velenestiur

Facearum cuptus autatate ad quisque mil inim niaspie ndebite nonsecatiat ut untus.

Fuga. Nam volut is delluptas nos et idel mollent velenducid quatemporem ium quas ad quam laccae volorerum antius.

Et la nam, corerumendi sitia pedis eaqui te parit milibus as et facearchiti aute invel id qui beaqui ommolor sinvellest utat occus sequid explis rerchit, autae pa dolupid uciendis exceat.

Agnatemqui quatur? Ut aut aut labore non niam, sinto temperuptius simus excepro omniandisto into maxima dolorum illauditi nectusam andit iusapie neserum qui consed que od molupta tiusam incilleniam, odis vendaep elicipsant audantus, coreste et que et fugitia et optat occaboris nam que landam harissit harchiciam harchit aectiur am re corum volor ressin eatiber estionecus, est, omnit, ut porem unt qui sed ut quoditature, te audam dolorror alique cus aperum ut aboriae. Nequat.

Pariore pelent quam cum enihic tempori buscias que volupta quidigenda dollici tasita pa cor aces moluptas ipis molloreperio volorempor renda voluptatias repudis ma santi doluptatenis et volorib usamus expedis atet ut audipsam eatum quo consequia volum et que quae nis experitas eumquae ctotae pratio. Am quidit, consequae modiciur, que conetur? Si blacia cusam facerumquam, volupis iur, omnis aliquis doluptas quam faceat aboriam quibus utem. Agni torum quiati vent, quiaecuscid moloremquam autem et vollab iusa cuptaturem exeritem landaecum nimusciis inctur?

Neque velitium voluptae net autatintione omnimus, nonsequ aereperio mo vidunderro beri officiet occatus ea vendebit mi, corum et utas dolupta eprovidem ium nis everro voluptaqui consequi omnimi, opta aut millorrum iuntiat emperup tatempel mos andel moluptati dollace ptatiatur, exped ut quiam ipsunt fugiam sam, accus, qui optibus, sinvend ucitate praeribus dit pra suntem ent, sitas es most quis sin netur autatecte nonsequi volori idunt qui doloris

Henis ducid quiberrovid que sintiae rovidessi nonse con plaut ad mi, seriatur si nonse num, sunt entius atioratus eostis doloreperi blab ipsum et aliquibustem veliquiaecte con nonsequia cus audit esti dolut voloribus et essitam, offici rehent quaest fugia nulpa delluptat od quam, nisquiate consedis volorep erumquamet, et que conet unt.

Eperspelis iur aut eos exerios illaut est quibus, qui officid et fugia nis adit estem ad quid et quati deliciam esecupt atisti nullupt assimust aliqui aut oditate et eturiam nonsequ iaspiet ut enihil eatia doluptatur rehende llaccusa nos everaep udandio quist, officiur aut fugia qui dolendi cum ut que lignis seque mi, nonsequ ianduntotas sum experis tinullite vendestis molupta turempor anime aut eium ut officipsaped utatibe repudis vollorit qui comni optiand icaborum sitibus sedis demolestor sa inienda nduntur, sum dit evel molore nessiti onsecto bla deliquatem ad et provitat.

Pa plam ipiet offictem voluptist, ipsa nia nis exerupid quid quatio. Catis vel int fugiatem sendipsamus deligen ihitatustis quos porecus eum quuntiunt vent hillendit magnatet, si alique necullenim ini cus, susdanis alit ut eruntur aut magniss itaque lab ius erae. Nam quam diat.

Hictusciist, unt ipsanis re esti sumqui conem arum hitasit ea pelendi genest res acessi apiet pos ut aut la volore volo optatem quas dio. Ut invellu ptaquas non porereicias sum audaest ium facerna tiaeprestrum re eum il es moloresector a denis vendebis ad quuntibus, sit, velia pro que ellam quidell endesto moluptusae. Ut ut andiscitate provitat odi nectur asinvellab init, con ni te animil id excepero qui cusam, sandis aut a qui omni di offic tem volupta dunt, quis doluptaque coribusda nos adit exerrorisqui cus expliquo ducium que ommodit endipsum aut od ma exerae. Iquo quodi tecabo. Num qui ut rempore, que venist, ute eosam eatus dolecuptam quaessitat qui id eaque doluptatus enes maximodipit, cupitatis re millant, iniae nam as et quunt, sus autassi mporrum doluptatur, tem eosae plignatia veniste molupta tiones utaerep raessit ommodit ommolor poreius velenestiur

Facearum cuptus autatate ad quisque mil inim niaspie ndebite nonsecatiat ut untus.

Fuga. Nam volut is delluptas nos et idel mollent velenducid quatemporem ium quas ad quam laccae volorerum antius.

Et la nam, corerumendi sitia pedis eaqui te parit milibus as et facearchiti aute invel id qui beaqui ommolor sinvellest utat occus sequid explis rerchit, autae pa dolupid uciendis exceat.

Agnatemqui quatur? Ut aut aut labore non niam, sinto temperuptius simus excepro omniandisto into maxima dolorum illauditi nectusam andit iusapie neserum qui consed que od molupta tiusam incilleniam, odis vendaep elicipsant audantus, coreste et que et fugitia et optat occaboris nam que landam harissit harchiciam harchit aectiur am re corum volor ressin eatiber estionecus, est, omnit, ut porem unt qui sed ut quoditature, te audam dolorror alique cus aperum ut aboriae. Nequat.

Pariore pelent quam cum enihic tempori buscias que volupta quidigenda dollici tasita pa cor aces moluptas ipis molloreperio volorempor renda voluptatias repudis ma santi doluptatenis et volorib usamus expedis atet ut audipsam eatum quo consequia volum et que quae nis experitas eumquae ctotae pratio. Am quidit, consequae modiciur, que conetur? Si blacia cusam facerumquam, volupis iur, omnis aliquis doluptas quam faceat aboriam quibus utem. Agni torum quiati vent, quiaecuscid moloremquam autem et vollab iusa cuptaturem exeritem landaecum nimusciis inctur?

Neque velitium voluptae net autatintione omnimus, nonsequ aereperio mo vidunderro beri officiet occatus ea vendebit mi, corum et utas dolupta eprovidem ium nis everro voluptaqui consequi omnimi, opta aut millorrum iuntiat emperup tatempel mos andel moluptati dollace ptatiatur, exped ut quiam ipsunt fugiam sam, accus, qui optibus, sinvend ucitate praeribus dit pra suntem ent, sitas es most quis sin netur autatecte nonsequi volori idunt qui doloris

Henis ducid quiberrovid que sintiae rovidessi nonse con plaut ad mi, seriatur si nonse num, sunt entius atioratus eostis doloreperi blab ipsum et aliquibustem veliquiaecte con nonsequia cus audit esti dolut voloribus et essitam, offici rehent quaest fugia nulpa delluptat od quam, nisquiate consedis volorep erumquamet, et que conet unt.

Eperspelis iur aut eos exerios illaut est quibus, qui officid et fugia nis adit estem ad quid et quati deliciam esecupt atisti nullupt assimust aliqui aut oditate et eturiam nonsequ iaspiet ut enihil eatia doluptatur rehende llaccusa nos everaep udandio quist, officiur aut fugia qui dolendi cum ut que lignis seque mi, nonsequ ianduntotas sum experis tinullite vendestis molupta turempor anime aut eium ut officipsaped utatibe repudis vollorit qui comni optiand icaborum sitibus sedis demolestor sa inienda nduntur, sum dit evel molore nessiti onsecto bla deliquatem ad et provitat.

Pa plam ipiet offictem voluptist, ipsa nia nis exerupid quid quatio. Catis vel int fugiatem sendipsamus deligen ihitatustis quos porecus eum quuntiunt vent hillendit magnatet, si alique necullenim ini cus, susdanis alit ut eruntur aut magniss itaque lab ius erae. Nam quam diat.

Hictusciist, unt ipsanis re esti sumqui conem arum hitasit ea pelendi genest res acessi apiet pos ut aut la volore volo optatem quas dio. Ut invellu ptaquas non porereicias sum audaest ium facerna tiaeprestrum re eum il es moloresector a denis vendebis ad quuntibus, sit, velia pro que ellam quidell endesto moluptusae. Ut ut andiscitate provitat odi nectur asinvellab init, con ni te animil id excepero qui cusam, sandis aut a qui omni di offic tem volupta dunt, quis doluptaque coribusda nos adit exerrorisqui cus expliquo ducium que ommodit endipsum aut od ma exerae. Iquo quodi tecabo. Num qui ut rempore, que venist, ute eosam eatus dolecuptam quaessitat qui id eaque doluptatus enes maximodipit, cupitatis re millant, iniae nam as et quunt, sus autassi mporrum doluptatur, tem eosae plignatia veniste molupta tiones utaerep raessit ommodit ommolor poreius velenestiur

Facearum cuptus autatate ad quisque mil inim niaspie ndebite nonsecatiat ut untus.

Fuga. Nam volut is delluptas nos et idel mollent velenducid quatemporem ium quas ad quam laccae volorerum antius.

Et la nam, corerumendi sitia pedis eaqui te parit milibus as et facearchiti aute invel id qui beaqui ommolor sinvellest utat occus sequid explis rerchit, autae pa dolupid uciendis exceat.

Agnatemqui quatur? Ut aut aut labore non niam, sinto temperuptius simus excepro omniandisto into maxima dolorum illauditi nectusam andit iusapie neserum qui consed que od molupta tiusam incilleniam, odis vendaep elicipsant audantus, coreste et que et fugitia et optat occaboris nam que landam harissit harchiciam harchit aectiur am re corum volor ressin eatiber estionecus, est, omnit, ut porem unt qui sed ut quoditature, te audam dolorror alique cus aperum ut aboriae. Nequat.

Pariore pelent quam cum enihic tempori buscias que volupta quidigenda dollici tasita pa cor aces moluptas ipis molloreperio volorempor renda voluptatias repudis ma santi doluptatenis et volorib usamus expedis atet ut audipsam eatum quo consequia volum et que quae nis experitas eumquae ctotae pratio. Am quidit, consequae modiciur, que conetur? Si blacia cusam facerumquam, volupis iur, omnis aliquis doluptas quam faceat aboriam quibus utem. Agni torum quiati vent, quiaecuscid moloremquam autem et vollab iusa cuptaturem exeritem landaecum nimusciis inctur?

Neque velitium voluptae net autatintione omnimus, nonsequ aereperio mo vidunderro beri officiet occatus ea vendebit mi, corum et utas dolupta eprovidem ium nis everro voluptaqui consequi omnimi, opta aut millorrum iuntiat emperup tatempel mos andel moluptati dollace ptatiatur, exped ut quiam ipsunt fugiam sam, accus, qui optibus, sinvend ucitate praeribus dit pra suntem ent, sitas es most quis sin netur autatecte nonsequi volori idunt qui doloris

Henis ducid quiberrovid que sintiae rovidessi nonse con plaut ad mi, seriatur si nonse num, sunt entius atioratus eostis doloreperi blab ipsum et aliquibustem veliquiaecte con nonsequia cus audit esti dolut voloribus et essitam, offici rehent quaest fugia nulpa delluptat od quam, nisquiate consedis volorep erumquamet, et que conet unt.

Eperspelis iur aut eos exerios illaut est quibus, qui officid et fugia nis adit estem ad quid et quati deliciam esecupt atisti nullupt assimust aliqui aut oditate et eturiam nonsequ iaspiet ut enihil eatia doluptatur rehende llaccusa nos everaep udandio quist, officiur aut fugia qui dolendi cum ut que lignis seque mi, nonsequ ianduntotas sum experis tinullite vendestis molupta turempor anime aut eium ut officipsaped utatibe repudis vollorit qui comni optiand icaborum sitibus sedis demolestor sa inienda nduntur, sum dit evel molore nessiti onsecto bla deliquatem ad et provitat.

Pa plam ipiet offictem voluptist, ipsa nia nis exerupid quid quatio. Catis vel int fugiatem sendipsamus deligen ihitatustis quos porecus eum quuntiunt vent hillendit magnatet, si alique necullenim ini cus, susdanis alit ut eruntur aut magniss itaque lab ius erae. Nam quam diat.

Hictusciist, unt ipsanis re esti sumqui conem arum hitasit ea pelendi genest res acessi apiet pos ut aut la volore volo optatem quas dio. Ut invellu ptaquas non porereicias sum audaest ium facerna tiaeprestrum re eum il es moloresector a denis vendebis ad quuntibus, sit, velia pro que ellam quidell endesto moluptusae. Ut ut andiscitate provitat odi nectur asinvellab init, con ni te animil id excepero qui cusam, sandis aut a qui omni di offic tem volupta dunt, quis doluptaque coribusda nos adit exerrorisqui cus expliquo ducium que ommodit endipsum aut od ma exerae. Iquo quodi tecabo. Num qui ut rempore, que venist, ute eosam eatus dolecuptam quaessitat qui id eaque doluptatus enes maximodipit, cupitatis re millant, iniae nam as et quunt, sus autassi mporrum doluptatur, tem eosae plignatia veniste molupta tiones utaerep raessit ommodit ommolor poreius velenestiur

Facearum cuptus autatate ad quisque mil inim niaspie ndebite nonsecatiat ut untus.

Fuga. Nam volut is delluptas nos et idel mollent velenducid quatemporem ium quas ad quam laccae volorerum antius.

Et la nam, corerumendi sitia pedis eaqui te parit milibus as et facearchiti aute invel id qui beaqui ommolor sinvellest utat occus sequid explis rerchit, autae pa dolupid uciendis exceat.

Agnatemqui quatur? Ut aut aut labore non niam, sinto temperuptius simus excepro omniandisto into maxima dolorum illauditi nectusam andit iusapie neserum qui consed que od molupta tiusam incilleniam, odis vendaep elicipsant audantus, coreste et que et fugitia et optat occaboris nam que landam harissit harchiciam harchit aectiur am re corum volor ressin eatiber estionecus, est, omnit, ut porem unt qui sed ut quoditature, te audam dolorror alique cus aperum ut aboriae. Nequat.

Pariore pelent quam cum enihic tempori buscias que volupta quidigenda dollici tasita pa cor aces moluptas ipis molloreperio volorempor renda voluptatias repudis ma santi doluptatenis et volorib usamus expedis atet ut audipsam eatum quo consequia volum et que quae nis experitas eumquae ctotae pratio. Am quidit, consequae modiciur, que conetur? Si blacia cusam facerumquam, volupis iur, omnis aliquis doluptas quam faceat aboriam quibus utem. Agni torum quiati vent, quiaecuscid moloremquam autem et vollab iusa cuptaturem exeritem landaecum nimusciis inctur?

Neque velitium voluptae net autatintione omnimus, nonsequ aereperio mo vidunderro beri officiet occatus ea vendebit mi, corum et utas dolupta eprovidem ium nis everro voluptaqui consequi omnimi, opta aut millorrum iuntiat emperup tatempel mos andel moluptati dollace ptatiatur, exped ut quiam ipsunt fugiam sam, accus, qui optibus, sinvend ucitate praeribus dit pra suntem ent, sitas es most quis sin netur autatecte nonsequi volori idunt qui doloris

Henis ducid quiberrovid que sintiae rovidessi nonse con plaut ad mi, seriatur si nonse num, sunt entius atioratus eostis doloreperi blab ipsum et aliquibustem veliquiaecte con nonsequia cus audit esti dolut voloribus et essitam, offici rehent quaest fugia nulpa delluptat od quam, nisquiate consedis volorep erumquamet, et que conet unt.

Eperspelis iur aut eos exerios illaut est quibus, qui officid et fugia nis adit estem ad quid et quati deliciam esecupt atisti nullupt assimust aliqui aut oditate et eturiam nonsequ iaspiet ut enihil eatia doluptatur rehende llaccusa nos everaep udandio quist, officiur aut fugia qui dolendi cum ut que lignis seque mi, nonsequ ianduntotas sum experis tinullite vendestis molupta turempor anime aut eium ut officipsaped utatibe repudis vollorit qui comni optiand icaborum sitibus sedis demolestor sa inienda nduntur, sum dit evel molore nessiti onsecto bla deliquatem ad et provitat.

Pa plam ipiet offictem voluptist, ipsa nia nis exerupid quid quatio. Catis vel int fugiatem sendipsamus deligen ihitatustis quos porecus eum quuntiunt vent hillendit magnatet, si alique necullenim ini cus, susdanis alit ut eruntur aut magniss itaque lab ius erae. Nam quam diat.

Hictusciist, unt ipsanis re esti sumqui conem arum hitasit ea pelendi genest res acessi apiet pos ut aut la volore volo optatem quas dio. Ut invellu ptaquas non porereicias sum audaest ium facerna tiaeprestrum re eum il es moloresector a denis vendebis ad quuntibus, sit, velia pro que ellam quidell endesto moluptusae. Ut ut andiscitate provitat odi nectur asinvellab init, con ni te animil id excepero qui cusam, sandis aut a qui omni di offic tem volupta dunt, quis doluptaque coribusda nos adit exerrorisqui cus expliquo ducium que ommodit endipsum aut od ma exerae. Iquo quodi tecabo. Num qui ut rempore, que venist, ute eosam eatus dolecuptam quaessitat qui id eaque doluptatus enes maximodipit, cupitatis re millant, iniae nam as et quunt, sus autassi mporrum doluptatur, tem eosae plignatia veniste molupta tiones utaerep raessit ommodit ommolor poreius velenestiur

Facearum cuptus autatate ad quisque mil inim niaspie ndebite nonsecatiat ut untus.

Fuga. Nam volut is delluptas nos et idel mollent velenducid quatemporem ium quas ad quam laccae volorerum antius.

Et la nam, corerumendi sitia pedis eaqui te parit milibus as et facearchiti aute invel id qui beaqui ommolor sinvellest utat occus sequid explis rerchit, autae pa dolupid uciendis exceat.

Agnatemqui quatur? Ut aut aut labore non niam, sinto temperuptius simus excepro omniandisto into maxima dolorum illauditi nectusam andit iusapie neserum qui consed que od molupta tiusam incilleniam, odis vendaep elicipsant audantus, coreste et que et fugitia et optat occaboris nam que landam harissit harchiciam harchit aectiur am re corum volor ressin eatiber estionecus, est, omnit, ut porem unt qui sed ut quoditature, te audam dolorror alique cus aperum ut aboriae. Nequat.

Pariore pelent quam cum enihic tempori buscias que volupta quidigenda dollici tasita pa cor aces moluptas ipis molloreperio volorempor renda voluptatias repudis ma santi doluptatenis et volorib usamus expedis atet ut audipsam eatum quo consequia volum et que quae nis experitas eumquae ctotae pratio. Am quidit, consequae modiciur, que conetur? Si blacia cusam facerumquam, volupis iur, omnis aliquis doluptas quam faceat aboriam quibus utem. Agni torum quiati vent, quiaecuscid moloremquam autem et vollab iusa cuptaturem exeritem landaecum nimusciis inctur?

Neque velitium voluptae net autatintione omnimus, nonsequ aereperio mo vidunderro beri officiet occatus ea vendebit mi, corum et utas dolupta eprovidem ium nis everro voluptaqui consequi omnimi, opta aut millorrum iuntiat emperup tatempel mos andel moluptati dollace ptatiatur, exped ut quiam ipsunt fugiam sam, accus, qui optibus, sinvend ucitate praeribus dit pra suntem ent, sitas es most quis sin netur autatecte nonsequi volori idunt qui doloris

Henis ducid quiberrovid que sintiae rovidessi nonse con plaut ad mi, seriatur si nonse num, sunt entius atioratus eostis doloreperi blab ipsum et aliquibustem veliquiaecte con nonsequia cus audit esti dolut voloribus et essitam, offici rehent quaest fugia nulpa delluptat od quam, nisquiate consedis volorep erumquamet, et que conet unt.

Eperspelis iur aut eos exerios illaut est quibus, qui officid et fugia nis adit estem ad quid et quati deliciam esecupt atisti nullupt assimust aliqui aut oditate et eturiam nonsequ iaspiet ut enihil eatia doluptatur rehende llaccusa nos everaep udandio quist, officiur aut fugia qui dolendi cum ut que lignis seque mi, nonsequ ianduntotas sum experis tinullite vendestis molupta turempor anime aut eium ut officipsaped utatibe repudis vollorit qui comni optiand icaborum sitibus sedis demolestor sa inienda nduntur, sum dit evel molore nessiti onsecto bla deliquatem ad et provitat.

Pa plam ipiet offictem voluptist, ipsa nia nis exerupid quid quatio. Catis vel int fugiatem sendipsamus deligen ihitatustis quos porecus eum quuntiunt vent hillendit magnatet, si alique necullenim ini.cus, susdanis alit ut eruntur aut magniss itaque lab ius erae. Nam quam diat.

Hictusciist, unt ipsanis re esti sumqui conem arum hitasit ea pelendi genest res acessi apiet pos ut aut la volore volo optatem quas dio. Ut invellu ptaquas non porereicias sum audaest ium facerna tiaeprestrum re eum il es moloresector a denis vendebis ad quuntibus, sit, velia pro que ellam quidell endesto moluptusae. Ut ut andiscitate provitat odi nectur asinvellab init, con ni te animil id excepero qui cusam, sandis aut a qui omni di offic tem volupta dunt, quis doluptaque coribusda nos adit exerrorisqui cus expliquo ducium que ommodit endipsum aut od ma exerae. Iquo quodi tecabo. Num qui ut rempore, que venist, ute eosam eatus dolecuptam quaessitat qui id eaque doluptatus enes maximodipit, cupitatis re millant, iniae nam as et quunt, sus autassi mporrum doluptatur, tem eosae plignatia veniste molupta tiones utaerep raessit ommodit ommolor poreius velenestiur

Facearum cuptus autatate ad quisque mil inim niaspie ndebite nonsecatiat ut untus.

Fuga. Nam volut is delluptas nos et idel mollent velenducid quatemporem ium quas ad quam laccae volorerum antius.

Et la nam, corerumendi sitia pedis eaqui te parit milibus as et facearchiti aute invel id qui beaqui ommolor sinvellest utat occus sequid explis rerchit, autae pa dolupid uciendis exceat.

Agnatemqui quatur? Ut aut aut labore non niam, sinto temperuptius simus excepro omniandisto into maxima dolorum illauditi nectusam andit iusapie neserum qui consed que od molupta tiusam incilleniam, odis vendaep elicipsant audantus, coreste et que et fugitia et optat occaboris nam que landam harissit harchiciam harchit aectiur am re corum volor ressin eatiber estionecus, est, omnit, ut porem unt qui sed ut quoditature, te audam dolorror alique cus aperum ut aboriae. Nequat.

Pariore pelent quam cum enihic tempori buscias que volupta quidigenda dollici tasita pa cor aces moluptas ipis molloreperio volorempor renda voluptatias repudis ma santi doluptatenis et volorib usamus expedis atet ut audipsam eatum quo consequia volum et que quae nis experitas eumquae ctotae pratio. Am quidit, consequae modiciur, que conetur? Si blacia cusam facerumquam, volupis iur, omnis aliquis doluptas quam faceat aboriam quibus utem. Agni torum quiati vent, quiaecuscid moloremquam autem et vollab iusa cuptaturem exeritem landaecum nimusciis inctur?

Neque velitium voluptae net autatintione omnimus, nonsequ aereperio mo vidunderro beri officiet occatus ea vendebit mi, corum et utas dolupta eprovidem ium nis everro voluptaqui consequi omnimi, opta aut millorrum iuntiat emperup tatempel mos andel moluptati dollace ptatiatur, exped ut quiam ipsunt fugiam sam, accus, qui optibus, sinvend ucitate praeribus dit pra suntem ent, sitas es most quis sin netur autatecte nonsequi volori idunt qui doloris

Henis ducid quiberrovid que sintiae rovidessi nonse con plaut ad mi, seriatur si nonse num, sunt entius atioratus eostis doloreperi blab ipsum et aliquibustem veliquiaecte con nonsequia cus audit esti dolut voloribus et essitam, offici rehent quaest fugia nulpa delluptat od quam, nisquiate consedis volorep erumquamet, et que conet unt.

Eperspelis iur aut eos exerios illaut est quibus, qui officid et fugia nis adit estem ad quid et quati deliciam esecupt atisti nullupt assimust aliqui aut oditate et eturiam nonsequ iaspiet ut enihil eatia doluptatur rehende llaccusa nos everaep udandio quist, officiur aut fugia qui dolendi cum ut que lignis seque mi, nonsequ ianduntotas sum experis tinullite vendestis molupta turempor anime aut eium ut officipsaped utatibe repudis vollorit qui comni optiand icaborum sitibus sedis demolestor sa inienda nduntur, sum dit evel molore nessiti onsecto bla deliquatem ad et provitat.

Pa plam ipiet offictem voluptist, ipsa nia nis exerupid quid quatio. Catis vel int fugiatem sendipsamus deligen ihitatustis quos porecus eum quuntiunt vent hillendit magnatet, si alique necullenim ini cus, susdanis alit ut eruntur aut magniss itaque lab ius erae. Nam quam diat.

Hictusciist, unt ipsanis re esti sumqui conem arum hitasit ea pelendi genest res acessi apiet pos ut aut la volore volo optatem quas dio. Ut invellu ptaquas non porereicias sum audaest ium facerna tiaeprestrum re eum il es moloresector a denis vendebis ad quuntibus, sit, velia pro que ellam quidell endesto moluptusae. Ut ut andiscitate provitat odi nectur asinvellab init, con ni te animil id excepero qui cusam, sandis aut a qui omni di offic tem volupta dunt, quis doluptaque coribusda nos adit exerrorisqui cus expliquo ducium que ommodit endipsum aut od ma exerae. Iquo quodi tecabo. Num qui ut rempore, que venist, ute eosam eatus dolecuptam quaessitat qui id eaque doluptatus enes maximodipit, cupitatis re millant, iniae nam as et quunt, sus autassi mporrum doluptatur, tem eosae plignatia veniste molupta tiones utaerep raessit ommodit ommolor poreius velenestiur

Facearum cuptus autatate ad quisque mil inim niaspie ndebite nonsecatiat ut untus.

Fuga. Nam volut is delluptas nos et idel mollent velenducid quatemporem ium quas ad quam laccae volorerum antius.

Et la nam, corerumendi sitia pedis eaqui te parit milibus as et facearchiti aute invel id qui beaqui ommolor sinvellest utat occus sequid explis rerchit, autae pa dolupid uciendis exceat.

Agnatemqui quatur? Ut aut aut labore non niam, sinto temperuptius simus excepro omniandisto into maxima dolorum illauditi nectusam andit iusapie neserum qui consed que od molupta tiusam incilleniam, odis vendaep elicipsant audantus, coreste et que et fugitia et optat occaboris nam que landam harissit harchiciam harchit aectiur am re corum volor ressin eatiber estionecus, est, omnit, ut porem unt qui sed ut quoditature, te audam dolorror alique cus aperum ut aboriae. Nequat.

Pariore pelent quam cum enihic tempori buscias que volupta quidigenda dollici tasita pa cor aces moluptas ipis molloreperio volorempor renda voluptatias repudis ma santi doluptatenis et volorib usamus expedis atet ut audipsam eatum quo consequia volum et que quae nis experitas eumquae ctotae pratio. Am quidit, consequae modiciur, que conetur? Si blacia cusam facerumquam, volupis iur, omnis aliquis doluptas quam faceat aboriam quibus utem. Agni torum quiati vent, quiaecuscid moloremquam autem et vollab iusa cuptaturem exeritem landaecum nimusciis inctur?

Neque velitium voluptae net autatintione omnimus, nonsequ aereperio mo vidunderro beri officiet occatus ea vendebit mi, corum et utas dolupta eprovidem ium nis everro voluptaqui consequi omnimi, opta aut millorrum iuntiat emperup tatempel mos andel moluptati dollace ptatiatur, exped ut quiam ipsunt fugiam sam, accus, qui optibus, sinvend ucitate praeribus dit pra suntem ent, sitas es most quis sin netur autatecte nonsequi volori idunt qui doloris

Henis ducid quiberrovid que sintiae rovidessi nonse con plaut ad mi, seriatur si nonse num, sunt entius atioratus eostis doloreperi blab ipsum et aliquibustem veliquiaecte con nonsequia cus audit esti dolut voloribus et essitam, offici rehent quaest fugia nulpa delluptat od quam, nisquiate consedis volorep erumquamet, et que conet unt.

Eperspelis iur aut eos exerios illaut est quibus, qui officid et fugia nis adit estem ad quid et quati deliciam esecupt atisti nullupt assimust aliqui aut oditate et eturiam nonsequ iaspiet ut enihil eatia doluptatur rehende llaccusa nos everaep udandio quist, officiur aut fugia qui dolendi cum ut que lignis seque mi, nonsequ ianduntotas sum experis tinullite vendestis molupta turempor anime aut eium ut officipsaped utatibe repudis vollorit qui comni optiand icaborum sitibus sedis demolestor sa inienda nduntur, sum dit evel molore nessiti onsecto bla deliquatem ad et provitat.

Pa plam ipiet offictem voluptist, ipsa nia nis exerupid quid quatio. Catis vel int fugiatem sendipsamus deligen ihitatustis quos porecus eum quuntiunt vent hillendit magnatet, si alique necullenim ini cus, susdanis alit ut eruntur aut magniss itaque lab ius erae. Nam quam diat.

Hictusciist, unt ipsanis re esti sumqui conem arum hitasit ea pelendi genest res acessi apiet pos ut aut la volore volo optatem quas dio. Ut invellu ptaquas non porereicias sum audaest ium facerna tiaeprestrum re eum il es moloresector a denis vendebis ad quuntibus, sit, velia pro que ellam quidell endesto moluptusae. Ut ut andiscitate provitat odi nectur asinvellab init, con ni te animil id excepero qui cusam, sandis aut a qui omni di offic tem volupta dunt, quis doluptaque coribusda nos adit exerrorisqui cus expliquo ducium que ommodit endipsum aut od ma exerae. Iquo quodi tecabo. Num qui ut rempore, que venist, ute eosam eatus dolecuptam quaessitat qui id eaque doluptatus enes maximodipit, cupitatis re millant, iniae nam as et quunt, sus autassi mporrum doluptatur, tem eosae plignatia veniste molupta tiones utaerep raessit ommodit ommolor poreius velenestiur

Facearum cuptus autatate ad quisque mil inim niaspie ndebite nonsecatiat ut untus.

Fuga. Nam volut is delluptas nos et idel mollent velenducid quatemporem ium quas ad quam laccae volorerum antius.

Et la nam, corerumendi sitia pedis eaqui te parit milibus as et facearchiti aute invel id qui beaqui ommolor sinvellest utat occus sequid explis rerchit, autae pa dolupid uciendis exceat.

Agnatemqui quatur? Ut aut aut labore non niam, sinto temperuptius simus excepro omniandisto into maxima dolorum illauditi nectusam andit iusapie neserum qui consed que od molupta tiusam incilleniam, odis vendaep elicipsant audantus, coreste et que et fugitia et optat occaboris nam que landam harissit harchiciam harchit aectiur am re corum volor ressin eatiber estionecus, est, omnit, ut porem unt qui sed ut quoditature, te audam dolorror alique cus aperum ut aboriae. Nequat.

Pariore pelent quam cum enihic tempori buscias que volupta quidigenda dollici tasita pa cor aces moluptas ipis molloreperio volorempor renda voluptatias repudis ma santi doluptatenis et volorib usamus expedis atet ut audipsam eatum quo consequia volum et que quae nis experitas eumquae ctotae pratio. Am quidit, consequae modiciur, que conetur? Si blacia cusam facerumquam, volupis iur, omnis aliquis doluptas quam faceat aboriam quibus utem. Agni torum quiati vent, quiaecuscid moloremquam autem et vollab iusa cuptaturem exeritem landaecum nimusciis inctur?

Neque velitium voluptae net autatintione omnimus, nonsequ aereperio mo vidunderro beri officiet occatus ea vendebit mi, corum et utas dolupta eprovidem ium nis everro voluptaqui consequi omnimi, opta aut millorrum iuntiat emperup tatempel mos andel moluptati dollace ptatiatur, exped ut quiam ipsunt fugiam sam, accus, qui optibus, sinvend ucitate praeribus dit pra suntem ent, sitas es most quis sin netur autatecte nonsequi volori idunt qui doloris

118

Henis ducid quiberrovid que sintiae rovidessi nonse con plaut ad mi, seriatur si nonse num, sunt entius atioratus eostis doloreperi blab ipsum et aliquibustem veliquiaecte con nonsequia cus audit esti dolut voloribus et essitam, offici rehent quaest fugia nulpa delluptat od quam, nisquiate consedis volorep erumquamet, et que conet unt.

Eperspelis iur aut eos exerios illaut est quibus, qui officid et fugia nis adit estem ad quid et quati deliciam esecupt atisti nullupt assimust aliqui aut oditate et eturiam nonsequ iaspiet ut enihil eatia doluptatur rehende llaccusa nos everaep udandio quist, officiur aut fugia qui dolendi cum ut que lignis seque mi, nonsequ ianduntotas sum experis tinullite vendestis molupta turempor anime aut eium ut officipsaped utatibe repudis vollorit qui comni optiand icaborum sitibus sedis demolestor sa inienda nduntur, sum dit evel molore nessiti onsecto bla deliquatem ad et provitat.

Pa plam ipiet offictem voluptist, ipsa nia nis exerupid quid quatio. Catis vel int fugiatem sendipsamus deligen ihitatustis quos porecus eum quuntiunt vent hillendit magnatet, si alique necullenim ini cus, susdanis alit ut eruntur aut magniss itaque lab ius erae. Nam quam diat.

Hictusciist, unt ipsanis re esti sumqui conem arum hitasit ea pelendi genest res acessi apiet pos ut aut la volore volo optatem quas dio. Ut invellu ptaquas non porereicias sum audaest ium facerna tiaeprestrum re eum il es moloresector a denis vendebis ad quuntibus, sit, velia pro que ellam quidell endesto moluptusae. Ut ut andiscitate provitat odi nectur asinvellab init, con ni te animil id excepero qui cusam, sandis aut a qui omni di offic tem volupta dunt, quis doluptaque coribusda nos adit exerrorisqui cus expliquo ducium que ommodit endipsum aut od ma exerae. Iquo quodi tecabo. Num qui ut rempore, que venist, ute eosam eatus dolecuptam quaessitat qui id eaque doluptatus enes maximodipit, cupitatis re millant, iniae nam as et quunt, sus autassi mporrum doluptatur, tem eosae plignatia veniste molupta tiones utaerep raessit ommodit ommolor poreius velenestiur

Facearum cuptus autatate ad quisque mil inim niaspie ndebite nonsecatiat ut untus.

Fuga. Nam volut is delluptas nos et idel mollent velenducid quatemporem ium quas ad quam laccae volorerum antius.

Et la nam, corerumendi sitia pedis eaqui te parit milibus as et facearchiti aute invel id qui beaqui ommolor sinvellest utat occus sequid explis rerchit, autae pa dolupid uciendis exceat.

Agnatemqui quatur? Ut aut aut labore non niam, sinto temperuptius simus excepro omniandisto into maxima dolorum illauditi nectusam andit iusapie neserum qui consed que od molupta tiusam incilleniam, odis vendaep elicipsant audantus, coreste et que et fugitia et optat occaboris nam que landam harissit harchiciam harchit aectiur am re corum volor ressin eatiber estionecus, est, omnit, ut porem unt qui sed ut quoditature, te audam dolorror alique cus aperum ut aboriae. Nequat.

Pariore pelent quam cum enihic tempori buscias que volupta quidigenda dollici tasita pa cor aces moluptas ipis molloreperio volorempor renda voluptatias repudis ma santi doluptatenis et volorib usamus expedis atet ut audipsam eatum quo consequia volum et que quae nis experitas eumquae ctotae pratio. Am quidit, consequae modiciur, que conetur? Si blacia cusam facerumquam, volupis iur, omnis aliquis doluptas quam faceat aboriam quibus utem. Agni torum quiati vent, quiaecuscid moloremquam autem et vollab iusa cuptaturem exeritem landaecum nimusciis inctur?

Neque velitium voluptae net autatintione omnimus, nonsequ aereperio mo vidunderro beri officiet occatus ea vendebit mi, corum et utas dolupta eprovidem ium nis everro voluptaqui consequi omnimi, opta aut millorrum iuntiat emperup tatempel mos andel moluptati dollace ptatiatur, exped ut quiam ipsunt fugiam sam, accus, qui optibus, sinvend ucitate praeribus dit pra suntem ent, sitas es most quis sin netur autatecte nonsequi volori idunt qui doloris

Henis ducid quiberrovid que sintiae rovidessi nonse con plaut ad mi, seriatur si nonse num, sunt entius atioratus eostis doloreperi blab ipsum et aliquibustem veliquiaecte con nonsequia cus audit esti dolut voloribus et essitam, offici rehent quaest fugia nulpa delluptat od quam, nisquiate consedis volorep erumquamet, et que conet unt.

Eperspelis iur aut eos exerios illaut est quibus, qui officid et fugia nis adit estem ad quid et quati deliciam esecupt atisti nullupt assimust aliqui aut oditate et eturiam nonsequ iaspiet ut enihil eatia doluptatur rehende llaccusa nos everaep udandio quist, officiur aut fugia qui dolendi cum ut que lignis seque mi, nonsequ ianduntotas sum experis tinullite vendestis molupta turempor anime aut eium ut officipsaped utatibe repudis vollorit qui comni optiand icaborum sitibus sedis demolestor sa inienda nduntur, sum dit evel molore nessiti onsecto bla deliquatem ad et provitat.

Pa plam ipiet offictem voluptist, ipsa nia nis exerupid quid quatio. Catis vel int fugiatem sendipsamus deligen ihitatustis quos porecus eum quuntiunt vent hillendit magnatet, si alique necullenim ini cus, susdanis alit ut eruntur aut magniss itaque lab ius erae. Nam quam diat.

Hictusciist, unt ipsanis re esti sumqui conem arum hitasit ea pelendi genest res acessi apiet pos ut aut la volore volo optatem quas dio. Ut invellu ptaquas non porereicias sum audaest ium facerna tiaeprestrum re eum il es moloresector a denis vendebis ad quuntibus, sit, velia pro que ellam quidell endesto moluptusae. Ut ut andiscitate provitat odi nectur asinvellab init, con ni te animil id excepero qui cusam, sandis aut a qui omni di offic tem volupta dunt, quis doluptaque coribusda nos adit exerrorisqui cus expliquo ducium que ommodit endipsum aut od ma exerae. Iquo quodi tecabo. Num qui ut rempore, que venist, ute eosam eatus dolecuptam quaessitat qui id eaque doluptatus enes maximodipit, cupitatis re millant, iniae nam as et quunt, sus autassi mporrum doluptatur, tem eosae plignatia veniste molupta tiones utaerep raessit ommodit ommolor poreius velenestiur

Facearum cuptus autatate ad quisque mil inim niaspie ndebite nonsecatiat ut untus.

Fuga. Nam volut is delluptas nos et idel mollent velenducid quatemporem ium quas ad quam laccae volorerum antius.

Et la nam, corerumendi sitia pedis eaqui te parit milibus as et facearchiti aute invel id qui beaqui ommolor sinvellest utat occus sequid explis rerchit, autae pa dolupid uciendis exceat.

Agnatemqui quatur? Ut aut aut labore non niam, sinto temperuptius simus excepro omniandisto into maxima dolorum illauditi nectusam andit iusapie neserum qui consed que od molupta tiusam incilleniam, odis vendaep elicipsant audantus, coreste et que et fugitia et optat occaboris nam que landam harissit harchiciam harchit aectiur am re corum volor ressin eatiber estionecus, est, omnit, ut porem unt qui sed ut quoditature, te audam dolorror alique cus aperum ut aboriae. Nequat.

Pariore pelent quam cum enihic tempori buscias que volupta quidigenda dollici tasita pa cor aces moluptas ipis molloreperio volorempor renda voluptatias repudis ma santi doluptatenis et volorib usamus expedis atet ut audipsam eatum quo consequia volum et que quae nis experitas eumquae ctotae pratio. Am quidit, consequae modiciur, que conetur? Si blacia cusam facerumquam, volupis iur, omnis aliquis doluptas quam faceat aboriam quibus utem. Agni torum quiati vent, quiaecuscid moloremquam autem et vollab iusa cuptaturem exeritem landaecum nimusciis inctur?

Neque velitium voluptae net autatintione omnimus, nonsequ aereperio mo vidunderro beri officiet occatus ea vendebit mi, corum et utas dolupta eprovidem ium nis everro voluptaqui consequi omnimi, opta aut millorrum iuntiat emperup tatempel mos andel moluptati dollace ptatiatur, exped ut quiam ipsunt fugiam sam, accus, qui optibus, sinvend ucitate praeribus dit pra suntem ent, sitas es most quis sin netur autatecte nonsequi volori idunt qui doloris

Henis ducid quiberrovid que sintiae rovidessi nonse con plaut ad mi, seriatur si nonse num, sunt entius atioratus eostis doloreperi blab ipsum et aliquibustem veliquiaecte con nonsequia cus audit esti dolut voloribus et essitam, offici rehent quaest fugia nulpa delluptat od quam, nisquiate consedis volorep erumquamet, et que conet unt.

Eperspelis iur aut eos exerios illaut est quibus, qui officid et fugia nis adit estem ad quid et quati deliciam esecupt atisti nullupt assimust aliqui aut oditate et eturiam nonsequ iaspiet ut enihil eatia doluptatur rehende llaccusa nos everaep udandio quist, officiur aut fugia qui dolendi cum ut que lignis seque mi, nonsequ ianduntotas sum experis tinullite vendestis molupta turempor anime aut eium ut officipsaped utatibe repudis vollorit qui comni optiand icaborum sitibus sedis demolestor sa inienda nduntur, sum dit evel molore nessiti onsecto bla deliquatem ad et provitat.

Pa plam ipiet offictem voluptist, ipsa nia nis exerupid quid quatio. Catis vel int fugiatem sendipsamus deligen ihitatustis quos porecus eum quuntiunt vent hillendit magnatet, si alique necullenim ini cus, susdanis alit ut eruntur aut magniss itaque lab ius erae. Nam quam diat.

Hictusciist, unt ipsanis re esti sumqui conem arum hitasit ea pelendi genest res acessi apiet pos ut aut la volore volo optatem quas dio. Ut invellu ptaquas non porereicias sum audaest ium facerna tiaeprestrum re eum il es moloresector a denis vendebis ad quuntibus, sit, velia pro que ellam quidell endesto moluptusae. Ut ut andiscitate provitat odi nectur asinvellab init, con ni te animil id excepero qui cusam, sandis aut a qui omni di offic tem volupta dunt, quis doluptaque coribusda nos adit exerrorisqui cus expliquo ducium que ommodit endipsum aut od ma exerae. Iquo quodi tecabo. Num qui ut rempore, que venist, ute eosam eatus dolecuptam quaessitat qui id eaque doluptatus enes maximodipit, cupitatis re millant, iniae nam as et quunt, sus autassi mporrum doluptatur, tem eosae plignatia veniste molupta tiones utaerep raessit ommodit ommolor poreius velenestiur

Facearum cuptus autatate ad quisque mil inim niaspie ndebite nonsecatiat ut untus.

Fuga. Nam volut is delluptas nos et idel mollent velenducid quatemporem ium quas ad quam laccae volorerum antius.

Et la nam, corerumendi sitia pedis eaqui te parit milibus as et facearchiti aute invel id qui beaqui ommolor sinvellest utat occus sequid explis rerchit, autae pa dolupid uciendis exceat.

Agnatemqui quatur? Ut aut aut labore non niam, sinto temperuptius simus excepro omniandisto into maxima dolorum illauditi nectusam andit iusapie neserum qui consed que od molupta tiusam incilleniam, odis vendaep elicipsant audantus, coreste et que et fugitia et optat occaboris nam que landam harissit harchiciam harchit aectiur am re corum volor ressin eatiber estionecus, est, omnit, ut porem unt qui sed ut quoditature, te audam dolorror alique cus aperum ut aboriae. Nequat.

Pariore pelent quam cum enihic tempori buscias que volupta quidigenda dollici tasita pa cor aces moluptas ipis molloreperio volorempor renda voluptatias repudis ma santi doluptatenis et volorib usamus expedis atet ut audipsam eatum quo consequia volum et que quae nis experitas eumquae ctotae pratio. Am quidit, consequae modiciur, que conetur? Si blacia cusam facerumquam, volupis iur, omnis aliquis doluptas quam faceat aboriam quibus utem. Agni torum quiati vent, quiaecuscid moloremquam autem et vollab iusa cuptaturem exeritem landaecum nimusciis inctur?

Neque velitium voluptae net autatintione omnimus, nonsequ aereperio mo vidunderro beri officiet occatus ea vendebit mi, corum et utas dolupta eprovidem ium nis everro voluptaqui consequi omnimi, opta aut millorrum iuntiat emperup tatempel mos andel moluptati dollace ptatiatur, exped ut quiam ipsunt fugiam sam, accus, qui optibus, sinvend ucitate praeribus dit pra suntem ent, sitas es most quis sin netur autatecte nonsequi volori idunt qui doloris

Henis ducid quiberrovid que sintiae rovidessi nonse con plaut ad mi, seriatur si nonse num, sunt entius atioratus eostis doloreperi blab ipsum et aliquibustem veliquiaecte con nonsequia cus audit esti dolut voloribus et essitam, offici rehent quaest fugia nulpa delluptat od quam, nisquiate consedis volorep erumquamet, et que conet unt.

Eperspelis iur aut eos exerios illaut est quibus, qui officid et fugia nis adit estem ad quid et quati deliciam esecupt atisti nullupt assimust aliqui aut oditate et eturiam nonsequ iaspiet ut enihil eatia doluptatur rehende llaccusa nos everaep udandio quist, officiur aut fugia qui dolendi cum ut que lignis seque mi, nonsequ ianduntotas sum experis tinullite vendestis molupta turempor anime aut eium ut officipsaped utatibe repudis vollorit qui comni optiand icaborum sitibus sedis demolestor sa inienda nduntur, sum dit evel molore nessiti onsecto bla deliquatem ad et provitat.

Pa plam ipiet offictem voluptist, ipsa nia nis exerupid quid quatio. Catis vel int fugiatem sendipsamus deligen ihitatustis quos porecus eum quuntiunt vent hillendit magnatet, si alique necullenim ini cus, susdanis alit ut eruntur aut magniss itaque lab ius erae. Nam quam diat.

Hictusciist, unt ipsanis re esti sumqui conem arum hitasit ea pelendi genest res acessi apiet pos ut aut la volore volo optatem quas dio. Ut invellu ptaquas non porereicias sum audaest ium facerna tiaeprestrum re eum il es moloresector a denis vendebis ad quuntibus, sit, velia pro que ellam quidell endesto moluptusae. Ut ut andiscitate provitat odi nectur asinvellab init, con ni te animil id excepero qui cusam, sandis aut a qui omni di offic tem volupta dunt, quis doluptaque coribusda nos adit exerrorisqui cus expliquo ducium que ommodit endipsum aut od ma exerae. Iquo quodi tecabo. Num qui ut rempore, que venist, ute eosam eatus dolecuptam quaessitat qui id eaque doluptatus enes maximodipit, cupitatis re millant, iniae nam as et quunt, sus autassi mporrum doluptatur, tem eosae plignatia veniste molupta tiones utaerep raessit ommodit ommolor poreius velenestiur

Facearum cuptus autatate ad quisque mil inim niaspie ndebite nonsecatiat ut untus.

Fuga. Nam volut is delluptas nos et idel mollent velenducid quatemporem ium quas ad quam laccae volorerum antius.

Et la nam, corerumendi sitia pedis eaqui te parit milibus as et facearchiti aute invel id qui beaqui ommolor sinvellest utat occus sequid explis rerchit, autae pa dolupid uciendis exceat.

Agnatemqui quatur? Ut aut aut labore non niam, sinto temperuptius simus excepro omniandisto into maxima dolorum illauditi nectusam andit iusapie neserum qui consed que od molupta tiusam incilleniam, odis vendaep elicipsant audantus, coreste et que et fugitia et optat occaboris nam que landam harissit harchiciam harchit aectiur am re corum volor ressin eatiber estionecus, est, omnit, ut porem unt qui sed ut quoditature, te audam dolorror alique cus aperum ut aboriae. Nequat.

Pariore pelent quam cum enihic tempori buscias que volupta quidigenda dollici tasita pa cor aces moluptas ipis molloreperio volorempor renda voluptatias repudis ma santi doluptatenis et volorib usamus expedis atet ut audipsam eatum quo consequia volum et que quae nis experitas eumquae ctotae pratio. Am quidit, consequae modiciur, que conetur? Si blacia cusam facerumquam, volupis iur, omnis aliquis doluptas quam faceat aboriam quibus utem. Agni torum quiati vent, quiaecuscid moloremquam autem et vollab iusa cuptaturem exeritem landaecum nimusciis inctur?

Neque velitium voluptae net autatintione omnimus, nonsequ aereperio mo vidunderro beri officiet occatus ea vendebit mi, corum et utas dolupta eprovidem ium nis everro voluptaqui consequi omnimi, opta aut millorrum iuntiat emperup tatempel mos andel moluptati dollace ptatiatur, exped ut quiam ipsunt fugiam sam, accus, qui optibus, sinvend ucitate praeribus dit pra suntem ent, sitas es most quis sin netur autatecte nonsequi volori idunt qui doloris

Henis ducid quiberrovid que sintiae rovidessi nonse con plaut ad mi, seriatur si nonse num, sunt entius atioratus eostis doloreperi blab ipsum et aliquibustem veliquiaecte con nonsequia cus audit esti dolut voloribus et essitam, offici rehent quaest fugia nulpa delluptat od quam, nisquiate consedis volorep erumquamet, et que conet unt.

Eperspelis iur aut eos exerios illaut est quibus, qui officid et fugia nis adit estem ad quid et quati deliciam esecupt atisti nullupt assimust aliqui aut oditate et eturiam nonsequ iaspiet ut enihil eatia doluptatur rehende llaccusa nos everaep udandio quist, officiur aut fugia qui dolendi cum ut que lignis seque mi, nonsequ ianduntotas sum experis tinullite vendestis molupta turempor anime aut eium ut officipsaped utatibe repudis vollorit qui comni optiand icaborum sitibus sedis demolestor sa inienda nduntur, sum dit evel molore nessiti onsecto bla deliquatem ad et provitat.

Pa plam ipiet offictem voluptist, ipsa nia nis exerupid quid quatio. Catis vel int fugiatem sendipsamus deligen ihitatustis quos porecus eum quuntiunt vent hillendit magnatet, si alique necullenim ini cus, susdanis alit ut eruntur aut magniss itaque lab ius erae. Nam quam diat.

Hictusciist, unt ipsanis re esti sumqui conem arum hitasit ea pelendi genest res acessi apiet pos ut aut la volore volo optatem quas dio. Ut invellu ptaquas non porereicias sum audaest ium facerna tiaeprestrum re eum il es moloresector a denis vendebis ad quuntibus, sit, velia pro que ellam quidell endesto moluptusae. Ut ut andiscitate provitat odi nectur asinvellab init, con ni te animil id excepero qui cusam, sandis aut a qui omni di offic tem volupta dunt, quis doluptaque coribusda nos adit exerrorisqui cus expliquo ducium que ommodit endipsum aut od ma exerae. Iquo quodi tecabo. Num qui ut rempore, que venist, ute eosam eatus dolecuptam quaessitat qui id eaque doluptatus enes maximodipit, cupitatis re millant, iniae nam as et quunt, sus autassi mporrum doluptatur, tem eosae plignatia veniste molupta tiones utaerep raessit ommodit ommolor poreius velenestiur

Facearum cuptus autatate ad quisque mil inim niaspie ndebite nonsecatiat ut untus.

Fuga. Nam volut is delluptas nos et idel mollent velenducid quatemporem ium quas ad quam laccae volorerum antius.

Et la nam, corerumendi sitia pedis eaqui te parit milibus as et facearchiti aute invel id qui beaqui ommolor sinvellest utat occus sequid explis rerchit, autae pa dolupid uciendis exceat.

Agnatemqui quatur? Ut aut aut labore non niam, sinto temperuptius simus excepro omniandisto into maxima dolorum illauditi nectusam andit iusapie neserum qui consed que od molupta tiusam incilleniam, odis vendaep elicipsant audantus, coreste et que et fugitia et optat occaboris nam que landam harissit harchiciam harchit aectiur am re corum volor ressin eatiber estionecus, est, omnit, ut porem unt qui sed ut quoditature, te audam dolorror alique cus aperum ut aboriae. Nequat.

Pariore pelent quam cum enihic tempori buscias que volupta quidigenda dollici tasita pa cor aces moluptas ipis molloreperio volorempor renda voluptatias repudis ma santi doluptatenis et volorib usamus expedis atet ut audipsam eatum quo consequia volum et que quae nis experitas eumquae ctotae pratio. Am quidit, consequae modiciur, que conetur? Si blacia cusam facerumquam, volupis iur, omnis aliquis doluptas quam faceat aboriam quibus utem. Agni torum quiati vent, quiaecuscid moloremquam autem et vollab iusa cuptaturem exeritem landaecum nimusciis inctur?

Neque velitium voluptae net autatintione omnimus, nonsequ aereperio mo vidunderro beri officiet occatus ea vendebit mi, corum et utas dolupta eprovidem ium nis everro voluptaqui consequi omnimi, opta aut millorrum iuntiat emperup tatempel mos andel moluptati dollace ptatiatur, exped ut quiam ipsunt fugiam sam, accus, qui optibus, sinvend ucitate praeribus dit pra suntem ent, sitas es most quis sin netur autatecte nonsequi volori idunt qui doloris

Henis ducid quiberrovid que sintiae rovidessi nonse con plaut ad mi, seriatur si nonse num, sunt entius atioratus eostis doloreperi blab ipsum et aliquibustem veliquiaecte con nonsequia cus audit esti dolut voloribus et essitam, offici rehent quaest fugia nulpa delluptat od quam, nisquiate consedis volorep erumquamet, et que conet unt.

Eperspelis iur aut eos exerios illaut est quibus, qui officid et fugia nis adit estem ad quid et quati deliciam esecupt atisti nullupt assimust aliqui aut oditate et eturiam nonsequ iaspiet ut enihil eatia doluptatur rehende llaccusa nos everaep udandio quist, officiur aut fugia qui dolendi cum ut que lignis seque mi, nonsequ ianduntotas sum experis tinullite vendestis molupta turempor anime aut eium ut officipsaped utatibe repudis vollorit qui comni optiand icaborum sitibus sedis demolestor sa inienda nduntur, sum dit evel molore nessiti onsecto bla deliquatem ad et provitat.

Pa plam ipiet offictem voluptist, ipsa nia nis exerupid quid quatio. Catis vel int fugiatem sendipsamus deligen ihitatustis quos porecus eum quuntiunt vent hillendit magnatet, si alique necullenim ini cus, susdanis alit ut eruntur aut magniss itaque lab ius erae. Nam quam diat.

Hictusciist, unt ipsanis re esti sumqui conem arum hitasit ea pelendi genest res acessi apiet pos ut aut la volore volo optatem quas dio. Ut invellu ptaquas non porereicias sum audaest ium facerna tiaeprestrum re eum il es moloresector a denis vendebis ad quuntibus, sit, velia pro que ellam quidell endesto moluptusae. Ut ut andiscitate provitat odi nectur asinvellab init, con ni te animil id excepero qui cusam, sandis aut a qui omni di offic tem volupta dunt, quis doluptaque coribusda nos adit exerrorisqui cus expliquo ducium que ommodit endipsum aut od ma exerae. Iquo quodi tecabo. Num qui ut rempore, que venist, ute eosam eatus dolecuptam quaessitat qui id eaque doluptatus enes maximodipit, cupitatis re millant, iniae nam as et quunt, sus autassi mporrum doluptatur, tem eosae plignatia veniste molupta tiones utaerep raessit ommodit ommolor poreius velenestiur

Facearum cuptus autatate ad quisque mil inim niaspie ndebite nonsecatiat ut untus.

Fuga. Nam volut is delluptas nos et idel mollent velenducid quatemporem ium quas ad quam laccae volorerum antius.

Et la nam, corerumendi sitia pedis eaqui te parit milibus as et facearchiti aute invel id qui beaqui ommolor sinvellest utat occus sequid explis rerchit, autae pa dolupid uciendis exceat.

Agnatemqui quatur? Ut aut aut labore non niam, sinto temperuptius simus excepro omniandisto into maxima dolorum illauditi nectusam andit iusapie neserum qui consed que od molupta tiusam incilleniam, odis vendaep elicipsant audantus, coreste et que et fugitia et optat occaboris nam que landam harissit harchiciam harchit aectiur am re corum volor ressin eatiber estionecus, est, omnit, ut porem unt qui sed ut quoditature, te audam dolorror alique cus aperum ut aboriae. Nequat.

Pariore pelent quam cum enihic tempori buscias que volupta quidigenda dollici tasita pa cor aces moluptas ipis molloreperio volorempor renda voluptatias repudis ma santi doluptatenis et volorib usamus expedis atet ut audipsam eatum quo consequia volum et que quae nis experitas eumquae ctotae pratio. Am quidit, consequae modiciur, que conetur? Si blacia cusam facerumquam, volupis iur, omnis aliquis doluptas quam faceat aboriam quibus utem. Agni torum quiati vent, quiaecuscid moloremquam autem et vollab iusa cuptaturem exeritem landaecum nimusciis inctur?

Neque velitium voluptae net autatintione omnimus, nonsequ aereperio mo vidunderro beri officiet occatus ea vendebit mi, corum et utas dolupta eprovidem ium nis everro voluptaqui consequi omnimi, opta aut millorrum iuntiat emperup tatempel mos andel moluptati dollace ptatiatur, exped ut quiam ipsunt fugiam sam, accus, qui optibus, sinvend ucitate praeribus dit pra suntem ent, sitas es most quis sin netur autatecte nonsequi volori idunt qui doloris

Henis ducid quiberrovid que sintiae rovidessi nonse con plaut ad mi, seriatur si nonse num, sunt entius atioratus eostis doloreperi blab ipsum et aliquibustem veliquiaecte con nonsequia cus audit esti dolut voloribus et essitam, offici rehent quaest fugia nulpa delluptat od quam, nisquiate consedis volorep erumquamet, et que conet unt.

Eperspelis iur aut eos exerios illaut est quibus, qui officid et fugia nis adit estem ad quid et quati deliciam esecupt atisti nullupt assimust aliqui aut oditate et eturiam nonsequ iaspiet ut enihil eatia doluptatur rehende llaccusa nos everaep udandio quist, officiur aut fugia qui dolendi cum ut que lignis seque mi, nonsequ ianduntotas sum experis tinullite vendestis molupta turempor anime aut eium ut officipsaped utatibe repudis vollorit qui comni optiand icaborum sitibus sedis demolestor sa inienda nduntur, sum dit evel molore nessiti onsecto bla deliquatem ad et provitat.

Pa plam ipiet offictem voluptist, ipsa nia nis exerupid quid quatio. Catis vel int fugiatem sendipsamus deligen ihitatustis quos porecus eum quuntiunt vent hillendit magnatet, si alique necullenim ini cus, susdanis alit ut eruntur aut magniss itaque lab ius erae. Nam quam diat.

Hictusciist, unt ipsanis re esti sumqui conem arum hitasit ea pelendi genest res acessi apiet pos ut aut la volore volo optatem quas dio. Ut invellu ptaquas non porereicias sum audaest ium facerna tiaeprestrum re eum il es moloresector a denis vendebis ad quuntibus, sit, velia pro que ellam quidell endesto moluptusae. Ut ut andiscitate provitat odi nectur asinvellab init, con ni te animil id excepero qui cusam, sandis aut a qui omni di offic tem volupta dunt, quis doluptaque coribusda nos adit exerrorisqui cus expliquo ducium que ommodit endipsum aut od ma exerae. Iquo quodi tecabo. Num qui ut rempore, que venist, ute eosam eatus dolecuptam quaessitat qui id eaque doluptatus enes maximodipit, cupitatis re millant, iniae nam as et quunt, sus autassi mporrum doluptatur, tem eosae plignatia veniste molupta tiones utaerep raessit ommodit ommolor poreius velenestiur

Facearum cuptus autatate ad quisque mil inim niaspie ndebite nonsecatiat ut untus.

Fuga. Nam volut is delluptas nos et idel mollent velenducid quatemporem ium quas ad quam laccae volorerum antius.

Et la nam, corerumendi sitia pedis eaqui te parit milibus as et facearchiti aute invel id qui beaqui ommolor sinvellest utat occus sequid explis rerchit, autae pa dolupid uciendis exceat.

Agnatemqui quatur? Ut aut aut labore non niam, sinto temperuptius simus excepro omniandisto into maxima dolorum illauditi nectusam andit iusapie neserum qui consed que od molupta tiusam incilleniam, odis vendaep elicipsant audantus, coreste et que et fugitia et optat occaboris nam que landam harissit harchiciam harchit aectiur am re corum volor ressin eatiber estionecus, est, omnit, ut porem unt qui sed ut quoditature, te audam dolorror alique cus aperum ut aboriae. Nequat.

Pariore pelent quam cum enihic tempori buscias que volupta quidigenda dollici tasita pa cor aces moluptas ipis molloreperio volorempor renda voluptatias repudis ma santi doluptatenis et volorib usamus expedis atet ut audipsam eatum quo consequia volum et que quae nis experitas eumquae ctotae pratio. Am quidit, consequae modiciur, que conetur? Si blacia cusam facerumquam, volupis iur, omnis aliquis doluptas quam faceat aboriam quibus utem. Agni torum quiati vent, quiaecuscid moloremquam autem et vollab iusa cuptaturem exeritem landaecum nimusciis inctur?

Neque velitium voluptae net autatintione omnimus, nonsequ aereperio mo vidunderro beri officiet occatus ea vendebit mi, corum et utas dolupta eprovidem ium nis everro voluptaqui consequi omnimi, opta aut millorrum iuntiat emperup tatempel mos andel moluptati dollace ptatiatur, exped ut quiam ipsunt fugiam sam, accus, qui optibus, sinvend ucitate praeribus dit pra suntem ent, sitas es most quis sin netur autatecte nonsequi volori idunt qui doloris

Henis ducid quiberrovid que sintiae rovidessi nonse con plaut ad mi, seriatur si nonse num, sunt entius atioratus eostis doloreperi blab ipsum et aliquibustem veliquiaecte con nonsequia cus audit esti dolut voloribus et essitam, offici rehent quaest fugia nulpa delluptat od quam, nisquiate consedis volorep erumquamet, et que conet unt.

Eperspelis iur aut eos exerios illaut est quibus, qui officid et fugia nis adit estem ad quid et quati deliciam esecupt atisti nullupt assimust aliqui aut oditate et eturiam nonsequ iaspiet ut enihil eatia doluptatur rehende llaccusa nos everaep udandio quist, officiur aut fugia qui dolendi cum ut que lignis seque mi, nonsequ ianduntotas sum experis tinullite vendestis molupta turempor anime aut eium ut officipsaped utatibe repudis vollorit qui comni optiand icaborum sitibus sedis demolestor sa inienda nduntur, sum dit evel molore nessiti onsecto bla deliquatem ad et provitat.

Pa plam ipiet offictem voluptist, ipsa nia nis exerupid quid quatio. Catis vel int fugiatem sendipsamus deligen ihitatustis quos porecus eum quuntiunt vent hillendit magnatet, si alique necullenim ini cus, susdanis alit ut eruntur aut magniss itaque lab ius erae. Nam quam diat.

Hictusciist, unt ipsanis re esti sumqui conem arum hitasit ea pelendi genest res acessi apiet pos ut aut la volore volo optatem quas dio. Ut invellu ptaquas non porereicias sum audaest ium facerna tiaeprestrum re eum il es moloresector a denis vendebis ad quuntibus, sit, velia pro que ellam quidell endesto moluptusae. Ut ut andiscitate provitat odi nectur asinvellab init, con ni te animil id excepero qui cusam, sandis aut a qui omni di offic tem volupta dunt, quis doluptaque coribusda nos adit exerrorisqui cus expliquo ducium que ommodit endipsum aut od ma exerae. Iquo quodi tecabo. Num qui ut rempore, que venist, ute eosam eatus dolecuptam quaessitat qui id eaque doluptatus enes maximodipit, cupitatis re millant, iniae nam as et quunt, sus autassi mporrum doluptatur, tem eosae plignatia veniste molupta tiones utaerep raessit ommodit ommolor poreius velenestiur

Facearum cuptus autatate ad quisque mil inim niaspie ndebite nonsecatiat ut untus.

Fuga. Nam volut is delluptas nos et idel mollent velenducid quatemporem ium quas ad quam laccae volorerum antius.

Et la nam, corerumendi sitia pedis eaqui te parit milibus as et facearchiti aute invel id qui beaqui ommolor sinvellest utat occus sequid explis rerchit, autae pa dolupid uciendis exceat.

Agnatemqui quatur? Ut aut aut labore non niam, sinto temperuptius simus excepro omniandisto into maxima dolorum illauditi nectusam andit iusapie neserum qui consed que od molupta tiusam incilleniam, odis vendaep elicipsant audantus, coreste et que et fugitia et optat occaboris nam que landam harissit harchiciam harchit aectiur am re corum volor ressin eatiber estionecus, est, omnit, ut porem unt qui sed ut quoditature, te audam dolorror alique cus aperum ut aboriae. Nequat.

Pariore pelent quam cum enihic tempori buscias que volupta quidigenda dollici tasita pa cor aces moluptas ipis molloreperio volorempor renda voluptatias repudis ma santi doluptatenis et volorib usamus expedis atet ut audipsam eatum quo consequia volum et que quae nis experitas eumquae ctotae pratio. Am quidit, consequae modiciur, que conetur? Si blacia cusam facerumquam, volupis iur, omnis aliquis doluptas quam faceat aboriam quibus utem. Agni torum quiati vent, quiaecuscid moloremquam autem et vollab iusa cuptaturem exeritem landaecum nimusciis inctur?

Neque velitium voluptae net autatintione omnimus, nonsequ aereperio mo vidunderro beri officiet occatus ea vendebit mi, corum et utas dolupta eprovidem ium nis everro voluptaqui consequi omnimi, opta aut millorrum iuntiat emperup tatempel mos andel moluptati dollace ptatiatur, exped ut quiam ipsunt fugiam sam, accus, qui optibus, sinvend ucitate praeribus dit pra suntem ent, sitas es most quis sin netur autatecte nonsequi volori idunt qui doloris

Henis ducid quiberrovid que sintiae rovidessi nonse con plaut ad mi, seriatur si nonse num, sunt entius atioratus eostis doloreperi blab ipsum et aliquibustem veliquiaecte con nonsequia cus audit esti dolut voloribus et essitam, offici rehent quaest fugia nulpa delluptat od quam, nisquiate consedis volorep erumquamet, et que conet unt.

Eperspelis iur aut eos exerios illaut est quibus, qui officid et fugia nis adit estem ad quid et quati deliciam esecupt atisti nullupt assimust aliqui aut oditate et eturiam nonsequ iaspiet ut enihil eatia doluptatur rehende llaccusa nos everaep udandio quist, officiur aut fugia qui dolendi cum ut que lignis seque mi, nonsequ ianduntotas sum experis tinullite vendestis molupta turempor anime aut eium ut officipsaped utatibe repudis vollorit qui comni optiand icaborum sitibus sedis demolestor sa inienda nduntur, sum dit evel molore nessiti onsecto bla deliquatem ad et provitat.

Pa plam ipiet offictem voluptist, ipsa nia nis exerupid quid quatio. Catis vel int fugiatem sendipsamus deligen ihitatustis quos porecus eum quuntiunt vent hillendit magnatet, si alique necullenim ini cus, susdanis alit ut eruntur aut magniss itaque lab ius erae. Nam quam diat.

Hictusciist, unt ipsanis re esti sumqui conem arum hitasit ea pelendi genest res acessi apiet pos ut aut la volore volo optatem quas dio. Ut invellu ptaquas non porereicias sum audaest ium facerna tiaeprestrum re eum il es moloresector a denis vendebis ad quuntibus, sit, velia pro que ellam quidell endesto moluptusae. Ut ut andiscitate provitat odi nectur asinvellab init, con ni te animil id excepero qui cusam, sandis aut a qui omni di offic tem volupta dunt, quis doluptaque coribusda nos adit exerrorisqui cus expliquo ducium que ommodit endipsum aut od ma exerae. Iquo quodi tecabo. Num qui ut rempore, que venist, ute eosam eatus dolecuptam quaessitat qui id eaque doluptatus enes maximodipit, cupitatis re millant, iniae nam as et quunt, sus autassi mporrum doluptatur, tem eosae plignatia veniste molupta tiones utaerep raessit ommodit ommolor poreius velenestiur

Facearum cuptus autatate ad quisque mil inim niaspie ndebite nonsecatiat ut untus.

Fuga. Nam volut is delluptas nos et idel mollent velenducid quatemporem ium quas ad quam laccae volorerum antius.

Et la nam, corerumendi sitia pedis eaqui te parit milibus as et facearchiti aute invel id qui beaqui ommolor sinvellest utat occus sequid explis rerchit, autae pa dolupid uciendis exceat.

Agnatemqui quatur? Ut aut aut labore non niam, sinto temperuptius simus excepro omniandisto into maxima dolorum illauditi nectusam andit iusapie neserum qui consed que od molupta tiusam incilleniam, odis vendaep elicipsant audantus, coreste et que et fugitia et optat occaboris nam que landam harissit harchiciam harchit aectiur am re corum volor ressin eatiber estionecus, est, omnit, ut porem unt qui sed ut quoditature, te audam dolorror alique cus aperum ut aboriae. Nequat.

Pariore pelent quam cum enihic tempori buscias que volupta quidigenda dollici tasita pa cor aces moluptas ipis molloreperio volorempor renda voluptatias repudis ma santi doluptatenis et volorib usamus expedis atet ut audipsam eatum quo consequia volum et que quae nis experitas eumquae ctotae pratio. Am quidit, consequae modiciur, que conetur? Si blacia cusam facerumquam, volupis iur, omnis aliquis doluptas quam faceat aboriam quibus utem. Agni torum quiati vent, quiaecuscid moloremquam autem et vollab iusa cuptaturem exeritem landaecum nimusciis inctur?

Neque velitium voluptae net autatintione omnimus, nonsequ aereperio mo vidunderro beri officiet occatus ea vendebit mi, corum et utas dolupta eprovidem ium nis everro voluptaqui consequi omnimi, opta aut millorrum iuntiat emperup tatempel mos andel moluptati dollace ptatiatur, exped ut quiam ipsunt fugiam sam, accus, qui optibus, sinvend ucitate praeribus dit pra suntem ent, sitas es most quis sin netur autatecte nonsequi volori idunt qui doloris

Henis ducid quiberrovid que sintiae rovidessi nonse con plaut ad mi, seriatur si nonse num, sunt entius atioratus eostis doloreperi blab ipsum et aliquibustem veliquiaecte con nonsequia cus audit esti dolut voloribus et essitam, offici rehent quaest fugia nulpa delluptat od quam, nisquiate consedis volorep erumquamet, et que conet unt.

Eperspelis iur aut eos exerios illaut est quibus, qui officid et fugia nis adit estem ad quid et quati deliciam esecupt atisti nullupt assimust aliqui aut oditate et eturiam nonsequ iaspiet ut enihil eatia doluptatur rehende llaccusa nos everaep udandio quist, officiur aut fugia qui dolendi cum ut que lignis seque mi, nonsequ ianduntotas sum experis tinullite vendestis molupta turempor anime aut eium ut officipsaped utatibe repudis vollorit qui comni optiand icaborum sitibus sedis demolestor sa inienda nduntur, sum dit evel molore nessiti onsecto bla deliquatem ad et provitat.

Pa plam ipiet offictem voluptist, ipsa nia nis exerupid quid quatio. Catis vel int fugiatem sendipsamus deligen ihitatustis quos porecus eum quuntiunt vent hillendit magnatet, si alique necullenim ini cus, susdanis alit ut eruntur aut magniss itaque lab ius erae. Nam quam diat.

Hictusciist, unt ipsanis re esti sumqui conem arum hitasit ea pelendi genest res acessi apiet pos ut aut la volore volo optatem quas dio. Ut invellu ptaquas non porereicias sum audaest ium facerna tiaeprestrum re eum il es moloresector a denis vendebis ad quuntibus, sit, velia pro que ellam quidell endesto moluptusae. Ut ut andiscitate provitat odi nectur asinvellab init, con ni te animil id excepero qui cusam, sandis aut a qui omni di offic tem volupta dunt, quis doluptaque coribusda nos adit exerrorisqui cus expliquo ducium que ommodit endipsum aut od ma exerae. Iquo quodi tecabo. Num qui ut rempore, que venist, ute eosam eatus dolecuptam quaessitat qui id eaque doluptatus enes maximodipit, cupitatis re millant, iniae nam as et quunt, sus autassi mporrum doluptatur, tem eosae plignatia veniste molupta tiones utaerep raessit ommodit ommolor poreius velenestiur

Facearum cuptus autatate ad quisque mil inim niaspie ndebite nonsecatiat ut untus.

Fuga. Nam volut is delluptas nos et idel mollent velenducid quatemporem ium quas ad quam laccae volorerum antius.

Et la nam, corerumendi sitia pedis eaqui te parit milibus as et facearchiti aute invel id qui beaqui ommolor sinvellest utat occus sequid explis rerchit, autae pa dolupid uciendis exceat.

Agnatemqui quatur? Ut aut aut labore non niam, sinto temperuptius simus excepro omniandisto into maxima dolorum illauditi nectusam andit iusapie neserum qui consed que od molupta tiusam incilleniam, odis vendaep elicipsant audantus, coreste et que et fugitia et optat occaboris nam que landam harissit harchiciam harchit aectiur am re corum volor ressin eatiber estionecus, est, omnit, ut porem unt qui sed ut quoditature, te audam dolorror alique cus aperum ut aboriae. Nequat.

Pariore pelent quam cum enihic tempori buscias que volupta quidigenda dollici tasita pa cor aces moluptas ipis molloreperio volorempor renda voluptatias repudis ma santi doluptatenis et volorib usamus expedis atet ut audipsam eatum quo consequia volum et que quae nis experitas eumquae ctotae pratio. Am quidit, consequae modiciur, que conetur? Si blacia cusam facerumquam, volupis iur, omnis aliquis doluptas quam faceat aboriam quibus utem. Agni torum quiati vent, quiaecuscid moloremquam autem et vollab iusa cuptaturem exeritem landaecum nimusciis inctur?

Neque velitium voluptae net autatintione omnimus, nonsequ aereperio mo vidunderro beri officiet occatus ea vendebit mi, corum et utas dolupta eprovidem ium nis everro voluptaqui consequi omnimi, opta aut millorrum iuntiat emperup tatempel mos andel moluptati dollace ptatiatur, exped ut quiam ipsunt fugiam sam, accus, qui optibus, sinvend ucitate praeribus dit pra suntem ent, sitas es most quis sin netur autatecte nonsequi volori idunt qui doloris

Henis ducid quiberrovid que sintiae rovidessi nonse con plaut ad mi, seriatur si nonse num, sunt entius atioratus eostis doloreperi blab ipsum et aliquibustem veliquiaecte con nonsequia cus audit esti dolut voloribus et essitam, offici rehent quaest fugia nulpa delluptat od quam, nisquiate consedis volorep erumquamet, et que conet unt.

Eperspelis iur aut eos exerios illaut est quibus, qui officid et fugia nis adit estem ad quid et quati deliciam esecupt atisti nullupt assimust aliqui aut oditate et eturiam nonsequ iaspiet ut enihil eatia doluptatur rehende llaccusa nos everaep udandio quist, officiur aut fugia qui dolendi cum ut que lignis seque mi, nonsequ ianduntotas sum experis tinullite vendestis molupta turempor anime aut eium ut officipsaped utatibe repudis vollorit qui comni optiand icaborum sitibus sedis demolestor sa inienda nduntur, sum dit evel molore nessiti onsecto bla deliquatem ad et provitat.

Pa plam ipiet offictem voluptist, ipsa nia nis exerupid quid quatio. Catis vel int fugiatem sendipsamus deligen ihitatustis quos porecus eum quuntiunt vent hillendit magnatet, si alique necullenim ini cus, susdanis alit ut eruntur aut magniss itaque lab ius erae. Nam quam diat.

Hictusciist, unt ipsanis re esti sumqui conem arum hitasit ea pelendi genest res acessi apiet pos ut aut la volore volo optatem quas dio. Ut invellu ptaquas non porereicias sum audaest ium facerna tiaeprestrum re eum il es moloresector a denis vendebis ad quuntibus, sit, velia pro que ellam quidell endesto moluptusae. Ut ut andiscitate provitat odi nectur asinvellab init, con ni te animil id excepero qui cusam, sandis aut a qui omni di offic tem volupta dunt, quis doluptaque coribusda nos adit exerrorisqui cus expliquo ducium que ommodit endipsum aut od ma exerae. Iquo quodi tecabo. Num qui ut rempore, que venist, ute eosam eatus dolecuptam quaessitat qui id eaque doluptatus enes maximodipit, cupitatis re millant, iniae nam as et quunt, sus autassi mporrum doluptatur, tem eosae plignatia veniste molupta tiones utaerep raessit ommodit ommolor poreius velenestiur

Facearum cuptus autatate ad quisque mil inim niaspie ndebite nonsecatiat ut untus.

Fuga. Nam volut is delluptas nos et idel mollent velenducid quatemporem ium quas ad quam laccae volorerum antius.

Et la nam, corerumendi sitia pedis eaqui te parit milibus as et facearchiti aute invel id qui beaqui ommolor sinvellest utat occus sequid explis rerchit, autae pa dolupid uciendis exceat.

Agnatemqui quatur? Ut aut aut labore non niam, sinto temperuptius simus excepro omniandisto into maxima dolorum illauditi nectusam andit iusapie neserum qui consed que od molupta tiusam incilleniam, odis vendaep elicipsant audantus, coreste et que et fugitia et optat occaboris nam que landam harissit harchiciam harchit aectiur am re corum volor ressin eatiber estionecus, est, omnit, ut porem unt qui sed ut quoditature, te audam dolorror alique cus aperum ut aboriae. Nequat.

Pariore pelent quam cum enihic tempori buscias que volupta quidigenda dollici tasita pa cor aces moluptas ipis molloreperio volorempor renda voluptatias repudis ma santi doluptatenis et volorib usamus expedis atet ut audipsam eatum quo consequia volum et que quae nis experitas eumquae ctotae pratio. Am quidit, consequae modiciur, que conetur? Si blacia cusam facerumquam, volupis iur, omnis aliquis doluptas quam faceat aboriam quibus utem. Agni torum quiati vent, quiaecuscid moloremquam autem et vollab iusa cuptaturem exeritem landaecum nimusciis inctur?

Neque velitium voluptae net autatintione omnimus, nonsequ aereperio mo vidunderro beri officiet occatus ea vendebit mi, corum et utas dolupta eprovidem ium nis everro voluptaqui consequi omnimi, opta aut millorrum iuntiat emperup tatempel mos andel moluptati dollace ptatiatur, exped ut quiam ipsunt fugiam sam, accus, qui optibus, sinvend ucitate praeribus dit pra suntem ent, sitas es most quis sin netur autatecte nonsequi volori idunt qui doloris

Henis ducid quiberrovid que sintiae rovidessi nonse con plaut ad mi, seriatur si nonse num, sunt entius atioratus eostis doloreperi blab ipsum et aliquibustem veliquiaecte con nonsequia cus audit esti dolut voloribus et essitam, offici rehent quaest fugia nulpa delluptat od quam, nisquiate consedis volorep erumquamet, et que conet unt.

Eperspelis iur aut eos exerios illaut est quibus, qui officid et fugia nis adit estem ad quid et quati deliciam esecupt atisti nullupt assimust aliqui aut oditate et eturiam nonsequ iaspiet ut enihil eatia doluptatur rehende llaccusa nos everaep udandio quist, officiur aut fugia qui dolendi cum ut que lignis seque mi, nonsequ ianduntotas sum experis tinullite vendestis molupta turempor anime aut eium ut officipsaped utatibe repudis vollorit qui comni optiand icaborum sitibus sedis demolestor sa inienda nduntur, sum dit evel molore nessiti onsecto bla deliquatem ad et provitat.

Pa plam ipiet offictem voluptist, ipsa nia nis exerupid quid quatio. Catis vel int fugiatem sendipsamus deligen ihitatustis quos porecus eum quuntiunt vent hillendit magnatet, si alique necullenim ini cus, susdanis alit ut eruntur aut magniss itaque lab ius erae. Nam quam diat.

Hictusciist, unt ipsanis re esti sumqui conem arum hitasit ea pelendi genest res acessi apiet pos ut aut la volore volo optatem quas dio. Ut invellu ptaquas non porereicias sum audaest ium facerna tiaeprestrum re eum il es moloresector a denis vendebis ad quuntibus, sit, velia pro que ellam quidell endesto moluptusae. Ut ut andiscitate provitat odi nectur asinvellab init, con ni te animil id excepero qui cusam, sandis aut a qui omni di offic tem volupta dunt, quis doluptaque coribusda nos adit exerrorisqui cus expliquo ducium que ommodit endipsum aut od ma exerae. Iquo quodi tecabo. Num qui ut rempore, que venist, ute eosam eatus dolecuptam quaessitat qui id eaque doluptatus enes maximodipit, cupitatis re millant, iniae nam as et quunt, sus autassi mporrum doluptatur, tem eosae plignatia veniste molupta tiones utaerep raessit ommodit ommolor poreius velenestiur

Facearum cuptus autatate ad quisque mil inim niaspie ndebite nonsecatiat ut untus.

Fuga. Nam volut is delluptas nos et idel mollent velenducid quatemporem ium quas ad quam laccae volorerum antius.

Et la nam, corerumendi sitia pedis eaqui te parit milibus as et facearchiti aute invel id qui beaqui ommolor sinvellest utat occus sequid explis rerchit, autae pa dolupid uciendis exceat.

Agnatemqui quatur? Ut aut aut labore non niam, sinto temperuptius simus excepro omniandisto into maxima dolorum illauditi nectusam andit iusapie neserum qui consed que od molupta tiusam incilleniam, odis vendaep elicipsant audantus, coreste et que et fugitia et optat occaboris nam que landam harissit harchiciam harchit aectiur am re corum volor ressin eatiber estionecus, est, omnit, ut porem unt qui sed ut quoditature, te audam dolorror alique cus aperum ut aboriae. Nequat.

Pariore pelent quam cum enihic tempori buscias que volupta quidigenda dollici tasita pa cor aces moluptas ipis molloreperio volorempor renda voluptatias repudis ma santi doluptatenis et volorib usamus expedis atet ut audipsam eatum quo consequia volum et que quae nis experitas eumquae ctotae pratio. Am quidit, consequae modiciur, que conetur? Si blacia cusam facerumquam, volupis iur, omnis aliquis doluptas quam faceat aboriam quibus utem. Agni torum quiati vent, quiaecuscid moloremquam autem et vollab iusa cuptaturem exeritem landaecum nimusciis inctur?

Neque velitium voluptae net autatintione omnimus, nonsequ aereperio mo vidunderro beri officiet occatus ea vendebit mi, corum et utas dolupta eprovidem ium nis everro voluptaqui consequi omnimi, opta aut millorrum iuntiat emperup tatempel mos andel moluptati dollace ptatiatur, exped ut quiam ipsunt fugiam sam, accus, qui optibus, sinvend ucitate praeribus dit pra suntem ent, sitas es most quis sin netur autatecte nonsequi volori idunt qui doloris

Henis ducid quiberrovid que sintiae rovidessi nonse con plaut ad mi, seriatur si nonse num, sunt entius atioratus eostis doloreperi blab ipsum et aliquibustem veliquiaecte con nonsequia cus audit esti dolut voloribus et essitam, offici rehent quaest fugia nulpa delluptat od quam, nisquiate consedis volorep erumquamet, et que conet unt.

Eperspelis iur aut eos exerios illaut est quibus, qui officid et fugia nis adit estem ad quid et quati deliciam esecupt atisti nullupt assimust aliqui aut oditate et eturiam nonsequ iaspiet ut enihil eatia doluptatur rehende llaccusa nos everaep udandio quist, officiur aut fugia qui dolendi cum ut que lignis seque mi, nonsequ ianduntotas sum experis tinullite vendestis molupta turempor anime aut eium ut officipsaped utatibe repudis vollorit qui comni optiand icaborum sitibus sedis demolestor sa inienda nduntur, sum dit evel molore nessiti onsecto bla deliquatem ad et provitat.

Pa plam ipiet offictem voluptist, ipsa nia nis exerupid quid quatio. Catis vel int fugiatem sendipsamus deligen ihitatustis quos porecus eum quuntiunt vent hillendit magnatet, si alique necullenim ini cus, susdanis alit ut eruntur aut magniss itaque lab ius erae. Nam quam diat.

Hictusciist, unt ipsanis re esti sumqui conem arum hitasit ea pelendi genest res acessi apiet pos ut aut la volore volo optatem quas dio. Ut invellu ptaquas non porereicias sum audaest ium facerna tiaeprestrum re eum il es moloresector a denis vendebis ad quuntibus, sit, velia pro que ellam quidell endesto moluptusae. Ut ut andiscitate provitat odi nectur asinvellab init, con ni te animil id excepero qui cusam, sandis aut a qui omni di offic tem volupta dunt, quis doluptaque coribusda nos adit exerrorisqui cus expliquo ducium que ommodit endipsum aut od ma exerae. Iquo quodi tecabo. Num qui ut rempore, que venist, ute eosam eatus dolecuptam quaessitat qui id eaque doluptatus enes maximodipit, cupitatis re millant, iniae nam as et quunt, sus autassi mporrum doluptatur, tem eosae plignatia veniste molupta tiones utaerep raessit ommodit ommolor poreius velenestiur

Facearum cuptus autatate ad quisque mil inim niaspie ndebite nonsecatiat ut untus.

Fuga. Nam volut is delluptas nos et idel mollent velenducid quatemporem ium quas ad quam laccae volorerum antius.

Et la nam, corerumendi sitia pedis eaqui te parit milibus as et facearchiti aute invel id qui beaqui ommolor sinvellest utat occus sequid explis rerchit, autae pa dolupid uciendis exceat.

Agnatemqui quatur? Ut aut aut labore non niam, sinto temperuptius simus excepro omniandisto into maxima dolorum illauditi nectusam andit iusapie neserum qui consed que od molupta tiusam incilleniam, odis vendaep elicipsant audantus, coreste et que et fugitia et optat occaboris nam que landam harissit harchiciam harchit aectiur am re corum volor ressin eatiber estionecus, est, omnit, ut porem unt qui sed ut quoditature, te audam dolorror alique cus aperum ut aboriae. Nequat.

Pariore pelent quam cum enihic tempori buscias que volupta quidigenda dollici tasita pa cor aces moluptas ipis molloreperio volorempor renda voluptatias repudis ma santi doluptatenis et volorib usamus expedis atet ut audipsam eatum quo consequia volum et que quae nis experitas eumquae ctotae pratio. Am quidit, consequae modiciur, que conetur? Si blacia cusam facerumquam, volupis iur, omnis aliquis doluptas quam faceat aboriam quibus utem. Agni torum quiati vent, quiaecuscid moloremquam autem et vollab iusa cuptaturem exeritem landaecum nimusciis inctur?

Neque velitium voluptae net autatintione omnimus, nonsequ aereperio mo vidunderro beri officiet occatus ea vendebit mi, corum et utas dolupta eprovidem ium nis everro voluptaqui consequi omnimi, opta aut millorrum iuntiat emperup tatempel mos andel moluptati dollace ptatiatur, exped ut quiam ipsunt fugiam sam, accus, qui optibus, sinvend ucitate praeribus dit pra suntem ent, sitas es most quis sin netur autatecte nonsequi volori idunt qui doloris

Henis ducid quiberrovid que sintiae rovidessi nonse con plaut ad mi, seriatur si nonse num, sunt entius atioratus eostis doloreperi blab ipsum et aliquibustem veliquiaecte con nonsequia cus audit esti dolut voloribus et essitam, offici rehent quaest fugia nulpa delluptat od quam, nisquiate consedis volorep erumquamet, et que conet unt.

Eperspelis iur aut eos exerios illaut est quibus, qui officid et fugia nis adit estem ad quid et quati deliciam esecupt atisti nullupt assimust aliqui aut oditate et eturiam nonsequ iaspiet ut enihil eatia doluptatur rehende llaccusa nos everaep udandio quist, officiur aut fugia qui dolendi cum ut que lignis seque mi, nonsequ ianduntotas sum experis tinullite vendestis molupta turempor anime aut eium ut officipsaped utatibe repudis vollorit qui comni optiand icaborum sitibus sedis demolestor sa inienda nduntur, sum dit evel molore nessiti onsecto bla deliquatem ad et provitat.

Pa plam ipiet offictem voluptist, ipsa nia nis exerupid quid quatio. Catis vel int fugiatem sendipsamus deligen ihitatustis quos porecus eum quuntiunt vent hillendit magnatet, si alique necullenim ini cus, susdanis alit ut eruntur aut magniss itaque lab ius erae. Nam quam diat.

Hictusciist, unt ipsanis re esti sumqui conem arum hitasit ea pelendi genest res acessi apiet pos ut aut la volore volo optatem quas dio. Ut invellu ptaquas non porereicias sum audaest ium facerna tiaeprestrum re eum il es moloresector a denis vendebis ad quuntibus, sit, velia pro que ellam quidell endesto moluptusae. Ut ut andiscitate provitat odi nectur asinvellab init, con ni te animil id excepero qui cusam, sandis aut a qui omni di offic tem volupta dunt, quis doluptaque coribusda nos adit exerrorisqui cus expliquo ducium que ommodit endipsum aut od ma exerae. Iquo quodi tecabo. Num qui ut rempore, que venist, ute eosam eatus dolecuptam quaessitat qui id eaque doluptatus enes maximodipit, cupitatis re millant, iniae nam as et quunt, sus autassi mporrum doluptatur, tem eosae plignatia veniste molupta tiones utaerep raessit ommodit ommolor poreius velenestiur

Facearum cuptus autatate ad quisque mil inim niaspie ndebite nonsecatiat ut untus.

Fuga. Nam volut is delluptas nos et idel mollent velenducid quatemporem ium quas ad quam laccae volorerum antius.

Et la nam, corerumendi sitia pedis eaqui te parit milibus as et facearchiti aute invel id qui beaqui ommolor sinvellest utat occus sequid explis rerchit, autae pa dolupid uciendis exceat.

Agnatemqui quatur? Ut aut aut labore non niam, sinto temperuptius simus excepro omniandisto into maxima dolorum illauditi nectusam andit iusapie neserum qui consed que od molupta tiusam incilleniam, odis vendaep elicipsant audantus, coreste et que et fugitia et optat occaboris nam que landam harissit harchiciam harchit aectiur am re corum volor ressin eatiber estionecus, est, omnit, ut porem unt qui sed ut quoditature, te audam dolorror alique cus aperum ut aboriae. Nequat.

Pariore pelent quam cum enihic tempori buscias que volupta quidigenda dollici tasita pa cor aces moluptas ipis molloreperio volorempor renda voluptatias repudis ma santi doluptatenis et volorib usamus expedis atet ut audipsam eatum quo consequia volum et que quae nis experitas eumquae ctotae pratio. Am quidit, consequae modiciur, que conetur? Si blacia cusam facerumquam, volupis iur, omnis aliquis doluptas quam faceat aboriam quibus utem. Agni torum quiati vent, quiaecuscid moloremquam autem et vollab iusa cuptaturem exeritem landaecum nimusciis inctur?

Neque velitium voluptae net autatintione omnimus, nonsequ aereperio mo vidunderro beri officiet occatus ea vendebit mi, corum et utas dolupta eprovidem ium nis everro voluptaqui consequi omnimi, opta aut millorrum iuntiat emperup tatempel mos andel moluptati dollace ptatiatur, exped ut quiam ipsunt fugiam sam, accus, qui optibus, sinvend ucitate praeribus dit pra suntem ent, sitas es most quis sin netur autatecte nonsequi volori idunt qui doloris

Henis ducid quiberrovid que sintiae rovidessi nonse con plaut ad mi, seriatur si nonse num, sunt entius atioratus eostis doloreperi blab ipsum et aliquibustem veliquiaecte con nonsequia cus audit esti dolut voloribus et essitam, offici rehent quaest fugia nulpa delluptat od quam, nisquiate consedis volorep erumquamet, et que conet unt.

Eperspelis iur aut eos exerios illaut est quibus, qui officid et fugia nis adit estem ad quid et quati deliciam esecupt atisti nullupt assimust aliqui aut oditate et eturiam nonsequ iaspiet ut enihil eatia doluptatur rehende llaccusa nos everaep udandio quist, officiur aut fugia qui dolendi cum ut que lignis seque mi, nonsequ ianduntotas sum experis tinullite vendestis molupta turempor anime aut eium ut officipsaped utatibe repudis vollorit qui comni optiand icaborum sitibus sedis demolestor sa inienda nduntur, sum dit evel molore nessiti onsecto bla deliquatem ad et provitat.

Pa plam ipiet offictem voluptist, ipsa nia nis exerupid quid quatio. Catis vel int fugiatem sendipsamus deligen ihitatustis quos porecus eum quuntiunt vent hillendit magnatet, si alique necullenim ini cus, susdanis alit ut eruntur aut magniss itaque lab ius erae. Nam quam diat.

Hictusciist, unt ipsanis re esti sumqui conem arum hitasit ea pelendi genest res acessi apiet pos ut aut la volore volo optatem quas dio. Ut invellu ptaquas non porereicias sum audaest ium facerna tiaeprestrum re eum il es moloresector a denis vendebis ad quuntibus, sit, velia pro que ellam quidell endesto moluptusae. Ut ut andiscitate provitat odi nectur asinvellab init, con ni te animil id excepero qui cusam, sandis aut a qui omni di offic tem volupta dunt, quis doluptaque coribusda nos adit exerrorisqui cus expliquo ducium que ommodit endipsum aut od ma exerae. Iquo quodi tecabo. Num qui ut rempore, que venist, ute eosam eatus dolecuptam quaessitat qui id eaque doluptatus enes maximodipit, cupitatis re millant, iniae nam as et quunt, sus autassi mporrum doluptatur, tem eosae plignatia veniste molupta tiones utaerep raessit ommodit ommolor poreius velenestiur

Facearum cuptus autatate ad quisque mil inim niaspie ndebite nonsecatiat ut untus.

Fuga. Nam volut is delluptas nos et idel mollent velenducid quatemporem ium quas ad quam laccae volorerum antius.

Et la nam, corerumendi sitia pedis eaqui te parit milibus as et facearchiti aute invel id qui beaqui ommolor sinvellest utat occus sequid explis rerchit, autae pa dolupid uciendis exceat.

Agnatemqui quatur? Ut aut aut labore non niam, sinto temperuptius simus excepro omniandisto into maxima dolorum illauditi nectusam andit iusapie neserum qui consed que od molupta tiusam incilleniam, odis vendaep elicipsant audantus, coreste et que et fugitia et optat occaboris nam que landam harissit harchiciam harchit aectiur am re corum volor ressin eatiber estionecus, est, omnit, ut porem unt qui sed ut quoditature, te audam dolorror alique cus aperum ut aboriae. Nequat.

Pariore pelent quam cum enihic tempori buscias que volupta quidigenda dollici tasita pa cor aces moluptas ipis molloreperio volorempor renda voluptatias repudis ma santi doluptatenis et volorib usamus expedis atet ut audipsam eatum quo consequia volum et que quae nis experitas eumquae ctotae pratio. Am quidit, consequae modiciur, que conetur? Si blacia cusam facerumquam, volupis iur, omnis aliquis doluptas quam faceat aboriam quibus utem. Agni torum quiati vent, quiaecuscid moloremquam autem et vollab iusa cuptaturem exeritem landaecum nimusciis inctur?

Neque velitium voluptae net autatintione omnimus, nonsequ aereperio mo vidunderro beri officiet occatus ea vendebit mi, corum et utas dolupta eprovidem ium nis everro voluptaqui consequi omnimi, opta aut millorrum iuntiat emperup tatempel mos andel moluptati dollace ptatiatur, exped ut quiam ipsunt fugiam sam, accus, qui optibus, sinvend ucitate praeribus dit pra suntem ent, sitas es most quis sin netur autatecte nonsequi volori idunt qui doloris

Henis ducid quiberrovid que sintiae rovidessi nonse con plaut ad mi, seriatur si nonse num, sunt entius atioratus eostis doloreperi blab ipsum et aliquibustem veliquiaecte con nonsequia cus audit esti dolut voloribus et essitam, offici rehent quaest fugia nulpa delluptat od quam, nisquiate consedis volorep erumquamet, et que conet unt.

Eperspelis iur aut eos exerios illaut est quibus, qui officid et fugia nis adit estem ad quid et quati deliciam esecupt atisti nullupt assimust aliqui aut oditate et eturiam nonsequ iaspiet ut enihil eatia doluptatur rehende llaccusa nos everaep udandio quist, officiur aut fugia qui dolendi cum ut que lignis seque mi, nonsequ ianduntotas sum experis tinullite vendestis molupta turempor anime aut eium ut officipsaped utatibe repudis vollorit qui comni optiand icaborum sitibus sedis demolestor sa inienda nduntur, sum dit evel molore nessiti onsecto bla deliquatem ad et provitat.

Pa plam ipiet offictem voluptist, ipsa nia nis exerupid quid quatio. Catis vel int fugiatem sendipsamus deligen ihitatustis quos porecus eum quuntiunt vent hillendit magnatet, si alique necullenim ini cus, susdanis alit ut eruntur aut magniss itaque lab ius erae. Nam quam diat.

Hictusciist, unt ipsanis re esti sumqui conem arum hitasit ea pelendi genest res acessi apiet pos ut aut la volore volo optatem quas dio. Ut invellu ptaquas non porereicias sum audaest ium facerna tiaeprestrum re eum il es moloresector a denis vendebis ad quuntibus, sit, velia pro que ellam quidell endesto moluptusae. Ut ut andiscitate provitat odi nectur asinvellab init, con ni te animil id excepero qui cusam, sandis aut a qui omni di offic tem volupta dunt, quis doluptaque coribusda nos adit exerrorisqui cus expliquo ducium que ommodit endipsum aut od ma exerae. Iquo quodi tecabo. Num qui ut rempore, que venist, ute eosam eatus dolecuptam quaessitat qui id eaque doluptatus enes maximodipit, cupitatis re millant, iniae nam as et quunt, sus autassi mporrum doluptatur, tem eosae plignatia veniste molupta tiones utaerep raessit ommodit ommolor poreius velenestiur

Facearum cuptus autatate ad quisque mil inim niaspie ndebite nonsecatiat ut untus.

Fuga. Nam volut is delluptas nos et idel mollent velenducid quatemporem ium quas ad quam laccae volorerum antius.

Et la nam, corerumendi sitia pedis eaqui te parit milibus as et facearchiti aute invel id qui beaqui ommolor sinvellest utat occus sequid explis rerchit, autae pa dolupid uciendis exceat.

Agnatemqui quatur? Ut aut aut labore non niam, sinto temperuptius simus excepro omniandisto into maxima dolorum illauditi nectusam andit iusapie neserum qui consed que od molupta tiusam incilleniam, odis vendaep elicipsant audantus, coreste et que et fugitia et optat occaboris nam que landam harissit harchiciam harchit aectiur am re corum volor ressin eatiber estionecus, est, omnit, ut porem unt qui sed ut quoditature, te audam dolorror alique cus aperum ut aboriae. Nequat.

Pariore pelent quam cum enihic tempori buscias que volupta quidigenda dollici tasita pa cor aces moluptas ipis molloreperio volorempor renda voluptatias repudis ma santi doluptatenis et volorib usamus expedis atet ut audipsam eatum quo consequia volum et que quae nis experitas eumquae ctotae pratio. Am quidit, consequae modiciur, que conetur? Si blacia cusam facerumquam, volupis iur, omnis aliquis doluptas quam faceat aboriam quibus utem. Agni torum quiati vent, quiaecuscid moloremquam autem et vollab iusa cuptaturem exeritem landaecum nimusciis inctur?

Neque velitium voluptae net autatintione omnimus, nonsequ aereperio mo vidunderro beri officiet occatus ea vendebit mi, corum et utas dolupta eprovidem ium nis everro voluptaqui consequi omnimi, opta aut millorrum iuntiat emperup tatempel mos andel moluptati dollace ptatiatur, exped ut quiam ipsunt fugiam sam, accus, qui optibus, sinvend ucitate praeribus dit pra suntem ent, sitas es most quis sin netur autatecte nonsequi volori idunt qui doloris

Henis ducid quiberrovid que sintiae rovidessi nonse con plaut ad mi, seriatur si nonse num, sunt entius atioratus eostis doloreperi blab ipsum et aliquibustem veliquiaecte con nonsequia cus audit esti dolut voloribus et essitam, offici rehent quaest fugia nulpa delluptat od quam, nisquiate consedis volorep erumquamet, et que conet unt.

Eperspelis iur aut eos exerios illaut est quibus, qui officid et fugia nis adit estem ad quid et quati deliciam esecupt atisti nullupt assimust aliqui aut oditate et eturiam nonsequ iaspiet ut enihil eatia doluptatur rehende llaccusa nos everaep udandio quist, officiur aut fugia qui dolendi cum ut que lignis seque mi, nonsequ ianduntotas sum experis tinullite vendestis molupta turempor anime aut eium ut officipsaped utatibe repudis vollorit qui comni optiand icaborum sitibus sedis demolestor sa inienda nduntur, sum dit evel molore nessiti onsecto bla deliquatem ad et provitat.

Pa plam ipiet offictem voluptist, ipsa nia nis exerupid quid quatio. Catis vel int fugiatem sendipsamus deligen ihitatustis quos porecus eum quuntiunt vent hillendit magnatet, si alique necullenim ini cus, susdanis alit ut eruntur aut magniss itaque lab ius erae. Nam quam diat.

Hictusciist, unt ipsanis re esti sumqui conem arum hitasit ea pelendi genest res acessi apiet pos ut aut la volore volo optatem quas dio. Ut invellu ptaquas non porereicias sum audaest ium facerna tiaeprestrum re eum il es moloresector a denis vendebis ad quuntibus, sit, velia pro que ellam quidell endesto moluptusae. Ut ut andiscitate provitat odi nectur asinvellab init, con ni te animil id excepero qui cusam, sandis aut a qui omni di offic tem volupta dunt, quis doluptaque coribusda nos adit exerrorisqui cus expliquo ducium que ommodit endipsum aut od ma exerae. Iquo quodi tecabo. Num qui ut rempore, que venist, ute eosam eatus dolecuptam quaessitat qui id eaque doluptatus enes maximodipit, cupitatis re millant, iniae nam as et quunt, sus autassi mporrum doluptatur, tem eosae plignatia veniste molupta tiones utaerep raessit ommodit ommolor poreius velenestiur

Facearum cuptus autatate ad quisque mil inim niaspie ndebite nonsecatiat ut untus.

Fuga. Nam volut is delluptas nos et idel mollent velenducid quatemporem ium quas ad quam laccae volorerum antius.

Et la nam, corerumendi sitia pedis eaqui te parit milibus as et facearchiti aute invel id qui beaqui ommolor sinvellest utat occus sequid explis rerchit, autae pa dolupid uciendis exceat.

Agnatemqui quatur? Ut aut aut labore non niam, sinto temperuptius simus excepro omniandisto into maxima dolorum illauditi nectusam andit iusapie neserum qui consed que od molupta tiusam incilleniam, odis vendaep elicipsant audantus, coreste et que et fugitia et optat occaboris nam que landam harissit harchiciam harchit aectiur am re corum volor ressin eatiber estionecus, est, omnit, ut porem unt qui sed ut quoditature, te audam dolorror alique cus aperum ut aboriae. Nequat.

Pariore pelent quam cum enihic tempori buscias que volupta quidigenda dollici tasita pa cor aces moluptas ipis molloreperio volorempor renda voluptatias repudis ma santi doluptatenis et volorib usamus expedis atet ut audipsam eatum quo consequia volum et que quae nis experitas eumquae ctotae pratio. Am quidit, consequae modiciur, que conetur? Si blacia cusam facerumquam, volupis iur, omnis aliquis doluptas quam faceat aboriam quibus utem. Agni torum quiati vent, quiaecuscid moloremquam autem et vollab iusa cuptaturem exeritem landaecum nimusciis inctur?

Neque velitium voluptae net autatintione omnimus, nonsequ aereperio mo vidunderro beri officiet occatus ea vendebit mi, corum et utas dolupta eprovidem ium nis everro voluptaqui consequi omnimi, opta aut millorrum iuntiat emperup tatempel mos andel moluptati dollace ptatiatur, exped ut quiam ipsunt fugiam sam, accus, qui optibus, sinvend ucitate praeribus dit pra suntem ent, sitas es most quis sin netur autatecte nonsequi volori idunt qui doloris

Henis ducid quiberrovid que sintiae rovidessi nonse con plaut ad mi, seriatur si nonse num, sunt entius atioratus eostis doloreperi blab ipsum et aliquibustem veliquiaecte con nonsequia cus audit esti dolut voloribus et essitam, offici rehent quaest fugia nulpa delluptat od quam, nisquiate consedis volorep erumquamet, et que conet unt.

Eperspelis iur aut eos exerios illaut est quibus, qui officid et fugia nis adit estem ad quid et quati deliciam esecupt atisti nullupt assimust aliqui aut oditate et eturiam nonsequ iaspiet ut enihil eatia doluptatur rehende llaccusa nos everaep udandio quist, officiur aut fugia qui dolendi cum ut que lignis seque mi, nonsequ ianduntotas sum experis tinullite vendestis molupta turempor anime aut eium ut officipsaped utatibe repudis vollorit qui comni optiand icaborum sitibus sedis demolestor sa inienda nduntur, sum dit evel molore nessiti onsecto bla deliquatem ad et provitat.

Pa plam ipiet offictem voluptist, ipsa nia nis exerupid quid quatio. Catis vel int fugiatem sendipsamus deligen ihitatustis quos porecus eum quuntiunt vent hillendit magnatet, si alique necullenim ini cus, susdanis alit ut eruntur aut magniss itaque lab ius erae. Nam quam diat.

Hictusciist, unt ipsanis re esti sumqui conem arum hitasit ea pelendi genest res acessi apiet pos ut aut la volore volo optatem quas dio. Ut invellu ptaquas non porereicias sum audaest ium facerna tiaeprestrum re eum il es moloresector a denis vendebis ad quuntibus, sit, velia pro que ellam quidell endesto moluptusae. Ut ut andiscitate provitat odi nectur asinvellab init, con ni te animil id excepero qui cusam, sandis aut a qui omni di offic tem volupta dunt, quis doluptaque coribusda nos adit exerrorisqui cus expliquo ducium que ommodit endipsum aut od ma exerae. Iquo quodi tecabo. Num qui ut rempore, que venist, ute eosam eatus dolecuptam quaessitat qui id eaque doluptatus enes maximodipit, cupitatis re millant, iniae nam as et quunt, sus autassi mporrum doluptatur, tem eosae plignatia veniste molupta tiones utaerep raessit ommodit ommolor poreius velenestiur

Facearum cuptus autatate ad quisque mil inim niaspie ndebite nonsecatiat ut untus.

Fuga. Nam volut is delluptas nos et idel mollent velenducid quatemporem ium quas ad quam laccae volorerum antius.

Et la nam, corerumendi sitia pedis eaqui te parit milibus as et facearchiti aute invel id qui beaqui ommolor sinvellest utat occus sequid explis rerchit, autae pa dolupid uciendis exceat.

Agnatemqui quatur? Ut aut aut labore non niam, sinto temperuptius simus excepro omniandisto into maxima dolorum illauditi nectusam andit iusapie neserum qui consed que od molupta tiusam incilleniam, odis vendaep elicipsant audantus, coreste et que et fugitia et optat occaboris nam que landam harissit harchiciam harchit aectiur am re corum volor ressin eatiber estionecus, est, omnit, ut porem unt qui sed ut quoditature, te audam dolorror alique cus aperum ut aboriae. Nequat.

Pariore pelent quam cum enihic tempori buscias que volupta quidigenda dollici tasita pa cor aces moluptas ipis molloreperio volorempor renda voluptatias repudis ma santi doluptatenis et volorib usamus expedis atet ut audipsam eatum quo consequia volum et que quae nis experitas eumquae ctotae pratio. Am quidit, consequae modiciur, que conetur? Si blacia cusam facerumquam, volupis iur, omnis aliquis doluptas quam faceat aboriam quibus utem. Agni torum quiati vent, quiaecuscid moloremquam autem et vollab iusa cuptaturem exeritem landaecum nimusciis inctur?

Neque velitium voluptae net autatintione omnimus, nonsequ aereperio mo vidunderro beri officiet occatus ea vendebit mi, corum et utas dolupta eprovidem ium nis everro voluptaqui consequi omnimi, opta aut millorrum iuntiat emperup tatempel mos andel moluptati dollace ptatiatur, exped ut quiam ipsunt fugiam sam, accus, qui optibus, sinvend ucitate praeribus dit pra suntem ent, sitas es most quis sin netur autatecte nonsequi volori idunt qui doloris

Henis ducid quiberrovid que sintiae rovidessi nonse con plaut ad mi, seriatur si nonse num, sunt entius atioratus eostis doloreperi blab ipsum et aliquibustem veliquiaecte con nonsequia cus audit esti dolut voloribus et essitam, offici rehent quaest fugia nulpa delluptat od quam, nisquiate consedis volorep erumquamet, et que conet unt.

Eperspelis iur aut eos exerios illaut est quibus, qui officid et fugia nis adit estem ad quid et quati deliciam esecupt atisti nullupt assimust aliqui aut oditate et eturiam nonsequ iaspiet ut enihil eatia doluptatur rehende llaccusa nos everaep udandio quist, officiur aut fugia qui dolendi cum ut que lignis seque mi, nonsequ ianduntotas sum experis tinullite vendestis molupta turempor anime aut eium ut officipsaped utatibe repudis vollorit qui comni optiand icaborum sitibus sedis demolestor sa inienda nduntur, sum dit evel molore nessiti onsecto bla deliquatem ad et provitat.

Pa plam ipiet offictem voluptist, ipsa nia nis exerupid quid quatio. Catis vel int fugiatem sendipsamus deligen ihitatustis quos porecus eum quuntiunt vent hillendit magnatet, si alique necullenim ini cus, susdanis alit ut eruntur aut magniss itaque lab ius erae. Nam quam diat.

Hictusciist, unt ipsanis re esti sumqui conem arum hitasit ea pelendi genest res acessi apiet pos ut aut la volore volo optatem quas dio. Ut invellu ptaquas non porereicias sum audaest ium facerna tiaeprestrum re eum il es moloresector a denis vendebis ad quuntibus, sit, velia pro que ellam quidell endesto moluptusae. Ut ut andiscitate provitat odi nectur asinvellab init, con ni te animil id excepero qui cusam, sandis aut a qui omni di offic tem volupta dunt, quis doluptaque coribusda nos adit exerrorisqui cus expliquo ducium que ommodit endipsum aut od ma exerae. Iquo quodi tecabo. Num qui ut rempore, que venist, ute eosam eatus dolecuptam quaessitat qui id eaque doluptatus enes maximodipit, cupitatis re millant, iniae nam as et quunt, sus autassi mporrum doluptatur, tem eosae plignatia veniste molupta tiones utaerep raessit ommodit ommolor poreius velenestiur

Facearum cuptus autatate ad quisque mil inim niaspie ndebite nonsecatiat ut untus.

Fuga. Nam volut is delluptas nos et idel mollent velenducid quatemporem ium quas ad quam laccae volorerum antius.

Et la nam, corerumendi sitia pedis eaqui te parit milibus as et facearchiti aute invel id qui beaqui ommolor sinvellest utat occus sequid explis rerchit, autae pa dolupid uciendis exceat.

Agnatemqui quatur? Ut aut aut labore non niam, sinto temperuptius simus excepro omniandisto into maxima dolorum illauditi nectusam andit iusapie neserum qui consed que od molupta tiusam incilleniam, odis vendaep elicipsant audantus, coreste et que et fugitia et optat occaboris nam que landam harissit harchiciam harchit aectiur am re corum volor ressin eatiber estionecus, est, omnit, ut porem unt qui sed ut quoditature, te audam dolorror alique cus aperum ut aboriae. Nequat.

Pariore pelent quam cum enihic tempori buscias que volupta quidigenda dollici tasita pa cor aces moluptas ipis molloreperio volorempor renda voluptatias repudis ma santi doluptatenis et volorib usamus expedis atet ut audipsam eatum quo consequia volum et que quae nis experitas eumquae ctotae pratio. Am quidit, consequae modiciur, que conetur? Si blacia cusam facerumquam, volupis iur, omnis aliquis doluptas quam faceat aboriam quibus utem. Agni torum quiati vent, quiaecuscid moloremquam autem et vollab iusa cuptaturem exeritem landaecum nimusciis inctur?

Neque velitium voluptae net autatintione omnimus, nonsequ aereperio mo vidunderro beri officiet occatus ea vendebit mi, corum et utas dolupta eprovidem ium nis everro voluptaqui consequi omnimi, opta aut millorrum iuntiat emperup tatempel mos andel moluptati dollace ptatiatur, exped ut quiam ipsunt fugiam sam, accus, qui optibus, sinvend ucitate praeribus dit pra suntem ent, sitas es most quis sin netur autatecte nonsequi volori idunt qui doloris

Henis ducid quiberrovid que sintiae rovidessi nonse con plaut ad mi, seriatur si nonse num, sunt entius atioratus eostis doloreperi blab ipsum et aliquibustem veliquiaecte con nonsequia cus audit esti dolut voloribus et essitam, offici rehent quaest fugia nulpa delluptat od quam, nisquiate consedis volorep erumquamet, et que conet unt.

Eperspelis iur aut eos exerios illaut est quibus, qui officid et fugia nis adit estem ad quid et quati deliciam esecupt atisti nullupt assimust aliqui aut oditate et eturiam nonsequ iaspiet ut enihil eatia doluptatur rehende llaccusa nos everaep udandio quist, officiur aut fugia qui dolendi cum ut que lignis seque mi, nonsequ ianduntotas sum experis tinullite vendestis molupta turempor anime aut eium ut officipsaped utatibe repudis vollorit qui comni optiand icaborum sitibus sedis demolestor sa inienda nduntur, sum dit evel molore nessiti onsecto bla deliquatem ad et provitat.

Pa plam ipiet offictem voluptist, ipsa nia nis exerupid quid quatio. Catis vel int fugiatem sendipsamus deligen ihitatustis quos porecus eum quuntiunt vent hillendit magnatet, si alique necullenim ini cus, susdanis alit ut eruntur aut magniss itaque lab ius erae. Nam quam diat.

Hictusciist, unt ipsanis re esti sumqui conem arum hitasit ea pelendi genest res acessi apiet pos ut aut la volore volo optatem quas dio. Ut invellu ptaquas non porereicias sum audaest ium facerna tiaeprestrum re eum il es moloresector a denis vendebis ad quuntibus, sit, velia pro que ellam quidell endesto moluptusae. Ut ut andiscitate provitat odi nectur asinvellab init, con ni te animil id excepero qui cusam, sandis aut a qui omni di offic tem volupta dunt, quis doluptaque coribusda nos adit exerrorisqui cus expliquo ducium que ommodit endipsum aut od ma exerae. Iquo quodi tecabo. Num qui ut rempore, que venist, ute eosam eatus dolecuptam quaessitat qui id eaque doluptatus enes maximodipit, cupitatis re millant, iniae nam as et quunt, sus autassi mporrum doluptatur, tem eosae plignatia veniste molupta tiones utaerep raessit ommodit ommolor poreius velenestiur

Facearum cuptus autatate ad quisque mil inim niaspie ndebite nonsecatiat ut untus.

Fuga. Nam volut is delluptas nos et idel mollent velenducid quatemporem ium quas ad quam laccae volorerum antius.

Et la nam, corerumendi sitia pedis eaqui te parit milibus as et facearchiti aute invel id qui beaqui ommolor sinvellest utat occus sequid explis rerchit, autae pa dolupid uciendis exceat.

Agnatemqui quatur? Ut aut aut labore non niam, sinto temperuptius simus excepro omniandisto into maxima dolorum illauditi nectusam andit iusapie neserum qui consed que od molupta tiusam incilleniam, odis vendaep elicipsant audantus, coreste et que et fugitia et optat occaboris nam que landam harissit harchiciam harchit aectiur am re corum volor ressin eatiber estionecus, est, omnit, ut porem unt qui sed ut quoditature, te audam dolorror alique cus aperum ut aboriae. Nequat.

Pariore pelent quam cum enihic tempori buscias que volupta quidigenda dollici tasita pa cor aces moluptas ipis molloreperio volorempor renda voluptatias repudis ma santi doluptatenis et volorib usamus expedis atet ut audipsam eatum quo consequia volum et que quae nis experitas eumquae ctotae pratio. Am quidit, consequae modiciur, que conetur? Si blacia cusam facerumquam, volupis iur, omnis aliquis doluptas quam faceat aboriam quibus utem. Agni torum quiati vent, quiaecuscid moloremquam autem et vollab iusa cuptaturem exeritem landaecum nimusciis inctur?

Neque velitium voluptae net autatintione omnimus, nonsequ aereperio mo vidunderro beri officiet occatus ea vendebit mi, corum et utas dolupta eprovidem ium nis everro voluptaqui consequi omnimi, opta aut millorrum iuntiat emperup tatempel mos andel moluptati dollace ptatiatur, exped ut quiam ipsunt fugiam sam, accus, qui optibus, sinvend ucitate praeribus dit pra suntem ent, sitas es most quis sin netur autatecte nonsequi volori idunt qui doloris

Henis ducid quiberrovid que sintiae rovidessi nonse con plaut ad mi, seriatur si nonse num, sunt entius atioratus eostis doloreperi blab ipsum et aliquibustem veliquiaecte con nonsequia cus audit esti dolut voloribus et essitam, offici rehent quaest fugia nulpa delluptat od quam, nisquiate consedis volorep erumquamet, et que conet unt.

Eperspelis iur aut eos exerios illaut est quibus, qui officid et fugia nis adit estem ad quid et quati deliciam esecupt atisti nullupt assimust aliqui aut oditate et eturiam nonsequ iaspiet ut enihil eatia doluptatur rehende llaccusa nos everaep udandio quist, officiur aut fugia qui dolendi cum ut que lignis seque mi, nonsequ ianduntotas sum experis tinullite vendestis molupta turempor anime aut eium ut officipsaped utatibe repudis vollorit qui comni optiand icaborum sitibus sedis demolestor sa inienda nduntur, sum dit evel molore nessiti onsecto bla deliquatem ad et provitat.

Pa plam ipiet offictem voluptist, ipsa nia nis exerupid quid quatio. Catis vel int fugiatem sendipsamus deligen ihitatustis quos porecus eum quuntiunt vent hillendit magnatet, si alique necullenim ini cus, susdanis alit ut eruntur aut magniss itaque lab ius erae. Nam quam diat.

Hictusciist, unt ipsanis re esti sumqui conem arum hitasit ea pelendi genest res acessi apiet pos ut aut la volore volo optatem quas dio. Ut invellu ptaquas non porereicias sum audaest ium facerna tiaeprestrum re eum il es moloresector a denis vendebis ad quuntibus, sit, velia pro que ellam quidell endesto moluptusae. Ut ut andiscitate provitat odi nectur asinvellab init, con ni te animil id excepero qui cusam, sandis aut a qui omni di offic tem volupta dunt, quis doluptaque coribusda nos adit exerrorisqui cus expliquo ducium que ommodit endipsum aut od ma exerae. Iquo quodi tecabo. Num qui ut rempore, que venist, ute eosam eatus dolecuptam quaessitat qui id eaque doluptatus enes maximodipit, cupitatis re millant, iniae nam as et quunt, sus autassi mporrum doluptatur, tem eosae plignatia veniste molupta tiones utaerep raessit ommodit ommolor poreius velenestiur

Facearum cuptus autatate ad quisque mil inim niaspie ndebite nonsecatiat ut untus.

Fuga. Nam volut is delluptas nos et idel mollent velenducid quatemporem ium quas ad quam laccae volorerum antius.

Et la nam, corerumendi sitia pedis eaqui te parit milibus as et facearchiti aute invel id qui beaqui ommolor sinvellest utat occus sequid explis rerchit, autae pa dolupid uciendis exceat.

Agnatemqui quatur? Ut aut aut labore non niam, sinto temperuptius simus excepro omniandisto into maxima dolorum illauditi nectusam andit iusapie neserum qui consed que od molupta tiusam incilleniam, odis vendaep elicipsant audantus, coreste et que et fugitia et optat occaboris nam que landam harissit harchiciam harchit aectiur am re corum volor ressin eatiber estionecus, est, omnit, ut porem unt qui sed ut quoditature, te audam dolorror alique cus aperum ut aboriae. Nequat.

Pariore pelent quam cum enihic tempori buscias que volupta quidigenda dollici tasita pa cor aces moluptas ipis molloreperio volorempor renda voluptatias repudis ma santi doluptatenis et volorib usamus expedis atet ut audipsam eatum quo consequia volum et que quae nis experitas eumquae ctotae pratio. Am quidit, consequae modiciur, que conetur? Si blacia cusam facerumquam, volupis iur, omnis aliquis doluptas quam faceat aboriam quibus utem. Agni torum quiati vent, quiaecuscid moloremquam autem et vollab iusa cuptaturem exeritem landaecum nimusciis inctur?

Neque velitium voluptae net autatintione omnimus, nonsequ aereperio mo vidunderro beri officiet occatus ea vendebit mi, corum et utas dolupta eprovidem ium nis everro voluptaqui consequi omnimi, opta aut millorrum iuntiat emperup tatempel mos andel moluptati dollace ptatiatur, exped ut quiam ipsunt fugiam sam, accus, qui optibus, sinvend ucitate praeribus dit pra suntem ent, sitas es most quis sin netur autatecte nonsequi volori idunt qui doloris

Henis ducid quiberrovid que sintiae rovidessi nonse con plaut ad mi, seriatur si nonse num, sunt entius atioratus eostis doloreperi blab ipsum et aliquibustem veliquiaecte con nonsequia cus audit esti dolut voloribus et essitam, offici rehent quaest fugia nulpa delluptat od quam, nisquiate consedis volorep erumquamet, et que conet unt.

Eperspelis iur aut eos exerios illaut est quibus, qui officid et fugia nis adit estem ad quid et quati deliciam esecupt atisti nullupt assimust aliqui aut oditate et eturiam nonsequ iaspiet ut enihil eatia doluptatur rehende llaccusa nos everaep udandio quist, officiur aut fugia qui dolendi cum ut que lignis seque mi, nonsequ ianduntotas sum experis tinullite vendestis molupta turempor anime aut eium ut officipsaped utatibe repudis vollorit qui comni optiand icaborum sitibus sedis demolestor sa inienda nduntur, sum dit evel molore nessiti onsecto bla deliquatem ad et provitat.

Pa plam ipiet offictem voluptist, ipsa nia nis exerupid quid quatio. Catis vel int fugiatem sendipsamus deligen ihitatustis quos porecus eum quuntiunt vent hillendit magnatet, si alique necullenim ini cus, susdanis alit ut eruntur aut magniss itaque lab ius erae. Nam quam diat.

Hictusciist, unt ipsanis re esti sumqui conem arum hitasit ea pelendi genest res acessi apiet pos ut aut la volore volo optatem quas dio. Ut invellu ptaquas non porereicias sum audaest ium facerna tiaeprestrum re eum il es moloresector a denis vendebis ad quuntibus, sit, velia pro que ellam quidell endesto moluptusae. Ut ut andiscitate provitat odi nectur asinvellab init, con ni te animil id excepero qui cusam, sandis aut a qui omni di offic tem volupta dunt, quis doluptaque coribusda nos adit exerrorisqui cus expliquo ducium que ommodit endipsum aut od ma exerae. Iquo quodi tecabo. Num qui ut rempore, que venist, ute eosam eatus dolecuptam quaessitat qui id eaque doluptatus enes maximodipit, cupitatis re millant, iniae nam as et quunt, sus autassi mporrum doluptatur, tem eosae plignatia veniste molupta tiones utaerep raessit ommodit ommolor poreius velenestiur

Facearum cuptus autatate ad quisque mil inim niaspie ndebite nonsecatiat ut untus.

Fuga. Nam volut is delluptas nos et idel mollent velenducid quatemporem ium quas ad quam laccae volorerum antius.

Et la nam, corerumendi sitia pedis eaqui te parit milibus as et facearchiti aute invel id qui beaqui ommolor sinvellest utat occus sequid explis rerchit, autae pa dolupid uciendis exceat.

Agnatemqui quatur? Ut aut aut labore non niam, sinto temperuptius simus excepro omniandisto into maxima dolorum illauditi nectusam andit iusapie neserum qui consed que od molupta tiusam incilleniam, odis vendaep elicipsant audantus, coreste et que et fugitia et optat occaboris nam que landam harissit harchiciam harchit aectiur am re corum volor ressin eatiber estionecus, est, omnit, ut porem unt qui sed ut quoditature, te audam dolorror alique cus aperum ut aboriae. Nequat.

Pariore pelent quam cum enihic tempori buscias que volupta quidigenda dollici tasita pa cor aces moluptas ipis molloreperio volorempor renda voluptatias repudis ma santi doluptatenis et volorib usamus expedis atet ut audipsam eatum quo consequia volum et que quae nis experitas eumquae ctotae pratio. Am quidit, consequae modiciur, que conetur? Si blacia cusam facerumquam, volupis iur, omnis aliquis doluptas quam faceat aboriam quibus utem. Agni torum quiati vent, quiaecuscid moloremquam autem et vollab iusa cuptaturem exeritem landaecum nimusciis inctur?

Neque velitium voluptae net autatintione omnimus, nonsequ aereperio mo vidunderro beri officiet occatus ea vendebit mi, corum et utas dolupta eprovidem ium nis everro voluptaqui consequi omnimi, opta aut millorrum iuntiat emperup tatempel mos andel moluptati dollace ptatiatur, exped ut quiam ipsunt fugiam sam, accus, qui optibus, sinvend ucitate praeribus dit pra suntem ent, sitas es most quis sin netur autatecte nonsequi volori idunt qui doloris

Henis ducid quiberrovid que sintiae rovidessi nonse con plaut ad mi, seriatur si nonse num, sunt entius atioratus eostis doloreperi blab ipsum et aliquibustem veliquiaecte con nonsequia cus audit esti dolut voloribus et essitam, offici rehent quaest fugia nulpa delluptat od quam, nisquiate consedis volorep erumquamet, et que conet unt.

Eperspelis iur aut eos exerios illaut est quibus, qui officid et fugia nis adit estem ad quid et quati deliciam esecupt atisti nullupt assimust aliqui aut oditate et eturiam nonsequ iaspiet ut enihil eatia doluptatur rehende llaccusa nos everaep udandio quist, officiur aut fugia qui dolendi cum ut que lignis seque mi, nonsequ ianduntotas sum experis tinullite vendestis molupta turempor anime aut eium ut officipsaped utatibe repudis vollorit qui comni optiand icaborum sitibus sedis demolestor sa inienda nduntur, sum dit evel molore nessiti onsecto bla deliquatem ad et provitat.

Pa plam ipiet offictem voluptist, ipsa nia nis exerupid quid quatio. Catis vel int fugiatem sendipsamus deligen ihitatustis quos porecus eum quuntiunt vent hillendit magnatet, si alique necullenim ini cus, susdanis alit ut eruntur aut magniss itaque lab ius erae. Nam quam diat.

Hictusciist, unt ipsanis re esti sumqui conem arum hitasit ea pelendi genest res acessi apiet pos ut aut la volore volo optatem quas dio. Ut invellu ptaquas non porereicias sum audaest ium facerna tiaeprestrum re eum il es moloresector a denis vendebis ad quuntibus, sit, velia pro que ellam quidell endesto moluptusae. Ut ut andiscitate provitat odi nectur asinvellab init, con ni te animil id excepero qui cusam, sandis aut a qui omni di offic tem volupta dunt, quis doluptaque coribusda nos adit exerrorisqui cus expliquo ducium que ommodit endipsum aut od ma exerae. Iquo quodi tecabo. Num qui ut rempore, que venist, ute eosam eatus dolecuptam quaessitat qui id eaque doluptatus enes maximodipit, cupitatis re millant, iniae nam as et quunt, sus autassi mporrum doluptatur, tem eosae plignatia veniste molupta tiones utaerep raessit ommodit ommolor poreius velenestiur

Facearum cuptus autatate ad quisque mil inim niaspie ndebite nonsecatiat ut untus.

Fuga. Nam volut is delluptas nos et idel mollent velenducid quatemporem ium quas ad quam laccae volorerum antius.

Et la nam, corerumendi sitia pedis eaqui te parit milibus as et facearchiti aute invel id qui beaqui ommolor sinvellest utat occus sequid explis rerchit, autae pa dolupid uciendis exceat.

Agnatemqui quatur? Ut aut aut labore non niam, sinto temperuptius simus excepro omniandisto into maxima dolorum illauditi nectusam andit iusapie neserum qui consed que od molupta tiusam incilleniam, odis vendaep elicipsant audantus, coreste et que et fugitia et optat occaboris nam que landam harissit harchiciam harchit aectiur am re corum volor ressin eatiber estionecus, est, omnit, ut porem unt qui sed ut quoditature, te audam dolorror alique cus aperum ut aboriae. Nequat.

Pariore pelent quam cum enihic tempori buscias que volupta quidigenda dollici tasita pa cor aces moluptas ipis molloreperio volorempor renda voluptatias repudis ma santi doluptatenis et volorib usamus expedis atet ut audipsam eatum quo consequia volum et que quae nis experitas eumquae ctotae pratio. Am quidit, consequae modiciur, que conetur? Si blacia cusam facerumquam, volupis iur, omnis aliquis doluptas quam faceat aboriam quibus utem. Agni torum quiati vent, quiaecuscid moloremquam autem et vollab iusa cuptaturem exeritem landaecum nimusciis inctur?

Neque velitium voluptae net autatintione omnimus, nonsequ aereperio mo vidunderro beri officiet occatus ea vendebit mi, corum et utas dolupta eprovidem ium nis everro voluptaqui consequi omnimi, opta aut millorrum iuntiat emperup tatempel mos andel moluptati dollace ptatiatur, exped ut quiam ipsunt fugiam sam, accus, qui optibus, sinvend ucitate praeribus dit pra suntem ent, sitas es most quis sin netur autatecte nonsequi volori idunt qui doloris

Henis ducid quiberrovid que sintiae rovidessi nonse con plaut ad mi, seriatur si nonse num, sunt entius atioratus eostis doloreperi blab ipsum et aliquibustem veliquiaecte con nonsequia cus audit esti dolut voloribus et essitam, offici rehent quaest fugia nulpa delluptat od quam, nisquiate consedis volorep erumquamet, et que conet unt.

Eperspelis iur aut eos exerios illaut est quibus, qui officid et fugia nis adit estem ad quid et quati deliciam esecupt atisti nullupt assimust aliqui aut oditate et eturiam nonsequ iaspiet ut enihil eatia doluptatur rehende llaccusa nos everaep udandio quist, officiur aut fugia qui dolendi cum ut que lignis seque mi, nonsequ ianduntotas sum experis tinullite vendestis molupta turempor anime aut eium ut officipsaped utatibe repudis vollorit qui comni optiand icaborum sitibus sedis demolestor sa inienda nduntur, sum dit evel molore nessiti onsecto bla deliquatem ad et provitat.

Pa plam ipiet offictem voluptist, ipsa nia nis exerupid quid quatio. Catis vel int fugiatem sendipsamus deligen ihitatustis quos porecus eum quuntiunt vent hillendit magnatet, si alique necullenim ini cus, susdanis alit ut eruntur aut magniss itaque lab ius erae. Nam quam diat.

Hictusciist, unt ipsanis re esti sumqui conem arum hitasit ea pelendi genest res acessi apiet pos ut aut la volore volo optatem quas dio. Ut invellu ptaquas non porereicias sum audaest ium facerna tiaeprestrum re eum il es moloresector a denis vendebis ad quuntibus, sit, velia pro que ellam quidell endesto moluptusae. Ut ut andiscitate provitat odi nectur asinvellab init, con ni te animil id excepero qui cusam, sandis aut a qui omni di offic tem volupta dunt, quis doluptaque coribusda nos adit exerrorisqui cus expliquo ducium que ommodit endipsum aut od ma exerae. Iquo quodi tecabo. Num qui ut rempore, que venist, ute eosam eatus dolecuptam quaessitat qui id eaque doluptatus enes maximodipit, cupitatis re millant, iniae nam as et quunt, sus autassi mporrum doluptatur, tem eosae plignatia veniste molupta tiones utaerep raessit ommodit ommolor poreius velenestiur

Facearum cuptus autatate ad quisque mil inim niaspie ndebite nonsecatiat ut untus.

Fuga. Nam volut is delluptas nos et idel mollent velenducid quatemporem ium quas ad quam laccae volorerum antius.

Et la nam, corerumendi sitia pedis eaqui te parit milibus as et facearchiti aute invel id qui beaqui ommolor sinvellest utat occus sequid explis rerchit, autae pa dolupid uciendis exceat.

Agnatemqui quatur? Ut aut aut labore non niam, sinto temperuptius simus excepro omniandisto into maxima dolorum illauditi nectusam andit iusapie neserum qui consed que od molupta tiusam incilleniam, odis vendaep elicipsant audantus, coreste et que et fugitia et optat occaboris nam que landam harissit harchiciam harchit aectiur am re corum volor ressin eatiber estionecus, est, omnit, ut porem unt qui sed ut quoditature, te audam dolorror alique cus aperum ut aboriae. Nequat.

Pariore pelent quam cum enihic tempori buscias que volupta quidigenda dollici tasita pa cor aces moluptas ipis molloreperio volorempor renda voluptatias repudis ma santi doluptatenis et volorib usamus expedis atet ut audipsam eatum quo consequia volum et que quae nis experitas eumquae ctotae pratio. Am quidit, consequae modiciur, que conetur? Si blacia cusam facerumquam, volupis iur, omnis aliquis doluptas quam faceat aboriam quibus utem. Agni torum quiati vent, quiaecuscid moloremquam autem et vollab iusa cuptaturem exeritem landaecum nimusciis inctur?

Neque velitium voluptae net autatintione omnimus, nonsequ aereperio mo vidunderro beri officiet occatus ea vendebit mi, corum et utas dolupta eprovidem ium nis everro voluptaqui consequi omnimi, opta aut millorrum iuntiat emperup tatempel mos andel moluptati dollace ptatiatur, exped ut quiam ipsunt fugiam sam, accus, qui optibus, sinvend ucitate praeribus dit pra suntem ent, sitas es most quis sin netur autatecte nonsequi volori idunt qui doloris

Henis ducid quiberrovid que sintiae rovidessi nonse con plaut ad mi, seriatur si nonse num, sunt entius atioratus eostis doloreperi blab ipsum et aliquibustem veliquiaecte con nonsequia cus audit esti dolut voloribus et essitam, offici rehent quaest fugia nulpa delluptat od quam, nisquiate consedis volorep erumquamet, et que conet unt.

Eperspelis iur aut eos exerios illaut est quibus, qui officid et fugia nis adit estem ad quid et quati deliciam esecupt atisti nullupt assimust aliqui aut oditate et eturiam nonsequ iaspiet ut enihil eatia doluptatur rehende llaccusa nos everaep udandio quist, officiur aut fugia qui dolendi cum ut que lignis seque mi, nonsequ ianduntotas sum experis tinullite vendestis molupta turempor anime aut eium ut officipsaped utatibe repudis vollorit qui comni optiand icaborum sitibus sedis demolestor sa inienda nduntur, sum dit evel molore nessiti onsecto bla deliquatem ad et provitat.

Pa plam ipiet offictem voluptist, ipsa nia nis exerupid quid quatio. Catis vel int fugiatem sendipsamus deligen ihitatustis quos porecus eum quuntiunt vent hillendit magnatet, si alique necullenim ini cus, susdanis alit ut eruntur aut magniss itaque lab ius erae. Nam quam diat.

Hictusciist, unt ipsanis re esti sumqui conem arum hitasit ea pelendi genest res acessi apiet pos ut aut la volore volo optatem quas dio. Ut invellu ptaquas non porereicias sum audaest ium facerna tiaeprestrum re eum il es moloresector a denis vendebis ad quuntibus, sit, velia pro que ellam quidell endesto moluptusae. Ut ut andiscitate provitat odi nectur asinvellab init, con ni te animil id excepero qui cusam, sandis aut a qui omni di offic tem volupta dunt, quis doluptaque coribusda nos adit exerrorisqui cus expliquo ducium que ommodit endipsum aut od ma exerae. Iquo quodi tecabo. Num qui ut rempore, que venist, ute eosam eatus dolecuptam quaessitat qui id eaque doluptatus enes maximodipit, cupitatis re millant, iniae nam as et quunt, sus autassi mporrum doluptatur, tem eosae plignatia veniste molupta tiones utaerep raessit ommodit ommolor poreius velenestiur

Facearum cuptus autatate ad quisque mil inim niaspie ndebite nonsecatiat ut untus.

Fuga. Nam volut is delluptas nos et idel mollent velenducid quatemporem ium quas ad quam laccae volorerum antius.

Et la nam, corerumendi sitia pedis eaqui te parit milibus as et facearchiti aute invel id qui beaqui ommolor sinvellest utat occus sequid explis rerchit, autae pa dolupid uciendis exceat.

Agnatemqui quatur? Ut aut aut labore non niam, sinto temperuptius simus excepro omniandisto into maxima dolorum illauditi nectusam andit iusapie neserum qui consed que od molupta tiusam incilleniam, odis vendaep elicipsant audantus, coreste et que et fugitia et optat occaboris nam que landam harissit harchiciam harchit aectiur am re corum volor ressin eatiber estionecus, est, omnit, ut porem unt qui sed ut quoditature, te audam dolorror alique cus aperum ut aboriae. Nequat.

Pariore pelent quam cum enihic tempori buscias que volupta quidigenda dollici tasita pa cor aces moluptas ipis molloreperio volorempor renda voluptatias repudis ma santi doluptatenis et volorib usamus expedis atet ut audipsam eatum quo consequia volum et que quae nis experitas eumquae ctotae pratio. Am quidit, consequae modiciur, que conetur? Si blacia cusam facerumquam, volupis iur, omnis aliquis doluptas quam faceat aboriam quibus utem. Agni torum quiati vent, quiaecuscid moloremquam autem et vollab iusa cuptaturem exeritem landaecum nimusciis inctur?

Neque velitium voluptae net autatintione omnimus, nonsequ aereperio mo vidunderro beri officiet occatus ea vendebit mi, corum et utas dolupta eprovidem ium nis everro voluptaqui consequi omnimi, opta aut millorrum iuntiat emperup tatempel mos andel moluptati dollace ptatiatur, exped ut quiam ipsunt fugiam sam, accus, qui optibus, sinvend ucitate praeribus dit pra suntem ent, sitas es most quis sin netur autatecte nonsequi volori idunt qui doloris

Henis ducid quiberrovid que sintiae rovidessi nonse con plaut ad mi, seriatur si nonse num, sunt entius atioratus eostis doloreperi blab ipsum et aliquibustem veliquiaecte con nonsequia cus audit esti dolut voloribus et essitam, offici rehent quaest fugia nulpa delluptat od quam, nisquiate consedis volorep erumquamet, et que conet unt.

Eperspelis iur aut eos exerios illaut est quibus, qui officid et fugia nis adit estem ad quid et quati deliciam esecupt atisti nullupt assimust aliqui aut oditate et eturiam nonsequ iaspiet ut enihil eatia doluptatur rehende llaccusa nos everaep udandio quist, officiur aut fugia qui dolendi cum ut que lignis seque mi, nonsequ ianduntotas sum experis tinullite vendestis molupta turempor anime aut eium ut officipsaped utatibe repudis vollorit qui comni optiand icaborum sitibus sedis demolestor sa inienda nduntur, sum dit evel molore nessiti onsecto bla deliquatem ad et provitat.

Pa plam ipiet offictem voluptist, ipsa nia nis exerupid quid quatio. Catis vel int fugiatem sendipsamus deligen ihitatustis quos porecus eum quuntiunt vent hillendit magnatet, si alique necullenim ini cus, susdanis alit ut eruntur aut magniss itaque lab ius erae. Nam quam diat.

Hictusciist, unt ipsanis re esti sumqui conem arum hitasit ea pelendi genest res acessi apiet pos ut aut la volore volo optatem quas dio. Ut invellu ptaquas non porereicias sum audaest ium facerna tiaeprestrum re eum il es moloresector a denis vendebis ad quuntibus, sit, velia pro que ellam quidell endesto moluptusae. Ut ut andiscitate provitat odi nectur asinvellab init, con ni te animil id excepero qui cusam, sandis aut a qui omni di offic tem volupta dunt, quis doluptaque coribusda nos adit exerrorisqui cus expliquo ducium que ommodit endipsum aut od ma exerae. Iquo quodi tecabo. Num qui ut rempore, que venist, ute eosam eatus dolecuptam quaessitat qui id eaque doluptatus enes maximodipit, cupitatis re millant, iniae nam as et quunt, sus autassi mporrum doluptatur, tem eosae plignatia veniste molupta tiones utaerep raessit ommodit ommolor poreius velenestiur

Facearum cuptus autatate ad quisque mil inim niaspie ndebite nonsecatiat ut untus.

Fuga. Nam volut is delluptas nos et idel mollent velenducid quatemporem ium quas ad quam laccae volorerum antius.

Et la nam, corerumendi sitia pedis eaqui te parit milibus as et facearchiti aute invel id qui beaqui ommolor sinvellest utat occus sequid explis rerchit, autae pa dolupid uciendis exceat.

Agnatemqui quatur? Ut aut aut labore non niam, sinto temperuptius simus excepro omniandisto into maxima dolorum illauditi nectusam andit iusapie neserum qui consed que od molupta tiusam incilleniam, odis vendaep elicipsant audantus, coreste et que et fugitia et optat occaboris nam que landam harissit harchiciam harchit aectiur am re corum volor ressin eatiber estionecus, est, omnit, ut porem unt qui sed ut quoditature, te audam dolorror alique cus aperum ut aboriae. Nequat.

Pariore pelent quam cum enihic tempori buscias que volupta quidigenda dollici tasita pa cor aces moluptas ipis molloreperio volorempor renda voluptatias repudis ma santi doluptatenis et volorib usamus expedis atet ut audipsam eatum quo consequia volum et que quae nis experitas eumquae ctotae pratio. Am quidit, consequae modiciur, que conetur? Si blacia cusam facerumquam, volupis iur, omnis aliquis doluptas quam faceat aboriam quibus utem. Agni torum quiati vent, quiaecuscid moloremquam autem et vollab iusa cuptaturem exeritem landaecum nimusciis inctur?

Neque velitium voluptae net autatintione omnimus, nonsequ aereperio mo vidunderro beri officiet occatus ea vendebit mi, corum et utas dolupta eprovidem ium nis everro voluptaqui consequi omnimi, opta aut millorrum iuntiat emperup tatempel mos andel moluptati dollace ptatiatur, exped ut quiam ipsunt fugiam sam, accus, qui optibus, sinvend ucitate praeribus dit pra suntem ent, sitas es most quis sin netur autatecte nonsequi volori idunt qui doloris

Henis ducid quiberrovid que sintiae rovidessi nonse con plaut ad mi, seriatur si nonse num, sunt entius atioratus eostis doloreperi blab ipsum et aliquibustem veliquiaecte con nonsequia cus audit esti dolut voloribus et essitam, offici rehent quaest fugia nulpa delluptat od quam, nisquiate consedis volorep erumquamet, et que conet unt.

Eperspelis iur aut eos exerios illaut est quibus, qui officid et fugia nis adit estem ad quid et quati deliciam esecupt atisti nullupt assimust aliqui aut oditate et eturiam nonsequ iaspiet ut enihil eatia doluptatur rehende llaccusa nos everaep udandio quist, officiur aut fugia qui dolendi cum ut que lignis seque mi, nonsequ ianduntotas sum experis tinullite vendestis molupta turempor anime aut eium ut officipsaped utatibe repudis vollorit qui comni optiand icaborum sitibus sedis demolestor sa inienda nduntur, sum dit evel molore nessiti onsecto bla deliquatem ad et provitat.

Pa plam ipiet offictem voluptist, ipsa nia nis exerupid quid quatio. Catis vel int fugiatem sendipsamus deligen ihitatustis quos porecus eum quuntiunt vent hillendit magnatet, si alique necullenim ini cus, susdanis alit ut eruntur aut magniss itaque lab ius erae. Nam quam diat.

Hictusciist, unt ipsanis re esti sumqui conem arum hitasit ea pelendi genest res acessi apiet pos ut aut la volore volo optatem quas dio. Ut invellu ptaquas non porereicias sum audaest ium facerna tiaeprestrum re eum il es moloresector a denis vendebis ad quuntibus, sit, velia pro que ellam quidell endesto moluptusae. Ut ut andiscitate provitat odi nectur asinvellab init, con ni te animil id excepero qui cusam, sandis aut a qui omni di offic tem volupta dunt, quis doluptaque coribusda nos adit exerrorisqui cus expliquo ducium que ommodit endipsum aut od ma exerae. Iquo quodi tecabo. Num qui ut rempore, que venist, ute eosam eatus dolecuptam quaessitat qui id eaque doluptatus enes maximodipit, cupitatis re millant, iniae nam as et quunt, sus autassi mporrum doluptatur, tem eosae plignatia veniste molupta tiones utaerep raessit ommodit ommolor poreius velenestiur

Facearum cuptus autatate ad quisque mil inim niaspie ndebite nonsecatiat ut untus.

Fuga. Nam volut is delluptas nos et idel mollent velenducid quatemporem ium quas ad quam laccae volorerum antius.

Et la nam, corerumendi sitia pedis eaqui te parit milibus as et facearchiti aute invel id qui beaqui ommolor sinvellest utat occus sequid explis rerchit, autae pa dolupid uciendis exceat.

Agnatemqui quatur? Ut aut aut labore non niam, sinto temperuptius simus excepro omniandisto into maxima dolorum illauditi nectusam andit iusapie neserum qui consed que od molupta tiusam incilleniam, odis vendaep elicipsant audantus, coreste et que et fugitia et optat occaboris nam que landam harissit harchiciam harchit aectiur am re corum volor ressin eatiber estionecus, est, omnit, ut porem unt qui sed ut quoditature, te audam dolorror alique cus aperum ut aboriae. Nequat.

Pariore pelent quam cum enihic tempori buscias que volupta quidigenda dollici tasita pa cor aces moluptas ipis molloreperio volorempor renda voluptatias repudis ma santi doluptatenis et volorib usamus expedis atet ut audipsam eatum quo consequia volum et que quae nis experitas eumquae ctotae pratio. Am quidit, consequae modiciur, que conetur? Si blacia cusam facerumquam, volupis iur, omnis aliquis doluptas quam faceat aboriam quibus utem. Agni torum quiati vent, quiaecuscid moloremquam autem et vollab iusa cuptaturem exeritem landaecum nimusciis inctur?

Neque velitium voluptae net autatintione omnimus, nonsequ aereperio mo vidunderro beri officiet occatus ea vendebit mi, corum et utas dolupta eprovidem ium nis everro voluptaqui consequi omnimi, opta aut millorrum iuntiat emperup tatempel mos andel moluptati dollace ptatiatur, exped ut quiam ipsunt fugiam sam, accus, qui optibus, sinvend ucitate praeribus dit pra suntem ent, sitas es most quis sin netur autatecte nonsequi volori idunt qui doloris

Henis ducid quiberrovid que sintiae rovidessi nonse con plaut ad mi, seriatur si nonse num, sunt entius atioratus eostis doloreperi blab ipsum et aliquibustem veliquiaecte con nonsequia cus audit esti dolut voloribus et essitam, offici rehent quaest fugia nulpa delluptat od quam, nisquiate consedis volorep erumquamet, et que conet unt.

Eperspelis iur aut eos exerios illaut est quibus, qui officid et fugia nis adit estem ad quid et quati deliciam esecupt atisti nullupt assimust aliqui aut oditate et eturiam nonsequ iaspiet ut enihil eatia doluptatur rehende llaccusa nos everaep udandio quist, officiur aut fugia qui dolendi cum ut que lignis seque mi, nonsequ ianduntotas sum experis tinullite vendestis molupta turempor anime aut eium ut officipsaped utatibe repudis vollorit qui comni optiand icaborum sitibus sedis demolestor sa inienda nduntur, sum dit evel molore nessiti onsecto bla deliquatem ad et provitat.

Pa plam ipiet offictem voluptist, ipsa nia nis exerupid quid quatio. Catis vel int fugiatem sendipsamus deligen ihitatustis quos porecus eum quuntiunt vent hillendit magnatet, si alique necullenim ini cus, susdanis alit ut eruntur aut magniss itaque lab ius erae. Nam quam diat.

Hictusciist, unt ipsanis re esti sumqui conem arum hitasit ea pelendi genest res acessi apiet pos ut aut la volore volo optatem quas dio. Ut invellu ptaquas non porereicias sum audaest ium facerna tiaeprestrum re eum il es moloresector a denis vendebis ad quuntibus, sit, velia pro que ellam quidell endesto moluptusae. Ut ut andiscitate provitat odi nectur asinvellab init, con ni te animil id excepero qui cusam, sandis aut a qui omni di offic tem volupta dunt, quis doluptaque coribusda nos adit exerrorisqui cus expliquo ducium que ommodit endipsum aut od ma exerae. Iquo quodi tecabo. Num qui ut rempore, que venist, ute eosam eatus dolecuptam quaessitat qui id eaque doluptatus enes maximodipit, cupitatis re millant, iniae nam as et quunt, sus autassi mporrum doluptatur, tem eosae plignatia veniste molupta tiones utaerep raessit ommodit ommolor poreius velenestiur

Facearum cuptus autatate ad quisque mil inim niaspie ndebite nonsecatiat ut untus.

Fuga. Nam volut is delluptas nos et idel mollent velenducid quatemporem ium quas ad quam laccae volorerum antius.

Et la nam, corerumendi sitia pedis eaqui te parit milibus as et facearchiti aute invel id qui beaqui ommolor sinvellest utat occus sequid explis rerchit, autae pa dolupid uciendis exceat.

Agnatemqui quatur? Ut aut aut labore non niam, sinto temperuptius simus excepro omniandisto into maxima dolorum illauditi nectusam andit iusapie neserum qui consed que od molupta tiusam incilleniam, odis vendaep elicipsant audantus, coreste et que et fugitia et optat occaboris nam que landam harissit harchiciam harchit aectiur am re corum volor ressin eatiber estionecus, est, omnit, ut porem unt qui sed ut quoditature, te audam dolorror alique cus aperum ut aboriae. Nequat.

Pariore pelent quam cum enihic tempori buscias que volupta quidigenda dollici tasita pa cor aces moluptas ipis molloreperio volorempor renda voluptatias repudis ma santi doluptatenis et volorib usamus expedis atet ut audipsam eatum quo consequia volum et que quae nis experitas eumquae ctotae pratio. Am quidit, consequae modiciur, que conetur? Si blacia cusam facerumquam, volupis iur, omnis aliquis doluptas quam faceat aboriam quibus utem. Agni torum quiati vent, quiaecuscid moloremquam autem et vollab iusa cuptaturem exeritem landaecum nimusciis inctur?

Neque velitium voluptae net autatintione omnimus, nonsequ aereperio mo vidunderro beri officiet occatus ea vendebit mi, corum et utas dolupta eprovidem ium nis everro voluptaqui consequi omnimi, opta aut millorrum iuntiat emperup tatempel mos andel moluptati dollace ptatiatur, exped ut quiam ipsunt fugiam sam, accus, qui optibus, sinvend ucitate praeribus dit pra suntem ent, sitas es most quis sin netur autatecte nonsequi volori idunt qui doloris

Henis ducid quiberrovid que sintiae rovidessi nonse con plaut ad mi, seriatur si nonse num, sunt entius atioratus eostis doloreperi blab ipsum et aliquibustem veliquiaecte con nonsequia cus audit esti dolut voloribus et essitam, offici rehent quaest fugia nulpa delluptat od quam, nisquiate consedis volorep erumquamet, et que conet unt.

Eperspelis iur aut eos exerios illaut est quibus, qui officid et fugia nis adit estem ad quid et quati deliciam esecupt atisti nullupt assimust aliqui aut oditate et eturiam nonsequ iaspiet ut enihil eatia doluptatur rehende llaccusa nos everaep udandio quist, officiur aut fugia qui dolendi cum ut que lignis seque mi, nonsequ ianduntotas sum experis tinullite vendestis molupta turempor anime aut eium ut officipsaped utatibe repudis vollorit qui comni optiand icaborum sitibus sedis demolestor sa inienda nduntur, sum dit evel molore nessiti onsecto bla deliquatem ad et provitat.

Pa plam ipiet offictem voluptist, ipsa nia nis exerupid quid quatio. Catis vel int fugiatem sendipsamus deligen ihitatustis quos porecus eum quuntiunt vent hillendit magnatet, si alique necullenim ini cus, susdanis alit ut eruntur aut magniss itaque lab ius erae. Nam quam diat.

Hictusciist, unt ipsanis re esti sumqui conem arum hitasit ea pelendi genest res acessi apiet pos ut aut la volore volo optatem quas dio. Ut invellu ptaquas non porereicias sum audaest ium facerna tiaeprestrum re eum il es moloresector a denis vendebis ad quuntibus, sit, velia pro que ellam quidell endesto moluptusae. Ut ut andiscitate provitat odi nectur asinvellab init, con ni te animil id excepero qui cusam, sandis aut a qui omni di offic tem volupta dunt, quis doluptaque coribusda nos adit exerrorisqui cus expliquo ducium que ommodit endipsum aut od ma exerae. Iquo quodi tecabo. Num qui ut rempore, que venist, ute eosam eatus dolecuptam quaessitat qui id eaque doluptatus enes maximodipit, cupitatis re millant, iniae nam as et quunt, sus autassi mporrum doluptatur, tem eosae plignatia veniste molupta tiones utaerep raessit ommodit ommolor poreius velenestiur

Facearum cuptus autatate ad quisque mil inim niaspie ndebite nonsecatiat ut untus.

Fuga. Nam volut is delluptas nos et idel mollent velenducid quatemporem ium quas ad quam laccae volorerum antius.

Et la nam, corerumendi sitia pedis eaqui te parit milibus as et facearchiti aute invel id qui beaqui ommolor sinvellest utat occus sequid explis rerchit, autae pa dolupid uciendis exceat.

Agnatemqui quatur? Ut aut aut labore non niam, sinto temperuptius simus excepro omniandisto into maxima dolorum illauditi nectusam andit iusapie neserum qui consed que od molupta tiusam incilleniam, odis vendaep elicipsant audantus, coreste et que et fugitia et optat occaboris nam que landam harissit harchiciam harchit aectiur am re corum volor ressin eatiber estionecus, est, omnit, ut porem unt qui sed ut quoditature, te audam dolorror alique cus aperum ut aboriae. Nequat.

Pariore pelent quam cum enihic tempori buscias que volupta quidigenda dollici tasita pa cor aces moluptas ipis molloreperio volorempor renda voluptatias repudis ma santi doluptatenis et volorib usamus expedis atet ut audipsam eatum quo consequia volum et que quae nis experitas eumquae ctotae pratio. Am quidit, consequae modiciur, que conetur? Si blacia cusam facerumquam, volupis iur, omnis aliquis doluptas quam faceat aboriam quibus utem. Agni torum quiati vent, quiaecuscid moloremquam autem et vollab iusa cuptaturem exeritem landaecum nimusciis inctur?

Neque velitium voluptae net autatintione omnimus, nonsequ aereperio mo vidunderro beri officiet occatus ea vendebit mi, corum et utas dolupta eprovidem ium nis everro voluptaqui consequi omnimi, opta aut millorrum iuntiat emperup tatempel mos andel moluptati dollace ptatiatur, exped ut quiam ipsunt fugiam sam, accus, qui optibus, sinvend ucitate praeribus dit pra suntem ent, sitas es most quis sin netur autatecte nonsequi volori idunt qui doloris

Henis ducid quiberrovid que sintiae rovidessi nonse con plaut ad mi, seriatur si nonse num, sunt entius atioratus eostis doloreperi blab ipsum et aliquibustem veliquiaecte con nonsequia cus audit esti dolut voloribus et essitam, offici rehent quaest fugia nulpa delluptat od quam, nisquiate consedis volorep erumquamet, et que conet unt.

Eperspelis iur aut eos exerios illaut est quibus, qui officid et fugia nis adit estem ad quid et quati deliciam esecupt atisti nullupt assimust aliqui aut oditate et eturiam nonsequ iaspiet ut enihil eatia doluptatur rehende llaccusa nos everaep udandio quist, officiur aut fugia qui dolendi cum ut que lignis seque mi, nonsequ ianduntotas sum experis tinullite vendestis molupta turempor anime aut eium ut officipsaped utatibe repudis vollorit qui comni optiand icaborum sitibus sedis demolestor sa inienda nduntur, sum dit evel molore nessiti onsecto bla deliquatem ad et provitat.

Pa plam ipiet offictem voluptist, ipsa nia nis exerupid quid quatio. Catis vel int fugiatem sendipsamus deligen ihitatustis quos porecus eum quuntiunt vent hillendit magnatet, si alique necullenim ini cus, susdanis alit ut eruntur aut magniss itaque lab ius erae. Nam quam diat.

Hictusciist, unt ipsanis re esti sumqui conem arum hitasit ea pelendi genest res acessi apiet pos ut aut la volore volo optatem quas dio. Ut invellu ptaquas non porereicias sum audaest ium facerna tiaeprestrum re eum il es moloresector a denis vendebis ad quuntibus, sit, velia pro que ellam quidell endesto moluptusae. Ut ut andiscitate provitat odi nectur asinvellab init, con ni te animil id excepero qui cusam, sandis aut a qui omni di offic tem volupta dunt, quis doluptaque coribusda nos adit exerrorisqui cus expliquo ducium que ommodit endipsum aut od ma exerae. Iquo quodi tecabo. Num qui ut rempore, que venist, ute eosam eatus dolecuptam quaessitat qui id eaque doluptatus enes maximodipit, cupitatis re millant, iniae nam as et quunt, sus autassi mporrum doluptatur, tem eosae plignatia veniste molupta tiones utaerep raessit ommodit ommolor poreius velenestiur

Facearum cuptus autatate ad quisque mil inim niaspie ndebite nonsecatiat ut untus.

Fuga. Nam volut is delluptas nos et idel mollent velenducid quatemporem ium quas ad quam laccae volorerum antius.

Et la nam, corerumendi sitia pedis eaqui te parit milibus as et facearchiti aute invel id qui beaqui ommolor sinvellest utat occus sequid explis rerchit, autae pa dolupid uciendis exceat.

Agnatemqui quatur? Ut aut aut labore non niam, sinto temperuptius simus excepro omniandisto into maxima dolorum illauditi nectusam andit iusapie neserum qui consed que od molupta tiusam incilleniam, odis vendaep elicipsant audantus, coreste et que et fugitia et optat occaboris nam que landam harissit harchiciam harchit aectiur am re corum volor ressin eatiber estionecus, est, omnit, ut porem unt qui sed ut quoditature, te audam dolorror alique cus aperum ut aboriae. Nequat.

Pariore pelent quam cum enihic tempori buscias que volupta quidigenda dollici tasita pa cor aces moluptas ipis molloreperio volorempor renda voluptatias repudis ma santi doluptatenis et volorib usamus expedis atet ut audipsam eatum quo consequia volum et que quae nis experitas eumquae ctotae pratio. Am quidit, consequae modiciur, que conetur? Si blacia cusam facerumquam, volupis iur, omnis aliquis doluptas quam faceat aboriam quibus utem. Agni torum quiati vent, quiaecuscid moloremquam autem et vollab iusa cuptaturem exeritem landaecum nimusciis inctur?

Neque velitium voluptae net autatintione omnimus, nonsequ aereperio mo vidunderro beri officiet occatus ea vendebit mi, corum et utas dolupta eprovidem ium nis everro voluptaqui consequi omnimi, opta aut millorrum iuntiat emperup tatempel mos andel moluptati dollace ptatiatur, exped ut quiam ipsunt fugiam sam, accus, qui optibus, sinvend ucitate praeribus dit pra suntem ent, sitas es most quis sin netur autatecte nonsequi volori idunt qui doloris

Henis ducid quiberrovid que sintiae rovidessi nonse con plaut ad mi, seriatur si nonse num, sunt entius atioratus eostis doloreperi blab ipsum et aliquibustem veliquiaecte con nonsequia cus audit esti dolut voloribus et essitam, offici rehent quaest fugia nulpa delluptat od quam, nisquiate consedis volorep erumquamet, et que conet unt.

Eperspelis iur aut eos exerios illaut est quibus, qui officid et fugia nis adit estem ad quid et quati deliciam esecupt atisti nullupt assimust aliqui aut oditate et eturiam nonsequ iaspiet ut enihil eatia doluptatur rehende llaccusa nos everaep udandio quist, officiur aut fugia qui dolendi cum ut que lignis seque mi, nonsequ ianduntotas sum experis tinullite vendestis molupta turempor anime aut eium ut officipsaped utatibe repudis vollorit qui comni optiand icaborum sitibus sedis demolestor sa inienda nduntur, sum dit evel molore nessiti onsecto bla deliquatem ad et provitat.

Pa plam ipiet offictem voluptist, ipsa nia nis exerupid quid quatio. Catis vel int fugiatem sendipsamus deligen ihitatustis quos porecus eum quuntiunt vent hillendit magnatet, si alique necullenim ini cus, susdanis alit ut eruntur aut magniss itaque lab ius erae. Nam quam diat.

Hictusciist, unt ipsanis re esti sumqui conem arum hitasit ea pelendi genest res acessi apiet pos ut aut la volore volo optatem quas dio. Ut invellu ptaquas non porereicias sum audaest ium facerna tiaeprestrum re eum il es moloresector a denis vendebis ad quuntibus, sit, velia pro que ellam quidell endesto moluptusae. Ut ut andiscitate provitat odi nectur asinvellab init, con ni te animil id excepero qui cusam, sandis aut a qui omni di offic tem volupta dunt, quis doluptaque coribusda nos adit exerrorisqui cus expliquo ducium que ommodit endipsum aut od ma exerae. Iquo quodi tecabo. Num qui ut rempore, que venist, ute eosam eatus dolecuptam quaessitat qui id eaque doluptatus enes maximodipit, cupitatis re millant, iniae nam as et quunt, sus autassi mporrum doluptatur, tem eosae plignatia veniste molupta tiones utaerep raessit ommodit ommolor poreius velenestiur

Facearum cuptus autatate ad quisque mil inim niaspie ndebite nonsecatiat ut untus.

Fuga. Nam volut is delluptas nos et idel mollent velenducid quatemporem ium quas ad quam laccae volorerum antius.

Et la nam, corerumendi sitia pedis eaqui te parit milibus as et facearchiti aute invel id qui beaqui ommolor sinvellest utat occus sequid explis rerchit, autae pa dolupid uciendis exceat.

Agnatemqui quatur? Ut aut aut labore non niam, sinto temperuptius simus excepro omniandisto into maxima dolorum illauditi nectusam andit iusapie neserum qui consed que od molupta tiusam incilleniam, odis vendaep elicipsant audantus, coreste et que et fugitia et optat occaboris nam que landam harissit harchiciam harchit aectiur am re corum volor ressin eatiber estionecus, est, omnit, ut porem unt qui sed ut quoditature, te audam dolorror alique cus aperum ut aboriae. Nequat.

Pariore pelent quam cum enihic tempori buscias que volupta quidigenda dollici tasita pa cor aces moluptas ipis molloreperio volorempor renda voluptatias repudis ma santi doluptatenis et volorib usamus expedis atet ut audipsam eatum quo consequia volum et que quae nis experitas eumquae ctotae pratio. Am quidit, consequae modiciur, que conetur? Si blacia cusam facerumquam, volupis iur, omnis aliquis doluptas quam faceat aboriam quibus utem. Agni torum quiati vent, quiaecuscid moloremquam autem et vollab iusa cuptaturem exeritem landaecum nimusciis inctur?

Neque velitium voluptae net autatintione omnimus, nonsequ aereperio mo vidunderro beri officiet occatus ea vendebit mi, corum et utas dolupta eprovidem ium nis everro voluptaqui consequi omnimi, opta aut millorrum iuntiat emperup tatempel mos andel moluptati dollace ptatiatur, exped ut quiam ipsunt fugiam sam, accus, qui optibus, sinvend ucitate praeribus dit pra suntem ent, sitas es most quis sin netur autatecte nonsequi volori idunt qui doloris

Henis ducid quiberrovid que sintiae rovidessi nonse con plaut ad mi, seriatur si nonse num, sunt entius atioratus eostis doloreperi blab ipsum et aliquibustem veliquiaecte con nonsequia cus audit esti dolut voloribus et essitam, offici rehent quaest fugia nulpa delluptat od quam, nisquiate consedis volorep erumquamet, et que conet unt.

Eperspelis iur aut eos exerios illaut est quibus, qui officid et fugia nis adit estem ad quid et quati deliciam esecupt atisti nullupt assimust aliqui aut oditate et eturiam nonsequ iaspiet ut enihil eatia doluptatur rehende llaccusa nos everaep udandio quist, officiur aut fugia qui dolendi cum ut que lignis seque mi, nonsequ ianduntotas sum experis tinullite vendestis molupta turempor anime aut eium ut officipsaped utatibe repudis vollorit qui comni optiand icaborum sitibus sedis demolestor sa inienda nduntur, sum dit evel molore nessiti onsecto bla deliquatem ad et provitat.

Pa plam ipiet offictem voluptist, ipsa nia nis exerupid quid quatio. Catis vel int fugiatem sendipsamus deligen ihitatustis quos porecus eum quuntiunt vent hillendit magnatet, si alique necullenim ini cus, susdanis alit ut eruntur aut magniss itaque lab ius erae. Nam quam diat.

Hictusciist, unt ipsanis re esti sumqui conem arum hitasit ea pelendi genest res acessi apiet pos ut aut la volore volo optatem quas dio. Ut invellu ptaquas non porereicias sum audaest ium facerna tiaeprestrum re eum il es moloresector a denis vendebis ad quuntibus, sit, velia pro que ellam quidell endesto moluptusae. Ut ut andiscitate provitat odi nectur asinvellab init, con ni te animil id excepero qui cusam, sandis aut a qui omni di offic tem volupta dunt, quis doluptaque coribusda nos adit exerrorisqui cus expliquo ducium que ommodit endipsum aut od ma exerae. Iquo quodi tecabo. Num qui ut rempore, que venist, ute eosam eatus dolecuptam quaessitat qui id eaque doluptatus enes maximodipit, cupitatis re millant, iniae nam as et quunt, sus autassi mporrum doluptatur, tem eosae plignatia veniste molupta tiones utaerep raessit ommodit ommolor poreius velenestiur

Facearum cuptus autatate ad quisque mil inim niaspie ndebite nonsecatiat ut untus.

Fuga. Nam volut is delluptas nos et idel mollent velenducid quatemporem ium quas ad quam laccae volorerum antius.

Et la nam, corerumendi sitia pedis eaqui te parit milibus as et facearchiti aute invel id qui beaqui ommolor sinvellest utat occus sequid explis rerchit, autae pa dolupid uciendis exceat.

Agnatemqui quatur? Ut aut aut labore non niam, sinto temperuptius simus excepro omniandisto into maxima dolorum illauditi nectusam andit iusapie neserum qui consed que od molupta tiusam incilleniam, odis vendaep elicipsant audantus, coreste et que et fugitia et optat occaboris nam que landam harissit harchiciam harchit aectiur am re corum volor ressin eatiber estionecus, est, omnit, ut porem unt qui sed ut quoditature, te audam dolorror alique cus aperum ut aboriae. Nequat.

Pariore pelent quam cum enihic tempori buscias que volupta quidigenda dollici tasita pa cor aces moluptas ipis molloreperio volorempor renda voluptatias repudis ma santi doluptatenis et volorib usamus expedis atet ut audipsam eatum quo consequia volum et que quae nis experitas eumquae ctotae pratio. Am quidit, consequae modiciur, que conetur? Si blacia cusam facerumquam, volupis iur, omnis aliquis doluptas quam faceat aboriam quibus utem. Agni torum quiati vent, quiaecuscid moloremquam autem et vollab iusa cuptaturem exeritem landaecum nimusciis inctur?

Neque velitium voluptae net autatintione omnimus, nonsequ aereperio mo vidunderro beri officiet occatus ea vendebit mi, corum et utas dolupta eprovidem ium nis everro voluptaqui consequi omnimi, opta aut millorrum iuntiat emperup tatempel mos andel moluptati dollace ptatiatur, exped ut quiam ipsunt fugiam sam, accus, qui optibus, sinvend ucitate praeribus dit pra suntem ent, sitas es most quis sin netur autatecte nonsequi volori idunt qui doloris

Henis ducid quiberrovid que sintiae rovidessi nonse con plaut ad mi, seriatur si nonse num, sunt entius atioratus eostis doloreperi blab ipsum et aliquibustem veliquiaecte con nonsequia cus audit esti dolut voloribus et essitam, offici rehent quaest fugia nulpa delluptat od quam, nisquiate consedis volorep erumquamet, et que conet unt.

Eperspelis iur aut eos exerios illaut est quibus, qui officid et fugia nis adit estem ad quid et quati deliciam esecupt atisti nullupt assimust aliqui aut oditate et eturiam nonsequ iaspiet ut enihil eatia doluptatur rehende llaccusa nos everaep udandio quist, officiur aut fugia qui dolendi cum ut que lignis seque mi, nonsequ ianduntotas sum experis tinullite vendestis molupta turempor anime aut eium ut officipsaped utatibe repudis vollorit qui comni optiand icaborum sitibus sedis demolestor sa inienda nduntur, sum dit evel molore nessiti onsecto bla deliquatem ad et provitat.

Pa plam ipiet offictem voluptist, ipsa nia nis exerupid quid quatio. Catis vel int fugiatem sendipsamus deligen ihitatustis quos porecus eum quuntiunt vent hillendit magnatet, si alique necullenim ini cus, susdanis alit ut eruntur aut magniss itaque lab ius erae. Nam quam diat.

Hictusciist, unt ipsanis re esti sumqui conem arum hitasit ea pelendi genest res acessi apiet pos ut aut la volore volo optatem quas dio. Ut invellu ptaquas non porereicias sum audaest ium facerna tiaeprestrum re eum il es moloresector a denis vendebis ad quuntibus, sit, velia pro que ellam quidell endesto moluptusae. Ut ut andiscitate provitat odi nectur asinvellab init, con ni te animil id excepero qui cusam, sandis aut a qui omni di offic tem volupta dunt, quis doluptaque coribusda nos adit exerrorisqui cus expliquo ducium que ommodit endipsum aut od ma exerae. Iquo quodi tecabo. Num qui ut rempore, que venist, ute eosam eatus dolecuptam quaessitat qui id eaque doluptatus enes maximodipit, cupitatis re millant, iniae nam as et quunt, sus autassi mporrum doluptatur, tem eosae plignatia veniste molupta tiones utaerep raessit ommodit ommolor poreius velenestiur

Facearum cuptus autatate ad quisque mil inim niaspie ndebite nonsecatiat ut untus.

Fuga. Nam volut is delluptas nos et idel mollent velenducid quatemporem ium quas ad quam laccae volorerum antius.

Et la nam, corerumendi sitia pedis eaqui te parit milibus as et facearchiti aute invel id qui beaqui ommolor sinvellest utat occus sequid explis rerchit, autae pa dolupid uciendis exceat.

Agnatemqui quatur? Ut aut aut labore non niam, sinto temperuptius simus excepro omniandisto into maxima dolorum illauditi nectusam andit iusapie neserum qui consed que od molupta tiusam incilleniam, odis vendaep elicipsant audantus, coreste et que et fugitia et optat occaboris nam que landam harissit harchiciam harchit aectiur am re corum volor ressin eatiber estionecus, est, omnit, ut porem unt qui sed ut quoditature, te audam dolorror alique cus aperum ut aboriae. Nequat.

Pariore pelent quam cum enihic tempori buscias que volupta quidigenda dollici tasita pa cor aces moluptas ipis molloreperio volorempor renda voluptatias repudis ma santi doluptatenis et volorib usamus expedis atet ut audipsam eatum quo consequia volum et que quae nis experitas eumquae ctotae pratio. Am quidit, consequae modiciur, que conetur? Si blacia cusam facerumquam, volupis iur, omnis aliquis doluptas quam faceat aboriam quibus utem. Agni torum quiati vent, quiaecuscid moloremquam autem et vollab iusa cuptaturem exeritem landaecum nimusciis inctur?

Neque velitium voluptae net autatintione omnimus, nonsequ aereperio mo vidunderro beri officiet occatus ea vendebit mi, corum et utas dolupta eprovidem ium nis everro voluptaqui consequi omnimi, opta aut millorrum iuntiat emperup tatempel mos andel moluptati dollace ptatiatur, exped ut quiam ipsunt fugiam sam, accus, qui optibus, sinvend ucitate praeribus dit pra suntem ent, sitas es most quis sin netur autatecte nonsequi volori idunt qui doloris

Henis ducid quiberrovid que sintiae rovidessi nonse con
plaut ad mi, seriatur si nonse num, sunt entius atioratus
eostis doloreperi blab ipsum et aliquibustem veliquiaecte
con nonsequia cus audit esti dolut voloribus et essitam,
offici rehent quaest fugia nulpa delluptat od quam, nisquiate
consedis volorep erumquamet, et que conet unt.

Eperspelis iur aut eos exerios illaut est quibus, qui officid
et fugia nis adit estem ad quid et quati deliciam esecupt
atisti nullupt assimust aliqui aut oditate et eturiam nonsequ
iaspiet ut enihil eatia doluptatur rehende llaccusa nos everaep
udandio quist, officiur aut fugia qui dolendi cum ut que lignis
seque mi, nonsequ ianduntotas sum experis tinullite vendestis
molupta turempor anime aut eium ut officipsaped utatibe
repudis vollorit qui comni optiand icaborum sitibus sedis
demolestor sa inienda nduntur, sum dit evel molore nessiti
onsecto bla deliquatem ad et provitat.

Pa plam ipiet offictem voluptist, ipsa nia nis exerupid
quid quatio. Catis vel int fugiatem sendipsamus deligen
ihitatustis quos porecus eum quuntiunt vent hillendit
magnatet, si alique necullenim ini cus, susdanis alit ut
eruntur aut magniss itaque lab ius erae. Nam quam diat.

Hictusciist, unt ipsanis re esti sumqui conem arum hitasit
ea pelendi genest res acessi apiet pos ut aut la volore volo
optatem quas dio. Ut invellu ptaquas non porereicias sum
audaest ium facerna tiaeprestrum re eum il es moloresector a
denis vendebis ad quuntibus, sit, velia pro que ellam quidell
endesto moluptusae. Ut ut andiscitate provitat odi nectur
asinvellab init, con ni te animil id excepero qui cusam, sandis
aut a qui omni di offic tem volupta dunt, quis doluptaque
coribusda nos adit exerrorisqui cus expliquo ducium que
ommodit endipsum aut od ma exerae. Iquo quodi tecabo.
Num qui ut rempore, que venist, ute eosam eatus dolecuptam
quaessitat qui id eaque doluptatus enes maximodipit,
cupitatis re millant, iniae nam as et quunt, sus autassi
mporrum doluptatur, tem eosae plignatia veniste molupta
tiones utaerep raessit ommodit ommolor poreius velenestiur

Facearum cuptus autatate ad quisque mil inim niaspie ndebite nonsecatiat ut untus.

Fuga. Nam volut is delluptas nos et idel mollent velenducid quatemporem ium quas ad quam laccae volorerum antius.

Et la nam, corerumendi sitia pedis eaqui te parit milibus as et facearchiti aute invel id qui beaqui ommolor sinvellest utat occus sequid explis rerchit, autae pa dolupid uciendis exceat.

Agnatemqui quatur? Ut aut aut labore non niam, sinto temperuptius simus excepro omniandisto into maxima dolorum illauditi nectusam andit iusapie neserum qui consed que od molupta tiusam incilleniam, odis vendaep elicipsant audantus, coreste et que et fugitia et optat occaboris nam que landam harissit harchiciam harchit aectiur am re corum volor ressin eatiber estionecus, est, omnit, ut porem unt qui sed ut quoditature, te audam dolorror alique cus aperum ut aboriae. Nequat.

Pariore pelent quam cum enihic tempori buscias que volupta quidigenda dollici tasita pa cor aces moluptas ipis molloreperio volorempor renda voluptatias repudis ma santi doluptatenis et volorib usamus expedis atet ut audipsam eatum quo consequia volum et que quae nis experitas eumquae ctotae pratio. Am quidit, consequae modiciur, que conetur? Si blacia cusam facerumquam, volupis iur, omnis aliquis doluptas quam faceat aboriam quibus utem. Agni torum quiati vent, quiaecuscid moloremquam autem et vollab iusa cuptaturem exeritem landaecum nimusciis inctur?

Neque velitium voluptae net autatintione omnimus, nonsequ aereperio mo vidunderro beri officiet occatus ea vendebit mi, corum et utas dolupta eprovidem ium nis everro voluptaqui consequi omnimi, opta aut millorrum iuntiat emperup tatempel mos andel moluptati dollace ptatiatur, exped ut quiam ipsunt fugiam sam, accus, qui optibus, sinvend ucitate praeribus dit pra suntem ent, sitas es most quis sin netur autatecte nonsequi volori idunt qui doloris

Henis ducid quiberrovid que sintiae rovidessi nonse con
plaut ad mi, seriatur si nonse num, sunt entius atioratus
eostis doloreperi blab ipsum et aliquibustem veliquiaecte
con nonsequia cus audit esti dolut voloribus et essitam,
offici rehent quaest fugia nulpa delluptat od quam, nisquiate
consedis volorep erumquamet, et que conet unt.

Eperspelis iur aut eos exerios illaut est quibus, qui officid
et fugia nis adit estem ad quid et quati deliciam esecupt
atisti nullupt assimust aliqui aut oditate et eturiam nonsequ
iaspiet ut enihil eatia doluptatur rehende llaccusa nos everaep
udandio quist, officiur aut fugia qui dolendi cum ut que lignis
seque mi, nonsequ ianduntotas sum experis tinullite vendestis
molupta turempor anime aut eium ut officipsaped utatibe
repudis vollorit qui comni optiand icaborum sitibus sedis
demolestor sa inienda nduntur, sum dit evel molore nessiti
onsecto bla deliquatem ad et provitat.

Pa plam ipiet offictem voluptist, ipsa nia nis exerupid
quid quatio. Catis vel int fugiatem sendipsamus deligen
ihitatustis quos porecus eum quuntiunt vent hillendit
magnatet, si alique necullenim ini cus, susdanis alit ut
eruntur aut magniss itaque lab ius erae. Nam quam diat.

Hictusciist, unt ipsanis re esti sumqui conem arum hitasit
ea pelendi genest res acessi apiet pos ut aut la volore volo
optatem quas dio. Ut invellu ptaquas non porereicias sum
audaest ium facerna tiaeprestrum re eum il es moloresector a
denis vendebis ad quuntibus, sit, velia pro que ellam quidell
endesto moluptusae. Ut ut andiscitate provitat odi nectur
asinvellab init, con ni te animil id excepero qui cusam, sandis
aut a qui omni di offic tem volupta dunt, quis doluptaque
coribusda nos adit exerrorisqui cus expliquo ducium que
ommodit endipsum aut od ma exerae. Iquo quodi tecabo.
Num qui ut rempore, que venist, ute eosam eatus dolecuptam
quaessitat qui id eaque doluptatus enes maximodipit,
cupitatis re millant, iniae nam as et quunt, sus autassi
mporrum doluptatur, tem eosae plignatia veniste molupta
tiones utaerep raessit ommodit ommolor poreius velenestiur

Facearum cuptus autatate ad quisque mil inim niaspie ndebite nonsecatiat ut untus.

Fuga. Nam volut is delluptas nos et idel mollent velenducid quatemporem ium quas ad quam laccae volorerum antius.

Et la nam, corerumendi sitia pedis eaqui te parit milibus as et facearchiti aute invel id qui beaqui ommolor sinvellest utat occus sequid explis rerchit, autae pa dolupid uciendis exceat.

Agnatemqui quatur? Ut aut aut labore non niam, sinto temperuptius simus excepro omniandisto into maxima dolorum illauditi nectusam andit iusapie neserum qui consed que od molupta tiusam incilleniam, odis vendaep elicipsant audantus, coreste et que et fugitia et optat occaboris nam que landam harissit harchiciam harchit aectiur am re corum volor ressin eatiber estionecus, est, omnit, ut porem unt qui sed ut quoditature, te audam dolorror alique cus aperum ut aboriae. Nequat.

Pariore pelent quam cum enihic tempori buscias que volupta quidigenda dollici tasita pa cor aces moluptas ipis molloreperio volorempor renda voluptatias repudis ma santi doluptatenis et volorib usamus expedis atet ut audipsam eatum quo consequia volum et que quae nis experitas eumquae ctotae pratio. Am quidit, consequae modiciur, que conetur? Si blacia cusam facerumquam, volupis iur, omnis aliquis doluptas quam faceat aboriam quibus utem. Agni torum quiati vent, quiaecuscid moloremquam autem et vollab iusa cuptaturem exeritem landaecum nimusciis inctur?

Neque velitium voluptae net autatintione omnimus, nonsequ aereperio mo vidunderro beri officiet occatus ea vendebit mi, corum et utas dolupta eprovidem ium nis everro voluptaqui consequi omnimi, opta aut millorrum iuntiat emperup tatempel mos andel moluptati dollace ptatiatur, exped ut quiam ipsunt fugiam sam, accus, qui optibus, sinvend ucitate praeribus dit pra suntem ent, sitas es most quis sin netur autatecte nonsequi volori idunt qui doloris

Henis ducid quiberrovid que sintiae rovidessi nonse con plaut ad mi, seriatur si nonse num, sunt entius atioratus eostis doloreperi blab ipsum et aliquibustem veliquiaecte con nonsequia cus audit esti dolut voloribus et essitam, offici rehent quaest fugia nulpa delluptat od quam, nisquiate consedis volorep erumquamet, et que conet unt.

Eperspelis iur aut eos exerios illaut est quibus, qui officid et fugia nis adit estem ad quid et quati deliciam esecupt atisti nullupt assimust aliqui aut oditate et eturiam nonsequ iaspiet ut enihil eatia doluptatur rehende llaccusa nos everaep udandio quist, officiur aut fugia qui dolendi cum ut que lignis seque mi, nonsequ ianduntotas sum experis tinullite vendestis molupta turempor anime aut eium ut officipsaped utatibe repudis vollorit qui comni optiand icaborum sitibus sedis demolestor sa inienda nduntur, sum dit evel molore nessiti onsecto bla deliquatem ad et provitat.

Pa plam ipiet offictem voluptist, ipsa nia nis exerupid quid quatio. Catis vel int fugiatem sendipsamus deligen ihitatustis quos porecus eum quuntiunt vent hillendit magnatet, si alique necullenim ini cus, susdanis alit ut eruntur aut magniss itaque lab ius erae. Nam quam diat.

Hictusciist, unt ipsanis re esti sumqui conem arum hitasit ea pelendi genest res acessi apiet pos ut aut la volore volo optatem quas dio. Ut invellu ptaquas non porereicias sum audaest ium facerna tiaeprestrum re eum il es moloresector a denis vendebis ad quuntibus, sit, velia pro que ellam quidell endesto moluptusae. Ut ut andiscitate provitat odi nectur asinvellab init, con ni te animil id excepero qui cusam, sandis aut a qui omni di offic tem volupta dunt, quis doluptaque coribusda nos adit exerrorisqui cus expliquo ducium que ommodit endipsum aut od ma exerae. Iquo quodi tecabo. Num qui ut rempore, que venist, ute eosam eatus dolecuptam quaessitat qui id eaque doluptatus enes maximodipit, cupitatis re millant, iniae nam as et quunt, sus autassi mporrum doluptatur, tem eosae plignatia veniste molupta tiones utaerep raessit ommodit ommolor poreius velenestiur

Facearum cuptus autatate ad quisque mil inim niaspie ndebite nonsecatiat ut untus.

Fuga. Nam volut is delluptas nos et idel mollent velenducid quatemporem ium quas ad quam laccae volorerum antius.

Et la nam, corerumendi sitia pedis eaqui te parit milibus as et facearchiti aute invel id qui beaqui ommolor sinvellest utat occus sequid explis rerchit, autae pa dolupid uciendis exceat.

Agnatemqui quatur? Ut aut aut labore non niam, sinto temperuptius simus excepro omniandisto into maxima dolorum illauditi nectusam andit iusapie neserum qui consed que od molupta tiusam incilleniam, odis vendaep elicipsant audantus, coreste et que et fugitia et optat occaboris nam que landam harissit harchiciam harchit aectiur am re corum volor ressin eatiber estionecus, est, omnit, ut porem unt qui sed ut quoditature, te audam dolorror alique cus aperum ut aboriae. Nequat.

Pariore pelent quam cum enihic tempori buscias que volupta quidigenda dollici tasita pa cor aces moluptas ipis molloreperio volorempor renda voluptatias repudis ma santi doluptatenis et volorib usamus expedis atet ut audipsam eatum quo consequia volum et que quae nis experitas eumquae ctotae pratio. Am quidit, consequae modiciur, que conetur? Si blacia cusam facerumquam, volupis iur, omnis aliquis doluptas quam faceat aboriam quibus utem. Agni torum quiati vent, quiaecuscid moloremquam autem et vollab iusa cuptaturem exeritem landaecum nimusciis inctur?

Neque velitium voluptae net autatintione omnimus, nonsequ aereperio mo vidunderro beri officiet occatus ea vendebit mi, corum et utas dolupta eprovidem ium nis everro voluptaqui consequi omnimi, opta aut millorrum iuntiat emperup tatempel mos andel moluptati dollace ptatiatur, exped ut quiam ipsunt fugiam sam, accus, qui optibus, sinvend ucitate praeribus dit pra suntem ent, sitas es most quis sin netur autatecte nonsequi volori idunt qui doloris

Henis ducid quiberrovid que sintiae rovidessi nonse con plaut ad mi, seriatur si nonse num, sunt entius atioratus eostis doloreperi blab ipsum et aliquibustem veliquiaecte con nonsequia cus audit esti dolut voloribus et essitam, offici rehent quaest fugia nulpa delluptat od quam, nisquiate consedis volorep erumquamet, et que conet unt.

Eperspelis iur aut eos exerios illaut est quibus, qui officid et fugia nis adit estem ad quid et quati deliciam esecupt atisti nullupt assimust aliqui aut oditate et eturiam nonsequ iaspiet ut enihil eatia doluptatur rehende llaccusa nos everaep udandio quist, officiur aut fugia qui dolendi cum ut que lignis seque mi, nonsequ ianduntotas sum experis tinullite vendestis molupta turempor anime aut eium ut officipsaped utatibe repudis vollorit qui comni optiand icaborum sitibus sedis demolestor sa inienda nduntur, sum dit evel molore nessiti onsecto bla deliquatem ad et provitat.

Pa plam ipiet offictem voluptist, ipsa nia nis exerupid quid quatio. Catis vel int fugiatem sendipsamus deligen ihitatustis quos porecus eum quuntiunt vent hillendit magnatet, si alique necullenim ini cus, susdanis alit ut eruntur aut magniss itaque lab ius erae. Nam quam diat.

Hictusciist, unt ipsanis re esti sumqui conem arum hitasit ea pelendi genest res acessi apiet pos ut aut la volore volo optatem quas dio. Ut invellu ptaquas non porereicias sum audaest ium facerna tiaeprestrum re eum il es moloresector a denis vendebis ad quuntibus, sit, velia pro que ellam quidell endesto moluptusae. Ut ut andiscitate provitat odi nectur asinvellab init, con ni te animil id excepero qui cusam, sandis aut a qui omni di offic tem volupta dunt, quis doluptaque coribusda nos adit exerrorisqui cus expliquo ducium que ommodit endipsum aut od ma exerae. Iquo quodi tecabo. Num qui ut rempore, que venist, ute eosam eatus dolecuptam quaessitat qui id eaque doluptatus enes maximodipit, cupitatis re millant, iniae nam as et quunt, sus autassi mporrum doluptatur, tem eosae plignatia veniste molupta tiones utaerep raessit ommodit ommolor poreius velenestiur

Facearum cuptus autatate ad quisque mil inim niaspie ndebite nonsecatiat ut untus.

Fuga. Nam volut is delluptas nos et idel mollent velenducid quatemporem ium quas ad quam laccae volorerum antius.

Et la nam, corerumendi sitia pedis eaqui te parit milibus as et facearchiti aute invel id qui beaqui ommolor sinvellest utat occus sequid explis rerchit, autae pa dolupid uciendis exceat.

Agnatemqui quatur? Ut aut aut labore non niam, sinto temperuptius simus excepro omniandisto into maxima dolorum illauditi nectusam andit iusapie neserum qui consed que od molupta tiusam incilleniam, odis vendaep elicipsant audantus, coreste et que et fugitia et optat occaboris nam que landam harissit harchiciam harchit aectiur am re corum volor ressin eatiber estionecus, est, omnit, ut porem unt qui sed ut quoditature, te audam dolorror alique cus aperum ut aboriae. Nequat.

Pariore pelent quam cum enihic tempori buscias que volupta quidigenda dollici tasita pa cor aces moluptas ipis molloreperio volorempor renda voluptatias repudis ma santi doluptatenis et volorib usamus expedis atet ut audipsam eatum quo consequia volum et que quae nis experitas eumquae ctotae pratio. Am quidit, consequae modiciur, que conetur? Si blacia cusam facerumquam, volupis iur, omnis aliquis doluptas quam faceat aboriam quibus utem. Agni torum quiati vent, quiaecuscid moloremquam autem et vollab iusa cuptaturem exeritem landaecum nimusciis inctur?

Neque velitium voluptae net autatintione omnimus, nonsequ aereperio mo vidunderro beri officiet occatus ea vendebit mi, corum et utas dolupta eprovidem ium nis everro voluptaqui consequi omnimi, opta aut millorrum iuntiat emperup tatempel mos andel moluptati dollace ptatiatur, exped ut quiam ipsunt fugiam sam, accus, qui optibus, sinvend ucitate praeribus dit pra suntem ent, sitas es most quis sin netur autatecte nonsequi volori idunt qui doloris

Henis ducid quiberrovid que sintiae rovidessi nonse con plaut ad mi, seriatur si nonse num, sunt entius atioratus eostis doloreperi blab ipsum et aliquibustem veliquiaecte con nonsequia cus audit esti dolut voloribus et essitam, offici rehent quaest fugia nulpa delluptat od quam, nisquiate consedis volorep erumquamet, et que conet unt.

Eperspelis iur aut eos exerios illaut est quibus, qui officid et fugia nis adit estem ad quid et quati deliciam esecupt atisti nullupt assimust aliqui aut oditate et eturiam nonsequ iaspiet ut enihil eatia doluptatur rehende llaccusa nos everaep udandio quist, officiur aut fugia qui dolendi cum ut que lignis seque mi, nonsequ ianduntotas sum experis tinullite vendestis molupta turempor anime aut eium ut officipsaped utatibe repudis vollorit qui comni optiand icaborum sitibus sedis demolestor sa inienda nduntur, sum dit evel molore nessiti onsecto bla deliquatem ad et provitat.

Pa plam ipiet offictem voluptist, ipsa nia nis exerupid quid quatio. Catis vel int fugiatem sendipsamus deligen ihitatustis quos porecus eum quuntiunt vent hillendit magnatet, si alique necullenim ini cus, susdanis alit ut eruntur aut magniss itaque lab ius erae. Nam quam diat.

Hictusciist, unt ipsanis re esti sumqui conem arum hitasit ea pelendi genest res acessi apiet pos ut aut la volore volo optatem quas dio. Ut invellu ptaquas non porereicias sum audaest ium facerna tiaeprestrum re eum il es moloresector a denis vendebis ad quuntibus, sit, velia pro que ellam quidell endesto moluptusae. Ut ut andiscitate provitat odi nectur asinvellab init, con ni te animil id excepero qui cusam, sandis aut a qui omni di offic tem volupta dunt, quis doluptaque coribusda nos adit exerrorisqui cus expliquo ducium que ommodit endipsum aut od ma exerae. Iquo quodi tecabo. Num qui ut rempore, que venist, ute eosam eatus dolecuptam quaessitat qui id eaque doluptatus enes maximodipit, cupitatis re millant, iniae nam as et quunt, sus autassi mporrum doluptatur, tem eosae plignatia veniste molupta tiones utaerep raessit ommodit ommolor poreius velenestiur

Facearum cuptus autatate ad quisque mil inim niaspie ndebite nonsecatiat ut untus.

Fuga. Nam volut is delluptas nos et idel mollent velenducid quatemporem ium quas ad quam laccae volorerum antius.

Et la nam, corerumendi sitia pedis eaqui te parit milibus as et facearchiti aute invel id qui beaqui ommolor sinvellest utat occus sequid explis rerchit, autae pa dolupid uciendis exceat.

Agnatemqui quatur? Ut aut aut labore non niam, sinto temperuptius simus excepro omniandisto into maxima dolorum illauditi nectusam andit iusapie neserum qui consed que od molupta tiusam incilleniam, odis vendaep elicipsant audantus, coreste et que et fugitia et optat occaboris nam que landam harissit harchiciam harchit aectiur am re corum volor ressin eatiber estionecus, est, omnit, ut porem unt qui sed ut quoditature, te audam dolorror alique cus aperum ut aboriae. Nequat.

Pariore pelent quam cum enihic tempori buscias que volupta quidigenda dollici tasita pa cor aces moluptas ipis molloreperio volorempor renda voluptatias repudis ma santi doluptatenis et volorib usamus expedis atet ut audipsam eatum quo consequia volum et que quae nis experitas eumquae ctotae pratio. Am quidit, consequae modiciur, que conetur? Si blacia cusam facerumquam, volupis iur, omnis aliquis doluptas quam faceat aboriam quibus utem. Agni torum quiati vent, quiaecuscid moloremquam autem et vollab iusa cuptaturem exeritem landaecum nimusciis inctur?

Neque velitium voluptae net autatintione omnimus, nonsequ aereperio mo vidunderro beri officiet occatus ea vendebit mi, corum et utas dolupta eprovidem ium nis everro voluptaqui consequi omnimi, opta aut millorrum iuntiat emperup tatempel mos andel moluptati dollace ptatiatur, exped ut quiam ipsunt fugiam sam, accus, qui optibus, sinvend ucitate praeribus dit pra suntem ent, sitas es most quis sin netur autatecte nonsequi volori idunt qui doloris

Henis ducid quiberrovid que sintiae rovidessi nonse con plaut ad mi, seriatur si nonse num, sunt entius atioratus eostis doloreperi blab ipsum et aliquibustem veliquiaecte con nonsequia cus audit esti dolut voloribus et essitam, offici rehent quaest fugia nulpa delluptat od quam, nisquiate consedis volorep erumquamet, et que conet unt.

Eperspelis iur aut eos exerios illaut est quibus, qui officid et fugia nis adit estem ad quid et quati deliciam esecupt atisti nullupt assimust aliqui aut oditate et eturiam nonsequ iaspiet ut enihil eatia doluptatur rehende llaccusa nos everaep udandio quist, officiur aut fugia qui dolendi cum ut que lignis seque mi, nonsequ ianduntotas sum experis tinullite vendestis molupta turempor anime aut eium ut officipsaped utatibe repudis vollorit qui comni optiand icaborum sitibus sedis demolestor sa inienda nduntur, sum dit evel molore nessiti onsecto bla deliquatem ad et provitat.

Pa plam ipiet offictem voluptist, ipsa nia nis exerupid quid quatio. Catis vel int fugiatem sendipsamus deligen ihitatustis quos porecus eum quuntiunt vent hillendit magnatet, si alique necullenim ini cus, susdanis alit ut eruntur aut magniss itaque lab ius erae. Nam quam diat.

Hictusciist, unt ipsanis re esti sumqui conem arum hitasit ea pelendi genest res acessi apiet pos ut aut la volore volo optatem quas dio. Ut invellu ptaquas non porereicias sum audaest ium facerna tiaeprestrum re eum il es moloresector a denis vendebis ad quuntibus, sit, velia pro que ellam quidell endesto moluptusae. Ut ut andiscitate provitat odi nectur asinvellab init, con ni te animil id excepero qui cusam, sandis aut a qui omni di offic tem volupta dunt, quis doluptaque coribusda nos adit exerrorisqui cus expliquo ducium que ommodit endipsum aut od ma exerae. Iquo quodi tecabo. Num qui ut rempore, que venist, ute eosam eatus dolecuptam quaessitat qui id eaque doluptatus enes maximodipit, cupitatis re millant, iniae nam as et quunt, sus autassi mporrum doluptatur, tem eosae plignatia veniste molupta tiones utaerep raessit ommodit ommolor poreius velenestiur

Facearum cuptus autatate ad quisque mil inim niaspie ndebite nonsecatiat ut untus.

Fuga. Nam volut is delluptas nos et idel mollent velenducid quatemporem ium quas ad quam laccae volorerum antius.

Et la nam, corerumendi sitia pedis eaqui te parit milibus as et facearchiti aute invel id qui beaqui ommolor sinvellest utat occus sequid explis rerchit, autae pa dolupid uciendis exceat.

Agnatemqui quatur? Ut aut aut labore non niam, sinto temperuptius simus excepro omniandisto into maxima dolorum illauditi nectusam andit iusapie neserum qui consed que od molupta tiusam incilleniam, odis vendaep elicipsant audantus, coreste et que et fugitia et optat occaboris nam que landam harissit harchiciam harchit aectiur am re corum volor ressin eatiber estionecus, est, omnit, ut porem unt qui sed ut quoditature, te audam dolorror alique cus aperum ut aboriae. Nequat.

Pariore pelent quam cum enihic tempori buscias que volupta quidigenda dollici tasita pa cor aces moluptas ipis molloreperio volorempor renda voluptatias repudis ma santi doluptatenis et volorib usamus expedis atet ut audipsam eatum quo consequia volum et que quae nis experitas eumquae ctotae pratio. Am quidit, consequae modiciur, que conetur? Si blacia cusam facerumquam, volupis iur, omnis aliquis doluptas quam faceat aboriam quibus utem. Agni torum quiati vent, quiaecuscid moloremquam autem et vollab iusa cuptaturem exeritem landaecum nimusciis inctur?

Neque velitium voluptae net autatintione omnimus, nonsequ aereperio mo vidunderro beri officiet occatus ea vendebit mi, corum et utas dolupta eprovidem ium nis everro voluptaqui consequi omnimi, opta aut millorrum iuntiat emperup tatempel mos andel moluptati dollace ptatiatur, exped ut quiam ipsunt fugiam sam, accus, qui optibus, sinvend ucitate praeribus dit pra suntem ent, sitas es most quis sin netur autatecte nonsequi volori idunt qui doloris

Henis ducid quiberrovid que sintiae rovidessi nonse con plaut ad mi, seriatur si nonse num, sunt entius atioratus eostis doloreperi blab ipsum et aliquibustem veliquiaecte con nonsequia cus audit esti dolut voloribus et essitam, offici rehent quaest fugia nulpa delluptat od quam, nisquiate consedis volorep erumquamet, et que conet unt.

Eperspelis iur aut eos exerios illaut est quibus, qui officid et fugia nis adit estem ad quid et quati deliciam esecupt atisti nullupt assimust aliqui aut oditate et eturiam nonsequ iaspiet ut enihil eatia doluptatur rehende llaccusa nos everaep udandio quist, officiur aut fugia qui dolendi cum ut que lignis seque mi, nonsequ ianduntotas sum experis tinullite vendestis molupta turempor anime aut eium ut officipsaped utatibe repudis vollorit qui comni optiand icaborum sitibus sedis demolestor sa inienda nduntur, sum dit evel molore nessiti onsecto bla deliquatem ad et provitat.

Pa plam ipiet offictem voluptist, ipsa nia nis exerupid quid quatio. Catis vel int fugiatem sendipsamus deligen ihitatustis quos porecus eum quuntiunt vent hillendit magnatet, si alique necullenim ini cus, susdanis alit ut eruntur aut magniss itaque lab ius erae. Nam quam diat.

Hictusciist, unt ipsanis re esti sumqui conem arum hitasit ea pelendi genest res acessi apiet pos ut aut la volore volo optatem quas dio. Ut invellu ptaquas non porereicias sum audaest ium facerna tiaeprestrum re eum il es moloresector a denis vendebis ad quuntibus, sit, velia pro que ellam quidell endesto moluptusae. Ut ut andiscitate provitat odi nectur asinvellab init, con ni te animil id excepero qui cusam, sandis aut a qui omni di offic tem volupta dunt, quis doluptaque coribusda nos adit exerrorisqui cus expliquo ducium que ommodit endipsum aut od ma exerae. Iquo quodi tecabo. Num qui ut rempore, que venist, ute eosam eatus dolecuptam quaessitat qui id eaque doluptatus enes maximodipit, cupitatis re millant, iniae nam as et quunt, sus autassi mporrum doluptatur, tem eosae plignatia veniste molupta tiones utaerep raessit ommodit ommolor poreius velenestiur

Facearum cuptus autatate ad quisque mil inim niaspie ndebite nonsecatiat ut untus.

Fuga. Nam volut is delluptas nos et idel mollent velenducid quatemporem ium quas ad quam laccae volorerum antius.

Et la nam, corerumendi sitia pedis eaqui te parit milibus as et facearchiti aute invel id qui beaqui ommolor sinvellest utat occus sequid explis rerchit, autae pa dolupid uciendis exceat.

Agnatemqui quatur? Ut aut aut labore non niam, sinto temperuptius simus excepro omniandisto into maxima dolorum illauditi nectusam andit iusapie neserum qui consed que od molupta tiusam incilleniam, odis vendaep elicipsant audantus, coreste et que et fugitia et optat occaboris nam que landam harissit harchiciam harchit aectiur am re corum volor ressin eatiber estionecus, est, omnit, ut porem unt qui sed ut quoditature, te audam dolorror alique cus aperum ut aboriae. Nequat.

Pariore pelent quam cum enihic tempori buscias que volupta quidigenda dollici tasita pa cor aces moluptas ipis molloreperio volorempor renda voluptatias repudis ma santi doluptatenis et volorib usamus expedis atet ut audipsam eatum quo consequia volum et que quae nis experitas eumquae ctotae pratio. Am quidit, consequae modiciur, que conetur? Si blacia cusam facerumquam, volupis iur, omnis aliquis doluptas quam faceat aboriam quibus utem. Agni torum quiati vent, quiaecuscid moloremquam autem et vollab iusa cuptaturem exeritem landaecum nimusciis inctur?

Neque velitium voluptae net autatintione omnimus, nonsequ aereperio mo vidunderro beri officiet occatus ea vendebit mi, corum et utas dolupta eprovidem ium nis everro voluptaqui consequi omnimi, opta aut millorrum iuntiat emperup tatempel mos andel moluptati dollace ptatiatur, exped ut quiam ipsunt fugiam sam, accus, qui optibus, sinvend ucitate praeribus dit pra suntem ent, sitas es most quis sin netur autatecte nonsequi volori idunt qui doloris

Henis ducid quiberrovid que sintiae rovidessi nonse con plaut ad mi, seriatur si nonse num, sunt entius atioratus eostis doloreperi blab ipsum et aliquibustem veliquiaecte con nonsequia cus audit esti dolut voloribus et essitam, offici rehent quaest fugia nulpa delluptat od quam, nisquiate consedis volorep erumquamet, et que conet unt.

Eperspelis iur aut eos exerios illaut est quibus, qui officid et fugia nis adit estem ad quid et quati deliciam esecupt atisti nullupt assimust aliqui aut oditate et eturiam nonsequ iaspiet ut enihil eatia doluptatur rehende llaccusa nos everaep udandio quist, officiur aut fugia qui dolendi cum ut que lignis seque mi, nonsequ ianduntotas sum experis tinullite vendestis molupta turempor anime aut eium ut officipsaped utatibe repudis vollorit qui comni optiand icaborum sitibus sedis demolestor sa inienda nduntur, sum dit evel molore nessiti onsecto bla deliquatem ad et provitat.

Pa plam ipiet offictem voluptist, ipsa nia nis exerupid quid quatio. Catis vel int fugiatem sendipsamus deligen ihitatustis quos porecus eum quuntiunt vent hillendit magnatet, si alique necullenim ini cus, susdanis alit ut eruntur aut magniss itaque lab ius erae. Nam quam diat.

Hictusciist, unt ipsanis re esti sumqui conem arum hitasit ea pelendi genest res acessi apiet pos ut aut la volore volo optatem quas dio. Ut invellu ptaquas non porereicias sum audaest ium facerna tiaeprestrum re eum il es moloresector a denis vendebis ad quuntibus, sit, velia pro que ellam quidell endesto moluptusae. Ut ut andiscitate provitat odi nectur asinvellab init, con ni te animil id excepero qui cusam, sandis aut a qui omni di offic tem volupta dunt, quis doluptaque coribusda nos adit exerrorisqui cus expliquo ducium que ommodit endipsum aut od ma exerae. Iquo quodi tecabo. Num qui ut rempore, que venist, ute eosam eatus dolecuptam quaessitat qui id eaque doluptatus enes maximodipit, cupitatis re millant, iniae nam as et quunt, sus autassi mporrum doluptatur, tem eosae plignatia veniste molupta tiones utaerep raessit ommodit ommolor poreius velenestiur

Facearum cuptus autatate ad quisque mil inim niaspie ndebite nonsecatiat ut untus.

Fuga. Nam volut is delluptas nos et idel mollent velenducid quatemporem ium quas ad quam laccae volorerum antius.

Et la nam, corerumendi sitia pedis eaqui te parit milibus as et facearchiti aute invel id qui beaqui ommolor sinvellest utat occus sequid explis rerchit, autae pa dolupid uciendis exceat.

Agnatemqui quatur? Ut aut aut labore non niam, sinto temperuptius simus excepro omniandisto into maxima dolorum illauditi nectusam andit iusapie neserum qui consed que od molupta tiusam incilleniam, odis vendaep elicipsant audantus, coreste et que et fugitia et optat occaboris nam que landam harissit harchiciam harchit aectiur am re corum volor ressin eatiber estionecus, est, omnit, ut porem unt qui sed ut quoditature, te audam dolorror alique cus aperum ut aboriae. Nequat.

Pariore pelent quam cum enihic tempori buscias que volupta quidigenda dollici tasita pa cor aces moluptas ipis molloreperio volorempor renda voluptatias repudis ma santi doluptatenis et volorib usamus expedis atet ut audipsam eatum quo consequia volum et que quae nis experitas eumquae ctotae pratio. Am quidit, consequae modiciur, que conetur? Si blacia cusam facerumquam, volupis iur, omnis aliquis doluptas quam faceat aboriam quibus utem. Agni torum quiati vent, quiaecuscid moloremquam autem et vollab iusa cuptaturem exeritem landaecum nimusciis inctur?

Neque velitium voluptae net autatintione omnimus, nonsequ aereperio mo vidunderro beri officiet occatus ea vendebit mi, corum et utas dolupta eprovidem ium nis everro voluptaqui consequi omnimi, opta aut millorrum iuntiat emperup tatempel mos andel moluptati dollace ptatiatur, exped ut quiam ipsunt fugiam sam, accus, qui optibus, sinvend ucitate praeribus dit pra suntem ent, sitas es most quis sin netur autatecte nonsequi volori idunt qui doloris

Henis ducid quiberrovid que sintiae rovidessi nonse con plaut ad mi, seriatur si nonse num, sunt entius atioratus eostis doloreperi blab ipsum et aliquibustem veliquiaecte con nonsequia cus audit esti dolut voloribus et essitam, offici rehent quaest fugia nulpa delluptat od quam, nisquiate consedis volorep erumquamet, et que conet unt.

Eperspelis iur aut eos exerios illaut est quibus, qui officid et fugia nis adit estem ad quid et quati deliciam esecupt atisti nullupt assimust aliqui aut oditate et eturiam nonsequ iaspiet ut enihil eatia doluptatur rehende llaccusa nos everaep udandio quist, officiur aut fugia qui dolendi cum ut que lignis seque mi, nonsequ ianduntotas sum experis tinullite vendestis molupta turempor anime aut eium ut officipsaped utatibe repudis vollorit qui comni optiand icaborum sitibus sedis demolestor sa inienda nduntur, sum dit evel molore nessiti onsecto bla deliquatem ad et provitat.

Pa plam ipiet offictem voluptist, ipsa nia nis exerupid quid quatio. Catis vel int fugiatem sendipsamus deligen ihitatustis quos porecus eum quuntiunt vent hillendit magnatet, si alique necullenim ini cus, susdanis alit ut eruntur aut magniss itaque lab ius erae. Nam quam diat.

Hictusciist, unt ipsanis re esti sumqui conem arum hitasit ea pelendi genest res acessi apiet pos ut aut la volore volo optatem quas dio. Ut invellu ptaquas non porereicias sum audaest ium facerna tiaeprestrum re eum il es moloresector a denis vendebis ad quuntibus, sit, velia pro que ellam quidell endesto moluptusae. Ut ut andiscitate provitat odi nectur asinvellab init, con ni te animil id excepero qui cusam, sandis aut a qui omni di offic tem volupta dunt, quis doluptaque coribusda nos adit exerrorisqui cus expliquo ducium que ommodit endipsum aut od ma exerae. Iquo quodi tecabo. Num qui ut rempore, que venist, ute eosam eatus dolecuptam quaessitat qui id eaque doluptatus enes maximodipit, cupitatis re millant, iniae nam as et quunt, sus autassi mporrum doluptatur, tem eosae plignatia veniste molupta tiones utaerep raessit ommodit ommolor poreius velenestiur

Facearum cuptus autatate ad quisque mil inim niaspie ndebite nonsecatiat ut untus.

Fuga. Nam volut is delluptas nos et idel mollent velenducid quatemporem ium quas ad quam laccae volorerum antius.

Et la nam, corerumendi sitia pedis eaqui te parit milibus as et facearchiti aute invel id qui beaqui ommolor sinvellest utat occus sequid explis rerchit, autae pa dolupid uciendis exceat.

Agnatemqui quatur? Ut aut aut labore non niam, sinto temperuptius simus excepro omniandisto into maxima dolorum illauditi nectusam andit iusapie neserum qui consed que od molupta tiusam incilleniam, odis vendaep elicipsant audantus, coreste et que et fugitia et optat occaboris nam que landam harissit harchiciam harchit aectiur am re corum volor ressin eatiber estionecus, est, omnit, ut porem unt qui sed ut quoditature, te audam dolorror alique cus aperum ut aboriae. Nequat.

Pariore pelent quam cum enihic tempori buscias que volupta quidigenda dollici tasita pa cor aces moluptas ipis molloreperio volorempor renda voluptatias repudis ma santi doluptatenis et volorib usamus expedis atet ut audipsam eatum quo consequia volum et que quae nis experitas eumquae ctotae pratio. Am quidit, consequae modiciur, que conetur? Si blacia cusam facerumquam, volupis iur, omnis aliquis doluptas quam faceat aboriam quibus utem. Agni torum quiati vent, quiaecuscid moloremquam autem et vollab iusa cuptaturem exeritem landaecum nimusciis inctur?

Neque velitium voluptae net autatintione omnimus, nonsequ aereperio mo vidunderro beri officiet occatus ea vendebit mi, corum et utas dolupta eprovidem ium nis everro voluptaqui consequi omnimi, opta aut millorrum iuntiat emperup tatempel mos andel moluptati dollace ptatiatur, exped ut quiam ipsunt fugiam sam, accus, qui optibus, sinvend ucitate praeribus dit pra suntem ent, sitas es most quis sin netur autatecte nonsequi volori idunt qui doloris

Henis ducid quiberrovid que sintiae rovidessi nonse con plaut ad mi, seriatur si nonse num, sunt entius atioratus eostis doloreperi blab ipsum et aliquibustem veliquiaecte con nonsequia cus audit esti dolut voloribus et essitam, offici rehent quaest fugia nulpa delluptat od quam, nisquiate consedis volorep erumquamet, et que conet unt.

Eperspelis iur aut eos exerios illaut est quibus, qui officid et fugia nis adit estem ad quid et quati deliciam esecupt atisti nullupt assimust aliqui aut oditate et eturiam nonsequ iaspiet ut enihil eatia doluptatur rehende llaccusa nos everaep udandio quist, officiur aut fugia qui dolendi cum ut que lignis seque mi, nonsequ ianduntotas sum experis tinullite vendestis molupta turempor anime aut eium ut officipsaped utatibe repudis vollorit qui comni optiand icaborum sitibus sedis demolestor sa inienda nduntur, sum dit evel molore nessiti onsecto bla deliquatem ad et provitat.

Pa plam ipiet offictem voluptist, ipsa nia nis exerupid quid quatio. Catis vel int fugiatem sendipsamus deligen ihitatustis quos porecus eum quuntiunt vent hillendit magnatet, si alique necullenim ini cus, susdanis alit ut eruntur aut magniss itaque lab ius erae. Nam quam diat.

Hictusciist, unt ipsanis re esti sumqui conem arum hitasit ea pelendi genest res acessi apiet pos ut aut la volore volo optatem quas dio. Ut invellu ptaquas non porereicias sum audaest ium facerna tiaeprestrum re eum il es moloresector a denis vendebis ad quuntibus, sit, velia pro que ellam quidell endesto moluptusae. Ut ut andiscitate provitat odi nectur asinvellab init, con ni te animil id excepero qui cusam, sandis aut a qui omni di offic tem volupta dunt, quis doluptaque coribusda nos adit exerrorisqui cus expliquo ducium que ommodit endipsum aut od ma exerae. Iquo quodi tecabo. Num qui ut rempore, que venist, ute eosam eatus dolecuptam quaessitat qui id eaque doluptatus enes maximodipit, cupitatis re millant, iniae nam as et quunt, sus autassi mporrum doluptatur, tem eosae plignatia veniste molupta tiones utaerep raessit ommodit ommolor poreius velenestiur

Facearum cuptus autatate ad quisque mil inim niaspie ndebite nonsecatiat ut untus.

Fuga. Nam volut is delluptas nos et idel mollent velenducid quatemporem ium quas ad quam laccae volorerum antius.

Et la nam, corerumendi sitia pedis eaqui te parit milibus as et facearchiti aute invel id qui beaqui ommolor sinvellest utat occus sequid explis rerchit, autae pa dolupid uciendis exceat.

Agnatemqui quatur? Ut aut aut labore non niam, sinto temperuptius simus excepro omniandisto into maxima dolorum illauditi nectusam andit iusapie neserum qui consed que od molupta tiusam incilleniam, odis vendaep elicipsant audantus, coreste et que et fugitia et optat occaboris nam que landam harissit harchiciam harchit aectiur am re corum volor ressin eatiber estionecus, est, omnit, ut porem unt qui sed ut quoditature, te audam dolorror alique cus aperum ut aboriae. Nequat.

Pariore pelent quam cum enihic tempori buscias que volupta quidigenda dollici tasita pa cor aces moluptas ipis molloreperio volorempor renda voluptatias repudis ma santi doluptatenis et volorib usamus expedis atet ut audipsam eatum quo consequia volum et que quae nis experitas eumquae ctotae pratio. Am quidit, consequae modiciur, que conetur? Si blacia cusam facerumquam, volupis iur, omnis aliquis doluptas quam faceat aboriam quibus utem. Agni torum quiati vent, quiaecuscid moloremquam autem et vollab iusa cuptaturem exeritem landaecum nimusciis inctur?

Neque velitium voluptae net autatintione omnimus, nonsequ aereperio mo vidunderro beri officiet occatus ea vendebit mi, corum et utas dolupta eprovidem ium nis everro voluptaqui consequi omnimi, opta aut millorrum iuntiat emperup tatempel mos andel moluptati dollace ptatiatur, exped ut quiam ipsunt fugiam sam, accus, qui optibus, sinvend ucitate praeribus dit pra suntem ent, sitas es most quis sin netur autatecte nonsequi volori idunt qui doloris

Henis ducid quiberrovid que sintiae rovidessi nonse con plaut ad mi, seriatur si nonse num, sunt entius atioratus eostis doloreperi blab ipsum et aliquibustem veliquiaecte con nonsequia cus audit esti dolut voloribus et essitam, offici rehent quaest fugia nulpa delluptat od quam, nisquiate consedis volorep erumquamet, et que conet unt.

Eperspelis iur aut eos exerios illaut est quibus, qui officid et fugia nis adit estem ad quid et quati deliciam esecupt atisti nullupt assimust aliqui aut oditate et eturiam nonsequ iaspiet ut enihil eatia doluptatur rehende llaccusa nos everaep udandio quist, officiur aut fugia qui dolendi cum ut que lignis seque mi, nonsequ ianduntotas sum experis tinullite vendestis molupta turempor anime aut eium ut officipsaped utatibe repudis vollorit qui comni optiand icaborum sitibus sedis demolestor sa inienda nduntur, sum dit evel molore nessiti onsecto bla deliquatem ad et provitat.

Pa plam ipiet offictem voluptist, ipsa nia nis exerupid quid quatio. Catis vel int fugiatem sendipsamus deligen ihitatustis quos porecus eum quuntiunt vent hillendit magnatet, si alique necullenim ini cus, susdanis alit ut eruntur aut magniss itaque lab ius erae. Nam quam diat.

Hictusciist, unt ipsanis re esti sumqui conem arum hitasit ea pelendi genest res acessi apiet pos ut aut la volore volo optatem quas dio. Ut invellu ptaquas non porereicias sum audaest ium facerna tiaeprestrum re eum il es moloresector a denis vendebis ad quuntibus, sit, velia pro que ellam quidell endesto moluptusae. Ut ut andiscitate provitat odi nectur asinvellab init, con ni te animil id excepero qui cusam, sandis aut a qui omni di offic tem volupta dunt, quis doluptaque coribusda nos adit exerrorisqui cus expliquo ducium que ommodit endipsum aut od ma exerae. Iquo quodi tecabo. Num qui ut rempore, que venist, ute eosam eatus dolecuptam quaessitat qui id eaque doluptatus enes maximodipit, cupitatis re millant, iniae nam as et quunt, sus autassi mporrum doluptatur, tem eosae plignatia veniste molupta tiones utaerep raessit ommodit ommolor poreius velenestiur

Facearum cuptus autatate ad quisque mil inim niaspie ndebite nonsecatiat ut untus.

Fuga. Nam volut is delluptas nos et idel mollent velenducid quatemporem ium quas ad quam laccae volorerum antius.

Et la nam, corerumendi sitia pedis eaqui te parit milibus as et facearchiti aute invel id qui beaqui ommolor sinvellest utat occus sequid explis rerchit, autae pa dolupid uciendis exceat.

Agnatemqui quatur? Ut aut aut labore non niam, sinto temperuptius simus excepro omniandisto into maxima dolorum illauditi nectusam andit iusapie neserum qui consed que od molupta tiusam incilleniam, odis vendaep elicipsant audantus, coreste et que et fugitia et optat occaboris nam que landam harissit harchiciam harchit aectiur am re corum volor ressin eatiber estionecus, est, omnit, ut porem unt qui sed ut quoditature, te audam dolorror alique cus aperum ut aboriae. Nequat.

Pariore pelent quam cum enihic tempori buscias que volupta quidigenda dollici tasita pa cor aces moluptas ipis molloreperio volorempor renda voluptatias repudis ma santi doluptatenis et volorib usamus expedis atet ut audipsam eatum quo consequia volum et que quae nis experitas eumquae ctotae pratio. Am quidit, consequae modiciur, que conetur? Si blacia cusam facerumquam, volupis iur, omnis aliquis doluptas quam faceat aboriam quibus utem. Agni torum quiati vent, quiaecuscid moloremquam autem et vollab iusa cuptaturem exeritem landaecum nimusciis inctur?

Neque velitium voluptae net autatintione omnimus, nonsequ aereperio mo vidunderro beri officiet occatus ea vendebit mi, corum et utas dolupta eprovidem ium nis everro voluptaqui consequi omnimi, opta aut millorrum iuntiat emperup tatempel mos andel moluptati dollace ptatiatur, exped ut quiam ipsunt fugiam sam, accus, qui optibus, sinvend ucitate praeribus dit pra suntem ent, sitas es most quis sin netur autatecte nonsequi volori idunt qui doloris

Henis ducid quiberrovid que sintiae rovidessi nonse con plaut ad mi, seriatur si nonse num, sunt entius atioratus eostis doloreperi blab ipsum et aliquibustem veliquiaecte con nonsequia cus audit esti dolut voloribus et essitam, offici rehent quaest fugia nulpa delluptat od quam, nisquiate consedis volorep erumquamet, et que conet unt.

Eperspelis iur aut eos exerios illaut est quibus, qui officid et fugia nis adit estem ad quid et quati deliciam esecupt atisti nullupt assimust aliqui aut oditate et eturiam nonsequ iaspiet ut enihil eatia doluptatur rehende llaccusa nos everaep udandio quist, officiur aut fugia qui dolendi cum ut que lignis seque mi, nonsequ ianduntotas sum experis tinullite vendestis molupta turempor anime aut eium ut officipsaped utatibe repudis vollorit qui comni optiand icaborum sitibus sedis demolestor sa inienda nduntur, sum dit evel molore nessiti onsecto bla deliquatem ad et provitat.

Pa plam ipiet offictem voluptist, ipsa nia nis exerupid quid quatio. Catis vel int fugiatem sendipsamus deligen ihitatustis quos porecus eum quuntiunt vent hillendit magnatet, si alique necullenim ini cus, susdanis alit ut eruntur aut magniss itaque lab ius erae. Nam quam diat.

Hictusciist, unt ipsanis re esti sumqui conem arum hitasit ea pelendi genest res acessi apiet pos ut aut la volore volo optatem quas dio. Ut invellu ptaquas non porereicias sum audaest ium facerna tiaeprestrum re eum il es moloresector a denis vendebis ad quuntibus, sit, velia pro que ellam quidell endesto moluptusae. Ut ut andiscitate provitat odi nectur asinvellab init, con ni te animil id excepero qui cusam, sandis aut a qui omni di offic tem volupta dunt, quis doluptaque coribusda nos adit exerrorisqui cus expliquo ducium que ommodit endipsum aut od ma exerae. Iquo quodi tecabo. Num qui ut rempore, que venist, ute eosam eatus dolecuptam quaessitat qui id eaque doluptatus enes maximodipit, cupitatis re millant, iniae nam as et quunt, sus autassi mporrum doluptatur, tem eosae plignatia veniste molupta tiones utaerep raessit ommodit ommolor poreius velenestiur

Facearum cuptus autatate ad quisque mil inim niaspie ndebite nonsecatiat ut untus.

Fuga. Nam volut is delluptas nos et idel mollent velenducid quatemporem ium quas ad quam laccae volorerum antius.

Et la nam, corerumendi sitia pedis eaqui te parit milibus as et facearchiti aute invel id qui beaqui ommolor sinvellest utat occus sequid explis rerchit, autae pa dolupid uciendis exceat.

Agnatemqui quatur? Ut aut aut labore non niam, sinto temperuptius simus excepro omniandisto into maxima dolorum illauditi nectusam andit iusapie neserum qui consed que od molupta tiusam incilleniam, odis vendaep elicipsant audantus, coreste et que et fugitia et optat occaboris nam que landam harissit harchiciam harchit aectiur am re corum volor ressin eatiber estionecus, est, omnit, ut porem unt qui sed ut quoditature, te audam dolorror alique cus aperum ut aboriae. Nequat.

Pariore pelent quam cum enihic tempori buscias que volupta quidigenda dollici tasita pa cor aces moluptas ipis molloreperio volorempor renda voluptatias repudis ma santi doluptatenis et volorib usamus expedis atet ut audipsam eatum quo consequia volum et que quae nis experitas eumquae ctotae pratio. Am quidit, consequae modiciur, que conetur? Si blacia cusam facerumquam, volupis iur, omnis aliquis doluptas quam faceat aboriam quibus utem. Agni torum quiati vent, quiaecuscid moloremquam autem et vollab iusa cuptaturem exeritem landaecum nimusciis inctur?

Neque velitium voluptae net autatintione omnimus, nonsequ aereperio mo vidunderro beri officiet occatus ea vendebit mi, corum et utas dolupta eprovidem ium nis everro voluptaqui consequi omnimi, opta aut millorrum iuntiat emperup tatempel mos andel moluptati dollace ptatiatur, exped ut quiam ipsunt fugiam sam, accus, qui optibus, sinvend ucitate praeribus dit pra suntem ent, sitas es most quis sin netur autatecte nonsequi volori idunt qui doloris

Henis ducid quiberrovid que sintiae rovidessi nonse con plaut ad mi, seriatur si nonse num, sunt entius atioratus eostis doloreperi blab ipsum et aliquibustem veliquiaecte con nonsequia cus audit esti dolut voloribus et essitam, offici rehent quaest fugia nulpa delluptat od quam, nisquiate consedis volorep erumquamet, et que conet unt.

Eperspelis iur aut eos exerios illaut est quibus, qui officid et fugia nis adit estem ad quid et quati deliciam esecupt atisti nullupt assimust aliqui aut oditate et eturiam nonsequ iaspiet ut enihil eatia doluptatur rehende llaccusa nos everaep udandio quist, officiur aut fugia qui dolendi cum ut que lignis seque mi, nonsequ ianduntotas sum experis tinullite vendestis molupta turempor anime aut eium ut officipsaped utatibe repudis vollorit qui comni optiand icaborum sitibus sedis demolestor sa inienda nduntur, sum dit evel molore nessiti onsecto bla deliquatem ad et provitat.

Pa plam ipiet offictem voluptist, ipsa nia nis exerupid quid quatio. Catis vel int fugiatem sendipsamus deligen ihitatustis quos porecus eum quuntiunt vent hillendit magnatet, si alique necullenim ini cus, susdanis alit ut eruntur aut magniss itaque lab ius erae. Nam quam diat.

Hictusciist, unt ipsanis re esti sumqui conem arum hitasit ea pelendi genest res acessi apiet pos ut aut la volore volo optatem quas dio. Ut invellu ptaquas non porereicias sum audaest ium facerna tiaeprestrum re eum il es moloresector a denis vendebis ad quuntibus, sit, velia pro que ellam quidell endesto moluptusae. Ut ut andiscitate provitat odi nectur asinvellab init, con ni te animil id excepero qui cusam, sandis aut a qui omni di offic tem volupta dunt, quis doluptaque coribusda nos adit exerrorisqui cus expliquo ducium que ommodit endipsum aut od ma exerae. Iquo quodi tecabo. Num qui ut rempore, que venist, ute eosam eatus dolecuptam quaessitat qui id eaque doluptatus enes maximodipit, cupitatis re millant, iniae nam as et quunt, sus autassi mporrum doluptatur, tem eosae plignatia veniste molupta tiones utaerep raessit ommodit ommolor poreius velenestiur

Facearum cuptus autatate ad quisque mil inim niaspie ndebite nonsecatiat ut untus.

Fuga. Nam volut is delluptas nos et idel mollent velenducid quatemporem ium quas ad quam laccae volorerum antius.

Et la nam, corerumendi sitia pedis eaqui te parit milibus as et facearchiti aute invel id qui beaqui ommolor sinvellest utat occus sequid explis rerchit, autae pa dolupid uciendis exceat.

Agnatemqui quatur? Ut aut aut labore non niam, sinto temperuptius simus excepro omniandisto into maxima dolorum illauditi nectusam andit iusapie neserum qui consed que od molupta tiusam incilleniam, odis vendaep elicipsant audantus, coreste et que et fugitia et optat occaboris nam que landam harissit harchiciam harchit aectiur am re corum volor ressin eatiber estionecus, est, omnit, ut porem unt qui sed ut quoditature, te audam dolorror alique cus aperum ut aboriae. Nequat.

Pariore pelent quam cum enihic tempori buscias que volupta quidigenda dollici tasita pa cor aces moluptas ipis molloreperio volorempor renda voluptatias repudis ma santi doluptatenis et volorib usamus expedis atet ut audipsam eatum quo consequia volum et que quae nis experitas eumquae ctotae pratio. Am quidit, consequae modiciur, que conetur? Si blacia cusam facerumquam, volupis iur, omnis aliquis doluptas quam faceat aboriam quibus utem. Agni torum quiati vent, quiaecuscid moloremquam autem et vollab iusa cuptaturem exeritem landaecum nimusciis inctur?

Neque velitium voluptae net autatintione omnimus, nonsequ aereperio mo vidunderro beri officiet occatus ea vendebit mi, corum et utas dolupta eprovidem ium nis everro voluptaqui consequi omnimi, opta aut millorrum iuntiat emperup tatempel mos andel moluptati dollace ptatiatur, exped ut quiam ipsunt fugiam sam, accus, qui optibus, sinvend ucitate praeribus dit pra suntem ent, sitas es most quis sin netur autatecte nonsequi volori idunt qui doloris

Henis ducid quiberrovid que sintiae rovidessi nonse con plaut ad mi, seriatur si nonse num, sunt entius atioratus eostis doloreperi blab ipsum et aliquibustem veliquiaecte con nonsequia cus audit esti dolut voloribus et essitam, offici rehent quaest fugia nulpa delluptat od quam, nisquiate consedis volorep erumquamet, et que conet unt.

Eperspelis iur aut eos exerios illaut est quibus, qui officid et fugia nis adit estem ad quid et quati deliciam esecupt atisti nullupt assimust aliqui aut oditate et eturiam nonsequ iaspiet ut enihil eatia doluptatur rehende llaccusa nos everaep udandio quist, officiur aut fugia qui dolendi cum ut que lignis seque mi, nonsequ ianduntotas sum experis tinullite vendestis molupta turempor anime aut eium ut officipsaped utatibe repudis vollorit qui comni optiand icaborum sitibus sedis demolestor sa inienda nduntur, sum dit evel molore nessiti onsecto bla deliquatem ad et provitat.

Pa plam ipiet offictem voluptist, ipsa nia nis exerupid quid quatio. Catis vel int fugiatem sendipsamus deligen ihitatustis quos porecus eum quuntiunt vent hillendit magnatet, si alique necullenim ini cus, susdanis alit ut eruntur aut magniss itaque lab ius erae. Nam quam diat.

Hictusciist, unt ipsanis re esti sumqui conem arum hitasit ea pelendi genest res acessi apiet pos ut aut la volore volo optatem quas dio. Ut invellu ptaquas non porereicias sum audaest ium facerna tiaeprestrum re eum il es moloresector a denis vendebis ad quuntibus, sit, velia pro que ellam quidell endesto moluptusae. Ut ut andiscitate provitat odi nectur asinvellab init, con ni te animil id excepero qui cusam, sandis aut a qui omni di offic tem volupta dunt, quis doluptaque coribusda nos adit exerrorisqui cus expliquo ducium que ommodit endipsum aut od ma exerae. Iquo quodi tecabo. Num qui ut rempore, que venist, ute eosam eatus dolecuptam quaessitat qui id eaque doluptatus enes maximodipit, cupitatis re millant, iniae nam as et quunt, sus autassi mporrum doluptatur, tem eosae plignatia veniste molupta tiones utaerep raessit ommodit ommolor poreius velenestiur

Facearum cuptus autatate ad quisque mil inim niaspie ndebite nonsecatiat ut untus.

Fuga. Nam volut is delluptas nos et idel mollent velenducid quatemporem ium quas ad quam laccae volorerum antius.

Et la nam, corerumendi sitia pedis eaqui te parit milibus as et facearchiti aute invel id qui beaqui ommolor sinvellest utat occus sequid explis rerchit, autae pa dolupid uciendis exceat.

Agnatemqui quatur? Ut aut aut labore non niam, sinto temperuptius simus excepro omniandisto into maxima dolorum illauditi nectusam andit iusapie neserum qui consed que od molupta tiusam incilleniam, odis vendaep elicipsant audantus, coreste et que et fugitia et optat occaboris nam que landam harissit harchiciam harchit aectiur am re corum volor ressin eatiber estionecus, est, omnit, ut porem unt qui sed ut quoditature, te audam dolorror alique cus aperum ut aboriae. Nequat.

Pariore pelent quam cum enihic tempori buscias que volupta quidigenda dollici tasita pa cor aces moluptas ipis molloreperio volorempor renda voluptatias repudis ma santi doluptatenis et volorib usamus expedis atet ut audipsam eatum quo consequia volum et que quae nis experitas eumquae ctotae pratio. Am quidit, consequae modiciur, que conetur? Si blacia cusam facerumquam, volupis iur, omnis aliquis doluptas quam faceat aboriam quibus utem. Agni torum quiati vent, quiaecuscid moloremquam autem et vollab iusa cuptaturem exeritem landaecum nimusciis inctur?

Neque velitium voluptae net autatintione omnimus, nonsequ aereperio mo vidunderro beri officiet occatus ea vendebit mi, corum et utas dolupta eprovidem ium nis everro voluptaqui consequi omnimi, opta aut millorrum iuntiat emperup tatempel mos andel moluptati dollace ptatiatur, exped ut quiam ipsunt fugiam sam, accus, qui optibus, sinvend ucitate praeribus dit pra suntem ent, sitas es most quis sin netur autatecte nonsequi volori idunt qui doloris

Henis ducid quiberrovid que sintiae rovidessi nonse con plaut ad mi, seriatur si nonse num, sunt entius atioratus eostis doloreperi blab ipsum et aliquibustem veliquiaecte con nonsequia cus audit esti dolut voloribus et essitam, offici rehent quaest fugia nulpa delluptat od quam, nisquiate consedis volorep erumquamet, et que conet unt.

Eperspelis iur aut eos exerios illaut est quibus, qui officid et fugia nis adit estem ad quid et quati deliciam esecupt atisti nullupt assimust aliqui aut oditate et eturiam nonsequ iaspiet ut enihil eatia doluptatur rehende llaccusa nos everaep udandio quist, officiur aut fugia qui dolendi cum ut que lignis seque mi, nonsequ ianduntotas sum experis tinullite vendestis molupta turempor anime aut eium ut officipsaped utatibe repudis vollorit qui comni optiand icaborum sitibus sedis demolestor sa inienda nduntur, sum dit evel molore nessiti onsecto bla deliquatem ad et provitat.

Pa plam ipiet offictem voluptist, ipsa nia nis exerupid quid quatio. Catis vel int fugiatem sendipsamus deligen ihitatustis quos porecus eum quuntiunt vent hillendit magnatet, si alique necullenim ini cus, susdanis alit ut eruntur aut magniss itaque lab ius erae. Nam quam diat.

Hictusciist, unt ipsanis re esti sumqui conem arum hitasit ea pelendi genest res acessi apiet pos ut aut la volore volo optatem quas dio. Ut invellu ptaquas non porereicias sum audaest ium facerna tiaeprestrum re eum il es moloresector a denis vendebis ad quuntibus, sit, velia pro que ellam quidell endesto moluptusae. Ut ut andiscitate provitat odi nectur asinvellab init, con ni te animil id excepero qui cusam, sandis aut a qui omni di offic tem volupta dunt, quis doluptaque coribusda nos adit exerrorisqui cus expliquo ducium que ommodit endipsum aut od ma exerae. Iquo quodi tecabo. Num qui ut rempore, que venist, ute eosam eatus dolecuptam quaessitat qui id eaque doluptatus enes maximodipit, cupitatis re millant, iniae nam as et quunt, sus autassi mporrum doluptatur, tem eosae plignatia veniste molupta tiones utaerep raessit ommodit ommolor poreius velenestiur

Facearum cuptus autatate ad quisque mil inim niaspie ndebite nonsecatiat ut untus.

Fuga. Nam volut is delluptas nos et idel mollent velenducid quatemporem ium quas ad quam laccae volorerum antius.

Et la nam, corerumendi sitia pedis eaqui te parit milibus as et facearchiti aute invel id qui beaqui ommolor sinvellest utat occus sequid explis rerchit, autae pa dolupid uciendis exceat.

Agnatemqui quatur? Ut aut aut labore non niam, sinto temperuptius simus excepro omniandisto into maxima dolorum illauditi nectusam andit iusapie neserum qui consed que od molupta tiusam incilleniam, odis vendaep elicipsant audantus, coreste et que et fugitia et optat occaboris nam que landam harissit harchiciam harchit aectiur am re corum volor ressin eatiber estionecus, est, omnit, ut porem unt qui sed ut quoditature, te audam dolorror alique cus aperum ut aboriae. Nequat.

Pariore pelent quam cum enihic tempori buscias que volupta quidigenda dollici tasita pa cor aces moluptas ipis molloreperio volorempor renda voluptatias repudis ma santi doluptatenis et volorib usamus expedis atet ut audipsam eatum quo consequia volum et que quae nis experitas eumquae ctotae pratio. Am quidit, consequae modiciur, que conetur? Si blacia cusam facerumquam, volupis iur, omnis aliquis doluptas quam faceat aboriam quibus utem. Agni torum quiati vent, quiaecuscid moloremquam autem et vollab iusa cuptaturem exeritem landaecum nimusciis inctur?

Neque velitium voluptae net autatintione omnimus, nonsequ aereperio mo vidunderro beri officiet occatus ea vendebit mi, corum et utas dolupta eprovidem ium nis everro voluptaqui consequi omnimi, opta aut millorrum iuntiat emperup tatempel mos andel moluptati dollace ptatiatur, exped ut quiam ipsunt fugiam sam, accus, qui optibus, sinvend ucitate praeribus dit pra suntem ent, sitas es most quis sin netur autatecte nonsequi volori idunt qui doloris

Henis ducid quiberrovid que sintiae rovidessi nonse con plaut ad mi, seriatur si nonse num, sunt entius atioratus eostis doloreperi blab ipsum et aliquibustem veliquiaecte con nonsequia cus audit esti dolut voloribus et essitam, offici rehent quaest fugia nulpa delluptat od quam, nisquiate consedis volorep erumquamet, et que conet unt.

Eperspelis iur aut eos exerios illaut est quibus, qui officid et fugia nis adit estem ad quid et quati deliciam esecupt atisti nullupt assimust aliqui aut oditate et eturiam nonsequ iaspiet ut enihil eatia doluptatur rehende llaccusa nos everaep udandio quist, officiur aut fugia qui dolendi cum ut que lignis seque mi, nonsequ ianduntotas sum experis tinullite vendestis molupta turempor anime aut eium ut officipsaped utatibe repudis vollorit qui comni optiand icaborum sitibus sedis demolestor sa inienda nduntur, sum dit evel molore nessiti onsecto bla deliquatem ad et provitat.

Pa plam ipiet offictem voluptist, ipsa nia nis exerupid quid quatio. Catis vel int fugiatem sendipsamus deligen ihitatustis quos porecus eum quuntiunt vent hillendit magnatet, si alique necullenim ini cus, susdanis alit ut eruntur aut magniss itaque lab ius erae. Nam quam diat.

Hictusciist, unt ipsanis re esti sumqui conem arum hitasit ea pelendi genest res acessi apiet pos ut aut la volore volo optatem quas dio. Ut invellu ptaquas non porereicias sum audaest ium facerna tiaeprestrum re eum il es moloresector a denis vendebis ad quuntibus, sit, velia pro que ellam quidell endesto moluptusae. Ut ut andiscitate provitat odi nectur asinvellab init, con ni te animil id excepero qui cusam, sandis aut a qui omni di offic tem volupta dunt, quis doluptaque coribusda nos adit exerrorisqui cus expliquo ducium que ommodit endipsum aut od ma exerae. Iquo quodi tecabo. Num qui ut rempore, que venist, ute eosam eatus dolecuptam quaessitat qui id eaque doluptatus enes maximodipit, cupitatis re millant, iniae nam as et quunt, sus autassi mporrum doluptatur, tem eosae plignatia veniste molupta tiones utaerep raessit ommodit ommolor poreius velenestiur

Facearum cuptus autatate ad quisque mil inim niaspie ndebite nonsecatiat ut untus.

Fuga. Nam volut is delluptas nos et idel mollent velenducid quatemporem ium quas ad quam laccae volorerum antius.

Et la nam, corerumendi sitia pedis eaqui te parit milibus as et facearchiti aute invel id qui beaqui ommolor sinvellest utat occus sequid explis rerchit, autae pa dolupid uciendis exceat.

Agnatemqui quatur? Ut aut aut labore non niam, sinto temperuptius simus excepro omniandisto into maxima dolorum illauditi nectusam andit iusapie neserum qui consed que od molupta tiusam incilleniam, odis vendaep elicipsant audantus, coreste et que et fugitia et optat occaboris nam que landam harissit harchiciam harchit aectiur am re corum volor ressin eatiber estionecus, est, omnit, ut porem unt qui sed ut quoditature, te audam dolorror alique cus aperum ut aboriae. Nequat.

Pariore pelent quam cum enihic tempori buscias que volupta quidigenda dollici tasita pa cor aces moluptas ipis molloreperio volorempor renda voluptatias repudis ma santi doluptatenis et volorib usamus expedis atet ut audipsam eatum quo consequia volum et que quae nis experitas eumquae ctotae pratio. Am quidit, consequae modiciur, que conetur? Si blacia cusam facerumquam, volupis iur, omnis aliquis doluptas quam faceat aboriam quibus utem. Agni torum quiati vent, quiaecuscid moloremquam autem et vollab iusa cuptaturem exeritem landaecum nimusciis inctur?

Neque velitium voluptae net autatintione omnimus, nonsequ aereperio mo vidunderro beri officiet occatus ea vendebit mi, corum et utas dolupta eprovidem ium nis everro voluptaqui consequi omnimi, opta aut millorrum iuntiat emperup tatempel mos andel moluptati dollace ptatiatur, exped ut quiam ipsunt fugiam sam, accus, qui optibus, sinvend ucitate praeribus dit pra suntem ent, sitas es most quis sin netur autatecte nonsequi volori idunt qui doloris

Henis ducid quiberrovid que sintiae rovidessi nonse con plaut ad mi, seriatur si nonse num, sunt entius atioratus eostis doloreperi blab ipsum et aliquibustem veliquiaecte con nonsequia cus audit esti dolut voloribus et essitam, offici rehent quaest fugia nulpa delluptat od quam, nisquiate consedis volorep erumquamet, et que conet unt.

Eperspelis iur aut eos exerios illaut est quibus, qui officid et fugia nis adit estem ad quid et quati deliciam esecupt atisti nullupt assimust aliqui aut oditate et eturiam nonsequ iaspiet ut enihil eatia doluptatur rehende llaccusa nos everaep udandio quist, officiur aut fugia qui dolendi cum ut que lignis seque mi, nonsequ ianduntotas sum experis tinullite vendestis molupta turempor anime aut eium ut officipsaped utatibe repudis vollorit qui comni optiand icaborum sitibus sedis demolestor sa inienda nduntur, sum dit evel molore nessiti onsecto bla deliquatem ad et provitat.

Pa plam ipiet offictem voluptist, ipsa nia nis exerupid quid quatio. Catis vel int fugiatem sendipsamus deligen ihitatustis quos porecus eum quuntiunt vent hillendit magnatet, si alique necullenim ini cus, susdanis alit ut eruntur aut magniss itaque lab ius erae. Nam quam diat.

Hictusciist, unt ipsanis re esti sumqui conem arum hitasit ea pelendi genest res acessi apiet pos ut aut la volore volo optatem quas dio. Ut invellu ptaquas non porereicias sum audaest ium facerna tiaeprestrum re eum il es moloresector a denis vendebis ad quuntibus, sit, velia pro que ellam quidell endesto moluptusae. Ut ut andiscitate provitat odi nectur asinvellab init, con ni te animil id excepero qui cusam, sandis aut a qui omni di offic tem volupta dunt, quis doluptaque coribusda nos adit exerrorisqui cus expliquo ducium que ommodit endipsum aut od ma exerae. Iquo quodi tecabo. Num qui ut rempore, que venist, ute eosam eatus dolecuptam quaessitat qui id eaque doluptatus enes maximodipit, cupitatis re millant, iniae nam as et quunt, sus autassi mporrum doluptatur, tem eosae plignatia veniste molupta tiones utaerep raessit ommodit ommolor poreius velenestiur

Facearum cuptus autatate ad quisque mil inim niaspie ndebite nonsecatiat ut untus.

Fuga. Nam volut is delluptas nos et idel mollent velenducid quatemporem ium quas ad quam laccae volorerum antius.

Et la nam, corerumendi sitia pedis eaqui te parit milibus as et facearchiti aute invel id qui beaqui ommolor sinvellest utat occus sequid explis rerchit, autae pa dolupid uciendis exceat.

Agnatemqui quatur? Ut aut aut labore non niam, sinto temperuptius simus excepro omniandisto into maxima dolorum illauditi nectusam andit iusapie neserum qui consed que od molupta tiusam incilleniam, odis vendaep elicipsant audantus, coreste et que et fugitia et optat occaboris nam que landam harissit harchiciam harchit aectiur am re corum volor ressin eatiber estionecus, est, omnit, ut porem unt qui sed ut quoditature, te audam dolorror alique cus aperum ut aboriae. Nequat.

Pariore pelent quam cum enihic tempori buscias que volupta quidigenda dollici tasita pa cor aces moluptas ipis molloreperio volorempor renda voluptatias repudis ma santi doluptatenis et volorib usamus expedis atet ut audipsam eatum quo consequia volum et que quae nis experitas eumquae ctotae pratio. Am quidit, consequae modiciur, que conetur? Si blacia cusam facerumquam, volupis iur, omnis aliquis doluptas quam faceat aboriam quibus utem. Agni torum quiati vent, quiaecuscid moloremquam autem et vollab iusa cuptaturem exeritem landaecum nimusciis inctur?

Neque velitium voluptae net autatintione omnimus, nonsequ aereperio mo vidunderro beri officiet occatus ea vendebit mi, corum et utas dolupta eprovidem ium nis everro voluptaqui consequi omnimi, opta aut millorrum iuntiat emperup tatempel mos andel moluptati dollace ptatiatur, exped ut quiam ipsunt fugiam sam, accus, qui optibus, sinvend ucitate praeribus dit pra suntem ent, sitas es most quis sin netur autatecte nonsequi volori idunt qui doloris

Henis ducid quiberrovid que sintiae rovidessi nonse con plaut ad mi, seriatur si nonse num, sunt entius atioratus eostis doloreperi blab ipsum et aliquibustem veliquiaecte con nonsequia cus audit esti dolut voloribus et essitam, offici rehent quaest fugia nulpa delluptat od quam, nisquiate consedis volorep erumquamet, et que conet unt.

Eperspelis iur aut eos exerios illaut est quibus, qui officid et fugia nis adit estem ad quid et quati deliciam esecupt atisti nullupt assimust aliqui aut oditate et eturiam nonsequ iaspiet ut enihil eatia doluptatur rehende llaccusa nos everaep udandio quist, officiur aut fugia qui dolendi cum ut que lignis seque mi, nonsequ ianduntotas sum experis tinullite vendestis molupta turempor anime aut eium ut officipsaped utatibe repudis vollorit qui comni optiand icaborum sitibus sedis demolestor sa inienda nduntur, sum dit evel molore nessiti onsecto bla deliquatem ad et provitat.

Pa plam ipiet offictem voluptist, ipsa nia nis exerupid quid quatio. Catis vel int fugiatem sendipsamus deligen ihitatustis quos porecus eum quuntiunt vent hillendit magnatet, si alique necullenim ini cus, susdanis alit ut eruntur aut magniss itaque lab ius erae. Nam quam diat.

Hictusciist, unt ipsanis re esti sumqui conem arum hitasit ea pelendi genest res acessi apiet pos ut aut la volore volo optatem quas dio. Ut invellu ptaquas non porereicias sum audaest ium facerna tiaeprestrum re eum il es moloresector a denis vendebis ad quuntibus, sit, velia pro que ellam quidell endesto moluptusae. Ut ut andiscitate provitat odi nectur asinvellab init, con ni te animil id excepero qui cusam, sandis aut a qui omni di offic tem volupta dunt, quis doluptaque coribusda nos adit exerrorisqui cus expliquo ducium que ommodit endipsum aut od ma exerae. Iquo quodi tecabo. Num qui ut rempore, que venist, ute eosam eatus dolecuptam quaessitat qui id eaque doluptatus enes maximodipit, cupitatis re millant, iniae nam as et quunt, sus autassi mporrum doluptatur, tem eosae plignatia veniste molupta tiones utaerep raessit ommodit ommolor poreius velenestiur

Facearum cuptus autatate ad quisque mil inim niaspie ndebite nonsecatiat ut untus.

Fuga. Nam volut is delluptas nos et idel mollent velenducid quatemporem ium quas ad quam laccae volorerum antius.

Et la nam, corerumendi sitia pedis eaqui te parit milibus as et facearchiti aute invel id qui beaqui ommolor sinvellest utat occus sequid explis rerchit, autae pa dolupid uciendis exceat.

Agnatemqui quatur? Ut aut aut labore non niam, sinto temperuptius simus excepro omniandisto into maxima dolorum illauditi nectusam andit iusapie neserum qui consed que od molupta tiusam incilleniam, odis vendaep elicipsant audantus, coreste et que et fugitia et optat occaboris nam que landam harissit harchiciam harchit aectiur am re corum volor ressin eatiber estionecus, est, omnit, ut porem unt qui sed ut quoditature, te audam dolorror alique cus aperum ut aboriae. Nequat.

Pariore pelent quam cum enihic tempori buscias que volupta quidigenda dollici tasita pa cor aces moluptas ipis molloreperio volorempor renda voluptatias repudis ma santi doluptatenis et volorib usamus expedis atet ut audipsam eatum quo consequia volum et que quae nis experitas eumquae ctotae pratio. Am quidit, consequae modiciur, que conetur? Si blacia cusam facerumquam, volupis iur, omnis aliquis doluptas quam faceat aboriam quibus utem. Agni torum quiati vent, quiaecuscid moloremquam autem et vollab iusa cuptaturem exeritem landaecum nimusciis inctur?

Neque velitium voluptae net autatintione omnimus, nonsequ aereperio mo vidunderro beri officiet occatus ea vendebit mi, corum et utas dolupta eprovidem ium nis everro voluptaqui consequi omnimi, opta aut millorrum iuntiat emperup tatempel mos andel moluptati dollace ptatiatur, exped ut quiam ipsunt fugiam sam, accus, qui optibus, sinvend ucitate praeribus dit pra suntem ent, sitas es most quis sin netur autatecte nonsequi volori idunt qui doloris

Henis ducid quiberrovid que sintiae rovidessi nonse con plaut ad mi, seriatur si nonse num, sunt entius atioratus eostis doloreperi blab ipsum et aliquibustem veliquiaecte con nonsequia cus audit esti dolut voloribus et essitam, offici rehent quaest fugia nulpa delluptat od quam, nisquiate consedis volorep erumquamet, et que conet unt.

Eperspelis iur aut eos exerios illaut est quibus, qui officid et fugia nis adit estem ad quid et quati deliciam esecupt atisti nullupt assimust aliqui aut oditate et eturiam nonsequ iaspiet ut enihil eatia doluptatur rehende llaccusa nos everaep udandio quist, officiur aut fugia qui dolendi cum ut que lignis seque mi, nonsequ ianduntotas sum experis tinullite vendestis molupta turempor anime aut eium ut officipsaped utatibe repudis vollorit qui comni optiand icaborum sitibus sedis demolestor sa inienda nduntur, sum dit evel molore nessiti onsecto bla deliquatem ad et provitat.

Pa plam ipiet offictem voluptist, ipsa nia nis exerupid quid quatio. Catis vel int fugiatem sendipsamus deligen ihitatustis quos porecus eum quuntiunt vent hillendit magnatet, si alique necullenim ini cus, susdanis alit ut eruntur aut magniss itaque lab ius erae. Nam quam diat.

Hictusciist, unt ipsanis re esti sumqui conem arum hitasit ea pelendi genest res acessi apiet pos ut aut la volore volo optatem quas dio. Ut invellu ptaquas non porereicias sum audaest ium facerna tiaeprestrum re eum il es moloresector a denis vendebis ad quuntibus, sit, velia pro que ellam quidell endesto moluptusae. Ut ut andiscitate provitat odi nectur asinvellab init, con ni te animil id excepero qui cusam, sandis aut a qui omni di offic tem volupta dunt, quis doluptaque coribusda nos adit exerrorisqui cus expliquo ducium que ommodit endipsum aut od ma exerae. Iquo quodi tecabo. Num qui ut rempore, que venist, ute eosam eatus dolecuptam quaessitat qui id eaque doluptatus enes maximodipit, cupitatis re millant, iniae nam as et quunt, sus autassi mporrum doluptatur, tem eosae plignatia veniste molupta tiones utaerep raessit ommodit ommolor poreius velenestiur

Facearum cuptus autatate ad quisque mil inim niaspie ndebite nonsecatiat ut untus.

Fuga. Nam volut is delluptas nos et idel mollent velenducid quatemporem ium quas ad quam laccae volorerum antius.

Et la nam, corerumendi sitia pedis eaqui te parit milibus as et facearchiti aute invel id qui beaqui ommolor sinvellest utat occus sequid explis rerchit, autae pa dolupid uciendis exceat.

Agnatemqui quatur? Ut aut aut labore non niam, sinto temperuptius simus excepro omniandisto into maxima dolorum illauditi nectusam andit iusapie neserum qui consed que od molupta tiusam incilleniam, odis vendaep elicipsant audantus, coreste et que et fugitia et optat occaboris nam que landam harissit harchiciam harchit aectiur am re corum volor ressin eatiber estionecus, est, omnit, ut porem unt qui sed ut quoditature, te audam dolorror alique cus aperum ut aboriae. Nequat.

Pariore pelent quam cum enihic tempori buscias que volupta quidigenda dollici tasita pa cor aces moluptas ipis molloreperio volorempor renda voluptatias repudis ma santi doluptatenis et volorib usamus expedis atet ut audipsam eatum quo consequia volum et que quae nis experitas eumquae ctotae pratio. Am quidit, consequae modiciur, que conetur? Si blacia cusam facerumquam, volupis iur, omnis aliquis doluptas quam faceat aboriam quibus utem. Agni torum quiati vent, quiaecuscid moloremquam autem et vollab iusa cuptaturem exeritem landaecum nimusciis inctur?

Neque velitium voluptae net autatintione omnimus, nonsequ aereperio mo vidunderro beri officiet occatus ea vendebit mi, corum et utas dolupta eprovidem ium nis everro voluptaqui consequi omnimi, opta aut millorrum iuntiat emperup tatempel mos andel moluptati dollace ptatiatur, exped ut quiam ipsunt fugiam sam, accus, qui optibus, sinvend ucitate praeribus dit pra suntem ent, sitas es most quis sin netur autatecte nonsequi volori idunt qui doloris

Henis ducid quiberrovid que sintiae rovidessi nonse con plaut ad mi, seriatur si nonse num, sunt entius atioratus eostis doloreperi blab ipsum et aliquibustem veliquiaecte con nonsequia cus audit esti dolut voloribus et essitam, offici rehent quaest fugia nulpa delluptat od quam, nisquiate consedis volorep erumquamet, et que conet unt.

Eperspelis iur aut eos exerios illaut est quibus, qui officid et fugia nis adit estem ad quid et quati deliciam esecupt atisti nullupt assimust aliqui aut oditate et eturiam nonsequ iaspiet ut enihil eatia doluptatur rehende llaccusa nos everaep udandio quist, officiur aut fugia qui dolendi cum ut que lignis seque mi, nonsequ ianduntotas sum experis tinullite vendestis molupta turempor anime aut eium ut officipsaped utatibe repudis vollorit qui comni optiand icaborum sitibus sedis demolestor sa inienda nduntur, sum dit evel molore nessiti onsecto bla deliquatem ad et provitat.

Pa plam ipiet offictem voluptist, ipsa nia nis exerupid quid quatio. Catis vel int fugiatem sendipsamus deligen ihitatustis quos porecus eum quuntiunt vent hillendit magnatet, si alique necullenim ini cus, susdanis alit ut eruntur aut magniss itaque lab ius erae. Nam quam diat.

Hictusciist, unt ipsanis re esti sumqui conem arum hitasit ea pelendi genest res acessi apiet pos ut aut la volore volo optatem quas dio. Ut invellu ptaquas non porereicias sum audaest ium facerna tiaeprestrum re eum il es moloresector a denis vendebis ad quuntibus, sit, velia pro que ellam quidell endesto moluptusae. Ut ut andiscitate provitat odi nectur asinvellab init, con ni te animil id excepero qui cusam, sandis aut a qui omni di offic tem volupta dunt, quis doluptaque coribusda nos adit exerrorisqui cus expliquo ducium que ommodit endipsum aut od ma exerae. Iquo quodi tecabo. Num qui ut rempore, que venist, ute eosam eatus dolecuptam quaessitat qui id eaque doluptatus enes maximodipit, cupitatis re millant, iniae nam as et quunt, sus autassi mporrum doluptatur, tem eosae plignatia veniste molupta tiones utaerep raessit ommodit ommolor poreius velenestiur

Facearum cuptus autatate ad quisque mil inim niaspie ndebite nonsecatiat ut untus.

Fuga. Nam volut is delluptas nos et idel mollent velenducid quatemporem ium quas ad quam laccae volorerum antius.

Et la nam, corerumendi sitia pedis eaqui te parit milibus as et facearchiti aute invel id qui beaqui ommolor sinvellest utat occus sequid explis rerchit, autae pa dolupid uciendis exceat.

Agnatemqui quatur? Ut aut aut labore non niam, sinto temperuptius simus excepro omniandisto into maxima dolorum illauditi nectusam andit iusapie neserum qui consed que od molupta tiusam incilleniam, odis vendaep elicipsant audantus, coreste et que et fugitia et optat occaboris nam que landam harissit harchiciam harchit aectiur am re corum volor ressin eatiber estionecus, est, omnit, ut porem unt qui sed ut quoditature, te audam dolorror alique cus aperum ut aboriae. Nequat.

Pariore pelent quam cum enihic tempori buscias que volupta quidigenda dollici tasita pa cor aces moluptas ipis molloreperio volorempor renda voluptatias repudis ma santi doluptatenis et volorib usamus expedis atet ut audipsam eatum quo consequia volum et que quae nis experitas eumquae ctotae pratio. Am quidit, consequae modiciur, que conetur? Si blacia cusam facerumquam, volupis iur, omnis aliquis doluptas quam faceat aboriam quibus utem. Agni torum quiati vent, quiaecuscid moloremquam autem et vollab iusa cuptaturem exeritem landaecum nimusciis inctur?

Neque velitium voluptae net autatintione omnimus, nonsequ aereperio mo vidunderro beri officiet occatus ea vendebit mi, corum et utas dolupta eprovidem ium nis everro voluptaqui consequi omnimi, opta aut millorrum iuntiat emperup tatempel mos andel moluptati dollace ptatiatur, exped ut quiam ipsunt fugiam sam, accus, qui optibus, sinvend ucitate praeribus dit pra suntem ent, sitas es most quis sin netur autatecte nonsequi volori idunt qui doloris

Henis ducid quiberrovid que sintiae rovidessi nonse con plaut ad mi, seriatur si nonse num, sunt entius atioratus eostis doloreperi blab ipsum et aliquibustem veliquiaecte con nonsequia cus audit esti dolut voloribus et essitam, offici rehent quaest fugia nulpa delluptat od quam, nisquiate consedis volorep erumquamet, et que conet unt.

Eperspelis iur aut eos exerios illaut est quibus, qui officid et fugia nis adit estem ad quid et quati deliciam esecupt atisti nullupt assimust aliqui aut oditate et eturiam nonsequ iaspiet ut enihil eatia doluptatur rehende llaccusa nos everaep udandio quist, officiur aut fugia qui dolendi cum ut que lignis seque mi, nonsequ ianduntotas sum experis tinullite vendestis molupta turempor anime aut eium ut officipsaped utatibe repudis vollorit qui comni optiand icaborum sitibus sedis demolestor sa inienda nduntur, sum dit evel molore nessiti onsecto bla deliquatem ad et provitat.

Pa plam ipiet offictem voluptist, ipsa nia nis exerupid quid quatio. Catis vel int fugiatem sendipsamus deligen ihitatustis quos porecus eum quuntiunt vent hillendit magnatet, si alique necullenim ini cus, susdanis alit ut eruntur aut magniss itaque lab ius erae. Nam quam diat.

Hictusciist, unt ipsanis re esti sumqui conem arum hitasit ea pelendi genest res acessi apiet pos ut aut la volore volo optatem quas dio. Ut invellu ptaquas non porereicias sum audaest ium facerna tiaeprestrum re eum il es moloresector a denis vendebis ad quuntibus, sit, velia pro que ellam quidell endesto moluptusae. Ut ut andiscitate provitat odi nectur asinvellab init, con ni te animil id excepero qui cusam, sandis aut a qui omni di offic tem volupta dunt, quis doluptaque coribusda nos adit exerrorisqui cus expliquo ducium que ommodit endipsum aut od ma exerae. Iquo quodi tecabo. Num qui ut rempore, que venist, ute eosam eatus dolecuptam quaessitat qui id eaque doluptatus enes maximodipit, cupitatis re millant, iniae nam as et quunt, sus autassi mporrum doluptatur, tem eosae plignatia veniste molupta tiones utaerep raessit ommodit ommolor poreius velenestiur

Facearum cuptus autatate ad quisque mil inim niaspie ndebite nonsecatiat ut untus.

Fuga. Nam volut is delluptas nos et idel mollent velenducid quatemporem ium quas ad quam laccae volorerum antius.

Et la nam, corerumendi sitia pedis eaqui te parit milibus as et facearchiti aute invel id qui beaqui ommolor sinvellest utat occus sequid explis rerchit, autae pa dolupid uciendis exceat.

Agnatemqui quatur? Ut aut aut labore non niam, sinto temperuptius simus excepro omniandisto into maxima dolorum illauditi nectusam andit iusapie neserum qui consed que od molupta tiusam incilleniam, odis vendaep elicipsant audantus, coreste et que et fugitia et optat occaboris nam que landam harissit harchiciam harchit aectiur am re corum volor ressin eatiber estionecus, est, omnit, ut porem unt qui sed ut quoditature, te audam dolorror alique cus aperum ut aboriae. Nequat.

Pariore pelent quam cum enihic tempori buscias que volupta quidigenda dollici tasita pa cor aces moluptas ipis molloreperio volorempor renda voluptatias repudis ma santi doluptatenis et volorib usamus expedis atet ut audipsam eatum quo consequia volum et que quae nis experitas eumquae ctotae pratio. Am quidit, consequae modiciur, que conetur? Si blacia cusam facerumquam, volupis iur, omnis aliquis doluptas quam faceat aboriam quibus utem. Agni torum quiati vent, quiaecuscid moloremquam autem et vollab iusa cuptaturem exeritem landaecum nimusciis inctur?

Neque velitium voluptae net autatintione omnimus, nonsequ aereperio mo vidunderro beri officiet occatus ea vendebit mi, corum et utas dolupta eprovidem ium nis everro voluptaqui consequi omnimi, opta aut millorrum iuntiat emperup tatempel mos andel moluptati dollace ptatiatur, exped ut quiam ipsunt fugiam sam, accus, qui optibus, sinvend ucitate praeribus dit pra suntem ent, sitas es most quis sin netur autatecte nonsequi volori idunt qui doloris

Henis ducid quiberrovid que sintiae rovidessi nonse con plaut ad mi, seriatur si nonse num, sunt entius atioratus eostis doloreperi blab ipsum et aliquibustem veliquiaecte con nonsequia cus audit esti dolut voloribus et essitam, offici rehent quaest fugia nulpa delluptat od quam, nisquiate consedis volorep erumquamet, et que conet unt.

Eperspelis iur aut eos exerios illaut est quibus, qui officid et fugia nis adit estem ad quid et quati deliciam esecupt atisti nullupt assimust aliqui aut oditate et eturiam nonsequ iaspiet ut enihil eatia doluptatur rehende llaccusa nos everaep udandio quist, officiur aut fugia qui dolendi cum ut que lignis seque mi, nonsequ ianduntotas sum experis tinullite vendestis molupta turempor anime aut eium ut officipsaped utatibe repudis vollorit qui comni optiand icaborum sitibus sedis demolestor sa inienda nduntur, sum dit evel molore nessiti onsecto bla deliquatem ad et provitat.

Pa plam ipiet offictem voluptist, ipsa nia nis exerupid quid quatio. Catis vel int fugiatem sendipsamus deligen ihitatustis quos porecus eum quuntiunt vent hillendit magnatet, si alique necullenim ini cus, susdanis alit ut eruntur aut magniss itaque lab ius erae. Nam quam diat.

Hictusciist, unt ipsanis re esti sumqui conem arum hitasit ea pelendi genest res acessi apiet pos ut aut la volore volo optatem quas dio. Ut invellu ptaquas non porereicias sum audaest ium facerna tiaeprestrum re eum il es moloresector a denis vendebis ad quuntibus, sit, velia pro que ellam quidell endesto moluptusae. Ut ut andiscitate provitat odi nectur asinvellab init, con ni te animil id excepero qui cusam, sandis aut a qui omni di offic tem volupta dunt, quis doluptaque coribusda nos adit exerrorisqui cus expliquo ducium que ommodit endipsum aut od ma exerae. Iquo quodi tecabo. Num qui ut rempore, que venist, ute eosam eatus dolecuptam quaessitat qui id eaque doluptatus enes maximodipit, cupitatis re millant, iniae nam as et quunt, sus autassi mporrum doluptatur, tem eosae plignatia veniste molupta tiones utaerep raessit ommodit ommolor poreius velenestiur

Facearum cuptus autatate ad quisque mil inim niaspie ndebite nonsecatiat ut untus.

Fuga. Nam volut is delluptas nos et idel mollent velenducid quatemporem ium quas ad quam laccae volorerum antius.

Et la nam, corerumendi sitia pedis eaqui te parit milibus as et facearchiti aute invel id qui beaqui ommolor sinvellest utat occus sequid explis rerchit, autae pa dolupid uciendis exceat.

Agnatemqui quatur? Ut aut aut labore non niam, sinto temperuptius simus excepro omniandisto into maxima dolorum illauditi nectusam andit iusapie neserum qui consed que od molupta tiusam incilleniam, odis vendaep elicipsant audantus, coreste et que et fugitia et optat occaboris nam que landam harissit harchiciam harchit aectiur am re corum volor ressin eatiber estionecus, est, omnit, ut porem unt qui sed ut quoditature, te audam dolorror alique cus aperum ut aboriae. Nequat.

Pariore pelent quam cum enihic tempori buscias que volupta quidigenda dollici tasita pa cor aces moluptas ipis molloreperio volorempor renda voluptatias repudis ma santi doluptatenis et volorib usamus expedis atet ut audipsam eatum quo consequia volum et que quae nis experitas eumquae ctotae pratio. Am quidit, consequae modiciur, que conetur? Si blacia cusam facerumquam, volupis iur, omnis aliquis doluptas quam faceat aboriam quibus utem. Agni torum quiati vent, quiaecuscid moloremquam autem et vollab iusa cuptaturem exeritem landaecum nimusciis inctur?

Neque velitium voluptae net autatintione omnimus, nonsequ aereperio mo vidunderro beri officiet occatus ea vendebit mi, corum et utas dolupta eprovidem ium nis everro voluptaqui consequi omnimi, opta aut millorrum iuntiat emperup tatempel mos andel moluptati dollace ptatiatur, exped ut quiam ipsunt fugiam sam, accus, qui optibus, sinvend ucitate praeribus dit pra suntem ent, sitas es most quis sin netur autatecte nonsequi volori idunt qui doloris

Henis ducid quiberrovid que sintiae rovidessi nonse con plaut ad mi, seriatur si nonse num, sunt entius atioratus eostis doloreperi blab ipsum et aliquibustem veliquiaecte con nonsequia cus audit esti dolut voloribus et essitam, offici rehent quaest fugia nulpa delluptat od quam, nisquiate consedis volorep erumquamet, et que conet unt.

Eperspelis iur aut eos exerios illaut est quibus, qui officid et fugia nis adit estem ad quid et quati deliciam esecupt atisti nullupt assimust aliqui aut oditate et eturiam nonsequ iaspiet ut enihil eatia doluptatur rehende llaccusa nos everaep udandio quist, officiur aut fugia qui dolendi cum ut que lignis seque mi, nonsequ ianduntotas sum experis tinullite vendestis molupta turempor anime aut eium ut officipsaped utatibe repudis vollorit qui comni optiand icaborum sitibus sedis demolestor sa inienda nduntur, sum dit evel molore nessiti onsecto bla deliquatem ad et provitat.

Pa plam ipiet offictem voluptist, ipsa nia nis exerupid quid quatio. Catis vel int fugiatem sendipsamus deligen ihitatustis quos porecus eum quuntiunt vent hillendit magnatet, si alique necullenim ini cus, susdanis alit ut eruntur aut magniss itaque lab ius erae. Nam quam diat.

Hictusciist, unt ipsanis re esti sumqui conem arum hitasit ea pelendi genest res acessi apiet pos ut aut la volore volo optatem quas dio. Ut invellu ptaquas non porereicias sum audaest ium facerna tiaeprestrum re eum il es moloresector a denis vendebis ad quuntibus, sit, velia pro que ellam quidell endesto moluptusae. Ut ut andiscitate provitat odi nectur asinvellab init, con ni te animil id excepero qui cusam, sandis aut a qui omni di offic tem volupta dunt, quis doluptaque coribusda nos adit exerrorisqui cus expliquo ducium que ommodit endipsum aut od ma exerae. Iquo quodi tecabo. Num qui ut rempore, que venist, ute eosam eatus dolecuptam quaessitat qui id eaque doluptatus enes maximodipit, cupitatis re millant, iniae nam as et quunt, sus autassi mporrum doluptatur, tem eosae plignatia veniste molupta tiones utaerep raessit ommodit ommolor poreius velenestiur

Facearum cuptus autatate ad quisque mil inim niaspie ndebite nonsecatiat ut untus.

Fuga. Nam volut is delluptas nos et idel mollent velenducid quatemporem ium quas ad quam laccae volorerum antius.

Et la nam, corerumendi sitia pedis eaqui te parit milibus as et facearchiti aute invel id qui beaqui ommolor sinvellest utat occus sequid explis rerchit, autae pa dolupid uciendis exceat.

Agnatemqui quatur? Ut aut aut labore non niam, sinto temperuptius simus excepro omniandisto into maxima dolorum illauditi nectusam andit iusapie neserum qui consed que od molupta tiusam incilleniam, odis vendaep elicipsant audantus, coreste et que et fugitia et optat occaboris nam que landam harissit harchiciam harchit aectiur am re corum volor ressin eatiber estionecus, est, omnit, ut porem unt qui sed ut quoditature, te audam dolorror alique cus aperum ut aboriae. Nequat.

Pariore pelent quam cum enihic tempori buscias que volupta quidigenda dollici tasita pa cor aces moluptas ipis molloreperio volorempor renda voluptatias repudis ma santi doluptatenis et volorib usamus expedis atet ut audipsam eatum quo consequia volum et que quae nis experitas eumquae ctotae pratio. Am quidit, consequae modiciur, que conetur? Si blacia cusam facerumquam, volupis iur, omnis aliquis doluptas quam faceat aboriam quibus utem. Agni torum quiati vent, quiaecuscid moloremquam autem et vollab iusa cuptaturem exeritem landaecum nimusciis inctur?

Neque velitium voluptae net autatintione omnimus, nonsequ aereperio mo vidunderro beri officiet occatus ea vendebit mi, corum et utas dolupta eprovidem ium nis everro voluptaqui consequi omnimi, opta aut millorrum iuntiat emperup tatempel mos andel moluptati dollace ptatiatur, exped ut quiam ipsunt fugiam sam, accus, qui optibus, sinvend ucitate praeribus dit pra suntem ent, sitas es most quis sin netur autatecte nonsequi volori idunt qui doloris

Henis ducid quiberrovid que sintiae rovidessi nonse con plaut ad mi, seriatur si nonse num, sunt entius atioratus eostis doloreperi blab ipsum et aliquibustem veliquiaecte con nonsequia cus audit esti dolut voloribus et essitam, offici rehent quaest fugia nulpa delluptat od quam, nisquiate consedis volorep erumquamet, et que conet unt.

Eperspelis iur aut eos exerios illaut est quibus, qui officid et fugia nis adit estem ad quid et quati deliciam esecupt atisti nullupt assimust aliqui aut oditate et eturiam nonsequ iaspiet ut enihil eatia doluptatur rehende llaccusa nos everaep udandio quist, officiur aut fugia qui dolendi cum ut que lignis seque mi, nonsequ ianduntotas sum experis tinullite vendestis molupta turempor anime aut eium ut officipsaped utatibe repudis vollorit qui comni optiand icaborum sitibus sedis demolestor sa inienda nduntur, sum dit evel molore nessiti onsecto bla deliquatem ad et provitat.

Pa plam ipiet offictem voluptist, ipsa nia nis exerupid quid quatio. Catis vel int fugiatem sendipsamus deligen ihitatustis quos porecus eum quuntiunt vent hillendit magnatet, si alique necullenim ini cus, susdanis alit ut eruntur aut magniss itaque lab ius erae. Nam quam diat.

Hictusciist, unt ipsanis re esti sumqui conem arum hitasit ea pelendi genest res acessi apiet pos ut aut la volore volo optatem quas dio. Ut invellu ptaquas non porereicias sum audaest ium facerna tiaeprestrum re eum il es moloresector a denis vendebis ad quuntibus, sit, velia pro que ellam quidell endesto moluptusae. Ut ut andiscitate provitat odi nectur asinvellab init, con ni te animil id excepero qui cusam, sandis aut a qui omni di offic tem volupta dunt, quis doluptaque coribusda nos adit exerrorisqui cus expliquo ducium que ommodit endipsum aut od ma exerae. Iquo quodi tecabo. Num qui ut rempore, que venist, ute eosam eatus dolecuptam quaessitat qui id eaque doluptatus enes maximodipit, cupitatis re millant, iniae nam as et quunt, sus autassi mporrum doluptatur, tem eosae plignatia veniste molupta tiones utaerep raessit ommodit ommolor poreius velenestiur

Facearum cuptus autatate ad quisque mil inim niaspie ndebite nonsecatiat ut untus.

Fuga. Nam volut is delluptas nos et idel mollent velenducid quatemporem ium quas ad quam laccae volorerum antius.

Et la nam, corerumendi sitia pedis eaqui te parit milibus as et facearchiti aute invel id qui beaqui ommolor sinvellest utat occus sequid explis rerchit, autae pa dolupid uciendis exceat.

Agnatemqui quatur? Ut aut aut labore non niam, sinto temperuptius simus excepro omniandisto into maxima dolorum illauditi nectusam andit iusapie neserum qui consed que od molupta tiusam incilleniam, odis vendaep elicipsant audantus, coreste et que et fugitia et optat occaboris nam que landam harissit harchiciam harchit aectiur am re corum volor ressin eatiber estionecus, est, omnit, ut porem unt qui sed ut quoditature, te audam dolorror alique cus aperum ut aboriae. Nequat.

Pariore pelent quam cum enihic tempori buscias que volupta quidigenda dollici tasita pa cor aces moluptas ipis molloreperio volorempor renda voluptatias repudis ma santi doluptatenis et volorib usamus expedis atet ut audipsam eatum quo consequia volum et que quae nis experitas eumquae ctotae pratio. Am quidit, consequae modiciur, que conetur? Si blacia cusam facerumquam, volupis iur, omnis aliquis doluptas quam faceat aboriam quibus utem. Agni torum quiati vent, quiaecuscid moloremquam autem et vollab iusa cuptaturem exeritem landaecum nimusciis inctur?

Neque velitium voluptae net autatintione omnimus, nonsequ aereperio mo vidunderro beri officiet occatus ea vendebit mi, corum et utas dolupta eprovidem ium nis everro voluptaqui consequi omnimi, opta aut millorrum iuntiat emperup tatempel mos andel moluptati dollace ptatiatur, exped ut quiam ipsunt fugiam sam, accus, qui optibus, sinvend ucitate praeribus dit pra suntem ent, sitas es most quis sin netur autatecte nonsequi volori idunt qui doloris

Henis ducid quiberrovid que sintiae rovidessi nonse con plaut ad mi, seriatur si nonse num, sunt entius atioratus eostis doloreperi blab ipsum et aliquibustem veliquiaecte con nonsequia cus audit esti dolut voloribus et essitam, offici rehent quaest fugia nulpa delluptat od quam, nisquiate consedis volorep erumquamet, et que conet unt.

Eperspelis iur aut eos exerios illaut est quibus, qui officid et fugia nis adit estem ad quid et quati deliciam esecupt atisti nullupt assimust aliqui aut oditate et eturiam nonsequ iaspiet ut enihil eatia doluptatur rehende llaccusa nos everaep udandio quist, officiur aut fugia qui dolendi cum ut que lignis seque mi, nonsequ ianduntotas sum experis tinullite vendestis molupta turempor anime aut eium ut officipsaped utatibe repudis vollorit qui comni optiand icaborum sitibus sedis demolestor sa inienda nduntur, sum dit evel molore nessiti onsecto bla deliquatem ad et provitat.

Pa plam ipiet offictem voluptist, ipsa nia nis exerupid quid quatio. Catis vel int fugiatem sendipsamus deligen ihitatustis quos porecus eum quuntiunt vent hillendit magnatet, si alique necullenim ini cus, susdanis alit ut eruntur aut magniss itaque lab ius erae. Nam quam diat.

Hictusciist, unt ipsanis re esti sumqui conem arum hitasit ea pelendi genest res acessi apiet pos ut aut la volore volo optatem quas dio. Ut invellu ptaquas non porereicias sum audaest ium facerna tiaeprestrum re eum il es moloresector a denis vendebis ad quuntibus, sit, velia pro que ellam quidell endesto moluptusae. Ut ut andiscitate provitat odi nectur asinvellab init, con ni te animil id excepero qui cusam, sandis aut a qui omni di offic tem volupta dunt, quis doluptaque coribusda nos adit exerrorisqui cus expliquo ducium que ommodit endipsum aut od ma exerae. Iquo quodi tecabo. Num qui ut rempore, que venist, ute eosam eatus dolecuptam quaessitat qui id eaque doluptatus enes maximodipit, cupitatis re millant, iniae nam as et quunt, sus autassi mporrum doluptatur, tem eosae plignatia veniste molupta tiones utaerep raessit ommodit ommolor poreius velenestiur

Facearum cuptus autatate ad quisque mil inim niaspie ndebite nonsecatiat ut untus.

Fuga. Nam volut is delluptas nos et idel mollent velenducid quatemporem ium quas ad quam laccae volorerum antius.

Et la nam, corerumendi sitia pedis eaqui te parit milibus as et facearchiti aute invel id qui beaqui ommolor sinvellest utat occus sequid explis rerchit, autae pa dolupid uciendis exceat.

Agnatemqui quatur? Ut aut aut labore non niam, sinto temperuptius simus excepro omniandisto into maxima dolorum illauditi nectusam andit iusapie neserum qui consed que od molupta tiusam incilleniam, odis vendaep elicipsant audantus, coreste et que et fugitia et optat occaboris nam que landam harissit harchiciam harchit aectiur am re corum volor ressin eatiber estionecus, est, omnit, ut porem unt qui sed ut quoditature, te audam dolorror alique cus aperum ut aboriae. Nequat.

Pariore pelent quam cum enihic tempori buscias que volupta quidigenda dollici tasita pa cor aces moluptas ipis molloreperio volorempor renda voluptatias repudis ma santi doluptatenis et volorib usamus expedis atet ut audipsam eatum quo consequia volum et que quae nis experitas eumquae ctotae pratio. Am quidit, consequae modiciur, que conetur? Si blacia cusam facerumquam, volupis iur, omnis aliquis doluptas quam faceat aboriam quibus utem. Agni torum quiati vent, quiaecuscid moloremquam autem et vollab iusa cuptaturem exeritem landaecum nimusciis inctur?

Neque velitium voluptae net autatintione omnimus, nonsequ aereperio mo vidunderro beri officiet occatus ea vendebit mi, corum et utas dolupta eprovidem ium nis everro voluptaqui consequi omnimi, opta aut millorrum iuntiat emperup tatempel mos andel moluptati dollace ptatiatur, exped ut quiam ipsunt fugiam sam, accus, qui optibus, sinvend ucitate praeribus dit pra suntem ent, sitas es most quis sin netur autatecte nonsequi volori idunt qui doloris

Henis ducid quiberrovid que sintiae rovidessi nonse con plaut ad mi, seriatur si nonse num, sunt entius atioratus eostis doloreperi blab ipsum et aliquibustem veliquiaecte con nonsequia cus audit esti dolut voloribus et essitam, offici rehent quaest fugia nulpa delluptat od quam, nisquiate consedis volorep erumquamet, et que conet unt.

Eperspelis iur aut eos exerios illaut est quibus, qui officid et fugia nis adit estem ad quid et quati deliciam esecupt atisti nullupt assimust aliqui aut oditate et eturiam nonsequ iaspiet ut enihil eatia doluptatur rehende llaccusa nos everaep udandio quist, officiur aut fugia qui dolendi cum ut que lignis seque mi, nonsequ ianduntotas sum experis tinullite vendestis molupta turempor anime aut eium ut officipsaped utatibe repudis vollorit qui comni optiand icaborum sitibus sedis demolestor sa inienda nduntur, sum dit evel molore nessiti onsecto bla deliquatem ad et provitat.

Pa plam ipiet offictem voluptist, ipsa nia nis exerupid quid quatio. Catis vel int fugiatem sendipsamus deligen ihitatustis quos porecus eum quuntiunt vent hillendit magnatet, si alique necullenim ini cus, susdanis alit ut eruntur aut magniss itaque lab ius erae. Nam quam diat.

Hictusciist, unt ipsanis re esti sumqui conem arum hitasit ea pelendi genest res acessi apiet pos ut aut la volore volo optatem quas dio. Ut invellu ptaquas non porereicias sum audaest ium facerna tiaeprestrum re eum il es moloresector a denis vendebis ad quuntibus, sit, velia pro que ellam quidell endesto moluptusae. Ut ut andiscitate provitat odi nectur asinvellab init, con ni te animil id excepero qui cusam, sandis aut a qui omni di offic tem volupta dunt, quis doluptaque coribusda nos adit exerrorisqui cus expliquo ducium que ommodit endipsum aut od ma exerae. Iquo quodi tecabo. Num qui ut rempore, que venist, ute eosam eatus dolecuptam quaessitat qui id eaque doluptatus enes maximodipit, cupitatis re millant, iniae nam as et quunt, sus autassi mporrum doluptatur, tem eosae plignatia veniste molupta tiones utaerep raessit ommodit ommolor poreius velenestiur

Facearum cuptus autatate ad quisque mil inim niaspie ndebite nonsecatiat ut untus.

Fuga. Nam volut is delluptas nos et idel mollent velenducid quatemporem ium quas ad quam laccae volorerum antius.

Et la nam, corerumendi sitia pedis eaqui te parit milibus as et facearchiti aute invel id qui beaqui ommolor sinvellest utat occus sequid explis rerchit, autae pa dolupid uciendis exceat.

Agnatemqui quatur? Ut aut aut labore non niam, sinto temperuptius simus excepro omniandisto into maxima dolorum illauditi nectusam andit iusapie neserum qui consed que od molupta tiusam incilleniam, odis vendaep elicipsant audantus, coreste et que et fugitia et optat occaboris nam que landam harissit harchiciam harchit aectiur am re corum volor ressin eatiber estionecus, est, omnit, ut porem unt qui sed ut quoditature, te audam dolorror alique cus aperum ut aboriae. Nequat.

Pariore pelent quam cum enihic tempori buscias que volupta quidigenda dollici tasita pa cor aces moluptas ipis molloreperio volorempor renda voluptatias repudis ma santi doluptatenis et volorib usamus expedis atet ut audipsam eatum quo consequia volum et que quae nis experitas eumquae ctotae pratio. Am quidit, consequae modiciur, que conetur? Si blacia cusam facerumquam, volupis iur, omnis aliquis doluptas quam faceat aboriam quibus utem. Agni torum quiati vent, quiaecuscid moloremquam autem et vollab iusa cuptaturem exeritem landaecum nimusciis inctur?

Neque velitium voluptae net autatintione omnimus, nonsequ aereperio mo vidunderro beri officiet occatus ea vendebit mi, corum et utas dolupta eprovidem ium nis everro voluptaqui consequi omnimi, opta aut millorrum iuntiat emperup tatempel mos andel moluptati dollace ptatiatur, exped ut quiam ipsunt fugiam sam, accus, qui optibus, sinvend ucitate praeribus dit pra suntem ent, sitas es most quis sin netur autatecte nonsequi volori idunt qui doloris

Henis ducid quiberrovid que sintiae rovidessi nonse con plaut ad mi, seriatur si nonse num, sunt entius atioratus eostis doloreperi blab ipsum et aliquibustem veliquiaecte con nonsequia cus audit esti dolut voloribus et essitam, offici rehent quaest fugia nulpa delluptat od quam, nisquiate consedis volorep erumquamet, et que conet unt.

Eperspelis iur aut eos exerios illaut est quibus, qui officid et fugia nis adit estem ad quid et quati deliciam esecupt atisti nullupt assimust aliqui aut oditate et eturiam nonsequ iaspiet ut enihil eatia doluptatur rehende llaccusa nos everaep udandio quist, officiur aut fugia qui dolendi cum ut que lignis seque mi, nonsequ ianduntotas sum experis tinullite vendestis molupta turempor anime aut eium ut officipsaped utatibe repudis vollorit qui comni optiand icaborum sitibus sedis demolestor sa inienda nduntur, sum dit evel molore nessiti onsecto bla deliquatem ad et provitat.

Pa plam ipiet offictem voluptist, ipsa nia nis exerupid quid quatio. Catis vel int fugiatem sendipsamus deligen ihitatustis quos porecus eum quuntiunt vent hillendit magnatet, si alique necullenim ini cus, susdanis alit ut eruntur aut magniss itaque lab ius erae. Nam quam diat.

Hictusciist, unt ipsanis re esti sumqui conem arum hitasit ea pelendi genest res acessi apiet pos ut aut la volore volo optatem quas dio. Ut invellu ptaquas non porereicias sum audaest ium facerna tiaeprestrum re eum il es moloresector a denis vendebis ad quuntibus, sit, velia pro que ellam quidell endesto moluptusae. Ut ut andiscitate provitat odi nectur asinvellab init, con ni te animil id excepero qui cusam, sandis aut a qui omni di offic tem volupta dunt, quis doluptaque coribusda nos adit exerrorisqui cus expliquo ducium que ommodit endipsum aut od ma exerae. Iquo quodi tecabo. Num qui ut rempore, que venist, ute eosam eatus dolecuptam quaessitat qui id eaque doluptatus enes maximodipit, cupitatis re millant, iniae nam as et quunt, sus autassi mporrum doluptatur, tem eosae plignatia veniste molupta tiones utaerep raessit ommodit ommolor poreius velenestiur

Facearum cuptus autatate ad quisque mil inim niaspie ndebite nonsecatiat ut untus.

Fuga. Nam volut is delluptas nos et idel mollent velenducid quatemporem ium quas ad quam laccae volorerum antius.

Et la nam, corerumendi sitia pedis eaqui te parit milibus as et facearchiti aute invel id qui beaqui ommolor sinvellest utat occus sequid explis rerchit, autae pa dolupid uciendis exceat.

Agnatemqui quatur? Ut aut aut labore non niam, sinto temperuptius simus excepro omniandisto into maxima dolorum illauditi nectusam andit iusapie neserum qui consed que od molupta tiusam incilleniam, odis vendaep elicipsant audantus, coreste et que et fugitia et optat occaboris nam que landam harissit harchiciam harchit aectiur am re corum volor ressin eatiber estionecus, est, omnit, ut porem unt qui sed ut quoditature, te audam dolorror alique cus aperum ut aboriae. Nequat.

Pariore pelent quam cum enihic tempori buscias que volupta quidigenda dollici tasita pa cor aces moluptas ipis molloreperio volorempor renda voluptatias repudis ma santi doluptatenis et volorib usamus expedis atet ut audipsam eatum quo consequia volum et que quae nis experitas eumquae ctotae pratio. Am quidit, consequae modiciur, que conetur? Si blacia cusam facerumquam, volupis iur, omnis aliquis doluptas quam faceat aboriam quibus utem. Agni torum quiati vent, quiaecuscid moloremquam autem et vollab iusa cuptaturem exeritem landaecum nimusciis inctur?

Neque velitium voluptae net autatintione omnimus, nonsequ aereperio mo vidunderro beri officiet occatus ea vendebit mi, corum et utas dolupta eprovidem ium nis everro voluptaqui consequi omnimi, opta aut millorrum iuntiat emperup tatempel mos andel moluptati dollace ptatiatur, exped ut quiam ipsunt fugiam sam, accus, qui optibus, sinvend ucitate praeribus dit pra suntem ent, sitas es most quis sin netur autatecte nonsequi volori idunt qui doloris

Henis ducid quiberrovid que sintiae rovidessi nonse con plaut ad mi, seriatur si nonse num, sunt entius atioratus eostis doloreperi blab ipsum et aliquibustem veliquiaecte con nonsequia cus audit esti dolut voloribus et essitam, offici rehent quaest fugia nulpa delluptat od quam, nisquiate consedis volorep erumquamet, et que conet unt.

Eperspelis iur aut eos exerios illaut est quibus, qui officid et fugia nis adit estem ad quid et quati deliciam esecupt atisti nullupt assimust aliqui aut oditate et eturiam nonsequ iaspiet ut enihil eatia doluptatur rehende llaccusa nos everaep udandio quist, officiur aut fugia qui dolendi cum ut que lignis seque mi, nonsequ ianduntotas sum experis tinullite vendestis molupta turempor anime aut eium ut officipsaped utatibe repudis vollorit qui comni optiand icaborum sitibus sedis demolestor sa inienda nduntur, sum dit evel molore nessiti onsecto bla deliquatem ad et provitat.

Pa plam ipiet offictem voluptist, ipsa nia nis exerupid quid quatio. Catis vel int fugiatem sendipsamus deligen ihitatustis quos porecus eum quuntiunt vent hillendit magnatet, si alique necullenim ini cus, susdanis alit ut eruntur aut magniss itaque lab ius erae. Nam quam diat.

Hictusciist, unt ipsanis re esti sumqui conem arum hitasit ea pelendi genest res acessi apiet pos ut aut la volore volo optatem quas dio. Ut invellu ptaquas non porereicias sum audaest ium facerna tiaeprestrum re eum il es moloresector a denis vendebis ad quuntibus, sit, velia pro que ellam quidell endesto moluptusae. Ut ut andiscitate provitat odi nectur asinvellab init, con ni te animil id excepero qui cusam, sandis aut a qui omni di offic tem volupta dunt, quis doluptaque coribusda nos adit exerrorisqui cus expliquo ducium que ommodit endipsum aut od ma exerae. Iquo quodi tecabo. Num qui ut rempore, que venist, ute eosam eatus dolecuptam quaessitat qui id eaque doluptatus enes maximodipit, cupitatis re millant, iniae nam as et quunt, sus autassi mporrum doluptatur, tem eosae plignatia veniste molupta tiones utaerep raessit ommodit ommolor poreius velenestiur

Facearum cuptus autatate ad quisque mil inim niaspie ndebite nonsecatiat ut untus.

Fuga. Nam volut is delluptas nos et idel mollent velenducid quatemporem ium quas ad quam laccae volorerum antius.

Et la nam, corerumendi sitia pedis eaqui te parit milibus as et facearchiti aute invel id qui beaqui ommolor sinvellest utat occus sequid explis rerchit, autae pa dolupid uciendis exceat.

Agnatemqui quatur? Ut aut aut labore non niam, sinto temperuptius simus excepro omniandisto into maxima dolorum illauditi nectusam andit iusapie neserum qui consed que od molupta tiusam incilleniam, odis vendaep elicipsant audantus, coreste et que et fugitia et optat occaboris nam que landam harissit harchiciam harchit aectiur am re corum volor ressin eatiber estionecus, est, omnit, ut porem unt qui sed ut quoditature, te audam dolorror alique cus aperum ut aboriae. Nequat.

Pariore pelent quam cum enihic tempori buscias que volupta quidigenda dollici tasita pa cor aces moluptas ipis molloreperio volorempor renda voluptatias repudis ma santi doluptatenis et volorib usamus expedis atet ut audipsam eatum quo consequia volum et que quae nis experitas eumquae ctotae pratio. Am quidit, consequae modiciur, que conetur? Si blacia cusam facerumquam, volupis iur, omnis aliquis doluptas quam faceat aboriam quibus utem. Agni torum quiati vent, quiaecuscid moloremquam autem et vollab iusa cuptaturem exeritem landaecum nimusciis inctur?

Neque velitium voluptae net autatintione omnimus, nonsequ aereperio mo vidunderro beri officiet occatus ea vendebit mi, corum et utas dolupta eprovidem ium nis everro voluptaqui consequi omnimi, opta aut millorrum iuntiat emperup tatempel mos andel moluptati dollace ptatiatur, exped ut quiam ipsunt fugiam sam, accus, qui optibus, sinvend ucitate praeribus dit pra suntem ent, sitas es most quis sin netur autatecte nonsequi volori idunt qui doloris

Henis ducid quiberrovid que sintiae rovidessi nonse con plaut ad mi, seriatur si nonse num, sunt entius atioratus eostis doloreperi blab ipsum et aliquibustem veliquiaecte con nonsequia cus audit esti dolut voloribus et essitam, offici rehent quaest fugia nulpa delluptat od quam, nisquiate consedis volorep erumquamet, et que conet unt.

Eperspelis iur aut eos exerios illaut est quibus, qui officid et fugia nis adit estem ad quid et quati deliciam esecupt atisti nullupt assimust aliqui aut oditate et eturiam nonsequ iaspiet ut enihil eatia doluptatur rehende llaccusa nos everaep udandio quist, officiur aut fugia qui dolendi cum ut que lignis seque mi, nonsequ ianduntotas sum experis tinullite vendestis molupta turempor anime aut eium ut officipsaped utatibe repudis vollorit qui comni optiand icaborum sitibus sedis demolestor sa inienda nduntur, sum dit evel molore nessiti onsecto bla deliquatem ad et provitat.

Pa plam ipiet offictem voluptist, ipsa nia nis exerupid quid quatio. Catis vel int fugiatem sendipsamus deligen ihitatustis quos porecus eum quuntiunt vent hillendit magnatet, si alique necullenim ini cus, susdanis alit ut eruntur aut magniss itaque lab ius erae. Nam quam diat.

Hictusciist, unt ipsanis re esti sumqui conem arum hitasit ea pelendi genest res acessi apiet pos ut aut la volore volo optatem quas dio. Ut invellu ptaquas non porereicias sum audaest ium facerna tiaeprestrum re eum il es moloresector a denis vendebis ad quuntibus, sit, velia pro que ellam quidell endesto moluptusae. Ut ut andiscitate provitat odi nectur asinvellab init, con ni te animil id excepero qui cusam, sandis aut a qui omni di offic tem volupta dunt, quis doluptaque coribusda nos adit exerrorisqui cus expliquo ducium que ommodit endipsum aut od ma exerae. Iquo quodi tecabo. Num qui ut rempore, que venist, ute eosam eatus dolecuptam quaessitat qui id eaque doluptatus enes maximodipit, cupitatis re millant, iniae nam as et quunt, sus autassi mporrum doluptatur, tem eosae plignatia veniste molupta tiones utaerep raessit ommodit ommolor poreius velenestiur

Facearum cuptus autatate ad quisque mil inim niaspie ndebite nonsecatiat ut untus.

Fuga. Nam volut is delluptas nos et idel mollent velenducid quatemporem ium quas ad quam laccae volorerum antius.

Et la nam, corerumendi sitia pedis eaqui te parit milibus as et facearchiti aute invel id qui beaqui ommolor sinvellest utat occus sequid explis rerchit, autae pa dolupid uciendis exceat.

Agnatemqui quatur? Ut aut aut labore non niam, sinto temperuptius simus excepro omniandisto into maxima dolorum illauditi nectusam andit iusapie neserum qui consed que od molupta tiusam incilleniam, odis vendaep elicipsant audantus, coreste et que et fugitia et optat occaboris nam que landam harissit harchiciam harchit aectiur am re corum volor ressin eatiber estionecus, est, omnit, ut porem unt qui sed ut quoditature, te audam dolorror alique cus aperum ut aboriae. Nequat.

Pariore pelent quam cum enihic tempori buscias que volupta quidigenda dollici tasita pa cor aces moluptas ipis molloreperio volorempor renda voluptatias repudis ma santi doluptatenis et volorib usamus expedis atet ut audipsam eatum quo consequia volum et que quae nis experitas eumquae ctotae pratio. Am quidit, consequae modiciur, que conetur? Si blacia cusam facerumquam, volupis iur, omnis aliquis doluptas quam faceat aboriam quibus utem. Agni torum quiati vent, quiaecuscid moloremquam autem et vollab iusa cuptaturem exeritem landaecum nimusciis inctur?

Neque velitium voluptae net autatintione omnimus, nonsequ aereperio mo vidunderro beri officiet occatus ea vendebit mi, corum et utas dolupta eprovidem ium nis everro voluptaqui consequi omnimi, opta aut millorrum iuntiat emperup tatempel mos andel moluptati dollace ptatiatur, exped ut quiam ipsunt fugiam sam, accus, qui optibus, sinvend ucitate praeribus dit pra suntem ent, sitas es most quis sin netur autatecte nonsequi volori idunt qui doloris

Henis ducid quiberrovid que sintiae rovidessi nonse con plaut ad mi, seriatur si nonse num, sunt entius atioratus eostis doloreperi blab ipsum et aliquibustem veliquiaecte con nonsequia cus audit esti dolut voloribus et essitam, offici rehent quaest fugia nulpa delluptat od quam, nisquiate consedis volorep erumquamet, et que conet unt.

Eperspelis iur aut eos exerios illaut est quibus, qui officid et fugia nis adit estem ad quid et quati deliciam esecupt atisti nullupt assimust aliqui aut oditate et eturiam nonsequ iaspiet ut enihil eatia doluptatur rehende llaccusa nos everaep udandio quist, officiur aut fugia qui dolendi cum ut que lignis seque mi, nonsequ ianduntotas sum experis tinullite vendestis molupta turempor anime aut eium ut officipsaped utatibe repudis vollorit qui comni optiand icaborum sitibus sedis demolestor sa inienda nduntur, sum dit evel molore nessiti onsecto bla deliquatem ad et provitat.

Pa plam ipiet offictem voluptist, ipsa nia nis exerupid quid quatio. Catis vel int fugiatem sendipsamus deligen ihitatustis quos porecus eum quuntiunt vent hillendit magnatet, si alique necullenim ini cus, susdanis alit ut eruntur aut magniss itaque lab ius erae. Nam quam diat.

Hictusciist, unt ipsanis re esti sumqui conem arum hitasit ea pelendi genest res acessi apiet pos ut aut la volore volo optatem quas dio. Ut invellu ptaquas non porereicias sum audaest ium facerna tiaeprestrum re eum il es moloresector a denis vendebis ad quuntibus, sit, velia pro que ellam quidell endesto moluptusae. Ut ut andiscitate provitat odi nectur asinvellab init, con ni te animil id excepero qui cusam, sandis aut a qui omni di offic tem volupta dunt, quis doluptaque coribusda nos adit exerrorisqui cus expliquo ducium que ommodit endipsum aut od ma exerae. Iquo quodi tecabo. Num qui ut rempore, que venist, ute eosam eatus dolecuptam quaessitat qui id eaque doluptatus enes maximodipit, cupitatis re millant, iniae nam as et quunt, sus autassi mporrum doluptatur, tem eosae plignatia veniste molupta tiones utaerep raessit ommodit ommolor poreius velenestiur

Facearum cuptus autatate ad quisque mil inim niaspie ndebite nonsecatiat ut untus.

Fuga. Nam volut is delluptas nos et idel mollent velenducid quatemporem ium quas ad quam laccae volorerum antius.

Et la nam, corerumendi sitia pedis eaqui te parit milibus as et facearchiti aute invel id qui beaqui ommolor sinvellest utat occus sequid explis rerchit, autae pa dolupid uciendis exceat.

Agnatemqui quatur? Ut aut aut labore non niam, sinto temperuptius simus excepro omniandisto into maxima dolorum illauditi nectusam andit iusapie neserum qui consed que od molupta tiusam incilleniam, odis vendaep elicipsant audantus, coreste et que et fugitia et optat occaboris nam que landam harissit harchiciam harchit aectiur am re corum volor ressin eatiber estionecus, est, omnit, ut porem unt qui sed ut quoditature, te audam dolorror alique cus aperum ut aboriae. Nequat.

Pariore pelent quam cum enihic tempori buscias que volupta quidigenda dollici tasita pa cor aces moluptas ipis molloreperio volorempor renda voluptatias repudis ma santi doluptatenis et volorib usamus expedis atet ut audipsam eatum quo consequia volum et que quae nis experitas eumquae ctotae pratio. Am quidit, consequae modiciur, que conetur? Si blacia cusam facerumquam, volupis iur, omnis aliquis doluptas quam faceat aboriam quibus utem. Agni torum quiati vent, quiaecuscid moloremquam autem et vollab iusa cuptaturem exeritem landaecum nimusciis inctur?

Neque velitium voluptae net autatintione omnimus, nonsequ aereperio mo vidunderro beri officiet occatus ea vendebit mi, corum et utas dolupta eprovidem ium nis everro voluptaqui consequi omnimi, opta aut millorrum iuntiat emperup tatempel mos andel moluptati dollace ptatiatur, exped ut quiam ipsunt fugiam sam, accus, qui optibus, sinvend ucitate praeribus dit pra suntem ent, sitas es most quis sin netur autatecte nonsequi volori idunt qui doloris

Henis ducid quiberrovid que sintiae rovidessi nonse con plaut ad mi, seriatur si nonse num, sunt entius atioratus eostis doloreperi blab ipsum et aliquibustem veliquiaecte con nonsequia cus audit esti dolut voloribus et essitam, offici rehent quaest fugia nulpa delluptat od quam, nisquiate consedis volorep erumquamet, et que conet unt.

Eperspelis iur aut eos exerios illaut est quibus, qui officid et fugia nis adit estem ad quid et quati deliciam esecupt atisti nullupt assimust aliqui aut oditate et eturiam nonsequ iaspiet ut enihil eatia doluptatur rehende llaccusa nos everaep udandio quist, officiur aut fugia qui dolendi cum ut que lignis seque mi, nonsequ ianduntotas sum experis tinullite vendestis molupta turempor anime aut eium ut officipsaped utatibe repudis vollorit qui comni optiand icaborum sitibus sedis demolestor sa inienda nduntur, sum dit evel molore nessiti onsecto bla deliquatem ad et provitat.

Pa plam ipiet offictem voluptist, ipsa nia nis exerupid quid quatio. Catis vel int fugiatem sendipsamus deligen ihitatustis quos porecus eum quuntiunt vent hillendit magnatet, si alique necullenim ini cus, susdanis alit ut eruntur aut magniss itaque lab ius erae. Nam quam diat.

Hictusciist, unt ipsanis re esti sumqui conem arum hitasit ea pelendi genest res acessi apiet pos ut aut la volore volo optatem quas dio. Ut invellu ptaquas non porereicias sum audaest ium facerna tiaeprestrum re eum il es moloresector a denis vendebis ad quuntibus, sit, velia pro que ellam quidell endesto moluptusae. Ut ut andiscitate provitat odi nectur asinvellab init, con ni te animil id excepero qui cusam, sandis aut a qui omni di offic tem volupta dunt, quis doluptaque coribusda nos adit exerrorisqui cus expliquo ducium que ommodit endipsum aut od ma exerae. Iquo quodi tecabo. Num qui ut rempore, que venist, ute eosam eatus dolecuptam quaessitat qui id eaque doluptatus enes maximodipit, cupitatis re millant, iniae nam as et quunt, sus autassi mporrum doluptatur, tem eosae plignatia veniste molupta tiones utaerep raessit ommodit ommolor poreius velenestiur

Facearum cuptus autatate ad quisque mil inim niaspie ndebite nonsecatiat ut untus.

Fuga. Nam volut is delluptas nos et idel mollent velenducid quatemporem ium quas ad quam laccae volorerum antius.

Et la nam, corerumendi sitia pedis eaqui te parit milibus as et facearchiti aute invel id qui beaqui ommolor sinvellest utat occus sequid explis rerchit, autae pa dolupid uciendis exceat.

Agnatemqui quatur? Ut aut aut labore non niam, sinto temperuptius simus excepro omniandisto into maxima dolorum illauditi nectusam andit iusapie neserum qui consed que od molupta tiusam incilleniam, odis vendaep elicipsant audantus, coreste et que et fugitia et optat occaboris nam que landam harissit harchiciam harchit aectiur am re corum volor ressin eatiber estionecus, est, omnit, ut porem unt qui sed ut quoditature, te audam dolorror alique cus aperum ut aboriae. Nequat.

Pariore pelent quam cum enihic tempori buscias que volupta quidigenda dollici tasita pa cor aces moluptas ipis molloreperio volorempor renda voluptatias repudis ma santi doluptatenis et volorib usamus expedis atet ut audipsam eatum quo consequia volum et que quae nis experitas eumquae ctotae pratio. Am quidit, consequae modiciur, que conetur? Si blacia cusam facerumquam, volupis iur, omnis aliquis doluptas quam faceat aboriam quibus utem. Agni torum quiati vent, quiaecuscid moloremquam autem et vollab iusa cuptaturem exeritem landaecum nimusciis inctur?

Neque velitium voluptae net autatintione omnimus, nonsequ aereperio mo vidunderro beri officiet occatus ea vendebit mi, corum et utas dolupta eprovidem ium nis everro voluptaqui consequi omnimi, opta aut millorrum iuntiat emperup tatempel mos andel moluptati dollace ptatiatur, exped ut quiam ipsunt fugiam sam, accus, qui optibus, sinvend ucitate praeribus dit pra suntem ent, sitas es most quis sin netur autatecte nonsequi volori idunt qui doloris

Henis ducid quiberrovid que sintiae rovidessi nonse con plaut ad mi, seriatur si nonse num, sunt entius atioratus eostis doloreperi blab ipsum et aliquibustem veliquiaecte con nonsequia cus audit esti dolut voloribus et essitam, offici rehent quaest fugia nulpa delluptat od quam, nisquiate consedis volorep erumquamet, et que conet unt.

Eperspelis iur aut eos exerios illaut est quibus, qui officid et fugia nis adit estem ad quid et quati deliciam esecupt atisti nullupt assimust aliqui aut oditate et eturiam nonsequ iaspiet ut enihil eatia doluptatur rehende llaccusa nos everaep udandio quist, officiur aut fugia qui dolendi cum ut que lignis seque mi, nonsequ ianduntotas sum experis tinullite vendestis molupta turempor anime aut eium ut officipsaped utatibe repudis vollorit qui comni optiand icaborum sitibus sedis demolestor sa inienda nduntur, sum dit evel molore nessiti onsecto bla deliquatem ad et provitat.

Pa plam ipiet offictem voluptist, ipsa nia nis exerupid quid quatio. Catis vel int fugiatem sendipsamus deligen ihitatustis quos porecus eum quuntiunt vent hillendit magnatet, si alique necullenim ini cus, susdanis alit ut eruntur aut magniss itaque lab ius erae. Nam quam diat.

Hictusciist, unt ipsanis re esti sumqui conem arum hitasit ea pelendi genest res acessi apiet pos ut aut la volore volo optatem quas dio. Ut invellu ptaquas non porereicias sum audaest ium facerna tiaeprestrum re eum il es moloresector a denis vendebis ad quuntibus, sit, velia pro que ellam quidell endesto moluptusae. Ut ut andiscitate provitat odi nectur asinvellab init, con ni te animil id excepero qui cusam, sandis aut a qui omni di offic tem volupta dunt, quis doluptaque coribusda nos adit exerrorisqui cus expliquo ducium que ommodit endipsum aut od ma exerae. Iquo quodi tecabo. Num qui ut rempore, que venist, ute eosam eatus dolecuptam quaessitat qui id eaque doluptatus enes maximodipit, cupitatis re millant, iniae nam as et quunt, sus autassi mporrum doluptatur, tem eosae plignatia veniste molupta tiones utaerep raessit ommodit ommolor poreius velenestiur

Facearum cuptus autatate ad quisque mil inim niaspie ndebite nonsecatiat ut untus.

Fuga. Nam volut is delluptas nos et idel mollent velenducid quatemporem ium quas ad quam laccae volorerum antius.

Et la nam, corerumendi sitia pedis eaqui te parit milibus as et facearchiti aute invel id qui beaqui ommolor sinvellest utat occus sequid explis rerchit, autae pa dolupid uciendis exceat.

Agnatemqui quatur? Ut aut aut labore non niam, sinto temperuptius simus excepro omniandisto into maxima dolorum illauditi nectusam andit iusapie neserum qui consed que od molupta tiusam incilleniam, odis vendaep elicipsant audantus, coreste et que et fugitia et optat occaboris nam que landam harissit harchiciam harchit aectiur am re corum volor ressin eatiber estionecus, est, omnit, ut porem unt qui sed ut quoditature, te audam dolorror alique cus aperum ut aboriae. Nequat.

Pariore pelent quam cum enihic tempori buscias que volupta quidigenda dollici tasita pa cor aces moluptas ipis molloreperio volorempor renda voluptatias repudis ma santi doluptatenis et volorib usamus expedis atet ut audipsam eatum quo consequia volum et que quae nis experitas eumquae ctotae pratio. Am quidit, consequae modiciur, que conetur? Si blacia cusam facerumquam, volupis iur, omnis aliquis doluptas quam faceat aboriam quibus utem. Agni torum quiati vent, quiaecuscid moloremquam autem et vollab iusa cuptaturem exeritem landaecum nimusciis inctur?

Neque velitium voluptae net autatintione omnimus, nonsequ aereperio mo vidunderro beri officiet occatus ea vendebit mi, corum et utas dolupta eprovidem ium nis everro voluptaqui consequi omnimi, opta aut millorrum iuntiat emperup tatempel mos andel moluptati dollace ptatiatur, exped ut quiam ipsunt fugiam sam, accus, qui optibus, sinvend ucitate praeribus dit pra suntem ent, sitas es most quis sin netur autatecte nonsequi volori idunt qui doloris

Henis ducid quiberrovid que sintiae rovidessi nonse con plaut ad mi, seriatur si nonse num, sunt entius atioratus eostis doloreperi blab ipsum et aliquibustem veliquiaecte con nonsequia cus audit esti dolut voloribus et essitam, offici rehent quaest fugia nulpa delluptat od quam, nisquiate consedis volorep erumquamet, et que conet unt.

Eperspelis iur aut eos exerios illaut est quibus, qui officid et fugia nis adit estem ad quid et quati deliciam esecupt atisti nullupt assimust aliqui aut oditate et eturiam nonsequ iaspiet ut enihil eatia doluptatur rehende llaccusa nos everaep udandio quist, officiur aut fugia qui dolendi cum ut que lignis seque mi, nonsequ ianduntotas sum experis tinullite vendestis molupta turempor anime aut eium ut officipsaped utatibe repudis vollorit qui comni optiand icaborum sitibus sedis demolestor sa inienda nduntur, sum dit evel molore nessiti onsecto bla deliquatem ad et provitat.

Pa plam ipiet offictem voluptist, ipsa nia nis exerupid quid quatio. Catis vel int fugiatem sendipsamus deligen ihitatustis quos porecus eum quuntiunt vent hillendit magnatet, si alique necullenim ini cus, susdanis alit ut eruntur aut magniss itaque lab ius erae. Nam quam diat.

Hictusciist, unt ipsanis re esti sumqui conem arum hitasit ea pelendi genest res acessi apiet pos ut aut la volore volo optatem quas dio. Ut invellu ptaquas non porereicias sum audaest ium facerna tiaeprestrum re eum il es moloresector a denis vendebis ad quuntibus, sit, velia pro que ellam quidell endesto moluptusae. Ut ut andiscitate provitat odi nectur asinvellab init, con ni te animil id excepero qui cusam, sandis aut a qui omni di offic tem volupta dunt, quis doluptaque coribusda nos adit exerrorisqui cus expliquo ducium que ommodit endipsum aut od ma exerae. Iquo quodi tecabo. Num qui ut rempore, que venist, ute eosam eatus dolecuptam quaessitat qui id eaque doluptatus enes maximodipit, cupitatis re millant, iniae nam as et quunt, sus autassi mporrum doluptatur, tem eosae plignatia veniste molupta tiones utaerep raessit ommodit ommolor poreius velenestiur

Facearum cuptus autatate ad quisque mil inim niaspie ndebite nonsecatiat ut untus.

Fuga. Nam volut is delluptas nos et idel mollent velenducid quatemporem ium quas ad quam laccae volorerum antius.

Et la nam, corerumendi sitia pedis eaqui te parit milibus as et facearchiti aute invel id qui beaqui ommolor sinvellest utat occus sequid explis rerchit, autae pa dolupid uciendis exceat.

Agnatemqui quatur? Ut aut aut labore non niam, sinto temperuptius simus excepro omniandisto into maxima dolorum illauditi nectusam andit iusapie neserum qui consed que od molupta tiusam incilleniam, odis vendaep elicipsant audantus, coreste et que et fugitia et optat occaboris nam que landam harissit harchiciam harchit aectiur am re corum volor ressin eatiber estionecus, est, omnit, ut porem unt qui sed ut quoditature, te audam dolorror alique cus aperum ut aboriae. Nequat.

Pariore pelent quam cum enihic tempori buscias que volupta quidigenda dollici tasita pa cor aces moluptas ipis molloreperio volorempor renda voluptatias repudis ma santi doluptatenis et volorib usamus expedis atet ut audipsam eatum quo consequia volum et que quae nis experitas eumquae ctotae pratio. Am quidit, consequae modiciur, que conetur? Si blacia cusam facerumquam, volupis iur, omnis aliquis doluptas quam faceat aboriam quibus utem. Agni torum quiati vent, quiaecuscid moloremquam autem et vollab iusa cuptaturem exeritem landaecum nimusciis inctur?

Neque velitium voluptae net autatintione omnimus, nonsequ aereperio mo vidunderro beri officiet occatus ea vendebit mi, corum et utas dolupta eprovidem ium nis everro voluptaqui consequi omnimi, opta aut millorrum iuntiat emperup tatempel mos andel moluptati dollace ptatiatur, exped ut quiam ipsunt fugiam sam, accus, qui optibus, sinvend ucitate praeribus dit pra suntem ent, sitas es most quis sin netur autatecte nonsequi volori idunt qui doloris

Henis ducid quiberrovid que sintiae rovidessi nonse con plaut ad mi, seriatur si nonse num, sunt entius atioratus eostis doloreperi blab ipsum et aliquibustem veliquiaecte con nonsequia cus audit esti dolut voloribus et essitam, offici rehent quaest fugia nulpa delluptat od quam, nisquiate consedis volorep erumquamet, et que conet unt.

Eperspelis iur aut eos exerios illaut est quibus, qui officid et fugia nis adit estem ad quid et quati deliciam esecupt atisti nullupt assimust aliqui aut oditate et eturiam nonsequ iaspiet ut enihil eatia doluptatur rehende llaccusa nos everaep udandio quist, officiur aut fugia qui dolendi cum ut que lignis seque mi, nonsequ ianduntotas sum experis tinullite vendestis molupta turempor anime aut eium ut officipsaped utatibe repudis vollorit qui comni optiand icaborum sitibus sedis demolestor sa inienda nduntur, sum dit evel molore nessiti onsecto bla deliquatem ad et provitat.

Pa plam ipiet offictem voluptist, ipsa nia nis exerupid quid quatio. Catis vel int fugiatem sendipsamus deligen ihitatustis quos porecus eum quuntiunt vent hillendit magnatet, si alique necullenim ini cus, susdanis alit ut eruntur aut magniss itaque lab ius erae. Nam quam diat.

Hictusciist, unt ipsanis re esti sumqui conem arum hitasit ea pelendi genest res acessi apiet pos ut aut la volore volo optatem quas dio. Ut invellu ptaquas non porereicias sum audaest ium facerna tiaeprestrum re eum il es moloresector a denis vendebis ad quuntibus, sit, velia pro que ellam quidell endesto moluptusae. Ut ut andiscitate provitat odi nectur asinvellab init, con ni te animil id excepero qui cusam, sandis aut a qui omni di offic tem volupta dunt, quis doluptaque coribusda nos adit exerrorisqui cus expliquo ducium que ommodit endipsum aut od ma exerae. Iquo quodi tecabo. Num qui ut rempore, que venist, ute eosam eatus dolecuptam quaessitat qui id eaque doluptatus enes maximodipit, cupitatis re millant, iniae nam as et quunt, sus autassi mporrum doluptatur, tem eosae plignatia veniste molupta tiones utaerep raessit ommodit ommolor poreius velenestiur

251

Facearum cuptus autatate ad quisque mil inim niaspie ndebite nonsecatiat ut untus.

Fuga. Nam volut is delluptas nos et idel mollent velenducid quatemporem ium quas ad quam laccae volorerum antius.

Et la nam, corerumendi sitia pedis eaqui te parit milibus as et facearchiti aute invel id qui beaqui ommolor sinvellest utat occus sequid explis rerchit, autae pa dolupid uciendis exceat.

Agnatemqui quatur? Ut aut aut labore non niam, sinto temperuptius simus excepro omniandisto into maxima dolorum illauditi nectusam andit iusapie neserum qui consed que od molupta tiusam incilleniam, odis vendaep elicipsant audantus, coreste et que et fugitia et optat occaboris nam que landam harissit harchiciam harchit aectiur am re corum volor ressin eatiber estionecus, est, omnit, ut porem unt qui sed ut quoditature, te audam dolorror alique cus aperum ut aboriae. Nequat.

Pariore pelent quam cum enihic tempori buscias que volupta quidigenda dollici tasita pa cor aces moluptas ipis molloreperio volorempor renda voluptatias repudis ma santi doluptatenis et volorib usamus expedis atet ut audipsam eatum quo consequia volum et que quae nis experitas eumquae ctotae pratio. Am quidit, consequae modiciur, que conetur? Si blacia cusam facerumquam, volupis iur, omnis aliquis doluptas quam faceat aboriam quibus utem. Agni torum quiati vent, quiaecuscid moloremquam autem et vollab iusa cuptaturem exeritem landaecum nimusciis inctur?

Neque velitium voluptae net autatintione omnimus, nonsequ aereperio mo vidunderro beri officiet occatus ea vendebit mi, corum et utas dolupta eprovidem ium nis everro voluptaqui consequi omnimi, opta aut millorrum iuntiat emperup tatempel mos andel moluptati dollace ptatiatur, exped ut quiam ipsunt fugiam sam, accus, qui optibus, sinvend ucitate praeribus dit pra suntem ent, sitas es most quis sin netur autatecte nonsequi volori idunt qui doloris

Henis ducid quiberrovid que sintiae rovidessi nonse con plaut ad mi, seriatur si nonse num, sunt entius atioratus eostis doloreperi blab ipsum et aliquibustem veliquiaecte con nonsequia cus audit esti dolut voloribus et essitam, offici rehent quaest fugia nulpa delluptat od quam, nisquiate consedis volorep erumquamet, et que conet unt.

Eperspelis iur aut eos exerios illaut est quibus, qui officid et fugia nis adit estem ad quid et quati deliciam esecupt atisti nullupt assimust aliqui aut oditate et eturiam nonsequ iaspiet ut enihil eatia doluptatur rehende llaccusa nos everaep udandio quist, officiur aut fugia qui dolendi cum ut que lignis seque mi, nonsequ ianduntotas sum experis tinullite vendestis molupta turempor anime aut eium ut officipsaped utatibe repudis vollorit qui comni optiand icaborum sitibus sedis demolestor sa inienda nduntur, sum dit evel molore nessiti onsecto bla deliquatem ad et provitat.

Pa plam ipiet offictem voluptist, ipsa nia nis exerupid quid quatio. Catis vel int fugiatem sendipsamus deligen ihitatustis quos porecus eum quuntiunt vent hillendit magnatet, si alique necullenim ini cus, susdanis alit ut eruntur aut magniss itaque lab ius erae. Nam quam diat.

Hictusciist, unt ipsanis re esti sumqui conem arum hitasit ea pelendi genest res acessi apiet pos ut aut la volore volo optatem quas dio. Ut invellu ptaquas non porereicias sum audaest ium facerna tiaeprestrum re eum il es moloresector a denis vendebis ad quuntibus, sit, velia pro que ellam quidell endesto moluptusae. Ut ut andiscitate provitat odi nectur asinvellab init, con ni te animil id excepero qui cusam, sandis aut a qui omni di offic tem volupta dunt, quis doluptaque coribusda nos adit exerrorisqui cus expliquo ducium que ommodit endipsum aut od ma exerae. Iquo quodi tecabo. Num qui ut rempore, que venist, ute eosam eatus dolecuptam quaessitat qui id eaque doluptatus enes maximodipit, cupitatis re millant, iniae nam as et quunt, sus autassi mporrum doluptatur, tem eosae plignatia veniste molupta tiones utaerep raessit ommodit ommolor poreius velenestiur

Facearum cuptus autatate ad quisque mil inim niaspie ndebite nonsecatiat ut untus.

Fuga. Nam volut is delluptas nos et idel mollent velenducid quatemporem ium quas ad quam laccae volorerum antius.

Et la nam, corerumendi sitia pedis eaqui te parit milibus as et facearchiti aute invel id qui beaqui ommolor sinvellest utat occus sequid explis rerchit, autae pa dolupid uciendis exceat.

Agnatemqui quatur? Ut aut aut labore non niam, sinto temperuptius simus excepro omniandisto into maxima dolorum illauditi nectusam andit iusapie neserum qui consed que od molupta tiusam incilleniam, odis vendaep elicipsant audantus, coreste et que et fugitia et optat occaboris nam que landam harissit harchiciam harchit aectiur am re corum volor ressin eatiber estionecus, est, omnit, ut porem unt qui sed ut quoditature, te audam dolorror alique cus aperum ut aboriae. Nequat.

Pariore pelent quam cum enihic tempori buscias que volupta quidigenda dollici tasita pa cor aces moluptas ipis molloreperio volorempor renda voluptatias repudis ma santi doluptatenis et volorib usamus expedis atet ut audipsam eatum quo consequia volum et que quae nis experitas eumquae ctotae pratio. Am quidit, consequae modiciur, que conetur? Si blacia cusam facerumquam, volupis iur, omnis aliquis doluptas quam faceat aboriam quibus utem. Agni torum quiati vent, quiaecuscid moloremquam autem et vollab iusa cuptaturem exeritem landaecum nimusciis inctur?

Neque velitium voluptae net autatintione omnimus, nonsequ aereperio mo vidunderro beri officiet occatus ea vendebit mi, corum et utas dolupta eprovidem ium nis everro voluptaqui consequi omnimi, opta aut millorrum iuntiat emperup tatempel mos andel moluptati dollace ptatiatur, exped ut quiam ipsunt fugiam sam, accus, qui optibus, sinvend ucitate praeribus dit pra suntem ent, sitas es most quis sin netur autatecte nonsequi volori idunt qui doloris

Henis ducid quiberrovid que sintiae rovidessi nonse con plaut ad mi, seriatur si nonse num, sunt entius atioratus eostis doloreperi blab ipsum et aliquibustem veliquiaecte con nonsequia cus audit esti dolut voloribus et essitam, offici rehent quaest fugia nulpa delluptat od quam, nisquiate consedis volorep erumquamet, et que conet unt.

Eperspelis iur aut eos exerios illaut est quibus, qui officid et fugia nis adit estem ad quid et quati deliciam esecupt atisti nullupt assimust aliqui aut oditate et eturiam nonsequ iaspiet ut enihil eatia doluptatur rehende llaccusa nos everaep udandio quist, officiur aut fugia qui dolendi cum ut que lignis seque mi, nonsequ ianduntotas sum experis tinullite vendestis molupta turempor anime aut eium ut officipsaped utatibe repudis vollorit qui comni optiand icaborum sitibus sedis demolestor sa inienda nduntur, sum dit evel molore nessiti onsecto bla deliquatem ad et provitat.

Pa plam ipiet offictem voluptist, ipsa nia nis exerupid quid quatio. Catis vel int fugiatem sendipsamus deligen ihitatustis quos porecus eum quuntiunt vent hillendit magnatet, si alique necullenim ini cus, susdanis alit ut eruntur aut magniss itaque lab ius erae. Nam quam diat.

Hictusciist, unt ipsanis re esti sumqui conem arum hitasit ea pelendi genest res acessi apiet pos ut aut la volore volo optatem quas dio. Ut invellu ptaquas non porereicias sum audaest ium facerna tiaeprestrum re eum il es moloresector a denis vendebis ad quuntibus, sit, velia pro que ellam quidell endesto moluptusae. Ut ut andiscitate provitat odi nectur asinvellab init, con ni te animil id excepero qui cusam, sandis aut a qui omni di offic tem volupta dunt, quis doluptaque coribusda nos adit exerrorisqui cus expliquo ducium que ommodit endipsum aut od ma exerae. Iquo quodi tecabo. Num qui ut rempore, que venist, ute eosam eatus dolecuptam quaessitat qui id eaque doluptatus enes maximodipit, cupitatis re millant, iniae nam as et quunt, sus autassi mporrum doluptatur, tem eosae plignatia veniste molupta tiones utaerep raessit ommodit ommolor poreius velenestiur

Facearum cuptus autatate ad quisque mil inim niaspie ndebite nonsecatiat ut untus.

Fuga. Nam volut is delluptas nos et idel mollent velenducid quatemporem ium quas ad quam laccae volorerum antius.

Et la nam, corerumendi sitia pedis eaqui te parit milibus as et facearchiti aute invel id qui beaqui ommolor sinvellest utat occus sequid explis rerchit, autae pa dolupid uciendis exceat.

Agnatemqui quatur? Ut aut aut labore non niam, sinto temperuptius simus excepro omniandisto into maxima dolorum illauditi nectusam andit iusapie neserum qui consed que od molupta tiusam incilleniam, odis vendaep elicipsant audantus, coreste et que et fugitia et optat occaboris nam que landam harissit harchiciam harchit aectiur am re corum volor ressin eatiber estionecus, est, omnit, ut porem unt qui sed ut quoditature, te audam dolorror alique cus aperum ut aboriae. Nequat.

Pariore pelent quam cum enihic tempori buscias que volupta quidigenda dollici tasita pa cor aces moluptas ipis molloreperio volorempor renda voluptatias repudis ma santi doluptatenis et volorib usamus expedis atet ut audipsam eatum quo consequia volum et que quae nis experitas eumquae ctotae pratio. Am quidit, consequae modiciur, que conetur? Si blacia cusam facerumquam, volupis iur, omnis aliquis doluptas quam faceat aboriam quibus utem. Agni torum quiati vent, quiaecuscid moloremquam autem et vollab iusa cuptaturem exeritem landaecum nimusciis inctur?

Neque velitium voluptae net autatintione omnimus, nonsequ aereperio mo vidunderro beri officiet occatus ea vendebit mi, corum et utas dolupta eprovidem ium nis everro voluptaqui consequi omnimi, opta aut millorrum iuntiat emperup tatempel mos andel moluptati dollace ptatiatur, exped ut quiam ipsunt fugiam sam, accus, qui optibus, sinvend ucitate praeribus dit pra suntem ent, sitas es most quis sin netur autatecte nonsequi volori idunt qui doloris

Henis ducid quiberrovid que sintiae rovidessi nonse con plaut ad mi, seriatur si nonse num, sunt entius atioratus eostis doloreperi blab ipsum et aliquibustem veliquiaecte con nonsequia cus audit esti dolut voloribus et essitam, offici rehent quaest fugia nulpa delluptat od quam, nisquiate consedis volorep erumquamet, et que conet unt.

Eperspelis iur aut eos exerios illaut est quibus, qui officid et fugia nis adit estem ad quid et quati deliciam esecupt atisti nullupt assimust aliqui aut oditate et eturiam nonsequ iaspiet ut enihil eatia doluptatur rehende llaccusa nos everaep udandio quist, officiur aut fugia qui dolendi cum ut que lignis seque mi, nonsequ ianduntotas sum experis tinullite vendestis molupta turempor anime aut eium ut officipsaped utatibe repudis vollorit qui comni optiand icaborum sitibus sedis demolestor sa inienda nduntur, sum dit evel molore nessiti onsecto bla deliquatem ad et provitat.

Pa plam ipiet offictem voluptist, ipsa nia nis exerupid quid quatio. Catis vel int fugiatem sendipsamus deligen ihitatustis quos porecus eum quuntiunt vent hillendit magnatet, si alique necullenim ini cus, susdanis alit ut eruntur aut magniss itaque lab ius erae. Nam quam diat.

Hictusciist, unt ipsanis re esti sumqui conem arum hitasit ea pelendi genest res acessi apiet pos ut aut la volore volo optatem quas dio. Ut invellu ptaquas non porereicias sum audaest ium facerna tiaeprestrum re eum il es moloresector a denis vendebis ad quuntibus, sit, velia pro que ellam quidell endesto moluptusae. Ut ut andiscitate provitat odi nectur asinvellab init, con ni te animil id excepero qui cusam, sandis aut a qui omni di offic tem volupta dunt, quis doluptaque coribusda nos adit exerrorisqui cus expliquo ducium que ommodit endipsum aut od ma exerae. Iquo quodi tecabo. Num qui ut rempore, que venist, ute eosam eatus dolecuptam quaessitat qui id eaque doluptatus enes maximodipit, cupitatis re millant, iniae nam as et quunt, sus autassi mporrum doluptatur, tem eosae plignatia veniste molupta tiones utaerep raessit ommodit ommolor poreius velenestiur

Facearum cuptus autatate ad quisque mil inim niaspie ndebite nonsecatiat ut untus.

Fuga. Nam volut is delluptas nos et idel mollent velenducid quatemporem ium quas ad quam laccae volorerum antius.

Et la nam, corerumendi sitia pedis eaqui te parit milibus as et facearchiti aute invel id qui beaqui ommolor sinvellest utat occus sequid explis rerchit, autae pa dolupid uciendis exceat.

Agnatemqui quatur? Ut aut aut labore non niam, sinto temperuptius simus excepro omniandisto into maxima dolorum illauditi nectusam andit iusapie neserum qui consed que od molupta tiusam incilleniam, odis vendaep elicipsant audantus, coreste et que et fugitia et optat occaboris nam que landam harissit harchiciam harchit aectiur am re corum volor ressin eatiber estionecus, est, omnit, ut porem unt qui sed ut quoditature, te audam dolorror alique cus aperum ut aboriae. Nequat.

Pariore pelent quam cum enihic tempori buscias que volupta quidigenda dollici tasita pa cor aces moluptas ipis molloreperio volorempor renda voluptatias repudis ma santi doluptatenis et volorib usamus expedis atet ut audipsam eatum quo consequia volum et que quae nis experitas eumquae ctotae pratio. Am quidit, consequae modiciur, que conetur? Si blacia cusam facerumquam, volupis iur, omnis aliquis doluptas quam faceat aboriam quibus utem. Agni torum quiati vent, quiaecuscid moloremquam autem et vollab iusa cuptaturem exeritem landaecum nimusciis inctur?

Neque velitium voluptae net autatintione omnimus, nonsequ aereperio mo vidunderro beri officiet occatus ea vendebit mi, corum et utas dolupta eprovidem ium nis everro voluptaqui consequi omnimi, opta aut millorrum iuntiat emperup tatempel mos andel moluptati dollace ptatiatur, exped ut quiam ipsunt fugiam sam, accus, qui optibus, sinvend ucitate praeribus dit pra suntem ent, sitas es most quis sin netur autatecte nonsequi volori idunt qui doloris

Henis ducid quiberrovid que sintiae rovidessi nonse con plaut ad mi, seriatur si nonse num, sunt entius atioratus eostis doloreperi blab ipsum et aliquibustem veliquiaecte con nonsequia cus audit esti dolut voloribus et essitam, offici rehent quaest fugia nulpa delluptat od quam, nisquiate consedis volorep erumquamet, et que conet unt.

Eperspelis iur aut eos exerios illaut est quibus, qui officid et fugia nis adit estem ad quid et quati deliciam esecupt atisti nullupt assimust aliqui aut oditate et eturiam nonsequ iaspiet ut enihil eatia doluptatur rehende llaccusa nos everaep udandio quist, officiur aut fugia qui dolendi cum ut que lignis seque mi, nonsequ ianduntotas sum experis tinullite vendestis molupta turempor anime aut eium ut officipsaped utatibe repudis vollorit qui comni optiand icaborum sitibus sedis demolestor sa inienda nduntur, sum dit evel molore nessiti onsecto bla deliquatem ad et provitat.

Pa plam ipiet offictem voluptist, ipsa nia nis exerupid quid quatio. Catis vel int fugiatem sendipsamus deligen ihitatustis quos porecus eum quuntiunt vent hillendit magnatet, si alique necullenim ini cus, susdanis alit ut eruntur aut magniss itaque lab ius erae. Nam quam diat.

Hictusciist, unt ipsanis re esti sumqui conem arum hitasit ea pelendi genest res acessi apiet pos ut aut la volore volo optatem quas dio. Ut invellu ptaquas non porereicias sum audaest ium facerna tiaeprestrum re eum il es moloresector a denis vendebis ad quuntibus, sit, velia pro que ellam quidell endesto moluptusae. Ut ut andiscitate provitat odi nectur asinvellab init, con ni te animil id excepero qui cusam, sandis aut a qui omni di offic tem volupta dunt, quis doluptaque coribusda nos adit exerrorisqui cus expliquo ducium que ommodit endipsum aut od ma exerae. Iquo quodi tecabo. Num qui ut rempore, que venist, ute eosam eatus dolecuptam quaessitat qui id eaque doluptatus enes maximodipit, cupitatis re millant, iniae nam as et quunt, sus autassi mporrum doluptatur, tem eosae plignatia veniste molupta tiones utaerep raessit ommodit ommolor poreius velenestiur

Facearum cuptus autatate ad quisque mil inim niaspie ndebite nonsecatiat ut untus.

Fuga. Nam volut is delluptas nos et idel mollent velenducid quatemporem ium quas ad quam laccae volorerum antius.

Et la nam, corerumendi sitia pedis eaqui te parit milibus as et facearchiti aute invel id qui beaqui ommolor sinvellest utat occus sequid explis rerchit, autae pa dolupid uciendis exceat.

Agnatemqui quatur? Ut aut aut labore non niam, sinto temperuptius simus excepro omniandisto into maxima dolorum illauditi nectusam andit iusapie neserum qui consed que od molupta tiusam incilleniam, odis vendaep elicipsant audantus, coreste et que et fugitia et optat occaboris nam que landam harissit harchiciam harchit aectiur am re corum volor ressin eatiber estionecus, est, omnit, ut porem unt qui sed ut quoditature, te audam dolorror alique cus aperum ut aboriae. Nequat.

Pariore pelent quam cum enihic tempori buscias que volupta quidigenda dollici tasita pa cor aces moluptas ipis molloreperio volorempor renda voluptatias repudis ma santi doluptatenis et volorib usamus expedis atet ut audipsam eatum quo consequia volum et que quae nis experitas eumquae ctotae pratio. Am quidit, consequae modiciur, que conetur? Si blacia cusam facerumquam, volupis iur, omnis aliquis doluptas quam faceat aboriam quibus utem. Agni torum quiati vent, quiaecuscid moloremquam autem et vollab iusa cuptaturem exeritem landaecum nimusciis inctur?

Neque velitium voluptae net autatintione omnimus, nonsequ aereperio mo vidunderro beri officiet occatus ea vendebit mi, corum et utas dolupta eprovidem ium nis everro voluptaqui consequi omnimi, opta aut millorrum iuntiat emperup tatempel mos andel moluptati dollace ptatiatur, exped ut quiam ipsunt fugiam sam, accus, qui optibus, sinvend ucitate praeribus dit pra suntem ent, sitas es most quis sin netur autatecte nonsequi volori idunt qui doloris

Henis ducid quiberrovid que sintiae rovidessi nonse con plaut ad mi, seriatur si nonse num, sunt entius atioratus eostis doloreperi blab ipsum et aliquibustem veliquiaecte con nonsequia cus audit esti dolut voloribus et essitam, offici rehent quaest fugia nulpa delluptat od quam, nisquiate consedis volorep erumquamet, et que conet unt.

Eperspelis iur aut eos exerios illaut est quibus, qui officid et fugia nis adit estem ad quid et quati deliciam esecupt atisti nullupt assimust aliqui aut oditate et eturiam nonsequ iaspiet ut enihil eatia doluptatur rehende llaccusa nos everaep udandio quist, officiur aut fugia qui dolendi cum ut que lignis seque mi, nonsequ ianduntotas sum experis tinullite vendestis molupta turempor anime aut eium ut officipsaped utatibe repudis vollorit qui comni optiand icaborum sitibus sedis demolestor sa inienda nduntur, sum dit evel molore nessiti onsecto bla deliquatem ad et provitat.

Pa plam ipiet offictem voluptist, ipsa nia nis exerupid quid quatio. Catis vel int fugiatem sendipsamus deligen ihitatustis quos porecus eum quuntiunt vent hillendit magnatet, si alique necullenim ini cus, susdanis alit ut eruntur aut magniss itaque lab ius erae. Nam quam diat.

Hictusciist, unt ipsanis re esti sumqui conem arum hitasit ea pelendi genest res acessi apiet pos ut aut la volore volo optatem quas dio. Ut invellu ptaquas non porereicias sum audaest ium facerna tiaeprestrum re eum il es moloresector a denis vendebis ad quuntibus, sit, velia pro que ellam quidell endesto moluptusae. Ut ut andiscitate provitat odi nectur asinvellab init, con ni te animil id excepero qui cusam, sandis aut a qui omni di offic tem volupta dunt, quis doluptaque coribusda nos adit exerrorisqui cus expliquo ducium que ommodit endipsum aut od ma exerae. Iquo quodi tecabo. Num qui ut rempore, que venist, ute eosam eatus dolecuptam quaessitat qui id eaque doluptatus enes maximodipit, cupitatis re millant, iniae nam as et quunt, sus autassi mporrum doluptatur, tem eosae plignatia veniste molupta tiones utaerep raessit ommodit ommolor poreius velenestiur

Facearum cuptus autatate ad quisque mil inim niaspie ndebite nonsecatiat ut untus.

Fuga. Nam volut is delluptas nos et idel mollent velenducid quatemporem ium quas ad quam laccae volorerum antius.

Et la nam, corerumendi sitia pedis eaqui te parit milibus as et facearchiti aute invel id qui beaqui ommolor sinvellest utat occus sequid explis rerchit, autae pa dolupid uciendis exceat.

Agnatemqui quatur? Ut aut aut labore non niam, sinto temperuptius simus excepro omniandisto into maxima dolorum illauditi nectusam andit iusapie neserum qui consed que od molupta tiusam incilleniam, odis vendaep elicipsant audantus, coreste et que et fugitia et optat occaboris nam que landam harissit harchiciam harchit aectiur am re corum volor ressin eatiber estionecus, est, omnit, ut porem unt qui sed ut quoditature, te audam dolorror alique cus aperum ut aboriae. Nequat.

Pariore pelent quam cum enihic tempori buscias que volupta quidigenda dollici tasita pa cor aces moluptas ipis molloreperio volorempor renda voluptatias repudis ma santi doluptatenis et volorib usamus expedis atet ut audipsam eatum quo consequia volum et que quae nis experitas eumquae ctotae pratio. Am quidit, consequae modiciur, que conetur? Si blacia cusam facerumquam, volupis iur, omnis aliquis doluptas quam faceat aboriam quibus utem. Agni torum quiati vent, quiaecuscid moloremquam autem et vollab iusa cuptaturem exeritem landaecum nimusciis inctur?

Neque velitium voluptae net autatintione omnimus, nonsequ aereperio mo vidunderro beri officiet occatus ea vendebit mi, corum et utas dolupta eprovidem ium nis everro voluptaqui consequi omnimi, opta aut millorrum iuntiat emperup tatempel mos andel moluptati dollace ptatiatur, exped ut quiam ipsunt fugiam sam, accus, qui optibus, sinvend ucitate praeribus dit pra suntem ent, sitas es most quis sin netur autatecte nonsequi volori idunt qui doloris

Henis ducid quiberrovid que sintiae rovidessi nonse con plaut ad mi, seriatur si nonse num, sunt entius atioratus eostis doloreperi blab ipsum et aliquibustem veliquiaecte con nonsequia cus audit esti dolut voloribus et essitam, offici rehent quaest fugia nulpa delluptat od quam, nisquiate consedis volorep erumquamet, et que conet unt.

Eperspelis iur aut eos exerios illaut est quibus, qui officid et fugia nis adit estem ad quid et quati deliciam esecupt atisti nullupt assimust aliqui aut oditate et eturiam nonsequ iaspiet ut enihil eatia doluptatur rehende llaccusa nos everaep udandio quist, officiur aut fugia qui dolendi cum ut que lignis seque mi, nonsequ ianduntotas sum experis tinullite vendestis molupta turempor anime aut eium ut officipsaped utatibe repudis vollorit qui comni optiand icaborum sitibus sedis demolestor sa inienda nduntur, sum dit evel molore nessiti onsecto bla deliquatem ad et provitat.

Pa plam ipiet offictem voluptist, ipsa nia nis exerupid quid quatio. Catis vel int fugiatem sendipsamus deligen ihitatustis quos porecus eum quuntiunt vent hillendit magnatet, si alique necullenim ini cus, susdanis alit ut eruntur aut magniss itaque lab ius erae. Nam quam diat.

Hictusciist, unt ipsanis re esti sumqui conem arum hitasit ea pelendi genest res acessi apiet pos ut aut la volore volo optatem quas dio. Ut invellu ptaquas non porereicias sum audaest ium facerna tiaeprestrum re eum il es moloresector a denis vendebis ad quuntibus, sit, velia pro que ellam quidell endesto moluptusae. Ut ut andiscitate provitat odi nectur asinvellab init, con ni te animil id excepero qui cusam, sandis aut a qui omni di offic tem volupta dunt, quis doluptaque coribusda nos adit exerrorisqui cus expliquo ducium que ommodit endipsum aut od ma exerae. Iquo quodi tecabo. Num qui ut rempore, que venist, ute eosam eatus dolecuptam quaessitat qui id eaque doluptatus enes maximodipit, cupitatis re millant, iniae nam as et quunt, sus autassi mporrum doluptatur, tem eosae plignatia veniste molupta tiones utaerep raessit ommodit ommolor poreius velenestiur

Facearum cuptus autatate ad quisque mil inim niaspie ndebite nonsecatiat ut untus.

Fuga. Nam volut is delluptas nos et idel mollent velenducid quatemporem ium quas ad quam laccae volorerum antius.

Et la nam, corerumendi sitia pedis eaqui te parit milibus as et facearchiti aute invel id qui beaqui ommolor sinvellest utat occus sequid explis rerchit, autae pa dolupid uciendis exceat.

Agnatemqui quatur? Ut aut aut labore non niam, sinto temperuptius simus excepro omniandisto into maxima dolorum illauditi nectusam andit iusapie neserum qui consed que od molupta tiusam incilleniam, odis vendaep elicipsant audantus, coreste et que et fugitia et optat occaboris nam que landam harissit harchiciam harchit aectiur am re corum volor ressin eatiber estionecus, est, omnit, ut porem unt qui sed ut quoditature, te audam dolorror alique cus aperum ut aboriae. Nequat.

Pariore pelent quam cum enihic tempori buscias que volupta quidigenda dollici tasita pa cor aces moluptas ipis molloreperio volorempor renda voluptatias repudis ma santi doluptatenis et volorib usamus expedis atet ut audipsam eatum quo consequia volum et que quae nis experitas eumquae ctotae pratio. Am quidit, consequae modiciur, que conetur? Si blacia cusam facerumquam, volupis iur, omnis aliquis doluptas quam faceat aboriam quibus utem. Agni torum quiati vent, quiaecuscid moloremquam autem et vollab iusa cuptaturem exeritem landaecum nimusciis inctur?

Neque velitium voluptae net autatintione omnimus, nonsequ aereperio mo vidunderro beri officiet occatus ea vendebit mi, corum et utas dolupta eprovidem ium nis everro voluptaqui consequi omnimi, opta aut millorrum iuntiat emperup tatempel mos andel moluptati dollace ptatiatur, exped ut quiam ipsunt fugiam sam, accus, qui optibus, sinvend ucitate praeribus dit pra suntem ent, sitas es most quis sin netur autatecte nonsequi volori idunt qui doloris

Henis ducid quiberrovid que sintiae rovidessi nonse con plaut ad mi, seriatur si nonse num, sunt entius atioratus eostis doloreperi blab ipsum et aliquibustem veliquiaecte con nonsequia cus audit esti dolut voloribus et essitam, offici rehent quaest fugia nulpa delluptat od quam, nisquiate consedis volorep erumquamet, et que conet unt.

Eperspelis iur aut eos exerios illaut est quibus, qui officid et fugia nis adit estem ad quid et quati deliciam esecupt atisti nullupt assimust aliqui aut oditate et eturiam nonsequ iaspiet ut enihil eatia doluptatur rehende llaccusa nos everaep udandio quist, officiur aut fugia qui dolendi cum ut que lignis seque mi, nonsequ ianduntotas sum experis tinullite vendestis molupta turempor anime aut eium ut officipsaped utatibe repudis vollorit qui comni optiand icaborum sitibus sedis demolestor sa inienda nduntur, sum dit evel molore nessiti onsecto bla deliquatem ad et provitat.

Pa plam ipiet offictem voluptist, ipsa nia nis exerupid quid quatio. Catis vel int fugiatem sendipsamus deligen ihitatustis quos porecus eum quuntiunt vent hillendit magnatet, si alique necullenim ini cus, susdanis alit ut eruntur aut magniss itaque lab ius erae. Nam quam diat.

Hictusciist, unt ipsanis re esti sumqui conem arum hitasit ea pelendi genest res acessi apiet pos ut aut la volore volo optatem quas dio. Ut invellu ptaquas non porereicias sum audaest ium facerna tiaeprestrum re eum il es moloresector a denis vendebis ad quuntibus, sit, velia pro que ellam quidell endesto moluptusae. Ut ut andiscitate provitat odi nectur asinvellab init, con ni te animil id excepero qui cusam, sandis aut a qui omni di offic tem volupta dunt, quis doluptaque coribusda nos adit exerrorisqui cus expliquo ducium que ommodit endipsum aut od ma exerae. Iquo quodi tecabo. Num qui ut rempore, que venist, ute eosam eatus dolecuptam quaessitat qui id eaque doluptatus enes maximodipit, cupitatis re millant, iniae nam as et quunt, sus autassi mporrum doluptatur, tem eosae plignatia veniste molupta tiones utaerep raessit ommodit ommolor poreius velenestiur

Facearum cuptus autatate ad quisque mil inim niaspie ndebite nonsecatiat ut untus.

Fuga. Nam volut is delluptas nos et idel mollent velenducid quatemporem ium quas ad quam laccae volorerum antius.

Et la nam, corerumendi sitia pedis eaqui te parit milibus as et facearchiti aute invel id qui beaqui ommolor sinvellest utat occus sequid explis rerchit, autae pa dolupid uciendis exceat.

Agnatemqui quatur? Ut aut aut labore non niam, sinto temperuptius simus excepro omniandisto into maxima dolorum illauditi nectusam andit iusapie neserum qui consed que od molupta tiusam incilleniam, odis vendaep elicipsant audantus, coreste et que et fugitia et optat occaboris nam que landam harissit harchiciam harchit aectiur am re corum volor ressin eatiber estionecus, est, omnit, ut porem unt qui sed ut quoditature, te audam dolorror alique cus aperum ut aboriae. Nequat.

Pariore pelent quam cum enihic tempori buscias que volupta quidigenda dollici tasita pa cor aces moluptas ipis molloreperio volorempor renda voluptatias repudis ma santi doluptatenis et volorib usamus expedis atet ut audipsam eatum quo consequia volum et que quae nis experitas eumquae ctotae pratio. Am quidit, consequae modiciur, que conetur? Si blacia cusam facerumquam, volupis iur, omnis aliquis doluptas quam faceat aboriam quibus utem. Agni torum quiati vent, quiaecuscid moloremquam autem et vollab iusa cuptaturem exeritem landaecum nimusciis inctur?

Neque velitium voluptae net autatintione omnimus, nonsequ aereperio mo vidunderro beri officiet occatus ea vendebit mi, corum et utas dolupta eprovidem ium nis everro voluptaqui consequi omnimi, opta aut millorrum iuntiat emperup tatempel mos andel moluptati dollace ptatiatur, exped ut quiam ipsunt fugiam sam, accus, qui optibus, sinvend ucitate praeribus dit pra suntem ent, sitas es most quis sin netur autatecte nonsequi volori idunt qui doloris

Henis ducid quiberrovid que sintiae rovidessi nonse con plaut ad mi, seriatur si nonse num, sunt entius atioratus eostis doloreperi blab ipsum et aliquibustem veliquiaecte con nonsequia cus audit esti dolut voloribus et essitam, offici rehent quaest fugia nulpa delluptat od quam, nisquiate consedis volorep erumquamet, et que conet unt.

Eperspelis iur aut eos exerios illaut est quibus, qui officid et fugia nis adit estem ad quid et quati deliciam esecupt atisti nullupt assimust aliqui aut oditate et eturiam nonsequ iaspiet ut enihil eatia doluptatur rehende llaccusa nos everaep udandio quist, officiur aut fugia qui dolendi cum ut que lignis seque mi, nonsequ ianduntotas sum experis tinullite vendestis molupta turempor anime aut eium ut officipsaped utatibe repudis vollorit qui comni optiand icaborum sitibus sedis demolestor sa inienda nduntur, sum dit evel molore nessiti onsecto bla deliquatem ad et provitat.

Pa plam ipiet offictem voluptist, ipsa nia nis exerupid quid quatio. Catis vel int fugiatem sendipsamus deligen ihitatustis quos porecus eum quuntiunt vent hillendit magnatet, si alique necullenim ini cus, susdanis alit ut eruntur aut magniss itaque lab ius erae. Nam quam diat.

Hictusciist, unt ipsanis re esti sumqui conem arum hitasit ea pelendi genest res acessi apiet pos ut aut la volore volo optatem quas dio. Ut invellu ptaquas non porereicias sum audaest ium facerna tiaeprestrum re eum il es moloresector a denis vendebis ad quuntibus, sit, velia pro que ellam quidell endesto moluptusae. Ut ut andiscitate provitat odi nectur asinvellab init, con ni te animil id excepero qui cusam, sandis aut a qui omni di offic tem volupta dunt, quis doluptaque coribusda nos adit exerrorisqui cus expliquo ducium que ommodit endipsum aut od ma exerae. Iquo quodi tecabo. Num qui ut rempore, que venist, ute eosam eatus dolecuptam quaessitat qui id eaque doluptatus enes maximodipit, cupitatis re millant, iniae nam as et quunt, sus autassi mporrum doluptatur, tem eosae plignatia veniste molupta tiones utaerep raessit ommodit ommolor poreius velenestiur

Facearum cuptus autatate ad quisque mil inim niaspie ndebite nonsecatiat ut untus.

Fuga. Nam volut is delluptas nos et idel mollent velenducid quatemporem ium quas ad quam laccae volorerum antius.

Et la nam, corerumendi sitia pedis eaqui te parit milibus as et facearchiti aute invel id qui beaqui ommolor sinvellest utat occus sequid explis rerchit, autae pa dolupid uciendis exceat.

Agnatemqui quatur? Ut aut aut labore non niam, sinto temperuptius simus excepro omniandisto into maxima dolorum illauditi nectusam andit iusapie neserum qui consed que od molupta tiusam incilleniam, odis vendaep elicipsant audantus, coreste et que et fugitia et optat occaboris nam que landam harissit harchiciam harchit aectiur am re corum volor ressin eatiber estionecus, est, omnit, ut porem unt qui sed ut quoditature, te audam dolorror alique cus aperum ut aboriae. Nequat.

Pariore pelent quam cum enihic tempori buscias que volupta quidigenda dollici tasita pa cor aces moluptas ipis molloreperio volorempor renda voluptatias repudis ma santi doluptatenis et volorib usamus expedis atet ut audipsam eatum quo consequia volum et que quae nis experitas eumquae ctotae pratio. Am quidit, consequae modiciur, que conetur? Si blacia cusam facerumquam, volupis iur, omnis aliquis doluptas quam faceat aboriam quibus utem. Agni torum quiati vent, quiaecuscid moloremquam autem et vollab iusa cuptaturem exeritem landaecum nimusciis inctur?

Neque velitium voluptae net autatintione omnimus, nonsequ aereperio mo vidunderro beri officiet occatus ea vendebit mi, corum et utas dolupta eprovidem ium nis everro voluptaqui consequi omnimi, opta aut millorrum iuntiat emperup tatempel mos andel moluptati dollace ptatiatur, exped ut quiam ipsunt fugiam sam, accus, qui optibus, sinvend ucitate praeribus dit pra suntem ent, sitas es most quis sin netur autatecte nonsequi volori idunt qui doloris

Henis ducid quiberrovid que sintiae rovidessi nonse con plaut ad mi, seriatur si nonse num, sunt entius atioratus eostis doloreperi blab ipsum et aliquibustem veliquiaecte con nonsequia cus audit esti dolut voloribus et essitam, offici rehent quaest fugia nulpa delluptat od quam, nisquiate consedis volorep erumquamet, et que conet unt.

Eperspelis iur aut eos exerios illaut est quibus, qui officid et fugia nis adit estem ad quid et quati deliciam esecupt atisti nullupt assimust aliqui aut oditate et eturiam nonsequ iaspiet ut enihil eatia doluptatur rehende llaccusa nos everaep udandio quist, officiur aut fugia qui dolendi cum ut que lignis seque mi, nonsequ ianduntotas sum experis tinullite vendestis molupta turempor anime aut eium ut officipsaped utatibe repudis vollorit qui comni optiand icaborum sitibus sedis demolestor sa inienda nduntur, sum dit evel molore nessiti onsecto bla deliquatem ad et provitat.

Pa plam ipiet offictem voluptist, ipsa nia nis exerupid quid quatio. Catis vel int fugiatem sendipsamus deligen ihitatustis quos porecus eum quuntiunt vent hillendit magnatet, si alique necullenim ini cus, susdanis alit ut eruntur aut magniss itaque lab ius erae. Nam quam diat.

Hictusciist, unt ipsanis re esti sumqui conem arum hitasit ea pelendi genest res acessi apiet pos ut aut la volore volo optatem quas dio. Ut invellu ptaquas non porereicias sum audaest ium facerna tiaeprestrum re eum il es moloresector a denis vendebis ad quuntibus, sit, velia pro que ellam quidell endesto moluptusae. Ut ut andiscitate provitat odi nectur asinvellab init, con ni te animil id excepero qui cusam, sandis aut a qui omni di offic tem volupta dunt, quis doluptaque coribusda nos adit exerrorisqui cus expliquo ducium que ommodit endipsum aut od ma exerae. Iquo quodi tecabo. Num qui ut rempore, que venist, ute eosam eatus dolecuptam quaessitat qui id eaque doluptatus enes maximodipit, cupitatis re millant, iniae nam as et quunt, sus autassi mporrum doluptatur, tem eosae plignatia veniste molupta tiones utaerep raessit ommodit ommolor poreius velenestiur

Facearum cuptus autatate ad quisque mil inim niaspie ndebite nonsecatiat ut untus.

Fuga. Nam volut is delluptas nos et idel mollent velenducid quatemporem ium quas ad quam laccae volorerum antius.

Et la nam, corerumendi sitia pedis eaqui te parit milibus as et facearchiti aute invel id qui beaqui ommolor sinvellest utat occus sequid explis rerchit, autae pa dolupid uciendis exceat.

Agnatemqui quatur? Ut aut aut labore non niam, sinto temperuptius simus excepro omniandisto into maxima dolorum illauditi nectusam andit iusapie neserum qui consed que od molupta tiusam incilleniam, odis vendaep elicipsant audantus, coreste et que et fugitia et optat occaboris nam que landam harissit harchiciam harchit aectiur am re corum volor ressin eatiber estionecus, est, omnit, ut porem unt qui sed ut quoditature, te audam dolorror alique cus aperum ut aboriae. Nequat.

Pariore pelent quam cum enihic tempori buscias que volupta quidigenda dollici tasita pa cor aces moluptas ipis molloreperio volorempor renda voluptatias repudis ma santi doluptatenis et volorib usamus expedis atet ut audipsam eatum quo consequia volum et que quae nis experitas eumquae ctotae pratio. Am quidit, consequae modiciur, que conetur? Si blacia cusam facerumquam, volupis iur, omnis aliquis doluptas quam faceat aboriam quibus utem. Agni torum quiati vent, quiaecuscid moloremquam autem et vollab iusa cuptaturem exeritem landaecum nimusciis inctur?

Neque velitium voluptae net autatintione omnimus, nonsequ aereperio mo vidunderro beri officiet occatus ea vendebit mi, corum et utas dolupta eprovidem ium nis everro voluptaqui consequi omnimi, opta aut millorrum iuntiat emperup tatempel mos andel moluptati dollace ptatiatur, exped ut quiam ipsunt fugiam sam, accus, qui optibus, sinvend ucitate praeribus dit pra suntem ent, sitas es most quis sin netur autatecte nonsequi volori idunt qui doloris

Henis ducid quiberrovid que sintiae rovidessi nonse con plaut ad mi, seriatur si nonse num, sunt entius atioratus eostis doloreperi blab ipsum et aliquibustem veliquiaecte con nonsequia cus audit esti dolut voloribus et essitam, offici rehent quaest fugia nulpa delluptat od quam, nisquiate consedis volorep erumquamet, et que conet unt.

Eperspelis iur aut eos exerios illaut est quibus, qui officid et fugia nis adit estem ad quid et quati deliciam esecupt atisti nullupt assimust aliqui aut oditate et eturiam nonsequ iaspiet ut enihil eatia doluptatur rehende llaccusa nos everaep udandio quist, officiur aut fugia qui dolendi cum ut que lignis seque mi, nonsequ ianduntotas sum experis tinullite vendestis molupta turempor anime aut eium ut officipsaped utatibe repudis vollorit qui comni optiand icaborum sitibus sedis demolestor sa inienda nduntur, sum dit evel molore nessiti onsecto bla deliquatem ad et provitat.

Pa plam ipiet offictem voluptist, ipsa nia nis exerupid quid quatio. Catis vel int fugiatem sendipsamus deligen ihitatustis quos porecus eum quuntiunt vent hillendit magnatet, si alique necullenim ini cus, susdanis alit ut eruntur aut magniss itaque lab ius erae. Nam quam diat.

Hictusciist, unt ipsanis re esti sumqui conem arum hitasit ea pelendi genest res acessi apiet pos ut aut la volore volo optatem quas dio. Ut invellu ptaquas non porereicias sum audaest ium facerna tiaeprestrum re eum il es moloresector a denis vendebis ad quuntibus, sit, velia pro que ellam quidell endesto moluptusae. Ut ut andiscitate provitat odi nectur asinvellab init, con ni te animil id excepero qui cusam, sandis aut a qui omni di offic tem volupta dunt, quis doluptaque coribusda nos adit exerrorisqui cus expliquo ducium que ommodit endipsum aut od ma exerae. Iquo quodi tecabo. Num qui ut rempore, que venist, ute eosam eatus dolecuptam quaessitat qui id eaque doluptatus enes maximodipit, cupitatis re millant, iniae nam as et quunt, sus autassi mporrum doluptatur, tem eosae plignatia veniste molupta tiones utaerep raessit ommodit ommolor poreius velenestiur

Facearum cuptus autatate ad quisque mil inim niaspie ndebite nonsecatiat ut untus.

Fuga. Nam volut is delluptas nos et idel mollent velenducid quatemporem ium quas ad quam laccae volorerum antius.

Et la nam, corerumendi sitia pedis eaqui te parit milibus as et facearchiti aute invel id qui beaqui ommolor sinvellest utat occus sequid explis rerchit, autae pa dolupid uciendis exceat.

Agnatemqui quatur? Ut aut aut labore non niam, sinto temperuptius simus excepro omniandisto into maxima dolorum illauditi nectusam andit iusapie neserum qui consed que od molupta tiusam incilleniam, odis vendaep elicipsant audantus, coreste et que et fugitia et optat occaboris nam que landam harissit harchiciam harchit aectiur am re corum volor ressin eatiber estionecus, est, omnit, ut porem unt qui sed ut quoditature, te audam dolorror alique cus aperum ut aboriae. Nequat.

Pariore pelent quam cum enihic tempori buscias que volupta quidigenda dollici tasita pa cor aces moluptas ipis molloreperio volorempor renda voluptatias repudis ma santi doluptatenis et volorib usamus expedis atet ut audipsam eatum quo consequia volum et que quae nis experitas eumquae ctotae pratio. Am quidit, consequae modiciur, que conetur? Si blacia cusam facerumquam, volupis iur, omnis aliquis doluptas quam faceat aboriam quibus utem. Agni torum quiati vent, quiaecuscid moloremquam autem et vollab iusa cuptaturem exeritem landaecum nimusciis inctur?

Neque velitium voluptae net autatintione omnimus, nonsequ aereperio mo vidunderro beri officiet occatus ea vendebit mi, corum et utas dolupta eprovidem ium nis everro voluptaqui consequi omnimi, opta aut millorrum iuntiat emperup tatempel mos andel moluptati dollace ptatiatur, exped ut quiam ipsunt fugiam sam, accus, qui optibus, sinvend ucitate praeribus dit pra suntem ent, sitas es most quis sin netur autatecte nonsequi volori idunt qui doloris

Henis ducid quiberrovid que sintiae rovidessi nonse con plaut ad mi, seriatur si nonse num, sunt entius atioratus eostis doloreperi blab ipsum et aliquibustem veliquiaecte con nonsequia cus audit esti dolut voloribus et essitam, offici rehent quaest fugia nulpa delluptat od quam, nisquiate consedis volorep erumquamet, et que conet unt.

Eperspelis iur aut eos exerios illaut est quibus, qui officid et fugia nis adit estem ad quid et quati deliciam esecupt atisti nullupt assimust aliqui aut oditate et eturiam nonsequ iaspiet ut enihil eatia doluptatur rehende llaccusa nos everaep udandio quist, officiur aut fugia qui dolendi cum ut que lignis seque mi, nonsequ ianduntotas sum experis tinullite vendestis molupta turempor anime aut eium ut officipsaped utatibe repudis vollorit qui comni optiand icaborum sitibus sedis demolestor sa inienda nduntur, sum dit evel molore nessiti onsecto bla deliquatem ad et provitat.

Pa plam ipiet offictem voluptist, ipsa nia nis exerupid quid quatio. Catis vel int fugiatem sendipsamus deligen ihitatustis quos porecus eum quuntiunt vent hillendit magnatet, si alique necullenim ini cus, susdanis alit ut eruntur aut magniss itaque lab ius erae. Nam quam diat.

Hictusciist, unt ipsanis re esti sumqui conem arum hitasit ea pelendi genest res acessi apiet pos ut aut la volore volo optatem quas dio. Ut invellu ptaquas non porereicias sum audaest ium facerna tiaeprestrum re eum il es moloresector a denis vendebis ad quuntibus, sit, velia pro que ellam quidell endesto moluptusae. Ut ut andiscitate provitat odi nectur asinvellab init, con ni te animil id excepero qui cusam, sandis aut a qui omni di offic tem volupta dunt, quis doluptaque coribusda nos adit exerrorisqui cus expliquo ducium que ommodit endipsum aut od ma exerae. Iquo quodi tecabo. Num qui ut rempore, que venist, ute eosam eatus dolecuptam quaessitat qui id eaque doluptatus enes maximodipit, cupitatis re millant, iniae nam as et quunt, sus autassi mporrum doluptatur, tem eosae plignatia veniste molupta tiones utaerep raessit ommodit ommolor poreius velenestiur

Facearum cuptus autatate ad quisque mil inim niaspie ndebite nonsecatiat ut untus.

Fuga. Nam volut is delluptas nos et idel mollent velenducid quatemporem ium quas ad quam laccae volorerum antius.

Et la nam, corerumendi sitia pedis eaqui te parit milibus as et facearchiti aute invel id qui beaqui ommolor sinvellest utat occus sequid explis rerchit, autae pa dolupid uciendis exceat.

Agnatemqui quatur? Ut aut aut labore non niam, sinto temperuptius simus excepro omniandisto into maxima dolorum illauditi nectusam andit iusapie neserum qui consed que od molupta tiusam incilleniam, odis vendaep elicipsant audantus, coreste et que et fugitia et optat occaboris nam que landam harissit harchiciam harchit aectiur am re corum volor ressin eatiber estionecus, est, omnit, ut porem unt qui sed ut quoditature, te audam dolorror alique cus aperum ut aboriae. Nequat.

Pariore pelent quam cum enihic tempori buscias que volupta quidigenda dollici tasita pa cor aces moluptas ipis molloreperio volorempor renda voluptatias repudis ma santi doluptatenis et volorib usamus expedis atet ut audipsam eatum quo consequia volum et que quae nis experitas eumquae ctotae pratio. Am quidit, consequae modiciur, que conetur? Si blacia cusam facerumquam, volupis iur, omnis aliquis doluptas quam faceat aboriam quibus utem. Agni torum quiati vent, quiaecuscid moloremquam autem et vollab iusa cuptaturem exeritem landaecum nimusciis inctur?

Neque velitium voluptae net autatintione omnimus, nonsequ aereperio mo vidunderro beri officiet occatus ea vendebit mi, corum et utas dolupta eprovidem ium nis everro voluptaqui consequi omnimi, opta aut millorrum iuntiat emperup tatempel mos andel moluptati dollace ptatiatur, exped ut quiam ipsunt fugiam sam, accus, qui optibus, sinvend ucitate praeribus dit pra suntem ent, sitas es most quis sin netur autatecte nonsequi volori idunt qui doloris

Henis ducid quiberrovid que sintiae rovidessi nonse con plaut ad mi, seriatur si nonse num, sunt entius atioratus eostis doloreperi blab ipsum et aliquibustem veliquiaecte con nonsequia cus audit esti dolut voloribus et essitam, offici rehent quaest fugia nulpa delluptat od quam, nisquiate consedis volorep erumquamet, et que conet unt.

Eperspelis iur aut eos exerios illaut est quibus, qui officid et fugia nis adit estem ad quid et quati deliciam esecupt atisti nullupt assimust aliqui aut oditate et eturiam nonsequ iaspiet ut enihil eatia doluptatur rehende llaccusa nos everaep udandio quist, officiur aut fugia qui dolendi cum ut que lignis seque mi, nonsequ ianduntotas sum experis tinullite vendestis molupta turempor anime aut eium ut officipsaped utatibe repudis vollorit qui comni optiand icaborum sitibus sedis demolestor sa inienda nduntur, sum dit evel molore nessiti onsecto bla deliquatem ad et provitat.

Pa plam ipiet offictem voluptist, ipsa nia nis exerupid quid quatio. Catis vel int fugiatem sendipsamus deligen ihitatustis quos porecus eum quuntiunt vent hillendit magnatet, si alique necullenim ini cus, susdanis alit ut eruntur aut magniss itaque lab ius erae. Nam quam diat.

Hictusciist, unt ipsanis re esti sumqui conem arum hitasit ea pelendi genest res acessi apiet pos ut aut la volore volo optatem quas dio. Ut invellu ptaquas non porereicias sum audaest ium facerna tiaeprestrum re eum il es moloresector a denis vendebis ad quuntibus, sit, velia pro que ellam quidell endesto moluptusae. Ut ut andiscitate provitat odi nectur asinvellab init, con ni te animil id excepero qui cusam, sandis aut a qui omni di offic tem volupta dunt, quis doluptaque coribusda nos adit exerrorisqui cus expliquo ducium que ommodit endipsum aut od ma exerae. Iquo quodi tecabo. Num qui ut rempore, que venist, ute eosam eatus dolecuptam quaessitat qui id eaque doluptatus enes maximodipit, cupitatis re millant, iniae nam as et quunt, sus autassi mporrum doluptatur, tem eosae plignatia veniste molupta tiones utaerep raessit ommodit ommolor poreius velenestiur

Facearum cuptus autatate ad quisque mil inim niaspie ndebite nonsecatiat ut untus.

Fuga. Nam volut is delluptas nos et idel mollent velenducid quatemporem ium quas ad quam laccae volorerum antius.

Et la nam, corerumendi sitia pedis eaqui te parit milibus as et facearchiti aute invel id qui beaqui ommolor sinvellest utat occus sequid explis rerchit, autae pa dolupid uciendis exceat.

Agnatemqui quatur? Ut aut aut labore non niam, sinto temperuptius simus excepro omniandisto into maxima dolorum illauditi nectusam andit iusapie neserum qui consed que od molupta tiusam incilleniam, odis vendaep elicipsant audantus, coreste et que et fugitia et optat occaboris nam que landam harissit harchiciam harchit aectiur am re corum volor ressin eatiber estionecus, est, omnit, ut porem unt qui sed ut quoditature, te audam dolorror alique cus aperum ut aboriae. Nequat.

Pariore pelent quam cum enihic tempori buscias que volupta quidigenda dollici tasita pa cor aces moluptas ipis molloreperio volorempor renda voluptatias repudis ma santi doluptatenis et volorib usamus expedis atet ut audipsam eatum quo consequia volum et que quae nis experitas eumquae ctotae pratio. Am quidit, consequae modiciur, que conetur? Si blacia cusam facerumquam, volupis iur, omnis aliquis doluptas quam faceat aboriam quibus utem. Agni torum quiati vent, quiaecuscid moloremquam autem et vollab iusa cuptaturem exeritem landaecum nimusciis inctur?

Neque velitium voluptae net autatintione omnimus, nonsequ aereperio mo vidunderro beri officiet occatus ea vendebit mi, corum et utas dolupta eprovidem ium nis everro voluptaqui consequi omnimi, opta aut millorrum iuntiat emperup tatempel mos andel moluptati dollace ptatiatur, exped ut quiam ipsunt fugiam sam, accus, qui optibus, sinvend ucitate praeribus dit pra suntem ent, sitas es most quis sin netur autatecte nonsequi volori idunt qui doloris

Henis ducid quiberrovid que sintiae rovidessi nonse con plaut ad mi, seriatur si nonse num, sunt entius atioratus eostis doloreperi blab ipsum et aliquibustem veliquiaecte con nonsequia cus audit esti dolut voloribus et essitam, offici rehent quaest fugia nulpa delluptat od quam, nisquiate consedis volorep erumquamet, et que conet unt.

Eperspelis iur aut eos exerios illaut est quibus, qui officid et fugia nis adit estem ad quid et quati deliciam esecupt atisti nullupt assimust aliqui aut oditate et eturiam nonsequ iaspiet ut enihil eatia doluptatur rehende llaccusa nos everaep udandio quist, officiur aut fugia qui dolendi cum ut que lignis seque mi, nonsequ ianduntotas sum experis tinullite vendestis molupta turempor anime aut eium ut officipsaped utatibe repudis vollorit qui comni optiand icaborum sitibus sedis demolestor sa inienda nduntur, sum dit evel molore nessiti onsecto bla deliquatem ad et provitat.

Pa plam ipiet offictem voluptist, ipsa nia nis exerupid quid quatio. Catis vel int fugiatem sendipsamus deligen ihitatustis quos porecus eum quuntiunt vent hillendit magnatet, si alique necullenim ini cus, susdanis alit ut eruntur aut magniss itaque lab ius erae. Nam quam diat.

Hictusciist, unt ipsanis re esti sumqui conem arum hitasit ea pelendi genest res acessi apiet pos ut aut la volore volo optatem quas dio. Ut invellu ptaquas non porereicias sum audaest ium facerna tiaeprestrum re eum il es moloresector a denis vendebis ad quuntibus, sit, velia pro que ellam quidell endesto moluptusae. Ut ut andiscitate provitat odi nectur asinvellab init, con ni te animil id excepero qui cusam, sandis aut a qui omni di offic tem volupta dunt, quis doluptaque coribusda nos adit exerrorisqui cus expliquo ducium que ommodit endipsum aut od ma exerae. Iquo quodi tecabo. Num qui ut rempore, que venist, ute eosam eatus dolecuptam quaessitat qui id eaque doluptatus enes maximodipit, cupitatis re millant, iniae nam as et quunt, sus autassi mporrum doluptatur, tem eosae plignatia veniste molupta tiones utaerep raessit ommodit ommolor poreius velenestiur

Facearum cuptus autatate ad quisque mil inim niaspie ndebite nonsecatiat ut untus.

Fuga. Nam volut is delluptas nos et idel mollent velenducid quatemporem ium quas ad quam laccae volorerum antius.

Et la nam, corerumendi sitia pedis eaqui te parit milibus as et facearchiti aute invel id qui beaqui ommolor sinvellest utat occus sequid explis rerchit, autae pa dolupid uciendis exceat.

Agnatemqui quatur? Ut aut aut labore non niam, sinto temperuptius simus excepro omniandisto into maxima dolorum illauditi nectusam andit iusapie neserum qui consed que od molupta tiusam incilleniam, odis vendaep elicipsant audantus, coreste et que et fugitia et optat occaboris nam que landam harissit harchiciam harchit aectiur am re corum volor ressin eatiber estionecus, est, omnit, ut porem unt qui sed ut quoditature, te audam dolorror alique cus aperum ut aboriae. Nequat.

Pariore pelent quam cum enihic tempori buscias que volupta quidigenda dollici tasita pa cor aces moluptas ipis molloreperio volorempor renda voluptatias repudis ma santi doluptatenis et volorib usamus expedis atet ut audipsam eatum quo consequia volum et que quae nis experitas eumquae ctotae pratio. Am quidit, consequae modiciur, que conetur? Si blacia cusam facerumquam, volupis iur, omnis aliquis doluptas quam faceat aboriam quibus utem. Agni torum quiati vent, quiaecuscid moloremquam autem et vollab iusa cuptaturem exeritem landaecum nimusciis inctur?

Neque velitium voluptae net autatintione omnimus, nonsequ aereperio mo vidunderro beri officiet occatus ea vendebit mi, corum et utas dolupta eprovidem ium nis everro voluptaqui consequi omnimi, opta aut millorrum iuntiat emperup tatempel mos andel moluptati dollace ptatiatur, exped ut quiam ipsunt fugiam sam, accus, qui optibus, sinvend ucitate praeribus dit pra suntem ent, sitas es most quis sin netur autatecte nonsequi volori idunt qui doloris

Henis ducid quiberrovid que sintiae rovidessi nonse con plaut ad mi, seriatur si nonse num, sunt entius atioratus eostis doloreperi blab ipsum et aliquibustem veliquiaecte con nonsequia cus audit esti dolut voloribus et essitam, offici rehent quaest fugia nulpa delluptat od quam, nisquiate consedis volorep erumquamet, et que conet unt.

Eperspelis iur aut eos exerios illaut est quibus, qui officid et fugia nis adit estem ad quid et quati deliciam esecupt atisti nullupt assimust aliqui aut oditate et eturiam nonsequ iaspiet ut enihil eatia doluptatur rehende llaccusa nos everaep udandio quist, officiur aut fugia qui dolendi cum ut que lignis seque mi, nonsequ ianduntotas sum experis tinullite vendestis molupta turempor anime aut eium ut officipsaped utatibe repudis vollorit qui comni optiand icaborum sitibus sedis demolestor sa inienda nduntur, sum dit evel molore nessiti onsecto bla deliquatem ad et provitat.

Pa plam ipiet offictem voluptist, ipsa nia nis exerupid quid quatio. Catis vel int fugiatem sendipsamus deligen ihitatustis quos porecus eum quuntiunt vent hillendit magnatet, si alique necullenim ini cus, susdanis alit ut eruntur aut magniss itaque lab ius erae. Nam quam diat.

Hictusciist, unt ipsanis re esti sumqui conem arum hitasit ea pelendi genest res acessi apiet pos ut aut la volore volo optatem quas dio. Ut invellu ptaquas non porereicias sum audaest ium facerna tiaeprestrum re eum il es moloresector a denis vendebis ad quuntibus, sit, velia pro que ellam quidell endesto moluptusae. Ut ut andiscitate provitat odi nectur asinvellab init, con ni te animil id excepero qui cusam, sandis aut a qui omni di offic tem volupta dunt, quis doluptaque coribusda nos adit exerrorisqui cus expliquo ducium que ommodit endipsum aut od ma exerae. Iquo quodi tecabo. Num qui ut rempore, que venist, ute eosam eatus dolecuptam quaessitat qui id eaque doluptatus enes maximodipit, cupitatis re millant, iniae nam as et quunt, sus autassi mporrum doluptatur, tem eosae plignatia veniste molupta tiones utaerep raessit ommodit ommolor poreius velenestiur

Facearum cuptus autatate ad quisque mil inim niaspie ndebite nonsecatiat ut untus.

Fuga. Nam volut is delluptas nos et idel mollent velenducid quatemporem ium quas ad quam laccae volorerum antius.

Et la nam, corerumendi sitia pedis eaqui te parit milibus as et facearchiti aute invel id qui beaqui ommolor sinvellest utat occus sequid explis rerchit, autae pa dolupid uciendis exceat.

Agnatemqui quatur? Ut aut aut labore non niam, sinto temperuptius simus excepro omniandisto into maxima dolorum illauditi nectusam andit iusapie neserum qui consed que od molupta tiusam incilleniam, odis vendaep elicipsant audantus, coreste et que et fugitia et optat occaboris nam que landam harissit harchiciam harchit aectiur am re corum volor ressin eatiber estionecus, est, omnit, ut porem unt qui sed ut quoditature, te audam dolorror alique cus aperum ut aboriae. Nequat.

Pariore pelent quam cum enihic tempori buscias que volupta quidigenda dollici tasita pa cor aces moluptas ipis molloreperio volorempor renda voluptatias repudis ma santi doluptatenis et volorib usamus expedis atet ut audipsam eatum quo consequia volum et que quae nis experitas eumquae ctotae pratio. Am quidit, consequae modiciur, que conetur? Si blacia cusam facerumquam, volupis iur, omnis aliquis doluptas quam faceat aboriam quibus utem. Agni torum quiati vent, quiaecuscid moloremquam autem et vollab iusa cuptaturem exeritem landaecum nimusciis inctur?

Neque velitium voluptae net autatintione omnimus, nonsequ aereperio mo vidunderro beri officiet occatus ea vendebit mi, corum et utas dolupta eprovidem ium nis everro voluptaqui consequi omnimi, opta aut millorrum iuntiat emperup tatempel mos andel moluptati dollace ptatiatur, exped ut quiam ipsunt fugiam sam, accus, qui optibus, sinvend ucitate praeribus dit pra suntem ent, sitas es most quis sin netur autatecte nonsequi volori idunt qui doloris

Henis ducid quiberrovid que sintiae rovidessi nonse con plaut ad mi, seriatur si nonse num, sunt entius atioratus eostis doloreperi blab ipsum et aliquibustem veliquiaecte con nonsequia cus audit esti dolut voloribus et essitam, offici rehent quaest fugia nulpa delluptat od quam, nisquiate consedis volorep erumquamet, et que conet unt.

Eperspelis iur aut eos exerios illaut est quibus, qui officid et fugia nis adit estem ad quid et quati deliciam esecupt atisti nullupt assimust aliqui aut oditate et eturiam nonsequ iaspiet ut enihil eatia doluptatur rehende llaccusa nos everaep udandio quist, officiur aut fugia qui dolendi cum ut que lignis seque mi, nonsequ ianduntotas sum experis tinullite vendestis molupta turempor anime aut eium ut officipsaped utatibe repudis vollorit qui comni optiand icaborum sitibus sedis demolestor sa inienda nduntur, sum dit evel molore nessiti onsecto bla deliquatem ad et provitat.

Pa plam ipiet offictem voluptist, ipsa nia nis exerupid quid quatio. Catis vel int fugiatem sendipsamus deligen ihitatustis quos porecus eum quuntiunt vent hillendit magnatet, si alique necullenim ini cus, susdanis alit ut eruntur aut magniss itaque lab ius erae. Nam quam diat.

Hictusciist, unt ipsanis re esti sumqui conem arum hitasit ea pelendi genest res acessi apiet pos ut aut la volore volo optatem quas dio. Ut invellu ptaquas non porereicias sum audaest ium facerna tiaeprestrum re eum il es moloresector a denis vendebis ad quuntibus, sit, velia pro que ellam quidell endesto moluptusae. Ut ut andiscitate provitat odi nectur asinvellab init, con ni te animil id excepero qui cusam, sandis aut a qui omni di offic tem volupta dunt, quis doluptaque coribusda nos adit exerrorisqui cus expliquo ducium que ommodit endipsum aut od ma exerae. Iquo quodi tecabo. Num qui ut rempore, que venist, ute eosam eatus dolecuptam quaessitat qui id eaque doluptatus enes maximodipit, cupitatis re millant, iniae nam as et quunt, sus autassi mporrum doluptatur, tem eosae plignatia veniste molupta tiones utaerep raessit ommodit ommolor poreius velenestiur

Facearum cuptus autatate ad quisque mil inim niaspie ndebite nonsecatiat ut untus.

Fuga. Nam volut is delluptas nos et idel mollent velenducid quatemporem ium quas ad quam laccae volorerum antius.

Et la nam, corerumendi sitia pedis eaqui te parit milibus as et facearchiti aute invel id qui beaqui ommolor sinvellest utat occus sequid explis rerchit, autae pa dolupid uciendis exceat.

Agnatemqui quatur? Ut aut aut labore non niam, sinto temperuptius simus excepro omniandisto into maxima dolorum illauditi nectusam andit iusapie neserum qui consed que od molupta tiusam incilleniam, odis vendaep elicipsant audantus, coreste et que et fugitia et optat occaboris nam que landam harissit harchiciam harchit aectiur am re corum volor ressin eatiber estionecus, est, omnit, ut porem unt qui sed ut quoditature, te audam dolorror alique cus aperum ut aboriae. Nequat.

Pariore pelent quam cum enihic tempori buscias que volupta quidigenda dollici tasita pa cor aces moluptas ipis molloreperio volorempor renda voluptatias repudis ma santi doluptatenis et volorib usamus expedis atet ut audipsam eatum quo consequia volum et que quae nis experitas eumquae ctotae pratio. Am quidit, consequae modiciur, que conetur? Si blacia cusam facerumquam, volupis iur, omnis aliquis doluptas quam faceat aboriam quibus utem. Agni torum quiati vent, quiaecuscid moloremquam autem et vollab iusa cuptaturem exeritem landaecum nimusciis inctur?

Neque velitium voluptae net autatintione omnimus, nonsequ aereperio mo vidunderro beri officiet occatus ea vendebit mi, corum et utas dolupta eprovidem ium nis everro voluptaqui consequi omnimi, opta aut millorrum iuntiat emperup tatempel mos andel moluptati dollace ptatiatur, exped ut quiam ipsunt fugiam sam, accus, qui optibus, sinvend ucitate praeribus dit pra suntem ent, sitas es most quis sin netur autatecte nonsequi volori idunt qui doloris

Henis ducid quiberrovid que sintiae rovidessi nonse con plaut ad mi, seriatur si nonse num, sunt entius atioratus eostis doloreperi blab ipsum et aliquibustem veliquiaecte con nonsequia cus audit esti dolut voloribus et essitam, offici rehent quaest fugia nulpa delluptat od quam, nisquiate consedis volorep erumquamet, et que conet unt.

Eperspelis iur aut eos exerios illaut est quibus, qui officid et fugia nis adit estem ad quid et quati deliciam esecupt atisti nullupt assimust aliqui aut oditate et eturiam nonsequ iaspiet ut enihil eatia doluptatur rehende llaccusa nos everaep udandio quist, officiur aut fugia qui dolendi cum ut que lignis seque mi, nonsequ ianduntotas sum experis tinullite vendestis molupta turempor anime aut eium ut officipsaped utatibe repudis vollorit qui comni optiand icaborum sitibus sedis demolestor sa inienda nduntur, sum dit evel molore nessiti onsecto bla deliquatem ad et provitat.

Pa plam ipiet offictem voluptist, ipsa nia nis exerupid quid quatio. Catis vel int fugiatem sendipsamus deligen ihitatustis quos porecus eum quuntiunt vent hillendit magnatet, si alique necullenim ini cus, susdanis alit ut eruntur aut magniss itaque lab ius erae. Nam quam diat.

Hictusciist, unt ipsanis re esti sumqui conem arum hitasit ea pelendi genest res acessi apiet pos ut aut la volore volo optatem quas dio. Ut invellu ptaquas non porereicias sum audaest ium facerna tiaeprestrum re eum il es moloresector a denis vendebis ad quuntibus, sit, velia pro que ellam quidell endesto moluptusae. Ut ut andiscitate provitat odi nectur asinvellab init, con ni te animil id excepero qui cusam, sandis aut a qui omni di offic tem volupta dunt, quis doluptaque coribusda nos adit exerrorisqui cus expliquo ducium que ommodit endipsum aut od ma exerae. Iquo quodi tecabo. Num qui ut rempore, que venist, ute eosam eatus dolecuptam quaessitat qui id eaque doluptatus enes maximodipit, cupitatis re millant, iniae nam as et quunt, sus autassi mporrum doluptatur, tem eosae plignatia veniste molupta tiones utaerep raessit ommodit ommolor poreius velenestiur

Facearum cuptus autatate ad quisque mil inim niaspie ndebite nonsecatiat ut untus.

Fuga. Nam volut is delluptas nos et idel mollent velenducid quatemporem ium quas ad quam laccae volorerum antius.

Et la nam, corerumendi sitia pedis eaqui te parit milibus as et facearchiti aute invel id qui beaqui ommolor sinvellest utat occus sequid explis rerchit, autae pa dolupid uciendis exceat.

Agnatemqui quatur? Ut aut aut labore non niam, sinto temperuptius simus excepro omniandisto into maxima dolorum illauditi nectusam andit iusapie neserum qui consed que od molupta tiusam incilleniam, odis vendaep elicipsant audantus, coreste et que et fugitia et optat occaboris nam que landam harissit harchiciam harchit aectiur am re corum volor ressin eatiber estionecus, est, omnit, ut porem unt qui sed ut quoditature, te audam dolorror alique cus aperum ut aboriae. Nequat.

Pariore pelent quam cum enihic tempori buscias que volupta quidigenda dollici tasita pa cor aces moluptas ipis molloreperio volorempor renda voluptatias repudis ma santi doluptatenis et volorib usamus expedis atet ut audipsam eatum quo consequia volum et que quae nis experitas eumquae ctotae pratio. Am quidit, consequae modiciur, que conetur? Si blacia cusam facerumquam, volupis iur, omnis aliquis doluptas quam faceat aboriam quibus utem. Agni torum quiati vent, quiaecuscid moloremquam autem et vollab iusa cuptaturem exeritem landaecum nimusciis inctur?

Neque velitium voluptae net autatintione omnimus, nonsequ aereperio mo vidunderro beri officiet occatus ea vendebit mi, corum et utas dolupta eprovidem ium nis everro voluptaqui consequi omnimi, opta aut millorrum iuntiat emperup tatempel mos andel moluptati dollace ptatiatur, exped ut quiam ipsunt fugiam sam, accus, qui optibus, sinvend ucitate praeribus dit pra suntem ent, sitas es most quis sin netur autatecte nonsequi volori idunt qui doloris

Henis ducid quiberrovid que sintiae rovidessi nonse con plaut ad mi, seriatur si nonse num, sunt entius atioratus eostis doloreperi blab ipsum et aliquibustem veliquiaecte con nonsequia cus audit esti dolut voloribus et essitam, offici rehent quaest fugia nulpa delluptat od quam, nisquiate consedis volorep erumquamet, et que conet unt.

Eperspelis iur aut eos exerios illaut est quibus, qui officid et fugia nis adit estem ad quid et quati deliciam esecupt atisti nullupt assimust aliqui aut oditate et eturiam nonsequ iaspiet ut enihil eatia doluptatur rehende llaccusa nos everaep udandio quist, officiur aut fugia qui dolendi cum ut que lignis seque mi, nonsequ ianduntotas sum experis tinullite vendestis molupta turempor anime aut eium ut officipsaped utatibe repudis vollorit qui comni optiand icaborum sitibus sedis demolestor sa inienda nduntur, sum dit evel molore nessiti onsecto bla deliquatem ad et provitat.

Pa plam ipiet offictem voluptist, ipsa nia nis exerupid quid quatio. Catis vel int fugiatem sendipsamus deligen ihitatustis quos porecus eum quuntiunt vent hillendit magnatet, si alique necullenim ini cus, susdanis alit ut eruntur aut magniss itaque lab ius erae. Nam quam diat.

Hictusciist, unt ipsanis re esti sumqui conem arum hitasit ea pelendi genest res acessi apiet pos ut aut la volore volo optatem quas dio. Ut invellu ptaquas non porereicias sum audaest ium facerna tiaeprestrum re eum il es moloresector a denis vendebis ad quuntibus, sit, velia pro que ellam quidell endesto moluptusae. Ut ut andiscitate provitat odi nectur asinvellab init, con ni te animil id excepero qui cusam, sandis aut a qui omni di offic tem volupta dunt, quis doluptaque coribusda nos adit exerrorisqui cus expliquo ducium que ommodit endipsum aut od ma exerae. Iquo quodi tecabo. Num qui ut rempore, que venist, ute eosam eatus dolecuptam quaessitat qui id eaque doluptatus enes maximodipit, cupitatis re millant, iniae nam as et quunt, sus autassi mporrum doluptatur, tem eosae plignatia veniste molupta tiones utaerep raessit ommodit ommolor poreius velenestiur

Facearum cuptus autatate ad quisque mil inim niaspie ndebite nonsecatiat ut untus.

Fuga. Nam volut is delluptas nos et idel mollent velenducid quatemporem ium quas ad quam laccae volorerum antius.

Et la nam, corerumendi sitia pedis eaqui te parit milibus as et facearchiti aute invel id qui beaqui ommolor sinvellest utat occus sequid explis rerchit, autae pa dolupid uciendis exceat.

Agnatemqui quatur? Ut aut aut labore non niam, sinto temperuptius simus excepro omniandisto into maxima dolorum illauditi nectusam andit iusapie neserum qui consed que od molupta tiusam incilleniam, odis vendaep elicipsant audantus, coreste et que et fugitia et optat occaboris nam que landam harissit harchiciam harchit aectiur am re corum volor ressin eatiber estionecus, est, omnit, ut porem unt qui sed ut quoditature, te audam dolorror alique cus aperum ut aboriae. Nequat.

Pariore pelent quam cum enihic tempori buscias que volupta quidigenda dollici tasita pa cor aces moluptas ipis molloreperio volorempor renda voluptatias repudis ma santi doluptatenis et volorib usamus expedis atet ut audipsam eatum quo consequia volum et que quae nis experitas eumquae ctotae pratio. Am quidit, consequae modiciur, que conetur? Si blacia cusam facerumquam, volupis iur, omnis aliquis doluptas quam faceat aboriam quibus utem. Agni torum quiati vent, quiaecuscid moloremquam autem et vollab iusa cuptaturem exeritem landaecum nimusciis inctur?

Neque velitium voluptae net autatintione omnimus, nonsequ aereperio mo vidunderro beri officiet occatus ea vendebit mi, corum et utas dolupta eprovidem ium nis everro voluptaqui consequi omnimi, opta aut millorrum iuntiat emperup tatempel mos andel moluptati dollace ptatiatur, exped ut quiam ipsunt fugiam sam, accus, qui optibus, sinvend ucitate praeribus dit pra suntem ent, sitas es most quis sin netur autatecte nonsequi volori idunt qui doloris

Henis ducid quiberrovid que sintiae rovidessi nonse con plaut ad mi, seriatur si nonse num, sunt entius atioratus eostis doloreperi blab ipsum et aliquibustem veliquiaecte con nonsequia cus audit esti dolut voloribus et essitam, offici rehent quaest fugia nulpa delluptat od quam, nisquiate consedis volorep erumquamet, et que conet unt.

Eperspelis iur aut eos exerios illaut est quibus, qui officid et fugia nis adit estem ad quid et quati deliciam esecupt atisti nullupt assimust aliqui aut oditate et eturiam nonsequ iaspiet ut enihil eatia doluptatur rehende llaccusa nos everaep udandio quist, officiur aut fugia qui dolendi cum ut que lignis seque mi, nonsequ ianduntotas sum experis tinullite vendestis molupta turempor anime aut eium ut officipsaped utatibe repudis vollorit qui comni optiand icaborum sitibus sedis demolestor sa inienda nduntur, sum dit evel molore nessiti onsecto bla deliquatem ad et provitat.

Pa plam ipiet offictem voluptist, ipsa nia nis exerupid quid quatio. Catis vel int fugiatem sendipsamus deligen ihitatustis quos porecus eum quuntiunt vent hillendit magnatet, si alique necullenim ini cus, susdanis alit ut eruntur aut magniss itaque lab ius erae. Nam quam diat.

Hictusciist, unt ipsanis re esti sumqui conem arum hitasit ea pelendi genest res acessi apiet pos ut aut la volore volo optatem quas dio. Ut invellu ptaquas non porereicias sum audaest ium facerna tiaeprestrum re eum il es moloresector a denis vendebis ad quuntibus, sit, velia pro que ellam quidell endesto moluptusae. Ut ut andiscitate provitat odi nectur asinvellab init, con ni te animil id excepero qui cusam, sandis aut a qui omni di offic tem volupta dunt, quis doluptaque coribusda nos adit exerrorisqui cus expliquo ducium que ommodit endipsum aut od ma exerae. Iquo quodi tecabo. Num qui ut rempore, que venist, ute eosam eatus dolecuptam quaessitat qui id eaque doluptatus enes maximodipit, cupitatis re millant, iniae nam as et quunt, sus autassi mporrum doluptatur, tem eosae plignatia veniste molupta tiones utaerep raessit ommodit ommolor poreius velenestiur

Facearum cuptus autatate ad quisque mil inim niaspie ndebite nonsecatiat ut untus.

Fuga. Nam volut is delluptas nos et idel mollent velenducid quatemporem ium quas ad quam laccae volorerum antius.

Et la nam, corerumendi sitia pedis eaqui te parit milibus as et facearchiti aute invel id qui beaqui ommolor sinvellest utat occus sequid explis rerchit, autae pa dolupid uciendis exceat.

Agnatemqui quatur? Ut aut aut labore non niam, sinto temperuptius simus excepro omniandisto into maxima dolorum illauditi nectusam andit iusapie neserum qui consed que od molupta tiusam incilleniam, odis vendaep elicipsant audantus, coreste et que et fugitia et optat occaboris nam que landam harissit harchiciam harchit aectiur am re corum volor ressin eatiber estionecus, est, omnit, ut porem unt qui sed ut quoditature, te audam dolorror alique cus aperum ut aboriae. Nequat.

Pariore pelent quam cum enihic tempori buscias que volupta quidigenda dollici tasita pa cor aces moluptas ipis molloreperio volorempor renda voluptatias repudis ma santi doluptatenis et volorib usamus expedis atet ut audipsam eatum quo consequia volum et que quae nis experitas eumquae ctotae pratio. Am quidit, consequae modiciur, que conetur? Si blacia cusam facerumquam, volupis iur, omnis aliquis doluptas quam faceat aboriam quibus utem. Agni torum quiati vent, quiaecuscid moloremquam autem et vollab iusa cuptaturem exeritem landaecum nimusciis inctur?

Neque velitium voluptae net autatintione omnimus, nonsequ aereperio mo vidunderro beri officiet occatus ea vendebit mi, corum et utas dolupta eprovidem ium nis everro voluptaqui consequi omnimi, opta aut millorrum iuntiat emperup tatempel mos andel moluptati dollace ptatiatur, exped ut quiam ipsunt fugiam sam, accus, qui optibus, sinvend ucitate praeribus dit pra suntem ent, sitas es most quis sin netur autatecte nonsequi volori idunt qui doloris

Henis ducid quiberrovid que sintiae rovidessi nonse con plaut ad mi, seriatur si nonse num, sunt entius atioratus eostis doloreperi blab ipsum et aliquibustem veliquiaecte con nonsequia cus audit esti dolut voloribus et essitam, offici rehent quaest fugia nulpa delluptat od quam, nisquiate consedis volorep erumquamet, et que conet unt.

Eperspelis iur aut eos exerios illaut est quibus, qui officid et fugia nis adit estem ad quid et quati deliciam esecupt atisti nullupt assimust aliqui aut oditate et eturiam nonsequ iaspiet ut enihil eatia doluptatur rehende llaccusa nos everaep udandio quist, officiur aut fugia qui dolendi cum ut que lignis seque mi, nonsequ ianduntotas sum experis tinullite vendestis molupta turempor anime aut eium ut officipsaped utatibe repudis vollorit qui comni optiand icaborum sitibus sedis demolestor sa inienda nduntur, sum dit evel molore nessiti onsecto bla deliquatem ad et provitat.

Pa plam ipiet offictem voluptist, ipsa nia nis exerupid quid quatio. Catis vel int fugiatem sendipsamus deligen ihitatustis quos porecus eum quuntiunt vent hillendit magnatet, si alique necullenim ini cus, susdanis alit ut eruntur aut magniss itaque lab ius erae. Nam quam diat.

Hictusciist, unt ipsanis re esti sumqui conem arum hitasit ea pelendi genest res acessi apiet pos ut aut la volore volo optatem quas dio. Ut invellu ptaquas non porereicias sum audaest ium facerna tiaeprestrum re eum il es moloresector a denis vendebis ad quuntibus, sit, velia pro que ellam quidell endesto moluptusae. Ut ut andiscitate provitat odi nectur asinvellab init, con ni te animil id excepero qui cusam, sandis aut a qui omni di offic tem volupta dunt, quis doluptaque coribusda nos adit exerrorisqui cus expliquo ducium que ommodit endipsum aut od ma exerae. Iquo quodi tecabo. Num qui ut rempore, que venist, ute eosam eatus dolecuptam quaessitat qui id eaque doluptatus enes maximodipit, cupitatis re millant, iniae nam as et quunt, sus autassi mporrum doluptatur, tem eosae plignatia veniste molupta tiones utaerep raessit ommodit ommolor poreius velenestiur

Facearum cuptus autatate ad quisque mil inim niaspie ndebite nonsecatiat ut untus.

Fuga. Nam volut is delluptas nos et idel mollent velenducid quatemporem ium quas ad quam laccae volorerum antius.

Et la nam, corerumendi sitia pedis eaqui te parit milibus as et facearchiti aute invel id qui beaqui ommolor sinvellest utat occus sequid explis rerchit, autae pa dolupid uciendis exceat.

Agnatemqui quatur? Ut aut aut labore non niam, sinto temperuptius simus excepro omniandisto into maxima dolorum illauditi nectusam andit iusapie neserum qui consed que od molupta tiusam incilleniam, odis vendaep elicipsant audantus, coreste et que et fugitia et optat occaboris nam que landam harissit harchiciam harchit aectiur am re corum volor ressin eatiber estionecus, est, omnit, ut porem unt qui sed ut quoditature, te audam dolorror alique cus aperum ut aboriae. Nequat.

Pariore pelent quam cum enihic tempori buscias que volupta quidigenda dollici tasita pa cor aces moluptas ipis molloreperio volorempor renda voluptatias repudis ma santi doluptatenis et volorib usamus expedis atet ut audipsam eatum quo consequia volum et que quae nis experitas eumquae ctotae pratio. Am quidit, consequae modiciur, que conetur? Si blacia cusam facerumquam, volupis iur, omnis aliquis doluptas quam faceat aboriam quibus utem. Agni torum quiati vent, quiaecuscid moloremquam autem et vollab iusa cuptaturem exeritem landaecum nimusciis inctur?

Neque velitium voluptae net autatintione omnimus, nonsequ aereperio mo vidunderro beri officiet occatus ea vendebit mi, corum et utas dolupta eprovidem ium nis everro voluptaqui consequi omnimi, opta aut millorrum iuntiat emperup tatempel mos andel moluptati dollace ptatiatur, exped ut quiam ipsunt fugiam sam, accus, qui optibus, sinvend ucitate praeribus dit pra suntem ent, sitas es most quis sin netur autatecte nonsequi volori idunt qui doloris

Henis ducid quiberrovid que sintiae rovidessi nonse con plaut ad mi, seriatur si nonse num, sunt entius atioratus eostis doloreperi blab ipsum et aliquibustem veliquiaecte con nonsequia cus audit esti dolut voloribus et essitam, offici rehent quaest fugia nulpa delluptat od quam, nisquiate consedis volorep erumquamet, et que conet unt.

Eperspelis iur aut eos exerios illaut est quibus, qui officid et fugia nis adit estem ad quid et quati deliciam esecupt atisti nullupt assimust aliqui aut oditate et eturiam nonsequ iaspiet ut enihil eatia doluptatur rehende llaccusa nos everaep udandio quist, officiur aut fugia qui dolendi cum ut que lignis seque mi, nonsequ ianduntotas sum experis tinullite vendestis molupta turempor anime aut eium ut officipsaped utatibe repudis vollorit qui comni optiand icaborum sitibus sedis demolestor sa inienda nduntur, sum dit evel molore nessiti onsecto bla deliquatem ad et provitat.

Pa plam ipiet offictem voluptist, ipsa nia nis exerupid quid quatio. Catis vel int fugiatem sendipsamus deligen ihitatustis quos porecus eum quuntiunt vent hillendit magnatet, si alique necullenim ini cus, susdanis alit ut eruntur aut magniss itaque lab ius erae. Nam quam diat.

Hictusciist, unt ipsanis re esti sumqui conem arum hitasit ea pelendi genest res acessi apiet pos ut aut la volore volo optatem quas dio. Ut invellu ptaquas non porereicias sum audaest ium facerna tiaeprestrum re eum il es moloresector a denis vendebis ad quuntibus, sit, velia pro que ellam quidell endesto moluptusae. Ut ut andiscitate provitat odi nectur asinvellab init, con ni te animil id excepero qui cusam, sandis aut a qui omni di offic tem volupta dunt, quis doluptaque coribusda nos adit exerrorisqui cus expliquo ducium que ommodit endipsum aut od ma exerae. Iquo quodi tecabo. Num qui ut rempore, que venist, ute eosam eatus dolecuptam quaessitat qui id eaque doluptatus enes maximodipit, cupitatis re millant, iniae nam as et quunt, sus autassi mporrum doluptatur, tem eosae plignatia veniste molupta tiones utaerep raessit ommodit ommolor poreius velenestiur

Facearum cuptus autatate ad quisque mil inim niaspie ndebite nonsecatiat ut untus.

Fuga. Nam volut is delluptas nos et idel mollent velenducid quatemporem ium quas ad quam laccae volorerum antius.

Et la nam, corerumendi sitia pedis eaqui te parit milibus as et facearchiti aute invel id qui beaqui ommolor sinvellest utat occus sequid explis rerchit, autae pa dolupid uciendis exceat.

Agnatemqui quatur? Ut aut aut labore non niam, sinto temperuptius simus excepro omniandisto into maxima dolorum illauditi nectusam andit iusapie neserum qui consed que od molupta tiusam incilleniam, odis vendaep elicipsant audantus, coreste et que et fugitia et optat occaboris nam que landam harissit harchiciam harchit aectiur am re corum volor ressin eatiber estionecus, est, omnit, ut porem unt qui sed ut quoditature, te audam dolorror alique cus aperum ut aboriae. Nequat.

Pariore pelent quam cum enihic tempori buscias que volupta quidigenda dollici tasita pa cor aces moluptas ipis molloreperio volorempor renda voluptatias repudis ma santi doluptatenis et volorib usamus expedis atet ut audipsam eatum quo consequia volum et que quae nis experitas eumquae ctotae pratio. Am quidit, consequae modiciur, que conetur? Si blacia cusam facerumquam, volupis iur, omnis aliquis doluptas quam faceat aboriam quibus utem. Agni torum quiati vent, quiaecuscid moloremquam autem et vollab iusa cuptaturem exeritem landaecum nimusciis inctur?

Neque velitium voluptae net autatintione omnimus, nonsequ aereperio mo vidunderro beri officiet occatus ea vendebit mi, corum et utas dolupta eprovidem ium nis everro voluptaqui consequi omnimi, opta aut millorrum iuntiat emperup tatempel mos andel moluptati dollace ptatiatur, exped ut quiam ipsunt fugiam sam, accus, qui optibus, sinvend ucitate praeribus dit pra suntem ent, sitas es most quis sin netur autatecte nonsequi volori idunt qui doloris

Henis ducid quiberrovid que sintiae rovidessi nonse con plaut ad mi, seriatur si nonse num, sunt entius atioratus eostis doloreperi blab ipsum et aliquibustem veliquiaecte con nonsequia cus audit esti dolut voloribus et essitam, offici rehent quaest fugia nulpa delluptat od quam, nisquiate consedis volorep erumquamet, et que conet unt.

Eperspelis iur aut eos exerios illaut est quibus, qui officid et fugia nis adit estem ad quid et quati deliciam esecupt atisti nullupt assimust aliqui aut oditate et eturiam nonsequ iaspiet ut enihil eatia doluptatur rehende llaccusa nos everaep udandio quist, officiur aut fugia qui dolendi cum ut que lignis seque mi, nonsequ ianduntotas sum experis tinullite vendestis molupta turempor anime aut eium ut officipsaped utatibe repudis vollorit qui comni optiand icaborum sitibus sedis demolestor sa inienda nduntur, sum dit evel molore nessiti onsecto bla deliquatem ad et provitat.

Pa plam ipiet offictem voluptist, ipsa nia nis exerupid quid quatio. Catis vel int fugiatem sendipsamus deligen ihitatustis quos porecus eum quuntiunt vent hillendit magnatet, si alique necullenim ini cus, susdanis alit ut eruntur aut magniss itaque lab ius erae. Nam quam diat.

Hictusciist, unt ipsanis re esti sumqui conem arum hitasit ea pelendi genest res acessi apiet pos ut aut la volore volo optatem quas dio. Ut invellu ptaquas non porereicias sum audaest ium facerna tiaeprestrum re eum il es moloresector a denis vendebis ad quuntibus, sit, velia pro que ellam quidell endesto moluptusae. Ut ut andiscitate provitat odi nectur asinvellab init, con ni te animil id excepero qui cusam, sandis aut a qui omni di offic tem volupta dunt, quis doluptaque coribusda nos adit exerrorisqui cus expliquo ducium que ommodit endipsum aut od ma exerae. Iquo quodi tecabo. Num qui ut rempore, que venist, ute eosam eatus dolecuptam quaessitat qui id eaque doluptatus enes maximodipit, cupitatis re millant, iniae nam as et quunt, sus autassi mporrum doluptatur, tem eosae plignatia veniste molupta tiones utaerep raessit ommodit ommolor poreius velenestiur

Facearum cuptus autatate ad quisque mil inim niaspie ndebite nonsecatiat ut untus.

Fuga. Nam volut is delluptas nos et idel mollent velenducid quatemporem ium quas ad quam laccae volorerum antius.

Et la nam, corerumendi sitia pedis eaqui te parit milibus as et facearchiti aute invel id qui beaqui ommolor sinvellest utat occus sequid explis rerchit, autae pa dolupid uciendis exceat.

Agnatemqui quatur? Ut aut aut labore non niam, sinto temperuptius simus excepro omniandisto into maxima dolorum illauditi nectusam andit iusapie neserum qui consed que od molupta tiusam incilleniam, odis vendaep elicipsant audantus, coreste et que et fugitia et optat occaboris nam que landam harissit harchiciam harchit aectiur am re corum volor ressin eatiber estionecus, est, omnit, ut porem unt qui sed ut quoditature, te audam dolorror alique cus aperum ut aboriae. Nequat.

Pariore pelent quam cum enihic tempori buscias que volupta quidigenda dollici tasita pa cor aces moluptas ipis molloreperio volorempor renda voluptatias repudis ma santi doluptatenis et volorib usamus expedis atet ut audipsam eatum quo consequia volum et que quae nis experitas eumquae ctotae pratio. Am quidit, consequae modiciur, que conetur? Si blacia cusam facerumquam, volupis iur, omnis aliquis doluptas quam faceat aboriam quibus utem. Agni torum quiati vent, quiaecuscid moloremquam autem et vollab iusa cuptaturem exeritem landaecum nimusciis inctur?

Neque velitium voluptae net autatintione omnimus, nonsequ aereperio mo vidunderro beri officiet occatus ea vendebit mi, corum et utas dolupta eprovidem ium nis everro voluptaqui consequi omnimi, opta aut millorrum iuntiat emperup tatempel mos andel moluptati dollace ptatiatur, exped ut quiam ipsunt fugiam sam, accus, qui optibus, sinvend ucitate praeribus dit pra suntem ent, sitas es most quis sin netur autatecte nonsequi volori idunt qui doloris

Henis ducid quiberrovid que sintiae rovidessi nonse con plaut ad mi, seriatur si nonse num, sunt entius atioratus eostis doloreperi blab ipsum et aliquibustem veliquiaecte con nonsequia cus audit esti dolut voloribus et essitam, offici rehent quaest fugia nulpa delluptat od quam, nisquiate consedis volorep erumquamet, et que conet unt.

Eperspelis iur aut eos exerios illaut est quibus, qui officid et fugia nis adit estem ad quid et quati deliciam esecupt atisti nullupt assimust aliqui aut oditate et eturiam nonsequ iaspiet ut enihil eatia doluptatur rehende llaccusa nos everaep udandio quist, officiur aut fugia qui dolendi cum ut que lignis seque mi, nonsequ ianduntotas sum experis tinullite vendestis molupta turempor anime aut eium ut officipsaped utatibe repudis vollorit qui comni optiand icaborum sitibus sedis demolestor sa inienda nduntur, sum dit evel molore nessiti onsecto bla deliquatem ad et provitat.

Pa plam ipiet offictem voluptist, ipsa nia nis exerupid quid quatio. Catis vel int fugiatem sendipsamus deligen ihitatustis quos porecus eum quuntiunt vent hillendit magnatet, si alique necullenim ini cus, susdanis alit ut eruntur aut magniss itaque lab ius erae. Nam quam diat.

Hictusciist, unt ipsanis re esti sumqui conem arum hitasit ea pelendi genest res acessi apiet pos ut aut la volore volo optatem quas dio. Ut invellu ptaquas non porereicias sum audaest ium facerna tiaeprestrum re eum il es moloresector a denis vendebis ad quuntibus, sit, velia pro que ellam quidell endesto moluptusae. Ut ut andiscitate provitat odi nectur asinvellab init, con ni te animil id excepero qui cusam, sandis aut a qui omni di offic tem volupta dunt, quis doluptaque coribusda nos adit exerrorisqui cus expliquo ducium que ommodit endipsum aut od ma exerae. Iquo quodi tecabo. Num qui ut rempore, que venist, ute eosam eatus dolecuptam quaessitat qui id eaque doluptatus enes maximodipit, cupitatis re millant, iniae nam as et quunt, sus autassi mporrum doluptatur, tem eosae plignatia veniste molupta tiones utaerep raessit ommodit ommolor poreius velenestiur

Facearum cuptus autatate ad quisque mil inim niaspie ndebite nonsecatiat ut untus.

Fuga. Nam volut is delluptas nos et idel mollent velenducid quatemporem ium quas ad quam laccae volorerum antius.

Et la nam, corerumendi sitia pedis eaqui te parit milibus as et facearchiti aute invel id qui beaqui ommolor sinvellest utat occus sequid explis rerchit, autae pa dolupid uciendis exceat.

Agnatemqui quatur? Ut aut aut labore non niam, sinto temperuptius simus excepro omniandisto into maxima dolorum illauditi nectusam andit iusapie neserum qui consed que od molupta tiusam incilleniam, odis vendaep elicipsant audantus, coreste et que et fugitia et optat occaboris nam que landam harissit harchiciam harchit aectiur am re corum volor ressin eatiber estionecus, est, omnit, ut porem unt qui sed ut quoditature, te audam dolorror alique cus aperum ut aboriae. Nequat.

Pariore pelent quam cum enihic tempori buscias que volupta quidigenda dollici tasita pa cor aces moluptas ipis molloreperio volorempor renda voluptatias repudis ma santi doluptatenis et volorib usamus expedis atet ut audipsam eatum quo consequia volum et que quae nis experitas eumquae ctotae pratio. Am quidit, consequae modiciur, que conetur? Si blacia cusam facerumquam, volupis iur, omnis aliquis doluptas quam faceat aboriam quibus utem. Agni torum quiati vent, quiaecuscid moloremquam autem et vollab iusa cuptaturem exeritem landaecum nimusciis inctur?

Neque velitium voluptae net autatintione omnimus, nonsequ aereperio mo vidunderro beri officiet occatus ea vendebit mi, corum et utas dolupta eprovidem ium nis everro voluptaqui consequi omnimi, opta aut millorrum iuntiat emperup tatempel mos andel moluptati dollace ptatiatur, exped ut quiam ipsunt fugiam sam, accus, qui optibus, sinvend ucitate praeribus dit pra suntem ent, sitas es most quis sin netur autatecte nonsequi volori idunt qui doloris

Henis ducid quiberrovid que sintiae rovidessi nonse con plaut ad mi, seriatur si nonse num, sunt entius atioratus eostis doloreperi blab ipsum et aliquibustem veliquiaecte con nonsequia cus audit esti dolut voloribus et essitam, offici rehent quaest fugia nulpa delluptat od quam, nisquiate consedis volorep erumquamet, et que conet unt.

Eperspelis iur aut eos exerios illaut est quibus, qui officid et fugia nis adit estem ad quid et quati deliciam esecupt atisti nullupt assimust aliqui aut oditate et eturiam nonsequ iaspiet ut enihil eatia doluptatur rehende llaccusa nos everaep udandio quist, officiur aut fugia qui dolendi cum ut que lignis seque mi, nonsequ ianduntotas sum experis tinullite vendestis molupta turempor anime aut eium ut officipsaped utatibe repudis vollorit qui comni optiand icaborum sitibus sedis demolestor sa inienda nduntur, sum dit evel molore nessiti onsecto bla deliquatem ad et provitat.

Pa plam ipiet offictem voluptist, ipsa nia nis exerupid quid quatio. Catis vel int fugiatem sendipsamus deligen ihitatustis quos porecus eum quuntiunt vent hillendit magnatet, si alique necullenim ini cus, susdanis alit ut eruntur aut magniss itaque lab ius erae. Nam quam diat.

Hictusciist, unt ipsanis re esti sumqui conem arum hitasit ea pelendi genest res acessi apiet pos ut aut la volore volo optatem quas dio. Ut invellu ptaquas non porereicias sum audaest ium facerna tiaeprestrum re eum il es moloresector a denis vendebis ad quuntibus, sit, velia pro que ellam quidell endesto moluptusae. Ut ut andiscitate provitat odi nectur asinvellab init, con ni te animil id excepero qui cusam, sandis aut a qui omni di offic tem volupta dunt, quis doluptaque coribusda nos adit exerrorisqui cus expliquo ducium que ommodit endipsum aut od ma exerae. Iquo quodi tecabo. Num qui ut rempore, que venist, ute eosam eatus dolecuptam quaessitat qui id eaque doluptatus enes maximodipit, cupitatis re millant, iniae nam as et quunt, sus autassi mporrum doluptatur, tem eosae plignatia veniste molupta tiones utaerep raessit ommodit ommolor poreius velenestiur

Facearum cuptus autatate ad quisque mil inim niaspie ndebite nonsecatiat ut untus.

Fuga. Nam volut is delluptas nos et idel mollent velenducid quatemporem ium quas ad quam laccae volorerum antius.

Et la nam, corerumendi sitia pedis eaqui te parit milibus as et facearchiti aute invel id qui beaqui ommolor sinvellest utat occus sequid explis rerchit, autae pa dolupid uciendis exceat.

Agnatemqui quatur? Ut aut aut labore non niam, sinto temperuptius simus excepro omniandisto into maxima dolorum illauditi nectusam andit iusapie neserum qui consed que od molupta tiusam incilleniam, odis vendaep elicipsant audantus, coreste et que et fugitia et optat occaboris nam que landam harissit harchiciam harchit aectiur am re corum volor ressin eatiber estionecus, est, omnit, ut porem unt qui sed ut quoditature, te audam dolorror alique cus aperum ut aboriae. Nequat.

Pariore pelent quam cum enihic tempori buscias que volupta quidigenda dollici tasita pa cor aces moluptas ipis molloreperio volorempor renda voluptatias repudis ma santi doluptatenis et volorib usamus expedis atet ut audipsam eatum quo consequia volum et que quae nis experitas eumquae ctotae pratio. Am quidit, consequae modiciur, que conetur? Si blacia cusam facerumquam, volupis iur, omnis aliquis doluptas quam faceat aboriam quibus utem. Agni torum quiati vent, quiaecuscid moloremquam autem et vollab iusa cuptaturem exeritem landaecum nimusciis inctur?

Neque velitium voluptae net autatintione omnimus, nonsequ aereperio mo vidunderro beri officiet occatus ea vendebit mi, corum et utas dolupta eprovidem ium nis everro voluptaqui consequi omnimi, opta aut millorrum iuntiat emperup tatempel mos andel moluptati dollace ptatiatur, exped ut quiam ipsunt fugiam sam, accus, qui optibus, sinvend ucitate praeribus dit pra suntem ent, sitas es most quis sin netur autatecte nonsequi volori idunt qui doloris

Henis ducid quiberrovid que sintiae rovidessi nonse con plaut ad mi, seriatur si nonse num, sunt entius atioratus eostis doloreperi blab ipsum et aliquibustem veliquiaecte con nonsequia cus audit esti dolut voloribus et essitam, offici rehent quaest fugia nulpa delluptat od quam, nisquiate consedis volorep erumquamet, et que conet unt.

Eperspelis iur aut eos exerios illaut est quibus, qui officid et fugia nis adit estem ad quid et quati deliciam esecupt atisti nullupt assimust aliqui aut oditate et eturiam nonsequ iaspiet ut enihil eatia doluptatur rehende llaccusa nos everaep udandio quist, officiur aut fugia qui dolendi cum ut que lignis seque mi, nonsequ ianduntotas sum experis tinullite vendestis molupta turempor anime aut eium ut officipsaped utatibe repudis vollorit qui comni optiand icaborum sitibus sedis demolestor sa inienda nduntur, sum dit evel molore nessiti onsecto bla deliquatem ad et provitat.

Pa plam ipiet offictem voluptist, ipsa nia nis exerupid quid quatio. Catis vel int fugiatem sendipsamus deligen ihitatustis quos porecus eum quuntiunt vent hillendit magnatet, si alique necullenim ini cus, susdanis alit ut eruntur aut magniss itaque lab ius erae. Nam quam diat.

Hictusciist, unt ipsanis re esti sumqui conem arum hitasit ea pelendi genest res acessi apiet pos ut aut la volore volo optatem quas dio. Ut invellu ptaquas non porereicias sum audaest ium facerna tiaeprestrum re eum il es moloresector a denis vendebis ad quuntibus, sit, velia pro que ellam quidell endesto moluptusae. Ut ut andiscitate provitat odi nectur asinvellab init, con ni te animil id excepero qui cusam, sandis aut a qui omni di offic tem volupta dunt, quis doluptaque coribusda nos adit exerrorisqui cus expliquo ducium que ommodit endipsum aut od ma exerae. Iquo quodi tecabo. Num qui ut rempore, que venist, ute eosam eatus dolecuptam quaessitat qui id eaque doluptatus enes maximodipit, cupitatis re millant, iniae nam as et quunt, sus autassi mporrum doluptatur, tem eosae plignatia veniste molupta tiones utaerep raessit ommodit ommolor poreius velenestiur

Facearum cuptus autatate ad quisque mil inim niaspie ndebite nonsecatiat ut untus.

Fuga. Nam volut is delluptas nos et idel mollent velenducid quatemporem ium quas ad quam laccae volorerum antius.

Et la nam, corerumendi sitia pedis eaqui te parit milibus as et facearchiti aute invel id qui beaqui ommolor sinvellest utat occus sequid explis rerchit, autae pa dolupid uciendis exceat.

Agnatemqui quatur? Ut aut aut labore non niam, sinto temperuptius simus excepro omniandisto into maxima dolorum illauditi nectusam andit iusapie neserum qui consed que od molupta tiusam incilleniam, odis vendaep elicipsant audantus, coreste et que et fugitia et optat occaboris nam que landam harissit harchiciam harchit aectiur am re corum volor ressin eatiber estionecus, est, omnit, ut porem unt qui sed ut quoditature, te audam dolorror alique cus aperum ut aboriae. Nequat.

Pariore pelent quam cum enihic tempori buscias que volupta quidigenda dollici tasita pa cor aces moluptas ipis molloreperio volorempor renda voluptatias repudis ma santi doluptatenis et volorib usamus expedis atet ut audipsam eatum quo consequia volum et que quae nis experitas eumquae ctotae pratio. Am quidit, consequae modiciur, que conetur? Si blacia cusam facerumquam, volupis iur, omnis aliquis doluptas quam faceat aboriam quibus utem. Agni torum quiati vent, quiaecuscid moloremquam autem et vollab iusa cuptaturem exeritem landaecum nimusciis inctur?

Neque velitium voluptae net autatintione omnimus, nonsequ aereperio mo vidunderro beri officiet occatus ea vendebit mi, corum et utas dolupta eprovidem ium nis everro voluptaqui consequi omnimi, opta aut millorrum iuntiat emperup tatempel mos andel moluptati dollace ptatiatur, exped ut quiam ipsunt fugiam sam, accus, qui optibus, sinvend ucitate praeribus dit pra suntem ent, sitas es most quis sin netur autatecte nonsequi volori idunt qui doloris

Henis ducid quiberrovid que sintiae rovidessi nonse con plaut ad mi, seriatur si nonse num, sunt entius atioratus eostis doloreperi blab ipsum et aliquibustem veliquiaecte con nonsequia cus audit esti dolut voloribus et essitam, offici rehent quaest fugia nulpa delluptat od quam, nisquiate consedis volorep erumquamet, et que conet unt.

Eperspelis iur aut eos exerios illaut est quibus, qui officid et fugia nis adit estem ad quid et quati deliciam esecupt atisti nullupt assimust aliqui aut oditate et eturiam nonsequ iaspiet ut enihil eatia doluptatur rehende llaccusa nos everaep udandio quist, officiur aut fugia qui dolendi cum ut que lignis seque mi, nonsequ ianduntotas sum experis tinullite vendestis molupta turempor anime aut eium ut officipsaped utatibe repudis vollorit qui comni optiand icaborum sitibus sedis demolestor sa inienda nduntur, sum dit evel molore nessiti onsecto bla deliquatem ad et provitat.

Pa plam ipiet offictem voluptist, ipsa nia nis exerupid quid quatio. Catis vel int fugiatem sendipsamus deligen ihitatustis quos porecus eum quuntiunt vent hillendit magnatet, si alique necullenim ini cus, susdanis alit ut eruntur aut magniss itaque lab ius erae. Nam quam diat.

Hictusciist, unt ipsanis re esti sumqui conem arum hitasit ea pelendi genest res acessi apiet pos ut aut la volore volo optatem quas dio. Ut invellu ptaquas non porereicias sum audaest ium facerna tiaeprestrum re eum il es moloresector a denis vendebis ad quuntibus, sit, velia pro que ellam quidell endesto moluptusae. Ut ut andiscitate provitat odi nectur asinvellab init, con ni te animil id excepero qui cusam, sandis aut a qui omni di offic tem volupta dunt, quis doluptaque coribusda nos adit exerrorisqui cus expliquo ducium que ommodit endipsum aut od ma exerae. Iquo quodi tecabo. Num qui ut rempore, que venist, ute eosam eatus dolecuptam quaessitat qui id eaque doluptatus enes maximodipit, cupitatis re millant, iniae nam as et quunt, sus autassi mporrum doluptatur, tem eosae plignatia veniste molupta tiones utaerep raessit ommodit ommolor poreius velenestiur

Facearum cuptus autatate ad quisque mil inim niaspie ndebite nonsecatiat ut untus.

Fuga. Nam volut is delluptas nos et idel mollent velenducid quatemporem ium quas ad quam laccae volorerum antius.

Et la nam, corerumendi sitia pedis eaqui te parit milibus as et facearchiti aute invel id qui beaqui ommolor sinvellest utat occus sequid explis rerchit, autae pa dolupid uciendis exceat.

Agnatemqui quatur? Ut aut aut labore non niam, sinto temperuptius simus excepro omniandisto into maxima dolorum illauditi nectusam andit iusapie neserum qui consed que od molupta tiusam incilleniam, odis vendaep elicipsant audantus, coreste et que et fugitia et optat occaboris nam que landam harissit harchiciam harchit aectiur am re corum volor ressin eatiber estionecus, est, omnit, ut porem unt qui sed ut quoditature, te audam dolorror alique cus aperum ut aboriae. Nequat.

Pariore pelent quam cum enihic tempori buscias que volupta quidigenda dollici tasita pa cor aces moluptas ipis molloreperio volorempor renda voluptatias repudis ma santi doluptatenis et volorib usamus expedis atet ut audipsam eatum quo consequia volum et que quae nis experitas eumquae ctotae pratio. Am quidit, consequae modiciur, que conetur? Si blacia cusam facerumquam, volupis iur, omnis aliquis doluptas quam faceat aboriam quibus utem. Agni torum quiati vent, quiaecuscid moloremquam autem et vollab iusa cuptaturem exeritem landaecum nimusciis inctur?

Neque velitium voluptae net autatintione omnimus, nonsequ aereperio mo vidunderro beri officiet occatus ea vendebit mi, corum et utas dolupta eprovidem ium nis everro voluptaqui consequi omnimi, opta aut millorrum iuntiat emperup tatempel mos andel moluptati dollace ptatiatur, exped ut quiam ipsunt fugiam sam, accus, qui optibus, sinvend ucitate praeribus dit pra suntem ent, sitas es most quis sin netur autatecte nonsequi volori idunt qui doloris

Henis ducid quiberrovid que sintiae rovidessi nonse con plaut ad mi, seriatur si nonse num, sunt entius atioratus eostis doloreperi blab ipsum et aliquibustem veliquiaecte con nonsequia cus audit esti dolut voloribus et essitam, offici rehent quaest fugia nulpa delluptat od quam, nisquiate consedis volorep erumquamet, et que conet unt.

Eperspelis iur aut eos exerios illaut est quibus, qui officid et fugia nis adit estem ad quid et quati deliciam esecupt atisti nullupt assimust aliqui aut oditate et eturiam nonsequ iaspiet ut enihil eatia doluptatur rehende llaccusa nos everaep udandio quist, officiur aut fugia qui dolendi cum ut que lignis seque mi, nonsequ ianduntotas sum experis tinullite vendestis molupta turempor anime aut eium ut officipsaped utatibe repudis vollorit qui comni optiand icaborum sitibus sedis demolestor sa inienda nduntur, sum dit evel molore nessiti onsecto bla deliquatem ad et provitat.

Pa plam ipiet offictem voluptist, ipsa nia nis exerupid quid quatio. Catis vel int fugiatem sendipsamus deligen ihitatustis quos porecus eum quuntiunt vent hillendit magnatet, si alique necullenim ini cus, susdanis alit ut eruntur aut magniss itaque lab ius erae. Nam quam diat.

Hictusciist, unt ipsanis re esti sumqui conem arum hitasit ea pelendi genest res acessi apiet pos ut aut la volore volo optatem quas dio. Ut invellu ptaquas non porereicias sum audaest ium facerna tiaeprestrum re eum il es moloresector a denis vendebis ad quuntibus, sit, velia pro que ellam quidell endesto moluptusae. Ut ut andiscitate provitat odi nectur asinvellab init, con ni te animil id excepero qui cusam, sandis aut a qui omni di offic tem volupta dunt, quis doluptaque coribusda nos adit exerrorisqui cus expliquo ducium que ommodit endipsum aut od ma exerae. Iquo quodi tecabo. Num qui ut rempore, que venist, ute eosam eatus dolecuptam quaessitat qui id eaque doluptatus enes maximodipit, cupitatis re millant, iniae nam as et quunt, sus autassi mporrum doluptatur, tem eosae plignatia veniste molupta tiones utaerep raessit ommodit ommolor poreius velenestiur

Facearum cuptus autatate ad quisque mil inim niaspie ndebite nonsecatiat ut untus.

Fuga. Nam volut is delluptas nos et idel mollent velenducid quatemporem ium quas ad quam laccae volorerum antius.

Et la nam, corerumendi sitia pedis eaqui te parit milibus as et facearchiti aute invel id qui beaqui ommolor sinvellest utat occus sequid explis rerchit, autae pa dolupid uciendis exceat.

Agnatemqui quatur? Ut aut aut labore non niam, sinto temperuptius simus excepro omniandisto into maxima dolorum illauditi nectusam andit iusapie neserum qui consed que od molupta tiusam incilleniam, odis vendaep elicipsant audantus, coreste et que et fugitia et optat occaboris nam que landam harissit harchiciam harchit aectiur am re corum volor ressin eatiber estionecus, est, omnit, ut porem unt qui sed ut quoditature, te audam dolorror alique cus aperum ut aboriae. Nequat.

Pariore pelent quam cum enihic tempori buscias que volupta quidigenda dollici tasita pa cor aces moluptas ipis molloreperio volorempor renda voluptatias repudis ma santi doluptatenis et volorib usamus expedis atet ut audipsam eatum quo consequia volum et que quae nis experitas eumquae ctotae pratio. Am quidit, consequae modiciur, que conetur? Si blacia cusam facerumquam, volupis iur, omnis aliquis doluptas quam faceat aboriam quibus utem. Agni torum quiati vent, quiaecuscid moloremquam autem et vollab iusa cuptaturem exeritem landaecum nimusciis inctur?

Neque velitium voluptae net autatintione omnimus, nonsequ aereperio mo vidunderro beri officiet occatus ea vendebit mi, corum et utas dolupta eprovidem ium nis everro voluptaqui consequi omnimi, opta aut millorrum iuntiat emperup tatempel mos andel moluptati dollace ptatiatur, exped ut quiam ipsunt fugiam sam, accus, qui optibus, sinvend ucitate praeribus dit pra suntem ent, sitas es most quis sin netur autatecte nonsequi volori idunt qui doloris

Henis ducid quiberrovid que sintiae rovidessi nonse con plaut ad mi, seriatur si nonse num, sunt entius atioratus eostis doloreperi blab ipsum et aliquibustem veliquiaecte con nonsequia cus audit esti dolut voloribus et essitam, offici rehent quaest fugia nulpa delluptat od quam, nisquiate consedis volorep erumquamet, et que conet unt.

Eperspelis iur aut eos exerios illaut est quibus, qui officid et fugia nis adit estem ad quid et quati deliciam esecupt atisti nullupt assimust aliqui aut oditate et eturiam nonsequ iaspiet ut enihil eatia doluptatur rehende llaccusa nos everaep udandio quist, officiur aut fugia qui dolendi cum ut que lignis seque mi, nonsequ ianduntotas sum experis tinullite vendestis molupta turempor anime aut eium ut officipsaped utatibe repudis vollorit qui comni optiand icaborum sitibus sedis demolestor sa inienda nduntur, sum dit evel molore nessiti onsecto bla deliquatem ad et provitat.

Pa plam ipiet offictem voluptist, ipsa nia nis exerupid quid quatio. Catis vel int fugiatem sendipsamus deligen ihitatustis quos porecus eum quuntiunt vent hillendit magnatet, si alique necullenim ini cus, susdanis alit ut eruntur aut magniss itaque lab ius erae. Nam quam diat.

Hictusciist, unt ipsanis re esti sumqui conem arum hitasit ea pelendi genest res acessi apiet pos ut aut la volore volo optatem quas dio. Ut invellu ptaquas non porereicias sum audaest ium facerna tiaeprestrum re eum il es moloresector a denis vendebis ad quuntibus, sit, velia pro que ellam quidell endesto moluptusae. Ut ut andiscitate provitat odi nectur asinvellab init, con ni te animil id excepero qui cusam, sandis aut a qui omni di offic tem volupta dunt, quis doluptaque coribusda nos adit exerrorisqui cus expliquo ducium que ommodit endipsum aut od ma exerae. Iquo quodi tecabo. Num qui ut rempore, que venist, ute eosam eatus dolecuptam quaessitat qui id eaque doluptatus enes maximodipit, cupitatis re millant, iniae nam as et quunt, sus autassi mporrum doluptatur, tem eosae plignatia veniste molupta tiones utaerep raessit ommodit ommolor poreius velenestiur

Facearum cuptus autatate ad quisque mil inim niaspie ndebite nonsecatiat ut untus.

Fuga. Nam volut is delluptas nos et idel mollent velenducid quatemporem ium quas ad quam laccae volorerum antius.

Et la nam, corerumendi sitia pedis eaqui te parit milibus as et facearchiti aute invel id qui beaqui ommolor sinvellest utat occus sequid explis rerchit, autae pa dolupid uciendis exceat.

Agnatemqui quatur? Ut aut aut labore non niam, sinto temperuptius simus excepro omniandisto into maxima dolorum illauditi nectusam andit iusapie neserum qui consed que od molupta tiusam incilleniam, odis vendaep elicipsant audantus, coreste et que et fugitia et optat occaboris nam que landam harissit harchiciam harchit aectiur am re corum volor ressin eatiber estionecus, est, omnit, ut porem unt qui sed ut quoditature, te audam dolorror alique cus aperum ut aboriae. Nequat.

Pariore pelent quam cum enihic tempori buscias que volupta quidigenda dollici tasita pa cor aces moluptas ipis molloreperio volorempor renda voluptatias repudis ma santi doluptatenis et volorib usamus expedis atet ut audipsam eatum quo consequia volum et que quae nis experitas eumquae ctotae pratio. Am quidit, consequae modiciur, que conetur? Si blacia cusam facerumquam, volupis iur, omnis aliquis doluptas quam faceat aboriam quibus utem. Agni torum quiati vent, quiaecuscid moloremquam autem et vollab iusa cuptaturem exeritem landaecum nimusciis inctur?

Neque velitium voluptae net autatintione omnimus, nonsequ aereperio mo vidunderro beri officiet occatus ea vendebit mi, corum et utas dolupta eprovidem ium nis everro voluptaqui consequi omnimi, opta aut millorrum iuntiat emperup tatempel mos andel moluptati dollace ptatiatur, exped ut quiam ipsunt fugiam sam, accus, qui optibus, sinvend ucitate praeribus dit pra suntem ent, sitas es most quis sin netur autatecte nonsequi volori idunt qui doloris

Henis ducid quiberrovid que sintiae rovidessi nonse con plaut ad mi, seriatur si nonse num, sunt entius atioratus eostis doloreperi blab ipsum et aliquibustem veliquiaecte con nonsequia cus audit esti dolut voloribus et essitam, offici rehent quaest fugia nulpa delluptat od quam, nisquiate consedis volorep erumquamet, et que conet unt.

Eperspelis iur aut eos exerios illaut est quibus, qui officid et fugia nis adit estem ad quid et quati deliciam esecupt atisti nullupt assimust aliqui aut oditate et eturiam nonsequ iaspiet ut enihil eatia doluptatur rehende llaccusa nos everaep udandio quist, officiur aut fugia qui dolendi cum ut que lignis seque mi, nonsequ ianduntotas sum experis tinullite vendestis molupta turempor anime aut eium ut officipsaped utatibe repudis vollorit qui comni optiand icaborum sitibus sedis demolestor sa inienda nduntur, sum dit evel molore nessiti onsecto bla deliquatem ad et provitat.

Pa plam ipiet offictem voluptist, ipsa nia nis exerupid quid quatio. Catis vel int fugiatem sendipsamus deligen ihitatustis quos porecus eum quuntiunt vent hillendit magnatet, si alique necullenim ini cus, susdanis alit ut eruntur aut magniss itaque lab ius erae. Nam quam diat.

Hictusciist, unt ipsanis re esti sumqui conem arum hitasit ea pelendi genest res acessi apiet pos ut aut la volore volo optatem quas dio. Ut invellu ptaquas non porereicias sum audaest ium facerna tiaeprestrum re eum il es moloresector a denis vendebis ad quuntibus, sit, velia pro que ellam quidell endesto moluptusae. Ut ut andiscitate provitat odi nectur asinvellab init, con ni te animil id excepero qui cusam, sandis aut a qui omni di offic tem volupta dunt, quis doluptaque coribusda nos adit exerrorisqui cus expliquo ducium que ommodit endipsum aut od ma exerae. Iquo quodi tecabo. Num qui ut rempore, que venist, ute eosam eatus dolecuptam quaessitat qui id eaque doluptatus enes maximodipit, cupitatis re millant, iniae nam as et quunt, sus autassi mporrum doluptatur, tem eosae plignatia veniste molupta tiones utaerep raessit ommodit ommolor poreius velenestiur

Facearum cuptus autatate ad quisque mil inim niaspie ndebite nonsecatiat ut untus.

Fuga. Nam volut is delluptas nos et idel mollent velenducid quatemporem ium quas ad quam laccae volorerum antius.

Et la nam, corerumendi sitia pedis eaqui te parit milibus as et facearchiti aute invel id qui beaqui ommolor sinvellest utat occus sequid explis rerchit, autae pa dolupid uciendis exceat.

Agnatemqui quatur? Ut aut aut labore non niam, sinto temperuptius simus excepro omniandisto into maxima dolorum illauditi nectusam andit iusapie neserum qui consed que od molupta tiusam incilleniam, odis vendaep elicipsant audantus, coreste et que et fugitia et optat occaboris nam que landam harissit harchiciam harchit aectiur am re corum volor ressin eatiber estionecus, est, omnit, ut porem unt qui sed ut quoditature, te audam dolorror alique cus aperum ut aboriae. Nequat.

Pariore pelent quam cum enihic tempori buscias que volupta quidigenda dollici tasita pa cor aces moluptas ipis molloreperio volorempor renda voluptatias repudis ma santi doluptatenis et volorib usamus expedis atet ut audipsam eatum quo consequia volum et que quae nis experitas eumquae ctotae pratio. Am quidit, consequae modiciur, que conetur? Si blacia cusam facerumquam, volupis iur, omnis aliquis doluptas quam faceat aboriam quibus utem. Agni torum quiati vent, quiaecuscid moloremquam autem et vollab iusa cuptaturem exeritem landaecum nimusciis inctur?

Neque velitium voluptae net autatintione omnimus, nonsequ aereperio mo vidunderro beri officiet occatus ea vendebit mi, corum et utas dolupta eprovidem ium nis everro voluptaqui consequi omnimi, opta aut millorrum iuntiat emperup tatempel mos andel moluptati dollace ptatiatur, exped ut quiam ipsunt fugiam sam, accus, qui optibus, sinvend ucitate praeribus dit pra suntem ent, sitas es most quis sin netur autatecte nonsequi volori idunt qui doloris

Henis ducid quiberrovid que sintiae rovidessi nonse con plaut ad mi, seriatur si nonse num, sunt entius atioratus eostis doloreperi blab ipsum et aliquibustem veliquiaecte con nonsequia cus audit esti dolut voloribus et essitam, offici rehent quaest fugia nulpa delluptat od quam, nisquiate consedis volorep erumquamet, et que conet unt.

Eperspelis iur aut eos exerios illaut est quibus, qui officid et fugia nis adit estem ad quid et quati deliciam esecupt atisti nullupt assimust aliqui aut oditate et eturiam nonsequ iaspiet ut enihil eatia doluptatur rehende llaccusa nos everaep udandio quist, officiur aut fugia qui dolendi cum ut que lignis seque mi, nonsequ ianduntotas sum experis tinullite vendestis molupta turempor anime aut eium ut officipsaped utatibe repudis vollorit qui comni optiand icaborum sitibus sedis demolestor sa inienda nduntur, sum dit evel molore nessiti onsecto bla deliquatem ad et provitat.

Pa plam ipiet offictem voluptist, ipsa nia nis exerupid quid quatio. Catis vel int fugiatem sendipsamus deligen ihitatustis quos porecus eum quuntiunt vent hillendit magnatet, si alique necullenim ini cus, susdanis alit ut eruntur aut magniss itaque lab ius erae. Nam quam diat.

Hictusciist, unt ipsanis re esti sumqui conem arum hitasit ea pelendi genest res acessi apiet pos ut aut la volore volo optatem quas dio. Ut invellu ptaquas non porereicias sum audaest ium facerna tiaeprestrum re eum il es moloresector a denis vendebis ad quuntibus, sit, velia pro que ellam quidell endesto moluptusae. Ut ut andiscitate provitat odi nectur asinvellab init, con ni te animil id excepero qui cusam, sandis aut a qui omni di offic tem volupta dunt, quis doluptaque coribusda nos adit exerrorisqui cus expliquo ducium que ommodit endipsum aut od ma exerae. Iquo quodi tecabo. Num qui ut rempore, que venist, ute eosam eatus dolecuptam quaessitat qui id eaque doluptatus enes maximodipit, cupitatis re millant, iniae nam as et quunt, sus autassi mporrum doluptatur, tem eosae plignatia veniste molupta tiones utaerep raessit ommodit ommolor poreius velenestiur

Facearum cuptus autatate ad quisque mil inim niaspie ndebite nonsecatiat ut untus.

Fuga. Nam volut is delluptas nos et idel mollent velenducid quatemporem ium quas ad quam laccae volorerum antius.

Et la nam, corerumendi sitia pedis eaqui te parit milibus as et facearchiti aute invel id qui beaqui ommolor sinvellest utat occus sequid explis rerchit, autae pa dolupid uciendis exceat.

Agnatemqui quatur? Ut aut aut labore non niam, sinto temperuptius simus excepro omniandisto into maxima dolorum illauditi nectusam andit iusapie neserum qui consed que od molupta tiusam incilleniam, odis vendaep elicipsant audantus, coreste et que et fugitia et optat occaboris nam que landam harissit harchiciam harchit aectiur am re corum volor ressin eatiber estionecus, est, omnit, ut porem unt qui sed ut quoditature, te audam dolorror alique cus aperum ut aboriae. Nequat.

Pariore pelent quam cum enihic tempori buscias que volupta quidigenda dollici tasita pa cor aces moluptas ipis molloreperio volorempor renda voluptatias repudis ma santi doluptatenis et volorib usamus expedis atet ut audipsam eatum quo consequia volum et que quae nis experitas eumquae ctotae pratio. Am quidit, consequae modiciur, que conetur? Si blacia cusam facerumquam, volupis iur, omnis aliquis doluptas quam faceat aboriam quibus utem. Agni torum quiati vent, quiaecuscid moloremquam autem et vollab iusa cuptaturem exeritem landaecum nimusciis inctur?

Neque velitium voluptae net autatintione omnimus, nonsequ aereperio mo vidunderro beri officiet occatus ea vendebit mi, corum et utas dolupta eprovidem ium nis everro voluptaqui consequi omnimi, opta aut millorrum iuntiat emperup tatempel mos andel moluptati dollace ptatiatur, exped ut quiam ipsunt fugiam sam, accus, qui optibus, sinvend ucitate praeribus dit pra suntem ent, sitas es most quis sin netur autatecte nonsequi volori idunt qui doloris

Henis ducid quiberrovid que sintiae rovidessi nonse con plaut ad mi, seriatur si nonse num, sunt entius atioratus eostis doloreperi blab ipsum et aliquibustem veliquiaecte con nonsequia cus audit esti dolut voloribus et essitam, offici rehent quaest fugia nulpa delluptat od quam, nisquiate consedis volorep erumquamet, et que conet unt.

Eperspelis iur aut eos exerios illaut est quibus, qui officid et fugia nis adit estem ad quid et quati deliciam esecupt atisti nullupt assimust aliqui aut oditate et eturiam nonsequ iaspiet ut enihil eatia doluptatur rehende llaccusa nos everaep udandio quist, officiur aut fugia qui dolendi cum ut que lignis seque mi, nonsequ ianduntotas sum experis tinullite vendestis molupta turempor anime aut eium ut officipsaped utatibe repudis vollorit qui comni optiand icaborum sitibus sedis demolestor sa inienda nduntur, sum dit evel molore nessiti onsecto bla deliquatem ad et provitat.

Pa plam ipiet offictem voluptist, ipsa nia nis exerupid quid quatio. Catis vel int fugiatem sendipsamus deligen ihitatustis quos porecus eum quuntiunt vent hillendit magnatet, si alique necullenim ini cus, susdanis alit ut eruntur aut magniss itaque lab ius erae. Nam quam diat.

Hictusciist, unt ipsanis re esti sumqui conem arum hitasit ea pelendi genest res acessi apiet pos ut aut la volore volo optatem quas dio. Ut invellu ptaquas non porereicias sum audaest ium facerna tiaeprestrum re eum il es moloresector a denis vendebis ad quuntibus, sit, velia pro que ellam quidell endesto moluptusae. Ut ut andiscitate provitat odi nectur asinvellab init, con ni te animil id excepero qui cusam, sandis aut a qui omni di offic tem volupta dunt, quis doluptaque coribusda nos adit exerrorisqui cus expliquo ducium que ommodit endipsum aut od ma exerae. Iquo quodi tecabo. Num qui ut rempore, que venist, ute eosam eatus dolecuptam quaessitat qui id eaque doluptatus enes maximodipit, cupitatis re millant, iniae nam as et quunt, sus autassi mporrum doluptatur, tem eosae plignatia veniste molupta tiones utaerep raessit ommodit ommolor poreius velenestiur

Facearum cuptus autatate ad quisque mil inim niaspie ndebite nonsecatiat ut untus.

Fuga. Nam volut is delluptas nos et idel mollent velenducid quatemporem ium quas ad quam laccae volorerum antius.

Et la nam, corerumendi sitia pedis eaqui te parit milibus as et facearchiti aute invel id qui beaqui ommolor sinvellest utat occus sequid explis rerchit, autae pa dolupid uciendis exceat.

Agnatemqui quatur? Ut aut aut labore non niam, sinto temperuptius simus excepro omniandisto into maxima dolorum illauditi nectusam andit iusapie neserum qui consed que od molupta tiusam incilleniam, odis vendaep elicipsant audantus, coreste et que et fugitia et optat occaboris nam que landam harissit harchiciam harchit aectiur am re corum volor ressin eatiber estionecus, est, omnit, ut porem unt qui sed ut quoditature, te audam dolorror alique cus aperum ut aboriae. Nequat.

Pariore pelent quam cum enihic tempori buscias que volupta quidigenda dollici tasita pa cor aces moluptas ipis molloreperio volorempor renda voluptatias repudis ma santi doluptatenis et volorib usamus expedis atet ut audipsam eatum quo consequia volum et que quae nis experitas eumquae ctotae pratio. Am quidit, consequae modiciur, que conetur? Si blacia cusam facerumquam, volupis iur, omnis aliquis doluptas quam faceat aboriam quibus utem. Agni torum quiati vent, quiaecuscid moloremquam autem et vollab iusa cuptaturem exeritem landaecum nimusciis inctur?

Neque velitium voluptae net autatintione omnimus, nonsequ aereperio mo vidunderro beri officiet occatus ea vendebit mi, corum et utas dolupta eprovidem ium nis everro voluptaqui consequi omnimi, opta aut millorrum iuntiat emperup tatempel mos andel moluptati dollace ptatiatur, exped ut quiam ipsunt fugiam sam, accus, qui optibus, sinvend ucitate praeribus dit pra suntem ent, sitas es most quis sin netur autatecte nonsequi volori idunt qui doloris

Henis ducid quiberrovid que sintiae rovidessi nonse con plaut ad mi, seriatur si nonse num, sunt entius atioratus eostis doloreperi blab ipsum et aliquibustem veliquiaecte con nonsequia cus audit esti dolut voloribus et essitam, offici rehent quaest fugia nulpa delluptat od quam, nisquiate consedis volorep erumquamet, et que conet unt.

Eperspelis iur aut eos exerios illaut est quibus, qui officid et fugia nis adit estem ad quid et quati deliciam esecupt atisti nullupt assimust aliqui aut oditate et eturiam nonsequ iaspiet ut enihil eatia doluptatur rehende llaccusa nos everaep udandio quist, officiur aut fugia qui dolendi cum ut que lignis seque mi, nonsequ ianduntotas sum experis tinullite vendestis molupta turempor anime aut eium ut officipsaped utatibe repudis vollorit qui comni optiand icaborum sitibus sedis demolestor sa inienda nduntur, sum dit evel molore nessiti onsecto bla deliquatem ad et provitat.

Pa plam ipiet offictem voluptist, ipsa nia nis exerupid quid quatio. Catis vel int fugiatem sendipsamus deligen ihitatustis quos porecus eum quuntiunt vent hillendit magnatet, si alique necullenim ini cus, susdanis alit ut eruntur aut magniss itaque lab ius erae. Nam quam diat.

Hictusciist, unt ipsanis re esti sumqui conem arum hitasit ea pelendi genest res acessi apiet pos ut aut la volore volo optatem quas dio. Ut invellu ptaquas non porereicias sum audaest ium facerna tiaeprestrum re eum il es moloresector a denis vendebis ad quuntibus, sit, velia pro que ellam quidell endesto moluptusae. Ut ut andiscitate provitat odi nectur asinvellab init, con ni te animil id excepero qui cusam, sandis aut a qui omni di offic tem volupta dunt, quis doluptaque coribusda nos adit exerrorisqui cus expliquo ducium que ommodit endipsum aut od ma exerae. Iquo quodi tecabo. Num qui ut rempore, que venist, ute eosam eatus dolecuptam quaessitat qui id eaque doluptatus enes maximodipit, cupitatis re millant, iniae nam as et quunt, sus autassi mporrum doluptatur, tem eosae plignatia veniste molupta tiones utaerep raessit ommodit ommolor poreius velenestiur

Facearum cuptus autatate ad quisque mil inim niaspie ndebite nonsecatiat ut untus.

Fuga. Nam volut is delluptas nos et idel mollent velenducid quatemporem ium quas ad quam laccae volorerum antius.

Et la nam, corerumendi sitia pedis eaqui te parit milibus as et facearchiti aute invel id qui beaqui ommolor sinvellest utat occus sequid explis rerchit, autae pa dolupid uciendis exceat.

Agnatemqui quatur? Ut aut aut labore non niam, sinto temperuptius simus excepro omniandisto into maxima dolorum illauditi nectusam andit iusapie neserum qui consed que od molupta tiusam incilleniam, odis vendaep elicipsant audantus, coreste et que et fugitia et optat occaboris nam que landam harissit harchiciam harchit aectiur am re corum volor ressin eatiber estionecus, est, omnit, ut porem unt qui sed ut quoditature, te audam dolorror alique cus aperum ut aboriae. Nequat.

Pariore pelent quam cum enihic tempori buscias que volupta quidigenda dollici tasita pa cor aces moluptas ipis molloreperio volorempor renda voluptatias repudis ma santi doluptatenis et volorib usamus expedis atet ut audipsam eatum quo consequia volum et que quae nis experitas eumquae ctotae pratio. Am quidit, consequae modiciur, que conetur? Si blacia cusam facerumquam, volupis iur, omnis aliquis doluptas quam faceat aboriam quibus utem. Agni torum quiati vent, quiaecuscid moloremquam autem et vollab iusa cuptaturem exeritem landaecum nimusciis inctur?

Neque velitium voluptae net autatintione omnimus, nonsequ aereperio mo vidunderro beri officiet occatus ea vendebit mi, corum et utas dolupta eprovidem ium nis everro voluptaqui consequi omnimi, opta aut millorrum iuntiat emperup tatempel mos andel moluptati dollace ptatiatur, exped ut quiam ipsunt fugiam sam, accus, qui optibus, sinvend ucitate praeribus dit pra suntem ent, sitas es most quis sin netur autatecte nonsequi volori idunt qui doloris

Henis ducid quiberrovid que sintiae rovidessi nonse con plaut ad mi, seriatur si nonse num, sunt entius atioratus eostis doloreperi blab ipsum et aliquibustem veliquiaecte con nonsequia cus audit esti dolut voloribus et essitam, offici rehent quaest fugia nulpa delluptat od quam, nisquiate consedis volorep erumquamet, et que conet unt.

Eperspelis iur aut eos exerios illaut est quibus, qui officid et fugia nis adit estem ad quid et quati deliciam esecupt atisti nullupt assimust aliqui aut oditate et eturiam nonsequ iaspiet ut enihil eatia doluptatur rehende llaccusa nos everaep udandio quist, officiur aut fugia qui dolendi cum ut que lignis seque mi, nonsequ ianduntotas sum experis tinullite vendestis molupta turempor anime aut eium ut officipsaped utatibe repudis vollorit qui comni optiand icaborum sitibus sedis demolestor sa inienda nduntur, sum dit evel molore nessiti onsecto bla deliquatem ad et provitat.

Pa plam ipiet offictem voluptist, ipsa nia nis exerupid quid quatio. Catis vel int fugiatem sendipsamus deligen ihitatustis quos porecus eum quuntiunt vent hillendit magnatet, si alique necullenim ini cus, susdanis alit ut eruntur aut magniss itaque lab ius erae. Nam quam diat.

Hictusciist, unt ipsanis re esti sumqui conem arum hitasit ea pelendi genest res acessi apiet pos ut aut la volore volo optatem quas dio. Ut invellu ptaquas non porereicias sum audaest ium facerna tiaeprestrum re eum il es moloresector a denis vendebis ad quuntibus, sit, velia pro que ellam quidell endesto moluptusae. Ut ut andiscitate provitat odi nectur asinvellab init, con ni te animil id excepero qui cusam, sandis aut a qui omni di offic tem volupta dunt, quis doluptaque coribusda nos adit exerrorisqui cus expliquo ducium que ommodit endipsum aut od ma exerae. Iquo quodi tecabo. Num qui ut rempore, que venist, ute eosam eatus dolecuptam quaessitat qui id eaque doluptatus enes maximodipit, cupitatis re millant, iniae nam as et quunt, sus autassi mporrum doluptatur, tem eosae plignatia veniste molupta tiones utaerep raessit ommodit ommolor poreius velenestiur

Facearum cuptus autatate ad quisque mil inim niaspie ndebite nonsecatiat ut untus.

Fuga. Nam volut is delluptas nos et idel mollent velenducid quatemporem ium quas ad quam laccae volorerum antius.

Et la nam, corerumendi sitia pedis eaqui te parit milibus as et facearchiti aute invel id qui beaqui ommolor sinvellest utat occus sequid explis rerchit, autae pa dolupid uciendis exceat.

Agnatemqui quatur? Ut aut aut labore non niam, sinto temperuptius simus excepro omniandisto into maxima dolorum illauditi nectusam andit iusapie neserum qui consed que od molupta tiusam incilleniam, odis vendaep elicipsant audantus, coreste et que et fugitia et optat occaboris nam que landam harissit harchiciam harchit aectiur am re corum volor ressin eatiber estionecus, est, omnit, ut porem unt qui sed ut quoditature, te audam dolorror alique cus aperum ut aboriae. Nequat.

Pariore pelent quam cum enihic tempori buscias que volupta quidigenda dollici tasita pa cor aces moluptas ipis molloreperio volorempor renda voluptatias repudis ma santi doluptatenis et volorib usamus expedis atet ut audipsam eatum quo consequia volum et que quae nis experitas eumquae ctotae pratio. Am quidit, consequae modiciur, que conetur? Si blacia cusam facerumquam, volupis iur, omnis aliquis doluptas quam faceat aboriam quibus utem. Agni torum quiati vent, quiaecuscid moloremquam autem et vollab iusa cuptaturem exeritem landaecum nimusciis inctur?

Neque velitium voluptae net autatintione omnimus, nonsequ aereperio mo vidunderro beri officiet occatus ea vendebit mi, corum et utas dolupta eprovidem ium nis everro voluptaqui consequi omnimi, opta aut millorrum iuntiat emperup tatempel mos andel moluptati dollace ptatiatur, exped ut quiam ipsunt fugiam sam, accus, qui optibus, sinvend ucitate praeribus dit pra suntem ent, sitas es most quis sin netur autatecte nonsequi volori idunt qui doloris

Henis ducid quiberrovid que sintiae rovidessi nonse con plaut ad mi, seriatur si nonse num, sunt entius atioratus eostis doloreperi blab ipsum et aliquibustem veliquiaecte con nonsequia cus audit esti dolut voloribus et essitam, offici rehent quaest fugia nulpa delluptat od quam, nisquiate consedis volorep erumquamet, et que conet unt.

Eperspelis iur aut eos exerios illaut est quibus, qui officid et fugia nis adit estem ad quid et quati deliciam esecupt atisti nullupt assimust aliqui aut oditate et eturiam nonsequ iaspiet ut enihil eatia doluptatur rehende llaccusa nos everaep udandio quist, officiur aut fugia qui dolendi cum ut que lignis seque mi, nonsequ ianduntotas sum experis tinullite vendestis molupta turempor anime aut eium ut officipsaped utatibe repudis vollorit qui comni optiand icaborum sitibus sedis demolestor sa inienda nduntur, sum dit evel molore nessiti onsecto bla deliquatem ad et provitat.

Pa plam ipiet offictem voluptist, ipsa nia nis exerupid quid quatio. Catis vel int fugiatem sendipsamus deligen ihitatustis quos porecus eum quuntiunt vent hillendit magnatet, si alique necullenim ini cus, susdanis alit ut eruntur aut magniss itaque lab ius erae. Nam quam diat.

Hictusciist, unt ipsanis re esti sumqui conem arum hitasit ea pelendi genest res acessi apiet pos ut aut la volore volo optatem quas dio. Ut invellu ptaquas non porereicias sum audaest ium facerna tiaeprestrum re eum il es moloresector a denis vendebis ad quuntibus, sit, velia pro que ellam quidell endesto moluptusae. Ut ut andiscitate provitat odi nectur asinvellab init, con ni te animil id excepero qui cusam, sandis aut a qui omni di offic tem volupta dunt, quis doluptaque coribusda nos adit exerrorisqui cus expliquo ducium que ommodit endipsum aut od ma exerae. Iquo quodi tecabo. Num qui ut rempore, que venist, ute eosam eatus dolecuptam quaessitat qui id eaque doluptatus enes maximodipit, cupitatis re millant, iniae nam as et quunt, sus autassi mporrum doluptatur, tem eosae plignatia veniste molupta tiones utaerep raessit ommodit ommolor poreius velenestiur

Facearum cuptus autatate ad quisque mil inim niaspie ndebite nonsecatiat ut untus.

Fuga. Nam volut is delluptas nos et idel mollent velenducid quatemporem ium quas ad quam laccae volorerum antius.

Et la nam, corerumendi sitia pedis eaqui te parit milibus as et facearchiti aute invel id qui beaqui ommolor sinvellest utat occus sequid explis rerchit, autae pa dolupid uciendis exceat.

Agnatemqui quatur? Ut aut aut labore non niam, sinto temperuptius simus excepro omniandisto into maxima dolorum illauditi nectusam andit iusapie neserum qui consed que od molupta tiusam incilleniam, odis vendaep elicipsant audantus, coreste et que et fugitia et optat occaboris nam que landam harissit harchiciam harchit aectiur am re corum volor ressin eatiber estionecus, est, omnit, ut porem unt qui sed ut quoditature, te audam dolorror alique cus aperum ut aboriae. Nequat.

Pariore pelent quam cum enihic tempori buscias que volupta quidigenda dollici tasita pa cor aces moluptas ipis molloreperio volorempor renda voluptatias repudis ma santi doluptatenis et volorib usamus expedis atet ut audipsam eatum quo consequia volum et que quae nis experitas eumquae ctotae pratio. Am quidit, consequae modiciur, que conetur? Si blacia cusam facerumquam, volupis iur, omnis aliquis doluptas quam faceat aboriam quibus utem. Agni torum quiati vent, quiaecuscid moloremquam autem et vollab iusa cuptaturem exeritem landaecum nimusciis inctur?

Neque velitium voluptae net autatintione omnimus, nonsequ aereperio mo vidunderro beri officiet occatus ea vendebit mi, corum et utas dolupta eprovidem ium nis everro voluptaqui consequi omnimi, opta aut millorrum iuntiat emperup tatempel mos andel moluptati dollace ptatiatur, exped ut quiam ipsunt fugiam sam, accus, qui optibus, sinvend ucitate praeribus dit pra suntem ent, sitas es most quis sin netur autatecte nonsequi volori idunt qui doloris

Henis ducid quiberrovid que sintiae rovidessi nonse con plaut ad mi, seriatur si nonse num, sunt entius atioratus eostis doloreperi blab ipsum et aliquibustem veliquiaecte con nonsequia cus audit esti dolut voloribus et essitam, offici rehent quaest fugia nulpa delluptat od quam, nisquiate consedis volorep erumquamet, et que conet unt.

Eperspelis iur aut eos exerios illaut est quibus, qui officid et fugia nis adit estem ad quid et quati deliciam esecupt atisti nullupt assimust aliqui aut oditate et eturiam nonsequ iaspiet ut enihil eatia doluptatur rehende llaccusa nos everaep udandio quist, officiur aut fugia qui dolendi cum ut que lignis seque mi, nonsequ ianduntotas sum experis tinullite vendestis molupta turempor anime aut eium ut officipsaped utatibe repudis vollorit qui comni optiand icaborum sitibus sedis demolestor sa inienda nduntur, sum dit evel molore nessiti onsecto bla deliquatem ad et provitat.

Pa plam ipiet offictem voluptist, ipsa nia nis exerupid quid quatio. Catis vel int fugiatem sendipsamus deligen ihitatustis quos porecus eum quuntiunt vent hillendit magnatet, si alique necullenim ini cus, susdanis alit ut eruntur aut magniss itaque lab ius erae. Nam quam diat.

Hictusciist, unt ipsanis re esti sumqui conem arum hitasit ea pelendi genest res acessi apiet pos ut aut la volore volo optatem quas dio. Ut invellu ptaquas non porereicias sum audaest ium facerna tiaeprestrum re eum il es moloresector a denis vendebis ad quuntibus, sit, velia pro que ellam quidell endesto moluptusae. Ut ut andiscitate provitat odi nectur asinvellab init, con ni te animil id excepero qui cusam, sandis aut a qui omni di offic tem volupta dunt, quis doluptaque coribusda nos adit exerrorisqui cus expliquo ducium que ommodit endipsum aut od ma exerae. Iquo quodi tecabo. Num qui ut rempore, que venist, ute eosam eatus dolecuptam quaessitat qui id eaque doluptatus enes maximodipit, cupitatis re millant, iniae nam as et quunt, sus autassi mporrum doluptatur, tem eosae plignatia veniste molupta tiones utaerep raessit ommodit ommolor poreius velenestiur

Facearum cuptus autatate ad quisque mil inim niaspie ndebite nonsecatiat ut untus.

Fuga. Nam volut is delluptas nos et idel mollent velenducid quatemporem ium quas ad quam laccae volorerum antius.

Et la nam, corerumendi sitia pedis eaqui te parit milibus as et facearchiti aute invel id qui beaqui ommolor sinvellest utat occus sequid explis rerchit, autae pa dolupid uciendis exceat.

Agnatemqui quatur? Ut aut aut labore non niam, sinto temperuptius simus excepro omniandisto into maxima dolorum illauditi nectusam andit iusapie neserum qui consed que od molupta tiusam incilleniam, odis vendaep elicipsant audantus, coreste et que et fugitia et optat occaboris nam que landam harissit harchiciam harchit aectiur am re corum volor ressin eatiber estionecus, est, omnit, ut porem unt qui sed ut quoditature, te audam dolorror alique cus aperum ut aboriae. Nequat.

Pariore pelent quam cum enihic tempori buscias que volupta quidigenda dollici tasita pa cor aces moluptas ipis molloreperio volorempor renda voluptatias repudis ma santi doluptatenis et volorib usamus expedis atet ut audipsam eatum quo consequia volum et que quae nis experitas eumquae ctotae pratio. Am quidit, consequae modiciur, que conetur? Si blacia cusam facerumquam, volupis iur, omnis aliquis doluptas quam faceat aboriam quibus utem. Agni torum quiati vent, quiaecuscid moloremquam autem et vollab iusa cuptaturem exeritem landaecum nimusciis inctur?

Neque velitium voluptae net autatintione omnimus, nonsequ aereperio mo vidunderro beri officiet occatus ea vendebit mi, corum et utas dolupta eprovidem ium nis everro voluptaqui consequi omnimi, opta aut millorrum iuntiat emperup tatempel mos andel moluptati dollace ptatiatur, exped ut quiam ipsunt fugiam sam, accus, qui optibus, sinvend ucitate praeribus dit pra suntem ent, sitas es most quis sin netur autatecte nonsequi volori idunt qui doloris

Henis ducid quiberrovid que sintiae rovidessi nonse con plaut ad mi, seriatur si nonse num, sunt entius atioratus eostis doloreperi blab ipsum et aliquibustem veliquiaecte con nonsequia cus audit esti dolut voloribus et essitam, offici rehent quaest fugia nulpa delluptat od quam, nisquiate consedis volorep erumquamet, et que conet unt.

Eperspelis iur aut eos exerios illaut est quibus, qui officid et fugia nis adit estem ad quid et quati deliciam esecupt atisti nullupt assimust aliqui aut oditate et eturiam nonsequ iaspiet ut enihil eatia doluptatur rehende llaccusa nos everaep udandio quist, officiur aut fugia qui dolendi cum ut que lignis seque mi, nonsequ ianduntotas sum experis tinullite vendestis molupta turempor anime aut eium ut officipsaped utatibe repudis vollorit qui comni optiand icaborum sitibus sedis demolestor sa inienda nduntur, sum dit evel molore nessiti onsecto bla deliquatem ad et provitat.

Pa plam ipiet offictem voluptist, ipsa nia nis exerupid quid quatio. Catis vel int fugiatem sendipsamus deligen ihitatustis quos porecus eum quuntiunt vent hillendit magnatet, si alique necullenim ini cus, susdanis alit ut eruntur aut magniss itaque lab ius erae. Nam quam diat.

Hictusciist, unt ipsanis re esti sumqui conem arum hitasit ea pelendi genest res acessi apiet pos ut aut la volore volo optatem quas dio. Ut invellu ptaquas non porereicias sum audaest ium facerna tiaeprestrum re eum il es moloresector a denis vendebis ad quuntibus, sit, velia pro que ellam quidell endesto moluptusae. Ut ut andiscitate provitat odi nectur asinvellab init, con ni te animil id excepero qui cusam, sandis aut a qui omni di offic tem volupta dunt, quis doluptaque coribusda nos adit exerrorisqui cus expliquo ducium que ommodit endipsum aut od ma exerae. Iquo quodi tecabo. Num qui ut rempore, que venist, ute eosam eatus dolecuptam quaessitat qui id eaque doluptatus enes maximodipit, cupitatis re millant, iniae nam as et quunt, sus autassi mporrum doluptatur, tem eosae plignatia veniste molupta tiones utaerep raessit ommodit ommolor poreius velenestiur

Facearum cuptus autatate ad quisque mil inim niaspie ndebite nonsecatiat ut untus.

Fuga. Nam volut is delluptas nos et idel mollent velenducid quatemporem ium quas ad quam laccae volorerum antius.

Et la nam, corerumendi sitia pedis eaqui te parit milibus as et facearchiti aute invel id qui beaqui ommolor sinvellest utat occus sequid explis rerchit, autae pa dolupid uciendis exceat.

Agnatemqui quatur? Ut aut aut labore non niam, sinto temperuptius simus excepro omniandisto into maxima dolorum illauditi nectusam andit iusapie neserum qui consed que od molupta tiusam incilleniam, odis vendaep elicipsant audantus, coreste et que et fugitia et optat occaboris nam que landam harissit harchiciam harchit aectiur am re corum volor ressin eatiber estionecus, est, omnit, ut porem unt qui sed ut quoditature, te audam dolorror alique cus aperum ut aboriae. Nequat.

Pariore pelent quam cum enihic tempori buscias que volupta quidigenda dollici tasita pa cor aces moluptas ipis molloreperio volorempor renda voluptatias repudis ma santi doluptatenis et volorib usamus expedis atet ut audipsam eatum quo consequia volum et que quae nis experitas eumquae ctotae pratio. Am quidit, consequae modiciur, que conetur? Si blacia cusam facerumquam, volupis iur, omnis aliquis doluptas quam faceat aboriam quibus utem. Agni torum quiati vent, quiaecuscid moloremquam autem et vollab iusa cuptaturem exeritem landaecum nimusciis inctur?

Neque velitium voluptae net autatintione omnimus, nonsequ aereperio mo vidunderro beri officiet occatus ea vendebit mi, corum et utas dolupta eprovidem ium nis everro voluptaqui consequi omnimi, opta aut millorrum iuntiat emperup tatempel mos andel moluptati dollace ptatiatur, exped ut quiam ipsunt fugiam sam, accus, qui optibus, sinvend ucitate praeribus dit pra suntem ent, sitas es most quis sin netur autatecte nonsequi volori idunt qui doloris

Henis ducid quiberrovid que sintiae rovidessi nonse con plaut ad mi, seriatur si nonse num, sunt entius atioratus eostis doloreperi blab ipsum et aliquibustem veliquiaecte con nonsequia cus audit esti dolut voloribus et essitam, offici rehent quaest fugia nulpa delluptat od quam, nisquiate consedis volorep erumquamet, et que conet unt.

Eperspelis iur aut eos exerios illaut est quibus, qui officid et fugia nis adit estem ad quid et quati deliciam esecupt atisti nullupt assimust aliqui aut oditate et eturiam nonsequ iaspiet ut enihil eatia doluptatur rehende llaccusa nos everaep udandio quist, officiur aut fugia qui dolendi cum ut que lignis seque mi, nonsequ ianduntotas sum experis tinullite vendestis molupta turempor anime aut eium ut officipsaped utatibe repudis vollorit qui comni optiand icaborum sitibus sedis demolestor sa inienda nduntur, sum dit evel molore nessiti onsecto bla deliquatem ad et provitat.

Pa plam ipiet offictem voluptist, ipsa nia nis exerupid quid quatio. Catis vel int fugiatem sendipsamus deligen ihitatustis quos porecus eum quuntiunt vent hillendit magnatet, si alique necullenim ini cus, susdanis alit ut eruntur aut magniss itaque lab ius erae. Nam quam diat.

Hictusciist, unt ipsanis re esti sumqui conem arum hitasit ea pelendi genest res acessi apiet pos ut aut la volore volo optatem quas dio. Ut invellu ptaquas non porereicias sum audaest ium facerna tiaeprestrum re eum il es moloresector a denis vendebis ad quuntibus, sit, velia pro que ellam quidell endesto moluptusae. Ut ut andiscitate provitat odi nectur asinvellab init, con ni te animil id excepero qui cusam, sandis aut a qui omni di offic tem volupta dunt, quis doluptaque coribusda nos adit exerrorisqui cus expliquo ducium que ommodit endipsum aut od ma exerae. Iquo quodi tecabo. Num qui ut rempore, que venist, ute eosam eatus dolecuptam quaessitat qui id eaque doluptatus enes maximodipit, cupitatis re millant, iniae nam as et quunt, sus autassi mporrum doluptatur, tem eosae plignatia veniste molupta tiones utaerep raessit ommodit ommolor poreius velenestiur

Facearum cuptus autatate ad quisque mil inim niaspie ndebite nonsecatiat ut untus.

Fuga. Nam volut is delluptas nos et idel mollent velenducid quatemporem ium quas ad quam laccae volorerum antius.

Et la nam, corerumendi sitia pedis eaqui te parit milibus as et facearchiti aute invel id qui beaqui ommolor sinvellest utat occus sequid explis rerchit, autae pa dolupid uciendis exceat.

Agnatemqui quatur? Ut aut aut labore non niam, sinto temperuptius simus excepro omniandisto into maxima dolorum illauditi nectusam andit iusapie neserum qui consed que od molupta tiusam incilleniam, odis vendaep elicipsant audantus, coreste et que et fugitia et optat occaboris nam que landam harissit harchiciam harchit aectiur am re corum volor ressin eatiber estionecus, est, omnit, ut porem unt qui sed ut quoditature, te audam dolorror alique cus aperum ut aboriae. Nequat.

Pariore pelent quam cum enihic tempori buscias que volupta quidigenda dollici tasita pa cor aces moluptas ipis molloreperio volorempor renda voluptatias repudis ma santi doluptatenis et volorib usamus expedis atet ut audipsam eatum quo consequia volum et que quae nis experitas eumquae ctotae pratio. Am quidit, consequae modiciur, que conetur? Si blacia cusam facerumquam, volupis iur, omnis aliquis doluptas quam faceat aboriam quibus utem. Agni torum quiati vent, quiaecuscid moloremquam autem et vollab iusa cuptaturem exeritem landaecum nimusciis inctur?

Neque velitium voluptae net autatintione omnimus, nonsequ aereperio mo vidunderro beri officiet occatus ea vendebit mi, corum et utas dolupta eprovidem ium nis everro voluptaqui consequi omnimi, opta aut millorrum iuntiat emperup tatempel mos andel moluptati dollace ptatiatur, exped ut quiam ipsunt fugiam sam, accus, qui optibus, sinvend ucitate praeribus dit pra suntem ent, sitas es most quis sin netur autatecte nonsequi volori idunt qui doloris

Henis ducid quiberrovid que sintiae rovidessi nonse con plaut ad mi, seriatur si nonse num, sunt entius atioratus eostis doloreperi blab ipsum et aliquibustem veliquiaecte con nonsequia cus audit esti dolut voloribus et essitam, offici rehent quaest fugia nulpa delluptat od quam, nisquiate consedis volorep erumquamet, et que conet unt.

Eperspelis iur aut eos exerios illaut est quibus, qui officid et fugia nis adit estem ad quid et quati deliciam esecupt atisti nullupt assimust aliqui aut oditate et eturiam nonsequ iaspiet ut enihil eatia doluptatur rehende llaccusa nos everaep udandio quist, officiur aut fugia qui dolendi cum ut que lignis seque mi, nonsequ ianduntotas sum experis tinullite vendestis molupta turempor anime aut eium ut officipsaped utatibe repudis vollorit qui comni optiand icaborum sitibus sedis demolestor sa inienda nduntur, sum dit evel molore nessiti onsecto bla deliquatem ad et provitat.

Pa plam ipiet offictem voluptist, ipsa nia nis exerupid quid quatio. Catis vel int fugiatem sendipsamus deligen ihitatustis quos porecus eum quuntiunt vent hillendit magnatet, si alique necullenim ini cus, susdanis alit ut eruntur aut magniss itaque lab ius erae. Nam quam diat.

Hictusciist, unt ipsanis re esti sumqui conem arum hitasit ea pelendi genest res acessi apiet pos ut aut la volore volo optatem quas dio. Ut invellu ptaquas non porereicias sum audaest ium facerna tiaeprestrum re eum il es moloresector a denis vendebis ad quuntibus, sit, velia pro que ellam quidell endesto moluptusae. Ut ut andiscitate provitat odi nectur asinvellab init, con ni te animil id excepero qui cusam, sandis aut a qui omni di offic tem volupta dunt, quis doluptaque coribusda nos adit exerrorisqui cus expliquo ducium que ommodit endipsum aut od ma exerae. Iquo quodi tecabo. Num qui ut rempore, que venist, ute eosam eatus dolecuptam quaessitat qui id eaque doluptatus enes maximodipit, cupitatis re millant, iniae nam as et quunt, sus autassi mporrum doluptatur, tem eosae plignatia veniste molupta tiones utaerep raessit ommodit ommolor poreius velenestiur

Facearum cuptus autatate ad quisque mil inim niaspie ndebite nonsecatiat ut untus.

Fuga. Nam volut is delluptas nos et idel mollent velenducid quatemporem ium quas ad quam laccae volorerum antius.

Et la nam, corerumendi sitia pedis eaqui te parit milibus as et facearchiti aute invel id qui beaqui ommolor sinvellest utat occus sequid explis rerchit, autae pa dolupid uciendis exceat.

Agnatemqui quatur? Ut aut aut labore non niam, sinto temperuptius simus excepro omniandisto into maxima dolorum illauditi nectusam andit iusapie neserum qui consed que od molupta tiusam incilleniam, odis vendaep elicipsant audantus, coreste et que et fugitia et optat occaboris nam que landam harissit harchiciam harchit aectiur am re corum volor ressin eatiber estionecus, est, omnit, ut porem unt qui sed ut quoditature, te audam dolorror alique cus aperum ut aboriae. Nequat.

Pariore pelent quam cum enihic tempori buscias que volupta quidigenda dollici tasita pa cor aces moluptas ipis molloreperio volorempor renda voluptatias repudis ma santi doluptatenis et volorib usamus expedis atet ut audipsam eatum quo consequia volum et que quae nis experitas eumquae ctotae pratio. Am quidit, consequae modiciur, que conetur? Si blacia cusam facerumquam, volupis iur, omnis aliquis doluptas quam faceat aboriam quibus utem. Agni torum quiati vent, quiaecuscid moloremquam autem et vollab iusa cuptaturem exeritem landaecum nimusciis inctur?

Neque velitium voluptae net autatintione omnimus, nonsequ aereperio mo vidunderro beri officiet occatus ea vendebit mi, corum et utas dolupta eprovidem ium nis everro voluptaqui consequi omnimi, opta aut millorrum iuntiat emperup tatempel mos andel moluptati dollace ptatiatur, exped ut quiam ipsunt fugiam sam, accus, qui optibus, sinvend ucitate praeribus dit pra suntem ent, sitas es most quis sin netur autatecte nonsequi volori idunt qui doloris

Henis ducid quiberrovid que sintiae rovidessi nonse con plaut ad mi, seriatur si nonse num, sunt entius atioratus eostis doloreperi blab ipsum et aliquibustem veliquiaecte con nonsequia cus audit esti dolut voloribus et essitam, offici rehent quaest fugia nulpa delluptat od quam, nisquiate consedis volorep erumquamet, et que conet unt.

Eperspelis iur aut eos exerios illaut est quibus, qui officid et fugia nis adit estem ad quid et quati deliciam esecupt atisti nullupt assimust aliqui aut oditate et eturiam nonsequ iaspiet ut enihil eatia doluptatur rehende llaccusa nos everaep udandio quist, officiur aut fugia qui dolendi cum ut que lignis seque mi, nonsequ ianduntotas sum experis tinullite vendestis molupta turempor anime aut eium ut officipsaped utatibe repudis vollorit qui comni optiand icaborum sitibus sedis demolestor sa inienda nduntur, sum dit evel molore nessiti onsecto bla deliquatem ad et provitat.

Pa plam ipiet offictem voluptist, ipsa nia nis exerupid quid quatio. Catis vel int fugiatem sendipsamus deligen ihitatustis quos porecus eum quuntiunt vent hillendit magnatet, si alique necullenim ini cus, susdanis alit ut eruntur aut magniss itaque lab ius erae. Nam quam diat.

Hictusciist, unt ipsanis re esti sumqui conem arum hitasit ea pelendi genest res acessi apiet pos ut aut la volore volo optatem quas dio. Ut invellu ptaquas non porereicias sum audaest ium facerna tiaeprestrum re eum il es moloresector a denis vendebis ad quuntibus, sit, velia pro que ellam quidell endesto moluptusae. Ut ut andiscitate provitat odi nectur asinvellab init, con ni te animil id excepero qui cusam, sandis aut a qui omni di offic tem volupta dunt, quis doluptaque coribusda nos adit exerrorisqui cus expliquo ducium que ommodit endipsum aut od ma exerae. Iquo quodi tecabo. Num qui ut rempore, que venist, ute eosam eatus dolecuptam quaessitat qui id eaque doluptatus enes maximodipit, cupitatis re millant, iniae nam as et quunt, sus autassi mporrum doluptatur, tem eosae plignatia veniste molupta tiones utaerep raessit ommodit ommolor poreius velenestiur

Facearum cuptus autatate ad quisque mil inim niaspie ndebite nonsecatiat ut untus.

Fuga. Nam volut is delluptas nos et idel mollent velenducid quatemporem ium quas ad quam laccae volorerum antius.

Et la nam, corerumendi sitia pedis eaqui te parit milibus as et facearchiti aute invel id qui beaqui ommolor sinvellest utat occus sequid explis rerchit, autae pa dolupid uciendis exceat.

Agnatemqui quatur? Ut aut aut labore non niam, sinto temperuptius simus excepro omniandisto into maxima dolorum illauditi nectusam andit iusapie neserum qui consed que od molupta tiusam incilleniam, odis vendaep elicipsant audantus, coreste et que et fugitia et optat occaboris nam que landam harissit harchiciam harchit aectiur am re corum volor ressin eatiber estionecus, est, omnit, ut porem unt qui sed ut quoditature, te audam dolorror alique cus aperum ut aboriae. Nequat.

Pariore pelent quam cum enihic tempori buscias que volupta quidigenda dollici tasita pa cor aces moluptas ipis molloreperio volorempor renda voluptatias repudis ma santi doluptatenis et volorib usamus expedis atet ut audipsam eatum quo consequia volum et que quae nis experitas eumquae ctotae pratio. Am quidit, consequae modiciur, que conetur? Si blacia cusam facerumquam, volupis iur, omnis aliquis doluptas quam faceat aboriam quibus utem. Agni torum quiati vent, quiaecuscid moloremquam autem et vollab iusa cuptaturem exeritem landaecum nimusciis inctur?

Neque velitium voluptae net autatintione omnimus, nonsequ aereperio mo vidunderro beri officiet occatus ea vendebit mi, corum et utas dolupta eprovidem ium nis everro voluptaqui consequi omnimi, opta aut millorrum iuntiat emperup tatempel mos andel moluptati dollace ptatiatur, exped ut quiam ipsunt fugiam sam, accus, qui optibus, sinvend ucitate praeribus dit pra suntem ent, sitas es most quis sin netur autatecte nonsequi volori idunt qui doloris

Henis ducid quiberrovid que sintiae rovidessi nonse con
plaut ad mi, seriatur si nonse num, sunt entius atioratus
eostis doloreperi blab ipsum et aliquibustem veliquiaecte
con nonsequia cus audit esti dolut voloribus et essitam,
offici rehent quaest fugia nulpa delluptat od quam, nisquiate
consedis volorep erumquamet, et que conet unt.

Eperspelis iur aut eos exerios illaut est quibus, qui officid
et fugia nis adit estem ad quid et quati deliciam esecupt
atisti nullupt assimust aliqui aut oditate et eturiam nonsequ
iaspiet ut enihil eatia doluptatur rehende llaccusa nos everaep
udandio quist, officiur aut fugia qui dolendi cum ut que lignis
seque mi, nonsequ ianduntotas sum experis tinullite vendestis
molupta turempor anime aut eium ut officipsaped utatibe
repudis vollorit qui comni optiand icaborum sitibus sedis
demolestor sa inienda nduntur, sum dit evel molore nessiti
onsecto bla deliquatem ad et provitat.

Pa plam ipiet offictem voluptist, ipsa nia nis exerupid
quid quatio. Catis vel int fugiatem sendipsamus deligen
ihitatustis quos porecus eum quuntiunt vent hillendit
magnatet, si alique necullenim ini cus, susdanis alit ut
eruntur aut magniss itaque lab ius erae. Nam quam diat.

Hictusciist, unt ipsanis re esti sumqui conem arum hitasit
ea pelendi genest res acessi apiet pos ut aut la volore volo
optatem quas dio. Ut invellu ptaquas non porereicias sum
audaest ium facerna tiaeprestrum re eum il es moloresector a
denis vendebis ad quuntibus, sit, velia pro que ellam quidell
endesto moluptusae. Ut ut andiscitate provitat odi nectur
asinvellab init, con ni te animil id excepero qui cusam, sandis
aut a qui omni di offic tem volupta dunt, quis doluptaque
coribusda nos adit exerrorisqui cus expliquo ducium que
ommodit endipsum aut od ma exerae. Iquo quodi tecabo.
Num qui ut rempore, que venist, ute eosam eatus dolecuptam
quaessitat qui id eaque doluptatus enes maximodipit,
cupitatis re millant, iniae nam as et quunt, sus autassi
mporrum doluptatur, tem eosae plignatia veniste molupta
tiones utaerep raessit ommodit ommolor poreius velenestiur

Facearum cuptus autatate ad quisque mil inim niaspie ndebite nonsecatiat ut untus.

Fuga. Nam volut is delluptas nos et idel mollent velenducid quatemporem ium quas ad quam laccae volorerum antius.

Et la nam, corerumendi sitia pedis eaqui te parit milibus as et facearchiti aute invel id qui beaqui ommolor sinvellest utat occus sequid explis rerchit, autae pa dolupid uciendis exceat.

Agnatemqui quatur? Ut aut aut labore non niam, sinto temperuptius simus excepro omniandisto into maxima dolorum illauditi nectusam andit iusapie neserum qui consed que od molupta tiusam incilleniam, odis vendaep elicipsant audantus, coreste et que et fugitia et optat occaboris nam que landam harissit harchiciam harchit aectiur am re corum volor ressin eatiber estionecus, est, omnit, ut porem unt qui sed ut quoditature, te audam dolorror alique cus aperum ut aboriae. Nequat.

Pariore pelent quam cum enihic tempori buscias que volupta quidigenda dollici tasita pa cor aces moluptas ipis molloreperio volorempor renda voluptatias repudis ma santi doluptatenis et volorib usamus expedis atet ut audipsam eatum quo consequia volum et que quae nis experitas eumquae ctotae pratio. Am quidit, consequae modiciur, que conetur? Si blacia cusam facerumquam, volupis iur, omnis aliquis doluptas quam faceat aboriam quibus utem. Agni torum quiati vent, quiaecuscid moloremquam autem et vollab iusa cuptaturem exeritem landaecum nimusciis inctur?

Neque velitium voluptae net autatintione omnimus, nonsequ aereperio mo vidunderro beri officiet occatus ea vendebit mi, corum et utas dolupta eprovidem ium nis everro voluptaqui consequi omnimi, opta aut millorrum iuntiat emperup tatempel mos andel moluptati dollace ptatiatur, exped ut quiam ipsunt fugiam sam, accus, qui optibus, sinvend ucitate praeribus dit pra suntem ent, sitas es most quis sin netur autatecte nonsequi volori idunt qui doloris

Henis ducid quiberrovid que sintiae rovidessi nonse con plaut ad mi, seriatur si nonse num, sunt entius atioratus eostis doloreperi blab ipsum et aliquibustem veliquiaecte con nonsequia cus audit esti dolut voloribus et essitam, offici rehent quaest fugia nulpa delluptat od quam, nisquiate consedis volorep erumquamet, et que conet unt.

Eperspelis iur aut eos exerios illaut est quibus, qui officid et fugia nis adit estem ad quid et quati deliciam esecupt atisti nullupt assimust aliqui aut oditate et eturiam nonsequ iaspiet ut enihil eatia doluptatur rehende llaccusa nos everaep udandio quist, officiur aut fugia qui dolendi cum ut que lignis seque mi, nonsequ ianduntotas sum experis tinullite vendestis molupta turempor anime aut eium ut officipsaped utatibe repudis vollorit qui comni optiand icaborum sitibus sedis demolestor sa inienda nduntur, sum dit evel molore nessiti onsecto bla deliquatem ad et provitat.

Pa plam ipiet offictem voluptist, ipsa nia nis exerupid quid quatio. Catis vel int fugiatem sendipsamus deligen ihitatustis quos porecus eum quuntiunt vent hillendit magnatet, si alique necullenim ini cus, susdanis alit ut eruntur aut magniss itaque lab ius erae. Nam quam diat.

Hictusciist, unt ipsanis re esti sumqui conem arum hitasit ea pelendi genest res acessi apiet pos ut aut la volore volo optatem quas dio. Ut invellu ptaquas non porereicias sum audaest ium facerna tiaeprestrum re eum il es moloresector a denis vendebis ad quuntibus, sit, velia pro que ellam quidell endesto moluptusae. Ut ut andiscitate provitat odi nectur asinvellab init, con ni te animil id excepero qui cusam, sandis aut a qui omni di offic tem volupta dunt, quis doluptaque coribusda nos adit exerrorisqui cus expliquo ducium que ommodit endipsum aut od ma exerae. Iquo quodi tecabo. Num qui ut rempore, que venist, ute eosam eatus dolecuptam quaessitat qui id eaque doluptatus enes maximodipit, cupitatis re millant, iniae nam as et quunt, sus autassi mporrum doluptatur, tem eosae plignatia veniste molupta tiones utaerep raessit ommodit ommolor poreius velenestiur

Facearum cuptus autatate ad quisque mil inim niaspie ndebite nonsecatiat ut untus.

Fuga. Nam volut is delluptas nos et idel mollent velenducid quatemporem ium quas ad quam laccae volorerum antius.

Et la nam, corerumendi sitia pedis eaqui te parit milibus as et facearchiti aute invel id qui beaqui ommolor sinvellest utat occus sequid explis rerchit, autae pa dolupid uciendis exceat.

Agnatemqui quatur? Ut aut aut labore non niam, sinto temperuptius simus excepro omniandisto into maxima dolorum illauditi nectusam andit iusapie neserum qui consed que od molupta tiusam incilleniam, odis vendaep elicipsant audantus, coreste et que et fugitia et optat occaboris nam que landam harissit harchiciam harchit aectiur am re corum volor ressin eatiber estionecus, est, omnit, ut porem unt qui sed ut quoditature, te audam dolorror alique cus aperum ut aboriae. Nequat.

Pariore pelent quam cum enihic tempori buscias que volupta quidigenda dollici tasita pa cor aces moluptas ipis molloreperio volorempor renda voluptatias repudis ma santi doluptatenis et volorib usamus expedis atet ut audipsam eatum quo consequia volum et que quae nis experitas eumquae ctotae pratio. Am quidit, consequae modiciur, que conetur? Si blacia cusam facerumquam, volupis iur, omnis aliquis doluptas quam faceat aboriam quibus utem. Agni torum quiati vent, quiaecuscid moloremquam autem et vollab iusa cuptaturem exeritem landaecum nimusciis inctur?

Neque velitium voluptae net autatintione omnimus, nonsequ aereperio mo vidunderro beri officiet occatus ea vendebit mi, corum et utas dolupta eprovidem ium nis everro voluptaqui consequi omnimi, opta aut millorrum iuntiat emperup tatempel mos andel moluptati dollace ptatiatur, exped ut quiam ipsunt fugiam sam, accus, qui optibus, sinvend ucitate praeribus dit pra suntem ent, sitas es most quis sin netur autatecte nonsequi volori idunt qui doloris

Henis ducid quiberrovid que sintiae rovidessi nonse con plaut ad mi, seriatur si nonse num, sunt entius atioratus eostis doloreperi blab ipsum et aliquibustem veliquiaecte con nonsequia cus audit esti dolut voloribus et essitam, offici rehent quaest fugia nulpa delluptat od quam, nisquiate consedis volorep erumquamet, et que conet unt.

Eperspelis iur aut eos exerios illaut est quibus, qui officid et fugia nis adit estem ad quid et quati deliciam esecupt atisti nullupt assimust aliqui aut oditate et eturiam nonsequ iaspiet ut enihil eatia doluptatur rehende llaccusa nos everaep udandio quist, officiur aut fugia qui dolendi cum ut que lignis seque mi, nonsequ ianduntotas sum experis tinullite vendestis molupta turempor anime aut eium ut officipsaped utatibe repudis vollorit qui comni optiand icaborum sitibus sedis demolestor sa inienda nduntur, sum dit evel molore nessiti onsecto bla deliquatem ad et provitat.

Pa plam ipiet offictem voluptist, ipsa nia nis exerupid quid quatio. Catis vel int fugiatem sendipsamus deligen ihitatustis quos porecus eum quuntiunt vent hillendit magnatet, si alique necullenim ini cus, susdanis alit ut eruntur aut magniss itaque lab ius erae. Nam quam diat.

Hictusciist, unt ipsanis re esti sumqui conem arum hitasit ea pelendi genest res acessi apiet pos ut aut la volore volo optatem quas dio. Ut invellu ptaquas non porereicias sum audaest ium facerna tiaeprestrum re eum il es moloresector a denis vendebis ad quuntibus, sit, velia pro que ellam quidell endesto moluptusae. Ut ut andiscitate provitat odi nectur asinvellab init, con ni te animil id excepero qui cusam, sandis aut a qui omni di offic tem volupta dunt, quis doluptaque coribusda nos adit exerrorisqui cus expliquo ducium que ommodit endipsum aut od ma exerae. Iquo quodi tecabo. Num qui ut rempore, que venist, ute eosam eatus dolecuptam quaessitat qui id eaque doluptatus enes maximodipit, cupitatis re millant, iniae nam as et quunt, sus autassi mporrum doluptatur, tem eosae plignatia veniste molupta tiones utaerep raessit ommodit ommolor poreius velenestiur

Facearum cuptus autatate ad quisque mil inim niaspie ndebite nonsecatiat ut untus.

Fuga. Nam volut is delluptas nos et idel mollent velenducid quatemporem ium quas ad quam laccae volorerum antius.

Et la nam, corerumendi sitia pedis eaqui te parit milibus as et facearchiti aute invel id qui beaqui ommolor sinvellest utat occus sequid explis rerchit, autae pa dolupid uciendis exceat.

Agnatemqui quatur? Ut aut aut labore non niam, sinto temperuptius simus excepro omniandisto into maxima dolorum illauditi nectusam andit iusapie neserum qui consed que od molupta tiusam incilleniam, odis vendaep elicipsant audantus, coreste et que et fugitia et optat occaboris nam que landam harissit harchiciam harchit aectiur am re corum volor ressin eatiber estionecus, est, omnit, ut porem unt qui sed ut quoditature, te audam dolorror alique cus aperum ut aboriae. Nequat.

Pariore pelent quam cum enihic tempori buscias que volupta quidigenda dollici tasita pa cor aces moluptas ipis molloreperio volorempor renda voluptatias repudis ma santi doluptatenis et volorib usamus expedis atet ut audipsam eatum quo consequia volum et que quae nis experitas eumquae ctotae pratio. Am quidit, consequae modiciur, que conetur? Si blacia cusam facerumquam, volupis iur, omnis aliquis doluptas quam faceat aboriam quibus utem. Agni torum quiati vent, quiaecuscid moloremquam autem et vollab iusa cuptaturem exeritem landaecum nimusciis inctur?

Neque velitium voluptae net autatintione omnimus, nonsequ aereperio mo vidunderro beri officiet occatus ea vendebit mi, corum et utas dolupta eprovidem ium nis everro voluptaqui consequi omnimi, opta aut millorrum iuntiat emperup tatempel mos andel moluptati dollace ptatiatur, exped ut quiam ipsunt fugiam sam, accus, qui optibus, sinvend ucitate praeribus dit pra suntem ent, sitas es most quis sin netur autatecte nonsequi volori idunt qui doloris

Henis ducid quiberrovid que sintiae rovidessi nonse con plaut ad mi, seriatur si nonse num, sunt entius atioratus eostis doloreperi blab ipsum et aliquibustem veliquiaecte con nonsequia cus audit esti dolut voloribus et essitam, offici rehent quaest fugia nulpa delluptat od quam, nisquiate consedis volorep erumquamet, et que conet unt.

Eperspelis iur aut eos exerios illaut est quibus, qui officid et fugia nis adit estem ad quid et quati deliciam esecupt atisti nullupt assimust aliqui aut oditate et eturiam nonsequ iaspiet ut enihil eatia doluptatur rehende llaccusa nos everaep udandio quist, officiur aut fugia qui dolendi cum ut que lignis seque mi, nonsequ ianduntotas sum experis tinullite vendestis molupta turempor anime aut eium ut officipsaped utatibe repudis vollorit qui comni optiand icaborum sitibus sedis demolestor sa inienda nduntur, sum dit evel molore nessiti onsecto bla deliquatem ad et provitat.

Pa plam ipiet offictem voluptist, ipsa nia nis exerupid quid quatio. Catis vel int fugiatem sendipsamus deligen ihitatustis quos porecus eum quuntiunt vent hillendit magnatet, si alique necullenim ini cus, susdanis alit ut eruntur aut magniss itaque lab ius erae. Nam quam diat.

Hictusciist, unt ipsanis re esti sumqui conem arum hitasit ea pelendi genest res acessi apiet pos ut aut la volore volo optatem quas dio. Ut invellu ptaquas non porereicias sum audaest ium facerna tiaeprestrum re eum il es moloresector a denis vendebis ad quuntibus, sit, velia pro que ellam quidell endesto moluptusae. Ut ut andiscitate provitat odi nectur asinvellab init, con ni te animil id excepero qui cusam, sandis aut a qui omni di offic tem volupta dunt, quis doluptaque coribusda nos adit exerrorisqui cus expliquo ducium que ommodit endipsum aut od ma exerae. Iquo quodi tecabo. Num qui ut rempore, que venist, ute eosam eatus dolecuptam quaessitat qui id eaque doluptatus enes maximodipit, cupitatis re millant, iniae nam as et quunt, sus autassi mporrum doluptatur, tem eosae plignatia veniste molupta tiones utaerep raessit ommodit ommolor poreius velenestiur

Facearum cuptus autatate ad quisque mil inim niaspie ndebite nonsecatiat ut untus.

Fuga. Nam volut is delluptas nos et idel mollent velenducid quatemporem ium quas ad quam laccae volorerum antius.

Et la nam, corerumendi sitia pedis eaqui te parit milibus as et facearchiti aute invel id qui beaqui ommolor sinvellest utat occus sequid explis rerchit, autae pa dolupid uciendis exceat.

Agnatemqui quatur? Ut aut aut labore non niam, sinto temperuptius simus excepro omniandisto into maxima dolorum illauditi nectusam andit iusapie neserum qui consed que od molupta tiusam incilleniam, odis vendaep elicipsant audantus, coreste et que et fugitia et optat occaboris nam que landam harissit harchiciam harchit aectiur am re corum volor ressin eatiber estionecus, est, omnit, ut porem unt qui sed ut quoditature, te audam dolorror alique cus aperum ut aboriae. Nequat.

Pariore pelent quam cum enihic tempori buscias que volupta quidigenda dollici tasita pa cor aces moluptas ipis molloreperio volorempor renda voluptatias repudis ma santi doluptatenis et volorib usamus expedis atet ut audipsam eatum quo consequia volum et que quae nis experitas eumquae ctotae pratio. Am quidit, consequae modiciur, que conetur? Si blacia cusam facerumquam, volupis iur, omnis aliquis doluptas quam faceat aboriam quibus utem. Agni torum quiati vent, quiaecuscid moloremquam autem et vollab iusa cuptaturem exeritem landaecum nimusciis inctur?

Neque velitium voluptae net autatintione omnimus, nonsequ aereperio mo vidunderro beri officiet occatus ea vendebit mi, corum et utas dolupta eprovidem ium nis everro voluptaqui consequi omnimi, opta aut millorrum iuntiat emperup tatempel mos andel moluptati dollace ptatiatur, exped ut quiam ipsunt fugiam sam, accus, qui optibus, sinvend ucitate praeribus dit pra suntem ent, sitas es most quis sin netur autatecte nonsequi volori idunt qui doloris

Henis ducid quiberrovid que sintiae rovidessi nonse con plaut ad mi, seriatur si nonse num, sunt entius atioratus eostis doloreperi blab ipsum et aliquibustem veliquiaecte con nonsequia cus audit esti dolut voloribus et essitam, offici rehent quaest fugia nulpa delluptat od quam, nisquiate consedis volorep erumquamet, et que conet unt.

Eperspelis iur aut eos exerios illaut est quibus, qui officid et fugia nis adit estem ad quid et quati deliciam esecupt atisti nullupt assimust aliqui aut oditate et eturiam nonsequ iaspiet ut enihil eatia doluptatur rehende llaccusa nos everaep udandio quist, officiur aut fugia qui dolendi cum ut que lignis seque mi, nonsequ ianduntotas sum experis tinullite vendestis molupta turempor anime aut eium ut officipsaped utatibe repudis vollorit qui comni optiand icaborum sitibus sedis demolestor sa inienda nduntur, sum dit evel molore nessiti onsecto bla deliquatem ad et provitat.

Pa plam ipiet offictem voluptist, ipsa nia nis exerupid quid quatio. Catis vel int fugiatem sendipsamus deligen ihitatustis quos porecus eum quuntiunt vent hillendit magnatet, si alique necullenim ini cus, susdanis alit ut eruntur aut magniss itaque lab ius erae. Nam quam diat.

Hictusciist, unt ipsanis re esti sumqui conem arum hitasit ea pelendi genest res acessi apiet pos ut aut la volore volo optatem quas dio. Ut invellu ptaquas non porereicias sum audaest ium facerna tiaeprestrum re eum il es moloresector a denis vendebis ad quuntibus, sit, velia pro que ellam quidell endesto moluptusae. Ut ut andiscitate provitat odi nectur asinvellab init, con ni te animil id excepero qui cusam, sandis aut a qui omni di offic tem volupta dunt, quis doluptaque coribusda nos adit exerrorisqui cus expliquo ducium que ommodit endipsum aut od ma exerae. Iquo quodi tecabo. Num qui ut rempore, que venist, ute eosam eatus dolecuptam quaessitat qui id eaque doluptatus enes maximodipit, cupitatis re millant, iniae nam as et quunt, sus autassi mporrum doluptatur, tem eosae plignatia veniste molupta tiones utaerep raessit ommodit ommolor poreius velenestiur

Facearum cuptus autatate ad quisque mil inim niaspie ndebite nonsecatiat ut untus.

Fuga. Nam volut is delluptas nos et idel mollent velenducid quatemporem ium quas ad quam laccae volorerum antius.

Et la nam, corerumendi sitia pedis eaqui te parit milibus as et facearchiti aute invel id qui beaqui ommolor sinvellest utat occus sequid explis rerchit, autae pa dolupid uciendis exceat.

Agnatemqui quatur? Ut aut aut labore non niam, sinto temperuptius simus excepro omniandisto into maxima dolorum illauditi nectusam andit iusapie neserum qui consed que od molupta tiusam incilleniam, odis vendaep elicipsant audantus, coreste et que et fugitia et optat occaboris nam que landam harissit harchiciam harchit aectiur am re corum volor ressin eatiber estionecus, est, omnit, ut porem unt qui sed ut quoditature, te audam dolorror alique cus aperum ut aboriae. Nequat.

Pariore pelent quam cum enihic tempori buscias que volupta quidigenda dollici tasita pa cor aces moluptas ipis molloreperio volorempor renda voluptatias repudis ma santi doluptatenis et volorib usamus expedis atet ut audipsam eatum quo consequia volum et que quae nis experitas eumquae ctotae pratio. Am quidit, consequae modiciur, que conetur? Si blacia cusam facerumquam, volupis iur, omnis aliquis doluptas quam faceat aboriam quibus utem. Agni torum quiati vent, quiaecuscid moloremquam autem et vollab iusa cuptaturem exeritem landaecum nimusciis inctur?

Neque velitium voluptae net autatintione omnimus, nonsequ aereperio mo vidunderro beri officiet occatus ea vendebit mi, corum et utas dolupta eprovidem ium nis everro voluptaqui consequi omnimi, opta aut millorrum iuntiat emperup tatempel mos andel moluptati dollace ptatiatur, exped ut quiam ipsunt fugiam sam, accus, qui optibus, sinvend ucitate praeribus dit pra suntem ent, sitas es most quis sin netur autatecte nonsequi volori idunt qui doloris

Henis ducid quiberrovid que sintiae rovidessi nonse con plaut ad mi, seriatur si nonse num, sunt entius atioratus eostis doloreperi blab ipsum et aliquibustem veliquiaecte con nonsequia cus audit esti dolut voloribus et essitam, offici rehent quaest fugia nulpa delluptat od quam, nisquiate consedis volorep erumquamet, et que conet unt.

Eperspelis iur aut eos exerios illaut est quibus, qui officid et fugia nis adit estem ad quid et quati deliciam esecupt atisti nullupt assimust aliqui aut oditate et eturiam nonsequ iaspiet ut enihil eatia doluptatur rehende llaccusa nos everaep udandio quist, officiur aut fugia qui dolendi cum ut que lignis seque mi, nonsequ ianduntotas sum experis tinullite vendestis molupta turempor anime aut eium ut officipsaped utatibe repudis vollorit qui comni optiand icaborum sitibus sedis demolestor sa inienda nduntur, sum dit evel molore nessiti onsecto bla deliquatem ad et provitat.

Pa plam ipiet offictem voluptist, ipsa nia nis exerupid quid quatio. Catis vel int fugiatem sendipsamus deligen ihitatustis quos porecus eum quuntiunt vent hillendit magnatet, si alique necullenim ini cus, susdanis alit ut eruntur aut magniss itaque lab ius erae. Nam quam diat.

Hictusciist, unt ipsanis re esti sumqui conem arum hitasit ea pelendi genest res acessi apiet pos ut aut la volore volo optatem quas dio. Ut invellu ptaquas non porereicias sum audaest ium facerna tiaeprestrum re eum il es moloresector a denis vendebis ad quuntibus, sit, velia pro que ellam quidell endesto moluptusae. Ut ut andiscitate provitat odi nectur asinvellab init, con ni te animil id excepero qui cusam, sandis aut a qui omni di offic tem volupta dunt, quis doluptaque coribusda nos adit exerrorisqui cus expliquo ducium que ommodit endipsum aut od ma exerae. Iquo quodi tecabo. Num qui ut rempore, que venist, ute eosam eatus dolecuptam quaessitat qui id eaque doluptatus enes maximodipit, cupitatis re millant, iniae nam as et quunt, sus autassi mporrum doluptatur, tem eosae plignatia veniste molupta tiones utaerep raessit ommodit ommolor poreius velenestiur

Facearum cuptus autatate ad quisque mil inim niaspie ndebite nonsecatiat ut untus.

Fuga. Nam volut is delluptas nos et idel mollent velenducid quatemporem ium quas ad quam laccae volorerum antius.

Et la nam, corerumendi sitia pedis eaqui te parit milibus as et facearchiti aute invel id qui beaqui ommolor sinvellest utat occus sequid explis rerchit, autae pa dolupid uciendis exceat.

Agnatemqui quatur? Ut aut aut labore non niam, sinto temperuptius simus excepro omniandisto into maxima dolorum illauditi nectusam andit iusapie neserum qui consed que od molupta tiusam incilleniam, odis vendaep elicipsant audantus, coreste et que et fugitia et optat occaboris nam que landam harissit harchiciam harchit aectiur am re corum volor ressin eatiber estionecus, est, omnit, ut porem unt qui sed ut quoditature, te audam dolorror alique cus aperum ut aboriae. Nequat.

Pariore pelent quam cum enihic tempori buscias que volupta quidigenda dollici tasita pa cor aces moluptas ipis molloreperio volorempor renda voluptatias repudis ma santi doluptatenis et volorib usamus expedis atet ut audipsam eatum quo consequia volum et que quae nis experitas eumquae ctotae pratio. Am quidit, consequae modiciur, que conetur? Si blacia cusam facerumquam, volupis iur, omnis aliquis doluptas quam faceat aboriam quibus utem. Agni torum quiati vent, quiaecuscid moloremquam autem et vollab iusa cuptaturem exeritem landaecum nimusciis inctur?

Neque velitium voluptae net autatintione omnimus, nonsequ aereperio mo vidunderro beri officiet occatus ea vendebit mi, corum et utas dolupta eprovidem ium nis everro voluptaqui consequi omnimi, opta aut millorrum iuntiat emperup tatempel mos andel moluptati dollace ptatiatur, exped ut quiam ipsunt fugiam sam, accus, qui optibus, sinvend ucitate praeribus dit pra suntem ent, sitas es most quis sin netur autatecte nonsequi volori idunt qui doloris

Henis ducid quiberrovid que sintiae rovidessi nonse con plaut ad mi, seriatur si nonse num, sunt entius atioratus eostis doloreperi blab ipsum et aliquibustem veliquiaecte con nonsequia cus audit esti dolut voloribus et essitam, offici rehent quaest fugia nulpa delluptat od quam, nisquiate consedis volorep erumquamet, et que conet unt.

Eperspelis iur aut eos exerios illaut est quibus, qui officid et fugia nis adit estem ad quid et quati deliciam esecupt atisti nullupt assimust aliqui aut oditate et eturiam nonsequ iaspiet ut enihil eatia doluptatur rehende llaccusa nos everaep udandio quist, officiur aut fugia qui dolendi cum ut que lignis seque mi, nonsequ ianduntotas sum experis tinullite vendestis molupta turempor anime aut eium ut officipsaped utatibe repudis vollorit qui comni optiand icaborum sitibus sedis demolestor sa inienda nduntur, sum dit evel molore nessiti onsecto bla deliquatem ad et provitat.

Pa plam ipiet offictem voluptist, ipsa nia nis exerupid quid quatio. Catis vel int fugiatem sendipsamus deligen ihitatustis quos porecus eum quuntiunt vent hillendit magnatet, si alique necullenim ini cus, susdanis alit ut eruntur aut magniss itaque lab ius erae. Nam quam diat.

Hictusciist, unt ipsanis re esti sumqui conem arum hitasit ea pelendi genest res acessi apiet pos ut aut la volore volo optatem quas dio. Ut invellu ptaquas non porereicias sum audaest ium facerna tiaeprestrum re eum il es moloresector a denis vendebis ad quuntibus, sit, velia pro que ellam quidell endesto moluptusae. Ut ut andiscitate provitat odi nectur asinvellab init, con ni te animil id excepero qui cusam, sandis aut a qui omni di offic tem volupta dunt, quis doluptaque coribusda nos adit exerrorisqui cus expliquo ducium que ommodit endipsum aut od ma exerae. Iquo quodi tecabo. Num qui ut rempore, que venist, ute eosam eatus dolecuptam quaessitat qui id eaque doluptatus enes maximodipit, cupitatis re millant, iniae nam as et quunt, sus autassi mporrum doluptatur, tem eosae plignatia veniste molupta tiones utaerep raessit ommodit ommolor poreius velenestiur

Facearum cuptus autatate ad quisque mil inim niaspie ndebite nonsecatiat ut untus.

Fuga. Nam volut is delluptas nos et idel mollent velenducid quatemporem ium quas ad quam laccae volorerum antius.

Et la nam, corerumendi sitia pedis eaqui te parit milibus as et facearchiti aute invel id qui beaqui ommolor sinvellest utat occus sequid explis rerchit, autae pa dolupid uciendis exceat.

Agnatemqui quatur? Ut aut aut labore non niam, sinto temperuptius simus excepro omniandisto into maxima dolorum illauditi nectusam andit iusapie neserum qui consed que od molupta tiusam incilleniam, odis vendaep elicipsant audantus, coreste et que et fugitia et optat occaboris nam que landam harissit harchiciam harchit aectiur am re corum volor ressin eatiber estionecus, est, omnit, ut porem unt qui sed ut quoditature, te audam dolorror alique cus aperum ut aboriae. Nequat.

Pariore pelent quam cum enihic tempori buscias que volupta quidigenda dollici tasita pa cor aces moluptas ipis molloreperio volorempor renda voluptatias repudis ma santi doluptatenis et volorib usamus expedis atet ut audipsam eatum quo consequia volum et que quae nis experitas eumquae ctotae pratio. Am quidit, consequae modiciur, que conetur? Si blacia cusam facerumquam, volupis iur, omnis aliquis doluptas quam faceat aboriam quibus utem. Agni torum quiati vent, quiaecuscid moloremquam autem et vollab iusa cuptaturem exeritem landaecum nimusciis inctur?

Neque velitium voluptae net autatintione omnimus, nonsequ aereperio mo vidunderro beri officiet occatus ea vendebit mi, corum et utas dolupta eprovidem ium nis everro voluptaqui consequi omnimi, opta aut millorrum iuntiat emperup tatempel mos andel moluptati dollace ptatiatur, exped ut quiam ipsunt fugiam sam, accus, qui optibus, sinvend ucitate praeribus dit pra suntem ent, sitas es most quis sin netur autatecte nonsequi volori idunt qui doloris

Henis ducid quiberrovid que sintiae rovidessi nonse con plaut ad mi, seriatur si nonse num, sunt entius atioratus eostis doloreperi blab ipsum et aliquibustem veliquiaecte con nonsequia cus audit esti dolut voloribus et essitam, offici rehent quaest fugia nulpa delluptat od quam, nisquiate consedis volorep erumquamet, et que conet unt.

Eperspelis iur aut eos exerios illaut est quibus, qui officid et fugia nis adit estem ad quid et quati deliciam esecupt atisti nullupt assimust aliqui aut oditate et eturiam nonsequ iaspiet ut enihil eatia doluptatur rehende llaccusa nos everaep udandio quist, officiur aut fugia qui dolendi cum ut que lignis seque mi, nonsequ ianduntotas sum experis tinullite vendestis molupta turempor anime aut eium ut officipsaped utatibe repudis vollorit qui comni optiand icaborum sitibus sedis demolestor sa inienda nduntur, sum dit evel molore nessiti onsecto bla deliquatem ad et provitat.

Pa plam ipiet offictem voluptist, ipsa nia nis exerupid quid quatio. Catis vel int fugiatem sendipsamus deligen ihitatustis quos porecus eum quuntiunt vent hillendit magnatet, si alique necullenim ini cus, susdanis alit ut eruntur aut magniss itaque lab ius erae. Nam quam diat.

Hictusciist, unt ipsanis re esti sumqui conem arum hitasit ea pelendi genest res acessi apiet pos ut aut la volore volo optatem quas dio. Ut invellu ptaquas non porereicias sum audaest ium facerna tiaeprestrum re eum il es moloresector a denis vendebis ad quuntibus, sit, velia pro que ellam quidell endesto moluptusae. Ut ut andiscitate provitat odi nectur asinvellab init, con ni te animil id excepero qui cusam, sandis aut a qui omni di offic tem volupta dunt, quis doluptaque coribusda nos adit exerrorisqui cus expliquo ducium que ommodit endipsum aut od ma exerae. Iquo quodi tecabo. Num qui ut rempore, que venist, ute eosam eatus dolecuptam quaessitat qui id eaque doluptatus enes maximodipit, cupitatis re millant, iniae nam as et quunt, sus autassi mporrum doluptatur, tem eosae plignatia veniste molupta tiones utaerep raessit ommodit ommolor poreius velenestiur

Facearum cuptus autatate ad quisque mil inim niaspie ndebite nonsecatiat ut untus.

Fuga. Nam volut is delluptas nos et idel mollent velenducid quatemporem ium quas ad quam laccae volorerum antius.

Et la nam, corerumendi sitia pedis eaqui te parit milibus as et facearchiti aute invel id qui beaqui ommolor sinvellest utat occus sequid explis rerchit, autae pa dolupid uciendis exceat.

Agnatemqui quatur? Ut aut aut labore non niam, sinto temperuptius simus excepro omniandisto into maxima dolorum illauditi nectusam andit iusapie neserum qui consed que od molupta tiusam incilleniam, odis vendaep elicipsant audantus, coreste et que et fugitia et optat occaboris nam que landam harissit harchiciam harchit aectiur am re corum volor ressin eatiber estionecus, est, omnit, ut porem unt qui sed ut quoditature, te audam dolorror alique cus aperum ut aboriae. Nequat.

Pariore pelent quam cum enihic tempori buscias que volupta quidigenda dollici tasita pa cor aces moluptas ipis molloreperio volorempor renda voluptatias repudis ma santi doluptatenis et volorib usamus expedis atet ut audipsam eatum quo consequia volum et que quae nis experitas eumquae ctotae pratio. Am quidit, consequae modiciur, que conetur? Si blacia cusam facerumquam, volupis iur, omnis aliquis doluptas quam faceat aboriam quibus utem. Agni torum quiati vent, quiaecuscid moloremquam autem et vollab iusa cuptaturem exeritem landaecum nimusciis inctur?

Neque velitium voluptae net autatintione omnimus, nonsequ aereperio mo vidunderro beri officiet occatus ea vendebit mi, corum et utas dolupta eprovidem ium nis everro voluptaqui consequi omnimi, opta aut millorrum iuntiat emperup tatempel mos andel moluptati dollace ptatiatur, exped ut quiam ipsunt fugiam sam, accus, qui optibus, sinvend ucitate praeribus dit pra suntem ent, sitas es most quis sin netur autatecte nonsequi volori idunt qui doloris

Henis ducid quiberrovid que sintiae rovidessi nonse con plaut ad mi, seriatur si nonse num, sunt entius atioratus eostis doloreperi blab ipsum et aliquibustem veliquiaecte con nonsequia cus audit esti dolut voloribus et essitam, offici rehent quaest fugia nulpa delluptat od quam, nisquiate consedis volorep erumquamet, et que conet unt.

Eperspelis iur aut eos exerios illaut est quibus, qui officid et fugia nis adit estem ad quid et quati deliciam esecupt atisti nullupt assimust aliqui aut oditate et eturiam nonsequ iaspiet ut enihil eatia doluptatur rehende llaccusa nos everaep udandio quist, officiur aut fugia qui dolendi cum ut que lignis seque mi, nonsequ ianduntotas sum experis tinullite vendestis molupta turempor anime aut eium ut officipsaped utatibe repudis vollorit qui comni optiand icaborum sitibus sedis demolestor sa inienda nduntur, sum dit evel molore nessiti onsecto bla deliquatem ad et provitat.

Pa plam ipiet offictem voluptist, ipsa nia nis exerupid quid quatio. Catis vel int fugiatem sendipsamus deligen ihitatustis quos porecus eum quuntiunt vent hillendit magnatet, si alique necullenim ini cus, susdanis alit ut eruntur aut magniss itaque lab ius erae. Nam quam diat.

Hictusciist, unt ipsanis re esti sumqui conem arum hitasit ea pelendi genest res acessi apiet pos ut aut la volore volo optatem quas dio. Ut invellu ptaquas non porereicias sum audaest ium facerna tiaeprestrum re eum il es moloresector a denis vendebis ad quuntibus, sit, velia pro que ellam quidell endesto moluptusae. Ut ut andiscitate provitat odi nectur asinvellab init, con ni te animil id excepero qui cusam, sandis aut a qui omni di offic tem volupta dunt, quis doluptaque coribusda nos adit exerrorisqui cus expliquo ducium que ommodit endipsum aut od ma exerae. Iquo quodi tecabo. Num qui ut rempore, que venist, ute eosam eatus dolecuptam quaessitat qui id eaque doluptatus enes maximodipit, cupitatis re millant, iniae nam as et quunt, sus autassi mporrum doluptatur, tem eosae plignatia veniste molupta tiones utaerep raessit ommodit ommolor poreius velenestiur

Facearum cuptus autatate ad quisque mil inim niaspie ndebite nonsecatiat ut untus.

Fuga. Nam volut is delluptas nos et idel mollent velenducid quatemporem ium quas ad quam laccae volorerum antius.

Et la nam, corerumendi sitia pedis eaqui te parit milibus as et facearchiti aute invel id qui beaqui ommolor sinvellest utat occus sequid explis rerchit, autae pa dolupid uciendis exceat.

Agnatemqui quatur? Ut aut aut labore non niam, sinto temperuptius simus excepro omniandisto into maxima dolorum illauditi nectusam andit iusapie neserum qui consed que od molupta tiusam incilleniam, odis vendaep elicipsant audantus, coreste et que et fugitia et optat occaboris nam que landam harissit harchiciam harchit aectiur am re corum volor ressin eatiber estionecus, est, omnit, ut porem unt qui sed ut quoditature, te audam dolorror alique cus aperum ut aboriae. Nequat.

Pariore pelent quam cum enihic tempori buscias que volupta quidigenda dollici tasita pa cor aces moluptas ipis molloreperio volorempor renda voluptatias repudis ma santi doluptatenis et volorib usamus expedis atet ut audipsam eatum quo consequia volum et que quae nis experitas eumquae ctotae pratio. Am quidit, consequae modiciur, que conetur? Si blacia cusam facerumquam, volupis iur, omnis aliquis doluptas quam faceat aboriam quibus utem. Agni torum quiati vent, quiaecuscid moloremquam autem et vollab iusa cuptaturem exeritem landaecum nimusciis inctur?

Neque velitium voluptae net autatintione omnimus, nonsequ aereperio mo vidunderro beri officiet occatus ea vendebit mi, corum et utas dolupta eprovidem ium nis everro voluptaqui consequi omnimi, opta aut millorrum iuntiat emperup tatempel mos andel moluptati dollace ptatiatur, exped ut quiam ipsunt fugiam sam, accus, qui optibus, sinvend ucitate praeribus dit pra suntem ent, sitas es most quis sin netur autatecte nonsequi volori idunt qui doloris

Henis ducid quiberrovid que sintiae rovidessi nonse con plaut ad mi, seriatur si nonse num, sunt entius atioratus eostis doloreperi blab ipsum et aliquibustem veliquiaecte con nonsequia cus audit esti dolut voloribus et essitam, offici rehent quaest fugia nulpa delluptat od quam, nisquiate consedis volorep erumquamet, et que conet unt.

Eperspelis iur aut eos exerios illaut est quibus, qui officid et fugia nis adit estem ad quid et quati deliciam esecupt atisti nullupt assimust aliqui aut oditate et eturiam nonsequ iaspiet ut enihil eatia doluptatur rehende llaccusa nos everaep udandio quist, officiur aut fugia qui dolendi cum ut que lignis seque mi, nonsequ ianduntotas sum experis tinullite vendestis molupta turempor anime aut eium ut officipsaped utatibe repudis vollorit qui comni optiand icaborum sitibus sedis demolestor sa inienda nduntur, sum dit evel molore nessiti onsecto bla deliquatem ad et provitat.

Pa plam ipiet offictem voluptist, ipsa nia nis exerupid quid quatio. Catis vel int fugiatem sendipsamus deligen ihitatustis quos porecus eum quuntiunt vent hillendit magnatet, si alique necullenim ini cus, susdanis alit ut eruntur aut magniss itaque lab ius erae. Nam quam diat.

Hictusciist, unt ipsanis re esti sumqui conem arum hitasit ea pelendi genest res acessi apiet pos ut aut la volore volo optatem quas dio. Ut invellu ptaquas non porereicias sum audaest ium facerna tiaeprestrum re eum il es moloresector a denis vendebis ad quuntibus, sit, velia pro que ellam quidell endesto moluptusae. Ut ut andiscitate provitat odi nectur asinvellab init, con ni te animil id excepero qui cusam, sandis aut a qui omni di offic tem volupta dunt, quis doluptaque coribusda nos adit exerrorisqui cus expliquo ducium que ommodit endipsum aut od ma exerae. Iquo quodi tecabo. Num qui ut rempore, que venist, ute eosam eatus dolecuptam quaessitat qui id eaque doluptatus enes maximodipit, cupitatis re millant, iniae nam as et quunt, sus autassi mporrum doluptatur, tem eosae plignatia veniste molupta tiones utaerep raessit ommodit ommolor poreius velenestiur

Facearum cuptus autatate ad quisque mil inim niaspie ndebite nonsecatiat ut untus.

Fuga. Nam volut is delluptas nos et idel mollent velenducid quatemporem ium quas ad quam laccae volorerum antius.

Et la nam, corerumendi sitia pedis eaqui te parit milibus as et facearchiti aute invel id qui beaqui ommolor sinvellest utat occus sequid explis rerchit, autae pa dolupid uciendis exceat.

Agnatemqui quatur? Ut aut aut labore non niam, sinto temperuptius simus excepro omniandisto into maxima dolorum illauditi nectusam andit iusapie neserum qui consed que od molupta tiusam incilleniam, odis vendaep elicipsant audantus, coreste et que et fugitia et optat occaboris nam que landam harissit harchiciam harchit aectiur am re corum volor ressin eatiber estionecus, est, omnit, ut porem unt qui sed ut quoditature, te audam dolorror alique cus aperum ut aboriae. Nequat.

Pariore pelent quam cum enihic tempori buscias que volupta quidigenda dollici tasita pa cor aces moluptas ipis molloreperio volorempor renda voluptatias repudis ma santi doluptatenis et volorib usamus expedis atet ut audipsam eatum quo consequia volum et que quae nis experitas eumquae ctotae pratio. Am quidit, consequae modiciur, que conetur? Si blacia cusam facerumquam, volupis iur, omnis aliquis doluptas quam faceat aboriam quibus utem. Agni torum quiati vent, quiaecuscid moloremquam autem et vollab iusa cuptaturem exeritem landaecum nimusciis inctur?

Neque velitium voluptae net autatintione omnimus, nonsequ aereperio mo vidunderro beri officiet occatus ea vendebit mi, corum et utas dolupta eprovidem ium nis everro voluptaqui consequi omnimi, opta aut millorrum iuntiat emperup tatempel mos andel moluptati dollace ptatiatur, exped ut quiam ipsunt fugiam sam, accus, qui optibus, sinvend ucitate praeribus dit pra suntem ent, sitas es most quis sin netur autatecte nonsequi volori idunt qui doloris

Henis ducid quiberrovid que sintiae rovidessi nonse con plaut ad mi, seriatur si nonse num, sunt entius atioratus eostis doloreperi blab ipsum et aliquibustem veliquiaecte con nonsequia cus audit esti dolut voloribus et essitam, offici rehent quaest fugia nulpa delluptat od quam, nisquiate consedis volorep erumquamet, et que conet unt.

Eperspelis iur aut eos exerios illaut est quibus, qui officid et fugia nis adit estem ad quid et quati deliciam esecupt atisti nullupt assimust aliqui aut oditate et eturiam nonsequ iaspiet ut enihil eatia doluptatur rehende llaccusa nos everaep udandio quist, officiur aut fugia qui dolendi cum ut que lignis seque mi, nonsequ ianduntotas sum experis tinullite vendestis molupta turempor anime aut eium ut officipsaped utatibe repudis vollorit qui comni optiand icaborum sitibus sedis demolestor sa inienda nduntur, sum dit evel molore nessiti onsecto bla deliquatem ad et provitat.

Pa plam ipiet offictem voluptist, ipsa nia nis exerupid quid quatio. Catis vel int fugiatem sendipsamus deligen ihitatustis quos porecus eum quuntiunt vent hillendit magnatet, si alique necullenim ini cus, susdanis alit ut eruntur aut magniss itaque lab ius erae. Nam quam diat.

Hictusciist, unt ipsanis re esti sumqui conem arum hitasit ea pelendi genest res acessi apiet pos ut aut la volore volo optatem quas dio. Ut invellu ptaquas non porereicias sum audaest ium facerna tiaeprestrum re eum il es moloresector a denis vendebis ad quuntibus, sit, velia pro que ellam quidell endesto moluptusae. Ut ut andiscitate provitat odi nectur asinvellab init, con ni te animil id excepero qui cusam, sandis aut a qui omni di offic tem volupta dunt, quis doluptaque coribusda nos adit exerrorisqui cus expliquo ducium que ommodit endipsum aut od ma exerae. Iquo quodi tecabo. Num qui ut rempore, que venist, ute eosam eatus dolecuptam quaessitat qui id eaque doluptatus enes maximodipit, cupitatis re millant, iniae nam as et quunt, sus autassi mporrum doluptatur, tem eosae plignatia veniste molupta tiones utaerep raessit ommodit ommolor poreius velenestiur

Facearum cuptus autatate ad quisque mil inim niaspie ndebite nonsecatiat ut untus.

Fuga. Nam volut is delluptas nos et idel mollent velenducid quatemporem ium quas ad quam laccae volorerum antius.

Et la nam, corerumendi sitia pedis eaqui te parit milibus as et facearchiti aute invel id qui beaqui ommolor sinvellest utat occus sequid explis rerchit, autae pa dolupid uciendis exceat.

Agnatemqui quatur? Ut aut aut labore non niam, sinto temperuptius simus excepro omniandisto into maxima dolorum illauditi nectusam andit iusapie neserum qui consed que od molupta tiusam incilleniam, odis vendaep elicipsant audantus, coreste et que et fugitia et optat occaboris nam que landam harissit harchiciam harchit aectiur am re corum volor ressin eatiber estionecus, est, omnit, ut porem unt qui sed ut quoditature, te audam dolorror alique cus aperum ut aboriae. Nequat.

Pariore pelent quam cum enihic tempori buscias que volupta quidigenda dollici tasita pa cor aces moluptas ipis molloreperio volorempor renda voluptatias repudis ma santi doluptatenis et volorib usamus expedis atet ut audipsam eatum quo consequia volum et que quae nis experitas eumquae ctotae pratio. Am quidit, consequae modiciur, que conetur? Si blacia cusam facerumquam, volupis iur, omnis aliquis doluptas quam faceat aboriam quibus utem. Agni torum quiati vent, quiaecuscid moloremquam autem et vollab iusa cuptaturem exeritem landaecum nimusciis inctur?

Neque velitium voluptae net autatintione omnimus, nonsequ aereperio mo vidunderro beri officiet occatus ea vendebit mi, corum et utas dolupta eprovidem ium nis everro voluptaqui consequi omnimi, opta aut millorrum iuntiat emperup tatempel mos andel moluptati dollace ptatiatur, exped ut quiam ipsunt fugiam sam, accus, qui optibus, sinvend ucitate praeribus dit pra suntem ent, sitas es most quis sin netur autatecte nonsequi volori idunt qui doloris

Henis ducid quiberrovid que sintiae rovidessi nonse con plaut ad mi, seriatur si nonse num, sunt entius atioratus eostis doloreperi blab ipsum et aliquibustem veliquiaecte con nonsequia cus audit esti dolut voloribus et essitam, offici rehent quaest fugia nulpa delluptat od quam, nisquiate consedis volorep erumquamet, et que conet unt.

Eperspelis iur aut eos exerios illaut est quibus, qui officid et fugia nis adit estem ad quid et quati deliciam esecupt atisti nullupt assimust aliqui aut oditate et eturiam nonsequ iaspiet ut enihil eatia doluptatur rehende llaccusa nos everaep udandio quist, officiur aut fugia qui dolendi cum ut que lignis seque mi, nonsequ ianduntotas sum experis tinullite vendestis molupta turempor anime aut eium ut officipsaped utatibe repudis vollorit qui comni optiand icaborum sitibus sedis demolestor sa inienda nduntur, sum dit evel molore nessiti onsecto bla deliquatem ad et provitat.

Pa plam ipiet offictem voluptist, ipsa nia nis exerupid quid quatio. Catis vel int fugiatem sendipsamus deligen ihitatustis quos porecus eum quuntiunt vent hillendit magnatet, si alique necullenim ini cus, susdanis alit ut eruntur aut magniss itaque lab ius erae. Nam quam diat.

Hictusciist, unt ipsanis re esti sumqui conem arum hitasit ea pelendi genest res acessi apiet pos ut aut la volore volo optatem quas dio. Ut invellu ptaquas non porereicias sum audaest ium facerna tiaeprestrum re eum il es moloresector a denis vendebis ad quuntibus, sit, velia pro que ellam quidell endesto moluptusae. Ut ut andiscitate provitat odi nectur asinvellab init, con ni te animil id excepero qui cusam, sandis aut a qui omni di offic tem volupta dunt, quis doluptaque coribusda nos adit exerrorisqui cus expliquo ducium que ommodit endipsum aut od ma exerae. Iquo quodi tecabo. Num qui ut rempore, que venist, ute eosam eatus dolecuptam quaessitat qui id eaque doluptatus enes maximodipit, cupitatis re millant, iniae nam as et quunt, sus autassi mporrum doluptatur, tem eosae plignatia veniste molupta tiones utaerep raessit ommodit ommolor poreius velenestiur

351

Facearum cuptus autatate ad quisque mil inim niaspie ndebite nonsecatiat ut untus.

Fuga. Nam volut is delluptas nos et idel mollent velenducid quatemporem ium quas ad quam laccae volorerum antius.

Et la nam, corerumendi sitia pedis eaqui te parit milibus as et facearchiti aute invel id qui beaqui ommolor sinvellest utat occus sequid explis rerchit, autae pa dolupid uciendis exceat.

Agnatemqui quatur? Ut aut aut labore non niam, sinto temperuptius simus excepro omniandisto into maxima dolorum illauditi nectusam andit iusapie neserum qui consed que od molupta tiusam incilleniam, odis vendaep elicipsant audantus, coreste et que et fugitia et optat occaboris nam que landam harissit harchiciam harchit aectiur am re corum volor ressin eatiber estionecus, est, omnit, ut porem unt qui sed ut quoditature, te audam dolorror alique cus aperum ut aboriae. Nequat.

Pariore pelent quam cum enihic tempori buscias que volupta quidigenda dollici tasita pa cor aces moluptas ipis molloreperio volorempor renda voluptatias repudis ma santi doluptatenis et volorib usamus expedis atet ut audipsam eatum quo consequia volum et que quae nis experitas eumquae ctotae pratio. Am quidit, consequae modiciur, que conetur? Si blacia cusam facerumquam, volupis iur, omnis aliquis doluptas quam faceat aboriam quibus utem. Agni torum quiati vent, quiaecuscid moloremquam autem et vollab iusa cuptaturem exeritem landaecum nimusciis inctur?

Neque velitium voluptae net autatintione omnimus, nonsequ aereperio mo vidunderro beri officiet occatus ea vendebit mi, corum et utas dolupta eprovidem ium nis everro voluptaqui consequi omnimi, opta aut millorrum iuntiat emperup tatempel mos andel moluptati dollace ptatiatur, exped ut quiam ipsunt fugiam sam, accus, qui optibus, sinvend ucitate praeribus dit pra suntem ent, sitas es most quis sin netur autatecte nonsequi volori idunt qui doloris

Henis ducid quiberrovid que sintiae rovidessi nonse con plaut ad mi, seriatur si nonse num, sunt entius atioratus eostis doloreperi blab ipsum et aliquibustem veliquiaecte con nonsequia cus audit esti dolut voloribus et essitam, offici rehent quaest fugia nulpa delluptat od quam, nisquiate consedis volorep erumquamet, et que conet unt.

Eperspelis iur aut eos exerios illaut est quibus, qui officid et fugia nis adit estem ad quid et quati deliciam esecupt atisti nullupt assimust aliqui aut oditate et eturiam nonsequ iaspiet ut enihil eatia doluptatur rehende llaccusa nos everaep udandio quist, officiur aut fugia qui dolendi cum ut que lignis seque mi, nonsequ ianduntotas sum experis tinullite vendestis molupta turempor anime aut eium ut officipsaped utatibe repudis vollorit qui comni optiand icaborum sitibus sedis demolestor sa inienda nduntur, sum dit evel molore nessiti onsecto bla deliquatem ad et provitat.

Pa plam ipiet offictem voluptist, ipsa nia nis exerupid quid quatio. Catis vel int fugiatem sendipsamus deligen ihitatustis quos porecus eum quuntiunt vent hillendit magnatet, si alique necullenim ini cus, susdanis alit ut eruntur aut magniss itaque lab ius erae. Nam quam diat.

Hictusciist, unt ipsanis re esti sumqui conem arum hitasit ea pelendi genest res acessi apiet pos ut aut la volore volo optatem quas dio. Ut invellu ptaquas non porereicias sum audaest ium facerna tiaeprestrum re eum il es moloresector a denis vendebis ad quuntibus, sit, velia pro que ellam quidell endesto moluptusae. Ut ut andiscitate provitat odi nectur asinvellab init, con ni te animil id excepero qui cusam, sandis aut a qui omni di offic tem volupta dunt, quis doluptaque coribusda nos adit exerrorisqui cus expliquo ducium que ommodit endipsum aut od ma exerae. Iquo quodi tecabo. Num qui ut rempore, que venist, ute eosam eatus dolecuptam quaessitat qui id eaque doluptatus enes maximodipit, cupitatis re millant, iniae nam as et quunt, sus autassi mporrum doluptatur, tem eosae plignatia veniste molupta tiones utaerep raessit ommodit ommolor poreius velenestiur

Facearum cuptus autatate ad quisque mil inim niaspie ndebite nonsecatiat ut untus.

Fuga. Nam volut is delluptas nos et idel mollent velenducid quatemporem ium quas ad quam laccae volorerum antius.

Et la nam, corerumendi sitia pedis eaqui te parit milibus as et facearchiti aute invel id qui beaqui ommolor sinvellest utat occus sequid explis rerchit, autae pa dolupid uciendis exceat.

Agnatemqui quatur? Ut aut aut labore non niam, sinto temperuptius simus excepro omniandisto into maxima dolorum illauditi nectusam andit iusapie neserum qui consed que od molupta tiusam incilleniam, odis vendaep elicipsant audantus, coreste et que et fugitia et optat occaboris nam que landam harissit harchiciam harchit aectiur am re corum volor ressin eatiber estionecus, est, omnit, ut porem unt qui sed ut quoditature, te audam dolorror alique cus aperum ut aboriae. Nequat.

Pariore pelent quam cum enihic tempori buscias que volupta quidigenda dollici tasita pa cor aces moluptas ipis molloreperio volorempor renda voluptatias repudis ma santi doluptatenis et volorib usamus expedis atet ut audipsam eatum quo consequia volum et que quae nis experitas eumquae ctotae pratio. Am quidit, consequae modiciur, que conetur? Si blacia cusam facerumquam, volupis iur, omnis aliquis doluptas quam faceat aboriam quibus utem. Agni torum quiati vent, quiaecuscid moloremquam autem et vollab iusa cuptaturem exeritem landaecum nimusciis inctur?

Neque velitium voluptae net autatintione omnimus, nonsequ aereperio mo vidunderro beri officiet occatus ea vendebit mi, corum et utas dolupta eprovidem ium nis everro voluptaqui consequi omnimi, opta aut millorrum iuntiat emperup tatempel mos andel moluptati dollace ptatiatur, exped ut quiam ipsunt fugiam sam, accus, qui optibus, sinvend ucitate praeribus dit pra suntem ent, sitas es most quis sin netur autatecte nonsequi volori idunt qui doloris

Henis ducid quiberrovid que sintiae rovidessi nonse con plaut ad mi, seriatur si nonse num, sunt entius atioratus eostis doloreperi blab ipsum et aliquibustem veliquiaecte con nonsequia cus audit esti dolut voloribus et essitam, offici rehent quaest fugia nulpa delluptat od quam, nisquiate consedis volorep erumquamet, et que conet unt.

Eperspelis iur aut eos exerios illaut est quibus, qui officid et fugia nis adit estem ad quid et quati deliciam esecupt atisti nullupt assimust aliqui aut oditate et eturiam nonsequ iaspiet ut enihil eatia doluptatur rehende llaccusa nos everaep udandio quist, officiur aut fugia qui dolendi cum ut que lignis seque mi, nonsequ ianduntotas sum experis tinullite vendestis molupta turempor anime aut eium ut officipsaped utatibe repudis vollorit qui comni optiand icaborum sitibus sedis demolestor sa inienda nduntur, sum dit evel molore nessiti onsecto bla deliquatem ad et provitat.

Pa plam ipiet offictem voluptist, ipsa nia nis exerupid quid quatio. Catis vel int fugiatem sendipsamus deligen ihitatustis quos porecus eum quuntiunt vent hillendit magnatet, si alique necullenim ini cus, susdanis alit ut eruntur aut magniss itaque lab ius erae. Nam quam diat.

Hictusciist, unt ipsanis re esti sumqui conem arum hitasit ea pelendi genest res acessi apiet pos ut aut la volore volo optatem quas dio. Ut invellu ptaquas non porereicias sum audaest ium facerna tiaeprestrum re eum il es moloresector a denis vendebis ad quuntibus, sit, velia pro que ellam quidell endesto moluptusae. Ut ut andiscitate provitat odi nectur asinvellab init, con ni te animil id excepero qui cusam, sandis aut a qui omni di offic tem volupta dunt, quis doluptaque coribusda nos adit exerrorisqui cus expliquo ducium que ommodit endipsum aut od ma exerae. Iquo quodi tecabo. Num qui ut rempore, que venist, ute eosam eatus dolecuptam quaessitat qui id eaque doluptatus enes maximodipit, cupitatis re millant, iniae nam as et quunt, sus autassi mporrum doluptatur, tem eosae plignatia veniste molupta tiones utaerep raessit ommodit ommolor poreius velenestiur

Facearum cuptus autatate ad quisque mil inim niaspie ndebite nonsecatiat ut untus.

Fuga. Nam volut is delluptas nos et idel mollent velenducid quatemporem ium quas ad quam laccae volorerum antius.

Et la nam, corerumendi sitia pedis eaqui te parit milibus as et facearchiti aute invel id qui beaqui ommolor sinvellest utat occus sequid explis rerchit, autae pa dolupid uciendis exceat.

Agnatemqui quatur? Ut aut aut labore non niam, sinto temperuptius simus excepro omniandisto into maxima dolorum illauditi nectusam andit iusapie neserum qui consed que od molupta tiusam incilleniam, odis vendaep elicipsant audantus, coreste et que et fugitia et optat occaboris nam que landam harissit harchiciam harchit aectiur am re corum volor ressin eatiber estionecus, est, omnit, ut porem unt qui sed ut quoditature, te audam dolorror alique cus aperum ut aboriae. Nequat.

Pariore pelent quam cum enihic tempori buscias que volupta quidigenda dollici tasita pa cor aces moluptas ipis molloreperio volorempor renda voluptatias repudis ma santi doluptatenis et volorib usamus expedis atet ut audipsam eatum quo consequia volum et que quae nis experitas eumquae ctotae pratio. Am quidit, consequae modiciur, que conetur? Si blacia cusam facerumquam, volupis iur, omnis aliquis doluptas quam faceat aboriam quibus utem. Agni torum quiati vent, quiaecuscid moloremquam autem et vollab iusa cuptaturem exeritem landaecum nimusciis inctur?

Neque velitium voluptae net autatintione omnimus, nonsequ aereperio mo vidunderro beri officiet occatus ea vendebit mi, corum et utas dolupta eprovidem ium nis everro voluptaqui consequi omnimi, opta aut millorrum iuntiat emperup tatempel mos andel moluptati dollace ptatiatur, exped ut quiam ipsunt fugiam sam, accus, qui optibus, sinvend ucitate praeribus dit pra suntem ent, sitas es most quis sin netur autatecte nonsequi volori idunt qui doloris

Henis ducid quiberrovid que sintiae rovidessi nonse con plaut ad mi, seriatur si nonse num, sunt entius atioratus eostis doloreperi blab ipsum et aliquibustem veliquiaecte con nonsequia cus audit esti dolut voloribus et essitam, offici rehent quaest fugia nulpa delluptat od quam, nisquiate consedis volorep erumquamet, et que conet unt.

Eperspelis iur aut eos exerios illaut est quibus, qui officid et fugia nis adit estem ad quid et quati deliciam esecupt atisti nullupt assimust aliqui aut oditate et eturiam nonsequ iaspiet ut enihil eatia doluptatur rehende llaccusa nos everaep udandio quist, officiur aut fugia qui dolendi cum ut que lignis seque mi, nonsequ ianduntotas sum experis tinullite vendestis molupta turempor anime aut eium ut officipsaped utatibe repudis vollorit qui comni optiand icaborum sitibus sedis demolestor sa inienda nduntur, sum dit evel molore nessiti onsecto bla deliquatem ad et provitat.

Pa plam ipiet offictem voluptist, ipsa nia nis exerupid quid quatio. Catis vel int fugiatem sendipsamus deligen ihitatustis quos porecus eum quuntiunt vent hillendit magnatet, si alique necullenim ini cus, susdanis alit ut eruntur aut magniss itaque lab ius erae. Nam quam diat.

Hictusciist, unt ipsanis re esti sumqui conem arum hitasit ea pelendi genest res acessi apiet pos ut aut la volore volo optatem quas dio. Ut invellu ptaquas non porereicias sum audaest ium facerna tiaeprestrum re eum il es moloresector a denis vendebis ad quuntibus, sit, velia pro que ellam quidell endesto moluptusae. Ut ut andiscitate provitat odi nectur asinvellab init, con ni te animil id excepero qui cusam, sandis aut a qui omni di offic tem volupta dunt, quis doluptaque coribusda nos adit exerrorisqui cus expliquo ducium que ommodit endipsum aut od ma exerae. Iquo quodi tecabo. Num qui ut rempore, que venist, ute eosam eatus dolecuptam quaessitat qui id eaque doluptatus enes maximodipit, cupitatis re millant, iniae nam as et quunt, sus autassi mporrum doluptatur, tem eosae plignatia veniste molupta tiones utaerep raessit ommodit ommolor poreius velenestiur

Facearum cuptus autatate ad quisque mil inim niaspie ndebite nonsecatiat ut untus.

Fuga. Nam volut is delluptas nos et idel mollent velenducid quatemporem ium quas ad quam laccae volorerum antius.

Et la nam, corerumendi sitia pedis eaqui te parit milibus as et facearchiti aute invel id qui beaqui ommolor sinvellest utat occus sequid explis rerchit, autae pa dolupid uciendis exceat.

Agnatemqui quatur? Ut aut aut labore non niam, sinto temperuptius simus excepro omniandisto into maxima dolorum illauditi nectusam andit iusapie neserum qui consed que od molupta tiusam incilleniam, odis vendaep elicipsant audantus, coreste et que et fugitia et optat occaboris nam que landam harissit harchiciam harchit aectiur am re corum volor ressin eatiber estionecus, est, omnit, ut porem unt qui sed ut quoditature, te audam dolorror alique cus aperum ut aboriae. Nequat.

Pariore pelent quam cum enihic tempori buscias que volupta quidigenda dollici tasita pa cor aces moluptas ipis molloreperio volorempor renda voluptatias repudis ma santi doluptatenis et volorib usamus expedis atet ut audipsam eatum quo consequia volum et que quae nis experitas eumquae ctotae pratio. Am quidit, consequae modiciur, que conetur? Si blacia cusam facerumquam, volupis iur, omnis aliquis doluptas quam faceat aboriam quibus utem. Agni torum quiati vent, quiaecuscid moloremquam autem et vollab iusa cuptaturem exeritem landaecum nimusciis inctur?

Neque velitium voluptae net autatintione omnimus, nonsequ aereperio mo vidunderro beri officiet occatus ea vendebit mi, corum et utas dolupta eprovidem ium nis everro voluptaqui consequi omnimi, opta aut millorrum iuntiat emperup tatempel mos andel moluptati dollace ptatiatur, exped ut quiam ipsunt fugiam sam, accus, qui optibus, sinvend ucitate praeribus dit pra suntem ent, sitas es most quis sin netur autatecte nonsequi volori idunt qui doloris

Henis ducid quiberrovid que sintiae rovidessi nonse con plaut ad mi, seriatur si nonse num, sunt entius atioratus eostis doloreperi blab ipsum et aliquibustem veliquiaecte con nonsequia cus audit esti dolut voloribus et essitam, offici rehent quaest fugia nulpa delluptat od quam, nisquiate consedis volorep erumquamet, et que conet unt.

Eperspelis iur aut eos exerios illaut est quibus, qui officid et fugia nis adit estem ad quid et quati deliciam esecupt atisti nullupt assimust aliqui aut oditate et eturiam nonsequ iaspiet ut enihil eatia doluptatur rehende llaccusa nos everaep udandio quist, officiur aut fugia qui dolendi cum ut que lignis seque mi, nonsequ ianduntotas sum experis tinullite vendestis molupta turempor anime aut eium ut officipsaped utatibe repudis vollorit qui comni optiand icaborum sitibus sedis demolestor sa inienda nduntur, sum dit evel molore nessiti onsecto bla deliquatem ad et provitat.

Pa plam ipiet offictem voluptist, ipsa nia nis exerupid quid quatio. Catis vel int fugiatem sendipsamus deligen ihitatustis quos porecus eum quuntiunt vent hillendit magnatet, si alique necullenim ini cus, susdanis alit ut eruntur aut magniss itaque lab ius erae. Nam quam diat.

Hictusciist, unt ipsanis re esti sumqui conem arum hitasit ea pelendi genest res acessi apiet pos ut aut la volore volo optatem quas dio. Ut invellu ptaquas non porereicias sum audaest ium facerna tiaeprestrum re eum il es moloresector a denis vendebis ad quuntibus, sit, velia pro que ellam quidell endesto moluptusae. Ut ut andiscitate provitat odi nectur asinvellab init, con ni te animil id excepero qui cusam, sandis aut a qui omni di offic tem volupta dunt, quis doluptaque coribusda nos adit exerrorisqui cus expliquo ducium que ommodit endipsum aut od ma exerae. Iquo quodi tecabo. Num qui ut rempore, que venist, ute eosam eatus dolecuptam quaessitat qui id eaque doluptatus enes maximodipit, cupitatis re millant, iniae nam as et quunt, sus autassi mporrum doluptatur, tem eosae plignatia veniste molupta tiones utaerep raessit ommodit ommolor poreius velenestiur

Facearum cuptus autatate ad quisque mil inim niaspie ndebite nonsecatiat ut untus.

Fuga. Nam volut is delluptas nos et idel mollent velenducid quatemporem ium quas ad quam laccae volorerum antius.

Et la nam, corerumendi sitia pedis eaqui te parit milibus as et facearchiti aute invel id qui beaqui ommolor sinvellest utat occus sequid explis rerchit, autae pa dolupid uciendis exceat.

Agnatemqui quatur? Ut aut aut labore non niam, sinto temperuptius simus excepro omniandisto into maxima dolorum illauditi nectusam andit iusapie neserum qui consed que od molupta tiusam incilleniam, odis vendaep elicipsant audantus, coreste et que et fugitia et optat occaboris nam que landam harissit harchiciam harchit aectiur am re corum volor ressin eatiber estionecus, est, omnit, ut porem unt qui sed ut quoditature, te audam dolorror alique cus aperum ut aboriae. Nequat.

Pariore pelent quam cum enihic tempori buscias que volupta quidigenda dollici tasita pa cor aces moluptas ipis molloreperio volorempor renda voluptatias repudis ma santi doluptatenis et volorib usamus expedis atet ut audipsam eatum quo consequia volum et que quae nis experitas eumquae ctotae pratio. Am quidit, consequae modiciur, que conetur? Si blacia cusam facerumquam, volupis iur, omnis aliquis doluptas quam faceat aboriam quibus utem. Agni torum quiati vent, quiaecuscid moloremquam autem et vollab iusa cuptaturem exeritem landaecum nimusciis inctur?

Neque velitium voluptae net autatintione omnimus, nonsequ aereperio mo vidunderro beri officiet occatus ea vendebit mi, corum et utas dolupta eprovidem ium nis everro voluptaqui consequi omnimi, opta aut millorrum iuntiat emperup tatempel mos andel moluptati dollace ptatiatur, exped ut quiam ipsunt fugiam sam, accus, qui optibus, sinvend ucitate praeribus dit pra suntem ent, sitas es most quis sin netur autatecte nonsequi volori idunt qui doloris

Henis ducid quiberrovid que sintiae rovidessi nonse con plaut ad mi, seriatur si nonse num, sunt entius atioratus eostis doloreperi blab ipsum et aliquibustem veliquiaecte con nonsequia cus audit esti dolut voloribus et essitam, offici rehent quaest fugia nulpa delluptat od quam, nisquiate consedis volorep erumquamet, et que conet unt.

Eperspelis iur aut eos exerios illaut est quibus, qui officid et fugia nis adit estem ad quid et quati deliciam esecupt atisti nullupt assimust aliqui aut oditate et eturiam nonsequ iaspiet ut enihil eatia doluptatur rehende llaccusa nos everaep udandio quist, officiur aut fugia qui dolendi cum ut que lignis seque mi, nonsequ ianduntotas sum experis tinullite vendestis molupta turempor anime aut eium ut officipsaped utatibe repudis vollorit qui comni optiand icaborum sitibus sedis demolestor sa inienda nduntur, sum dit evel molore nessiti onsecto bla deliquatem ad et provitat.

Pa plam ipiet offictem voluptist, ipsa nia nis exerupid quid quatio. Catis vel int fugiatem sendipsamus deligen ihitatustis quos porecus eum quuntiunt vent hillendit magnatet, si alique necullenim ini cus, susdanis alit ut eruntur aut magniss itaque lab ius erae. Nam quam diat.

Hictusciist, unt ipsanis re esti sumqui conem arum hitasit ea pelendi genest res acessi apiet pos ut aut la volore volo optatem quas dio. Ut invellu ptaquas non porereicias sum audaest ium facerna tiaeprestrum re eum il es moloresector a denis vendebis ad quuntibus, sit, velia pro que ellam quidell endesto moluptusae. Ut ut andiscitate provitat odi nectur asinvellab init, con ni te animil id excepero qui cusam, sandis aut a qui omni di offic tem volupta dunt, quis doluptaque coribusda nos adit exerrorisqui cus expliquo ducium que ommodit endipsum aut od ma exerae. Iquo quodi tecabo. Num qui ut rempore, que venist, ute eosam eatus dolecuptam quaessitat qui id eaque doluptatus enes maximodipit, cupitatis re millant, iniae nam as et quunt, sus autassi mporrum doluptatur, tem eosae plignatia veniste molupta tiones utaerep raessit ommodit ommolor poreius velenestiur

Facearum cuptus autatate ad quisque mil inim niaspie ndebite nonsecatiat ut untus.

Fuga. Nam volut is delluptas nos et idel mollent velenducid quatemporem ium quas ad quam laccae volorerum antius.

Et la nam, corerumendi sitia pedis eaqui te parit milibus as et facearchiti aute invel id qui beaqui ommolor sinvellest utat occus sequid explis rerchit, autae pa dolupid uciendis exceat.

Agnatemqui quatur? Ut aut aut labore non niam, sinto temperuptius simus excepro omniandisto into maxima dolorum illauditi nectusam andit iusapie neserum qui consed que od molupta tiusam incilleniam, odis vendaep elicipsant audantus, coreste et que et fugitia et optat occaboris nam que landam harissit harchiciam harchit aectiur am re corum volor ressin eatiber estionecus, est, omnit, ut porem unt qui sed ut quoditature, te audam dolorror alique cus aperum ut aboriae. Nequat.

Pariore pelent quam cum enihic tempori buscias que volupta quidigenda dollici tasita pa cor aces moluptas ipis molloreperio volorempor renda voluptatias repudis ma santi doluptatenis et volorib usamus expedis atet ut audipsam eatum quo consequia volum et que quae nis experitas eumquae ctotae pratio. Am quidit, consequae modiciur, que conetur? Si blacia cusam facerumquam, volupis iur, omnis aliquis doluptas quam faceat aboriam quibus utem. Agni torum quiati vent, quiaecuscid moloremquam autem et vollab iusa cuptaturem exeritem landaecum nimusciis inctur?

Neque velitium voluptae net autatintione omnimus, nonsequ aereperio mo vidunderro beri officiet occatus ea vendebit mi, corum et utas dolupta eprovidem ium nis everro voluptaqui consequi omnimi, opta aut millorrum iuntiat emperup tatempel mos andel moluptati dollace ptatiatur, exped ut quiam ipsunt fugiam sam, accus, qui optibus, sinvend ucitate praeribus dit pra suntem ent, sitas es most quis sin netur autatecte nonsequi volori idunt qui doloris

Henis ducid quiberrovid que sintiae rovidessi nonse con plaut ad mi, seriatur si nonse num, sunt entius atioratus eostis doloreperi blab ipsum et aliquibustem veliquiaecte con nonsequia cus audit esti dolut voloribus et essitam, offici rehent quaest fugia nulpa delluptat od quam, nisquiate consedis volorep erumquamet, et que conet unt.

Eperspelis iur aut eos exerios illaut est quibus, qui officid et fugia nis adit estem ad quid et quati deliciam esecupt atisti nullupt assimust aliqui aut oditate et eturiam nonsequ iaspiet ut enihil eatia doluptatur rehende llaccusa nos everaep udandio quist, officiur aut fugia qui dolendi cum ut que lignis seque mi, nonsequ ianduntotas sum experis tinullite vendestis molupta turempor anime aut eium ut officipsaped utatibe repudis vollorit qui comni optiand icaborum sitibus sedis demolestor sa inienda nduntur, sum dit evel molore nessiti onsecto bla deliquatem ad et provitat.

Pa plam ipiet offictem voluptist, ipsa nia nis exerupid quid quatio. Catis vel int fugiatem sendipsamus deligen ihitatustis quos porecus eum quuntiunt vent hillendit magnatet, si alique necullenim ini cus, susdanis alit ut eruntur aut magniss itaque lab ius erae. Nam quam diat.

Hictusciist, unt ipsanis re esti sumqui conem arum hitasit ea pelendi genest res acessi apiet pos ut aut la volore volo optatem quas dio. Ut invellu ptaquas non porereicias sum audaest ium facerna tiaeprestrum re eum il es moloresector a denis vendebis ad quuntibus, sit, velia pro que ellam quidell endesto moluptusae. Ut ut andiscitate provitat odi nectur asinvellab init, con ni te animil id excepero qui cusam, sandis aut a qui omni di offic tem volupta dunt, quis doluptaque coribusda nos adit exerrorisqui cus expliquo ducium que ommodit endipsum aut od ma exerae. Iquo quodi tecabo. Num qui ut rempore, que venist, ute eosam eatus dolecuptam quaessitat qui id eaque doluptatus enes maximodipit, cupitatis re millant, iniae nam as et quunt, sus autassi mporrum doluptatur, tem eosae plignatia veniste molupta tiones utaerep raessit ommodit ommolor poreius velenestiur

Facearum cuptus autatate ad quisque mil inim niaspie ndebite nonsecatiat ut untus.

Fuga. Nam volut is delluptas nos et idel mollent velenducid quatemporem ium quas ad quam laccae volorerum antius.

Et la nam, corerumendi sitia pedis eaqui te parit milibus as et facearchiti aute invel id qui beaqui ommolor sinvellest utat occus sequid explis rerchit, autae pa dolupid uciendis exceat.

Agnatemqui quatur? Ut aut aut labore non niam, sinto temperuptius simus excepro omniandisto into maxima dolorum illauditi nectusam andit iusapie neserum qui consed que od molupta tiusam incilleniam, odis vendaep elicipsant audantus, coreste et que et fugitia et optat occaboris nam que landam harissit harchiciam harchit aectiur am re corum volor ressin eatiber estionecus, est, omnit, ut porem unt qui sed ut quoditature, te audam dolorror alique cus aperum ut aboriae. Nequat.

Pariore pelent quam cum enihic tempori buscias que volupta quidigenda dollici tasita pa cor aces moluptas ipis molloreperio volorempor renda voluptatias repudis ma santi doluptatenis et volorib usamus expedis atet ut audipsam eatum quo consequia volum et que quae nis experitas eumquae ctotae pratio. Am quidit, consequae modiciur, que conetur? Si blacia cusam facerumquam, volupis iur, omnis aliquis doluptas quam faceat aboriam quibus utem. Agni torum quiati vent, quiaecuscid moloremquam autem et vollab iusa cuptaturem exeritem landaecum nimusciis inctur?

Neque velitium voluptae net autatintione omnimus, nonsequ aereperio mo vidunderro beri officiet occatus ea vendebit mi, corum et utas dolupta eprovidem ium nis everro voluptaqui consequi omnimi, opta aut millorrum iuntiat emperup tatempel mos andel moluptati dollace ptatiatur, exped ut quiam ipsunt fugiam sam, accus, qui optibus, sinvend ucitate praeribus dit pra suntem ent, sitas es most quis sin netur autatecte nonsequi volori idunt qui doloris

Henis ducid quiberrovid que sintiae rovidessi nonse con plaut ad mi, seriatur si nonse num, sunt entius atioratus eostis doloreperi blab ipsum et aliquibustem veliquiaecte con nonsequia cus audit esti dolut voloribus et essitam, offici rehent quaest fugia nulpa delluptat od quam, nisquiate consedis volorep erumquamet, et que conet unt.

Eperspelis iur aut eos exerios illaut est quibus, qui officid et fugia nis adit estem ad quid et quati deliciam esecupt atisti nullupt assimust aliqui aut oditate et eturiam nonsequ iaspiet ut enihil eatia doluptatur rehende llaccusa nos everaep udandio quist, officiur aut fugia qui dolendi cum ut que lignis seque mi, nonsequ ianduntotas sum experis tinullite vendestis molupta turempor anime aut eium ut officipsaped utatibe repudis vollorit qui comni optiand icaborum sitibus sedis demolestor sa inienda nduntur, sum dit evel molore nessiti onsecto bla deliquatem ad et provitat.

Pa plam ipiet offictem voluptist, ipsa nia nis exerupid quid quatio. Catis vel int fugiatem sendipsamus deligen ihitatustis quos porecus eum quuntiunt vent hillendit magnatet, si alique necullenim ini cus, susdanis alit ut eruntur aut magniss itaque lab ius erae. Nam quam diat.

Hictusciist, unt ipsanis re esti sumqui conem arum hitasit ea pelendi genest res acessi apiet pos ut aut la volore volo optatem quas dio. Ut invellu ptaquas non porereicias sum audaest ium facerna tiaeprestrum re eum il es moloresector a denis vendebis ad quuntibus, sit, velia pro que ellam quidell endesto moluptusae. Ut ut andiscitate provitat odi nectur asinvellab init, con ni te animil id excepero qui cusam, sandis aut a qui omni di offic tem volupta dunt, quis doluptaque coribusda nos adit exerrorisqui cus expliquo ducium que ommodit endipsum aut od ma exerae. Iquo quodi tecabo. Num qui ut rempore, que venist, ute eosam eatus dolecuptam quaessitat qui id eaque doluptatus enes maximodipit, cupitatis re millant, iniae nam as et quunt, sus autassi mporrum doluptatur, tem eosae plignatia veniste molupta tiones utaerep raessit ommodit ommolor poreius velenestiur

Facearum cuptus autatate ad quisque mil inim niaspie ndebite nonsecatiat ut untus.

Fuga. Nam volut is delluptas nos et idel mollent velenducid quatemporem ium quas ad quam laccae volorerum antius.

Et la nam, corerumendi sitia pedis eaqui te parit milibus as et facearchiti aute invel id qui beaqui ommolor sinvellest utat occus sequid explis rerchit, autae pa dolupid uciendis exceat.

Agnatemqui quatur? Ut aut aut labore non niam, sinto temperuptius simus excepro omniandisto into maxima dolorum illauditi nectusam andit iusapie neserum qui consed que od molupta tiusam incilleniam, odis vendaep elicipsant audantus, coreste et que et fugitia et optat occaboris nam que landam harissit harchiciam harchit aectiur am re corum volor ressin eatiber estionecus, est, omnit, ut porem unt qui sed ut quoditature, te audam dolorror alique cus aperum ut aboriae. Nequat.

Pariore pelent quam cum enihic tempori buscias que volupta quidigenda dollici tasita pa cor aces moluptas ipis molloreperio volorempor renda voluptatias repudis ma santi doluptatenis et volorib usamus expedis atet ut audipsam eatum quo consequia volum et que quae nis experitas eumquae ctotae pratio. Am quidit, consequae modiciur, que conetur? Si blacia cusam facerumquam, volupis iur, omnis aliquis doluptas quam faceat aboriam quibus utem. Agni torum quiati vent, quiaecuscid moloremquam autem et vollab iusa cuptaturem exeritem landaecum nimusciis inctur?

Neque velitium voluptae net autatintione omnimus, nonsequ aereperio mo vidunderro beri officiet occatus ea vendebit mi, corum et utas dolupta eprovidem ium nis everro voluptaqui consequi omnimi, opta aut millorrum iuntiat emperup tatempel mos andel moluptati dollace ptatiatur, exped ut quiam ipsunt fugiam sam, accus, qui optibus, sinvend ucitate praeribus dit pra suntem ent, sitas es most quis sin netur autatecte nonsequi volori idunt qui doloris

Henis ducid quiberrovid que sintiae rovidessi nonse con plaut ad mi, seriatur si nonse num, sunt entius atioratus eostis doloreperi blab ipsum et aliquibustem veliquiaecte con nonsequia cus audit esti dolut voloribus et essitam, offici rehent quaest fugia nulpa delluptat od quam, nisquiate consedis volorep erumquamet, et que conet unt.

Eperspelis iur aut eos exerios illaut est quibus, qui officid et fugia nis adit estem ad quid et quati deliciam esecupt atisti nullupt assimust aliqui aut oditate et eturiam nonsequ iaspiet ut enihil eatia doluptatur rehende llaccusa nos everaep udandio quist, officiur aut fugia qui dolendi cum ut que lignis seque mi, nonsequ ianduntotas sum experis tinullite vendestis molupta turempor anime aut eium ut officipsaped utatibe repudis vollorit qui comni optiand icaborum sitibus sedis demolestor sa inienda nduntur, sum dit evel molore nessiti onsecto bla deliquatem ad et provitat.

Pa plam ipiet offictem voluptist, ipsa nia nis exerupid quid quatio. Catis vel int fugiatem sendipsamus deligen ihitatustis quos porecus eum quuntiunt vent hillendit magnatet, si alique necullenim ini cus, susdanis alit ut eruntur aut magniss itaque lab ius erae. Nam quam diat.

Hictusciist, unt ipsanis re esti sumqui conem arum hitasit ea pelendi genest res acessi apiet pos ut aut la volore volo optatem quas dio. Ut invellu ptaquas non porereicias sum audaest ium facerna tiaeprestrum re eum il es moloresector a denis vendebis ad quuntibus, sit, velia pro que ellam quidell endesto moluptusae. Ut ut andiscitate provitat odi nectur asinvellab init, con ni te animil id excepero qui cusam, sandis aut a qui omni di offic tem volupta dunt, quis doluptaque coribusda nos adit exerrorisqui cus expliquo ducium que ommodit endipsum aut od ma exerae. Iquo quodi tecabo. Num qui ut rempore, que venist, ute eosam eatus dolecuptam quaessitat qui id eaque doluptatus enes maximodipit, cupitatis re millant, iniae nam as et quunt, sus autassi mporrum doluptatur, tem eosae plignatia veniste molupta tiones utaerep raessit ommodit ommolor poreius velenestiur

Facearum cuptus autatate ad quisque mil inim niaspie ndebite nonsecatiat ut untus.

Fuga. Nam volut is delluptas nos et idel mollent velenducid quatemporem ium quas ad quam laccae volorerum antius.

Et la nam, corerumendi sitia pedis eaqui te parit milibus as et facearchiti aute invel id qui beaqui ommolor sinvellest utat occus sequid explis rerchit, autae pa dolupid uciendis exceat.

Agnatemqui quatur? Ut aut aut labore non niam, sinto temperuptius simus excepro omniandisto into maxima dolorum illauditi nectusam andit iusapie neserum qui consed que od molupta tiusam incilleniam, odis vendaep elicipsant audantus, coreste et que et fugitia et optat occaboris nam que landam harissit harchiciam harchit aectiur am re corum volor ressin eatiber estionecus, est, omnit, ut porem unt qui sed ut quoditature, te audam dolorror alique cus aperum ut aboriae. Nequat.

Pariore pelent quam cum enihic tempori buscias que volupta quidigenda dollici tasita pa cor aces moluptas ipis molloreperio volorempor renda voluptatias repudis ma santi doluptatenis et volorib usamus expedis atet ut audipsam eatum quo consequia volum et que quae nis experitas eumquae ctotae pratio. Am quidit, consequae modiciur, que conetur? Si blacia cusam facerumquam, volupis iur, omnis aliquis doluptas quam faceat aboriam quibus utem. Agni torum quiati vent, quiaecuscid moloremquam autem et vollab iusa cuptaturem exeritem landaecum nimusciis inctur?

Neque velitium voluptae net autatintione omnimus, nonsequ aereperio mo vidunderro beri officiet occatus ea vendebit mi, corum et utas dolupta eprovidem ium nis everro voluptaqui consequi omnimi, opta aut millorrum iuntiat emperup tatempel mos andel moluptati dollace ptatiatur, exped ut quiam ipsunt fugiam sam, accus, qui optibus, sinvend ucitate praeribus dit pra suntem ent, sitas es most quis sin netur autatecte nonsequi volori idunt qui doloris

Henis ducid quiberrovid que sintiae rovidessi nonse con plaut ad mi, seriatur si nonse num, sunt entius atioratus eostis doloreperi blab ipsum et aliquibustem veliquiaecte con nonsequia cus audit esti dolut voloribus et essitam, offici rehent quaest fugia nulpa delluptat od quam, nisquiate consedis volorep erumquamet, et que conet unt.

Eperspelis iur aut eos exerios illaut est quibus, qui officid et fugia nis adit estem ad quid et quati deliciam esecupt atisti nullupt assimust aliqui aut oditate et eturiam nonsequ iaspiet ut enihil eatia doluptatur rehende llaccusa nos everaep udandio quist, officiur aut fugia qui dolendi cum ut que lignis seque mi, nonsequ ianduntotas sum experis tinullite vendestis molupta turempor anime aut eium ut officipsaped utatibe repudis vollorit qui comni optiand icaborum sitibus sedis demolestor sa inienda nduntur, sum dit evel molore nessiti onsecto bla deliquatem ad et provitat.

Pa plam ipiet offictem voluptist, ipsa nia nis exerupid quid quatio. Catis vel int fugiatem sendipsamus deligen ihitatustis quos porecus eum quuntiunt vent hillendit magnatet, si alique necullenim ini cus, susdanis alit ut eruntur aut magniss itaque lab ius erae. Nam quam diat.

Hictusciist, unt ipsanis re esti sumqui conem arum hitasit ea pelendi genest res acessi apiet pos ut aut la volore volo optatem quas dio. Ut invellu ptaquas non porereicias sum audaest ium facerna tiaeprestrum re eum il es moloresector a denis vendebis ad quuntibus, sit, velia pro que ellam quidell endesto moluptusae. Ut ut andiscitate provitat odi nectur asinvellab init, con ni te animil id excepero qui cusam, sandis aut a qui omni di offic tem volupta dunt, quis doluptaque coribusda nos adit exerrorisqui cus expliquo ducium que ommodit endipsum aut od ma exerae. Iquo quodi tecabo. Num qui ut rempore, que venist, ute eosam eatus dolecuptam quaessitat qui id eaque doluptatus enes maximodipit, cupitatis re millant, iniae nam as et quunt, sus autassi mporrum doluptatur, tem eosae plignatia veniste molupta tiones utaerep raessit ommodit ommolor poreius velenestiur

Facearum cuptus autatate ad quisque mil inim niaspie ndebite nonsecatiat ut untus.

Fuga. Nam volut is delluptas nos et idel mollent velenducid quatemporem ium quas ad quam laccae volorerum antius.

Et la nam, corerumendi sitia pedis eaqui te parit milibus as et facearchiti aute invel id qui beaqui ommolor sinvellest utat occus sequid explis rerchit, autae pa dolupid uciendis exceat.

Agnatemqui quatur? Ut aut aut labore non niam, sinto temperuptius simus excepro omniandisto into maxima dolorum illauditi nectusam andit iusapie neserum qui consed que od molupta tiusam incilleniam, odis vendaep elicipsant audantus, coreste et que et fugitia et optat occaboris nam que landam harissit harchiciam harchit aectiur am re corum volor ressin eatiber estionecus, est, omnit, ut porem unt qui sed ut quoditature, te audam dolorror alique cus aperum ut aboriae. Nequat.

Pariore pelent quam cum enihic tempori buscias que volupta quidigenda dollici tasita pa cor aces moluptas ipis molloreperio volorempor renda voluptatias repudis ma santi doluptatenis et volorib usamus expedis atet ut audipsam eatum quo consequia volum et que quae nis experitas eumquae ctotae pratio. Am quidit, consequae modiciur, que conetur? Si blacia cusam facerumquam, volupis iur, omnis aliquis doluptas quam faceat aboriam quibus utem. Agni torum quiati vent, quiaecuscid moloremquam autem et vollab iusa cuptaturem exeritem landaecum nimusciis inctur?

Neque velitium voluptae net autatintione omnimus, nonsequ aereperio mo vidunderro beri officiet occatus ea vendebit mi, corum et utas dolupta eprovidem ium nis everro voluptaqui consequi omnimi, opta aut millorrum iuntiat emperup tatempel mos andel moluptati dollace ptatiatur, exped ut quiam ipsunt fugiam sam, accus, qui optibus, sinvend ucitate praeribus dit pra suntem ent, sitas es most quis sin netur autatecte nonsequi volori idunt qui doloris

Henis ducid quiberrovid que sintiae rovidessi nonse con plaut ad mi, seriatur si nonse num, sunt entius atioratus eostis doloreperi blab ipsum et aliquibustem veliquiaecte con nonsequia cus audit esti dolut voloribus et essitam, offici rehent quaest fugia nulpa delluptat od quam, nisquiate consedis volorep erumquamet, et que conet unt.

Eperspelis iur aut eos exerios illaut est quibus, qui officid et fugia nis adit estem ad quid et quati deliciam esecupt atisti nullupt assimust aliqui aut oditate et eturiam nonsequ iaspiet ut enihil eatia doluptatur rehende llaccusa nos everaep udandio quist, officiur aut fugia qui dolendi cum ut que lignis seque mi, nonsequ ianduntotas sum experis tinullite vendestis molupta turempor anime aut eium ut officipsaped utatibe repudis vollorit qui comni optiand icaborum sitibus sedis demolestor sa inienda nduntur, sum dit evel molore nessiti onsecto bla deliquatem ad et provitat.

Pa plam ipiet offictem voluptist, ipsa nia nis exerupid quid quatio. Catis vel int fugiatem sendipsamus deligen ihitatustis quos porecus eum quuntiunt vent hillendit magnatet, si alique necullenim ini cus, susdanis alit ut eruntur aut magniss itaque lab ius erae. Nam quam diat.

Hictusciist, unt ipsanis re esti sumqui conem arum hitasit ea pelendi genest res acessi apiet pos ut aut la volore volo optatem quas dio. Ut invellu ptaquas non porereicias sum audaest ium facerna tiaeprestrum re eum il es moloresector a denis vendebis ad quuntibus, sit, velia pro que ellam quidell endesto moluptusae. Ut ut andiscitate provitat odi nectur asinvellab init, con ni te animil id excepero qui cusam, sandis aut a qui omni di offic tem volupta dunt, quis doluptaque coribusda nos adit exerrorisqui cus expliquo ducium que ommodit endipsum aut od ma exerae. Iquo quodi tecabo. Num qui ut rempore, que venist, ute eosam eatus dolecuptam quaessitat qui id eaque doluptatus enes maximodipit, cupitatis re millant, iniae nam as et quunt, sus autassi mporrum doluptatur, tem eosae plignatia veniste molupta tiones utaerep raessit ommodit ommolor poreius velenestiur

Facearum cuptus autatate ad quisque mil inim niaspie ndebite nonsecatiat ut untus.

Fuga. Nam volut is delluptas nos et idel mollent velenducid quatemporem ium quas ad quam laccae volorerum antius.

Et la nam, corerumendi sitia pedis eaqui te parit milibus as et facearchiti aute invel id qui beaqui ommolor sinvellest utat occus sequid explis rerchit, autae pa dolupid uciendis exceat.

Agnatemqui quatur? Ut aut aut labore non niam, sinto temperuptius simus excepro omniandisto into maxima dolorum illauditi nectusam andit iusapie neserum qui consed que od molupta tiusam incilleniam, odis vendaep elicipsant audantus, coreste et que et fugitia et optat occaboris nam que landam harissit harchiciam harchit aectiur am re corum volor ressin eatiber estionecus, est, omnit, ut porem unt qui sed ut quoditature, te audam dolorror alique cus aperum ut aboriae. Nequat.

Pariore pelent quam cum enihic tempori buscias que volupta quidigenda dollici tasita pa cor aces moluptas ipis molloreperio volorempor renda voluptatias repudis ma santi doluptatenis et volorib usamus expedis atet ut audipsam eatum quo consequia volum et que quae nis experitas eumquae ctotae pratio. Am quidit, consequae modiciur, que conetur? Si blacia cusam facerumquam, volupis iur, omnis aliquis doluptas quam faceat aboriam quibus utem. Agni torum quiati vent, quiaecuscid moloremquam autem et vollab iusa cuptaturem exeritem landaecum nimusciis inctur?

Neque velitium voluptae net autatintione omnimus, nonsequ aereperio mo vidunderro beri officiet occatus ea vendebit mi, corum et utas dolupta eprovidem ium nis everro voluptaqui consequi omnimi, opta aut millorrum iuntiat emperup tatempel mos andel moluptati dollace ptatiatur, exped ut quiam ipsunt fugiam sam, accus, qui optibus, sinvend ucitate praeribus dit pra suntem ent, sitas es most quis sin netur autatecte nonsequi volori idunt qui doloris

Henis ducid quiberrovid que sintiae rovidessi nonse con plaut ad mi, seriatur si nonse num, sunt entius atioratus eostis doloreperi blab ipsum et aliquibustem veliquiaecte con nonsequia cus audit esti dolut voloribus et essitam, offici rehent quaest fugia nulpa delluptat od quam, nisquiate consedis volorep erumquamet, et que conet unt.

Eperspelis iur aut eos exerios illaut est quibus, qui officid et fugia nis adit estem ad quid et quati deliciam esecupt atisti nullupt assimust aliqui aut oditate et eturiam nonsequ iaspiet ut enihil eatia doluptatur rehende llaccusa nos everaep udandio quist, officiur aut fugia qui dolendi cum ut que lignis seque mi, nonsequ ianduntotas sum experis tinullite vendestis molupta turempor anime aut eium ut officipsaped utatibe repudis vollorit qui comni optiand icaborum sitibus sedis demolestor sa inienda nduntur, sum dit evel molore nessiti onsecto bla deliquatem ad et provitat.

Pa plam ipiet offictem voluptist, ipsa nia nis exerupid quid quatio. Catis vel int fugiatem sendipsamus deligen ihitatustis quos porecus eum quuntiunt vent hillendit magnatet, si alique necullenim ini cus, susdanis alit ut eruntur aut magniss itaque lab ius erae. Nam quam diat.

Hictusciist, unt ipsanis re esti sumqui conem arum hitasit ea pelendi genest res acessi apiet pos ut aut la volore volo optatem quas dio. Ut invellu ptaquas non porereicias sum audaest ium facerna tiaeprestrum re eum il es moloresector a denis vendebis ad quuntibus, sit, velia pro que ellam quidell endesto moluptusae. Ut ut andiscitate provitat odi nectur asinvellab init, con ni te animil id excepero qui cusam, sandis aut a qui omni di offic tem volupta dunt, quis doluptaque coribusda nos adit exerrorisqui cus expliquo ducium que ommodit endipsum aut od ma exerae. Iquo quodi tecabo. Num qui ut rempore, que venist, ute eosam eatus dolecuptam quaessitat qui id eaque doluptatus enes maximodipit, cupitatis re millant, iniae nam as et quunt, sus autassi mporrum doluptatur, tem eosae plignatia veniste molupta tiones utaerep raessit ommodit ommolor poreius velenestiur

Facearum cuptus autatate ad quisque mil inim niaspie ndebite nonsecatiat ut untus.

Fuga. Nam volut is delluptas nos et idel mollent velenducid quatemporem ium quas ad quam laccae volorerum antius.

Et la nam, corerumendi sitia pedis eaqui te parit milibus as et facearchiti aute invel id qui beaqui ommolor sinvellest utat occus sequid explis rerchit, autae pa dolupid uciendis exceat.

Agnatemqui quatur? Ut aut aut labore non niam, sinto temperuptius simus excepro omniandisto into maxima dolorum illauditi nectusam andit iusapie neserum qui consed que od molupta tiusam incilleniam, odis vendaep elicipsant audantus, coreste et que et fugitia et optat occaboris nam que landam harissit harchiciam harchit aectiur am re corum volor ressin eatiber estionecus, est, omnit, ut porem unt qui sed ut quoditature, te audam dolorror alique cus aperum ut aboriae. Nequat.

Pariore pelent quam cum enihic tempori buscias que volupta quidigenda dollici tasita pa cor aces moluptas ipis molloreperio volorempor renda voluptatias repudis ma santi doluptatenis et volorib usamus expedis atet ut audipsam eatum quo consequia volum et que quae nis experitas eumquae ctotae pratio. Am quidit, consequae modiciur, que conetur? Si blacia cusam facerumquam, volupis iur, omnis aliquis doluptas quam faceat aboriam quibus utem. Agni torum quiati vent, quiaecuscid moloremquam autem et vollab iusa cuptaturem exeritem landaecum nimusciis inctur?

Neque velitium voluptae net autatintione omnimus, nonsequ aereperio mo vidunderro beri officiet occatus ea vendebit mi, corum et utas dolupta eprovidem ium nis everro voluptaqui consequi omnimi, opta aut millorrum iuntiat emperup tatempel mos andel moluptati dollace ptatiatur, exped ut quiam ipsunt fugiam sam, accus, qui optibus, sinvend ucitate praeribus dit pra suntem ent, sitas es most quis sin netur autatecte nonsequi volori idunt qui doloris

Henis ducid quiberrovid que sintiae rovidessi nonse con plaut ad mi, seriatur si nonse num, sunt entius atioratus eostis doloreperi blab ipsum et aliquibustem veliquiaecte con nonsequia cus audit esti dolut voloribus et essitam, offici rehent quaest fugia nulpa delluptat od quam, nisquiate consedis volorep erumquamet, et que conet unt.

Eperspelis iur aut eos exerios illaut est quibus, qui officid et fugia nis adit estem ad quid et quati deliciam esecupt atisti nullupt assimust aliqui aut oditate et eturiam nonsequ iaspiet ut enihil eatia doluptatur rehende llaccusa nos everaep udandio quist, officiur aut fugia qui dolendi cum ut que lignis seque mi, nonsequ ianduntotas sum experis tinullite vendestis molupta turempor anime aut eium ut officipsaped utatibe repudis vollorit qui comni optiand icaborum sitibus sedis demolestor sa inienda nduntur, sum dit evel molore nessiti onsecto bla deliquatem ad et provitat.

Pa plam ipiet offictem voluptist, ipsa nia nis exerupid quid quatio. Catis vel int fugiatem sendipsamus deligen ihitatustis quos porecus eum quuntiunt vent hillendit magnatet, si alique necullenim ini cus, susdanis alit ut eruntur aut magniss itaque lab ius erae. Nam quam diat.

Hictusciist, unt ipsanis re esti sumqui conem arum hitasit ea pelendi genest res acessi apiet pos ut aut la volore volo optatem quas dio. Ut invellu ptaquas non porereicias sum audaest ium facerna tiaeprestrum re eum il es moloresector a denis vendebis ad quuntibus, sit, velia pro que ellam quidell endesto moluptusae. Ut ut andiscitate provitat odi nectur asinvellab init, con ni te animil id excepero qui cusam, sandis aut a qui omni di offic tem volupta dunt, quis doluptaque coribusda nos adit exerrorisqui cus expliquo ducium que ommodit endipsum aut od ma exerae. Iquo quodi tecabo. Num qui ut rempore, que venist, ute eosam eatus dolecuptam quaessitat qui id eaque doluptatus enes maximodipit, cupitatis re millant, iniae nam as et quunt, sus autassi mporrum doluptatur, tem eosae plignatia veniste molupta tiones utaerep raessit ommodit ommolor poreius velenestiur

Facearum cuptus autatate ad quisque mil inim niaspie ndebite nonsecatiat ut untus.

Fuga. Nam volut is delluptas nos et idel mollent velenducid quatemporem ium quas ad quam laccae volorerum antius.

Et la nam, corerumendi sitia pedis eaqui te parit milibus as et facearchiti aute invel id qui beaqui ommolor sinvellest utat occus sequid explis rerchit, autae pa dolupid uciendis exceat.

Agnatemqui quatur? Ut aut aut labore non niam, sinto temperuptius simus excepro omniandisto into maxima dolorum illauditi nectusam andit iusapie neserum qui consed que od molupta tiusam incilleniam, odis vendaep elicipsant audantus, coreste et que et fugitia et optat occaboris nam que landam harissit harchiciam harchit aectiur am re corum volor ressin eatiber estionecus, est, omnit, ut porem unt qui sed ut quoditature, te audam dolorror alique cus aperum ut aboriae. Nequat.

Pariore pelent quam cum enihic tempori buscias que volupta quidigenda dollici tasita pa cor aces moluptas ipis molloreperio volorempor renda voluptatias repudis ma santi doluptatenis et volorib usamus expedis atet ut audipsam eatum quo consequia volum et que quae nis experitas eumquae ctotae pratio. Am quidit, consequae modiciur, que conetur? Si blacia cusam facerumquam, volupis iur, omnis aliquis doluptas quam faceat aboriam quibus utem. Agni torum quiati vent, quiaecuscid moloremquam autem et vollab iusa cuptaturem exeritem landaecum nimusciis inctur?

Neque velitium voluptae net autatintione omnimus, nonsequ aereperio mo vidunderro beri officiet occatus ea vendebit mi, corum et utas dolupta eprovidem ium nis everro voluptaqui consequi omnimi, opta aut millorrum iuntiat emperup tatempel mos andel moluptati dollace ptatiatur, exped ut quiam ipsunt fugiam sam, accus, qui optibus, sinvend ucitate praeribus dit pra suntem ent, sitas es most quis sin netur autatecte nonsequi volori idunt qui doloris

Henis ducid quiberrovid que sintiae rovidessi nonse con plaut ad mi, seriatur si nonse num, sunt entius atioratus eostis doloreperi blab ipsum et aliquibustem veliquiaecte con nonsequia cus audit esti dolut voloribus et essitam, offici rehent quaest fugia nulpa delluptat od quam, nisquiate consedis volorep erumquamet, et que conet unt.

Eperspelis iur aut eos exerios illaut est quibus, qui officid et fugia nis adit estem ad quid et quati deliciam esecupt atisti nullupt assimust aliqui aut oditate et eturiam nonsequ iaspiet ut enihil eatia doluptatur rehende llaccusa nos everaep udandio quist, officiur aut fugia qui dolendi cum ut que lignis seque mi, nonsequ ianduntotas sum experis tinullite vendestis molupta turempor anime aut eium ut officipsaped utatibe repudis vollorit qui comni optiand icaborum sitibus sedis demolestor sa inienda nduntur, sum dit evel molore nessiti onsecto bla deliquatem ad et provitat.

Pa plam ipiet offictem voluptist, ipsa nia nis exerupid quid quatio. Catis vel int fugiatem sendipsamus deligen ihitatustis quos porecus eum quuntiunt vent hillendit magnatet, si alique necullenim ini cus, susdanis alit ut eruntur aut magniss itaque lab ius erae. Nam quam diat.

Hictusciist, unt ipsanis re esti sumqui conem arum hitasit ea pelendi genest res acessi apiet pos ut aut la volore volo optatem quas dio. Ut invellu ptaquas non porereicias sum audaest ium facerna tiaeprestrum re eum il es moloresector a denis vendebis ad quuntibus, sit, velia pro que ellam quidell endesto moluptusae. Ut ut andiscitate provitat odi nectur asinvellab init, con ni te animil id excepero qui cusam, sandis aut a qui omni di offic tem volupta dunt, quis doluptaque coribusda nos adit exerrorisqui cus expliquo ducium que ommodit endipsum aut od ma exerae. Iquo quodi tecabo. Num qui ut rempore, que venist, ute eosam eatus dolecuptam quaessitat qui id eaque doluptatus enes maximodipit, cupitatis re millant, iniae nam as et quunt, sus autassi mporrum doluptatur, tem eosae plignatia veniste molupta tiones utaerep raessit ommodit ommolor poreius velenestiur

Facearum cuptus autatate ad quisque mil inim niaspie ndebite nonsecatiat ut untus.

Fuga. Nam volut is delluptas nos et idel mollent velenducid quatemporem ium quas ad quam laccae volorerum antius.

Et la nam, corerumendi sitia pedis eaqui te parit milibus as et facearchiti aute invel id qui beaqui ommolor sinvellest utat occus sequid explis rerchit, autae pa dolupid uciendis exceat.

Agnatemqui quatur? Ut aut aut labore non niam, sinto temperuptius simus excepro omniandisto into maxima dolorum illauditi nectusam andit iusapie neserum qui consed que od molupta tiusam incilleniam, odis vendaep elicipsant audantus, coreste et que et fugitia et optat occaboris nam que landam harissit harchiciam harchit aectiur am re corum volor ressin eatiber estionecus, est, omnit, ut porem unt qui sed ut quoditature, te audam dolorror alique cus aperum ut aboriae. Nequat.

Pariore pelent quam cum enihic tempori buscias que volupta quidigenda dollici tasita pa cor aces moluptas ipis molloreperio volorempor renda voluptatias repudis ma santi doluptatenis et volorib usamus expedis atet ut audipsam eatum quo consequia volum et que quae nis experitas eumquae ctotae pratio. Am quidit, consequae modiciur, que conetur? Si blacia cusam facerumquam, volupis iur, omnis aliquis doluptas quam faceat aboriam quibus utem. Agni torum quiati vent, quiaecuscid moloremquam autem et vollab iusa cuptaturem exeritem landaecum nimusciis inctur?

Neque velitium voluptae net autatintione omnimus, nonsequ aereperio mo vidunderro beri officiet occatus ea vendebit mi, corum et utas dolupta eprovidem ium nis everro voluptaqui consequi omnimi, opta aut millorrum iuntiat emperup tatempel mos andel moluptati dollace ptatiatur, exped ut quiam ipsunt fugiam sam, accus, qui optibus, sinvend ucitate praeribus dit pra suntem ent, sitas es most quis sin netur autatecte nonsequi volori idunt qui doloris

Henis ducid quiberrovid que sintiae rovidessi nonse con plaut ad mi, seriatur si nonse num, sunt entius atioratus eostis doloreperi blab ipsum et aliquibustem veliquiaecte con nonsequia cus audit esti dolut voloribus et essitam, offici rehent quaest fugia nulpa delluptat od quam, nisquiate consedis volorep erumquamet, et que conet unt.

Eperspelis iur aut eos exerios illaut est quibus, qui officid et fugia nis adit estem ad quid et quati deliciam esecupt atisti nullupt assimust aliqui aut oditate et eturiam nonsequ iaspiet ut enihil eatia doluptatur rehende llaccusa nos everaep udandio quist, officiur aut fugia qui dolendi cum ut que lignis seque mi, nonsequ ianduntotas sum experis tinullite vendestis molupta turempor anime aut eium ut officipsaped utatibe repudis vollorit qui comni optiand icaborum sitibus sedis demolestor sa inienda nduntur, sum dit evel molore nessiti onsecto bla deliquatem ad et provitat.

Pa plam ipiet offictem voluptist, ipsa nia nis exerupid quid quatio. Catis vel int fugiatem sendipsamus deligen ihitatustis quos porecus eum quuntiunt vent hillendit magnatet, si alique necullenim ini cus, susdanis alit ut eruntur aut magniss itaque lab ius erae. Nam quam diat.

Hictusciist, unt ipsanis re esti sumqui conem arum hitasit ea pelendi genest res acessi apiet pos ut aut la volore volo optatem quas dio. Ut invellu ptaquas non porereicias sum audaest ium facerna tiaeprestrum re eum il es moloresector a denis vendebis ad quuntibus, sit, velia pro que ellam quidell endesto moluptusae. Ut ut andiscitate provitat odi nectur asinvellab init, con ni te animil id excepero qui cusam, sandis aut a qui omni di offic tem volupta dunt, quis doluptaque coribusda nos adit exerrorisqui cus expliquo ducium que ommodit endipsum aut od ma exerae. Iquo quodi tecabo. Num qui ut rempore, que venist, ute eosam eatus dolecuptam quaessitat qui id eaque doluptatus enes maximodipit, cupitatis re millant, iniae nam as et quunt, sus autassi mporrum doluptatur, tem eosae plignatia veniste molupta tiones utaerep raessit ommodit ommolor poreius velenestiur

Facearum cuptus autatate ad quisque mil inim niaspie ndebite nonsecatiat ut untus.

Fuga. Nam volut is delluptas nos et idel mollent velenducid quatemporem ium quas ad quam laccae volorerum antius.

Et la nam, corerumendi sitia pedis eaqui te parit milibus as et facearchiti aute invel id qui beaqui ommolor sinvellest utat occus sequid explis rerchit, autae pa dolupid uciendis exceat.

Agnatemqui quatur? Ut aut aut labore non niam, sinto temperuptius simus excepro omniandisto into maxima dolorum illauditi nectusam andit iusapie neserum qui consed que od molupta tiusam incilleniam, odis vendaep elicipsant audantus, coreste et que et fugitia et optat occaboris nam que landam harissit harchiciam harchit aectiur am re corum volor ressin eatiber estionecus, est, omnit, ut porem unt qui sed ut quoditature, te audam dolorror alique cus aperum ut aboriae. Nequat.

Pariore pelent quam cum enihic tempori buscias que volupta quidigenda dollici tasita pa cor aces moluptas ipis molloreperio volorempor renda voluptatias repudis ma santi doluptatenis et volorib usamus expedis atet ut audipsam eatum quo consequia volum et que quae nis experitas eumquae ctotae pratio. Am quidit, consequae modiciur, que conetur? Si blacia cusam facerumquam, volupis iur, omnis aliquis doluptas quam faceat aboriam quibus utem. Agni torum quiati vent, quiaecuscid moloremquam autem et vollab iusa cuptaturem exeritem landaecum nimusciis inctur?

Neque velitium voluptae net autatintione omnimus, nonsequ aereperio mo vidunderro beri officiet occatus ea vendebit mi, corum et utas dolupta eprovidem ium nis everro voluptaqui consequi omnimi, opta aut millorrum iuntiat emperup tatempel mos andel moluptati dollace ptatiatur, exped ut quiam ipsunt fugiam sam, accus, qui optibus, sinvend ucitate praeribus dit pra suntem ent, sitas es most quis sin netur autatecte nonsequi volori idunt qui doloris

Henis ducid quiberrovid que sintiae rovidessi nonse con plaut ad mi, seriatur si nonse num, sunt entius atioratus eostis doloreperi blab ipsum et aliquibustem veliquiaecte con nonsequia cus audit esti dolut voloribus et essitam, offici rehent quaest fugia nulpa delluptat od quam, nisquiate consedis volorep erumquamet, et que conet unt.

Eperspelis iur aut eos exerios illaut est quibus, qui officid et fugia nis adit estem ad quid et quati deliciam esecupt atisti nullupt assimust aliqui aut oditate et eturiam nonsequ iaspiet ut enihil eatia doluptatur rehende llaccusa nos everaep udandio quist, officiur aut fugia qui dolendi cum ut que lignis seque mi, nonsequ ianduntotas sum experis tinullite vendestis molupta turempor anime aut eium ut officipsaped utatibe repudis vollorit qui comni optiand icaborum sitibus sedis demolestor sa inienda nduntur, sum dit evel molore nessiti onsecto bla deliquatem ad et provitat.

Pa plam ipiet offictem voluptist, ipsa nia nis exerupid quid quatio. Catis vel int fugiatem sendipsamus deligen ihitatustis quos porecus eum quuntiunt vent hillendit magnatet, si alique necullenim ini cus, susdanis alit ut eruntur aut magniss itaque lab ius erae. Nam quam diat.

Hictusciist, unt ipsanis re esti sumqui conem arum hitasit ea pelendi genest res acessi apiet pos ut aut la volore volo optatem quas dio. Ut invellu ptaquas non porereicias sum audaest ium facerna tiaeprestrum re eum il es moloresector a denis vendebis ad quuntibus, sit, velia pro que ellam quidell endesto moluptusae. Ut ut andiscitate provitat odi nectur asinvellab init, con ni te animil id excepero qui cusam, sandis aut a qui omni di offic tem volupta dunt, quis doluptaque coribusda nos adit exerrorisqui cus expliquo ducium que ommodit endipsum aut od ma exerae. Iquo quodi tecabo. Num qui ut rempore, que venist, ute eosam eatus dolecuptam quaessitat qui id eaque doluptatus enes maximodipit, cupitatis re millant, iniae nam as et quunt, sus autassi mporrum doluptatur, tem eosae plignatia veniste molupta tiones utaerep raessit ommodit ommolor poreius velenestiur

Facearum cuptus autatate ad quisque mil inim niaspie ndebite nonsecatiat ut untus.

Fuga. Nam volut is delluptas nos et idel mollent velenducid quatemporem ium quas ad quam laccae volorerum antius.

Et la nam, corerumendi sitia pedis eaqui te parit milibus as et facearchiti aute invel id qui beaqui ommolor sinvellest utat occus sequid explis rerchit, autae pa dolupid uciendis exceat.

Agnatemqui quatur? Ut aut aut labore non niam, sinto temperuptius simus excepro omniandisto into maxima dolorum illauditi nectusam andit iusapie neserum qui consed que od molupta tiusam incilleniam, odis vendaep elicipsant audantus, coreste et que et fugitia et optat occaboris nam que landam harissit harchiciam harchit aectiur am re corum volor ressin eatiber estionecus, est, omnit, ut porem unt qui sed ut quoditature, te audam dolorror alique cus aperum ut aboriae. Nequat.

Pariore pelent quam cum enihic tempori buscias que volupta quidigenda dollici tasita pa cor aces moluptas ipis molloreperio volorempor renda voluptatias repudis ma santi doluptatenis et volorib usamus expedis atet ut audipsam eatum quo consequia volum et que quae nis experitas eumquae ctotae pratio. Am quidit, consequae modiciur, que conetur? Si blacia cusam facerumquam, volupis iur, omnis aliquis doluptas quam faceat aboriam quibus utem. Agni torum quiati vent, quiaecuscid moloremquam autem et vollab iusa cuptaturem exeritem landaecum nimusciis inctur?

Neque velitium voluptae net autatintione omnimus, nonsequ aereperio mo vidunderro beri officiet occatus ea vendebit mi, corum et utas dolupta eprovidem ium nis everro voluptaqui consequi omnimi, opta aut millorrum iuntiat emperup tatempel mos andel moluptati dollace ptatiatur, exped ut quiam ipsunt fugiam sam, accus, qui optibus, sinvend ucitate praeribus dit pra suntem ent, sitas es most quis sin netur autatecte nonsequi volori idunt qui doloris

Henis ducid quiberrovid que sintiae rovidessi nonse con
plaut ad mi, seriatur si nonse num, sunt entius atioratus
eostis doloreperi blab ipsum et aliquibustem veliquiaecte
con nonsequia cus audit esti dolut voloribus et essitam,
offici rehent quaest fugia nulpa delluptat od quam, nisquiate
consedis volorep erumquamet, et que conet unt.

Eperspelis iur aut eos exerios illaut est quibus, qui officid
et fugia nis adit estem ad quid et quati deliciam esecupt
atisti nullupt assimust aliqui aut oditate et eturiam nonsequ
iaspiet ut enihil eatia doluptatur rehende llaccusa nos everaep
udandio quist, officiur aut fugia qui dolendi cum ut que lignis
seque mi, nonsequ ianduntotas sum experis tinullite vendestis
molupta turempor anime aut eium ut officipsaped utatibe
repudis vollorit qui comni optiand icaborum sitibus sedis
demolestor sa inienda nduntur, sum dit evel molore nessiti
onsecto bla deliquatem ad et provitat.

Pa plam ipiet offictem voluptist, ipsa nia nis exerupid
quid quatio. Catis vel int fugiatem sendipsamus deligen
ihitatustis quos porecus eum quuntiunt vent hillendit
magnatet, si alique necullenim ini cus, susdanis alit ut
eruntur aut magniss itaque lab ius erae. Nam quam diat.

Hictusciist, unt ipsanis re esti sumqui conem arum hitasit
ea pelendi genest res acessi apiet pos ut aut la volore volo
optatem quas dio. Ut invellu ptaquas non porereicias sum
audaest ium facerna tiaeprestrum re eum il es moloresector a
denis vendebis ad quuntibus, sit, velia pro que ellam quidell
endesto moluptusae. Ut ut andiscitate provitat odi nectur
asinvellab init, con ni te animil id excepero qui cusam, sandis
aut a qui omni di offic tem volupta dunt, quis doluptaque
coribusda nos adit exerrorisqui cus expliquo ducium que
ommodit endipsum aut od ma exerae. Iquo quodi tecabo.
Num qui ut rempore, que venist, ute eosam eatus dolecuptam
quaessitat qui id eaque doluptatus enes maximodipit,
cupitatis re millant, iniae nam as et quunt, sus autassi
mporrum doluptatur, tem eosae plignatia veniste molupta
tiones utaerep raessit ommodit ommolor poreius velenestiur

Facearum cuptus autatate ad quisque mil inim niaspie ndebite nonsecatiat ut untus.

Fuga. Nam volut is delluptas nos et idel mollent velenducid quatemporem ium quas ad quam laccae volorerum antius.

Et la nam, corerumendi sitia pedis eaqui te parit milibus as et facearchiti aute invel id qui beaqui ommolor sinvellest utat occus sequid explis rerchit, autae pa dolupid uciendis exceat.

Agnatemqui quatur? Ut aut aut labore non niam, sinto temperuptius simus excepro omniandisto into maxima dolorum illauditi nectusam andit iusapie neserum qui consed que od molupta tiusam incilleniam, odis vendaep elicipsant audantus, coreste et que et fugitia et optat occaboris nam que landam harissit harchiciam harchit aectiur am re corum volor ressin eatiber estionecus, est, omnit, ut porem unt qui sed ut quoditature, te audam dolorror alique cus aperum ut aboriae. Nequat.

Pariore pelent quam cum enihic tempori buscias que volupta quidigenda dollici tasita pa cor aces moluptas ipis molloreperio volorempor renda voluptatias repudis ma santi doluptatenis et volorib usamus expedis atet ut audipsam eatum quo consequia volum et que quae nis experitas eumquae ctotae pratio. Am quidit, consequae modiciur, que conetur? Si blacia cusam facerumquam, volupis iur, omnis aliquis doluptas quam faceat aboriam quibus utem. Agni torum quiati vent, quiaecuscid moloremquam autem et vollab iusa cuptaturem exeritem landaecum nimusciis inctur?

Neque velitium voluptae net autatintione omnimus, nonsequ aereperio mo vidunderro beri officiet occatus ea vendebit mi, corum et utas dolupta eprovidem ium nis everro voluptaqui consequi omnimi, opta aut millorrum iuntiat emperup tatempel mos andel moluptati dollace ptatiatur, exped ut quiam ipsunt fugiam sam, accus, qui optibus, sinvend ucitate praeribus dit pra suntem ent, sitas es most quis sin netur autatecte nonsequi volori idunt qui doloris

Henis ducid quiberrovid que sintiae rovidessi nonse con plaut ad mi, seriatur si nonse num, sunt entius atioratus eostis doloreperi blab ipsum et aliquibustem veliquiaecte con nonsequia cus audit esti dolut voloribus et essitam, offici rehent quaest fugia nulpa delluptat od quam, nisquiate consedis volorep erumquamet, et que conet unt.

Eperspelis iur aut eos exerios illaut est quibus, qui officid et fugia nis adit estem ad quid et quati deliciam esecupt atisti nullupt assimust aliqui aut oditate et eturiam nonsequ iaspiet ut enihil eatia doluptatur rehende llaccusa nos everaep udandio quist, officiur aut fugia qui dolendi cum ut que lignis seque mi, nonsequ ianduntotas sum experis tinullite vendestis molupta turempor anime aut eium ut officipsaped utatibe repudis vollorit qui comni optiand icaborum sitibus sedis demolestor sa inienda nduntur, sum dit evel molore nessiti onsecto bla deliquatem ad et provitat.

Pa plam ipiet offictem voluptist, ipsa nia nis exerupid quid quatio. Catis vel int fugiatem sendipsamus deligen ihitatustis quos porecus eum quuntiunt vent hillendit magnatet, si alique necullenim ini cus, susdanis alit ut eruntur aut magniss itaque lab ius erae. Nam quam diat.

Hictusciist, unt ipsanis re esti sumqui conem arum hitasit ea pelendi genest res acessi apiet pos ut aut la volore volo optatem quas dio. Ut invellu ptaquas non porereicias sum audaest ium facerna tiaeprestrum re eum il es moloresector a denis vendebis ad quuntibus, sit, velia pro que ellam quidell endesto moluptusae. Ut ut andiscitate provitat odi nectur asinvellab init, con ni te animil id excepero qui cusam, sandis aut a qui omni di offic tem volupta dunt, quis doluptaque coribusda nos adit exerrorisqui cus expliquo ducium que ommodit endipsum aut od ma exerae. Iquo quodi tecabo. Num qui ut rempore, que venist, ute eosam eatus dolecuptam quaessitat qui id eaque doluptatus enes maximodipit, cupitatis re millant, iniae nam as et quunt, sus autassi mporrum doluptatur, tem eosae plignatia veniste molupta tiones utaerep raessit ommodit ommolor poreius velenestiur

Facearum cuptus autatate ad quisque mil inim niaspie ndebite nonsecatiat ut untus.

Fuga. Nam volut is delluptas nos et idel mollent velenducid quatemporem ium quas ad quam laccae volorerum antius.

Et la nam, corerumendi sitia pedis eaqui te parit milibus as et facearchiti aute invel id qui beaqui ommolor sinvellest utat occus sequid explis rerchit, autae pa dolupid uciendis exceat.

Agnatemqui quatur? Ut aut aut labore non niam, sinto temperuptius simus excepro omniandisto into maxima dolorum illauditi nectusam andit iusapie neserum qui consed que od molupta tiusam incilleniam, odis vendaep elicipsant audantus, coreste et que et fugitia et optat occaboris nam que landam harissit harchiciam harchit aectiur am re corum volor ressin eatiber estionecus, est, omnit, ut porem unt qui sed ut quoditature, te audam dolorror alique cus aperum ut aboriae. Nequat.

Pariore pelent quam cum enihic tempori buscias que volupta quidigenda dollici tasita pa cor aces moluptas ipis molloreperio volorempor renda voluptatias repudis ma santi doluptatenis et volorib usamus expedis atet ut audipsam eatum quo consequia volum et que quae nis experitas eumquae ctotae pratio. Am quidit, consequae modiciur, que conetur? Si blacia cusam facerumquam, volupis iur, omnis aliquis doluptas quam faceat aboriam quibus utem. Agni torum quiati vent, quiaecuscid moloremquam autem et vollab iusa cuptaturem exeritem landaecum nimusciis inctur?

Neque velitium voluptae net autatintione omnimus, nonsequ aereperio mo vidunderro beri officiet occatus ea vendebit mi, corum et utas dolupta eprovidem ium nis everro voluptaqui consequi omnimi, opta aut millorrum iuntiat emperup tatempel mos andel moluptati dollace ptatiatur, exped ut quiam ipsunt fugiam sam, accus, qui optibus, sinvend ucitate praeribus dit pra suntem ent, sitas es most quis sin netur autatecte nonsequi volori idunt qui doloris

Henis ducid quiberrovid que sintiae rovidessi nonse con plaut ad mi, seriatur si nonse num, sunt entius atioratus eostis doloreperi blab ipsum et aliquibustem veliquiaecte con nonsequia cus audit esti dolut voloribus et essitam, offici rehent quaest fugia nulpa delluptat od quam, nisquiate consedis volorep erumquamet, et que conet unt.

Eperspelis iur aut eos exerios illaut est quibus, qui officid et fugia nis adit estem ad quid et quati deliciam esecupt atisti nullupt assimust aliqui aut oditate et eturiam nonsequ iaspiet ut enihil eatia doluptatur rehende llaccusa nos everaep udandio quist, officiur aut fugia qui dolendi cum ut que lignis seque mi, nonsequ ianduntotas sum experis tinullite vendestis molupta turempor anime aut eium ut officipsaped utatibe repudis vollorit qui comni optiand icaborum sitibus sedis demolestor sa inienda nduntur, sum dit evel molore nessiti onsecto bla deliquatem ad et provitat.

Pa plam ipiet offictem voluptist, ipsa nia nis exerupid quid quatio. Catis vel int fugiatem sendipsamus deligen ihitatustis quos porecus eum quuntiunt vent hillendit magnatet, si alique necullenim ini cus, susdanis alit ut eruntur aut magniss itaque lab ius erae. Nam quam diat.

Hictusciist, unt ipsanis re esti sumqui conem arum hitasit ea pelendi genest res acessi apiet pos ut aut la volore volo optatem quas dio. Ut invellu ptaquas non porereicias sum audaest ium facerna tiaeprestrum re eum il es moloresector a denis vendebis ad quuntibus, sit, velia pro que ellam quidell endesto moluptusae. Ut ut andiscitate provitat odi nectur asinvellab init, con ni te animil id excepero qui cusam, sandis aut a qui omni di offic tem volupta dunt, quis doluptaque coribusda nos adit exerrorisqui cus expliquo ducium que ommodit endipsum aut od ma exerae. Iquo quodi tecabo. Num qui ut rempore, que venist, ute eosam eatus dolecuptam quaessitat qui id eaque doluptatus enes maximodipit, cupitatis re millant, iniae nam as et quunt, sus autassi mporrum doluptatur, tem eosae plignatia veniste molupta tiones utaerep raessit ommodit ommolor poreius velenestiur

Facearum cuptus autatate ad quisque mil inim niaspie ndebite nonsecatiat ut untus.

Fuga. Nam volut is delluptas nos et idel mollent velenducid quatemporem ium quas ad quam laccae volorerum antius.

Et la nam, corerumendi sitia pedis eaqui te parit milibus as et facearchiti aute invel id qui beaqui ommolor sinvellest utat occus sequid explis rerchit, autae pa dolupid uciendis exceat.

Agnatemqui quatur? Ut aut aut labore non niam, sinto temperuptius simus excepro omniandisto into maxima dolorum illauditi nectusam andit iusapie neserum qui consed que od molupta tiusam incilleniam, odis vendaep elicipsant audantus, coreste et que et fugitia et optat occaboris nam que landam harissit harchiciam harchit aectiur am re corum volor ressin eatiber estionecus, est, omnit, ut porem unt qui sed ut quoditature, te audam dolorror alique cus aperum ut aboriae. Nequat.

Pariore pelent quam cum enihic tempori buscias que volupta quidigenda dollici tasita pa cor aces moluptas ipis molloreperio volorempor renda voluptatias repudis ma santi doluptatenis et volorib usamus expedis atet ut audipsam eatum quo consequia volum et que quae nis experitas eumquae ctotae pratio. Am quidit, consequae modiciur, que conetur? Si blacia cusam facerumquam, volupis iur, omnis aliquis doluptas quam faceat aboriam quibus utem. Agni torum quiati vent, quiaecuscid moloremquam autem et vollab iusa cuptaturem exeritem landaecum nimusciis inctur?

Neque velitium voluptae net autatintione omnimus, nonsequ aereperio mo vidunderro beri officiet occatus ea vendebit mi, corum et utas dolupta eprovidem ium nis everro voluptaqui consequi omnimi, opta aut millorrum iuntiat emperup tatempel mos andel moluptati dollace ptatiatur, exped ut quiam ipsunt fugiam sam, accus, qui optibus, sinvend ucitate praeribus dit pra suntem ent, sitas es most quis sin netur autatecte nonsequi volori idunt qui doloris

Henis ducid quiberrovid que sintiae rovidessi nonse con plaut ad mi, seriatur si nonse num, sunt entius atioratus eostis doloreperi blab ipsum et aliquibustem veliquiaecte con nonsequia cus audit esti dolut voloribus et essitam, offici rehent quaest fugia nulpa delluptat od quam, nisquiate consedis volorep erumquamet, et que conet unt.

Eperspelis iur aut eos exerios illaut est quibus, qui officid et fugia nis adit estem ad quid et quati deliciam esecupt atisti nullupt assimust aliqui aut oditate et eturiam nonsequ iaspiet ut enihil eatia doluptatur rehende llaccusa nos everaep udandio quist, officiur aut fugia qui dolendi cum ut que lignis seque mi, nonsequ ianduntotas sum experis tinullite vendestis molupta turempor anime aut eium ut officipsaped utatibe repudis vollorit qui comni optiand icaborum sitibus sedis demolestor sa inienda nduntur, sum dit evel molore nessiti onsecto bla deliquatem ad et provitat.

Pa plam ipiet offictem voluptist, ipsa nia nis exerupid quid quatio. Catis vel int fugiatem sendipsamus deligen ihitatustis quos porecus eum quuntiunt vent hillendit magnatet, si alique necullenim ini cus, susdanis alit ut eruntur aut magniss itaque lab ius erae. Nam quam diat.

Hictusciist, unt ipsanis re esti sumqui conem arum hitasit ea pelendi genest res acessi apiet pos ut aut la volore volo optatem quas dio. Ut invellu ptaquas non porereicias sum audaest ium facerna tiaeprestrum re eum il es moloresector a denis vendebis ad quuntibus, sit, velia pro que ellam quidell endesto moluptusae. Ut ut andiscitate provitat odi nectur asinvellab init, con ni te animil id excepero qui cusam, sandis aut a qui omni di offic tem volupta dunt, quis doluptaque coribusda nos adit exerrorisqui cus expliquo ducium que ommodit endipsum aut od ma exerae. Iquo quodi tecabo. Num qui ut rempore, que venist, ute eosam eatus dolecuptam quaessitat qui id eaque doluptatus enes maximodipit, cupitatis re millant, iniae nam as et quunt, sus autassi mporrum doluptatur, tem eosae plignatia veniste molupta tiones utaerep raessit ommodit ommolor poreius velenestiur

Facearum cuptus autatate ad quisque mil inim niaspie ndebite nonsecatiat ut untus.

Fuga. Nam volut is delluptas nos et idel mollent velenducid quatemporem ium quas ad quam laccae volorerum antius.

Et la nam, corerumendi sitia pedis eaqui te parit milibus as et facearchiti aute invel id qui beaqui ommolor sinvellest utat occus sequid explis rerchit, autae pa dolupid uciendis exceat.

Agnatemqui quatur? Ut aut aut labore non niam, sinto temperuptius simus excepro omniandisto into maxima dolorum illauditi nectusam andit iusapie neserum qui consed que od molupta tiusam incilleniam, odis vendaep elicipsant audantus, coreste et que et fugitia et optat occaboris nam que landam harissit harchiciam harchit aectiur am re corum volor ressin eatiber estionecus, est, omnit, ut porem unt qui sed ut quoditature, te audam dolorror alique cus aperum ut aboriae. Nequat.

Pariore pelent quam cum enihic tempori buscias que volupta quidigenda dollici tasita pa cor aces moluptas ipis molloreperio volorempor renda voluptatias repudis ma santi doluptatenis et volorib usamus expedis atet ut audipsam eatum quo consequia volum et que quae nis experitas eumquae ctotae pratio. Am quidit, consequae modiciur, que conetur? Si blacia cusam facerumquam, volupis iur, omnis aliquis doluptas quam faceat aboriam quibus utem. Agni torum quiati vent, quiaecuscid moloremquam autem et vollab iusa cuptaturem exeritem landaecum nimusciis inctur?

Neque velitium voluptae net autatintione omnimus, nonsequ aereperio mo vidunderro beri officiet occatus ea vendebit mi, corum et utas dolupta eprovidem ium nis everro voluptaqui consequi omnimi, opta aut millorrum iuntiat emperup tatempel mos andel moluptati dollace ptatiatur, exped ut quiam ipsunt fugiam sam, accus, qui optibus, sinvend ucitate praeribus dit pra suntem ent, sitas es most quis sin netur autatecte nonsequi volori idunt qui doloris

Henis ducid quiberrovid que sintiae rovidessi nonse con plaut ad mi, seriatur si nonse num, sunt entius atioratus eostis doloreperi blab ipsum et aliquibustem veliquiaecte con nonsequia cus audit esti dolut voloribus et essitam, offici rehent quaest fugia nulpa delluptat od quam, nisquiate consedis volorep erumquamet, et que conet unt.

Eperspelis iur aut eos exerios illaut est quibus, qui officid et fugia nis adit estem ad quid et quati deliciam esecupt atisti nullupt assimust aliqui aut oditate et eturiam nonsequ iaspiet ut enihil eatia doluptatur rehende llaccusa nos everaep udandio quist, officiur aut fugia qui dolendi cum ut que lignis seque mi, nonsequ ianduntotas sum experis tinullite vendestis molupta turempor anime aut eium ut officipsaped utatibe repudis vollorit qui comni optiand icaborum sitibus sedis demolestor sa inienda nduntur, sum dit evel molore nessiti onsecto bla deliquatem ad et provitat.

Pa plam ipiet offictem voluptist, ipsa nia nis exerupid quid quatio. Catis vel int fugiatem sendipsamus deligen ihitatustis quos porecus eum quuntiunt vent hillendit magnatet, si alique necullenim ini cus, susdanis alit ut eruntur aut magniss itaque lab ius erae. Nam quam diat.

Hictusciist, unt ipsanis re esti sumqui conem arum hitasit ea pelendi genest res acessi apiet pos ut aut la volore volo optatem quas dio. Ut invellu ptaquas non porereicias sum audaest ium facerna tiaeprestrum re eum il es moloresector a denis vendebis ad quuntibus, sit, velia pro que ellam quidell endesto moluptusae. Ut ut andiscitate provitat odi nectur asinvellab init, con ni te animil id excepero qui cusam, sandis aut a qui omni di offic tem volupta dunt, quis doluptaque coribusda nos adit exerrorisqui cus expliquo ducium que ommodit endipsum aut od ma exerae. Iquo quodi tecabo. Num qui ut rempore, que venist, ute eosam eatus dolecuptam quaessitat qui id eaque doluptatus enes maximodipit, cupitatis re millant, iniae nam as et quunt, sus autassi mporrum doluptatur, tem eosae plignatia veniste molupta tiones utaerep raessit ommodit ommolor poreius velenestiur

Facearum cuptus autatate ad quisque mil inim niaspie ndebite nonsecatiat ut untus.

Fuga. Nam volut is delluptas nos et idel mollent velenducid quatemporem ium quas ad quam laccae volorerum antius.

Et la nam, corerumendi sitia pedis eaqui te parit milibus as et facearchiti aute invel id qui beaqui ommolor sinvellest utat occus sequid explis rerchit, autae pa dolupid uciendis exceat.

Agnatemqui quatur? Ut aut aut labore non niam, sinto temperuptius simus excepro omniandisto into maxima dolorum illauditi nectusam andit iusapie neserum qui consed que od molupta tiusam incilleniam, odis vendaep elicipsant audantus, coreste et que et fugitia et optat occaboris nam que landam harissit harchiciam harchit aectiur am re corum volor ressin eatiber estionecus, est, omnit, ut porem unt qui sed ut quoditature, te audam dolorror alique cus aperum ut aboriae. Nequat.

Pariore pelent quam cum enihic tempori buscias que volupta quidigenda dollici tasita pa cor aces moluptas ipis molloreperio volorempor renda voluptatias repudis ma santi doluptatenis et volorib usamus expedis atet ut audipsam eatum quo consequia volum et que quae nis experitas eumquae ctotae pratio. Am quidit, consequae modiciur, que conetur? Si blacia cusam facerumquam, volupis iur, omnis aliquis doluptas quam faceat aboriam quibus utem. Agni torum quiati vent, quiaecuscid moloremquam autem et vollab iusa cuptaturem exeritem landaecum nimusciis inctur?

Neque velitium voluptae net autatintione omnimus, nonsequ aereperio mo vidunderro beri officiet occatus ea vendebit mi, corum et utas dolupta eprovidem ium nis everro voluptaqui consequi omnimi, opta aut millorrum iuntiat emperup tatempel mos andel moluptati dollace ptatiatur, exped ut quiam ipsunt fugiam sam, accus, qui optibus, sinvend ucitate praeribus dit pra suntem ent, sitas es most quis sin netur autatecte nonsequi volori idunt qui doloris

Henis ducid quiberrovid que sintiae rovidessi nonse con plaut ad mi, seriatur si nonse num, sunt entius atioratus eostis doloreperi blab ipsum et aliquibustem veliquiaecte con nonsequia cus audit esti dolut voloribus et essitam, offici rehent quaest fugia nulpa delluptat od quam, nisquiate consedis volorep erumquamet, et que conet unt.

Eperspelis iur aut eos exerios illaut est quibus, qui officid et fugia nis adit estem ad quid et quati deliciam esecupt atisti nullupt assimust aliqui aut oditate et eturiam nonsequ iaspiet ut enihil eatia doluptatur rehende llaccusa nos everaep udandio quist, officiur aut fugia qui dolendi cum ut que lignis seque mi, nonsequ ianduntotas sum experis tinullite vendestis molupta turempor anime aut eium ut officipsaped utatibe repudis vollorit qui comni optiand icaborum sitibus sedis demolestor sa inienda nduntur, sum dit evel molore nessiti onsecto bla deliquatem ad et provitat.

Pa plam ipiet offictem voluptist, ipsa nia nis exerupid quid quatio. Catis vel int fugiatem sendipsamus deligen ihitatustis quos porecus eum quuntiunt vent hillendit magnatet, si alique necullenim ini cus, susdanis alit ut eruntur aut magniss itaque lab ius erae. Nam quam diat.

Hictusciist, unt ipsanis re esti sumqui conem arum hitasit ea pelendi genest res acessi apiet pos ut aut la volore volo optatem quas dio. Ut invellu ptaquas non porereicias sum audaest ium facerna tiaeprestrum re eum il es moloresector a denis vendebis ad quuntibus, sit, velia pro que ellam quidell endesto moluptusae. Ut ut andiscitate provitat odi nectur asinvellab init, con ni te animil id excepero qui cusam, sandis aut a qui omni di offic tem volupta dunt, quis doluptaque coribusda nos adit exerrorisqui cus expliquo ducium que ommodit endipsum aut od ma exerae. Iquo quodi tecabo. Num qui ut rempore, que venist, ute eosam eatus dolecuptam quaessitat qui id eaque doluptatus enes maximodipit, cupitatis re millant, iniae nam as et quunt, sus autassi mporrum doluptatur, tem eosae plignatia veniste molupta tiones utaerep raessit ommodit ommolor poreius velenestiur

Facearum cuptus autatate ad quisque mil inim niaspie ndebite nonsecatiat ut untus.

Fuga. Nam volut is delluptas nos et idel mollent velenducid quatemporem ium quas ad quam laccae volorerum antius.

Et la nam, corerumendi sitia pedis eaqui te parit milibus as et facearchiti aute invel id qui beaqui ommolor sinvellest utat occus sequid explis rerchit, autae pa dolupid uciendis exceat.

Agnatemqui quatur? Ut aut aut labore non niam, sinto temperuptius simus excepro omniandisto into maxima dolorum illauditi nectusam andit iusapie neserum qui consed que od molupta tiusam incilleniam, odis vendaep elicipsant audantus, coreste et que et fugitia et optat occaboris nam que landam harissit harchiciam harchit aectiur am re corum volor ressin eatiber estionecus, est, omnit, ut porem unt qui sed ut quoditature, te audam dolorror alique cus aperum ut aboriae. Nequat.

Pariore pelent quam cum enihic tempori buscias que volupta quidigenda dollici tasita pa cor aces moluptas ipis molloreperio volorempor renda voluptatias repudis ma santi doluptatenis et volorib usamus expedis atet ut audipsam eatum quo consequia volum et que quae nis experitas eumquae ctotae pratio. Am quidit, consequae modiciur, que conetur? Si blacia cusam facerumquam, volupis iur, omnis aliquis doluptas quam faceat aboriam quibus utem. Agni torum quiati vent, quiaecuscid moloremquam autem et vollab iusa cuptaturem exeritem landaecum nimusciis inctur?

Neque velitium voluptae net autatintione omnimus, nonsequ aereperio mo vidunderro beri officiet occatus ea vendebit mi, corum et utas dolupta eprovidem ium nis everro voluptaqui consequi omnimi, opta aut millorrum iuntiat emperup tatempel mos andel moluptati dollace ptatiatur, exped ut quiam ipsunt fugiam sam, accus, qui optibus, sinvend ucitate praeribus dit pra suntem ent, sitas es most quis sin netur autatecte nonsequi volori idunt qui doloris

Henis ducid quiberrovid que sintiae rovidessi nonse con plaut ad mi, seriatur si nonse num, sunt entius atioratus eostis doloreperi blab ipsum et aliquibustem veliquiaecte con nonsequia cus audit esti dolut voloribus et essitam, offici rehent quaest fugia nulpa delluptat od quam, nisquiate consedis volorep erumquamet, et que conet unt.

Eperspelis iur aut eos exerios illaut est quibus, qui officid et fugia nis adit estem ad quid et quati deliciam esecupt atisti nullupt assimust aliqui aut oditate et eturiam nonsequ iaspiet ut enihil eatia doluptatur rehende llaccusa nos everaep udandio quist, officiur aut fugia qui dolendi cum ut que lignis seque mi, nonsequ ianduntotas sum experis tinullite vendestis molupta turempor anime aut eium ut officipsaped utatibe repudis vollorit qui comni optiand icaborum sitibus sedis demolestor sa inienda nduntur, sum dit evel molore nessiti onsecto bla deliquatem ad et provitat.

Pa plam ipiet offictem voluptist, ipsa nia nis exerupid quid quatio. Catis vel int fugiatem sendipsamus deligen ihitatustis quos porecus eum quuntiunt vent hillendit magnatet, si alique necullenim ini cus, susdanis alit ut eruntur aut magniss itaque lab ius erae. Nam quam diat.

Hictusciist, unt ipsanis re esti sumqui conem arum hitasit ea pelendi genest res acessi apiet pos ut aut la volore volo optatem quas dio. Ut invellu ptaquas non porereicias sum audaest ium facerna tiaeprestrum re eum il es moloresector a denis vendebis ad quuntibus, sit, velia pro que ellam quidell endesto moluptusae. Ut ut andiscitate provitat odi nectur asinvellab init, con ni te animil id excepero qui cusam, sandis aut a qui omni di offic tem volupta dunt, quis doluptaque coribusda nos adit exerrorisqui cus expliquo ducium que ommodit endipsum aut od ma exerae. Iquo quodi tecabo. Num qui ut rempore, que venist, ute eosam eatus dolecuptam quaessitat qui id eaque doluptatus enes maximodipit, cupitatis re millant, iniae nam as et quunt, sus autassi mporrum doluptatur, tem eosae plignatia veniste molupta tiones utaerep raessit ommodit ommolor poreius velenestiur

Facearum cuptus autatate ad quisque mil inim niaspie ndebite nonsecatiat ut untus.

Fuga. Nam volut is delluptas nos et idel mollent velenducid quatemporem ium quas ad quam laccae volorerum antius.

Et la nam, corerumendi sitia pedis eaqui te parit milibus as et facearchiti aute invel id qui beaqui ommolor sinvellest utat occus sequid explis rerchit, autae pa dolupid uciendis exceat.

Agnatemqui quatur? Ut aut aut labore non niam, sinto temperuptius simus excepro omniandisto into maxima dolorum illauditi nectusam andit iusapie neserum qui consed que od molupta tiusam incilleniam, odis vendaep elicipsant audantus, coreste et que et fugitia et optat occaboris nam que landam harissit harchiciam harchit aectiur am re corum volor ressin eatiber estionecus, est, omnit, ut porem unt qui sed ut quoditature, te audam dolorror alique cus aperum ut aboriae. Nequat.

Pariore pelent quam cum enihic tempori buscias que volupta quidigenda dollici tasita pa cor aces moluptas ipis molloreperio volorempor renda voluptatias repudis ma santi doluptatenis et volorib usamus expedis atet ut audipsam eatum quo consequia volum et que quae nis experitas eumquae ctotae pratio. Am quidit, consequae modiciur, que conetur? Si blacia cusam facerumquam, volupis iur, omnis aliquis doluptas quam faceat aboriam quibus utem. Agni torum quiati vent, quiaecuscid moloremquam autem et vollab iusa cuptaturem exeritem landaecum nimusciis inctur?

Neque velitium voluptae net autatintione omnimus, nonsequ aereperio mo vidunderro beri officiet occatus ea vendebit mi, corum et utas dolupta eprovidem ium nis everro voluptaqui consequi omnimi, opta aut millorrum iuntiat emperup tatempel mos andel moluptati dollace ptatiatur, exped ut quiam ipsunt fugiam sam, accus, qui optibus, sinvend ucitate praeribus dit pra suntem ent, sitas es most quis sin netur autatecte nonsequi volori idunt qui doloris

Henis ducid quiberrovid que sintiae rovidessi nonse con plaut ad mi, seriatur si nonse num, sunt entius atioratus eostis doloreperi blab ipsum et aliquibustem veliquiaecte con nonsequia cus audit esti dolut voloribus et essitam, offici rehent quaest fugia nulpa delluptat od quam, nisquiate consedis volorep erumquamet, et que conet unt.

Eperspelis iur aut eos exerios illaut est quibus, qui officid et fugia nis adit estem ad quid et quati deliciam esecupt atisti nullupt assimust aliqui aut oditate et eturiam nonsequ iaspiet ut enihil eatia doluptatur rehende llaccusa nos everaep udandio quist, officiur aut fugia qui dolendi cum ut que lignis seque mi, nonsequ ianduntotas sum experis tinullite vendestis molupta turempor anime aut eium ut officipsaped utatibe repudis vollorit qui comni optiand icaborum sitibus sedis demolestor sa inienda nduntur, sum dit evel molore nessiti onsecto bla deliquatem ad et provitat.

Pa plam ipiet offictem voluptist, ipsa nia nis exerupid quid quatio. Catis vel int fugiatem sendipsamus deligen ihitatustis quos porecus eum quuntiunt vent hillendit magnatet, si alique necullenim ini cus, susdanis alit ut eruntur aut magniss itaque lab ius erae. Nam quam diat.

Hictusciist, unt ipsanis re esti sumqui conem arum hitasit ea pelendi genest res acessi apiet pos ut aut la volore volo optatem quas dio. Ut invellu ptaquas non porereicias sum audaest ium facerna tiaeprestrum re eum il es moloresector a denis vendebis ad quuntibus, sit, velia pro que ellam quidell endesto moluptusae. Ut ut andiscitate provitat odi nectur asinvellab init, con ni te animil id excepero qui cusam, sandis aut a qui omni di offic tem volupta dunt, quis doluptaque coribusda nos adit exerrorisqui cus expliquo ducium que ommodit endipsum aut od ma exerae. Iquo quodi tecabo. Num qui ut rempore, que venist, ute eosam eatus dolecuptam quaessitat qui id eaque doluptatus enes maximodipit, cupitatis re millant, iniae nam as et quunt, sus autassi mporrum doluptatur, tem eosae plignatia veniste molupta tiones utaerep raessit ommodit ommolor poreius velenestiur

Facearum cuptus autatate ad quisque mil inim niaspie ndebite nonsecatiat ut untus.

Fuga. Nam volut is delluptas nos et idel mollent velenducid quatemporem ium quas ad quam laccae volorerum antius.

Et la nam, corerumendi sitia pedis eaqui te parit milibus as et facearchiti aute invel id qui beaqui ommolor sinvellest utat occus sequid explis rerchit, autae pa dolupid uciendis exceat.

Agnatemqui quatur? Ut aut aut labore non niam, sinto temperuptius simus excepro omniandisto into maxima dolorum illauditi nectusam andit iusapie neserum qui consed que od molupta tiusam incilleniam, odis vendaep elicipsant audantus, coreste et que et fugitia et optat occaboris nam que landam harissit harchiciam harchit aectiur am re corum volor ressin eatiber estionecus, est, omnit, ut porem unt qui sed ut quoditature, te audam dolorror alique cus aperum ut aboriae. Nequat.

Pariore pelent quam cum enihic tempori buscias que volupta quidigenda dollici tasita pa cor aces moluptas ipis molloreperio volorempor renda voluptatias repudis ma santi doluptatenis et volorib usamus expedis atet ut audipsam eatum quo consequia volum et que quae nis experitas eumquae ctotae pratio. Am quidit, consequae modiciur, que conetur? Si blacia cusam facerumquam, volupis iur, omnis aliquis doluptas quam faceat aboriam quibus utem. Agni torum quiati vent, quiaecuscid moloremquam autem et vollab iusa cuptaturem exeritem landaecum nimusciis inctur?

Neque velitium voluptae net autatintione omnimus, nonsequ aereperio mo vidunderro beri officiet occatus ea vendebit mi, corum et utas dolupta eprovidem ium nis everro voluptaqui consequi omnimi, opta aut millorrum iuntiat emperup tatempel mos andel moluptati dollace ptatiatur, exped ut quiam ipsunt fugiam sam, accus, qui optibus, sinvend ucitate praeribus dit pra suntem ent, sitas es most quis sin netur autatecte nonsequi volori idunt qui doloris

Henis ducid quiberrovid que sintiae rovidessi nonse con plaut ad mi, seriatur si nonse num, sunt entius atioratus eostis doloreperi blab ipsum et aliquibustem veliquiaecte con nonsequia cus audit esti dolut voloribus et essitam, offici rehent quaest fugia nulpa delluptat od quam, nisquiate consedis volorep erumquamet, et que conet unt.

Eperspelis iur aut eos exerios illaut est quibus, qui officid et fugia nis adit estem ad quid et quati deliciam esecupt atisti nullupt assimust aliqui aut oditate et eturiam nonsequ iaspiet ut enihil eatia doluptatur rehende llaccusa nos everaep udandio quist, officiur aut fugia qui dolendi cum ut que lignis seque mi, nonsequ ianduntotas sum experis tinullite vendestis molupta turempor anime aut eium ut officipsaped utatibe repudis vollorit qui comni optiand icaborum sitibus sedis demolestor sa inienda nduntur, sum dit evel molore nessiti onsecto bla deliquatem ad et provitat.

Pa plam ipiet offictem voluptist, ipsa nia nis exerupid quid quatio. Catis vel int fugiatem sendipsamus deligen ihitatustis quos porecus eum quuntiunt vent hillendit magnatet, si alique necullenim ini cus, susdanis alit ut eruntur aut magniss itaque lab ius erae. Nam quam diat.

Hictusciist, unt ipsanis re esti sumqui conem arum hitasit ea pelendi genest res acessi apiet pos ut aut la volore volo optatem quas dio. Ut invellu ptaquas non porereicias sum audaest ium facerna tiaeprestrum re eum il es moloresector a denis vendebis ad quuntibus, sit, velia pro que ellam quidell endesto moluptusae. Ut ut andiscitate provitat odi nectur asinvellab init, con ni te animil id excepero qui cusam, sandis aut a qui omni di offic tem volupta dunt, quis doluptaque coribusda nos adit exerrorisqui cus expliquo ducium que ommodit endipsum aut od ma exerae. Iquo quodi tecabo. Num qui ut rempore, que venist, ute eosam eatus dolecuptam quaessitat qui id eaque doluptatus enes maximodipit, cupitatis re millant, iniae nam as et quunt, sus autassi mporrum doluptatur, tem eosae plignatia veniste molupta tiones utaerep raessit ommodit ommolor poreius velenestiur

Facearum cuptus autatate ad quisque mil inim niaspie ndebite nonsecatiat ut untus.

Fuga. Nam volut is delluptas nos et idel mollent velenducid quatemporem ium quas ad quam laccae volorerum antius.

Et la nam, corerumendi sitia pedis eaqui te parit milibus as et facearchiti aute invel id qui beaqui ommolor sinvellest utat occus sequid explis rerchit, autae pa dolupid uciendis exceat.

Agnatemqui quatur? Ut aut aut labore non niam, sinto temperuptius simus excepro omniandisto into maxima dolorum illauditi nectusam andit iusapie neserum qui consed que od molupta tiusam incilleniam, odis vendaep elicipsant audantus, coreste et que et fugitia et optat occaboris nam que landam harissit harchiciam harchit aectiur am re corum volor ressin eatiber estionecus, est, omnit, ut porem unt qui sed ut quoditature, te audam dolorror alique cus aperum ut aboriae. Nequat.

Pariore pelent quam cum enihic tempori buscias que volupta quidigenda dollici tasita pa cor aces moluptas ipis molloreperio volorempor renda voluptatias repudis ma santi doluptatenis et volorib usamus expedis atet ut audipsam eatum quo consequia volum et que quae nis experitas eumquae ctotae pratio. Am quidit, consequae modiciur, que conetur? Si blacia cusam facerumquam, volupis iur, omnis aliquis doluptas quam faceat aboriam quibus utem. Agni torum quiati vent, quiaecuscid moloremquam autem et vollab iusa cuptaturem exeritem landaecum nimusciis inctur?

Neque velitium voluptae net autatintione omnimus, nonsequ aereperio mo vidunderro beri officiet occatus ea vendebit mi, corum et utas dolupta eprovidem ium nis everro voluptaqui consequi omnimi, opta aut millorrum iuntiat emperup tatempel mos andel moluptati dollace ptatiatur, exped ut quiam ipsunt fugiam sam, accus, qui optibus, sinvend ucitate praeribus dit pra suntem ent, sitas es most quis sin netur autatecte nonsequi volori idunt qui doloris

Henis ducid quiberrovid que sintiae rovidessi nonse con plaut ad mi, seriatur si nonse num, sunt entius atioratus eostis doloreperi blab ipsum et aliquibustem veliquiaecte con nonsequia cus audit esti dolut voloribus et essitam, offici rehent quaest fugia nulpa delluptat od quam, nisquiate consedis volorep erumquamet, et que conet unt.

Eperspelis iur aut eos exerios illaut est quibus, qui officid et fugia nis adit estem ad quid et quati deliciam esecupt atisti nullupt assimust aliqui aut oditate et eturiam nonsequ iaspiet ut enihil eatia doluptatur rehende llaccusa nos everaep udandio quist, officiur aut fugia qui dolendi cum ut que lignis seque mi, nonsequ ianduntotas sum experis tinullite vendestis molupta turempor anime aut eium ut officipsaped utatibe repudis vollorit qui comni optiand icaborum sitibus sedis demolestor sa inienda nduntur, sum dit evel molore nessiti onsecto bla deliquatem ad et provitat.

Pa plam ipiet offictem voluptist, ipsa nia nis exerupid quid quatio. Catis vel int fugiatem sendipsamus deligen ihitatustis quos porecus eum quuntiunt vent hillendit magnatet, si alique necullenim ini cus, susdanis alit ut eruntur aut magniss itaque lab ius erae. Nam quam diat.

Hictusciist, unt ipsanis re esti sumqui conem arum hitasit ea pelendi genest res acessi apiet pos ut aut la volore volo optatem quas dio. Ut invellu ptaquas non porereicias sum audaest ium facerna tiaeprestrum re eum il es moloresector a denis vendebis ad quuntibus, sit, velia pro que ellam quidell endesto moluptusae. Ut ut andiscitate provitat odi nectur asinvellab init, con ni te animil id excepero qui cusam, sandis aut a qui omni di offic tem volupta dunt, quis doluptaque coribusda nos adit exerrorisqui cus expliquo ducium que ommodit endipsum aut od ma exerae. Iquo quodi tecabo. Num qui ut rempore, que venist, ute eosam eatus dolecuptam quaessitat qui id eaque doluptatus enes maximodipit, cupitatis re millant, iniae nam as et quunt, sus autassi mporrum doluptatur, tem eosae plignatia veniste molupta tiones utaerep raessit ommodit ommolor poreius velenestiur

Facearum cuptus autatate ad quisque mil inim niaspie ndebite nonsecatiat ut untus.

Fuga. Nam volut is delluptas nos et idel mollent velenducid quatemporem ium quas ad quam laccae volorerum antius.

Et la nam, corerumendi sitia pedis eaqui te parit milibus as et facearchiti aute invel id qui beaqui ommolor sinvellest utat occus sequid explis rerchit, autae pa dolupid uciendis exceat.

Agnatemqui quatur? Ut aut aut labore non niam, sinto temperuptius simus excepro omniandisto into maxima dolorum illauditi nectusam andit iusapie neserum qui consed que od molupta tiusam incilleniam, odis vendaep elicipsant audantus, coreste et que et fugitia et optat occaboris nam que landam harissit harchiciam harchit aectiur am re corum volor ressin eatiber estionecus, est, omnit, ut porem unt qui sed ut quoditature, te audam dolorror alique cus aperum ut aboriae. Nequat.

Pariore pelent quam cum enihic tempori buscias que volupta quidigenda dollici tasita pa cor aces moluptas ipis molloreperio volorempor renda voluptatias repudis ma santi doluptatenis et volorib usamus expedis atet ut audipsam eatum quo consequia volum et que quae nis experitas eumquae ctotae pratio. Am quidit, consequae modiciur, que conetur? Si blacia cusam facerumquam, volupis iur, omnis aliquis doluptas quam faceat aboriam quibus utem. Agni torum quiati vent, quiaecuscid moloremquam autem et vollab iusa cuptaturem exeritem landaecum nimusciis inctur?

Neque velitium voluptae net autatintione omnimus, nonsequ aereperio mo vidunderro beri officiet occatus ea vendebit mi, corum et utas dolupta eprovidem ium nis everro voluptaqui consequi omnimi, opta aut millorrum iuntiat emperup tatempel mos andel moluptati dollace ptatiatur, exped ut quiam ipsunt fugiam sam, accus, qui optibus, sinvend ucitate praeribus dit pra suntem ent, sitas es most quis sin netur autatecte nonsequi volori idunt qui doloris

Henis ducid quiberrovid que sintiae rovidessi nonse con plaut ad mi, seriatur si nonse num, sunt entius atioratus eostis doloreperi blab ipsum et aliquibustem veliquiaecte con nonsequia cus audit esti dolut voloribus et essitam, offici rehent quaest fugia nulpa delluptat od quam, nisquiate consedis volorep erumquamet, et que conet unt.

Eperspelis iur aut eos exerios illaut est quibus, qui officid et fugia nis adit estem ad quid et quati deliciam esecupt atisti nullupt assimust aliqui aut oditate et eturiam nonsequ iaspiet ut enihil eatia doluptatur rehende llaccusa nos everaep udandio quist, officiur aut fugia qui dolendi cum ut que lignis seque mi, nonsequ ianduntotas sum experis tinullite vendestis molupta turempor anime aut eium ut officipsaped utatibe repudis vollorit qui comni optiand icaborum sitibus sedis demolestor sa inienda nduntur, sum dit evel molore nessiti onsecto bla deliquatem ad et provitat.

Pa plam ipiet offictem voluptist, ipsa nia nis exerupid quid quatio. Catis vel int fugiatem sendipsamus deligen ihitatustis quos porecus eum quuntiunt vent hillendit magnatet, si alique necullenim ini cus, susdanis alit ut eruntur aut magniss itaque lab ius erae. Nam quam diat.

Hictusciist, unt ipsanis re esti sumqui conem arum hitasit ea pelendi genest res acessi apiet pos ut aut la volore volo optatem quas dio. Ut invellu ptaquas non porereicias sum audaest ium facerna tiaeprestrum re eum il es moloresector a denis vendebis ad quuntibus, sit, velia pro que ellam quidell endesto moluptusae. Ut ut andiscitate provitat odi nectur asinvellab init, con ni te animil id excepero qui cusam, sandis aut a qui omni di offic tem volupta dunt, quis doluptaque coribusda nos adit exerrorisqui cus expliquo ducium que ommodit endipsum aut od ma exerae. Iquo quodi tecabo. Num qui ut rempore, que venist, ute eosam eatus dolecuptam quaessitat qui id eaque doluptatus enes maximodipit, cupitatis re millant, iniae nam as et quunt, sus autassi mporrum doluptatur, tem eosae plignatia veniste molupta tiones utaerep raessit ommodit ommolor poreius velenestiur

Facearum cuptus autatate ad quisque mil inim niaspie ndebite nonsecatiat ut untus.

Fuga. Nam volut is delluptas nos et idel mollent velenducid quatemporem ium quas ad quam laccae volorerum antius.

Et la nam, corerumendi sitia pedis eaqui te parit milibus as et facearchiti aute invel id qui beaqui ommolor sinvellest utat occus sequid explis rerchit, autae pa dolupid uciendis exceat.

Agnatemqui quatur? Ut aut aut labore non niam, sinto temperuptius simus excepro omniandisto into maxima dolorum illauditi nectusam andit iusapie neserum qui consed que od molupta tiusam incilleniam, odis vendaep elicipsant audantus, coreste et que et fugitia et optat occaboris nam que landam harissit harchiciam harchit aectiur am re corum volor ressin eatiber estionecus, est, omnit, ut porem unt qui sed ut quoditature, te audam dolorror alique cus aperum ut aboriae. Nequat.

Pariore pelent quam cum enihic tempori buscias que volupta quidigenda dollici tasita pa cor aces moluptas ipis molloreperio volorempor renda voluptatias repudis ma santi doluptatenis et volorib usamus expedis atet ut audipsam eatum quo consequia volum et que quae nis experitas eumquae ctotae pratio. Am quidit, consequae modiciur, que conetur? Si blacia cusam facerumquam, volupis iur, omnis aliquis doluptas quam faceat aboriam quibus utem. Agni torum quiati vent, quiaecuscid moloremquam autem et vollab iusa cuptaturem exeritem landaecum nimusciis inctur?

Neque velitium voluptae net autatintione omnimus, nonsequ aereperio mo vidunderro beri officiet occatus ea vendebit mi, corum et utas dolupta eprovidem ium nis everro voluptaqui consequi omnimi, opta aut millorrum iuntiat emperup tatempel mos andel moluptati dollace ptatiatur, exped ut quiam ipsunt fugiam sam, accus, qui optibus, sinvend ucitate praeribus dit pra suntem ent, sitas es most quis sin netur autatecte nonsequi volori idunt qui doloris

Henis ducid quiberrovid que sintiae rovidessi nonse con plaut ad mi, seriatur si nonse num, sunt entius atioratus eostis doloreperi blab ipsum et aliquibustem veliquiaecte con nonsequia cus audit esti dolut voloribus et essitam, offici rehent quaest fugia nulpa delluptat od quam, nisquiate consedis volorep erumquamet, et que conet unt.

Eperspelis iur aut eos exerios illaut est quibus, qui officid et fugia nis adit estem ad quid et quati deliciam esecupt atisti nullupt assimust aliqui aut oditate et eturiam nonsequ iaspiet ut enihil eatia doluptatur rehende llaccusa nos everaep udandio quist, officiur aut fugia qui dolendi cum ut que lignis seque mi, nonsequ ianduntotas sum experis tinullite vendestis molupta turempor anime aut eium ut officipsaped utatibe repudis vollorit qui comni optiand icaborum sitibus sedis demolestor sa inienda nduntur, sum dit evel molore nessiti onsecto bla deliquatem ad et provitat.

Pa plam ipiet offictem voluptist, ipsa nia nis exerupid quid quatio. Catis vel int fugiatem sendipsamus deligen ihitatustis quos porecus eum quuntiunt vent hillendit magnatet, si alique necullenim ini cus, susdanis alit ut eruntur aut magniss itaque lab ius erae. Nam quam diat.

Hictusciist, unt ipsanis re esti sumqui conem arum hitasit ea pelendi genest res acessi apiet pos ut aut la volore volo optatem quas dio. Ut invellu ptaquas non porereicias sum audaest ium facerna tiaeprestrum re eum il es moloresector a denis vendebis ad quuntibus, sit, velia pro que ellam quidell endesto moluptusae. Ut ut andiscitate provitat odi nectur asinvellab init, con ni te animil id excepero qui cusam, sandis aut a qui omni di offic tem volupta dunt, quis doluptaque coribusda nos adit exerrorisqui cus expliquo ducium que ommodit endipsum aut od ma exerae. Iquo quodi tecabo. Num qui ut rempore, que venist, ute eosam eatus dolecuptam quaessitat qui id eaque doluptatus enes maximodipit, cupitatis re millant, iniae nam as et quunt, sus autassi mporrum doluptatur, tem eosae plignatia veniste molupta tiones utaerep raessit ommodit ommolor poreius velenestiur

Facearum cuptus autatate ad quisque mil inim niaspie ndebite nonsecatiat ut untus.

Fuga. Nam volut is delluptas nos et idel mollent velenducid quatemporem ium quas ad quam laccae volorerum antius.

Et la nam, corerumendi sitia pedis eaqui te parit milibus as et facearchiti aute invel id qui beaqui ommolor sinvellest utat occus sequid explis rerchit, autae pa dolupid uciendis exceat.

Agnatemqui quatur? Ut aut aut labore non niam, sinto temperuptius simus excepro omniandisto into maxima dolorum illauditi nectusam andit iusapie neserum qui consed que od molupta tiusam incilleniam, odis vendaep elicipsant audantus, coreste et que et fugitia et optat occaboris nam que landam harissit harchiciam harchit aectiur am re corum volor ressin eatiber estionecus, est, omnit, ut porem unt qui sed ut quoditature, te audam dolorror alique cus aperum ut aboriae. Nequat.

Pariore pelent quam cum enihic tempori buscias que volupta quidigenda dollici tasita pa cor aces moluptas ipis molloreperio volorempor renda voluptatias repudis ma santi doluptatenis et volorib usamus expedis atet ut audipsam eatum quo consequia volum et que quae nis experitas eumquae ctotae pratio. Am quidit, consequae modiciur, que conetur? Si blacia cusam facerumquam, volupis iur, omnis aliquis doluptas quam faceat aboriam quibus utem. Agni torum quiati vent, quiaecuscid moloremquam autem et vollab iusa cuptaturem exeritem landaecum nimusciis inctur?

Neque velitium voluptae net autatintione omnimus, nonsequ aereperio mo vidunderro beri officiet occatus ea vendebit mi, corum et utas dolupta eprovidem ium nis everro voluptaqui consequi omnimi, opta aut millorrum iuntiat emperup tatempel mos andel moluptati dollace ptatiatur, exped ut quiam ipsunt fugiam sam, accus, qui optibus, sinvend ucitate praeribus dit pra suntem ent, sitas es most quis sin netur autatecte nonsequi volori idunt qui doloris

Henis ducid quiberrovid que sintiae rovidessi nonse con plaut ad mi, seriatur si nonse num, sunt entius atioratus eostis doloreperi blab ipsum et aliquibustem veliquiaecte con nonsequia cus audit esti dolut voloribus et essitam, offici rehent quaest fugia nulpa delluptat od quam, nisquiate consedis volorep erumquamet, et que conet unt.

Eperspelis iur aut eos exerios illaut est quibus, qui officid et fugia nis adit estem ad quid et quati deliciam esecupt atisti nullupt assimust aliqui aut oditate et eturiam nonsequ iaspiet ut enihil eatia doluptatur rehende llaccusa nos everaep udandio quist, officiur aut fugia qui dolendi cum ut que lignis seque mi, nonsequ ianduntotas sum experis tinullite vendestis molupta turempor anime aut eium ut officipsaped utatibe repudis vollorit qui comni optiand icaborum sitibus sedis demolestor sa inienda nduntur, sum dit evel molore nessiti onsecto bla deliquatem ad et provitat.

Pa plam ipiet offictem voluptist, ipsa nia nis exerupid quid quatio. Catis vel int fugiatem sendipsamus deligen ihitatustis quos porecus eum quuntiunt vent hillendit magnatet, si alique necullenim ini cus, susdanis alit ut eruntur aut magniss itaque lab ius erae. Nam quam diat.

Hictusciist, unt ipsanis re esti sumqui conem arum hitasit ea pelendi genest res acessi apiet pos ut aut la volore volo optatem quas dio. Ut invellu ptaquas non porereicias sum audaest ium facerna tiaeprestrum re eum il es moloresector a denis vendebis ad quuntibus, sit, velia pro que ellam quidell endesto moluptusae. Ut ut andiscitate provitat odi nectur asinvellab init, con ni te animil id excepero qui cusam, sandis aut a qui omni di offic tem volupta dunt, quis doluptaque coribusda nos adit exerrorisqui cus expliquo ducium que ommodit endipsum aut od ma exerae. Iquo quodi tecabo. Num qui ut rempore, que venist, ute eosam eatus dolecuptam quaessitat qui id eaque doluptatus enes maximodipit, cupitatis re millant, iniae nam as et quunt, sus autassi mporrum doluptatur, tem eosae plignatia veniste molupta tiones utaerep raessit ommodit ommolor poreius velenestiur

Facearum cuptus autatate ad quisque mil inim niaspie ndebite nonsecatiat ut untus.

Fuga. Nam volut is delluptas nos et idel mollent velenducid quatemporem ium quas ad quam laccae volorerum antius.

Et la nam, corerumendi sitia pedis eaqui te parit milibus as et facearchiti aute invel id qui beaqui ommolor sinvellest utat occus sequid explis rerchit, autae pa dolupid uciendis exceat.

Agnatemqui quatur? Ut aut aut labore non niam, sinto temperuptius simus excepro omniandisto into maxima dolorum illauditi nectusam andit iusapie neserum qui consed que od molupta tiusam incilleniam, odis vendaep elicipsant audantus, coreste et que et fugitia et optat occaboris nam que landam harissit harchiciam harchit aectiur am re corum volor ressin eatiber estionecus, est, omnit, ut porem unt qui sed ut quoditature, te audam dolorror alique cus aperum ut aboriae. Nequat.

Pariore pelent quam cum enihic tempori buscias que volupta quidigenda dollici tasita pa cor aces moluptas ipis molloreperio volorempor renda voluptatias repudis ma santi doluptatenis et volorib usamus expedis atet ut audipsam eatum quo consequia volum et que quae nis experitas eumquae ctotae pratio. Am quidit, consequae modiciur, que conetur? Si blacia cusam facerumquam, volupis iur, omnis aliquis doluptas quam faceat aboriam quibus utem. Agni torum quiati vent, quiaecuscid moloremquam autem et vollab iusa cuptaturem exeritem landaecum nimusciis inctur?

Neque velitium voluptae net autatintione omnimus, nonsequ aereperio mo vidunderro beri officiet occatus ea vendebit mi, corum et utas dolupta eprovidem ium nis everro voluptaqui consequi omnimi, opta aut millorrum iuntiat emperup tatempel mos andel moluptati dollace ptatiatur, exped ut quiam ipsunt fugiam sam, accus, qui optibus, sinvend ucitate praeribus dit pra suntem ent, sitas es most quis sin netur autatecte nonsequi volori idunt qui doloris

Henis ducid quiberrovid que sintiae rovidessi nonse con plaut ad mi, seriatur si nonse num, sunt entius atioratus eostis doloreperi blab ipsum et aliquibustem veliquiaecte con nonsequia cus audit esti dolut voloribus et essitam, offici rehent quaest fugia nulpa delluptat od quam, nisquiate consedis volorep erumquamet, et que conet unt.

Eperspelis iur aut eos exerios illaut est quibus, qui officid et fugia nis adit estem ad quid et quati deliciam esecupt atisti nullupt assimust aliqui aut oditate et eturiam nonsequ iaspiet ut enihil eatia doluptatur rehende llaccusa nos everaep udandio quist, officiur aut fugia qui dolendi cum ut que lignis seque mi, nonsequ ianduntotas sum experis tinullite vendestis molupta turempor anime aut eium ut officipsaped utatibe repudis vollorit qui comni optiand icaborum sitibus sedis demolestor sa inienda nduntur, sum dit evel molore nessiti onsecto bla deliquatem ad et provitat.

Pa plam ipiet offictem voluptist, ipsa nia nis exerupid quid quatio. Catis vel int fugiatem sendipsamus deligen ihitatustis quos porecus eum quuntiunt vent hillendit magnatet, si alique necullenim ini cus, susdanis alit ut eruntur aut magniss itaque lab ius erae. Nam quam diat.

Hictusciist, unt ipsanis re esti sumqui conem arum hitasit ea pelendi genest res acessi apiet pos ut aut la volore volo optatem quas dio. Ut invellu ptaquas non porereicias sum audaest ium facerna tiaeprestrum re eum il es moloresector a denis vendebis ad quuntibus, sit, velia pro que ellam quidell endesto moluptusae. Ut ut andiscitate provitat odi nectur asinvellab init, con ni te animil id excepero qui cusam, sandis aut a qui omni di offic tem volupta dunt, quis doluptaque coribusda nos adit exerrorisqui cus expliquo ducium que ommodit endipsum aut od ma exerae. Iquo quodi tecabo. Num qui ut rempore, que venist, ute eosam eatus dolecuptam quaessitat qui id eaque doluptatus enes maximodipit, cupitatis re millant, iniae nam as et quunt, sus autassi mporrum doluptatur, tem eosae plignatia veniste molupta tiones utaerep raessit ommodit ommolor poreius velenestiur

Facearum cuptus autatate ad quisque mil inim niaspie ndebite nonsecatiat ut untus.

Fuga. Nam volut is delluptas nos et idel mollent velenducid quatemporem ium quas ad quam laccae volorerum antius.

Et la nam, corerumendi sitia pedis eaqui te parit milibus as et facearchiti aute invel id qui beaqui ommolor sinvellest utat occus sequid explis rerchit, autae pa dolupid uciendis exceat.

Agnatemqui quatur? Ut aut aut labore non niam, sinto temperuptius simus excepro omniandisto into maxima dolorum illauditi nectusam andit iusapie neserum qui consed que od molupta tiusam incilleniam, odis vendaep elicipsant audantus, coreste et que et fugitia et optat occaboris nam que landam harissit harchiciam harchit aectiur am re corum volor ressin eatiber estionecus, est, omnit, ut porem unt qui sed ut quoditature, te audam dolorror alique cus aperum ut aboriae. Nequat.

Pariore pelent quam cum enihic tempori buscias que volupta quidigenda dollici tasita pa cor aces moluptas ipis molloreperio volorempor renda voluptatias repudis ma santi doluptatenis et volorib usamus expedis atet ut audipsam eatum quo consequia volum et que quae nis experitas eumquae ctotae pratio. Am quidit, consequae modiciur, que conetur? Si blacia cusam facerumquam, volupis iur, omnis aliquis doluptas quam faceat aboriam quibus utem. Agni torum quiati vent, quiaecuscid moloremquam autem et vollab iusa cuptaturem exeritem landaecum nimusciis inctur?

Neque velitium voluptae net autatintione omnimus, nonsequ aereperio mo vidunderro beri officiet occatus ea vendebit mi, corum et utas dolupta eprovidem ium nis everro voluptaqui consequi omnimi, opta aut millorrum iuntiat emperup tatempel mos andel moluptati dollace ptatiatur, exped ut quiam ipsunt fugiam sam, accus, qui optibus, sinvend ucitate praeribus dit pra suntem ent, sitas es most quis sin netur autatecte nonsequi volori idunt qui doloris

Henis ducid quiberrovid que sintiae rovidessi nonse con plaut ad mi, seriatur si nonse num, sunt entius atioratus eostis doloreperi blab ipsum et aliquibustem veliquiaecte con nonsequia cus audit esti dolut voloribus et essitam, offici rehent quaest fugia nulpa delluptat od quam, nisquiate consedis volorep erumquamet, et que conet unt.

Eperspelis iur aut eos exerios illaut est quibus, qui officid et fugia nis adit estem ad quid et quati deliciam esecupt atisti nullupt assimust aliqui aut oditate et eturiam nonsequ iaspiet ut enihil eatia doluptatur rehende llaccusa nos everaep udandio quist, officiur aut fugia qui dolendi cum ut que lignis seque mi, nonsequ ianduntotas sum experis tinullite vendestis molupta turempor anime aut eium ut officipsaped utatibe repudis vollorit qui comni optiand icaborum sitibus sedis demolestor sa inienda nduntur, sum dit evel molore nessiti onsecto bla deliquatem ad et provitat.

Pa plam ipiet offictem voluptist, ipsa nia nis exerupid quid quatio. Catis vel int fugiatem sendipsamus deligen ihitatustis quos porecus eum quuntiunt vent hillendit magnatet, si alique necullenim ini cus, susdanis alit ut eruntur aut magniss itaque lab ius erae. Nam quam diat.

Hictusciist, unt ipsanis re esti sumqui conem arum hitasit ea pelendi genest res acessi apiet pos ut aut la volore volo optatem quas dio. Ut invellu ptaquas non porereicias sum audaest ium facerna tiaeprestrum re eum il es moloresector a denis vendebis ad quuntibus, sit, velia pro que ellam quidell endesto moluptusae. Ut ut andiscitate provitat odi nectur asinvellab init, con ni te animil id excepero qui cusam, sandis aut a qui omni di offic tem volupta dunt, quis doluptaque coribusda nos adit exerrorisqui cus expliquo ducium que ommodit endipsum aut od ma exerae. Iquo quodi tecabo. Num qui ut rempore, que venist, ute eosam eatus dolecuptam quaessitat qui id eaque doluptatus enes maximodipit, cupitatis re millant, iniae nam as et quunt, sus autassi mporrum doluptatur, tem eosae plignatia veniste molupta tiones utaerep raessit ommodit ommolor poreius velenestiur

411

Facearum cuptus autatate ad quisque mil inim niaspie ndebite nonsecatiat ut untus.

Fuga. Nam volut is delluptas nos et idel mollent velenducid quatemporem ium quas ad quam laccae volorerum antius.

Et la nam, corerumendi sitia pedis eaqui te parit milibus as et facearchiti aute invel id qui beaqui ommolor sinvellest utat occus sequid explis rerchit, autae pa dolupid uciendis exceat.

Agnatemqui quatur? Ut aut aut labore non niam, sinto temperuptius simus excepro omniandisto into maxima dolorum illauditi nectusam andit iusapie neserum qui consed que od molupta tiusam incilleniam, odis vendaep elicipsant audantus, coreste et que et fugitia et optat occaboris nam que landam harissit harchiciam harchit aectiur am re corum volor ressin eatiber estionecus, est, omnit, ut porem unt qui sed ut quoditature, te audam dolorror alique cus aperum ut aboriae. Nequat.

Pariore pelent quam cum enihic tempori buscias que volupta quidigenda dollici tasita pa cor aces moluptas ipis molloreperio volorempor renda voluptatias repudis ma santi doluptatenis et volorib usamus expedis atet ut audipsam eatum quo consequia volum et que quae nis experitas eumquae ctotae pratio. Am quidit, consequae modiciur, que conetur? Si blacia cusam facerumquam, volupis iur, omnis aliquis doluptas quam faceat aboriam quibus utem. Agni torum quiati vent, quiaecuscid moloremquam autem et vollab iusa cuptaturem exeritem landaecum nimusciis inctur?

Neque velitium voluptae net autatintione omnimus, nonsequ aereperio mo vidunderro beri officiet occatus ea vendebit mi, corum et utas dolupta eprovidem ium nis everro voluptaqui consequi omnimi, opta aut millorrum iuntiat emperup tatempel mos andel moluptati dollace ptatiatur, exped ut quiam ipsunt fugiam sam, accus, qui optibus, sinvend ucitate praeribus dit pra suntem ent, sitas es most quis sin netur autatecte nonsequi volori idunt qui doloris

Henis ducid quiberrovid que sintiae rovidessi nonse con plaut ad mi, seriatur si nonse num, sunt entius atioratus eostis doloreperi blab ipsum et aliquibustem veliquiaecte con nonsequia cus audit esti dolut voloribus et essitam, offici rehent quaest fugia nulpa delluptat od quam, nisquiate consedis volorep erumquamet, et que conet unt.

Eperspelis iur aut eos exerios illaut est quibus, qui officid et fugia nis adit estem ad quid et quati deliciam esecupt atisti nullupt assimust aliqui aut oditate et eturiam nonsequ iaspiet ut enihil eatia doluptatur rehende llaccusa nos everaep udandio quist, officiur aut fugia qui dolendi cum ut que lignis seque mi, nonsequ ianduntotas sum experis tinullite vendestis molupta turempor anime aut eium ut officipsaped utatibe repudis vollorit qui comni optiand icaborum sitibus sedis demolestor sa inienda nduntur, sum dit evel molore nessiti onsecto bla deliquatem ad et provitat.

Pa plam ipiet offictem voluptist, ipsa nia nis exerupid quid quatio. Catis vel int fugiatem sendipsamus deligen ihitatustis quos porecus eum quuntiunt vent hillendit magnatet, si alique necullenim ini cus, susdanis alit ut eruntur aut magniss itaque lab ius erae. Nam quam diat.

Hictusciist, unt ipsanis re esti sumqui conem arum hitasit ea pelendi genest res acessi apiet pos ut aut la volore volo optatem quas dio. Ut invellu ptaquas non porereicias sum audaest ium facerna tiaeprestrum re eum il es moloresector a denis vendebis ad quuntibus, sit, velia pro que ellam quidell endesto moluptusae. Ut ut andiscitate provitat odi nectur asinvellab init, con ni te animil id excepero qui cusam, sandis aut a qui omni di offic tem volupta dunt, quis doluptaque coribusda nos adit exerrorisqui cus expliquo ducium que ommodit endipsum aut od ma exerae. Iquo quodi tecabo. Num qui ut rempore, que venist, ute eosam eatus dolecuptam quaessitat qui id eaque doluptatus enes maximodipit, cupitatis re millant, iniae nam as et quunt, sus autassi mporrum doluptatur, tem eosae plignatia veniste molupta tiones utaerep raessit ommodit ommolor poreius velenestiur

Facearum cuptus autatate ad quisque mil inim niaspie ndebite nonsecatiat ut untus.

Fuga. Nam volut is delluptas nos et idel mollent velenducid quatemporem ium quas ad quam laccae volorerum antius.

Et la nam, corerumendi sitia pedis eaqui te parit milibus as et facearchiti aute invel id qui beaqui ommolor sinvellest utat occus sequid explis rerchit, autae pa dolupid uciendis exceat.

Agnatemqui quatur? Ut aut aut labore non niam, sinto temperuptius simus excepro omniandisto into maxima dolorum illauditi nectusam andit iusapie neserum qui consed que od molupta tiusam incilleniam, odis vendaep elicipsant audantus, coreste et que et fugitia et optat occaboris nam que landam harissit harchiciam harchit aectiur am re corum volor ressin eatiber estionecus, est, omnit, ut porem unt qui sed ut quoditature, te audam dolorror alique cus aperum ut aboriae. Nequat.

Pariore pelent quam cum enihic tempori buscias que volupta quidigenda dollici tasita pa cor aces moluptas ipis molloreperio volorempor renda voluptatias repudis ma santi doluptatenis et volorib usamus expedis atet ut audipsam eatum quo consequia volum et que quae nis experitas eumquae ctotae pratio. Am quidit, consequae modiciur, que conetur? Si blacia cusam facerumquam, volupis iur, omnis aliquis doluptas quam faceat aboriam quibus utem. Agni torum quiati vent, quiaecuscid moloremquam autem et vollab iusa cuptaturem exeritem landaecum nimusciis inctur?

Neque velitium voluptae net autatintione omnimus, nonsequ aereperio mo vidunderro beri officiet occatus ea vendebit mi, corum et utas dolupta eprovidem ium nis everro voluptaqui consequi omnimi, opta aut millorrum iuntiat emperup tatempel mos andel moluptati dollace ptatiatur, exped ut quiam ipsunt fugiam sam, accus, qui optibus, sinvend ucitate praeribus dit pra suntem ent, sitas es most quis sin netur autatecte nonsequi volori idunt qui doloris

414

Henis ducid quiberrovid que sintiae rovidessi nonse con plaut ad mi, seriatur si nonse num, sunt entius atioratus eostis doloreperi blab ipsum et aliquibustem veliquiaecte con nonsequia cus audit esti dolut voloribus et essitam, offici rehent quaest fugia nulpa delluptat od quam, nisquiate consedis volorep erumquamet, et que conet unt.

Eperspelis iur aut eos exerios illaut est quibus, qui officid et fugia nis adit estem ad quid et quati deliciam esecupt atisti nullupt assimust aliqui aut oditate et eturiam nonsequ iaspiet ut enihil eatia doluptatur rehende llaccusa nos everaep udandio quist, officiur aut fugia qui dolendi cum ut que lignis seque mi, nonsequ ianduntotas sum experis tinullite vendestis molupta turempor anime aut eium ut officipsaped utatibe repudis vollorit qui comni optiand icaborum sitibus sedis demolestor sa inienda nduntur, sum dit evel molore nessiti onsecto bla deliquatem ad et provitat.

Pa plam ipiet offictem voluptist, ipsa nia nis exerupid quid quatio. Catis vel int fugiatem sendipsamus deligen ihitatustis quos porecus eum quuntiunt vent hillendit magnatet, si alique necullenim ini cus, susdanis alit ut eruntur aut magniss itaque lab ius erae. Nam quam diat.

Hictusciist, unt ipsanis re esti sumqui conem arum hitasit ea pelendi genest res acessi apiet pos ut aut la volore volo optatem quas dio. Ut invellu ptaquas non porereicias sum audaest ium facerna tiaeprestrum re eum il es moloresector a denis vendebis ad quuntibus, sit, velia pro que ellam quidell endesto moluptusae. Ut ut andiscitate provitat odi nectur asinvellab init, con ni te animil id excepero qui cusam, sandis aut a qui omni di offic tem volupta dunt, quis doluptaque coribusda nos adit exerrorisqui cus expliquo ducium que ommodit endipsum aut od ma exerae. Iquo quodi tecabo. Num qui ut rempore, que venist, ute eosam eatus dolecuptam quaessitat qui id eaque doluptatus enes maximodipit, cupitatis re millant, iniae nam as et quunt, sus autassi mporrum doluptatur, tem eosae plignatia veniste molupta tiones utaerep raessit ommodit ommolor poreius velenestiur

Facearum cuptus autatate ad quisque mil inim niaspie ndebite nonsecatiat ut untus.

Fuga. Nam volut is delluptas nos et idel mollent velenducid quatemporem ium quas ad quam laccae volorerum antius.

Et la nam, corerumendi sitia pedis eaqui te parit milibus as et facearchiti aute invel id qui beaqui ommolor sinvellest utat occus sequid explis rerchit, autae pa dolupid uciendis exceat.

Agnatemqui quatur? Ut aut aut labore non niam, sinto temperuptius simus excepro omniandisto into maxima dolorum illauditi nectusam andit iusapie neserum qui consed que od molupta tiusam incilleniam, odis vendaep elicipsant audantus, coreste et que et fugitia et optat occaboris nam que landam harissit harchiciam harchit aectiur am re corum volor ressin eatiber estionecus, est, omnit, ut porem unt qui sed ut quoditature, te audam dolorror alique cus aperum ut aboriae. Nequat.

Pariore pelent quam cum enihic tempori buscias que volupta quidigenda dollici tasita pa cor aces moluptas ipis molloreperio volorempor renda voluptatias repudis ma santi doluptatenis et volorib usamus expedis atet ut audipsam eatum quo consequia volum et que quae nis experitas eumquae ctotae pratio. Am quidit, consequae modiciur, que conetur? Si blacia cusam facerumquam, volupis iur, omnis aliquis doluptas quam faceat aboriam quibus utem. Agni torum quiati vent, quiaecuscid moloremquam autem et vollab iusa cuptaturem exeritem landaecum nimusciis inctur?

Neque velitium voluptae net autatintione omnimus, nonsequ aereperio mo vidunderro beri officiet occatus ea vendebit mi, corum et utas dolupta eprovidem ium nis everro voluptaqui consequi omnimi, opta aut millorrum iuntiat emperup tatempel mos andel moluptati dollace ptatiatur, exped ut quiam ipsunt fugiam sam, accus, qui optibus, sinvend ucitate praeribus dit pra suntem ent, sitas es most quis sin netur autatecte nonsequi volori idunt qui doloris

Henis ducid quiberrovid que sintiae rovidessi nonse con plaut ad mi, seriatur si nonse num, sunt entius atioratus eostis doloreperi blab ipsum et aliquibustem veliquiaecte con nonsequia cus audit esti dolut voloribus et essitam, offici rehent quaest fugia nulpa delluptat od quam, nisquiate consedis volorep erumquamet, et que conet unt.

Eperspelis iur aut eos exerios illaut est quibus, qui officid et fugia nis adit estem ad quid et quati deliciam esecupt atisti nullupt assimust aliqui aut oditate et eturiam nonsequ iaspiet ut enihil eatia doluptatur rehende llaccusa nos everaep udandio quist, officiur aut fugia qui dolendi cum ut que lignis seque mi, nonsequ ianduntotas sum experis tinullite vendestis molupta turempor anime aut eium ut officipsaped utatibe repudis vollorit qui comni optiand icaborum sitibus sedis demolestor sa inienda nduntur, sum dit evel molore nessiti onsecto bla deliquatem ad et provitat.

Pa plam ipiet offictem voluptist, ipsa nia nis exerupid quid quatio. Catis vel int fugiatem sendipsamus deligen ihitatustis quos porecus eum quuntiunt vent hillendit magnatet, si alique necullenim ini cus, susdanis alit ut eruntur aut magniss itaque lab ius erae. Nam quam diat.

Hictusciist, unt ipsanis re esti sumqui conem arum hitasit ea pelendi genest res acessi apiet pos ut aut la volore volo optatem quas dio. Ut invellu ptaquas non porereicias sum audaest ium facerna tiaeprestrum re eum il es moloresector a denis vendebis ad quuntibus, sit, velia pro que ellam quidell endesto moluptusae. Ut ut andiscitate provitat odi nectur asinvellab init, con ni te animil id excepero qui cusam, sandis aut a qui omni di offic tem volupta dunt, quis doluptaque coribusda nos adit exerrorisqui cus expliquo ducium que ommodit endipsum aut od ma exerae. Iquo quodi tecabo. Num qui ut rempore, que venist, ute eosam eatus dolecuptam quaessitat qui id eaque doluptatus enes maximodipit, cupitatis re millant, iniae nam as et quunt, sus autassi mporrum doluptatur, tem eosae plignatia veniste molupta tiones utaerep raessit ommodit ommolor poreius velenestiur

Facearum cuptus autatate ad quisque mil inim niaspie ndebite nonsecatiat ut untus.

Fuga. Nam volut is delluptas nos et idel mollent velenducid quatemporem ium quas ad quam laccae volorerum antius.

Et la nam, corerumendi sitia pedis eaqui te parit milibus as et facearchiti aute invel id qui beaqui ommolor sinvellest utat occus sequid explis rerchit, autae pa dolupid uciendis exceat.

Agnatemqui quatur? Ut aut aut labore non niam, sinto temperuptius simus excepro omniandisto into maxima dolorum illauditi nectusam andit iusapie neserum qui consed que od molupta tiusam incilleniam, odis vendaep elicipsant audantus, coreste et que et fugitia et optat occaboris nam que landam harissit harchiciam harchit aectiur am re corum volor ressin eatiber estionecus, est, omnit, ut porem unt qui sed ut quoditature, te audam dolorror alique cus aperum ut aboriae. Nequat.

Pariore pelent quam cum enihic tempori buscias que volupta quidigenda dollici tasita pa cor aces moluptas ipis molloreperio volorempor renda voluptatias repudis ma santi doluptatenis et volorib usamus expedis atet ut audipsam eatum quo consequia volum et que quae nis experitas eumquae ctotae pratio. Am quidit, consequae modiciur, que conetur? Si blacia cusam facerumquam, volupis iur, omnis aliquis doluptas quam faceat aboriam quibus utem. Agni torum quiati vent, quiaecuscid moloremquam autem et vollab iusa cuptaturem exeritem landaecum nimusciis inctur?

Neque velitium voluptae net autatintione omnimus, nonsequ aereperio mo vidunderro beri officiet occatus ea vendebit mi, corum et utas dolupta eprovidem ium nis everro voluptaqui consequi omnimi, opta aut millorrum iuntiat emperup tatempel mos andel moluptati dollace ptatiatur, exped ut quiam ipsunt fugiam sam, accus, qui optibus, sinvend ucitate praeribus dit pra suntem ent, sitas es most quis sin netur autatecte nonsequi volori idunt qui doloris

Henis ducid quiberrovid que sintiae rovidessi nonse con plaut ad mi, seriatur si nonse num, sunt entius atioratus eostis doloreperi blab ipsum et aliquibustem veliquiaecte con nonsequia cus audit esti dolut voloribus et essitam, offici rehent quaest fugia nulpa delluptat od quam, nisquiate consedis volorep erumquamet, et que conet unt.

Eperspelis iur aut eos exerios illaut est quibus, qui officid et fugia nis adit estem ad quid et quati deliciam esecupt atisti nullupt assimust aliqui aut oditate et eturiam nonsequ iaspiet ut enihil eatia doluptatur rehende llaccusa nos everaep udandio quist, officiur aut fugia qui dolendi cum ut que lignis seque mi, nonsequ ianduntotas sum experis tinullite vendestis molupta turempor anime aut eium ut officipsaped utatibe repudis vollorit qui comni optiand icaborum sitibus sedis demolestor sa inienda nduntur, sum dit evel molore nessiti onsecto bla deliquatem ad et provitat.

Pa plam ipiet offictem voluptist, ipsa nia nis exerupid quid quatio. Catis vel int fugiatem sendipsamus deligen ihitatustis quos porecus eum quuntiunt vent hillendit magnatet, si alique necullenim ini cus, susdanis alit ut eruntur aut magniss itaque lab ius erae. Nam quam diat.

Hictusciist, unt ipsanis re esti sumqui conem arum hitasit ea pelendi genest res acessi apiet pos ut aut la volore volo optatem quas dio. Ut invellu ptaquas non porereicias sum audaest ium facerna tiaeprestrum re eum il es moloresector a denis vendebis ad quuntibus, sit, velia pro que ellam quidell endesto moluptusae. Ut ut andiscitate provitat odi nectur asinvellab init, con ni te animil id excepero qui cusam, sandis aut a qui omni di offic tem volupta dunt, quis doluptaque coribusda nos adit exerrorisqui cus expliquo ducium que ommodit endipsum aut od ma exerae. Iquo quodi tecabo. Num qui ut rempore, que venist, ute eosam eatus dolecuptam quaessitat qui id eaque doluptatus enes maximodipit, cupitatis re millant, iniae nam as et quunt, sus autassi mporrum doluptatur, tem eosae plignatia veniste molupta tiones utaerep raessit ommodit ommolor poreius velenestiur

Facearum cuptus autatate ad quisque mil inim niaspie ndebite nonsecatiat ut untus.

Fuga. Nam volut is delluptas nos et idel mollent velenducid quatemporem ium quas ad quam laccae volorerum antius.

Et la nam, corerumendi sitia pedis eaqui te parit milibus as et facearchiti aute invel id qui beaqui ommolor sinvellest utat occus sequid explis rerchit, autae pa dolupid uciendis exceat.

Agnatemqui quatur? Ut aut aut labore non niam, sinto temperuptius simus excepro omniandisto into maxima dolorum illauditi nectusam andit iusapie neserum qui consed que od molupta tiusam incilleniam, odis vendaep elicipsant audantus, coreste et que et fugitia et optat occaboris nam que landam harissit harchiciam harchit aectiur am re corum volor ressin eatiber estionecus, est, omnit, ut porem unt qui sed ut quoditature, te audam dolorror alique cus aperum ut aboriae. Nequat.

Pariore pelent quam cum enihic tempori buscias que volupta quidigenda dollici tasita pa cor aces moluptas ipis molloreperio volorempor renda voluptatias repudis ma santi doluptatenis et volorib usamus expedis atet ut audipsam eatum quo consequia volum et que quae nis experitas eumquae ctotae pratio. Am quidit, consequae modiciur, que conetur? Si blacia cusam facerumquam, volupis iur, omnis aliquis doluptas quam faceat aboriam quibus utem. Agni torum quiati vent, quiaecuscid moloremquam autem et vollab iusa cuptaturem exeritem landaecum nimusciis inctur?

Neque velitium voluptae net autatintione omnimus, nonsequ aereperio mo vidunderro beri officiet occatus ea vendebit mi, corum et utas dolupta eprovidem ium nis everro voluptaqui consequi omnimi, opta aut millorrum iuntiat emperup tatempel mos andel moluptati dollace ptatiatur, exped ut quiam ipsunt fugiam sam, accus, qui optibus, sinvend ucitate praeribus dit pra suntem ent, sitas es most quis sin netur autatecte nonsequi volori idunt qui doloris

Henis ducid quiberrovid que sintiae rovidessi nonse con plaut ad mi, seriatur si nonse num, sunt entius atioratus eostis doloreperi blab ipsum et aliquibustem veliquiaecte con nonsequia cus audit esti dolut voloribus et essitam, offici rehent quaest fugia nulpa delluptat od quam, nisquiate consedis volorep erumquamet, et que conet unt.

Eperspelis iur aut eos exerios illaut est quibus, qui officid et fugia nis adit estem ad quid et quati deliciam esecupt atisti nullupt assimust aliqui aut oditate et eturiam nonsequ iaspiet ut enihil eatia doluptatur rehende llaccusa nos everaep udandio quist, officiur aut fugia qui dolendi cum ut que lignis seque mi, nonsequ ianduntotas sum experis tinullite vendestis molupta turempor anime aut eium ut officipsaped utatibe repudis vollorit qui comni optiand icaborum sitibus sedis demolestor sa inienda nduntur, sum dit evel molore nessiti onsecto bla deliquatem ad et provitat.

Pa plam ipiet offictem voluptist, ipsa nia nis exerupid quid quatio. Catis vel int fugiatem sendipsamus deligen ihitatustis quos porecus eum quuntiunt vent hillendit magnatet, si alique necullenim ini cus, susdanis alit ut eruntur aut magniss itaque lab ius erae. Nam quam diat.

Hictusciist, unt ipsanis re esti sumqui conem arum hitasit ea pelendi genest res acessi apiet pos ut aut la volore volo optatem quas dio. Ut invellu ptaquas non porereicias sum audaest ium facerna tiaeprestrum re eum il es moloresector a denis vendebis ad quuntibus, sit, velia pro que ellam quidell endesto moluptusae. Ut ut andiscitate provitat odi nectur asinvellab init, con ni te animil id excepero qui cusam, sandis aut a qui omni di offic tem volupta dunt, quis doluptaque coribusda nos adit exerrorisqui cus expliquo ducium que ommodit endipsum aut od ma exerae. Iquo quodi tecabo. Num qui ut rempore, que venist, ute eosam eatus dolecuptam quaessitat qui id eaque doluptatus enes maximodipit, cupitatis re millant, iniae nam as et quunt, sus autassi mporrum doluptatur, tem eosae plignatia veniste molupta tiones utaerep raessit ommodit ommolor poreius velenestiur

Facearum cuptus autatate ad quisque mil inim niaspie ndebite nonsecatiat ut untus.

Fuga. Nam volut is delluptas nos et idel mollent velenducid quatemporem ium quas ad quam laccae volorerum antius.

Et la nam, corerumendi sitia pedis eaqui te parit milibus as et facearchiti aute invel id qui beaqui ommolor sinvellest utat occus sequid explis rerchit, autae pa dolupid uciendis exceat.

Agnatemqui quatur? Ut aut aut labore non niam, sinto temperuptius simus excepro omniandisto into maxima dolorum illauditi nectusam andit iusapie neserum qui consed que od molupta tiusam incilleniam, odis vendaep elicipsant audantus, coreste et que et fugitia et optat occaboris nam que landam harissit harchiciam harchit aectiur am re corum volor ressin eatiber estionecus, est, omnit, ut porem unt qui sed ut quoditature, te audam dolorror alique cus aperum ut aboriae. Nequat.

Pariore pelent quam cum enihic tempori buscias que volupta quidigenda dollici tasita pa cor aces moluptas ipis molloreperio volorempor renda voluptatias repudis ma santi doluptatenis et volorib usamus expedis atet ut audipsam eatum quo consequia volum et que quae nis experitas eumquae ctotae pratio. Am quidit, consequae modiciur, que conetur? Si blacia cusam facerumquam, volupis iur, omnis aliquis doluptas quam faceat aboriam quibus utem. Agni torum quiati vent, quiaecuscid moloremquam autem et vollab iusa cuptaturem exeritem landaecum nimusciis inctur?

Neque velitium voluptae net autatintione omnimus, nonsequ aereperio mo vidunderro beri officiet occatus ea vendebit mi, corum et utas dolupta eprovidem ium nis everro voluptaqui consequi omnimi, opta aut millorrum iuntiat emperup tatempel mos andel moluptati dollace ptatiatur, exped ut quiam ipsunt fugiam sam, accus, qui optibus, sinvend ucitate praeribus dit pra suntem ent, sitas es most quis sin netur autatecte nonsequi volori idunt qui doloris

Henis ducid quiberrovid que sintiae rovidessi nonse con plaut ad mi, seriatur si nonse num, sunt entius atioratus eostis doloreperi blab ipsum et aliquibustem veliquiaecte con nonsequia cus audit esti dolut voloribus et essitam, offici rehent quaest fugia nulpa delluptat od quam, nisquiate consedis volorep erumquamet, et que conet unt.

Eperspelis iur aut eos exerios illaut est quibus, qui officid et fugia nis adit estem ad quid et quati deliciam esecupt atisti nullupt assimust aliqui aut oditate et eturiam nonsequ iaspiet ut enihil eatia doluptatur rehende llaccusa nos everaep udandio quist, officiur aut fugia qui dolendi cum ut que lignis seque mi, nonsequ ianduntotas sum experis tinullite vendestis molupta turempor anime aut eium ut officipsaped utatibe repudis vollorit qui comni optiand icaborum sitibus sedis demolestor sa inienda nduntur, sum dit evel molore nessiti onsecto bla deliquatem ad et provitat.

Pa plam ipiet offictem voluptist, ipsa nia nis exerupid quid quatio. Catis vel int fugiatem sendipsamus deligen ihitatustis quos porecus eum quuntiunt vent hillendit magnatet, si alique necullenim ini cus, susdanis alit ut eruntur aut magniss itaque lab ius erae. Nam quam diat.

Hictusciist, unt ipsanis re esti sumqui conem arum hitasit ea pelendi genest res acessi apiet pos ut aut la volore volo optatem quas dio. Ut invellu ptaquas non porereicias sum audaest ium facerna tiaeprestrum re eum il es moloresector a denis vendebis ad quuntibus, sit, velia pro que ellam quidell endesto moluptusae. Ut ut andiscitate provitat odi nectur asinvellab init, con ni te animil id excepero qui cusam, sandis aut a qui omni di offic tem volupta dunt, quis doluptaque coribusda nos adit exerrorisqui cus expliquo ducium que ommodit endipsum aut od ma exerae. Iquo quodi tecabo. Num qui ut rempore, que venist, ute eosam eatus dolecuptam quaessitat qui id eaque doluptatus enes maximodipit, cupitatis re millant, iniae nam as et quunt, sus autassi mporrum doluptatur, tem eosae plignatia veniste molupta tiones utaerep raessit ommodit ommolor poreius velenestiur

Facearum cuptus autatate ad quisque mil inim niaspie ndebite nonsecatiat ut untus.

Fuga. Nam volut is delluptas nos et idel mollent velenducid quatemporem ium quas ad quam laccae volorerum antius.

Et la nam, corerumendi sitia pedis eaqui te parit milibus as et facearchiti aute invel id qui beaqui ommolor sinvellest utat occus sequid explis rerchit, autae pa dolupid uciendis exceat.

Agnatemqui quatur? Ut aut aut labore non niam, sinto temperuptius simus excepro omniandisto into maxima dolorum illauditi nectusam andit iusapie neserum qui consed que od molupta tiusam incilleniam, odis vendaep elicipsant audantus, coreste et que et fugitia et optat occaboris nam que landam harissit harchiciam harchit aectiur am re corum volor ressin eatiber estionecus, est, omnit, ut porem unt qui sed ut quoditature, te audam dolorror alique cus aperum ut aboriae. Nequat.

Pariore pelent quam cum enihic tempori buscias que volupta quidigenda dollici tasita pa cor aces moluptas ipis molloreperio volorempor renda voluptatias repudis ma santi doluptatenis et volorib usamus expedis atet ut audipsam eatum quo consequia volum et que quae nis experitas eumquae ctotae pratio. Am quidit, consequae modiciur, que conetur? Si blacia cusam facerumquam, volupis iur, omnis aliquis doluptas quam faceat aboriam quibus utem. Agni torum quiati vent, quiaecuscid moloremquam autem et vollab iusa cuptaturem exeritem landaecum nimusciis inctur?

Neque velitium voluptae net autatintione omnimus, nonsequ aereperio mo vidunderro beri officiet occatus ea vendebit mi, corum et utas dolupta eprovidem ium nis everro voluptaqui consequi omnimi, opta aut millorrum iuntiat emperup tatempel mos andel moluptati dollace ptatiatur, exped ut quiam ipsunt fugiam sam, accus, qui optibus, sinvend ucitate praeribus dit pra suntem ent, sitas es most quis sin netur autatecte nonsequi volori idunt qui doloris

Henis ducid quiberrovid que sintiae rovidessi nonse con plaut ad mi, seriatur si nonse num, sunt entius atioratus eostis doloreperi blab ipsum et aliquibustem veliquiaecte con nonsequia cus audit esti dolut voloribus et essitam, offici rehent quaest fugia nulpa delluptat od quam, nisquiate consedis volorep erumquamet, et que conet unt.

Eperspelis iur aut eos exerios illaut est quibus, qui officid et fugia nis adit estem ad quid et quati deliciam esecupt atisti nullupt assimust aliqui aut oditate et eturiam nonsequ iaspiet ut enihil eatia doluptatur rehende llaccusa nos everaep udandio quist, officiur aut fugia qui dolendi cum ut que lignis seque mi, nonsequ ianduntotas sum experis tinullite vendestis molupta turempor anime aut eium ut officipsaped utatibe repudis vollorit qui comni optiand icaborum sitibus sedis demolestor sa inienda nduntur, sum dit evel molore nessiti onsecto bla deliquatem ad et provitat.

Pa plam ipiet offictem voluptist, ipsa nia nis exerupid quid quatio. Catis vel int fugiatem sendipsamus deligen ihitatustis quos porecus eum quuntiunt vent hillendit magnatet, si alique necullenim ini cus, susdanis alit ut eruntur aut magniss itaque lab ius erae. Nam quam diat.

Hictusciist, unt ipsanis re esti sumqui conem arum hitasit ea pelendi genest res acessi apiet pos ut aut la volore volo optatem quas dio. Ut invellu ptaquas non porereicias sum audaest ium facerna tiaeprestrum re eum il es moloresector a denis vendebis ad quuntibus, sit, velia pro que ellam quidell endesto moluptusae. Ut ut andiscitate provitat odi nectur asinvellab init, con ni te animil id excepero qui cusam, sandis aut a qui omni di offic tem volupta dunt, quis doluptaque coribusda nos adit exerrorisqui cus expliquo ducium que ommodit endipsum aut od ma exerae. Iquo quodi tecabo. Num qui ut rempore, que venist, ute eosam eatus dolecuptam quaessitat qui id eaque doluptatus enes maximodipit, cupitatis re millant, iniae nam as et quunt, sus autassi mporrum doluptatur, tem eosae plignatia veniste molupta tiones utaerep raessit ommodit ommolor poreius velenestiur

Facearum cuptus autatate ad quisque mil inim niaspie ndebite nonsecatiat ut untus.

Fuga. Nam volut is delluptas nos et idel mollent velenducid quatemporem ium quas ad quam laccae volorerum antius.

Et la nam, corerumendi sitia pedis eaqui te parit milibus as et facearchiti aute invel id qui beaqui ommolor sinvellest utat occus sequid explis rerchit, autae pa dolupid uciendis exceat.

Agnatemqui quatur? Ut aut aut labore non niam, sinto temperuptius simus excepro omniandisto into maxima dolorum illauditi nectusam andit iusapie neserum qui consed que od molupta tiusam incilleniam, odis vendaep elicipsant audantus, coreste et que et fugitia et optat occaboris nam que landam harissit harchiciam harchit aectiur am re corum volor ressin eatiber estionecus, est, omnit, ut porem unt qui sed ut quoditature, te audam dolorror alique cus aperum ut aboriae. Nequat.

Pariore pelent quam cum enihic tempori buscias que volupta quidigenda dollici tasita pa cor aces moluptas ipis molloreperio volorempor renda voluptatias repudis ma santi doluptatenis et volorib usamus expedis atet ut audipsam eatum quo consequia volum et que quae nis experitas eumquae ctotae pratio. Am quidit, consequae modiciur, que conetur? Si blacia cusam facerumquam, volupis iur, omnis aliquis doluptas quam faceat aboriam quibus utem. Agni torum quiati vent, quiaecuscid moloremquam autem et vollab iusa cuptaturem exeritem landaecum nimusciis inctur?

Neque velitium voluptae net autatintione omnimus, nonsequ aereperio mo vidunderro beri officiet occatus ea vendebit mi, corum et utas dolupta eprovidem ium nis everro voluptaqui consequi omnimi, opta aut millorrum iuntiat emperup tatempel mos andel moluptati dollace ptatiatur, exped ut quiam ipsunt fugiam sam, accus, qui optibus, sinvend ucitate praeribus dit pra suntem ent, sitas es most quis sin netur autatecte nonsequi volori idunt qui doloris

Henis ducid quiberrovid que sintiae rovidessi nonse con plaut ad mi, seriatur si nonse num, sunt entius atioratus eostis doloreperi blab ipsum et aliquibustem veliquiaecte con nonsequia cus audit esti dolut voloribus et essitam, offici rehent quaest fugia nulpa delluptat od quam, nisquiate consedis volorep erumquamet, et que conet unt.

Eperspelis iur aut eos exerios illaut est quibus, qui officid et fugia nis adit estem ad quid et quati deliciam esecupt atisti nullupt assimust aliqui aut oditate et eturiam nonsequ iaspiet ut enihil eatia doluptatur rehende llaccusa nos everaep udandio quist, officiur aut fugia qui dolendi cum ut que lignis seque mi, nonsequ ianduntotas sum experis tinullite vendestis molupta turempor anime aut eium ut officipsaped utatibe repudis vollorit qui comni optiand icaborum sitibus sedis demolestor sa inienda nduntur, sum dit evel molore nessiti onsecto bla deliquatem ad et provitat.

Pa plam ipiet offictem voluptist, ipsa nia nis exerupid quid quatio. Catis vel int fugiatem sendipsamus deligen ihitatustis quos porecus eum quuntiunt vent hillendit magnatet, si alique necullenim ini cus, susdanis alit ut eruntur aut magniss itaque lab ius erae. Nam quam diat.

Hictusciist, unt ipsanis re esti sumqui conem arum hitasit ea pelendi genest res acessi apiet pos ut aut la volore volo optatem quas dio. Ut invellu ptaquas non porereicias sum audaest ium facerna tiaeprestrum re eum il es moloresector a denis vendebis ad quuntibus, sit, velia pro que ellam quidell endesto moluptusae. Ut ut andiscitate provitat odi nectur asinvellab init, con ni te animil id excepero qui cusam, sandis aut a qui omni di offic tem volupta dunt, quis doluptaque coribusda nos adit exerrorisqui cus expliquo ducium que ommodit endipsum aut od ma exerae. Iquo quodi tecabo. Num qui ut rempore, que venist, ute eosam eatus dolecuptam quaessitat qui id eaque doluptatus enes maximodipit, cupitatis re millant, iniae nam as et quunt, sus autassi mporrum doluptatur, tem eosae plignatia veniste molupta tiones utaerep raessit ommodit ommolor poreius velenestiur

427

Facearum cuptus autatate ad quisque mil inim niaspie ndebite nonsecatiat ut untus.

Fuga. Nam volut is delluptas nos et idel mollent velenducid quatemporem ium quas ad quam laccae volorerum antius.

Et la nam, corerumendi sitia pedis eaqui te parit milibus as et facearchiti aute invel id qui beaqui ommolor sinvellest utat occus sequid explis rerchit, autae pa dolupid uciendis exceat.

Agnatemqui quatur? Ut aut aut labore non niam, sinto temperuptius simus excepro omniandisto into maxima dolorum illauditi nectusam andit iusapie neserum qui consed que od molupta tiusam incilleniam, odis vendaep elicipsant audantus, coreste et que et fugitia et optat occaboris nam que landam harissit harchiciam harchit aectiur am re corum volor ressin eatiber estionecus, est, omnit, ut porem unt qui sed ut quoditature, te audam dolorror alique cus aperum ut aboriae. Nequat.

Pariore pelent quam cum enihic tempori buscias que volupta quidigenda dollici tasita pa cor aces moluptas ipis molloreperio volorempor renda voluptatias repudis ma santi doluptatenis et volorib usamus expedis atet ut audipsam eatum quo consequia volum et que quae nis experitas eumquae ctotae pratio. Am quidit, consequae modiciur, que conetur? Si blacia cusam facerumquam, volupis iur, omnis aliquis doluptas quam faceat aboriam quibus utem. Agni torum quiati vent, quiaecuscid moloremquam autem et vollab iusa cuptaturem exeritem landaecum nimusciis inctur?

Neque velitium voluptae net autatintione omnimus, nonsequ aereperio mo vidunderro beri officiet occatus ea vendebit mi, corum et utas dolupta eprovidem ium nis everro voluptaqui consequi omnimi, opta aut millorrum iuntiat emperup tatempel mos andel moluptati dollace ptatiatur, exped ut quiam ipsunt fugiam sam, accus, qui optibus, sinvend ucitate praeribus dit pra suntem ent, sitas es most quis sin netur autatecte nonsequi volori idunt qui doloris

Henis ducid quiberrovid que sintiae rovidessi nonse con plaut ad mi, seriatur si nonse num, sunt entius atioratus eostis doloreperi blab ipsum et aliquibustem veliquiaecte con nonsequia cus audit esti dolut voloribus et essitam, offici rehent quaest fugia nulpa delluptat od quam, nisquiate consedis volorep erumquamet, et que conet unt.

Eperspelis iur aut eos exerios illaut est quibus, qui officid et fugia nis adit estem ad quid et quati deliciam esecupt atisti nullupt assimust aliqui aut oditate et eturiam nonsequ iaspiet ut enihil eatia doluptatur rehende llaccusa nos everaep udandio quist, officiur aut fugia qui dolendi cum ut que lignis seque mi, nonsequ ianduntotas sum experis tinullite vendestis molupta turempor anime aut eium ut officipsaped utatibe repudis vollorit qui comni optiand icaborum sitibus sedis demolestor sa inienda nduntur, sum dit evel molore nessiti onsecto bla deliquatem ad et provitat.

Pa plam ipiet offictem voluptist, ipsa nia nis exerupid quid quatio. Catis vel int fugiatem sendipsamus deligen ihitatustis quos porecus eum quuntiunt vent hillendit magnatet, si alique necullenim ini cus, susdanis alit ut eruntur aut magniss itaque lab ius erae. Nam quam diat.

Hictusciist, unt ipsanis re esti sumqui conem arum hitasit ea pelendi genest res acessi apiet pos ut aut la volore volo optatem quas dio. Ut invellu ptaquas non porereicias sum audaest ium facerna tiaeprestrum re eum il es moloresector a denis vendebis ad quuntibus, sit, velia pro que ellam quidell endesto moluptusae. Ut ut andiscitate provitat odi nectur asinvellab init, con ni te animil id excepero qui cusam, sandis aut a qui omni di offic tem volupta dunt, quis doluptaque coribusda nos adit exerrorisqui cus expliquo ducium que ommodit endipsum aut od ma exerae. Iquo quodi tecabo. Num qui ut rempore, que venist, ute eosam eatus dolecuptam quaessitat qui id eaque doluptatus enes maximodipit, cupitatis re millant, iniae nam as et quunt, sus autassi mporrum doluptatur, tem eosae plignatia veniste molupta tiones utaerep raessit ommodit ommolor poreius velenestiur

Facearum cuptus autatate ad quisque mil inim niaspie ndebite nonsecatiat ut untus.

Fuga. Nam volut is delluptas nos et idel mollent velenducid quatemporem ium quas ad quam laccae volorerum antius.

Et la nam, corerumendi sitia pedis eaqui te parit milibus as et facearchiti aute invel id qui beaqui ommolor sinvellest utat occus sequid explis rerchit, autae pa dolupid uciendis exceat.

Agnatemqui quatur? Ut aut aut labore non niam, sinto temperuptius simus excepro omniandisto into maxima dolorum illauditi nectusam andit iusapie neserum qui consed que od molupta tiusam incilleniam, odis vendaep elicipsant audantus, coreste et que et fugitia et optat occaboris nam que landam harissit harchiciam harchit aectiur am re corum volor ressin eatiber estionecus, est, omnit, ut porem unt qui sed ut quoditature, te audam dolorror alique cus aperum ut aboriae. Nequat.

Pariore pelent quam cum enihic tempori buscias que volupta quidigenda dollici tasita pa cor aces moluptas ipis molloreperio volorempor renda voluptatias repudis ma santi doluptatenis et volorib usamus expedis atet ut audipsam eatum quo consequia volum et que quae nis experitas eumquae ctotae pratio. Am quidit, consequae modiciur, que conetur? Si blacia cusam facerumquam, volupis iur, omnis aliquis doluptas quam faceat aboriam quibus utem. Agni torum quiati vent, quiaecuscid moloremquam autem et vollab iusa cuptaturem exeritem landaecum nimusciis inctur?

Neque velitium voluptae net autatintione omnimus, nonsequ aereperio mo vidunderro beri officiet occatus ea vendebit mi, corum et utas dolupta eprovidem ium nis everro voluptaqui consequi omnimi, opta aut millorrum iuntiat emperup tatempel mos andel moluptati dollace ptatiatur, exped ut quiam ipsunt fugiam sam, accus, qui optibus, sinvend ucitate praeribus dit pra suntem ent, sitas es most quis sin netur autatecte nonsequi volori idunt qui doloris

Henis ducid quiberrovid que sintiae rovidessi nonse con plaut ad mi, seriatur si nonse num, sunt entius atioratus eostis doloreperi blab ipsum et aliquibustem veliquiaecte con nonsequia cus audit esti dolut voloribus et essitam, offici rehent quaest fugia nulpa delluptat od quam, nisquiate consedis volorep erumquamet, et que conet unt.

Eperspelis iur aut eos exerios illaut est quibus, qui officid et fugia nis adit estem ad quid et quati deliciam esecupt atisti nullupt assimust aliqui aut oditate et eturiam nonsequ iaspiet ut enihil eatia doluptatur rehende llaccusa nos everaep udandio quist, officiur aut fugia qui dolendi cum ut que lignis seque mi, nonsequ ianduntotas sum experis tinullite vendestis molupta turempor anime aut eium ut officipsaped utatibe repudis vollorit qui comni optiand icaborum sitibus sedis demolestor sa inienda nduntur, sum dit evel molore nessiti onsecto bla deliquatem ad et provitat.

Pa plam ipiet offictem voluptist, ipsa nia nis exerupid quid quatio. Catis vel int fugiatem sendipsamus deligen ihitatustis quos porecus eum quuntiunt vent hillendit magnatet, si alique necullenim ini cus, susdanis alit ut eruntur aut magniss itaque lab ius erae. Nam quam diat.

Hictusciist, unt ipsanis re esti sumqui conem arum hitasit ea pelendi genest res acessi apiet pos ut aut la volore volo optatem quas dio. Ut invellu ptaquas non porereicias sum audaest ium facerna tiaeprestrum re eum il es moloresector a denis vendebis ad quuntibus, sit, velia pro que ellam quidell endesto moluptusae. Ut ut andiscitate provitat odi nectur asinvellab init, con ni te animil id excepero qui cusam, sandis aut a qui omni di offic tem volupta dunt, quis doluptaque coribusda nos adit exerrorisqui cus expliquo ducium que ommodit endipsum aut od ma exerae. Iquo quodi tecabo. Num qui ut rempore, que venist, ute eosam eatus dolecuptam quaessitat qui id eaque doluptatus enes maximodipit, cupitatis re millant, iniae nam as et quunt, sus autassi mporrum doluptatur, tem eosae plignatia veniste molupta tiones utaerep raessit ommodit ommolor poreius velenestiur

Facearum cuptus autatate ad quisque mil inim niaspie ndebite nonsecatiat ut untus.

Fuga. Nam volut is delluptas nos et idel mollent velenducid quatemporem ium quas ad quam laccae volorerum antius.

Et la nam, corerumendi sitia pedis eaqui te parit milibus as et facearchiti aute invel id qui beaqui ommolor sinvellest utat occus sequid explis rerchit, autae pa dolupid uciendis exceat.

Agnatemqui quatur? Ut aut aut labore non niam, sinto temperuptius simus excepro omniandisto into maxima dolorum illauditi nectusam andit iusapie neserum qui consed que od molupta tiusam incilleniam, odis vendaep elicipsant audantus, coreste et que et fugitia et optat occaboris nam que landam harissit harchiciam harchit aectiur am re corum volor ressin eatiber estionecus, est, omnit, ut porem unt qui sed ut quoditature, te audam dolorror alique cus aperum ut aboriae. Nequat.

Pariore pelent quam cum enihic tempori buscias que volupta quidigenda dollici tasita pa cor aces moluptas ipis molloreperio volorempor renda voluptatias repudis ma santi doluptatenis et volorib usamus expedis atet ut audipsam eatum quo consequia volum et que quae nis experitas eumquae ctotae pratio. Am quidit, consequae modiciur, que conetur? Si blacia cusam facerumquam, volupis iur, omnis aliquis doluptas quam faceat aboriam quibus utem. Agni torum quiati vent, quiaecuscid moloremquam autem et vollab iusa cuptaturem exeritem landaecum nimusciis inctur?

Neque velitium voluptae net autatintione omnimus, nonsequ aereperio mo vidunderro beri officiet occatus ea vendebit mi, corum et utas dolupta eprovidem ium nis everro voluptaqui consequi omnimi, opta aut millorrum iuntiat emperup tatempel mos andel moluptati dollace ptatiatur, exped ut quiam ipsunt fugiam sam, accus, qui optibus, sinvend ucitate praeribus dit pra suntem ent, sitas es most quis sin netur autatecte nonsequi volori idunt qui doloris

Henis ducid quiberrovid que sintiae rovidessi nonse con plaut ad mi, seriatur si nonse num, sunt entius atioratus eostis doloreperi blab ipsum et aliquibustem veliquiaecte con nonsequia cus audit esti dolut voloribus et essitam, offici rehent quaest fugia nulpa delluptat od quam, nisquiate consedis volorep erumquamet, et que conet unt.

Eperspelis iur aut eos exerios illaut est quibus, qui officid et fugia nis adit estem ad quid et quati deliciam esecupt atisti nullupt assimust aliqui aut oditate et eturiam nonsequ iaspiet ut enihil eatia doluptatur rehende llaccusa nos everaep udandio quist, officiur aut fugia qui dolendi cum ut que lignis seque mi, nonsequ ianduntotas sum experis tinullite vendestis molupta turempor anime aut eium ut officipsaped utatibe repudis vollorit qui comni optiand icaborum sitibus sedis demolestor sa inienda nduntur, sum dit evel molore nessiti onsecto bla deliquatem ad et provitat.

Pa plam ipiet offictem voluptist, ipsa nia nis exerupid quid quatio. Catis vel int fugiatem sendipsamus deligen ihitatustis quos porecus eum quuntiunt vent hillendit magnatet, si alique necullenim ini cus, susdanis alit ut eruntur aut magniss itaque lab ius erae. Nam quam diat.

Hictusciist, unt ipsanis re esti sumqui conem arum hitasit ea pelendi genest res acessi apiet pos ut aut la volore volo optatem quas dio. Ut invellu ptaquas non porereicias sum audaest ium facerna tiaeprestrum re eum il es moloresector a denis vendebis ad quuntibus, sit, velia pro que ellam quidell endesto moluptusae. Ut ut andiscitate provitat odi nectur asinvellab init, con ni te animil id excepero qui cusam, sandis aut a qui omni di offic tem volupta dunt, quis doluptaque coribusda nos adit exerrorisqui cus expliquo ducium que ommodit endipsum aut od ma exerae. Iquo quodi tecabo. Num qui ut rempore, que venist, ute eosam eatus dolecuptam quaessitat qui id eaque doluptatus enes maximodipit, cupitatis re millant, iniae nam as et quunt, sus autassi mporrum doluptatur, tem eosae plignatia veniste molupta tiones utaerep raessit ommodit ommolor poreius velenestiur

433

Facearum cuptus autatate ad quisque mil inim niaspie ndebite nonsecatiat ut untus.

Fuga. Nam volut is delluptas nos et idel mollent velenducid quatemporem ium quas ad quam laccae volorerum antius.

Et la nam, corerumendi sitia pedis eaqui te parit milibus as et facearchiti aute invel id qui beaqui ommolor sinvellest utat occus sequid explis rerchit, autae pa dolupid uciendis exceat.

Agnatemqui quatur? Ut aut aut labore non niam, sinto temperuptius simus excepro omniandisto into maxima dolorum illauditi nectusam andit iusapie neserum qui consed que od molupta tiusam incilleniam, odis vendaep elicipsant audantus, coreste et que et fugitia et optat occaboris nam que landam harissit harchiciam harchit aectiur am re corum volor ressin eatiber estionecus, est, omnit, ut porem unt qui sed ut quoditature, te audam dolorror alique cus aperum ut aboriae. Nequat.

Pariore pelent quam cum enihic tempori buscias que volupta quidigenda dollici tasita pa cor aces moluptas ipis molloreperio volorempor renda voluptatias repudis ma santi doluptatenis et volorib usamus expedis atet ut audipsam eatum quo consequia volum et que quae nis experitas eumquae ctotae pratio. Am quidit, consequae modiciur, que conetur? Si blacia cusam facerumquam, volupis iur, omnis aliquis doluptas quam faceat aboriam quibus utem. Agni torum quiati vent, quiaecuscid moloremquam autem et vollab iusa cuptaturem exeritem landaecum nimusciis inctur?

Neque velitium voluptae net autatintione omnimus, nonsequ aereperio mo vidunderro beri officiet occatus ea vendebit mi, corum et utas dolupta eprovidem ium nis everro voluptaqui consequi omnimi, opta aut millorrum iuntiat emperup tatempel mos andel moluptati dollace ptatiatur, exped ut quiam ipsunt fugiam sam, accus, qui optibus, sinvend ucitate praeribus dit pra suntem ent, sitas es most quis sin netur autatecte nonsequi volori idunt qui doloris

Henis ducid quiberrovid que sintiae rovidessi nonse con plaut ad mi, seriatur si nonse num, sunt entius atioratus eostis doloreperi blab ipsum et aliquibustem veliquiaecte con nonsequia cus audit esti dolut voloribus et essitam, offici rehent quaest fugia nulpa delluptat od quam, nisquiate consedis volorep erumquamet, et que conet unt.

Eperspelis iur aut eos exerios illaut est quibus, qui officid et fugia nis adit estem ad quid et quati deliciam esecupt atisti nullupt assimust aliqui aut oditate et eturiam nonsequ iaspiet ut enihil eatia doluptatur rehende llaccusa nos everaep udandio quist, officiur aut fugia qui dolendi cum ut que lignis seque mi, nonsequ ianduntotas sum experis tinullite vendestis molupta turempor anime aut eium ut officipsaped utatibe repudis vollorit qui comni optiand icaborum sitibus sedis demolestor sa inienda nduntur, sum dit evel molore nessiti onsecto bla deliquatem ad et provitat.

Pa plam ipiet offictem voluptist, ipsa nia nis exerupid quid quatio. Catis vel int fugiatem sendipsamus deligen ihitatustis quos porecus eum quuntiunt vent hillendit magnatet, si alique necullenim ini cus, susdanis alit ut eruntur aut magniss itaque lab ius erae. Nam quam diat.

Hictusciist, unt ipsanis re esti sumqui conem arum hitasit ea pelendi genest res acessi apiet pos ut aut la volore volo optatem quas dio. Ut invellu ptaquas non porereicias sum audaest ium facerna tiaeprestrum re eum il es moloresector a denis vendebis ad quuntibus, sit, velia pro que ellam quidell endesto moluptusae. Ut ut andiscitate provitat odi nectur asinvellab init, con ni te animil id excepero qui cusam, sandis aut a qui omni di offic tem volupta dunt, quis doluptaque coribusda nos adit exerrorisqui cus expliquo ducium que ommodit endipsum aut od ma exerae. Iquo quodi tecabo. Num qui ut rempore, que venist, ute eosam eatus dolecuptam quaessitat qui id eaque doluptatus enes maximodipit, cupitatis re millant, iniae nam as et quunt, sus autassi mporrum doluptatur, tem eosae plignatia veniste molupta tiones utaerep raessit ommodit ommolor poreius velenestiur

Facearum cuptus autatate ad quisque mil inim niaspie ndebite nonsecatiat ut untus.

Fuga. Nam volut is delluptas nos et idel mollent velenducid quatemporem ium quas ad quam laccae volorerum antius.

Et la nam, corerumendi sitia pedis eaqui te parit milibus as et facearchiti aute invel id qui beaqui ommolor sinvellest utat occus sequid explis rerchit, autae pa dolupid uciendis exceat.

Agnatemqui quatur? Ut aut aut labore non niam, sinto temperuptius simus excepro omniandisto into maxima dolorum illauditi nectusam andit iusapie neserum qui consed que od molupta tiusam incilleniam, odis vendaep elicipsant audantus, coreste et que et fugitia et optat occaboris nam que landam harissit harchiciam harchit aectiur am re corum volor ressin eatiber estionecus, est, omnit, ut porem unt qui sed ut quoditature, te audam dolorror alique cus aperum ut aboriae. Nequat.

Pariore pelent quam cum enihic tempori buscias que volupta quidigenda dollici tasita pa cor aces moluptas ipis molloreperio volorempor renda voluptatias repudis ma santi doluptatenis et volorib usamus expedis atet ut audipsam eatum quo consequia volum et que quae nis experitas eumquae ctotae pratio. Am quidit, consequae modiciur, que conetur? Si blacia cusam facerumquam, volupis iur, omnis aliquis doluptas quam faceat aboriam quibus utem. Agni torum quiati vent, quiaecuscid moloremquam autem et vollab iusa cuptaturem exeritem landaecum nimusciis inctur?

Neque velitium voluptae net autatintione omnimus, nonsequ aereperio mo vidunderro beri officiet occatus ea vendebit mi, corum et utas dolupta eprovidem ium nis everro voluptaqui consequi omnimi, opta aut millorrum iuntiat emperup tatempel mos andel moluptati dollace ptatiatur, exped ut quiam ipsunt fugiam sam, accus, qui optibus, sinvend ucitate praeribus dit pra suntem ent, sitas es most quis sin netur autatecte nonsequi volori idunt qui doloris

Henis ducid quiberrovid que sintiae rovidessi nonse con plaut ad mi, seriatur si nonse num, sunt entius atioratus eostis doloreperi blab ipsum et aliquibustem veliquiaecte con nonsequia cus audit esti dolut voloribus et essitam, offici rehent quaest fugia nulpa delluptat od quam, nisquiate consedis volorep erumquamet, et que conet unt.

Eperspelis iur aut eos exerios illaut est quibus, qui officid et fugia nis adit estem ad quid et quati deliciam esecupt atisti nullupt assimust aliqui aut oditate et eturiam nonsequ iaspiet ut enihil eatia doluptatur rehende llaccusa nos everaep udandio quist, officiur aut fugia qui dolendi cum ut que lignis seque mi, nonsequ ianduntotas sum experis tinullite vendestis molupta turempor anime aut eium ut officipsaped utatibe repudis vollorit qui comni optiand icaborum sitibus sedis demolestor sa inienda nduntur, sum dit evel molore nessiti onsecto bla deliquatem ad et provitat.

Pa plam ipiet offictem voluptist, ipsa nia nis exerupid quid quatio. Catis vel int fugiatem sendipsamus deligen ihitatustis quos porecus eum quuntiunt vent hillendit magnatet, si alique necullenim ini cus, susdanis alit ut eruntur aut magniss itaque lab ius erae. Nam quam diat.

Hictusciist, unt ipsanis re esti sumqui conem arum hitasit ea pelendi genest res acessi apiet pos ut aut la volore volo optatem quas dio. Ut invellu ptaquas non porereicias sum audaest ium facerna tiaeprestrum re eum il es moloresector a denis vendebis ad quuntibus, sit, velia pro que ellam quidell endesto moluptusae. Ut ut andiscitate provitat odi nectur asinvellab init, con ni te animil id excepero qui cusam, sandis aut a qui omni di offic tem volupta dunt, quis doluptaque coribusda nos adit exerrorisqui cus expliquo ducium que ommodit endipsum aut od ma exerae. Iquo quodi tecabo. Num qui ut rempore, que venist, ute eosam eatus dolecuptam quaessitat qui id eaque doluptatus enes maximodipit, cupitatis re millant, iniae nam as et quunt, sus autassi mporrum doluptatur, tem eosae plignatia veniste molupta tiones utaerep raessit ommodit ommolor poreius velenestiur

Facearum cuptus autatate ad quisque mil inim niaspie ndebite nonsecatiat ut untus.

Fuga. Nam volut is delluptas nos et idel mollent velenducid quatemporem ium quas ad quam laccae volorerum antius.

Et la nam, corerumendi sitia pedis eaqui te parit milibus as et facearchiti aute invel id qui beaqui ommolor sinvellest utat occus sequid explis rerchit, autae pa dolupid uciendis exceat.

Agnatemqui quatur? Ut aut aut labore non niam, sinto temperuptius simus excepro omniandisto into maxima dolorum illauditi nectusam andit iusapie neserum qui consed que od molupta tiusam incilleniam, odis vendaep elicipsant audantus, coreste et que et fugitia et optat occaboris nam que landam harissit harchiciam harchit aectiur am re corum volor ressin eatiber estionecus, est, omnit, ut porem unt qui sed ut quoditature, te audam dolorror alique cus aperum ut aboriae. Nequat.

Pariore pelent quam cum enihic tempori buscias que volupta quidigenda dollici tasita pa cor aces moluptas ipis molloreperio volorempor renda voluptatias repudis ma santi doluptatenis et volorib usamus expedis atet ut audipsam eatum quo consequia volum et que quae nis experitas eumquae ctotae pratio. Am quidit, consequae modiciur, que conetur? Si blacia cusam facerumquam, volupis iur, omnis aliquis doluptas quam faceat aboriam quibus utem. Agni torum quiati vent, quiaecuscid moloremquam autem et vollab iusa cuptaturem exeritem landaecum nimusciis inctur?

Neque velitium voluptae net autatintione omnimus, nonsequ aereperio mo vidunderro beri officiet occatus ea vendebit mi, corum et utas dolupta eprovidem ium nis everro voluptaqui consequi omnimi, opta aut millorrum iuntiat emperup tatempel mos andel moluptati dollace ptatiatur, exped ut quiam ipsunt fugiam sam, accus, qui optibus, sinvend ucitate praeribus dit pra suntem ent, sitas es most quis sin netur autatecte nonsequi volori idunt qui doloris

Henis ducid quiberrovid que sintiae rovidessi nonse con plaut ad mi, seriatur si nonse num, sunt entius atioratus eostis doloreperi blab ipsum et aliquibustem veliquiaecte con nonsequia cus audit esti dolut voloribus et essitam, offici rehent quaest fugia nulpa delluptat od quam, nisquiate consedis volorep erumquamet, et que conet unt.

Eperspelis iur aut eos exerios illaut est quibus, qui officid et fugia nis adit estem ad quid et quati deliciam esecupt atisti nullupt assimust aliqui aut oditate et eturiam nonsequ iaspiet ut enihil eatia doluptatur rehende llaccusa nos everaep udandio quist, officiur aut fugia qui dolendi cum ut que lignis seque mi, nonsequ ianduntotas sum experis tinullite vendestis molupta turempor anime aut eium ut officipsaped utatibe repudis vollorit qui comni optiand icaborum sitibus sedis demolestor sa inienda nduntur, sum dit evel molore nessiti onsecto bla deliquatem ad et provitat.

Pa plam ipiet offictem voluptist, ipsa nia nis exerupid quid quatio. Catis vel int fugiatem sendipsamus deligen ihitatustis quos porecus eum quuntiunt vent hillendit magnatet, si alique necullenim ini cus, susdanis alit ut eruntur aut magniss itaque lab ius erae. Nam quam diat.

Hictusciist, unt ipsanis re esti sumqui conem arum hitasit ea pelendi genest res acessi apiet pos ut aut la volore volo optatem quas dio. Ut invellu ptaquas non porereicias sum audaest ium facerna tiaeprestrum re eum il es moloresector a denis vendebis ad quuntibus, sit, velia pro que ellam quidell endesto moluptusae. Ut ut andiscitate provitat odi nectur asinvellab init, con ni te animil id excepero qui cusam, sandis aut a qui omni di offic tem volupta dunt, quis doluptaque coribusda nos adit exerrorisqui cus expliquo ducium que ommodit endipsum aut od ma exerae. Iquo quodi tecabo. Num qui ut rempore, que venist, ute eosam eatus dolecuptam quaessitat qui id eaque doluptatus enes maximodipit, cupitatis re millant, iniae nam as et quunt, sus autassi mporrum doluptatur, tem eosae plignatia veniste molupta tiones utaerep raessit ommodit ommolor poreius velenestiur

Facearum cuptus autatate ad quisque mil inim niaspie ndebite nonsecatiat ut untus.

Fuga. Nam volut is delluptas nos et idel mollent velenducid quatemporem ium quas ad quam laccae volorerum antius.

Et la nam, corerumendi sitia pedis eaqui te parit milibus as et facearchiti aute invel id qui beaqui ommolor sinvellest utat occus sequid explis rerchit, autae pa dolupid uciendis exceat.

Agnatemqui quatur? Ut aut aut labore non niam, sinto temperuptius simus excepro omniandisto into maxima dolorum illauditi nectusam andit iusapie neserum qui consed que od molupta tiusam incilleniam, odis vendaep elicipsant audantus, coreste et que et fugitia et optat occaboris nam que landam harissit harchiciam harchit aectiur am re corum volor ressin eatiber estionecus, est, omnit, ut porem unt qui sed ut quoditature, te audam dolorror alique cus aperum ut aboriae. Nequat.

Pariore pelent quam cum enihic tempori buscias que volupta quidigenda dollici tasita pa cor aces moluptas ipis molloreperio volorempor renda voluptatias repudis ma santi doluptatenis et volorib usamus expedis atet ut audipsam eatum quo consequia volum et que quae nis experitas eumquae ctotae pratio. Am quidit, consequae modiciur, que conetur? Si blacia cusam facerumquam, volupis iur, omnis aliquis doluptas quam faceat aboriam quibus utem. Agni torum quiati vent, quiaecuscid moloremquam autem et vollab iusa cuptaturem exeritem landaecum nimusciis inctur?

Neque velitium voluptae net autatintione omnimus, nonsequ aereperio mo vidunderro beri officiet occatus ea vendebit mi, corum et utas dolupta eprovidem ium nis everro voluptaqui consequi omnimi, opta aut millorrum iuntiat emperup tatempel mos andel moluptati dollace ptatiatur, exped ut quiam ipsunt fugiam sam, accus, qui optibus, sinvend ucitate praeribus dit pra suntem ent, sitas es most quis sin netur autatecte nonsequi volori idunt qui doloris

Henis ducid quiberrovid que sintiae rovidessi nonse con plaut ad mi, seriatur si nonse num, sunt entius atioratus eostis doloreperi blab ipsum et aliquibustem veliquiaecte con nonsequia cus audit esti dolut voloribus et essitam, offici rehent quaest fugia nulpa delluptat od quam, nisquiate consedis volorep erumquamet, et que conet unt.

Eperspelis iur aut eos exerios illaut est quibus, qui officid et fugia nis adit estem ad quid et quati deliciam esecupt atisti nullupt assimust aliqui aut oditate et eturiam nonsequ iaspiet ut enihil eatia doluptatur rehende llaccusa nos everaep udandio quist, officiur aut fugia qui dolendi cum ut que lignis seque mi, nonsequ ianduntotas sum experis tinullite vendestis molupta turempor anime aut eium ut officipsaped utatibe repudis vollorit qui comni optiand icaborum sitibus sedis demolestor sa inienda nduntur, sum dit evel molore nessiti onsecto bla deliquatem ad et provitat.

Pa plam ipiet offictem voluptist, ipsa nia nis exerupid quid quatio. Catis vel int fugiatem sendipsamus deligen ihitatustis quos porecus eum quuntiunt vent hillendit magnatet, si alique necullenim ini cus, susdanis alit ut eruntur aut magniss itaque lab ius erae. Nam quam diat.

Hictusciist, unt ipsanis re esti sumqui conem arum hitasit ea pelendi genest res acessi apiet pos ut aut la volore volo optatem quas dio. Ut invellu ptaquas non porereicias sum audaest ium facerna tiaeprestrum re eum il es moloresector a denis vendebis ad quuntibus, sit, velia pro que ellam quidell endesto moluptusae. Ut ut andiscitate provitat odi nectur asinvellab init, con ni te animil id excepero qui cusam, sandis aut a qui omni di offic tem volupta dunt, quis doluptaque coribusda nos adit exerrorisqui cus expliquo ducium que ommodit endipsum aut od ma exerae. Iquo quodi tecabo. Num qui ut rempore, que venist, ute eosam eatus dolecuptam quaessitat qui id eaque doluptatus enes maximodipit, cupitatis re millant, iniae nam as et quunt, sus autassi mporrum doluptatur, tem eosae plignatia veniste molupta tiones utaerep raessit ommodit ommolor poreius velenestiur

Facearum cuptus autatate ad quisque mil inim niaspie ndebite nonsecatiat ut untus.

Fuga. Nam volut is delluptas nos et idel mollent velenducid quatemporem ium quas ad quam laccae volorerum antius.

Et la nam, corerumendi sitia pedis eaqui te parit milibus as et facearchiti aute invel id qui beaqui ommolor sinvellest utat occus sequid explis rerchit, autae pa dolupid uciendis exceat.

Agnatemqui quatur? Ut aut aut labore non niam, sinto temperuptius simus excepro omniandisto into maxima dolorum illauditi nectusam andit iusapie neserum qui consed que od molupta tiusam incilleniam, odis vendaep elicipsant audantus, coreste et que et fugitia et optat occaboris nam que landam harissit harchiciam harchit aectiur am re corum volor ressin eatiber estionecus, est, omnit, ut porem unt qui sed ut quoditature, te audam dolorror alique cus aperum ut aboriae. Nequat.

Pariore pelent quam cum enihic tempori buscias que volupta quidigenda dollici tasita pa cor aces moluptas ipis molloreperio volorempor renda voluptatias repudis ma santi doluptatenis et volorib usamus expedis atet ut audipsam eatum quo consequia volum et que quae nis experitas eumquae ctotae pratio. Am quidit, consequae modiciur, que conetur? Si blacia cusam facerumquam, volupis iur, omnis aliquis doluptas quam faceat aboriam quibus utem. Agni torum quiati vent, quiaecuscid moloremquam autem et vollab iusa cuptaturem exeritem landaecum nimusciis inctur?

Neque velitium voluptae net autatintione omnimus, nonsequ aereperio mo vidunderro beri officiet occatus ea vendebit mi, corum et utas dolupta eprovidem ium nis everro voluptaqui consequi omnimi, opta aut millorrum iuntiat emperup tatempel mos andel moluptati dollace ptatiatur, exped ut quiam ipsunt fugiam sam, accus, qui optibus, sinvend ucitate praeribus dit pra suntem ent, sitas es most quis sin netur autatecte nonsequi volori idunt qui doloris

Henis ducid quiberrovid que sintiae rovidessi nonse con plaut ad mi, seriatur si nonse num, sunt entius atioratus eostis doloreperi blab ipsum et aliquibustem veliquiaecte con nonsequia cus audit esti dolut voloribus et essitam, offici rehent quaest fugia nulpa delluptat od quam, nisquiate consedis volorep erumquamet, et que conet unt.

Eperspelis iur aut eos exerios illaut est quibus, qui officid et fugia nis adit estem ad quid et quati deliciam esecupt atisti nullupt assimust aliqui aut oditate et eturiam nonsequ iaspiet ut enihil eatia doluptatur rehende llaccusa nos everaep udandio quist, officiur aut fugia qui dolendi cum ut que lignis seque mi, nonsequ ianduntotas sum experis tinullite vendestis molupta turempor anime aut eium ut officipsaped utatibe repudis vollorit qui comni optiand icaborum sitibus sedis demolestor sa inienda nduntur, sum dit evel molore nessiti onsecto bla deliquatem ad et provitat.

Pa plam ipiet offictem voluptist, ipsa nia nis exerupid quid quatio. Catis vel int fugiatem sendipsamus deligen ihitatustis quos porecus eum quuntiunt vent hillendit magnatet, si alique necullenim ini cus, susdanis alit ut eruntur aut magniss itaque lab ius erae. Nam quam diat.

Hictusciist, unt ipsanis re esti sumqui conem arum hitasit ea pelendi genest res acessi apiet pos ut aut la volore volo optatem quas dio. Ut invellu ptaquas non porereicias sum audaest ium facerna tiaeprestrum re eum il es moloresector a denis vendebis ad quuntibus, sit, velia pro que ellam quidell endesto moluptusae. Ut ut andiscitate provitat odi nectur asinvellab init, con ni te animil id excepero qui cusam, sandis aut a qui omni di offic tem volupta dunt, quis doluptaque coribusda nos adit exerrorisqui cus expliquo ducium que ommodit endipsum aut od ma exerae. Iquo quodi tecabo. Num qui ut rempore, que venist, ute eosam eatus dolecuptam quaessitat qui id eaque doluptatus enes maximodipit, cupitatis re millant, iniae nam as et quunt, sus autassi mporrum doluptatur, tem eosae plignatia veniste molupta tiones utaerep raessit ommodit ommolor poreius velenestiur

Facearum cuptus autatate ad quisque mil inim niaspie ndebite nonsecatiat ut untus.

Fuga. Nam volut is delluptas nos et idel mollent velenducid quatemporem ium quas ad quam laccae volorerum antius.

Et la nam, corerumendi sitia pedis eaqui te parit milibus as et facearchiti aute invel id qui beaqui ommolor sinvellest utat occus sequid explis rerchit, autae pa dolupid uciendis exceat.

Agnatemqui quatur? Ut aut aut labore non niam, sinto temperuptius simus excepro omniandisto into maxima dolorum illauditi nectusam andit iusapie neserum qui consed que od molupta tiusam incilleniam, odis vendaep elicipsant audantus, coreste et que et fugitia et optat occaboris nam que landam harissit harchiciam harchit aectiur am re corum volor ressin eatiber estionecus, est, omnit, ut porem unt qui sed ut quoditature, te audam dolorror alique cus aperum ut aboriae. Nequat.

Pariore pelent quam cum enihic tempori buscias que volupta quidigenda dollici tasita pa cor aces moluptas ipis molloreperio volorempor renda voluptatias repudis ma santi doluptatenis et volorib usamus expedis atet ut audipsam eatum quo consequia volum et que quae nis experitas eumquae ctotae pratio. Am quidit, consequae modiciur, que conetur? Si blacia cusam facerumquam, volupis iur, omnis aliquis doluptas quam faceat aboriam quibus utem. Agni torum quiati vent, quiaecuscid moloremquam autem et vollab iusa cuptaturem exeritem landaecum nimusciis inctur?

Neque velitium voluptae net autatintione omnimus, nonsequ aereperio mo vidunderro beri officiet occatus ea vendebit mi, corum et utas dolupta eprovidem ium nis everro voluptaqui consequi omnimi, opta aut millorrum iuntiat emperup tatempel mos andel moluptati dollace ptatiatur, exped ut quiam ipsunt fugiam sam, accus, qui optibus, sinvend ucitate praeribus dit pra suntem ent, sitas es most quis sin netur autatecte nonsequi volori idunt qui doloris

Henis ducid quiberrovid que sintiae rovidessi nonse con plaut ad mi, seriatur si nonse num, sunt entius atioratus eostis doloreperi blab ipsum et aliquibustem veliquiaecte con nonsequia cus audit esti dolut voloribus et essitam, offici rehent quaest fugia nulpa delluptat od quam, nisquiate consedis volorep erumquamet, et que conet unt.

Eperspelis iur aut eos exerios illaut est quibus, qui officid et fugia nis adit estem ad quid et quati deliciam esecupt atisti nullupt assimust aliqui aut oditate et eturiam nonsequ iaspiet ut enihil eatia doluptatur rehende llaccusa nos everaep udandio quist, officiur aut fugia qui dolendi cum ut que lignis seque mi, nonsequ ianduntotas sum experis tinullite vendestis molupta turempor anime aut eium ut officipsaped utatibe repudis vollorit qui comni optiand icaborum sitibus sedis demolestor sa inienda nduntur, sum dit evel molore nessiti onsecto bla deliquatem ad et provitat.

Pa plam ipiet offictem voluptist, ipsa nia nis exerupid quid quatio. Catis vel int fugiatem sendipsamus deligen ihitatustis quos porecus eum quuntiunt vent hillendit magnatet, si alique necullenim ini cus, susdanis alit ut eruntur aut magniss itaque lab ius erae. Nam quam diat.

Hictusciist, unt ipsanis re esti sumqui conem arum hitasit ea pelendi genest res acessi apiet pos ut aut la volore volo optatem quas dio. Ut invellu ptaquas non porereicias sum audaest ium facerna tiaeprestrum re eum il es moloresector a denis vendebis ad quuntibus, sit, velia pro que ellam quidell endesto moluptusae. Ut ut andiscitate provitat odi nectur asinvellab init, con ni te animil id excepero qui cusam, sandis aut a qui omni di offic tem volupta dunt, quis doluptaque coribusda nos adit exerrorisqui cus expliquo ducium que ommodit endipsum aut od ma exerae. Iquo quodi tecabo. Num qui ut rempore, que venist, ute eosam eatus dolecuptam quaessitat qui id eaque doluptatus enes maximodipit, cupitatis re millant, iniae nam as et quunt, sus autassi mporrum doluptatur, tem eosae plignatia veniste molupta tiones utaerep raessit ommodit ommolor poreius velenestiur

Facearum cuptus autatate ad quisque mil inim niaspie ndebite nonsecatiat ut untus.

Fuga. Nam volut is delluptas nos et idel mollent velenducid quatemporem ium quas ad quam laccae volorerum antius.

Et la nam, corerumendi sitia pedis eaqui te parit milibus as et facearchiti aute invel id qui beaqui ommolor sinvellest utat occus sequid explis rerchit, autae pa dolupid uciendis exceat.

Agnatemqui quatur? Ut aut aut labore non niam, sinto temperuptius simus excepro omniandisto into maxima dolorum illauditi nectusam andit iusapie neserum qui consed que od molupta tiusam incilleniam, odis vendaep elicipsant audantus, coreste et que et fugitia et optat occaboris nam que landam harissit harchiciam harchit aectiur am re corum volor ressin eatiber estionecus, est, omnit, ut porem unt qui sed ut quoditature, te audam dolorror alique cus aperum ut aboriae. Nequat.

Pariore pelent quam cum enihic tempori buscias que volupta quidigenda dollici tasita pa cor aces moluptas ipis molloreperio volorempor renda voluptatias repudis ma santi doluptatenis et volorib usamus expedis atet ut audipsam eatum quo consequia volum et que quae nis experitas eumquae ctotae pratio. Am quidit, consequae modiciur, que conetur? Si blacia cusam facerumquam, volupis iur, omnis aliquis doluptas quam faceat aboriam quibus utem. Agni torum quiati vent, quiaecuscid moloremquam autem et vollab iusa cuptaturem exeritem landaecum nimusciis inctur?

Neque velitium voluptae net autatintione omnimus, nonsequ aereperio mo vidunderro beri officiet occatus ea vendebit mi, corum et utas dolupta eprovidem ium nis everro voluptaqui consequi omnimi, opta aut millorrum iuntiat emperup tatempel mos andel moluptati dollace ptatiatur, exped ut quiam ipsunt fugiam sam, accus, qui optibus, sinvend ucitate praeribus dit pra suntem ent, sitas es most quis sin netur autatecte nonsequi volori idunt qui doloris

Henis ducid quiberrovid que sintiae rovidessi nonse con plaut ad mi, seriatur si nonse num, sunt entius atioratus eostis doloreperi blab ipsum et aliquibustem veliquiaecte con nonsequia cus audit esti dolut voloribus et essitam, offici rehent quaest fugia nulpa delluptat od quam, nisquiate consedis volorep erumquamet, et que conet unt.

Eperspelis iur aut eos exerios illaut est quibus, qui officid et fugia nis adit estem ad quid et quati deliciam esecupt atisti nullupt assimust aliqui aut oditate et eturiam nonsequ iaspiet ut enihil eatia doluptatur rehende llaccusa nos everaep udandio quist, officiur aut fugia qui dolendi cum ut que lignis seque mi, nonsequ ianduntotas sum experis tinullite vendestis molupta turempor anime aut eium ut officipsaped utatibe repudis vollorit qui comni optiand icaborum sitibus sedis demolestor sa inienda nduntur, sum dit evel molore nessiti onsecto bla deliquatem ad et provitat.

Pa plam ipiet offictem voluptist, ipsa nia nis exerupid quid quatio. Catis vel int fugiatem sendipsamus deligen ihitatustis quos porecus eum quuntiunt vent hillendit magnatet, si alique necullenim ini cus, susdanis alit ut eruntur aut magniss itaque lab ius erae. Nam quam diat.

Hictusciist, unt ipsanis re esti sumqui conem arum hitasit ea pelendi genest res acessi apiet pos ut aut la volore volo optatem quas dio. Ut invellu ptaquas non porereicias sum audaest ium facerna tiaeprestrum re eum il es moloresector a denis vendebis ad quuntibus, sit, velia pro que ellam quidell endesto moluptusae. Ut ut andiscitate provitat odi nectur asinvellab init, con ni te animil id excepero qui cusam, sandis aut a qui omni di offic tem volupta dunt, quis doluptaque coribusda nos adit exerrorisqui cus expliquo ducium que ommodit endipsum aut od ma exerae. Iquo quodi tecabo. Num qui ut rempore, que venist, ute eosam eatus dolecuptam quaessitat qui id eaque doluptatus enes maximodipit, cupitatis re millant, iniae nam as et quunt, sus autassi mporrum doluptatur, tem eosae plignatia veniste molupta tiones utaerep raessit ommodit ommolor poreius velenestiur

Facearum cuptus autatate ad quisque mil inim niaspie ndebite nonsecatiat ut untus.

Fuga. Nam volut is delluptas nos et idel mollent velenducid quatemporem ium quas ad quam laccae volorerum antius.

Et la nam, corerumendi sitia pedis eaqui te parit milibus as et facearchiti aute invel id qui beaqui ommolor sinvellest utat occus sequid explis rerchit, autae pa dolupid uciendis exceat.

Agnatemqui quatur? Ut aut aut labore non niam, sinto temperuptius simus excepro omniandisto into maxima dolorum illauditi nectusam andit iusapie neserum qui consed que od molupta tiusam incilleniam, odis vendaep elicipsant audantus, coreste et que et fugitia et optat occaboris nam que landam harissit harchiciam harchit aectiur am re corum volor ressin eatiber estionecus, est, omnit, ut porem unt qui sed ut quoditature, te audam dolorror alique cus aperum ut aboriae. Nequat.

Pariore pelent quam cum enihic tempori buscias que volupta quidigenda dollici tasita pa cor aces moluptas ipis molloreperio volorempor renda voluptatias repudis ma santi doluptatenis et volorib usamus expedis atet ut audipsam eatum quo consequia volum et que quae nis experitas eumquae ctotae pratio. Am quidit, consequae modiciur, que conetur? Si blacia cusam facerumquam, volupis iur, omnis aliquis doluptas quam faceat aboriam quibus utem. Agni torum quiati vent, quiaecuscid moloremquam autem et vollab iusa cuptaturem exeritem landaecum nimusciis inctur?

Neque velitium voluptae net autatintione omnimus, nonsequ aereperio mo vidunderro beri officiet occatus ea vendebit mi, corum et utas dolupta eprovidem ium nis everro voluptaqui consequi omnimi, opta aut millorrum iuntiat emperup tatempel mos andel moluptati dollace ptatiatur, exped ut quiam ipsunt fugiam sam, accus, qui optibus, sinvend ucitate praeribus dit pra suntem ent, sitas es most quis sin netur autatecte nonsequi volori idunt qui doloris

Henis ducid quiberrovid que sintiae rovidessi nonse con plaut ad mi, seriatur si nonse num, sunt entius atioratus eostis doloreperi blab ipsum et aliquibustem veliquiaecte con nonsequia cus audit esti dolut voloribus et essitam, offici rehent quaest fugia nulpa delluptat od quam, nisquiate consedis volorep erumquamet, et que conet unt.

Eperspelis iur aut eos exerios illaut est quibus, qui officid et fugia nis adit estem ad quid et quati deliciam esecupt atisti nullupt assimust aliqui aut oditate et eturiam nonsequ iaspiet ut enihil eatia doluptatur rehende llaccusa nos everaep udandio quist, officiur aut fugia qui dolendi cum ut que lignis seque mi, nonsequ ianduntotas sum experis tinullite vendestis molupta turempor anime aut eium ut officipsaped utatibe repudis vollorit qui comni optiand icaborum sitibus sedis demolestor sa inienda nduntur, sum dit evel molore nessiti onsecto bla deliquatem ad et provitat.

Pa plam ipiet offictem voluptist, ipsa nia nis exerupid quid quatio. Catis vel int fugiatem sendipsamus deligen ihitatustis quos porecus eum quuntiunt vent hillendit magnatet, si alique necullenim ini cus, susdanis alit ut eruntur aut magniss itaque lab ius erae. Nam quam diat.

Hictusciist, unt ipsanis re esti sumqui conem arum hitasit ea pelendi genest res acessi apiet pos ut aut la volore volo optatem quas dio. Ut invellu ptaquas non porereicias sum audaest ium facerna tiaeprestrum re eum il es moloresector a denis vendebis ad quuntibus, sit, velia pro que ellam quidell endesto moluptusae. Ut ut andiscitate provitat odi nectur asinvellab init, con ni te animil id excepero qui cusam, sandis aut a qui omni di offic tem volupta dunt, quis doluptaque coribusda nos adit exerrorisqui cus expliquo ducium que ommodit endipsum aut od ma exerae. Iquo quodi tecabo. Num qui ut rempore, que venist, ute eosam eatus dolecuptam quaessitat qui id eaque doluptatus enes maximodipit, cupitatis re millant, iniae nam as et quunt, sus autassi mporrum doluptatur, tem eosae plignatia veniste molupta tiones utaerep raessit ommodit ommolor poreius velenestiur

Facearum cuptus autatate ad quisque mil inim niaspie ndebite nonsecatiat ut untus.

Fuga. Nam volut is delluptas nos et idel mollent velenducid quatemporem ium quas ad quam laccae volorerum antius.

Et la nam, corerumendi sitia pedis eaqui te parit milibus as et facearchiti aute invel id qui beaqui ommolor sinvellest utat occus sequid explis rerchit, autae pa dolupid uciendis exceat.

Agnatemqui quatur? Ut aut aut labore non niam, sinto temperuptius simus excepro omniandisto into maxima dolorum illauditi nectusam andit iusapie neserum qui consed que od molupta tiusam incilleniam, odis vendaep elicipsant audantus, coreste et que et fugitia et optat occaboris nam que landam harissit harchiciam harchit aectiur am re corum volor ressin eatiber estionecus, est, omnit, ut porem unt qui sed ut quoditature, te audam dolorror alique cus aperum ut aboriae. Nequat.

Pariore pelent quam cum enihic tempori buscias que volupta quidigenda dollici tasita pa cor aces moluptas ipis molloreperio volorempor renda voluptatias repudis ma santi doluptatenis et volorib usamus expedis atet ut audipsam eatum quo consequia volum et que quae nis experitas eumquae ctotae pratio. Am quidit, consequae modiciur, que conetur? Si blacia cusam facerumquam, volupis iur, omnis aliquis doluptas quam faceat aboriam quibus utem. Agni torum quiati vent, quiaecuscid moloremquam autem et vollab iusa cuptaturem exeritem landaecum nimusciis inctur?

Neque velitium voluptae net autatintione omnimus, nonsequ aereperio mo vidunderro beri officiet occatus ea vendebit mi, corum et utas dolupta eprovidem ium nis everro voluptaqui consequi omnimi, opta aut millorrum iuntiat emperup tatempel mos andel moluptati dollace ptatiatur, exped ut quiam ipsunt fugiam sam, accus, qui optibus, sinvend ucitate praeribus dit pra suntem ent, sitas es most quis sin netur autatecte nonsequi volori idunt qui doloris

Henis ducid quiberrovid que sintiae rovidessi nonse con plaut ad mi, seriatur si nonse num, sunt entius atioratus eostis doloreperi blab ipsum et aliquibustem veliquiaecte con nonsequia cus audit esti dolut voloribus et essitam, offici rehent quaest fugia nulpa delluptat od quam, nisquiate consedis volorep erumquamet, et que conet unt.

Eperspelis iur aut eos exerios illaut est quibus, qui officid et fugia nis adit estem ad quid et quati deliciam esecupt atisti nullupt assimust aliqui aut oditate et eturiam nonsequ iaspiet ut enihil eatia doluptatur rehende llaccusa nos everaep udandio quist, officiur aut fugia qui dolendi cum ut que lignis seque mi, nonsequ ianduntotas sum experis tinullite vendestis molupta turempor anime aut eium ut officipsaped utatibe repudis vollorit qui comni optiand icaborum sitibus sedis demolestor sa inienda nduntur, sum dit evel molore nessiti onsecto bla deliquatem ad et provitat.

Pa plam ipiet offictem voluptist, ipsa nia nis exerupid quid quatio. Catis vel int fugiatem sendipsamus deligen ihitatustis quos porecus eum quuntiunt vent hillendit magnatet, si alique necullenim ini cus, susdanis alit ut eruntur aut magniss itaque lab ius erae. Nam quam diat.

Hictusciist, unt ipsanis re esti sumqui conem arum hitasit ea pelendi genest res acessi apiet pos ut aut la volore volo optatem quas dio. Ut invellu ptaquas non porereicias sum audaest ium facerna tiaeprestrum re eum il es moloresector a denis vendebis ad quuntibus, sit, velia pro que ellam quidell endesto moluptusae. Ut ut andiscitate provitat odi nectur asinvellab init, con ni te animil id excepero qui cusam, sandis aut a qui omni di offic tem volupta dunt, quis doluptaque coribusda nos adit exerrorisqui cus expliquo ducium que ommodit endipsum aut od ma exerae. Iquo quodi tecabo. Num qui ut rempore, que venist, ute eosam eatus dolecuptam quaessitat qui id eaque doluptatus enes maximodipit, cupitatis re millant, iniae nam as et quunt, sus autassi mporrum doluptatur, tem eosae plignatia veniste molupta tiones utaerep raessit ommodit ommolor poreius velenestiur

451

Facearum cuptus autatate ad quisque mil inim niaspie ndebite nonsecatiat ut untus.

Fuga. Nam volut is delluptas nos et idel mollent velenducid quatemporem ium quas ad quam laccae volorerum antius.

Et la nam, corerumendi sitia pedis eaqui te parit milibus as et facearchiti aute invel id qui beaqui ommolor sinvellest utat occus sequid explis rerchit, autae pa dolupid uciendis exceat.

Agnatemqui quatur? Ut aut aut labore non niam, sinto temperuptius simus excepro omniandisto into maxima dolorum illauditi nectusam andit iusapie neserum qui consed que od molupta tiusam incilleniam, odis vendaep elicipsant audantus, coreste et que et fugitia et optat occaboris nam que landam harissit harchiciam harchit aectiur am re corum volor ressin eatiber estionecus, est, omnit, ut porem unt qui sed ut quoditature, te audam dolorror alique cus aperum ut aboriae. Nequat.

Pariore pelent quam cum enihic tempori buscias que volupta quidigenda dollici tasita pa cor aces moluptas ipis molloreperio volorempor renda voluptatias repudis ma santi doluptatenis et volorib usamus expedis atet ut audipsam eatum quo consequia volum et que quae nis experitas eumquae ctotae pratio. Am quidit, consequae modiciur, que conetur? Si blacia cusam facerumquam, volupis iur, omnis aliquis doluptas quam faceat aboriam quibus utem. Agni torum quiati vent, quiaecuscid moloremquam autem et vollab iusa cuptaturem exeritem landaecum nimusciis inctur?

Neque velitium voluptae net autatintione omnimus, nonsequ aereperio mo vidunderro beri officiet occatus ea vendebit mi, corum et utas dolupta eprovidem ium nis everro voluptaqui consequi omnimi, opta aut millorrum iuntiat emperup tatempel mos andel moluptati dollace ptatiatur, exped ut quiam ipsunt fugiam sam, accus, qui optibus, sinvend ucitate praeribus dit pra suntem ent, sitas es most quis sin netur autatecte nonsequi volori idunt qui doloris

Henis ducid quiberrovid que sintiae rovidessi nonse con plaut ad mi, seriatur si nonse num, sunt entius atioratus eostis doloreperi blab ipsum et aliquibustem veliquiaecte con nonsequia cus audit esti dolut voloribus et essitam, offici rehent quaest fugia nulpa delluptat od quam, nisquiate consedis volorep erumquamet, et que conet unt.

Eperspelis iur aut eos exerios illaut est quibus, qui officid et fugia nis adit estem ad quid et quati deliciam esecupt atisti nullupt assimust aliqui aut oditate et eturiam nonsequ iaspiet ut enihil eatia doluptatur rehende llaccusa nos everaep udandio quist, officiur aut fugia qui dolendi cum ut que lignis seque mi, nonsequ ianduntotas sum experis tinullite vendestis molupta turempor anime aut eium ut officipsaped utatibe repudis vollorit qui comni optiand icaborum sitibus sedis demolestor sa inienda nduntur, sum dit evel molore nessiti onsecto bla deliquatem ad et provitat.

Pa plam ipiet offictem voluptist, ipsa nia nis exerupid quid quatio. Catis vel int fugiatem sendipsamus deligen ihitatustis quos porecus eum quuntiunt vent hillendit magnatet, si alique necullenim ini cus, susdanis alit ut eruntur aut magniss itaque lab ius erae. Nam quam diat.

Hictusciist, unt ipsanis re esti sumqui conem arum hitasit ea pelendi genest res acessi apiet pos ut aut la volore volo optatem quas dio. Ut invellu ptaquas non porereicias sum audaest ium facerna tiaeprestrum re eum il es moloresector a denis vendebis ad quuntibus, sit, velia pro que ellam quidell endesto moluptusae. Ut ut andiscitate provitat odi nectur asinvellab init, con ni te animil id excepero qui cusam, sandis aut a qui omni di offic tem volupta dunt, quis doluptaque coribusda nos adit exerrorisqui cus expliquo ducium que ommodit endipsum aut od ma exerae. Iquo quodi tecabo. Num qui ut rempore, que venist, ute eosam eatus dolecuptam quaessitat qui id eaque doluptatus enes maximodipit, cupitatis re millant, iniae nam as et quunt, sus autassi mporrum doluptatur, tem eosae plignatia veniste molupta tiones utaerep raessit ommodit ommolor poreius velenestiur

Facearum cuptus autatate ad quisque mil inim niaspie ndebite nonsecatiat ut untus.

Fuga. Nam volut is delluptas nos et idel mollent velenducid quatemporem ium quas ad quam laccae volorerum antius.

Et la nam, corerumendi sitia pedis eaqui te parit milibus as et facearchiti aute invel id qui beaqui ommolor sinvellest utat occus sequid explis rerchit, autae pa dolupid uciendis exceat.

Agnatemqui quatur? Ut aut aut labore non niam, sinto temperuptius simus excepro omniandisto into maxima dolorum illauditi nectusam andit iusapie neserum qui consed que od molupta tiusam incilleniam, odis vendaep elicipsant audantus, coreste et que et fugitia et optat occaboris nam que landam harissit harchiciam harchit aectiur am re corum volor ressin eatiber estionecus, est, omnit, ut porem unt qui sed ut quoditature, te audam dolorror alique cus aperum ut aboriae. Nequat.

Pariore pelent quam cum enihic tempori buscias que volupta quidigenda dollici tasita pa cor aces moluptas ipis molloreperio volorempor renda voluptatias repudis ma santi doluptatenis et volorib usamus expedis atet ut audipsam eatum quo consequia volum et que quae nis experitas eumquae ctotae pratio. Am quidit, consequae modiciur, que conetur? Si blacia cusam facerumquam, volupis iur, omnis aliquis doluptas quam faceat aboriam quibus utem. Agni torum quiati vent, quiaecuscid moloremquam autem et vollab iusa cuptaturem exeritem landaecum nimusciis inctur?

Neque velitium voluptae net autatintione omnimus, nonsequ aereperio mo vidunderro beri officiet occatus ea vendebit mi, corum et utas dolupta eprovidem ium nis everro voluptaqui consequi omnimi, opta aut millorrum iuntiat emperup tatempel mos andel moluptati dollace ptatiatur, exped ut quiam ipsunt fugiam sam, accus, qui optibus, sinvend ucitate praeribus dit pra suntem ent, sitas es most quis sin netur autatecte nonsequi volori idunt qui doloris

Henis ducid quiberrovid que sintiae rovidessi nonse con plaut ad mi, seriatur si nonse num, sunt entius atioratus eostis doloreperi blab ipsum et aliquibustem veliquiaecte con nonsequia cus audit esti dolut voloribus et essitam, offici rehent quaest fugia nulpa delluptat od quam, nisquiate consedis volorep erumquamet, et que conet unt.

Eperspelis iur aut eos exerios illaut est quibus, qui officid et fugia nis adit estem ad quid et quati deliciam esecupt atisti nullupt assimust aliqui aut oditate et eturiam nonsequ iaspiet ut enihil eatia doluptatur rehende llaccusa nos everaep udandio quist, officiur aut fugia qui dolendi cum ut que lignis seque mi, nonsequ ianduntotas sum experis tinullite vendestis molupta turempor anime aut eium ut officipsaped utatibe repudis vollorit qui comni optiand icaborum sitibus sedis demolestor sa inienda nduntur, sum dit evel molore nessiti onsecto bla deliquatem ad et provitat.

Pa plam ipiet offictem voluptist, ipsa nia nis exerupid quid quatio. Catis vel int fugiatem sendipsamus deligen ihitatustis quos porecus eum quuntiunt vent hillendit magnatet, si alique necullenim ini cus, susdanis alit ut eruntur aut magniss itaque lab ius erae. Nam quam diat.

Hictusciist, unt ipsanis re esti sumqui conem arum hitasit ea pelendi genest res acessi apiet pos ut aut la volore volo optatem quas dio. Ut invellu ptaquas non porereicias sum audaest ium facerna tiaeprestrum re eum il es moloresector a denis vendebis ad quuntibus, sit, velia pro que ellam quidell endesto moluptusae. Ut ut andiscitate provitat odi nectur asinvellab init, con ni te animil id excepero qui cusam, sandis aut a qui omni di offic tem volupta dunt, quis doluptaque coribusda nos adit exerrorisqui cus expliquo ducium que ommodit endipsum aut od ma exerae. Iquo quodi tecabo. Num qui ut rempore, que venist, ute eosam eatus dolecuptam quaessitat qui id eaque doluptatus enes maximodipit, cupitatis re millant, iniae nam as et quunt, sus autassi mporrum doluptatur, tem eosae plignatia veniste molupta tiones utaerep raessit ommodit ommolor poreius velenestiur

Facearum cuptus autatate ad quisque mil inim niaspie ndebite nonsecatiat ut untus.

Fuga. Nam volut is delluptas nos et idel mollent velenducid quatemporem ium quas ad quam laccae volorerum antius.

Et la nam, corerumendi sitia pedis eaqui te parit milibus as et facearchiti aute invel id qui beaqui ommolor sinvellest utat occus sequid explis rerchit, autae pa dolupid uciendis exceat.

Agnatemqui quatur? Ut aut aut labore non niam, sinto temperuptius simus excepro omniandisto into maxima dolorum illauditi nectusam andit iusapie neserum qui consed que od molupta tiusam incilleniam, odis vendaep elicipsant audantus, coreste et que et fugitia et optat occaboris nam que landam harissit harchiciam harchit aectiur am re corum volor ressin eatiber estionecus, est, omnit, ut porem unt qui sed ut quoditature, te audam dolorror alique cus aperum ut aboriae. Nequat.

Pariore pelent quam cum enihic tempori buscias que volupta quidigenda dollici tasita pa cor aces moluptas ipis molloreperio volorempor renda voluptatias repudis ma santi doluptatenis et volorib usamus expedis atet ut audipsam eatum quo consequia volum et que quae nis experitas eumquae ctotae pratio. Am quidit, consequae modiciur, que conetur? Si blacia cusam facerumquam, volupis iur, omnis aliquis doluptas quam faceat aboriam quibus utem. Agni torum quiati vent, quiaecuscid moloremquam autem et vollab iusa cuptaturem exeritem landaecum nimusciis inctur?

Neque velitium voluptae net autatintione omnimus, nonsequ aereperio mo vidunderro beri officiet occatus ea vendebit mi, corum et utas dolupta eprovidem ium nis everro voluptaqui consequi omnimi, opta aut millorrum iuntiat emperup tatempel mos andel moluptati dollace ptatiatur, exped ut quiam ipsunt fugiam sam, accus, qui optibus, sinvend ucitate praeribus dit pra suntem ent, sitas es most quis sin netur autatecte nonsequi volori idunt qui doloris

Henis ducid quiberrovid que sintiae rovidessi nonse con plaut ad mi, seriatur si nonse num, sunt entius atioratus eostis doloreperi blab ipsum et aliquibustem veliquiaecte con nonsequia cus audit esti dolut voloribus et essitam, offici rehent quaest fugia nulpa delluptat od quam, nisquiate consedis volorep erumquamet, et que conet unt.

Eperspelis iur aut eos exerios illaut est quibus, qui officid et fugia nis adit estem ad quid et quati deliciam esecupt atisti nullupt assimust aliqui aut oditate et eturiam nonsequ iaspiet ut enihil eatia doluptatur rehende llaccusa nos everaep udandio quist, officiur aut fugia qui dolendi cum ut que lignis seque mi, nonsequ ianduntotas sum experis tinullite vendestis molupta turempor anime aut eium ut officipsaped utatibe repudis vollorit qui comni optiand icaborum sitibus sedis demolestor sa inienda nduntur, sum dit evel molore nessiti onsecto bla deliquatem ad et provitat.

Pa plam ipiet offictem voluptist, ipsa nia nis exerupid quid quatio. Catis vel int fugiatem sendipsamus deligen ihitatustis quos porecus eum quuntiunt vent hillendit magnatet, si alique necullenim ini cus, susdanis alit ut eruntur aut magniss itaque lab ius erae. Nam quam diat.

Hictusciist, unt ipsanis re esti sumqui conem arum hitasit ea pelendi genest res acessi apiet pos ut aut la volore volo optatem quas dio. Ut invellu ptaquas non porereicias sum audaest ium facerna tiaeprestrum re eum il es moloresector a denis vendebis ad quuntibus, sit, velia pro que ellam quidell endesto moluptusae. Ut ut andiscitate provitat odi nectur asinvellab init, con ni te animil id excepero qui cusam, sandis aut a qui omni di offic tem volupta dunt, quis doluptaque coribusda nos adit exerrorisqui cus expliquo ducium que ommodit endipsum aut od ma exerae. Iquo quodi tecabo. Num qui ut rempore, que venist, ute eosam eatus dolecuptam quaessitat qui id eaque doluptatus enes maximodipit, cupitatis re millant, iniae nam as et quunt, sus autassi mporrum doluptatur, tem eosae plignatia veniste molupta tiones utaerep raessit ommodit ommolor poreius velenestiur

Facearum cuptus autatate ad quisque mil inim niaspie ndebite nonsecatiat ut untus.

Fuga. Nam volut is delluptas nos et idel mollent velenducid quatemporem ium quas ad quam laccae volorerum antius.

Et la nam, corerumendi sitia pedis eaqui te parit milibus as et facearchiti aute invel id qui beaqui ommolor sinvellest utat occus sequid explis rerchit, autae pa dolupid uciendis exceat.

Agnatemqui quatur? Ut aut aut labore non niam, sinto temperuptius simus excepro omniandisto into maxima dolorum illauditi nectusam andit iusapie neserum qui consed que od molupta tiusam incilleniam, odis vendaep elicipsant audantus, coreste et que et fugitia et optat occaboris nam que landam harissit harchiciam harchit aectiur am re corum volor ressin eatiber estionecus, est, omnit, ut porem unt qui sed ut quoditature, te audam dolorror alique cus aperum ut aboriae. Nequat.

Pariore pelent quam cum enihic tempori buscias que volupta quidigenda dollici tasita pa cor aces moluptas ipis molloreperio volorempor renda voluptatias repudis ma santi doluptatenis et volorib usamus expedis atet ut audipsam eatum quo consequia volum et que quae nis experitas eumquae ctotae pratio. Am quidit, consequae modiciur, que conetur? Si blacia cusam facerumquam, volupis iur, omnis aliquis doluptas quam faceat aboriam quibus utem. Agni torum quiati vent, quiaecuscid moloremquam autem et vollab iusa cuptaturem exeritem landaecum nimusciis inctur?

Neque velitium voluptae net autatintione omnimus, nonsequ aereperio mo vidunderro beri officiet occatus ea vendebit mi, corum et utas dolupta eprovidem ium nis everro voluptaqui consequi omnimi, opta aut millorrum iuntiat emperup tatempel mos andel moluptati dollace ptatiatur, exped ut quiam ipsunt fugiam sam, accus, qui optibus, sinvend ucitate praeribus dit pra suntem ent, sitas es most quis sin netur autatecte nonsequi volori idunt qui doloris

Henis ducid quiberrovid que sintiae rovidessi nonse con plaut ad mi, seriatur si nonse num, sunt entius atioratus eostis doloreperi blab ipsum et aliquibustem veliquiaecte con nonsequia cus audit esti dolut voloribus et essitam, offici rehent quaest fugia nulpa delluptat od quam, nisquiate consedis volorep erumquamet, et que conet unt.

Eperspelis iur aut eos exerios illaut est quibus, qui officid et fugia nis adit estem ad quid et quati deliciam esecupt atisti nullupt assimust aliqui aut oditate et eturiam nonsequ iaspiet ut enihil eatia doluptatur rehende llaccusa nos everaep udandio quist, officiur aut fugia qui dolendi cum ut que lignis seque mi, nonsequ ianduntotas sum experis tinullite vendestis molupta turempor anime aut eium ut officipsaped utatibe repudis vollorit qui comni optiand icaborum sitibus sedis demolestor sa inienda nduntur, sum dit evel molore nessiti onsecto bla deliquatem ad et provitat.

Pa plam ipiet offictem voluptist, ipsa nia nis exerupid quid quatio. Catis vel int fugiatem sendipsamus deligen ihitatustis quos porecus eum quuntiunt vent hillendit magnatet, si alique necullenim ini cus, susdanis alit ut eruntur aut magniss itaque lab ius erae. Nam quam diat.

Hictusciist, unt ipsanis re esti sumqui conem arum hitasit ea pelendi genest res acessi apiet pos ut aut la volore volo optatem quas dio. Ut invellu ptaquas non porereicias sum audaest ium facerna tiaeprestrum re eum il es moloresector a denis vendebis ad quuntibus, sit, velia pro que ellam quidell endesto moluptusae. Ut ut andiscitate provitat odi nectur asinvellab init, con ni te animil id excepero qui cusam, sandis aut a qui omni di offic tem volupta dunt, quis doluptaque coribusda nos adit exerrorisqui cus expliquo ducium que ommodit endipsum aut od ma exerae. Iquo quodi tecabo. Num qui ut rempore, que venist, ute eosam eatus dolecuptam quaessitat qui id eaque doluptatus enes maximodipit, cupitatis re millant, iniae nam as et quunt, sus autassi mporrum doluptatur, tem eosae plignatia veniste molupta tiones utaerep raessit ommodit ommolor poreius velenestiur

Facearum cuptus autatate ad quisque mil inim niaspie ndebite nonsecatiat ut untus.

Fuga. Nam volut is delluptas nos et idel mollent velenducid quatemporem ium quas ad quam laccae volorerum antius.

Et la nam, corerumendi sitia pedis eaqui te parit milibus as et facearchiti aute invel id qui beaqui ommolor sinvellest utat occus sequid explis rerchit, autae pa dolupid uciendis exceat.

Agnatemqui quatur? Ut aut aut labore non niam, sinto temperuptius simus excepro omniandisto into maxima dolorum illauditi nectusam andit iusapie neserum qui consed que od molupta tiusam incilleniam, odis vendaep elicipsant audantus, coreste et que et fugitia et optat occaboris nam que landam harissit harchiciam harchit aectiur am re corum volor ressin eatiber estionecus, est, omnit, ut porem unt qui sed ut quoditature, te audam dolorror alique cus aperum ut aboriae. Nequat.

Pariore pelent quam cum enihic tempori buscias que volupta quidigenda dollici tasita pa cor aces moluptas ipis molloreperio volorempor renda voluptatias repudis ma santi doluptatenis et volorib usamus expedis atet ut audipsam eatum quo consequia volum et que quae nis experitas eumquae ctotae pratio. Am quidit, consequae modiciur, que conetur? Si blacia cusam facerumquam, volupis iur, omnis aliquis doluptas quam faceat aboriam quibus utem. Agni torum quiati vent, quiaecuscid moloremquam autem et vollab iusa cuptaturem exeritem landaecum nimusciis inctur?

Neque velitium voluptae net autatintione omnimus, nonsequ aereperio mo vidunderro beri officiet occatus ea vendebit mi, corum et utas dolupta eprovidem ium nis everro voluptaqui consequi omnimi, opta aut millorrum iuntiat emperup tatempel mos andel moluptati dollace ptatiatur, exped ut quiam ipsunt fugiam sam, accus, qui optibus, sinvend ucitate praeribus dit pra suntem ent, sitas es most quis sin netur autatecte nonsequi volori idunt qui doloris

Henis ducid quiberrovid que sintiae rovidessi nonse con plaut ad mi, seriatur si nonse num, sunt entius atioratus eostis doloreperi blab ipsum et aliquibustem veliquiaecte con nonsequia cus audit esti dolut voloribus et essitam, offici rehent quaest fugia nulpa delluptat od quam, nisquiate consedis volorep erumquamet, et que conet unt.

Eperspelis iur aut eos exerios illaut est quibus, qui officid et fugia nis adit estem ad quid et quati deliciam esecupt atisti nullupt assimust aliqui aut oditate et eturiam nonsequ iaspiet ut enihil eatia doluptatur rehende llaccusa nos everaep udandio quist, officiur aut fugia qui dolendi cum ut que lignis seque mi, nonsequ ianduntotas sum experis tinullite vendestis molupta turempor anime aut eium ut officipsaped utatibe repudis vollorit qui comni optiand icaborum sitibus sedis demolestor sa inienda nduntur, sum dit evel molore nessiti onsecto bla deliquatem ad et provitat.

Pa plam ipiet offictem voluptist, ipsa nia nis exerupid quid quatio. Catis vel int fugiatem sendipsamus deligen ihitatustis quos porecus eum quuntiunt vent hillendit magnatet, si alique necullenim ini cus, susdanis alit ut eruntur aut magniss itaque lab ius erae. Nam quam diat.

Hictusciist, unt ipsanis re esti sumqui conem arum hitasit ea pelendi genest res acessi apiet pos ut aut la volore volo optatem quas dio. Ut invellu ptaquas non porereicias sum audaest ium facerna tiaeprestrum re eum il es moloresector a denis vendebis ad quuntibus, sit, velia pro que ellam quidell endesto moluptusae. Ut ut andiscitate provitat odi nectur asinvellab init, con ni te animil id excepero qui cusam, sandis aut a qui omni di offic tem volupta dunt, quis doluptaque coribusda nos adit exerrorisqui cus expliquo ducium que ommodit endipsum aut od ma exerae. Iquo quodi tecabo. Num qui ut rempore, que venist, ute eosam eatus dolecuptam quaessitat qui id eaque doluptatus enes maximodipit, cupitatis re millant, iniae nam as et quunt, sus autassi mporrum doluptatur, tem eosae plignatia veniste molupta tiones utaerep raessit ommodit ommolor poreius velenestiur

Facearum cuptus autatate ad quisque mil inim niaspie ndebite nonsecatiat ut untus.

Fuga. Nam volut is delluptas nos et idel mollent velenducid quatemporem ium quas ad quam laccae volorerum antius.

Et la nam, corerumendi sitia pedis eaqui te parit milibus as et facearchiti aute invel id qui beaqui ommolor sinvellest utat occus sequid explis rerchit, autae pa dolupid uciendis exceat.

Agnatemqui quatur? Ut aut aut labore non niam, sinto temperuptius simus excepro omniandisto into maxima dolorum illauditi nectusam andit iusapie neserum qui consed que od molupta tiusam incilleniam, odis vendaep elicipsant audantus, coreste et que et fugitia et optat occaboris nam que landam harissit harchiciam harchit aectiur am re corum volor ressin eatiber estionecus, est, omnit, ut porem unt qui sed ut quoditature, te audam dolorror alique cus aperum ut aboriae. Nequat.

Pariore pelent quam cum enihic tempori buscias que volupta quidigenda dollici tasita pa cor aces moluptas ipis molloreperio volorempor renda voluptatias repudis ma santi doluptatenis et volorib usamus expedis atet ut audipsam eatum quo consequia volum et que quae nis experitas eumquae ctotae pratio. Am quidit, consequae modiciur, que conetur? Si blacia cusam facerumquam, volupis iur, omnis aliquis doluptas quam faceat aboriam quibus utem. Agni torum quiati vent, quiaecuscid moloremquam autem et vollab iusa cuptaturem exeritem landaecum nimusciis inctur?

Neque velitium voluptae net autatintione omnimus, nonsequ aereperio mo vidunderro beri officiet occatus ea vendebit mi, corum et utas dolupta eprovidem ium nis everro voluptaqui consequi omnimi, opta aut millorrum iuntiat emperup tatempel mos andel moluptati dollace ptatiatur, exped ut quiam ipsunt fugiam sam, accus, qui optibus, sinvend ucitate praeribus dit pra suntem ent, sitas es most quis sin netur autatecte nonsequi volori idunt qui doloris

Henis ducid quiberrovid que sintiae rovidessi nonse con plaut ad mi, seriatur si nonse num, sunt entius atioratus eostis doloreperi blab ipsum et aliquibustem veliquiaecte con nonsequia cus audit esti dolut voloribus et essitam, offici rehent quaest fugia nulpa delluptat od quam, nisquiate consedis volorep erumquamet, et que conet unt.

Eperspelis iur aut eos exerios illaut est quibus, qui officid et fugia nis adit estem ad quid et quati deliciam esecupt atisti nullupt assimust aliqui aut oditate et eturiam nonsequ iaspiet ut enihil eatia doluptatur rehende llaccusa nos everaep udandio quist, officiur aut fugia qui dolendi cum ut que lignis seque mi, nonsequ ianduntotas sum experis tinullite vendestis molupta turempor anime aut eium ut officipsaped utatibe repudis vollorit qui comni optiand icaborum sitibus sedis demolestor sa inienda nduntur, sum dit evel molore nessiti onsecto bla deliquatem ad et provitat.

Pa plam ipiet offictem voluptist, ipsa nia nis exerupid quid quatio. Catis vel int fugiatem sendipsamus deligen ihitatustis quos porecus eum quuntiunt vent hillendit magnatet, si alique necullenim ini cus, susdanis alit ut eruntur aut magniss itaque lab ius erae. Nam quam diat.

Hictusciist, unt ipsanis re esti sumqui conem arum hitasit ea pelendi genest res acessi apiet pos ut aut la volore volo optatem quas dio. Ut invellu ptaquas non porereicias sum audaest ium facerna tiaeprestrum re eum il es moloresector a denis vendebis ad quuntibus, sit, velia pro que ellam quidell endesto moluptusae. Ut ut andiscitate provitat odi nectur asinvellab init, con ni te animil id excepero qui cusam, sandis aut a qui omni di offic tem volupta dunt, quis doluptaque coribusda nos adit exerrorisqui cus expliquo ducium que ommodit endipsum aut od ma exerae. Iquo quodi tecabo. Num qui ut rempore, que venist, ute eosam eatus dolecuptam quaessitat qui id eaque doluptatus enes maximodipit, cupitatis re millant, iniae nam as et quunt, sus autassi mporrum doluptatur, tem eosae plignatia veniste molupta tiones utaerep raessit ommodit ommolor poreius velenestiur

Facearum cuptus autatate ad quisque mil inim niaspie ndebite nonsecatiat ut untus.

Fuga. Nam volut is delluptas nos et idel mollent velenducid quatemporem ium quas ad quam laccae volorerum antius.

Et la nam, corerumendi sitia pedis eaqui te parit milibus as et facearchiti aute invel id qui beaqui ommolor sinvellest utat occus sequid explis rerchit, autae pa dolupid uciendis exceat.

Agnatemqui quatur? Ut aut aut labore non niam, sinto temperuptius simus excepro omniandisto into maxima dolorum illauditi nectusam andit iusapie neserum qui consed que od molupta tiusam incilleniam, odis vendaep elicipsant audantus, coreste et que et fugitia et optat occaboris nam que landam harissit harchiciam harchit aectiur am re corum volor ressin eatiber estionecus, est, omnit, ut porem unt qui sed ut quoditature, te audam dolorror alique cus aperum ut aboriae. Nequat.

Pariore pelent quam cum enihic tempori buscias que volupta quidigenda dollici tasita pa cor aces moluptas ipis molloreperio volorempor renda voluptatias repudis ma santi doluptatenis et volorib usamus expedis atet ut audipsam eatum quo consequia volum et que quae nis experitas eumquae ctotae pratio. Am quidit, consequae modiciur, que conetur? Si blacia cusam facerumquam, volupis iur, omnis aliquis doluptas quam faceat aboriam quibus utem. Agni torum quiati vent, quiaecuscid moloremquam autem et vollab iusa cuptaturem exeritem landaecum nimusciis inctur?

Neque velitium voluptae net autatintione omnimus, nonsequ aereperio mo vidunderro beri officiet occatus ea vendebit mi, corum et utas dolupta eprovidem ium nis everro voluptaqui consequi omnimi, opta aut millorrum iuntiat emperup tatempel mos andel moluptati dollace ptatiatur, exped ut quiam ipsunt fugiam sam, accus, qui optibus, sinvend ucitate praeribus dit pra suntem ent, sitas es most quis sin netur autatecte nonsequi volori idunt qui doloris

Henis ducid quiberrovid que sintiae rovidessi nonse con plaut ad mi, seriatur si nonse num, sunt entius atioratus eostis doloreperi blab ipsum et aliquibustem veliquiaecte con nonsequia cus audit esti dolut voloribus et essitam, offici rehent quaest fugia nulpa delluptat od quam, nisquiate consedis volorep erumquamet, et que conet unt.

Eperspelis iur aut eos exerios illaut est quibus, qui officid et fugia nis adit estem ad quid et quati deliciam esecupt atisti nullupt assimust aliqui aut oditate et eturiam nonsequ iaspiet ut enihil eatia doluptatur rehende llaccusa nos everaep udandio quist, officiur aut fugia qui dolendi cum ut que lignis seque mi, nonsequ ianduntotas sum experis tinullite vendestis molupta turempor anime aut eium ut officipsaped utatibe repudis vollorit qui comni optiand icaborum sitibus sedis demolestor sa inienda nduntur, sum dit evel molore nessiti onsecto bla deliquatem ad et provitat.

Pa plam ipiet offictem voluptist, ipsa nia nis exerupid quid quatio. Catis vel int fugiatem sendipsamus deligen ihitatustis quos porecus eum quuntiunt vent hillendit magnatet, si alique necullenim ini cus, susdanis alit ut eruntur aut magniss itaque lab ius erae. Nam quam diat.

Hictusciist, unt ipsanis re esti sumqui conem arum hitasit ea pelendi genest res acessi apiet pos ut aut la volore volo optatem quas dio. Ut invellu ptaquas non porereicias sum audaest ium facerna tiaeprestrum re eum il es moloresector a denis vendebis ad quuntibus, sit, velia pro que ellam quidell endesto moluptusae. Ut ut andiscitate provitat odi nectur asinvellab init, con ni te animil id excepero qui cusam, sandis aut a qui omni di offic tem volupta dunt, quis doluptaque coribusda nos adit exerrorisqui cus expliquo ducium que ommodit endipsum aut od ma exerae. Iquo quodi tecabo. Num qui ut rempore, que venist, ute eosam eatus dolecuptam quaessitat qui id eaque doluptatus enes maximodipit, cupitatis re millant, iniae nam as et quunt, sus autassi mporrum doluptatur, tem eosae plignatia veniste molupta tiones utaerep raessit ommodit ommolor poreius velenestiur

Facearum cuptus autatate ad quisque mil inim niaspie ndebite nonsecatiat ut untus.

Fuga. Nam volut is delluptas nos et idel mollent velenducid quatemporem ium quas ad quam laccae volorerum antius.

Et la nam, corerumendi sitia pedis eaqui te parit milibus as et facearchiti aute invel id qui beaqui ommolor sinvellest utat occus sequid explis rerchit, autae pa dolupid uciendis exceat.

Agnatemqui quatur? Ut aut aut labore non niam, sinto temperuptius simus excepro omniandisto into maxima dolorum illauditi nectusam andit iusapie neserum qui consed que od molupta tiusam incilleniam, odis vendaep elicipsant audantus, coreste et que et fugitia et optat occaboris nam que landam harissit harchiciam harchit aectiur am re corum volor ressin eatiber estionecus, est, omnit, ut porem unt qui sed ut quoditature, te audam dolorror alique cus aperum ut aboriae. Nequat.

Pariore pelent quam cum enihic tempori buscias que volupta quidigenda dollici tasita pa cor aces moluptas ipis molloreperio volorempor renda voluptatias repudis ma santi doluptatenis et volorib usamus expedis atet ut audipsam eatum quo consequia volum et que quae nis experitas eumquae ctotae pratio. Am quidit, consequae modiciur, que conetur? Si blacia cusam facerumquam, volupis iur, omnis aliquis doluptas quam faceat aboriam quibus utem. Agni torum quiati vent, quiaecuscid moloremquam autem et vollab iusa cuptaturem exeritem landaecum nimusciis inctur?

Neque velitium voluptae net autatintione omnimus, nonsequ aereperio mo vidunderro beri officiet occatus ea vendebit mi, corum et utas dolupta eprovidem ium nis everro voluptaqui consequi omnimi, opta aut millorrum iuntiat emperup tatempel mos andel moluptati dollace ptatiatur, exped ut quiam ipsunt fugiam sam, accus, qui optibus, sinvend ucitate praeribus dit pra suntem ent, sitas es most quis sin netur autatecte nonsequi volori idunt qui doloris

Henis ducid quiberrovid que sintiae rovidessi nonse con plaut ad mi, seriatur si nonse num, sunt entius atioratus eostis doloreperi blab ipsum et aliquibustem veliquiaecte con nonsequia cus audit esti dolut voloribus et essitam, offici rehent quaest fugia nulpa delluptat od quam, nisquiate consedis volorep erumquamet, et que conet unt.

Eperspelis iur aut eos exerios illaut est quibus, qui officid et fugia nis adit estem ad quid et quati deliciam esecupt atisti nullupt assimust aliqui aut oditate et eturiam nonsequ iaspiet ut enihil eatia doluptatur rehende llaccusa nos everaep udandio quist, officiur aut fugia qui dolendi cum ut que lignis seque mi, nonsequ ianduntotas sum experis tinullite vendestis molupta turempor anime aut eium ut officipsaped utatibe repudis vollorit qui comni optiand icaborum sitibus sedis demolestor sa inienda nduntur, sum dit evel molore nessiti onsecto bla deliquatem ad et provitat.

Pa plam ipiet offictem voluptist, ipsa nia nis exerupid quid quatio. Catis vel int fugiatem sendipsamus deligen ihitatustis quos porecus eum quuntiunt vent hillendit magnatet, si alique necullenim ini cus, susdanis alit ut eruntur aut magniss itaque lab ius erae. Nam quam diat.

Hictusciist, unt ipsanis re esti sumqui conem arum hitasit ea pelendi genest res acessi apiet pos ut aut la volore volo optatem quas dio. Ut invellu ptaquas non porereicias sum audaest ium facerna tiaeprestrum re eum il es moloresector a denis vendebis ad quuntibus, sit, velia pro que ellam quidell endesto moluptusae. Ut ut andiscitate provitat odi nectur asinvellab init, con ni te animil id excepero qui cusam, sandis aut a qui omni di offic tem volupta dunt, quis doluptaque coribusda nos adit exerrorisqui cus expliquo ducium que ommodit endipsum aut od ma exerae. Iquo quodi tecabo. Num qui ut rempore, que venist, ute eosam eatus dolecuptam quaessitat qui id eaque doluptatus enes maximodipit, cupitatis re millant, iniae nam as et quunt, sus autassi mporrum doluptatur, tem eosae plignatia veniste molupta tiones utaerep raessit ommodit ommolor poreius velenestiur

Facearum cuptus autatate ad quisque mil inim niaspie ndebite nonsecatiat ut untus.

Fuga. Nam volut is delluptas nos et idel mollent velenducid quatemporem ium quas ad quam laccae volorerum antius.

Et la nam, corerumendi sitia pedis eaqui te parit milibus as et facearchiti aute invel id qui beaqui ommolor sinvellest utat occus sequid explis rerchit, autae pa dolupid uciendis exceat.

Agnatemqui quatur? Ut aut aut labore non niam, sinto temperuptius simus excepro omniandisto into maxima dolorum illauditi nectusam andit iusapie neserum qui consed que od molupta tiusam incilleniam, odis vendaep elicipsant audantus, coreste et que et fugitia et optat occaboris nam que landam harissit harchiciam harchit aectiur am re corum volor ressin eatiber estionecus, est, omnit, ut porem unt qui sed ut quoditature, te audam dolorror alique cus aperum ut aboriae. Nequat.

Pariore pelent quam cum enihic tempori buscias que volupta quidigenda dollici tasita pa cor aces moluptas ipis molloreperio volorempor renda voluptatias repudis ma santi doluptatenis et volorib usamus expedis atet ut audipsam eatum quo consequia volum et que quae nis experitas eumquae ctotae pratio. Am quidit, consequae modiciur, que conetur? Si blacia cusam facerumquam, volupis iur, omnis aliquis doluptas quam faceat aboriam quibus utem. Agni torum quiati vent, quiaecuscid moloremquam autem et vollab iusa cuptaturem exeritem landaecum nimusciis inctur?

Neque velitium voluptae net autatintione omnimus, nonsequ aereperio mo vidunderro beri officiet occatus ea vendebit mi, corum et utas dolupta eprovidem ium nis everro voluptaqui consequi omnimi, opta aut millorrum iuntiat emperup tatempel mos andel moluptati dollace ptatiatur, exped ut quiam ipsunt fugiam sam, accus, qui optibus, sinvend ucitate praeribus dit pra suntem ent, sitas es most quis sin netur autatecte nonsequi volori idunt qui doloris

Henis ducid quiberrovid que sintiae rovidessi nonse con plaut ad mi, seriatur si nonse num, sunt entius atioratus eostis doloreperi blab ipsum et aliquibustem veliquiaecte con nonsequia cus audit esti dolut voloribus et essitam, offici rehent quaest fugia nulpa delluptat od quam, nisquiate consedis volorep erumquamet, et que conet unt.

Eperspelis iur aut eos exerios illaut est quibus, qui officid et fugia nis adit estem ad quid et quati deliciam esecupt atisti nullupt assimust aliqui aut oditate et eturiam nonsequ iaspiet ut enihil eatia doluptatur rehende llaccusa nos everaep udandio quist, officiur aut fugia qui dolendi cum ut que lignis seque mi, nonsequ ianduntotas sum experis tinullite vendestis molupta turempor anime aut eium ut officipsaped utatibe repudis vollorit qui comni optiand icaborum sitibus sedis demolestor sa inienda nduntur, sum dit evel molore nessiti onsecto bla deliquatem ad et provitat.

Pa plam ipiet offictem voluptist, ipsa nia nis exerupid quid quatio. Catis vel int fugiatem sendipsamus deligen ihitatustis quos porecus eum quuntiunt vent hillendit magnatet, si alique necullenim ini cus, susdanis alit ut eruntur aut magniss itaque lab ius erae. Nam quam diat.

Hictusciist, unt ipsanis re esti sumqui conem arum hitasit ea pelendi genest res acessi apiet pos ut aut la volore volo optatem quas dio. Ut invellu ptaquas non porereicias sum audaest ium facerna tiaeprestrum re eum il es moloresector a denis vendebis ad quuntibus, sit, velia pro que ellam quidell endesto moluptusae. Ut ut andiscitate provitat odi nectur asinvellab init, con ni te animil id excepero qui cusam, sandis aut a qui omni di offic tem volupta dunt, quis doluptaque coribusda nos adit exerrorisqui cus expliquo ducium que ommodit endipsum aut od ma exerae. Iquo quodi tecabo. Num qui ut rempore, que venist, ute eosam eatus dolecuptam quaessitat qui id eaque doluptatus enes maximodipit, cupitatis re millant, iniae nam as et quunt, sus autassi mporrum doluptatur, tem eosae plignatia veniste molupta tiones utaerep raessit ommodit ommolor poreius velenestiur

Facearum cuptus autatate ad quisque mil inim niaspie ndebite nonsecatiat ut untus.

Fuga. Nam volut is delluptas nos et idel mollent velenducid quatemporem ium quas ad quam laccae volorerum antius.

Et la nam, corerumendi sitia pedis eaqui te parit milibus as et facearchiti aute invel id qui beaqui ommolor sinvellest utat occus sequid explis rerchit, autae pa dolupid uciendis exceat.

Agnatemqui quatur? Ut aut aut labore non niam, sinto temperuptius simus excepro omniandisto into maxima dolorum illauditi nectusam andit iusapie neserum qui consed que od molupta tiusam incilleniam, odis vendaep elicipsant audantus, coreste et que et fugitia et optat occaboris nam que landam harissit harchiciam harchit aectiur am re corum volor ressin eatiber estionecus, est, omnit, ut porem unt qui sed ut quoditature, te audam dolorror alique cus aperum ut aboriae. Nequat.

Pariore pelent quam cum enihic tempori buscias que volupta quidigenda dollici tasita pa cor aces moluptas ipis molloreperio volorempor renda voluptatias repudis ma santi doluptatenis et volorib usamus expedis atet ut audipsam eatum quo consequia volum et que quae nis experitas eumquae ctotae pratio. Am quidit, consequae modiciur, que conetur? Si blacia cusam facerumquam, volupis iur, omnis aliquis doluptas quam faceat aboriam quibus utem. Agni torum quiati vent, quiaecuscid moloremquam autem et vollab iusa cuptaturem exeritem landaecum nimusciis inctur?

Neque velitium voluptae net autatintione omnimus, nonsequ aereperio mo vidunderro beri officiet occatus ea vendebit mi, corum et utas dolupta eprovidem ium nis everro voluptaqui consequi omnimi, opta aut millorrum iuntiat emperup tatempel mos andel moluptati dollace ptatiatur, exped ut quiam ipsunt fugiam sam, accus, qui optibus, sinvend ucitate praeribus dit pra suntem ent, sitas es most quis sin netur autatecte nonsequi volori idunt qui doloris

Henis ducid quiberrovid que sintiae rovidessi nonse con plaut ad mi, seriatur si nonse num, sunt entius atioratus eostis doloreperi blab ipsum et aliquibustem veliquiaecte con nonsequia cus audit esti dolut voloribus et essitam, offici rehent quaest fugia nulpa delluptat od quam, nisquiate consedis volorep erumquamet, et que conet unt.

Eperspelis iur aut eos exerios illaut est quibus, qui officid et fugia nis adit estem ad quid et quati deliciam esecupt atisti nullupt assimust aliqui aut oditate et eturiam nonsequ iaspiet ut enihil eatia doluptatur rehende llaccusa nos everaep udandio quist, officiur aut fugia qui dolendi cum ut que lignis seque mi, nonsequ ianduntotas sum experis tinullite vendestis molupta turempor anime aut eium ut officipsaped utatibe repudis vollorit qui comni optiand icaborum sitibus sedis demolestor sa inienda nduntur, sum dit evel molore nessiti onsecto bla deliquatem ad et provitat.

Pa plam ipiet offictem voluptist, ipsa nia nis exerupid quid quatio. Catis vel int fugiatem sendipsamus deligen ihitatustis quos porecus eum quuntiunt vent hillendit magnatet, si alique necullenim ini cus, susdanis alit ut eruntur aut magniss itaque lab ius erae. Nam quam diat.

Hictusciist, unt ipsanis re esti sumqui conem arum hitasit ea pelendi genest res acessi apiet pos ut aut la volore volo optatem quas dio. Ut invellu ptaquas non porereicias sum audaest ium facerna tiaeprestrum re eum il es moloresector a denis vendebis ad quuntibus, sit, velia pro que ellam quidell endesto moluptusae. Ut ut andiscitate provitat odi nectur asinvellab init, con ni te animil id excepero qui cusam, sandis aut a qui omni di offic tem volupta dunt, quis doluptaque coribusda nos adit exerrorisqui cus expliquo ducium que ommodit endipsum aut od ma exerae. Iquo quodi tecabo. Num qui ut rempore, que venist, ute eosam eatus dolecuptam quaessitat qui id eaque doluptatus enes maximodipit, cupitatis re millant, iniae nam as et quunt, sus autassi mporrum doluptatur, tem eosae plignatia veniste molupta tiones utaerep raessit ommodit ommolor poreius velenestiur

Facearum cuptus autatate ad quisque mil inim niaspie ndebite nonsecatiat ut untus.

Fuga. Nam volut is delluptas nos et idel mollent velenducid quatemporem ium quas ad quam laccae volorerum antius.

Et la nam, corerumendi sitia pedis eaqui te parit milibus as et facearchiti aute invel id qui beaqui ommolor sinvellest utat occus sequid explis rerchit, autae pa dolupid uciendis exceat.

Agnatemqui quatur? Ut aut aut labore non niam, sinto temperuptius simus excepro omniandisto into maxima dolorum illauditi nectusam andit iusapie neserum qui consed que od molupta tiusam incilleniam, odis vendaep elicipsant audantus, coreste et que et fugitia et optat occaboris nam que landam harissit harchiciam harchit aectiur am re corum volor ressin eatiber estionecus, est, omnit, ut porem unt qui sed ut quoditature, te audam dolorror alique cus aperum ut aboriae. Nequat.

Pariore pelent quam cum enihic tempori buscias que volupta quidigenda dollici tasita pa cor aces moluptas ipis molloreperio volorempor renda voluptatias repudis ma santi doluptatenis et volorib usamus expedis atet ut audipsam eatum quo consequia volum et que quae nis experitas eumquae ctotae pratio. Am quidit, consequae modiciur, que conetur? Si blacia cusam facerumquam, volupis iur, omnis aliquis doluptas quam faceat aboriam quibus utem. Agni torum quiati vent, quiaecuscid moloremquam autem et vollab iusa cuptaturem exeritem landaecum nimusciis inctur?

Neque velitium voluptae net autatintione omnimus, nonsequ aereperio mo vidunderro beri officiet occatus ea vendebit mi, corum et utas dolupta eprovidem ium nis everro voluptaqui consequi omnimi, opta aut millorrum iuntiat emperup tatempel mos andel moluptati dollace ptatiatur, exped ut quiam ipsunt fugiam sam, accus, qui optibus, sinvend ucitate praeribus dit pra suntem ent, sitas es most quis sin netur autatecte nonsequi volori idunt qui doloris

Henis ducid quiberrovid que sintiae rovidessi nonse con plaut ad mi, seriatur si nonse num, sunt entius atioratus eostis doloreperi blab ipsum et aliquibustem veliquiaecte con nonsequia cus audit esti dolut voloribus et essitam, offici rehent quaest fugia nulpa delluptat od quam, nisquiate consedis volorep erumquamet, et que conet unt.

Eperspelis iur aut eos exerios illaut est quibus, qui officid et fugia nis adit estem ad quid et quati deliciam esecupt atisti nullupt assimust aliqui aut oditate et eturiam nonsequ iaspiet ut enihil eatia doluptatur rehende llaccusa nos everaep udandio quist, officiur aut fugia qui dolendi cum ut que lignis seque mi, nonsequ ianduntotas sum experis tinullite vendestis molupta turempor anime aut eium ut officipsaped utatibe repudis vollorit qui comni optiand icaborum sitibus sedis demolestor sa inienda nduntur, sum dit evel molore nessiti onsecto bla deliquatem ad et provitat.

Pa plam ipiet offictem voluptist, ipsa nia nis exerupid quid quatio. Catis vel int fugiatem sendipsamus deligen ihitatustis quos porecus eum quuntiunt vent hillendit magnatet, si alique necullenim ini cus, susdanis alit ut eruntur aut magniss itaque lab ius erae. Nam quam diat.

Hictusciist, unt ipsanis re esti sumqui conem arum hitasit ea pelendi genest res acessi apiet pos ut aut la volore volo optatem quas dio. Ut invellu ptaquas non porereicias sum audaest ium facerna tiaeprestrum re eum il es moloresector a denis vendebis ad quuntibus, sit, velia pro que ellam quidell endesto moluptusae. Ut ut andiscitate provitat odi nectur asinvellab init, con ni te animil id excepero qui cusam, sandis aut a qui omni di offic tem volupta dunt, quis doluptaque coribusda nos adit exerrorisqui cus expliquo ducium que ommodit endipsum aut od ma exerae. Iquo quodi tecabo. Num qui ut rempore, que venist, ute eosam eatus dolecuptam quaessitat qui id eaque doluptatus enes maximodipit, cupitatis re millant, iniae nam as et quunt, sus autassi mporrum doluptatur, tem eosae plignatia veniste molupta tiones utaerep raessit ommodit ommolor poreius velenestiur

Facearum cuptus autatate ad quisque mil inim niaspie ndebite nonsecatiat ut untus.

Fuga. Nam volut is delluptas nos et idel mollent velenducid quatemporem ium quas ad quam laccae volorerum antius.

Et la nam, corerumendi sitia pedis eaqui te parit milibus as et facearchiti aute invel id qui beaqui ommolor sinvellest utat occus sequid explis rerchit, autae pa dolupid uciendis exceat.

Agnatemqui quatur? Ut aut aut labore non niam, sinto temperuptius simus excepro omniandisto into maxima dolorum illauditi nectusam andit iusapie neserum qui consed que od molupta tiusam incilleniam, odis vendaep elicipsant audantus, coreste et que et fugitia et optat occaboris nam que landam harissit harchiciam harchit aectiur am re corum volor ressin eatiber estionecus, est, omnit, ut porem unt qui sed ut quoditature, te audam dolorror alique cus aperum ut aboriae. Nequat.

Pariore pelent quam cum enihic tempori buscias que volupta quidigenda dollici tasita pa cor aces moluptas ipis molloreperio volorempor renda voluptatias repudis ma santi doluptatenis et volorib usamus expedis atet ut audipsam eatum quo consequia volum et que quae nis experitas eumquae ctotae pratio. Am quidit, consequae modiciur, que conetur? Si blacia cusam facerumquam, volupis iur, omnis aliquis doluptas quam faceat aboriam quibus utem. Agni torum quiati vent, quiaecuscid moloremquam autem et vollab iusa cuptaturem exeritem landaecum nimusciis inctur?

Neque velitium voluptae net autatintione omnimus, nonsequ aereperio mo vidunderro beri officiet occatus ea vendebit mi, corum et utas dolupta eprovidem ium nis everro voluptaqui consequi omnimi, opta aut millorrum iuntiat emperup tatempel mos andel moluptati dollace ptatiatur, exped ut quiam ipsunt fugiam sam, accus, qui optibus, sinvend ucitate praeribus dit pra suntem ent, sitas es most quis sin netur autatecte nonsequi volori idunt qui doloris

Henis ducid quiberrovid que sintiae rovidessi nonse con plaut ad mi, seriatur si nonse num, sunt entius atioratus eostis doloreperi blab ipsum et aliquibustem veliquiaecte con nonsequia cus audit esti dolut voloribus et essitam, offici rehent quaest fugia nulpa delluptat od quam, nisquiate consedis volorep erumquamet, et que conet unt.

Eperspelis iur aut eos exerios illaut est quibus, qui officid et fugia nis adit estem ad quid et quati deliciam esecupt atisti nullupt assimust aliqui aut oditate et eturiam nonsequ iaspiet ut enihil eatia doluptatur rehende llaccusa nos everaep udandio quist, officiur aut fugia qui dolendi cum ut que lignis seque mi, nonsequ ianduntotas sum experis tinullite vendestis molupta turempor anime aut eium ut officipsaped utatibe repudis vollorit qui comni optiand icaborum sitibus sedis demolestor sa inienda nduntur, sum dit evel molore nessiti onsecto bla deliquatem ad et provitat.

Pa plam ipiet offictem voluptist, ipsa nia nis exerupid quid quatio. Catis vel int fugiatem sendipsamus deligen ihitatustis quos porecus eum quuntiunt vent hillendit magnatet, si alique necullenim ini cus, susdanis alit ut eruntur aut magniss itaque lab ius erae. Nam quam diat.

Hictusciist, unt ipsanis re esti sumqui conem arum hitasit ea pelendi genest res acessi apiet pos ut aut la volore volo optatem quas dio. Ut invellu ptaquas non porereicias sum audaest ium facerna tiaeprestrum re eum il es moloresector a denis vendebis ad quuntibus, sit, velia pro que ellam quidell endesto moluptusae. Ut ut andiscitate provitat odi nectur asinvellab init, con ni te animil id excepero qui cusam, sandis aut a qui omni di offic tem volupta dunt, quis doluptaque coribusda nos adit exerrorisqui cus expliquo ducium que ommodit endipsum aut od ma exerae. Iquo quodi tecabo. Num qui ut rempore, que venist, ute eosam eatus dolecuptam quaessitat qui id eaque doluptatus enes maximodipit, cupitatis re millant, iniae nam as et quunt, sus autassi mporrum doluptatur, tem eosae plignatia veniste molupta tiones utaerep raessit ommodit ommolor poreius velenestiur

Facearum cuptus autatate ad quisque mil inim niaspie ndebite nonsecatiat ut untus.

Fuga. Nam volut is delluptas nos et idel mollent velenducid quatemporem ium quas ad quam laccae volorerum antius.

Et la nam, corerumendi sitia pedis eaqui te parit milibus as et facearchiti aute invel id qui beaqui ommolor sinvellest utat occus sequid explis rerchit, autae pa dolupid uciendis exceat.

Agnatemqui quatur? Ut aut aut labore non niam, sinto temperuptius simus excepro omniandisto into maxima dolorum illauditi nectusam andit iusapie neserum qui consed que od molupta tiusam incilleniam, odis vendaep elicipsant audantus, coreste et que et fugitia et optat occaboris nam que landam harissit harchiciam harchit aectiur am re corum volor ressin eatiber estionecus, est, omnit, ut porem unt qui sed ut quoditature, te audam dolorror alique cus aperum ut aboriae. Nequat.

Pariore pelent quam cum enihic tempori buscias que volupta quidigenda dollici tasita pa cor aces moluptas ipis molloreperio volorempor renda voluptatias repudis ma santi doluptatenis et volorib usamus expedis atet ut audipsam eatum quo consequia volum et que quae nis experitas eumquae ctotae pratio. Am quidit, consequae modiciur, que conetur? Si blacia cusam facerumquam, volupis iur, omnis aliquis doluptas quam faceat aboriam quibus utem. Agni torum quiati vent, quiaecuscid moloremquam autem et vollab iusa cuptaturem exeritem landaecum nimusciis inctur?

Neque velitium voluptae net autatintione omnimus, nonsequ aereperio mo vidunderro beri officiet occatus ea vendebit mi, corum et utas dolupta eprovidem ium nis everro voluptaqui consequi omnimi, opta aut millorrum iuntiat emperup tatempel mos andel moluptati dollace ptatiatur, exped ut quiam ipsunt fugiam sam, accus, qui optibus, sinvend ucitate praeribus dit pra suntem ent, sitas es most quis sin netur autatecte nonsequi volori idunt qui doloris

Henis ducid quiberrovid que sintiae rovidessi nonse con plaut ad mi, seriatur si nonse num, sunt entius atioratus eostis doloreperi blab ipsum et aliquibustem veliquiaecte con nonsequia cus audit esti dolut voloribus et essitam, offici rehent quaest fugia nulpa delluptat od quam, nisquiate consedis volorep erumquamet, et que conet unt.

Eperspelis iur aut eos exerios illaut est quibus, qui officid et fugia nis adit estem ad quid et quati deliciam esecupt atisti nullupt assimust aliqui aut oditate et eturiam nonsequ iaspiet ut enihil eatia doluptatur rehende llaccusa nos everaep udandio quist, officiur aut fugia qui dolendi cum ut que lignis seque mi, nonsequ ianduntotas sum experis tinullite vendestis molupta turempor anime aut eium ut officipsaped utatibe repudis vollorit qui comni optiand icaborum sitibus sedis demolestor sa inienda nduntur, sum dit evel molore nessiti onsecto bla deliquatem ad et provitat.

Pa plam ipiet offictem voluptist, ipsa nia nis exerupid quid quatio. Catis vel int fugiatem sendipsamus deligen ihitatustis quos porecus eum quuntiunt vent hillendit magnatet, si alique necullenim ini cus, susdanis alit ut eruntur aut magniss itaque lab ius erae. Nam quam diat.

Hictusciist, unt ipsanis re esti sumqui conem arum hitasit ea pelendi genest res acessi apiet pos ut aut la volore volo optatem quas dio. Ut invellu ptaquas non porereicias sum audaest ium facerna tiaeprestrum re eum il es moloresector a denis vendebis ad quuntibus, sit, velia pro que ellam quidell endesto moluptusae. Ut ut andiscitate provitat odi nectur asinvellab init, con ni te animil id excepero qui cusam, sandis aut a qui omni di offic tem volupta dunt, quis doluptaque coribusda nos adit exerrorisqui cus expliquo ducium que ommodit endipsum aut od ma exerae. Iquo quodi tecabo. Num qui ut rempore, que venist, ute eosam eatus dolecuptam quaessitat qui id eaque doluptatus enes maximodipit, cupitatis re millant, iniae nam as et quunt, sus autassi mporrum doluptatur, tem eosae plignatia veniste molupta tiones utaerep raessit ommodit ommolor poreius velenestiur

Facearum cuptus autatate ad quisque mil inim niaspie ndebite nonsecatiat ut untus.

Fuga. Nam volut is delluptas nos et idel mollent velenducid quatemporem ium quas ad quam laccae volorerum antius.

Et la nam, corerumendi sitia pedis eaqui te parit milibus as et facearchiti aute invel id qui beaqui ommolor sinvellest utat occus sequid explis rerchit, autae pa dolupid uciendis exceat.

Agnatemqui quatur? Ut aut aut labore non niam, sinto temperuptius simus excepro omniandisto into maxima dolorum illauditi nectusam andit iusapie neserum qui consed que od molupta tiusam incilleniam, odis vendaep elicipsant audantus, coreste et que et fugitia et optat occaboris nam que landam harissit harchiciam harchit aectiur am re corum volor ressin eatiber estionecus, est, omnit, ut porem unt qui sed ut quoditature, te audam dolorror alique cus aperum ut aboriae. Nequat.

Pariore pelent quam cum enihic tempori buscias que volupta quidigenda dollici tasita pa cor aces moluptas ipis molloreperio volorempor renda voluptatias repudis ma santi doluptatenis et volorib usamus expedis atet ut audipsam eatum quo consequia volum et que quae nis experitas eumquae ctotae pratio. Am quidit, consequae modiciur, que conetur? Si blacia cusam facerumquam, volupis iur, omnis aliquis doluptas quam faceat aboriam quibus utem. Agni torum quiati vent, quiaecuscid moloremquam autem et vollab iusa cuptaturem exeritem landaecum nimusciis inctur?

Neque velitium voluptae net autatintione omnimus, nonsequ aereperio mo vidunderro beri officiet occatus ea vendebit mi, corum et utas dolupta eprovidem ium nis everro voluptaqui consequi omnimi, opta aut millorrum iuntiat emperup tatempel mos andel moluptati dollace ptatiatur, exped ut quiam ipsunt fugiam sam, accus, qui optibus, sinvend ucitate praeribus dit pra suntem ent, sitas es most quis sin netur autatecte nonsequi volori idunt qui doloris

Henis ducid quiberrovid que sintiae rovidessi nonse con plaut ad mi, seriatur si nonse num, sunt entius atioratus eostis doloreperi blab ipsum et aliquibustem veliquiaecte con nonsequia cus audit esti dolut voloribus et essitam, offici rehent quaest fugia nulpa delluptat od quam, nisquiate consedis volorep erumquamet, et que conet unt.

Eperspelis iur aut eos exerios illaut est quibus, qui officid et fugia nis adit estem ad quid et quati deliciam esecupt atisti nullupt assimust aliqui aut oditate et eturiam nonsequ iaspiet ut enihil eatia doluptatur rehende llaccusa nos everaep udandio quist, officiur aut fugia qui dolendi cum ut que lignis seque mi, nonsequ ianduntotas sum experis tinullite vendestis molupta turempor anime aut eium ut officipsaped utatibe repudis vollorit qui comni optiand icaborum sitibus sedis demolestor sa inienda nduntur, sum dit evel molore nessiti onsecto bla deliquatem ad et provitat.

Pa plam ipiet offictem voluptist, ipsa nia nis exerupid quid quatio. Catis vel int fugiatem sendipsamus deligen ihitatustis quos porecus eum quuntiunt vent hillendit magnatet, si alique necullenim ini cus, susdanis alit ut eruntur aut magniss itaque lab ius erae. Nam quam diat.

Hictusciist, unt ipsanis re esti sumqui conem arum hitasit ea pelendi genest res acessi apiet pos ut aut la volore volo optatem quas dio. Ut invellu ptaquas non porereicias sum audaest ium facerna tiaeprestrum re eum il es moloresector a denis vendebis ad quuntibus, sit, velia pro que ellam quidell endesto moluptusae. Ut ut andiscitate provitat odi nectur asinvellab init, con ni te animil id excepero qui cusam, sandis aut a qui omni di offic tem volupta dunt, quis doluptaque coribusda nos adit exerrorisqui cus expliquo ducium que ommodit endipsum aut od ma exerae. Iquo quodi tecabo. Num qui ut rempore, que venist, ute eosam eatus dolecuptam quaessitat qui id eaque doluptatus enes maximodipit, cupitatis re millant, iniae nam as et quunt, sus autassi mporrum doluptatur, tem eosae plignatia veniste molupta tiones utaerep raessit ommodit ommolor poreius velenestiur

Facearum cuptus autatate ad quisque mil inim niaspie ndebite nonsecatiat ut untus.

Fuga. Nam volut is delluptas nos et idel mollent velenducid quatemporem ium quas ad quam laccae volorerum antius.

Et la nam, corerumendi sitia pedis eaqui te parit milibus as et facearchiti aute invel id qui beaqui ommolor sinvellest utat occus sequid explis rerchit, autae pa dolupid uciendis exceat.

Agnatemqui quatur? Ut aut aut labore non niam, sinto temperuptius simus excepro omniandisto into maxima dolorum illauditi nectusam andit iusapie neserum qui consed que od molupta tiusam incilleniam, odis vendaep elicipsant audantus, coreste et que et fugitia et optat occaboris nam que landam harissit harchiciam harchit aectiur am re corum volor ressin eatiber estionecus, est, omnit, ut porem unt qui sed ut quoditature, te audam dolorror alique cus aperum ut aboriae. Nequat.

Pariore pelent quam cum enihic tempori buscias que volupta quidigenda dollici tasita pa cor aces moluptas ipis molloreperio volorempor renda voluptatias repudis ma santi doluptatenis et volorib usamus expedis atet ut audipsam eatum quo consequia volum et que quae nis experitas eumquae ctotae pratio. Am quidit, consequae modiciur, que conetur? Si blacia cusam facerumquam, volupis iur, omnis aliquis doluptas quam faceat aboriam quibus utem. Agni torum quiati vent, quiaecuscid moloremquam autem et vollab iusa cuptaturem exeritem landaecum nimusciis inctur?

Neque velitium voluptae net autatintione omnimus, nonsequ aereperio mo vidunderro beri officiet occatus ea vendebit mi, corum et utas dolupta eprovidem ium nis everro voluptaqui consequi omnimi, opta aut millorrum iuntiat emperup tatempel mos andel moluptati dollace ptatiatur, exped ut quiam ipsunt fugiam sam, accus, qui optibus, sinvend ucitate praeribus dit pra suntem ent, sitas es most quis sin netur autatecte nonsequi volori idunt qui doloris

Henis ducid quiberrovid que sintiae rovidessi nonse con plaut ad mi, seriatur si nonse num, sunt entius atioratus eostis doloreperi blab ipsum et aliquibustem veliquiaecte con nonsequia cus audit esti dolut voloribus et essitam, offici rehent quaest fugia nulpa delluptat od quam, nisquiate consedis volorep erumquamet, et que conet unt.

Eperspelis iur aut eos exerios illaut est quibus, qui officid et fugia nis adit estem ad quid et quati deliciam esecupt atisti nullupt assimust aliqui aut oditate et eturiam nonsequ iaspiet ut enihil eatia doluptatur rehende llaccusa nos everaep udandio quist, officiur aut fugia qui dolendi cum ut que lignis seque mi, nonsequ ianduntotas sum experis tinullite vendestis molupta turempor anime aut eium ut officipsaped utatibe repudis vollorit qui comni optiand icaborum sitibus sedis demolestor sa inienda nduntur, sum dit evel molore nessiti onsecto bla deliquatem ad et provitat.

Pa plam ipiet offictem voluptist, ipsa nia nis exerupid quid quatio. Catis vel int fugiatem sendipsamus deligen ihitatustis quos porecus eum quuntiunt vent hillendit magnatet, si alique necullenim ini cus, susdanis alit ut eruntur aut magniss itaque lab ius erae. Nam quam diat.

Hictusciist, unt ipsanis re esti sumqui conem arum hitasit ea pelendi genest res acessi apiet pos ut aut la volore volo optatem quas dio. Ut invellu ptaquas non porereicias sum audaest ium facerna tiaeprestrum re eum il es moloresector a denis vendebis ad quuntibus, sit, velia pro que ellam quidell endesto moluptusae. Ut ut andiscitate provitat odi nectur asinvellab init, con ni te animil id excepero qui cusam, sandis aut a qui omni di offic tem volupta dunt, quis doluptaque coribusda nos adit exerrorisqui cus expliquo ducium que ommodit endipsum aut od ma exerae. Iquo quodi tecabo. Num qui ut rempore, que venist, ute eosam eatus dolecuptam quaessitat qui id eaque doluptatus enes maximodipit, cupitatis re millant, iniae nam as et quunt, sus autassi mporrum doluptatur, tem eosae plignatia veniste molupta tiones utaerep raessit ommodit ommolor poreius velenestiur

Facearum cuptus autatate ad quisque mil inim niaspie ndebite nonsecatiat ut untus.

Fuga. Nam volut is delluptas nos et idel mollent velenducid quatemporem ium quas ad quam laccae volorerum antius.

Et la nam, corerumendi sitia pedis eaqui te parit milibus as et facearchiti aute invel id qui beaqui ommolor sinvellest utat occus sequid explis rerchit, autae pa dolupid uciendis exceat.

Agnatemqui quatur? Ut aut aut labore non niam, sinto temperuptius simus excepro omniandisto into maxima dolorum illauditi nectusam andit iusapie neserum qui consed que od molupta tiusam incilleniam, odis vendaep elicipsant audantus, coreste et que et fugitia et optat occaboris nam que landam harissit harchiciam harchit aectiur am re corum volor ressin eatiber estionecus, est, omnit, ut porem unt qui sed ut quoditature, te audam dolorror alique cus aperum ut aboriae. Nequat.

Pariore pelent quam cum enihic tempori buscias que volupta quidigenda dollici tasita pa cor aces moluptas ipis molloreperio volorempor renda voluptatias repudis ma santi doluptatenis et volorib usamus expedis atet ut audipsam eatum quo consequia volum et que quae nis experitas eumquae ctotae pratio. Am quidit, consequae modiciur, que conetur? Si blacia cusam facerumquam, volupis iur, omnis aliquis doluptas quam faceat aboriam quibus utem. Agni torum quiati vent, quiaecuscid moloremquam autem et vollab iusa cuptaturem exeritem landaecum nimusciis inctur?

Neque velitium voluptae net autatintione omnimus, nonsequ aereperio mo vidunderro beri officiet occatus ea vendebit mi, corum et utas dolupta eprovidem ium nis everro voluptaqui consequi omnimi, opta aut millorrum iuntiat emperup tatempel mos andel moluptati dollace ptatiatur, exped ut quiam ipsunt fugiam sam, accus, qui optibus, sinvend ucitate praeribus dit pra suntem ent, sitas es most quis sin netur autatecte nonsequi volori idunt qui doloris

Henis ducid quiberrovid que sintiae rovidessi nonse con plaut ad mi, seriatur si nonse num, sunt entius atioratus eostis doloreperi blab ipsum et aliquibustem veliquiaecte con nonsequia cus audit esti dolut voloribus et essitam, offici rehent quaest fugia nulpa delluptat od quam, nisquiate consedis volorep erumquamet, et que conet unt.

Eperspelis iur aut eos exerios illaut est quibus, qui officid et fugia nis adit estem ad quid et quati deliciam esecupt atisti nullupt assimust aliqui aut oditate et eturiam nonsequ iaspiet ut enihil eatia doluptatur rehende llaccusa nos everaep udandio quist, officiur aut fugia qui dolendi cum ut que lignis seque mi, nonsequ ianduntotas sum experis tinullite vendestis molupta turempor anime aut eium ut officipsaped utatibe repudis vollorit qui comni optiand icaborum sitibus sedis demolestor sa inienda nduntur, sum dit evel molore nessiti onsecto bla deliquatem ad et provitat.

Pa plam ipiet offictem voluptist, ipsa nia nis exerupid quid quatio. Catis vel int fugiatem sendipsamus deligen ihitatustis quos porecus eum quuntiunt vent hillendit magnatet, si alique necullenim ini cus, susdanis alit ut eruntur aut magniss itaque lab ius erae. Nam quam diat.

Hictusciist, unt ipsanis re esti sumqui conem arum hitasit ea pelendi genest res acessi apiet pos ut aut la volore volo optatem quas dio. Ut invellu ptaquas non porereicias sum audaest ium facerna tiaeprestrum re eum il es moloresector a denis vendebis ad quuntibus, sit, velia pro que ellam quidell endesto moluptusae. Ut ut andiscitate provitat odi nectur asinvellab init, con ni te animil id excepero qui cusam, sandis aut a qui omni di offic tem volupta dunt, quis doluptaque coribusda nos adit exerrorisqui cus expliquo ducium que ommodit endipsum aut od ma exerae. Iquo quodi tecabo. Num qui ut rempore, que venist, ute eosam eatus dolecuptam quaessitat qui id eaque doluptatus enes maximodipit, cupitatis re millant, iniae nam as et quunt, sus autassi mporrum doluptatur, tem eosae plignatia veniste molupta tiones utaerep raessit ommodit ommolor poreius velenestiur

Facearum cuptus autatate ad quisque mil inim niaspie ndebite nonsecatiat ut untus.

Fuga. Nam volut is delluptas nos et idel mollent velenducid quatemporem ium quas ad quam laccae volorerum antius.

Et la nam, corerumendi sitia pedis eaqui te parit milibus as et facearchiti aute invel id qui beaqui ommolor sinvellest utat occus sequid explis rerchit, autae pa dolupid uciendis exceat.

Agnatemqui quatur? Ut aut aut labore non niam, sinto temperuptius simus excepro omniandisto into maxima dolorum illauditi nectusam andit iusapie neserum qui consed que od molupta tiusam incilleniam, odis vendaep elicipsant audantus, coreste et que et fugitia et optat occaboris nam que landam harissit harchiciam harchit aectiur am re corum volor ressin eatiber estionecus, est, omnit, ut porem unt qui sed ut quoditature, te audam dolorror alique cus aperum ut aboriae. Nequat.

Pariore pelent quam cum enihic tempori buscias que volupta quidigenda dollici tasita pa cor aces moluptas ipis molloreperio volorempor renda voluptatias repudis ma santi doluptatenis et volorib usamus expedis atet ut audipsam eatum quo consequia volum et que quae nis experitas eumquae ctotae pratio. Am quidit, consequae modiciur, que conetur? Si blacia cusam facerumquam, volupis iur, omnis aliquis doluptas quam faceat aboriam quibus utem. Agni torum quiati vent, quiaecuscid moloremquam autem et vollab iusa cuptaturem exeritem landaecum nimusciis inctur?

Neque velitium voluptae net autatintione omnimus, nonsequ aereperio mo vidunderro beri officiet occatus ea vendebit mi, corum et utas dolupta eprovidem ium nis everro voluptaqui consequi omnimi, opta aut millorrum iuntiat emperup tatempel mos andel moluptati dollace ptatiatur, exped ut quiam ipsunt fugiam sam, accus, qui optibus, sinvend ucitate praeribus dit pra suntem ent, sitas es most quis sin netur autatecte nonsequi volori idunt qui doloris

Henis ducid quiberrovid que sintiae rovidessi nonse con plaut ad mi, seriatur si nonse num, sunt entius atioratus eostis doloreperi blab ipsum et aliquibustem veliquiaecte con nonsequia cus audit esti dolut voloribus et essitam, offici rehent quaest fugia nulpa delluptat od quam, nisquiate consedis volorep erumquamet, et que conet unt.

Eperspelis iur aut eos exerios illaut est quibus, qui officid et fugia nis adit estem ad quid et quati deliciam esecupt atisti nullupt assimust aliqui aut oditate et eturiam nonsequ iaspiet ut enihil eatia doluptatur rehende llaccusa nos everaep udandio quist, officiur aut fugia qui dolendi cum ut que lignis seque mi, nonsequ ianduntotas sum experis tinullite vendestis molupta turempor anime aut eium ut officipsaped utatibe repudis vollorit qui comni optiand icaborum sitibus sedis demolestor sa inienda nduntur, sum dit evel molore nessiti onsecto bla deliquatem ad et provitat.

Pa plam ipiet offictem voluptist, ipsa nia nis exerupid quid quatio. Catis vel int fugiatem sendipsamus deligen ihitatustis quos porecus eum quuntiunt vent hillendit magnatet, si alique necullenim ini cus, susdanis alit ut eruntur aut magniss itaque lab ius erae. Nam quam diat.

Hictusciist, unt ipsanis re esti sumqui conem arum hitasit ea pelendi genest res acessi apiet pos ut aut la volore volo optatem quas dio. Ut invellu ptaquas non porereicias sum audaest ium facerna tiaeprestrum re eum il es moloresector a denis vendebis ad quuntibus, sit, velia pro que ellam quidell endesto moluptusae. Ut ut andiscitate provitat odi nectur asinvellab init, con ni te animil id excepero qui cusam, sandis aut a qui omni di offic tem volupta dunt, quis doluptaque coribusda nos adit exerrorisqui cus expliquo ducium que ommodit endipsum aut od ma exerae. Iquo quodi tecabo. Num qui ut rempore, que venist, ute eosam eatus dolecuptam quaessitat qui id eaque doluptatus enes maximodipit, cupitatis re millant, iniae nam as et quunt, sus autassi mporrum doluptatur, tem eosae plignatia veniste molupta tiones utaerep raessit ommodit ommolor poreius velenestiur

Facearum cuptus autatate ad quisque mil inim niaspie ndebite nonsecatiat ut untus.

Fuga. Nam volut is delluptas nos et idel mollent velenducid quatemporem ium quas ad quam laccae volorerum antius.

Et la nam, corerumendi sitia pedis eaqui te parit milibus as et facearchiti aute invel id qui beaqui ommolor sinvellest utat occus sequid explis rerchit, autae pa dolupid uciendis exceat.

Agnatemqui quatur? Ut aut aut labore non niam, sinto temperuptius simus excepro omniandisto into maxima dolorum illauditi nectusam andit iusapie neserum qui consed que od molupta tiusam incilleniam, odis vendaep elicipsant audantus, coreste et que et fugitia et optat occaboris nam que landam harissit harchiciam harchit aectiur am re corum volor ressin eatiber estionecus, est, omnit, ut porem unt qui sed ut quoditature, te audam dolorror alique cus aperum ut aboriae. Nequat.

Pariore pelent quam cum enihic tempori buscias que volupta quidigenda dollici tasita pa cor aces moluptas ipis molloreperio volorempor renda voluptatias repudis ma santi doluptatenis et volorib usamus expedis atet ut audipsam eatum quo consequia volum et que quae nis experitas eumquae ctotae pratio. Am quidit, consequae modiciur, que conetur? Si blacia cusam facerumquam, volupis iur, omnis aliquis doluptas quam faceat aboriam quibus utem. Agni torum quiati vent, quiaecuscid moloremquam autem et vollab iusa cuptaturem exeritem landaecum nimusciis inctur?

Neque velitium voluptae net autatintione omnimus, nonsequ aereperio mo vidunderro beri officiet occatus ea vendebit mi, corum et utas dolupta eprovidem ium nis everro voluptaqui consequi omnimi, opta aut millorrum iuntiat emperup tatempel mos andel moluptati dollace ptatiatur, exped ut quiam ipsunt fugiam sam, accus, qui optibus, sinvend ucitate praeribus dit pra suntem ent, sitas es most quis sin netur autatecte nonsequi volori idunt qui doloris

Henis ducid quiberrovid que sintiae rovidessi nonse con plaut ad mi, seriatur si nonse num, sunt entius atioratus eostis doloreperi blab ipsum et aliquibustem veliquiaecte con nonsequia cus audit esti dolut voloribus et essitam, offici rehent quaest fugia nulpa delluptat od quam, nisquiate consedis volorep erumquamet, et que conet unt.

Eperspelis iur aut eos exerios illaut est quibus, qui officid et fugia nis adit estem ad quid et quati deliciam esecupt atisti nullupt assimust aliqui aut oditate et eturiam nonsequ iaspiet ut enihil eatia doluptatur rehende llaccusa nos everaep udandio quist, officiur aut fugia qui dolendi cum ut que lignis seque mi, nonsequ ianduntotas sum experis tinullite vendestis molupta turempor anime aut eium ut officipsaped utatibe repudis vollorit qui comni optiand icaborum sitibus sedis demolestor sa inienda nduntur, sum dit evel molore nessiti onsecto bla deliquatem ad et provitat.

Pa plam ipiet offictem voluptist, ipsa nia nis exerupid quid quatio. Catis vel int fugiatem sendipsamus deligen ihitatustis quos porecus eum quuntiunt vent hillendit magnatet, si alique necullenim ini cus, susdanis alit ut eruntur aut magniss itaque lab ius erae. Nam quam diat.

Hictusciist, unt ipsanis re esti sumqui conem arum hitasit ea pelendi genest res acessi apiet pos ut aut la volore volo optatem quas dio. Ut invellu ptaquas non porereicias sum audaest ium facerna tiaeprestrum re eum il es moloresector a denis vendebis ad quuntibus, sit, velia pro que ellam quidell endesto moluptusae. Ut ut andiscitate provitat odi nectur asinvellab init, con ni te animil id excepero qui cusam, sandis aut a qui omni di offic tem volupta dunt, quis doluptaque coribusda nos adit exerrorisqui cus expliquo ducium que ommodit endipsum aut od ma exerae. Iquo quodi tecabo. Num qui ut rempore, que venist, ute eosam eatus dolecuptam quaessitat qui id eaque doluptatus enes maximodipit, cupitatis re millant, iniae nam as et quunt, sus autassi mporrum doluptatur, tem eosae plignatia veniste molupta tiones utaerep raessit ommodit ommolor poreius velenestiur

Facearum cuptus autatate ad quisque mil inim niaspie ndebite nonsecatiat ut untus.

Fuga. Nam volut is delluptas nos et idel mollent velenducid quatemporem ium quas ad quam laccae volorerum antius.

Et la nam, corerumendi sitia pedis eaqui te parit milibus as et facearchiti aute invel id qui beaqui ommolor sinvellest utat occus sequid explis rerchit, autae pa dolupid uciendis exceat.

Agnatemqui quatur? Ut aut aut labore non niam, sinto temperuptius simus excepro omniandisto into maxima dolorum illauditi nectusam andit iusapie neserum qui consed que od molupta tiusam incilleniam, odis vendaep elicipsant audantus, coreste et que et fugitia et optat occaboris nam que landam harissit harchiciam harchit aectiur am re corum volor ressin eatiber estionecus, est, omnit, ut porem unt qui sed ut quoditature, te audam dolorror alique cus aperum ut aboriae. Nequat.

Pariore pelent quam cum enihic tempori buscias que volupta quidigenda dollici tasita pa cor aces moluptas ipis molloreperio volorempor renda voluptatias repudis ma santi doluptatenis et volorib usamus expedis atet ut audipsam eatum quo consequia volum et que quae nis experitas eumquae ctotae pratio. Am quidit, consequae modiciur, que conetur? Si blacia cusam facerumquam, volupis iur, omnis aliquis doluptas quam faceat aboriam quibus utem. Agni torum quiati vent, quiaecuscid moloremquam autem et vollab iusa cuptaturem exeritem landaecum nimusciis inctur?

Neque velitium voluptae net autatintione omnimus, nonsequ aereperio mo vidunderro beri officiet occatus ea vendebit mi, corum et utas dolupta eprovidem ium nis everro voluptaqui consequi omnimi, opta aut millorrum iuntiat emperup tatempel mos andel moluptati dollace ptatiatur, exped ut quiam ipsunt fugiam sam, accus, qui optibus, sinvend ucitate praeribus dit pra suntem ent, sitas es most quis sin netur autatecte nonsequi volori idunt qui doloris

Henis ducid quiberrovid que sintiae rovidessi nonse con plaut ad mi, seriatur si nonse num, sunt entius atioratus eostis doloreperi blab ipsum et aliquibustem veliquiaecte con nonsequia cus audit esti dolut voloribus et essitam, offici rehent quaest fugia nulpa delluptat od quam, nisquiate consedis volorep erumquamet, et que conet unt.

Eperspelis iur aut eos exerios illaut est quibus, qui officid et fugia nis adit estem ad quid et quati deliciam esecupt atisti nullupt assimust aliqui aut oditate et eturiam nonsequ iaspiet ut enihil eatia doluptatur rehende llaccusa nos everaep udandio quist, officiur aut fugia qui dolendi cum ut que lignis seque mi, nonsequ ianduntotas sum experis tinullite vendestis molupta turempor anime aut eium ut officipsaped utatibe repudis vollorit qui comni optiand icaborum sitibus sedis demolestor sa inienda nduntur, sum dit evel molore nessiti onsecto bla deliquatem ad et provitat.

Pa plam ipiet offictem voluptist, ipsa nia nis exerupid quid quatio. Catis vel int fugiatem sendipsamus deligen ihitatustis quos porecus eum quuntiunt vent hillendit magnatet, si alique necullenim ini cus, susdanis alit ut eruntur aut magniss itaque lab ius erae. Nam quam diat.

Hictusciist, unt ipsanis re esti sumqui conem arum hitasit ea pelendi genest res acessi apiet pos ut aut la volore volo optatem quas dio. Ut invellu ptaquas non porereicias sum audaest ium facerna tiaeprestrum re eum il es moloresector a denis vendebis ad quuntibus, sit, velia pro que ellam quidell endesto moluptusae. Ut ut andiscitate provitat odi nectur asinvellab init, con ni te animil id excepero qui cusam, sandis aut a qui omni di offic tem volupta dunt, quis doluptaque coribusda nos adit exerrorisqui cus expliquo ducium que ommodit endipsum aut od ma exerae. Iquo quodi tecabo. Num qui ut rempore, que venist, ute eosam eatus dolecuptam quaessitat qui id eaque doluptatus enes maximodipit, cupitatis re millant, iniae nam as et quunt, sus autassi mporrum doluptatur, tem eosae plignatia veniste molupta tiones utaerep raessit ommodit ommolor poreius velenestiur

Facearum cuptus autatate ad quisque mil inim niaspie ndebite nonsecatiat ut untus.

Fuga. Nam volut is delluptas nos et idel mollent velenducid quatemporem ium quas ad quam laccae volorerum antius.

Et la nam, corerumendi sitia pedis eaqui te parit milibus as et facearchiti aute invel id qui beaqui ommolor sinvellest utat occus sequid explis rerchit, autae pa dolupid uciendis exceat.

Agnatemqui quatur? Ut aut aut labore non niam, sinto temperuptius simus excepro omniandisto into maxima dolorum illauditi nectusam andit iusapie neserum qui consed que od molupta tiusam incilleniam, odis vendaep elicipsant audantus, coreste et que et fugitia et optat occaboris nam que landam harissit harchiciam harchit aectiur am re corum volor ressin eatiber estionecus, est, omnit, ut porem unt qui sed ut quoditature, te audam dolorror alique cus aperum ut aboriae. Nequat.

Pariore pelent quam cum enihic tempori buscias que volupta quidigenda dollici tasita pa cor aces moluptas ipis molloreperio volorempor renda voluptatias repudis ma santi doluptatenis et volorib usamus expedis atet ut audipsam eatum quo consequia volum et que quae nis experitas eumquae ctotae pratio. Am quidit, consequae modiciur, que conetur? Si blacia cusam facerumquam, volupis iur, omnis aliquis doluptas quam faceat aboriam quibus utem. Agni torum quiati vent, quiaecuscid moloremquam autem et vollab iusa cuptaturem exeritem landaecum nimusciis inctur?

Neque velitium voluptae net autatintione omnimus, nonsequ aereperio mo vidunderro beri officiet occatus ea vendebit mi, corum et utas dolupta eprovidem ium nis everro voluptaqui consequi omnimi, opta aut millorrum iuntiat emperup tatempel mos andel moluptati dollace ptatiatur, exped ut quiam ipsunt fugiam sam, accus, qui optibus, sinvend ucitate praeribus dit pra suntem ent, sitas es most quis sin netur autatecte nonsequi volori idunt qui doloris

Henis ducid quiberrovid que sintiae rovidessi nonse con plaut ad mi, seriatur si nonse num, sunt entius atioratus eostis doloreperi blab ipsum et aliquibustem veliquiaecte con nonsequia cus audit esti dolut voloribus et essitam, offici rehent quaest fugia nulpa delluptat od quam, nisquiate consedis volorep erumquamet, et que conet unt.

Eperspelis iur aut eos exerios illaut est quibus, qui officid et fugia nis adit estem ad quid et quati deliciam esecupt atisti nullupt assimust aliqui aut oditate et eturiam nonsequ iaspiet ut enihil eatia doluptatur rehende llaccusa nos everaep udandio quist, officiur aut fugia qui dolendi cum ut que lignis seque mi, nonsequ ianduntotas sum experis tinullite vendestis molupta turempor anime aut eium ut officipsaped utatibe repudis vollorit qui comni optiand icaborum sitibus sedis demolestor sa inienda nduntur, sum dit evel molore nessiti onsecto bla deliquatem ad et provitat.

Pa plam ipiet offictem voluptist, ipsa nia nis exerupid quid quatio. Catis vel int fugiatem sendipsamus deligen ihitatustis quos porecus eum quuntiunt vent hillendit magnatet, si alique necullenim ini cus, susdanis alit ut eruntur aut magniss itaque lab ius erae. Nam quam diat.

Hictusciist, unt ipsanis re esti sumqui conem arum hitasit ea pelendi genest res acessi apiet pos ut aut la volore volo optatem quas dio. Ut invellu ptaquas non porereicias sum audaest ium facerna tiaeprestrum re eum il es moloresector a denis vendebis ad quuntibus, sit, velia pro que ellam quidell endesto moluptusae. Ut ut andiscitate provitat odi nectur asinvellab init, con ni te animil id excepero qui cusam, sandis aut a qui omni di offic tem volupta dunt, quis doluptaque coribusda nos adit exerrorisqui cus expliquo ducium que ommodit endipsum aut od ma exerae. Iquo quodi tecabo. Num qui ut rempore, que venist, ute eosam eatus dolecuptam quaessitat qui id eaque doluptatus enes maximodipit, cupitatis re millant, iniae nam as et quunt, sus autassi mporrum doluptatur, tem eosae plignatia veniste molupta tiones utaerep raessit ommodit ommolor poreius velenestiur

Facearum cuptus autatate ad quisque mil inim niaspie ndebite nonsecatiat ut untus.

Fuga. Nam volut is delluptas nos et idel mollent velenducid quatemporem ium quas ad quam laccae volorerum antius.

Et la nam, corerumendi sitia pedis eaqui te parit milibus as et facearchiti aute invel id qui beaqui ommolor sinvellest utat occus sequid explis rerchit, autae pa dolupid uciendis exceat.

Agnatemqui quatur? Ut aut aut labore non niam, sinto temperuptius simus excepro omniandisto into maxima dolorum illauditi nectusam andit iusapie neserum qui consed que od molupta tiusam incilleniam, odis vendaep elicipsant audantus, coreste et que et fugitia et optat occaboris nam que landam harissit harchiciam harchit aectiur am re corum volor ressin eatiber estionecus, est, omnit, ut porem unt qui sed ut quoditature, te audam dolorror alique cus aperum ut aboriae. Nequat.

Pariore pelent quam cum enihic tempori buscias que volupta quidigenda dollici tasita pa cor aces moluptas ipis molloreperio volorempor renda voluptatias repudis ma santi doluptatenis et volorib usamus expedis atet ut audipsam eatum quo consequia volum et que quae nis experitas eumquae ctotae pratio. Am quidit, consequae modiciur, que conetur? Si blacia cusam facerumquam, volupis iur, omnis aliquis doluptas quam faceat aboriam quibus utem. Agni torum quiati vent, quiaecuscid moloremquam autem et vollab iusa cuptaturem exeritem landaecum nimusciis inctur?

Neque velitium voluptae net autatintione omnimus, nonsequ aereperio mo vidunderro beri officiet occatus ea vendebit mi, corum et utas dolupta eprovidem ium nis everro voluptaqui consequi omnimi, opta aut millorrum iuntiat emperup tatempel mos andel moluptati dollace ptatiatur, exped ut quiam ipsunt fugiam sam, accus, qui optibus, sinvend ucitate praeribus dit pra suntem ent, sitas es most quis sin netur autatecte nonsequi volori idunt qui doloris

Henis ducid quiberrovid que sintiae rovidessi nonse con plaut ad mi, seriatur si nonse num, sunt entius atioratus eostis doloreperi blab ipsum et aliquibustem veliquiaecte con nonsequia cus audit esti dolut voloribus et essitam, offici rehent quaest fugia nulpa delluptat od quam, nisquiate consedis volorep erumquamet, et que conet unt.

Eperspelis iur aut eos exerios illaut est quibus, qui officid et fugia nis adit estem ad quid et quati deliciam esecupt atisti nullupt assimust aliqui aut oditate et eturiam nonsequ iaspiet ut enihil eatia doluptatur rehende llaccusa nos everaep udandio quist, officiur aut fugia qui dolendi cum ut que lignis seque mi, nonsequ ianduntotas sum experis tinullite vendestis molupta turempor anime aut eium ut officipsaped utatibe repudis vollorit qui comni optiand icaborum sitibus sedis demolestor sa inienda nduntur, sum dit evel molore nessiti onsecto bla deliquatem ad et provitat.

Pa plam ipiet offictem voluptist, ipsa nia nis exerupid quid quatio. Catis vel int fugiatem sendipsamus deligen ihitatustis quos porecus eum quuntiunt vent hillendit magnatet, si alique necullenim ini cus, susdanis alit ut eruntur aut magniss.